あげていた。父は気づかないふりをしているが、こうしたどたばたは、フィッツジェラルド家では日常茶飯事だった。

リジーは父を見つめた。顔を上げてくれたらいいのに。相談したいことがあっても、誰に話せばいいのかわからない。

「さっきから何をじっと見ているのかね？」父が新聞を見つめたまま言った。「どうかしたのかい、リジー？」

った。「なんだか落ち着かなくて。こういうものなのかしら」

を上げ、リジーを見つめてそっと微笑《ほほえ》んだ。「ただの舞踏会だ。おまえ
たが、これが最後というわけではない」小柄な父は、それほど年は取っ
白く、頬髭《ほおひげ》にも白いものが交じっているが、いつも優しい表情を浮かべ
同じく縁のある眼鏡をかけているが、読書用というわけではない。リジ
とがあるとすれば、そのようにすばらしい父から、視力の悪さを受け継
だろう。

らめ、父の温和な視線から目をそらした。不安に思っていることをお父
ない。私はもう十六歳よ。大人の女性ですもの。少なくとも年齢的には、
抱くような年ではないわ。それが真夜中なら、別だけど。
くなった。

テーブルの下では、昨年リジーが助け、面倒を見てきた足の悪い迷子の猫が彼女の足首

に体をこすりつけ、喉を鳴らしている。

しかし、父はリジーの気持ちに気づいたらしい。新聞を置き、彼女の目をじっとのぞきこんだ。「リジー、ただの舞踏会だ。それに、おまえも前に訪れたことがあるだろう」父が言っているのは、アデア伯爵の屋敷のことだ。「いいかい、リジー。この数日間、おまえの様子がおかしかったことは、家族全員が気づいていたよ。あれだけ食べることの大好きなおまえが、食欲もないようだったし。何がそんなに不安なのかね？」

笑おうとしても、笑顔にならない。なんて言えばいいのかしら。十歳の自分が、彼女の存在すら知らない若者を好きになったと言ったときは、みんなが面白がった。大人になりかかった十三歳のときは、周囲の大人たちは驚き、いくらか不安げだった。その次の年、町で彼が美しい貴族の女性と一緒にいるのを見たリジーは、自分の気持ちがどれほどばかげているかに気づいた。もう、これ以上特別な感情を抱いてはいけないのよ。私もいずれ、二人の姉と一緒に社交界に出ていかなければならないのだから。

けれども、彼は仮面舞踏会に参加するに決まっている。伯爵の後継者である彼は、ハロウィーンには、毎年姿を現すのだから。姉たちの話では、彼はゲスト全員に礼儀正しくふるまうので、誰もがうっとりとしてしまうらしい。つまり、たちまち女性たちの追跡と興味の的となるわけだ。結婚が命と思っている社交界の上流家庭の母親たちは皆、愚かにも彼をぜひ自分の娘と結婚させたいと願う。彼が一族の願いどおり一族のために政略結婚をすることくらい世間は百も承知なのに、そんなことは気にもしない。リジーができること

ド・ウォーレン一族の系譜

仮面舞踏会はあさき夢

ブレンダ・ジョイス

立石ゆかり 訳

THE MASQUERADE
by Brenda Joyce
Translation by Yukari Tateishi

mira

THE MASQUERADE

by Brenda Joyce

Published by K.K. HarperCollins Japan, 2023

私が知る中で最高に優しかった
サムおじさんに本書を捧げます。
おじさんは私の心の中でいつまでも
生き続けてくださると信じて。

ぎりぎりまで私の文章に手を入れてくださった編集者である
ミランダ・ステシックに心から感謝の意を表します。
彼女のサポートなしには、この小説を完成させることはできなかったことでしょう。
そして、いつも私を励まし、
私のどんな愚痴にも傾けてくれるすばらしい耳の持ち主
ルーシー・チャイルズにも、ぜひこの場を借りて言わせてください。
ありがとう。
最後に、エージェントのアーロン・プリーストに。
私が今こうしていられるのは、アーロンのおかげと言っても過言ではありません。
一生、感謝の気持ちを忘れることはないでしょう。

仮面舞踏会はあさき夢

おもな登場人物

エリザベス(リジー)・フィッツジェラルド—貧しい紳士階級のレディ
ジェラルド——————————リジーの父親
リディア——————————リジーの母親
ジョージーナ(ジョージー)————リジーの長姉
アナベル(アンナ)——————リジーの次姉
エレノア・ド・バリー—————リジーの伯母
ローリー・マクベイン—————エレノアの甥
ティレル・ド・ウォーレン————アデア伯爵家の長男。アイルランド財務局の役人
エドワード——————————ティレルの父親。アデア伯爵
メアリー——————————ティレルの義母。エドワードの後妻
レックス、クリフ———————ティレルの弟たち
デヴリン、ショーン——————ティレルの義兄弟たち
ブランシュ・ハリントン————ティレルの婚約者
ネッド——————————ティレルの息子
ロージー——————————ネッドの乳母

プロローグ

王子様とヒーロー

少女の母は、彼女の真後ろに立ち、大声で話していた。おかげで少女には母の声がすべて耳に入ってくる。少女は本に顔を埋《うず》め、そこに書かれた文字に集中しようとした。でも、それは無理だった。皆が少女を見つめていたからだ。リジーという名の少女は、頰を真っ赤に染めた。

「ええ、確かにこの子は、ほかの子供たちと遊ぼうとはしません。でもそれは、この子が引っ込み思案だからですわ。この子に悪気はないんです。それにまだ十歳ですよ。きっと、すぐにアンナのような魅力的な娘になると思いますわ。アンナは本当にきれいだとお思いになりません？　それにジョージーナ・メイだって。ジョージーナは、長女らしい、すばらしい娘ですのよ。私を本当によく助けてくれるの。分別もあるし、するべきことをきちんとこなしてくれています」

「年の近い三人の娘さんたちをどうやって育てていらっしゃるのか、私には想像できないわ、リディア」牧師の妹で、コークから遊びに来ている女性が言った。「でも、あなたは恵まれているわよ。アンナは年ごろになれば、すばらしい結婚ができるわ。あんなに美しい子ですもの、何も心配いらないわね。ジョージーナ・メイだって、十分期待できるわ。あの子はきっと立派な女性に成長すると思うわ」

「ええ、私もそう思ってるの」願いが叶《かな》うことを心から祈るように、母が答えた。「それに、リジーもきっとかわいらしくなると思うのよ。成長すればもっとスレンダーになるわ。そう思わない？」

一瞬、沈黙が流れた。「え、ええ、そうねえ、甘いもの好きでなければ、きっとほっそりしてくることでしょうね。でも、このまま本の虫になったりしたら、結婚相手を見つけるのは大変よ。私が母親なら、もう少し気をつけるわ。だいたい、本を読むには早すぎるのではないかしら？」

リジーは読むのをあきらめ、大切な本を胸にしっかりと抱えこんだ。どうか、お母様が本を取りあげようとしませんように。気恥ずかしさに頬を赤く染めながら、リジーは大人たちが話題を変えてくれることを願った。だが、母と牧師の妹は、ほかの大人たちのところへ戻っていった。リジーは安堵《あんど》の吐息をついた。

湖畔へ来てまで本を読もうとしたのがいけなかったのよ。夏のピクニックは大きな集まりだった。来ているのは、リジーの家族、親しい隣人の一家、牧師とその家族だ。大人は七人で、子供はリジーを含めて六人。リジーの二人の姉とほかの子供たちは、海賊ごっこをして遊んでいる。けだるい六月の午後に、金切り声と笑い声が響き渡った。リジーは、子供たちが遊んでいるほうを見やった。すぐ上の姉アンナは、悩める乙女の役を授かったらしい。不幸を嘆き悲しむふりをしていた。牧師のいちばん上の息子がアンナを慰める一方、海賊役の弟と隣人の家の息子は棒を振りまわし、二人にそっと近づこうとしている。ジョージーは悲劇の犠牲者役らしく、地面の上に横たわっていた。

リジーは、仲間に入れてもらえなかった。入れてもらいたいわけではない。初めて文字が読めた瞬間から、文字を読むという魅力に取りつかれたリジーは、この半年のあいだに、文章を見ただけでその意味がつかめるようになった。リジーはたちまち本を読む喜びを覚え、それは彼女の人生そのものとなった。読む対象はなんでもよかったが、いちばんのお気に入りは、颯爽《さっそう》としたヒーローと涙にむせぶヒロインの登場する物語だ。リジーは今、サー・ウォルター・スコットの物語を読んでいた。大人用の本であることも、一ページを読むのに一時間かかることも、まったく気にしていなかった。

もう一度後ろを振り返ったリジーは、自分がまたひとりぼっちになっていることに気づいた。大人たちは大きなピクニックシートに腰を下ろし、ランチ・バスケットを開けている。姉たちは相変わらず男の子たちと遊んでいた。リジーは心を躍らせ、本を開いた。

しかし、最後に読んだ段落をもう一度読み返そうとしたとたん、馬に乗った一団が、湖のほとりへ向かって駆けてきた。リジーの座っているところから、十数メートルと離れていない場所だ。年若い男性の荒々しい声がした。一行が馬を降りたのに気づいて顔を上げたリジーは、たちまちその光景に魅せられた。

一行は十代の若者ばかり全部で五人。リジーの興味と好奇心がむくむくと頭をもたげた。五人が乗ってきたのは、毛並みのいいサラブレッドばかりだった。若者たちは皆、仕立てがよく、高級そうな衣服に身を包んでいる。貴族に違いない。五人は大声をあげながら上着やシャツを脱ぎ、日焼けして引き締まった体をあらわにした。湖で泳ぐつもりらしい。

アデア伯爵家の人たちかしら。アデア伯爵はこの近辺では唯一の貴族で、三人の息子と二人の義理の息子がいる。リジーは本を胸に抱え、背の高いブロンドの若者が湖へ飛びこむのをじっと見つめた。彼よりもやや細めで、わずかに背も低く、黒い髪の若者があとに続く。やじと歓声が響き、さらに二人の少年が飛びこんだ。笑い声と叫び声はますます勢いを増し、水のかけ合いが始まった。リジーは笑みを浮かべた。

私は泳げないけど、なんだか楽しそう。

ふと、岸辺に残っている青年に目をやった。とても背が高く、スペイン人かと見まがうほど肌が浅黒い。髪も真っ黒だ。体は細いが、筋肉が波打つその青年は、興味深そうにリジーを見つめている。

リジーはさっと本で顔を隠した。どうぞ、太ってるなんて思われていませんように。

「よう、ふとっちょ、それ、くれよ！」

リジーが顔を上げた瞬間、牧師の下の息子が彼女の手から本をもぎとった。「ウィリー・オデイ！」リジーは慌てて立ちあがった。「私の本を返して！　いたずらっ子！」

ウィリーはにやにや笑っている。意地悪なウィリーが、リジーは大嫌いだった。「欲しければ取りに来いよ」ウィリーがあざけるように言った。

ウィリーはリジーよりも三歳年上で、八センチ近く背が高い。リジーは本を取りあげようと、手を伸ばした。しかしウィリーはさっと手を頭より高く上げた。リジーには届かない。ウィリーはリジーを見て笑った。

「本の虫め」

何日もかけてようやく最初の十ページを読んだのに、返してくれなかったらどうしよう。

「お願い、返して。本を返して！」

ウィリーはリジーに向かって本を差しだした。しかし、リジーがそれをつかもうとしたとたん、くるりと横を向いて、湖へ向かって放《ほう》り投げた。

リジーは息をのんだ。自分の本が宙を飛んでいき、やがて岸から少し離れた水の中にぽちゃんと落ちた。涙があふれてきた。するとウィリーがまた笑い声をあげた。「欲しければ取りに行けよ、ふとっちょ」そう言って歩き去った。

リジーは夢中だった。岸辺に駆け寄り、本を拾おうと湖に向かって手を伸ばした。はっと気がついたときには、バランスを失い、体が宙を舞っていた。

リジーの目の前に水が迫り、彼女を包みこむ。口に水が入りこみ、つい咳《せき》をした。さらに水が入ってくる。呼吸ができない。息が継げないまま、どんどん体が沈んでいく。

そのとき、大きな手につかまれた。水面に引きあげられたリジーは、ひとりの若者の腕に抱かれていた。リジーは彼の硬い胸に顔を押しあて、必死でしがみついた。涙があふれ、しゃくりあげながら、必死で息を吸った。若者が湖から足を踏みだすころには、ちゃんと呼吸ができるようになり、恐怖感がようやく和らいできた。若者の濡《ぬ》れて滑りやすくなった肩をつかんだまま、リジーは顔を上げた。

見たこともないほど濃紺の瞳が、彼女をのぞきこんでいた。

「大丈夫かい？」リジーの命の恩人が尋ねた。

口を開けて話そうとしたが、言葉が出てこない。リジーは青年の瞳をただ見つめた。見つめているうちに、リジーは恋に落ちた。

「リジー！　リジー！　ああ、なんてこと。リジー！」母が土手の上で声をあげた。

「王子様なの？」リジーは小声でささやいた。

青年はにっこりと笑った。リジーの心臓が一瞬止まり、また激しく鼓動し始めた。「いや、違うよ、お嬢ちゃん。王子様じゃない」

でも、王子様だわ。リジーは思った。ハンサムな青年の顔から目を離すことができない。この人は、私の王子様。

「リジー！　大丈夫なの？　私の大切なベビーは大丈夫なの？」母は気も狂わんばかりだった。

王子様がリジーを毛布の上に下ろした。「心配ありません。少し濡れていますが、今日は天気もいいですし、すぐに乾きます」

「リジー！」父が青ざめながら、リジーの横に膝をついた。「私のかわいい娘よ、あんなに湖の近くへ行くなんて、何を考えていたんだ？」

リジーはおずおずと笑みを浮かべた。しかし、視線の先にあるのは、父ではなく、王子様の顔だ。「大丈夫よ、パパ」

王子様の笑みが消えた。

「ああ、どうやって感謝申しあげていいものでしょうか、ティレル卿《きょう》」王子様の両手をつかんで、母が言った。王子様の視線は母に向けられていた。

「その必要はありません、ミセス・フィッツジェラルド。彼女はもう大丈夫です。それだけで十分ですから」

リジーは王子様の正体を知った。アデア伯爵の長男で、次期伯爵のティレル・ド・ウォーレンだった。リジーは膝を抱えて、ぽかんと彼に見入っていたが、ふと思った。やっぱり、私の勘は当たってた。だって王子様みたいなものだもの。アイルランド南部のこの近辺では、アデア伯爵は王様みたいなものだから。

ティレルの兄弟たちも集まってきていた。皆、興味深げだ。ティレルがくるりと後ろを向くと、四人はさっと道を空けた。待って。心の中でそう叫んだ。しかし、彼が何をしようとしているのかに気づき、リジーは驚いた。心を震わせながら、その姿を目で追う。やっぱり。ティレルは湖の中へ入っていき、沈んでいた本を拾いあげた。本を手にして戻ってきた彼は、リジーに微笑《ほほえ》んだ。「これは買い換えたほうがよさそうだね、お嬢ちゃん」

リジーは唇を噛《か》んだ。恥ずかしさのあまり、お礼を言うこともできない。

「ティレル卿、このご恩は忘れません」リジーの父が重々しい口調で言った。

ティレルは、どうということはないとばかりに、父にそっけなく手を振ってみせた。そして、あたりをぐるりと見まわした。ティレルの目が急に険しくなった。視線の先にいるのは、ウィリー・オデイだ。

ウィリーがくるりと後ろを向き、駆けだした。

足を踏みだしたティレルは、ウィリーの耳をつかんだ。痛いよ、放してよ、というウィリーの叫び声を無視し、ティレルは彼をリジーのところへ連れ戻した。「そこへひざまずいて、この小さなレディに謝れ。さもないと、僕が痛い目に遭わせてやる」

ウィリーは、生まれて初めて他人の言うことを聞き、泣きながらリジーに謝った。

第1部

1812年10月 ～ 1813年7月

1

宿命的な出会い

エリザベス・アン・フィッツジェラルドは、手にした小説をじっと見つめていた。しかし、一語として意味を成さないどころか、まるで読書用の眼鏡をかけていないかのように文字がぼやけて見える。かえっていいのかもしれない。母は、リジーがテーブルで本を開くといやな顔をする。少し前にお気に入りのロマンス小説を手に朝食の席に着いたものの、目の前の料理のことをすっかり忘れていた。リジーはため息をつき、本を閉じた。明日のことが気になり、そわそわして落ち着かない。どうせ集中できないもの。

父は、昨日の『ダブリン・タイムズ』を手に、小さなテーブルの上座に座っていた。折り目を伸ばすように新聞を振りながら、紅茶のカップに手を伸ばした。戦争に関する記事を熱心に読んでいる。二階は、何やらどたばたと騒々しい。二人の姉と母が寝室を行ったり来たりしているのだろう。靴のヒールがこつこつ音をたてていた。アンナが泣き言を言う声や、ジョージーの冷静できびきびした声も聞こえる。母はまるで兵士のように大声を

といえば、目を閉じることだけだ。そうすれば、視線の鋭いティレル・ド・ウォーレンの浅黒くて崇高な顔が、彼女の脳裏に浮かびあがる。

明日になれば、舞踏会で彼に会える――そう思うだけで、リジーは息もできなくなった。愚かにも、心臓が早鐘を打ち始めた。礼儀正しくお辞儀をし、彼女の手を取るティレル。そして、気がつくと彼の白い馬に二人で乗っていて、そのまま暗闇《くらやみ》の中へ走り去る。

リジーの顔に笑みが浮かんだ。その瞬間、白昼夢を見ていたことに気づき、自分をつねった。たとえ、リジーのお気に入りの物語のひとつ『ロビン・フッド』に出てくる修道女マリアンに仮装して舞踏会に行っても、彼が彼女に気づくはずはない。むしろ、気づかれたくはなかった。下の姉アンナに近づこうとする紳士たちがリジーにするように、興味のない視線を向けられるのはいやだ。きっとほかの壁の花たちと一緒に壁にもたれたまま、彼が女性を口説いたり、ダンスを踊ったりするのをそっと見守ることになるだけ。そして、家に帰ってからベッドの中で、彼の表情やしぐさを思い浮かべて、彼に言葉をかけられることや、彼に触れられることを夢想するのが関の山だわ。

彼がいきなり馬を止め、私の腰に腕をまわす。彼の優しい息が頬にかかって……。

リジーの脈が上がり、体の奥がねじれるように痛んだ。ようやく慣れてきたものの、どうしてこんなふうになるのかはよくわからない。

「リジー、大丈夫かい?」父がリジーの夢想を遮った。

リジーは唇を噛《か》み、目を見開いて、どうにか微笑んだ。「できるものなら」ふと、思いついた言葉が口をついた。しかし、すぐに黙りこんだ。

「できるものなら、なんだね?」

心情的には、リジーにとって、母よりも父のほうが身近な存在だ。父も読書が好きで、どこか夢見がちなところがあるからだろう。寒い日や雨の日には、父はいつも居間の暖炉の前の大きな椅子に腰をかけ、熱心に本を読んでいる。「アンナお姉様のような美人になれたらいいのに」リジーは小声で打ち明けた。「一度だけでいいの。明日の夜だけでも」

父が目を見開いた。「おまえだってきれいだ。そのグレーの瞳は実に美しいじゃないか」

リジーは小さく笑みを浮かべた。ほかに褒めようがないことくらい、よくわかっている。

そのとき、母が階段を駆けおりてくる音がした。「リジー!」

リジーは父と顔を見合わせた。切羽つまっている母の声から察するに、何か騒動が持ちあがり、それをリジーにおさめてもらおうとしているのだ。家で揉《も》め事が起こるたびに、あいだに割って入るのは、争いの大嫌いなリジーの役目だった。リジーは立ちあがった。

母が慌てる理由は想像がつく。

縞《しま》模様の普段着のドレスの上にエプロンをつけた母が、頬を紅潮させて居間に飛びこんできた。リジーと同じく赤みがかったブロンドの母は、ア・ラ・ヴィクティムと呼ばれる、おしゃれに短くカットしてカールをつけた流行の髪型にしている。リジーは長くて手に負えない髪を、適当にまとめてピンでとめているだけだ。それでも、背丈は中背でふくよかな二人の体形は、遠くから見るとまさに瓜《うり》二つ。いやがおうでも、親子であることを自覚せざるをえない。その母、リディア・ジェーン・フィッツジェラルドの視線が、十六歳の娘の姿をとらえた。その場で立ち止まったものの、勢いづいて倒れそうになる。「リジー！　あなたから言ってあげてちょうだい。私にはどうすることもできないわ。本当に頑固で恩知らずな娘よ。ジョージーナが舞踏会には行かないって言うの。ああ、どうしましょう。こんな恥さらしなことがあるかしら。伯爵夫人は決して許してくださらないわ。そもそも、ジョージーナは長女よ。今年最大の社交界の催しに行かなかったら、どうやって結婚相手を見つけられるというの？　肉屋か鍛冶屋《かじ》とでも結婚するつもりなのかしら？」

ため息をこらえてリジーは立ちあがった。するとジョージーがゆっくりと階段を下りてきた。意を決しているかのように、頬を紅潮させている。濃いブロンドのジョージーは、とても背が高く、ほっそりしていた。リジーを見やるその目は、私はもう決めたの、と言っている。リジーはため息をついた。「ママ、ジョージーお姉様と話してみるわ」

「話すだけじゃだめよ」母は、ジョージーがそこにいないかのように大声をあげた。「我が家は、毎年二度ずつ、伯爵家に招待されているのよ。家族のうちひとりでも欠けるようなことがあれば、あまりに失礼だわ！」

母の最初の言葉は事実だった。アデア伯爵夫妻は、一年に二度、ハロウィーンと、聖パトリックの祝日に屋敷を開放する。前者には仮面舞踏会を開き、後者には派手な屋外パーティーを開くのだ。リジーの母はこの二つの催しのために生きているようなものだった。アイルランド社交界のエリートたちに自分の娘を引き合わせる絶好の機会だからだ。三人の娘のうちひとりでもいいから、裕福なアイルランド貴族、できれば、ド・ウォーレン家の息子のひとりと結婚させてほしい、と母が神に祈っていることは、誰もが知るところだった。しかし、それは母の望みにすぎないことも、リジーはわかっている。フィッツジェラルド家はとても高貴なケルト族の血筋を引いていると母が主張したところで、ド・ウォーレン家の身分はフィッツジェラルド家とは比べ物にならないほど高い。ジョージーが出席を断ったからといって、誰も気にすることはないだろう。

一方で、母が真剣なのもよくわかる。母は娘たちに自分の身を捧《ささ》げているようなものだった。娘たちが幸せな結婚ができなかったらどうしよう、ひょっとしたら結婚できないのではないだろうか、と母が不安に思っていることを、リジーは知っている。母が父の限られた年金でどれほど苦労して三人の娘たちにドレスを着せ、食べさせているか、そして、困窮にあえぐ紳士階級などと悟られずに娘たちを社交界へ送りだそうとしているかということも知っている。もちろん、それはジョージーとて同じだった。

ジョージーがいつもの頑とした口調で言った。「私がいなくたって、誰も気づきはしないわ。伯爵家のご機嫌を損ねるなんて、幻想もいいところよ。それにお父様の年金は限られているし、今ある財産はすべて最初に結婚するアンナに行ってしまうことを考えたら、やっぱり、私は肉屋か鍛冶屋とでも結婚したほうがいいかもしれないわ」

リジーはジョージーのはっきりした物言いに呆気《あっけ》に取られたが、すぐに笑みを隠した。母は呆然《ぼうぜん》としている。珍しいこともあるものだ。

父が口に拳《こぶし》をあてて咳払《せきばら》いした。驚きを隠しているのだろう。

母が泣き崩れた。「私は、あなたたちにすばらしい結婚相手を見つけるために、この身を捧げてきたのよ！　それなのに、今になって、アデアには行かないなんて言いだすなんて！　そのうえ、この世で最も身分の低い人間と結婚したほうがいいだなんて！　あなたって人は、ジョージーナ・メイ！」母は泣きながら食堂を出ていった。

部屋の中が、しんと静まり返った。

さすがのジョージーも、決まりが悪そうだ。

父はジョージーを咎《とが》めるように見つめた。「二人でよく話し合いなさい」ジョージーとリジーの二人に向かって言った。それからジョージーに向かって言い足した。「おまえのことだ。何が正しいかはきちんとわかるはずだ」

ジョージーはため息をつき、リジーのほうに向き直った。うんざりした表情を浮かべている。「私が社交界の催しが苦手なのは、あなたも知ってるでしょう。できれば、今回だけは避けたかったのに」

リジーは、大好きな姉に歩み寄った。「結婚は人間の社会的目的を果たすための明確な手段のひとつだって言わなかった？」ジョージーほど物事を合理的に解釈し、より適切に結論づけられる人はいないだろう。

ジョージーは目を閉じた。

「それに、こうも言ってたわ。結婚は、それにかかわる両当事者にとって、互いに有益なものなのよ、って」ジョージーの言葉をそっくりそのまま繰り返していることを意識しつつ、リジーは言った。

ジョージーがリジーを見つめた。「あれは、ヘレン・オデルの婚約のことを言っていたの。あの年を取ってて、愚かで、めかし屋のサー・ランデンと婚約したヘレンのことをね」

「お母様は私たちのために一生懸命やってくれているのよ。ときには、愚かでくだらないと思うこともあるけど、でも、お母様はいつだって本気なんだもの」

ジョージーはテーブルに近づき、椅子に腰かけた。むっつりとしている。「ただでさえ恐ろしく気分が悪いの。これ以上いやな思いをさせないでちょうだい」

リジーはジョージーの隣に座り、彼女の手を取った。「いつも冷静なお姉様が、いったいどうなさったの？」

ジョージーはまじめな顔でリジーを見つめた。「今回だけはいやなの。家でお父様の『ダブリン・タイムズ』を読んで過ごしたいのよ。それだけのこと」

それだけのはずはない。けれども、母の結婚相手探しをやめさせたい、という理由でもないはずだ。前に母がジョージーのために結婚相手の候補を家に連れてきたことが二度あったが、どちらの場合も普通の女性なら間違いなくうんざりするような相手だったにもかかわらず、ジョージーはうやうやしく接していたのだから。

ジョージーはため息をついた。「アデア伯爵家の人には会いたくないの。そんなことを言えば、お母様はかんかんになってお怒りになるでしょう。あそこで結婚相手を見つけられるとしたら、それはアンナよ。どうせ彼女が全男性の注目を浴びるんだもの」

　ジョージーの言うとおりだった。アンナは美人なうえに屈託がなく、もちろん色気もある。「嫉妬《しっと》してるわけじゃないわよね？」まさかと思いつつ、リジーは驚いて尋ねた。

　ジョージーは胸の前で腕を組んだ。「違うわ。アンナのことは大好きよ。誰だってそうでしょう。でも、そうね。アンナには高貴な生まれの求婚者がたっぷりと現れるでしょうけど、私とあなたはそうはいかないわ。だったら、行く必要なんかある？」

「本当に家に残りたいなら、偏頭痛がするって言えば？　それとも、急にひどい腹痛を起こすとか」リジーは言った。

　ジョージーはリジーを見つめ、ようやく笑った。「今まで偏頭痛なんて起こしたことないのよ。それに腸もすごく丈夫なの」

　リジーはジョージーの腕に手を置いた。「確かにアンナお姉様は色気があるけど、ジョージーお姉様だって頭がいいし、誇り高い方だわ。それに、とてもすてき。きっといつか本当の愛を見つけられると思う。絶対よ。ひょっとしたら、アデア伯爵家の人だったりして」

　ジョージーは首を横に振った。しかし、目は笑っている。「リジーったら、安っぽい小説の読みすぎよ。本当にロマンチックな子ね。本当の愛なんて存在しないの。どちらにしても、私より背の高い男性なんてそうそうお目にかかれないわ。問題はそこなのよ」

リジーは笑うしかなかった。「そうね、そうかもしれない。でも、そんなことを言えるのも、お姉様にふさわしい紳士に巡り合うまでよ。たとえ背が低くても、そんなことは気にしない人かもしれないでしょ」

ジョージーは椅子にもたれかかった。「アンナには、すばらしい結婚をしてもらいたいと思わない？」

リジーはジョージーの目を見つめた。「それって、ものすごいお金持ちと結婚してほしいということ？」

ジョージーは唇を噛んで、うなずいた。「お母様はとても喜ぶし、経済的にはこの家も楽になるわ。そうしたら私は一生独身でもかまわなくなるもの。そうでしょう？」

「お姉様にも、いつかきっといい人が見つかるわよ！」本心からの言葉だった。「私は平凡で太っているから、独身を通すしかないけど。でも、それでもいいの」リジーは口早に言い足した。「だって、いずれ誰かがお母様とお父様の面倒を見なければならなくなるもの」リジーはもう一度微笑んだ。しかし、ふとティレル・ド・ウォーレンの顔が脳裏をよぎった。「妄想を抱いているわけじゃないわ。お姉様のことも然《しか》りよ」

ジョージーもすぐに反論した。「あなたは太ってなんかいないわ。少しぽっちゃりしてるだけ。それにとてもかわいいじゃない！　おしゃれをしようとしないだけよ。そういう意味では、お互い似た者同士だけど」

リジーはティレル・ド・ウォーレンと彼の運命について考えていた。彼は真実の愛を探すに足る人だわ。そして、いつかきっと真実の愛を見つけだすことだろう。彼には幸せになってほしい。リジーは心からそう願っていた。

そういえば、昨年の舞踏会では、ティレルはアラブのシークの仮装をしていたと聞いている。明日の夜は、どんな仮装をするのだろう。

「本当のことを言うと、舞踏会に出なくてもすむなんて思ったことはないのよ」ジョージーはまだ話していた。

リジーはジョージーを見つめた。「私の衣装、どう思う？」

ジョージーはぽかんとして目を瞬いた。それからいたずらな笑みを浮かべた。「知ってる？　女性の多くは、あなたのようなスタイルにすごくあこがれているのよ、リジー」

「どういう意味？」リジーはむっとしながら尋ねた。ほっそりしたジョージーが、太った私をばかにしてるのかしら。

「お母様があの衣装を着たあなたを見たら、卒倒してしまうかもしれないわね」ジョージーはにやりと笑い、リジーの手をつかんだ。「でも、とても似合っているわ」

ジョージーの言葉が本心であってほしい。ティレルは私のほうなど見ようともしないかもしれない。でも、もし見てくれたなら、牛みたいだなんて思われたくはない。どうか、ティレルに見られませんように。きっとすごくみっともないだろうから。

「どうしたの？　何を赤くなってるわけ？」ジョージーが笑いながら尋ねた。

「暑いだけよ」リジーはすっくと立ちあがった。「赤くなんかないわ」

ジョージーも立ちあがった。「私の目が節穴だと思ったら、大間違いよ。不安でしかたないんでしょう？　アデア伯爵家の舞踏会に出席するのは初めてだから」笑いながら言う。

「私はもう、彼にのぼせてなんかいないわよ」リジーは反論した。

「もちろんそうでしょうとも。ほら、この前の聖パトリックの祝日は、あなたはティレル・ド・ウォーレンのことをずっと見てたりなんかしなかったものね。社交場の会話の席で彼の名前が出るたびに、耳をそばだてたり、頬を赤く染めたりすることもないし。アデア邸の前を通り過ぎるときだって、馬車の窓からまるで引きつけられるように屋敷をのぞきこんだりもしないもの。愚かな女学生の恋はもう終わったに決まっているわよね」

リジーは両腕を抱えこみ、黙りこんだ。ジョージーの言うとおりだった。

ジョージーはリジーの肩に腕をまわした。「あくまでもティレル・ド・ウォーレンに恋してないって言い張るつもりなら、もう一度よく考えたほうがいいわ。お母様やお父様は信じるかもしれないけど、アンナと私はそうはいかないわよ。あなたの姉なんだから」

リジーは降参した。「どうしたらいいかわからないの」ジョージーの手を握って言う。「私はどうしたらいいの？　あんな衣装で大丈夫かしら。彼、私の存在に気づくと思う？　もし気づいたら、なんて思うかしら」

「リジー、百人あまりいるゲストの中であなたに気づくかどうかなんて、私にはわからない。でも、もし気づいたとしたら、社交界デビューする十六歳の娘たちの中で、あなたがいちばんきれいだって思ってくれるわよ」ジョージーは笑みを浮かべながら、しっかりした口調で言った。

リジーには信じられなかった。しかし、ちょうどそのとき母が部屋に入ってきて、二人を睨《にら》みつけた。

「それで、どうなったの？　リジーの言葉を受け入れる気になったのかしら、ジョージーナ・メイ？」

ジョージーは深く反省しているような表情を浮かべながら、立ちあがった。「ごめんなさい、お母様。やっぱり、舞踏会に出席します」

母は喜びの声をあげた。「思ったとおりだった。リジーなら説得してくれると思ってたのよ」母はリジーに向かって満面の笑みを浮かべ、それからジョージーに近づいて彼女を抱きしめた。「あなたは三人の中でもいちばん忠実で、すばらしい娘だわ、愛《いと》しいジョージーナ！　それでは、さっそく衣装の準備を始めないと。リジーは、今日は町へ行く日よね」

もうすぐ十時になることに気がつき、リジーは驚いた。彼女は毎週五、六時間、聖メアリー修道院の修道女の手伝いをしていた。フィッツジェラルド家は二世代前からカトリックではなくなっていたが、そんなことは関係ない。リジーの仕事は、修道院付属の孤児院で孤児たちの面倒を見ることだった。子供の大好きな彼女は、それをとても楽しみにしていた。「もう行かなくちゃ」リジーは大慌てで食堂を飛びだした。

「お父様に馬車に乗せていっていただきなさい。歩かなくてすむから」母が声をかけた。

リジーは家に向かって歩いていた。数日間降り続いた雨のせいで、通りは足首まで泥につかりそうなほどぬかるんでいる。見かけなどどうでもよかったが、家までは八キロもあり、いつもの二倍の時間がかかる。馬を一頭養うのがせいぜいなので、家には馬車は一台しかない。行きは送ってもらったものの、午後はアンナが出かけることになっていて、迎えに来てもらうことはできなかった。アンナと争う気にはなれず、かといって馬車を借りてお金を無駄遣いする気にもなれないリジーは、家まで歩いて帰ることにした。

灰色の空は少しずつ明るくなってきた。明日は、きっと天気もよくなるわ。仮面舞踏会にぴったりのすばらしい日に。道を渡ろうと泥の中に足を踏みこもうとしたとき、ドレスの裾《すそ》を引っ張られたのに気づいた。

きっと物乞《ものご》いね。下を見ると、案の定、衣服を濡《ぬ》らし、寒さに震えるひとりの老女が座っている。

「お嬢さん、どうか一ペニーでも恵んではもらえんかね?」老女は請うように言った。

リジーの心が痛んだ。「これをどうぞ」リジーは持っていたコインをすべて老女に差しだした。お母様はさぞかしがっかりするでしょうけど、かまわないわ。「神の祝福がありますように」リジーはささやいた。

老女は驚いた。「お嬢さんにこそ、神の祝福がありますように!」コインを胸に抱きしめ、老女は言った。「ありがとうございます、お嬢さん。あなたは慈悲の天使だよ!」

リジーはにっこりと微笑んだ。「聖メアリー修道院へ行ってはいかがです？　すばらしいシスターたちが、あなたに寝る場所と食べ物を用意してくださいますよ」

「ええ、そうします」老女はうなずいた。「ありがとうございます、お嬢さん。本当にありがとうございます」

老女が近くの居酒屋でエールを飲んだりせず、修道院へ行ってくれることを願いつつ、リジーは道に足を踏みだした。そのとき、馬車が角を曲がって走ってきた。蹄《ひづめ》と車輪の音に気づき、リジーは音のする方向にさっと顔を向けた。

しゃれた馬車を引く二頭の黒馬が、ものすごい速さでリジーのほうへ駆けてくる。屋根のない馬車には三人の男性が、御者台には二人の男性が座り、鞭《むち》を振るって馬を駆りたてていた。五人は皆、大声をあげて笑いながら、ワインボトルを振っている。馬車はまっすぐにリジーのほうへ向かってきた。リジーは信じられない気持ちでその場に立ち尽くした。

「危ないぞ！」誰かが叫んだ。

しかし、御者を務める男は、まるで何も聞こえず、リジーの姿も見えないかのように声をあげ、馬に鞭をあてた。馬の速度が増す。

リジーははっと我に返った。恐怖に駆られ、道を空けるために歩道のほうへ後ずさりした。

「向きを変えろ！」ひとりがいきなり声を張りあげた。「オーモンド、馬の向きを変えろ！」

しかし馬車は変わらずリジーのほうへ向かってきた。恐怖に怯《おび》えるリジーの目に、馬たちの白目と、大きくふくらんだ鼻孔が飛びこんできた。リジーはくるりと後ろを向き、走ろうとした――が、足がもつれて引っかかった。

バランスを失い、リジーはぬかるんだ道に両手と両膝をついた。

車輪が激しく軋《きし》む音と蹄の音がした。泥と小石がリジーの背中に降りかかる。道で四ん這《ば》いになったリジーの目の前に、蹄鉄《ていてつ》をつけた馬の蹄と、車輪の鉄枠が迫ってきた。恐怖で胸は張り裂けんばかりだった。このままでは死んでしまう。そう思いながら、這ったまま、迫りくる馬車から必死に逃げだそうとした。そのとき、力強い手が彼女をつかんだ。

リジーが安全な歩道に引きあげられた瞬間、馬車が横を通り過ぎた。

リジーは動けなかった。心臓が激しく打ち、肺は今にも破裂しそうだった。ショックでめまいがし、一瞬、目を閉じた。

硬くて力強い手は、まだリジーの脇《わき》の下をつかんでいた。リジーは目を瞬いた。気がつくと歩道の上に横になっていた。頬は小石で引っかかれたように痛み、目の前に男性の膝がある。彼はリジーと一緒に歩道の上にひざまずいていた。助かったんだわ。見知らぬ誰かが、私を救ってくれたんだわ!

「動かないほうがいい」

命を助けてくれた男性の声はほとんど聞きとれなかった。まだゆっくり息を吸うこともできず、激しい鼓動もなかなかおさまってくれない。体も痛んだ。特に腕は関節から外れてしまったかのようだ。それでも、どうにかばらばらにならずにはすんだらしい。すると、男性がリジーの肩に腕をまわした。

「お嬢さん？　話せますか？」

リジーの頭がようやく働き始めた。まさか、そんなはずはないわ！　でも、この男性の声は、間違いなく聞き覚えがある。深くて、力強く、それでいて優しくて、元気づけてくれる声。リジーは、聖パトリックの祝日に開かれる屋外パーティーのたびに、ティレル・ド・ウォーレンの声に耳を傾けてきた。町の政治集会で発言する彼の声も何度か聞いたことがある。彼の声を聞き間違うはずはなかった。

信じられない気持ちで体を震わせながら、体を起こした。ティレルは彼女にさっと手を貸した。歩道の上に座りこんだまま、リジーは顔を上げた。

青い瞳、黒かと見まがうほど濃紺の瞳が、彼女の目をのぞきこんでいた。リジーの心臓は驚いて飛びあがり、興奮冷めやらぬまま、どさっと音をたててもとの場所におさまった。

ティレル・ド・ウォーレンが、私の横で道路にひざまずいている。ティレル・ド・ウォーレンが、またもや私の命を助けてくれた！

ティレルは目を大きく開き、心配そうな表情を浮かべていた。「お怪我《けが》はないですか？」

リジーの肩をしっかりと抱いたまま、彼がもう一度尋ねた。

ティレルに見つめられ、リジーはすっかり口がきけなくなっていた。こんなことってあるの？　彼に会うのを夢に見ていたリジーだが、それはアンナのように美人になった自分が、あくまでもきれいなドレスを着て舞踏会に出席するという場面を想定してのことだった。ぬかるんだ道に座りこみ、口もきけずにいる状態で彼に再会するなんて。

「怪我はない？　話はできる？」

リジーはぎゅっと目を閉じた。体が震え始めた。怖いからではない。私は彼の腕に抱かれているんだわ。彼に抱き寄せられているんだわ。

リジーの中にそれまで感じたことのないまったく新しい感覚が芽生え、体じゅうをものすごい勢いで駆け巡った。温かくて、すばらしくて、どこか気まずくて、恥ずかしい感覚だった。月の明かりに照らされた深夜、自分の寝室にいるときにふと覚えるような感覚だった。ティレルに触れられたことで、リジーの体に火がついたのだ。

なんとかして、話をしなければ。ティレルの力強い脚を包む、上等な革の半ズボンに目がいった。とたんに炎が全身に広がった。そこで無理やり彼の上等なウールの上着に目をやった。彼の目と同じ、濃紺の上着だ。前は開いていて、上着の下は紫がかったグレーの金襴《きんらん》のベスト、その下に白いシャツを着ているのが見えた。リジーはさっと目をそらし、そして意を決したように彼を見あげた。「え、ええ。なんとか、話せます」

二人の視線がぶつかった。ティレルとの距離はあまりにも近く、ずっと昔に記憶したうっとりするような彼の特徴のひとつひとつを改めて見ることができた。ティレル・ド・ウォーレンはやはり、ハンサムだった。瞳は濃くて深い青色をたたえ、まつげは誰が見てもうっとりするほど長い。頬骨は高く、鼻は矢のようにまっすぐだ。いつもよく動く口は、今はぎゅっと閉じられている。怒っているのか、不愉快なのかはわからない。彼はまさに一国の王のような雰囲気を持っていた。

「さぞかし、びっくりしたことでしょう。立てるかい？　怪我はない？」

気をしっかり持たなくては。視線をそらすことができず、リジーはごくりと唾《つば》をのんだ。

「大丈夫……」リジーは口ごもった。「だと思います」

ティレルの視線はリジーの体のほうへ移っていた。胸を通り過ぎ、ヒップやスカートのほうをじっと見ている。「どこか折れていれば、自分でわかるはずだ」ティレルは再び彼女の顔へ視線を戻した。彼の表情がますます曇ったような気がする。「手を貸すから、起きあがってごらん」

リジーは動けなかった。頬が燃えるように熱い。もう少しで馬車に轢《ひ》かれそうになったというのに、心臓が激しく高鳴っている。若くて上品な女性が抱くべきではない感情で、リジーはどうにかなりそうだった。ふと、今とはまったく異なる場所、まったく異なる状況にいる彼の姿が思い浮かんだ。彼の白い馬と薄暗い森の奥で、恋人同士が情熱的に絡み合う姿。ティレルの腕に抱かれた自分の姿が脳裏をよぎり、リジーははっと息をのんだ。

「どうかしましたか？」ティレルが厳しい口調で尋ねた。

リジーは唇をなめ、彼の腕の中で激しいキスをされるイメージを無視しようとした。

「な、なんでもありません」

ティレルは探るような視線でリジーを見つめた。彼に惹《ひ》かれていること、恋い焦がれている気持ちを彼に知られたらどうしよう。ティレルはリジーの体に腕をまわし、彼女を抱きあげた。もうだめ。このまま死んでしまいそう。どうしたらいいの。もう息もできない。

松と土と、彼らしい麝香《じゃこう》の香り。彼が優しく私の腰に力強い手を添えたまま、探るように唇を近づける。体を寄せ合い、太腿と太腿、私の胸と彼のあばらがぴったりと重なる。

「お嬢さん?」ティレルがささやいた。「手を離してもらえないかな」

リジーは無理やり現実に引き戻された。気がつくと、ティレルに抱き起こされ、歩道に立っていた――彼にしがみついたまま。「まあ、どうしましょう」リジーは青くなった。慌てて手を離して後ずさった。目の端で、彼が笑っているのが見えた。

頬がますます熱くなった。私ったら、ティレル・ド・ウォーレンにすっかり身をあずけてしまっていたの? なんてことをしてしまったのかしら。あの瞬間、私は彼と一緒に森の中にいる気分だった。町のハイ・ストリートではなく。そのうえ、キスをされたような気がしていたのよ。それが今、彼は私を見て笑っている。

リジーは必死で冷静さを取り戻そうとした。あまりのショックに、頭がうまく働かない。彼に恋をしていることがばれてしまったかしら? リジーは思わず視線をそらした。恥ずかしくて死んでしまいたい。

「さっきの五人を捕まえて、ひとりずつ泥の中に顔を突っこませてやりましょう」急にティレルが言った。それからポケットに手を入れ、驚くほど真っ白なリネンのハンカチを取りだし、リジーに向かって差しだした。

「あの方たちをご存じなのですか？」

ティレルはリジーの顔を見つめた。「ええ、残念ながら。ペリー卿《きょう》にオドネル卿、レッドモンド卿、ポール・ケリー、それからジャック・オーモンドです。上流階級のろくでなし野郎どもですよ」

「私のために、あの方たちを追いかけるようなことはなさらないでください」リジーはなんとか言うことができた。話題が変わったことで、落ち着きを取り戻したのだ。「単なる事故ですから」自分がひどい格好をしていることにようやく気づいた。どこもかしこも泥だらけだ。スカートも、胴着も、手袋も、顔も。再び激しい動揺が襲った。

「あいつらをかばうつもりですか？　もう少しで殺されかけたというのに！」

自分の見苦しさに悔しい思いをしながらも、リジーは顔を上げた。白いハンカチのことはすっかり忘れていた。「もちろん、町の中を暴走するなど許されないことですわ。でも、単なる事故ですから」リジーは急に泣きたくなった。どうしてこんなことになったのだろう。修道女マリアンのすてきな衣装を着る明日の舞踏会で、彼に会いたかったのに。

「君は寛容すぎる」ティレルが言った。「彼らには、自分たちの過ちに気づかせてやるべきだ。だが、今の僕にとって大切なのは、君を家に送り届けることだ」ティレルはかすかにリジーに向かって微笑んだ。「ご自宅まで送らせていただけますね？」

その言葉に、リジーはとまどった。状況が違っていたら、まるで彼が自分を口説こうとしているように感じたことだろう。リジーは必死で頭を働かせた。彼と一緒にいられる絶好の機会だと思う自分と、今すぐここから逃げだしたいと思う自分が心の中で葛藤《かっとう》した。ひとりになれば、また今日のこの出会いを毎日夢想することだろう。自分の好きなように脚色して。でも、待って。よく考えてごらんなさい。彼にレイヴン・ホールまで送ってもらったら、お母様が出てきて、きっと大騒ぎをするわ。ティレルに中に入ってお茶を飲むよう勧めるはずだし、紳士である彼は、きっとそれを断ることはしないだろう。お母様のことだ。結婚適齢期の娘が三人もいることを、それとなくほのめかすに決まっている。それではあまりにも気づまりだし、恥ずかしすぎる。

これはおとぎばなしなんかじゃない。舞踏会の会場にいるわけではないし、そもそも私はアンナのようにきれいじゃない。太っていて、泥だらけで、びしょ濡れになって、道の上に立っているだけ。一緒にいる男性は自分よりもずっと階級が上なのよ。彼が本物の王子様なら、私は乳搾りの娘も同然だわ。

「これは申し遅れました」ティレルはリジーの沈黙の意味を勘違いしたらしい。「ド・ウォーレンと申します。どうぞ、なんなりとお申しつけください、お嬢様」ティレルは真剣な口調でそう告げた。

「せっかくですが、ひとりで帰れます。でも、ありがとうございました。勇敢にも、そしてご親切にも私を助けてくださり、本当にありがとうございました」ティレルが驚いて眉をひそめた。これ以上、余計なことを言ってはだめよ――でも、言わずにはいられなかった。「ですが、もっとご自分の立場をお考えになってください。あなたがどれほどご身分の高い方かは、誰もが知っていることです。命を助けてくださり、心から感謝しています。このご恩は一生忘れません。どうすればお返しができるのでしょうか」

ティレルは驚きを超えて、面白がっているようだった。「お返しなんて必要ありませんよ、お嬢さん。それよりも、君が目的地に無事到着するよう、見届けさせてもらいますよ」断固とした口調は、相手の反論を許さない、上流貴族の物言いそのものだった。

リジーは唇を濡らした。家まで送ってもらえたら、どれほどうれしいことか。「聖メアリー修道院へ行くところなのです」リジーは嘘《うそ》をついた。「この通りを行ったすぐ先ですから」

「わかりました。ですが、やはり無事に建物の中に入るまで、この目で見届けさせてください。それだけは譲れません」

リジーは躊躇《ちゅうちょ》したものの、有無を言わさぬ視線に圧倒され、彼の腕を取った。再び体が震え始めた。恐怖や不安からくる震えとは違う。上品に足元に視線をやるべきだとはわかっていたが、うっとりと彼の顔を見あげずにはいられなかった。なんてハンサムなのかしら。ティレルほどハンサムで魅惑的な男性を見たことがなかった。思わずそう口走りそうになった。いいえ、それ以上のことも。

ティレルは優しく、誘惑するかのように言った。「僕の顔に何かついている？」

リジーは、さっと目をそらした。「すみません。その、あなたがあまりにハン……いえ、お優しくていらっしゃるから」リジーはつぶやいた。危うく本心を口に出してしまうところだった。

ティレルは驚いた表情を浮かべた。「親切なのと、困っている淑女を助けるのとは別問題ですよ。紳士なら誰でもすることをしただけのことです」

「そうでしょうか」思い切って彼を見つめたまま、リジーは言った。「自分の命を失う危険を冒してまで、泥の中に飛びこんで見も知らぬ女を救おうとする紳士なんて、いないと思います」

「どうやら男性のことを敬服してはいらっしゃらないようですね。まあ、無理のないことだとは思いますが。あんな目に遭ったのだから」

リジーは、ティレルとの会話を楽しく感じ始めていた。「これまで男性に優しくされたことがありませんから」リジーはとまどったが、本心を伝えることにした。「率直に申しあげて、私の存在に気づいてもくださらない男性がほとんどなんですもの。あなたが現れなかったら、誰も私のことなど助けてはくださらなかったと思います」

ティレルはリジーに顔を近づけた。「これまで男性に不親切に扱われたとは、実に遺憾なことだ。僕には、まったくもって理解できない」

自分なら彼女の存在を見逃すはずはない、とまでは言わなかった。やはり、単に女性に対して丁重に接しているだけなのだろう。「親切で、勇敢なだけでなく、口もお上手なのですね。それにハンサムだし」自分の言葉にはっとし、ひどく落ちこんだ。

ティレルはくすくす笑っている。

頬が赤らむのを感じ、リジーはうつむいた。

修道院へと向かいつつ、しばし沈黙の時間が訪れた。リジーは、たわいのない子供のようにふるまう自分を蹴《け》りつけたいような気分だった。

やがて、ティレルが沈黙を破った。これまで以上に慇懃《いんぎん》な口調だった。「君こそ、実に勇敢な女性ですよ。あのような目に遭えば、ほとんどの女性がむせび泣いたり、ヒステリーを起こしたりするものです」リジーの大げさな褒め言葉など聞かなかったようなふりをして、ティレルは言った。

「泣いてもしかたありませんから」リジーは唾をのみこんだ。むしろ、今のほうが泣きたい気分だった。しかし、ちょうどそのとき、二人は修道院の正面に着いた。彼がじっと自分を見おろしている。リジーはゆっくりと顔を上げた。

「着きました」リジーから目を離さず、ティレルが静かに言った。

「ええ」そう答えたとたん、まだ着かなければいいのに、という気持ちが胸にあふれた。リジーは唇を濡らし、息も継がずに言った。「命を助けてくださり、本当にありがとうございました。いつかきっと、このお返しをさせていただきたいと思います」

ティレルの笑顔が消えた。「お返しなどいりません。紳士としての務めですから。いざとなれば、喜んで助けますよ」あまりに優しすぎる言葉だった。

消えてはいなかったものの、どうにか抑えこんでいた炎が、体の中でいっきに燃えあがった。ティレルは、ほんの数センチしか離れていない場所で、リジーのほうを向いて立った。

ている。道の両側に立っている化粧漆喰《しっくい》と木材で造られた建物が、視界から消えた。リジーは目を閉じた。ティレルは腕をつかんだまま彼女を引き寄せ、自分の腕に抱いた。リジーは息を止めて待った――ティレルが身をかがめて、彼女の唇にキスをしてくれるのを。

そのとき、頭上でチャペルの鐘が午後の時間を告げた。響くようなその音に、リジーははっと現実に引き戻された。彼女は歩道の上にティレルと並んで普通に立っていた。彼はまた、彼女の妄想を見通したかのように、彼女をじっと見つめていた。

どうか、彼は気づいていませんように。「それでは失礼いたします。ありがとうございました」リジーはそう言い、くるりと振り向いて、中庭へ続く大きなドアを開けた。

「お嬢さん！　ちょっと！」ティレルが叫んだ。

しかし、リジーは安全な修道院の敷地の中にすでに逃げこんでいた。彼と出会ったことを喜ぶと同時に後悔しながら。

2

仮面舞踏会

　二人で共有している寝室にリジーが足を踏み入れると、アンナはすでに舞踏会の衣装に着替えていた。リジーはたまらなく不安だった。前日のティレル・ド・ウォーレンとの衝撃的な出会いからまだ立ち直ることができず、現実に起きたことだとは、とても信じられずにいた。前日の午後の出来事を心の中で何度も思い返したあと、ようやくわかったのは、自分がたわいのない愚か者か分別のない子供のようにふるまったことと、自分の彼への思いが、きっと彼にわかってしまったに違いないということだけだった。舞踏会に行くべきかどうかも悩み始めていた。でも、お母様をがっかりさせるわけにはいかない。

　昨日、家に帰ったリジーは頭が痛いと言って、部屋にこもってしまったので、ティレルと会ったことは誰にも言っていない。ドアノブをつかんだまま足を止めた。アンナに相談しようと思ったのだ。しかし、あまりに美しいアンナを見たとたん、しばし自分の悩み事などどこかへ飛んでいってしまった。

アンナは鏡の前に立ち、最終チェックをしているようだった。エリザベス朝風の、襟ぐりの深い赤いベルベットのドレスを身につけ、首元は白い襞襟《ひだえり》とガーネットのペンダントで飾っている。今日のアンナは、これまでに見たことがないほど美しかった。成長期を美しい姉妹と一緒に過ごすことほどつらいことはないものだ。子供のころから、まわりの人々はアンナをこれでもかというほど褒めそやし、リジーは無視されるか、せいぜい頭をぽんと叩《たた》かれるのがおちだった。母も、当然のことながら、美人の娘を持ったことを誇りにし、耳を貸してくれる者なら誰にでも彼女の自慢をしていた。リジーはアンナに嫉妬《しっと》していたわけではない。姉が大好きだったし、そのような姉がいることを誇りに思っていたからだ。それでも、自分は平凡な人間だと常に感じていたし、自分だけ疎外されているような気さえしていた。

年ごろになってからも、つらい毎日は続いた。アンナと町を歩くたびに、子供のころと同じ思いをさせられたからだった。英国軍の兵士は、アンナの名前を聞きだそうと彼女を一生懸命追いまわした。けれども、リジーのことなど誰も見向きもしない。アンナの注意を引きたいがために、リジーに声をかけてくるだけだ。姉のために何度、男性との仲を取りもったことか。

皮肉なのは、リジーはアンナとよく似ていながら、じっくり比較すると、どこを取ってもアンナのほうが完璧《かんぺき》にできていることだった。アンナの髪はハニーブロンドで、自然なウェーブがあるのに対し、リジーはコッパーブロンドで細かく縮れている。アンナの瞳は目の覚めるような青なのに、リジーはグレーだ。頬骨もアンナのほうが高く、鼻もまっすぐでより模範的、唇もふっくらとしている。アンナは体形も完璧だった。細いけれども、出るところは出て、引っこむべきところは引っこんでいた。アンナとすれ違う男性は、一度ならず、二度、三度と彼女のほうを振り返るのに、リジーにはどんな放蕩《ほうとう》者も目もくれようとしない。ひょっとしたら、人込みの中にまぎれると姿が消せるというびっくりするような才能に恵まれているのでは、と思えるほどだった。

リジーが部屋に足を踏み入れたとき、アンナは胴着を調整しているところだった。白い襞襟で縁取られ、ありえないほどウエストの細いアンナの姿は、息も継げないほど美しかった。

同年代の女性たちの中には、アンナが自惚《うぬぼ》れていると言って批判する者もいた。リジーはそうではないことを知っていたが、アンナが周囲にそういう印象を与えるのは無理からぬことだった。アンナだけが注目を浴びることに嫉妬する女性が周囲にいれば、なおさらだ。母の友人の中には、アンナのことを〝みだらな娘〟と呼び、陰で悪口を言う人もいた。けれども、彼らとて嫉妬しているのだ。アンナは自分の気に入った男性を振り向かせることができるけれど、自分たちの娘にはそれができないからである。でもそれは、アンナが無頓着《むとんじゃく》で、陽気だからであり、彼女はみだらなどではないし、はしたなくもない。

そのアンナが、顔をしかめていた。衣装のどこかが気に入らないらしい。リジーには、どこに問題があるのか、まったく想像もつかなかった。「大丈夫、完璧よ、アンナお姉様」

「本当にそう思う?」アンナが振り向いた。そのとたんに、自分の衣装のことなど、どこかへ飛んでしまったらしい。「リジーったら! まだ髪さえ整えてないじゃないの。早くしないと遅刻してしまうわ」アンナは失望したように大声をあげたが、ふと真顔に戻った。「どうかしたの?」

リジーは唇を噛《か》み、どうにか微笑《ほほえ》んだ。舞踏会に行けば、ティレルは私に気づくだろう。どちらにしても、すでに知り合った仲なのだから。私はまた笑われるのかしら? 彼は私のことをどう思ったのだろう? 「私なら、大丈夫よ」リジーは体を震わせながら、息を吸った。「その衣装、すごくすてき。本当にきれいよ、アンナお姉様。今夜こそ、お母様の願いが叶《かな》って、あなたにすてきな結婚相手が見つかるわ」姉には、相手の地位や豊かさとは関係なく、心から愛する人と結婚してほしいと願っていたが、今のリジーはそれどころではなかった。

アンナは鏡に向き直った。「この色だと、顔色が悪くならない? すこし暗くないかしら」

「そんなことないわ」リジーは答えた。「本当にすてきよ」

アンナはしばらく鏡の中をのぞきこんでから、もう一度リジーに向き直った。「あなたの言葉を信じたいわ。リジー? 顔色が悪いわよ」

リジーは深々とため息をついた。「舞踏会に行けるかしら。あまり気分がよくないの」

アンナは、信じられない、という目つきで見つめた。「人生初の舞踏会に行かないつもり？　リジーったら！　ジョージーを呼んでくるわ」アンナは悲嘆に暮れた表情を浮かべ、急ぎ足で部屋から出ていった。

アンナとリジーは一歳半しか違わない。二人は仲のいい姉妹だが、それは単に年が近いからというだけではなかった。リジーにないものをすべて持っているアンナに、彼女はとてもあこがれていた。アンナほど美しくて、皆に崇拝されるというのはどんな気分なのか、リジーには想像もつかない。そして三人姉妹のうち、キスの経験があるのもアンナだけだった。それも一度でなく、何度も。三人はことあるごとに夜更かしをし、衝撃的で、大胆なアンナの経験談に耳を傾けた。アンナは有頂天になって話をするものの、ジョージーはたいてい、あまりいい顔をせずに聞いている。一方リジーは、オールドミスになる前に、一度でもキスができるのかしら、ということばかり考えていた。

リジーは、自分のベッドに置かれた濃い緑色のベルベットのドレスを見やった。それが彼女の衣装だった。美しいが、シンプルなドレスだ。長い袖《そで》の先が広がったスクエアネックのベルスリーブで、デザインは慎《つつ》ましいものである。それでも、体にぴったりと張りつき、体の線を浮きたたせてくれる。リジーはドレスの横に腰かけた。きれいに洗濯したリネンのハンカチを取りだし、くっきりと刺繍《ししゅう》されたイニシャルを見つめる。ＴＤＷ。ハンカチを握りしめ、リジーは目を閉じた。もう一度、昨日に戻って、やり直せたらいいのに。でも無理よね。どれほど願っても、そんなことはありえない。ティレル・ド・ウォーレンに自分を印象づけるたった一度のチャンスだったのに。これからどんなに手を尽くしたところで、完全に手遅れだわ。

アンナがジョージーと一緒に戻ってきた。ノルマンディーの時代の女性に扮《ふん》したジョージーは、紫色の長いチュニックを羽織り、金色のサッシュベルトで結んでいる。髪はひとつにまとめてあった。ジョージーはリジーを探るようにじっと見つめた。「あなたの様子が変だって、アンナに聞いたわ。でも考えてみれば、昨日聖メアリー修道院から戻ってきたときから、おかしかった。何があったの？　具合が悪いなんて嘘《うそ》でしょ？」

リジーはハンカチを取りだした。「昨日、修道院の近くで、彼に命を救われたの」

「誰に？」ジョージーは尋ねた。「何があったの？」

アンナが横に座ると同時に、リジーは話し始めた。「もう少しで、馬車に轢《ひ》かれそうになったの。そしたら、ティレル・ド・ウォーレンが私を救ってくれたのよ」

ジョージーもアンナも驚きの表情を浮かべた。

ジョージーが言った。「それで、今ごろになって、告白しているわけ？」

アンナも呆気《あっけ》に取られている。「ティレル・ド・ウォーレンがあなたを助けてくれた？」

リジーはうなずいた。「彼が助けてくれたの。それに、とても親切にしてくれたのよ。馬車を暴走させていた不埒な男たちを追いかけて、文句を言うって約束してくれたの。私を家まで送り届けたいとまで言ってくれたわ。それなのに、私はまるで子供みたいに、あなたは親切で、勇敢で、ハンサムだ、なんて彼に言ってしまったのよ！」

ジョージーは驚きの表情を浮かべている一方、アンナは相変わらず信じられないようだった。ジョージーはようやく、そして慎重に尋ねた。「それの、いったい何がまずいの？　子供のころからずっと、彼との再会を待ち望んできたじゃない」

「私の話を聞いてくれてなかったの？　彼に私の気持ちが知られちゃったのよ」

「そういうことなら、もう少し慎重にすべきだったわね」ジョージーが言った。

アンナは笑いながら立ちあがった。「男の人は、強いとか、勇敢だとか、ハンサムだって言われるのが大好きなのよ。それにしても、ティレル・ド・ウォーレンに命を救われたなんて信じられないわ。リジー、ちゃんと話して！」

「アンナお姉様なら、空が頭の上に落ちてくると言えば、男の人はみんな、そのとおりだって言ってくれるわ。お姉様にあなたのあばたがすてきなんて言われたら、男性はひざまずくわよ。でも、私はだめ。しゃれた褒め言葉なんて、ひとつも出なかったの。それどころか、笑われたの」

「あなたを見て、笑ったの？　きっとまだ十六歳だって気づいたのよ」アンナが言った。するとジョージーが救いの手を差しのべてくれた。リジーの隣に座り、彼女に腕をまわす。「大げさに考えすぎよ、リジー。ハンサムだって言われたこと、彼は気にしていないと思うわ。それにアンナが言ったように、男性は褒められるのが大好きなのよ。考えてもごらんなさい。ティレル・ド・ウォーレンに命を助けられたなんて！　まるであなたの大好きな小説に出てきそうじゃない？」

それでもリジーは不満だった。「そんなんじゃないの。本当にひどかったのよ。私、泥だらけだったんだもの。ドレスはもちろん、髪にまで泥がついていたんだから。彼はすごく紳士的だった。でも、心の中では、とんでもない娘だって思っていたはずよ」

「紳士なら、女性を見かけだけで判断したりしないわ。ましてや、状況が状況だもの」ジョージーは冷静に言った。

リジーはジョージーを見つめた。「それに、お母様みたいに、愚かでくだらないことをしゃべり続けたの。やっぱり私も愚かなのよ。お母様の娘だから」

「リジー！　あなたはお母様とは違うわよ」ジョージーが声を荒らげて言った。

リジーは涙を拭《ふ》いた。「泣いたりして、ごめんなさい。でも、本当に彼は勇敢だったの。私の命を救ってくれたのよ。今夜、彼に会ったらどうすればいいの？　今夜は行かないって言う勇気があればいいのに。でも、お母様をがっかりさせたくはないわ」

「話はそれだけ？　もう、何も隠してない？」アンナが尋ねた。

「もちろんよ」リジーは、自分の体を抱きしめた。あまりに恥ずかしい想像をしていたことだけは、ジョージーにも、アンナにも、話すつもりはない。

「キスされたの？」アンナが尋ねた。リジーがまだ何か隠していると思っているようだ。

リジーは、信じられない、という顔をした。「まさか！　彼は紳士よ！」

アンナはリジーをじっくりと見つめた。「そのわりには動揺してない？」

ジョージーがきびきびした口調で言った。「リジー、気持ちはわかるけど、ことわざにもあるでしょう。こぼれたミルクのことで泣いても無駄だって。すんだことを嘆いてもしようがないわ。あなたが何を言ったにせよ、それを取り戻すことはできないの。彼はあなたの言葉なんて気にしていないわよ」

「そうだといいんだけど」リジーはつぶやいた。

アンナが立ちあがった。「リジーの髪のセットを手伝わなくちゃ。ジョージー、この衣装、私の顔色には暗すぎない？」

「大丈夫よ」ジョージーは答えた。「リジー、ティレルに助けられてさぞかしうれしかっただろうけど、彼はド・ウォーレン家の人間よ。そして、あなたはフィッツジェラルド家の娘なんだから」優しい口調だった。

アンナが腰に手を置いた。「それにまだ十六歳でしょ」そう言い足して、満面の笑みを浮かべた。「意地悪で言ってるわけじゃないのよ、リジー。でも、ああいう高貴でお金持ちの男性が考えることといったら、自分が口説こうとしている美しい商売女のことばかりなものよ。ほら、急がないと遅れちゃうわ！」

リジーは体をこわばらせた。アンナの言葉は冷水のようにリジーの頭に降りかかった。不意に、それまでの不安が無意味なものだったことに気づいた。お姉様たちのおっしゃるとおりだわ。彼はド・ウォーレン家の人間だ。それに対し、私はアイルランドの貧しい家庭の娘にすぎない。そして私はまだ十六歳だけど、彼は二十四歳なのだ。私を聖メアリー修道院に送り届けたとたん、私と出会ったことなど忘れてしまったに決まってるわ。もう一度私を見たところで、私だと気づくはずがない。彼が探すのは美しい貴婦人だもの。あるいは、男性の気を引こうとする名うての高級娼婦《しょうふ》とか。

リジーはますます落ちこんだ。

「大丈夫？」リジーの様子に気づき、ジョージーが尋ねた。

「ええ、心配しないで」下を向いたまま答えた。「私って本当に愚かだわ。彼が一瞬でも私のことを考えてくれたなんて思いこんだりして。ごめんなさい。私のせいで、お姉様たちを待たせたうえに、遅刻させてしまうわ」リジーは立ちあがった。

「謝ることはないわ」ジョージーも立ちあがりながら言った。「あなたはずっと前から彼のことが大好きだったんですもの。そんなふうに再会するなんて、さぞかしショックだったと思うわ。とにかく、着替えましょう。私たちが手伝えば間に合うわよ」

アンナは衣装だんすの前に立っていた。「髪を巻いてあげる。私のほうが上手にできるもの。焼きごてを温めておくわね」

リジーはどうにか笑みを浮かべ、ドレスを脱ぐのを手伝ってもらうためにジョージーに向き直った。それでも、心は激しく揺れていた。一度はあんなに気分が高揚したのに、今は落ちこむ一方だ。でも、これがいちばんいいのよね？　彼は私のことなど二度と思いださないだろう。それがいちばんいいのよ。あくまでも私の心の中だけに住む、秘密の恋人でいることが。

それでも、心を決めた。アンナのほうを振り返り、彼女の手をつかむ。きっと頭がどうかしたと思われているわ。「お願い、私をきれいにして」リジーは叫んだ。

アンナは驚いた表情でリジーを見つめた。

「とびきりすてきな髪型にしてね。口紅もつけたいわ。それにアイシャドーも」

「やってみるわ」アンナは、同じくらい呆気に取られているジョージーをちらりと見やった。「けど、リジー、どうしちゃったの?」

リジーは息をのみ、祈るように言った。「今夜は二度目のチャンスだと思うの。今度こそ、彼に見てほしいの。たとえ一夜限りのことだとしても」


南アイルランドでは最大の広さを誇る大邸宅の、幅広の石灰岩の階段をのぼっているあいだじゅう、母はしゃべり続けた。わずか数十年前のジョージ王朝風の淑女に扮した母が言う。「こんなにうれしいことはなくてよ。リジー、いよいよあなたの社交界デビューの日がきたのね。胸を張って、お姉様たちと並んで立てる日が。本当に楽しみだわ。今夜、さっそく結婚相手を見つけても、私は驚かないわよ」

一行はほかのゲストたちのあとについて屋敷の中へ入った。ゲストは皆、シルクやベルベットでできた美しい衣装に身を包んでいる。リジーは、母に言葉を返すことも、笑いかけることもできなかった。息もつけないほど緊張し、今にもめまいを起こしそうだった。どうしてこういうことになったのか、今もわからない。ベルベットのドレスは、これまで触れたことがないほど肌触りがよく、それに最高にセクシーだった。リジーがドレスを身につけたとたん、二人の姉はリジーに鏡の前に立つよう強く言い張った。濃い緑色のベルベットは、色白のリジーの顔色はもちろん、髪や瞳の色までをも引きたたせ、かつてないほど彼女を輝かせた。ふっくらした唇には口紅を塗ったものの、頬紅はつけていない。興奮して紅潮した顔をそれ以上赤くする必要はないと、姉たちに言われたからだった。ドレスを着たことで、スタイルまでがよくなったようだ。ドレスのネックラインは想像以上に深く、むきだしの胸元や長い首、そして顔につい視線がいってしまう。アンナは一時間もかけて髪を巻いてくれた。頭の上に上げてまとめるのかと思いきや、腰まで髪を下ろしてくれた。赤みを帯びたブロンドのウェーブがリジーの顔を縁取り、頬骨をくっきりと見せている。自分を初めてかわいいと思えたことに、リジーは驚いた。そして自分が魅力的な女性になったような、本当にロビン・フッドの恋人になれたような気がした。

父が彼女の手をつかんだ。「私のかわいい娘が、すっかり美しい女性になってしまったようだ」自慢げではあったが、父の目は赤く、涙が浮かんでいた。

リジーは反論しないことにした。今夜だけは。アデア邸の階段をのぼっているあいだは。

「お母様、リジーがおしゃれに目覚めたことは、正しい方向への第一歩だと思うわ。でも、まだ十六歳よ。社交界デビューを果たした初日から、あまり高い希望を持ちすぎるのはよくないわ」ジョージーが言った。

リジーは、そのとおりだわ、と心の中で思った。

しかし、母は興奮したように続けた。「今日は、伯爵の息子さんたちが全員出席されるって聞いたわ。奥様の連れ子のおひとり、弟のショーン・オニールもいらっしゃるんですって。もっとも、お兄様のオニール艦長はどこにいるのか知らないけど」母はにやりと笑った。「リジー、ショーンは若いのよ。あなたとちょうどお似合いなくらいだわ」

「もう何度も聞いた話だぞ」父が言った。「いいかい、リディア、ジョージーの言うとおりだ。あまりリジーにかまうんじゃない。リジーがめまいでも起こしたらどうするのかね？」父は断固とした口調で言うと、母の手を脇《わき》に抱えこみ、微笑んだ。いよいよ五人は、床が石敷きになっていて、天井が高い、大きな玄関ホールへと入ろうとしていた。屋敷のこの部分は何世紀も前に造られ、特に床は最初に屋敷が建てられた当時のものがそのまま残っているという。「今夜の君はとりわけ美しいよ」父が静かに言った。

母は父に笑みを返した。「あなたこそ、すばらしいエスコート役よ。それに、かつらをかぶったあなたって、本当にすてき」父はジョージ王朝初期の仮装をしていて、フロックコートやストッキング、そして髪のカールした長いかつらをつけていた。

ふと気づくと、リジーはドアの前で立ち止まっていた。家族は皆、玄関口を通り抜け、フィッツジェラルド家の屋敷ほどの広さのある大広間へ向かっているところだった。リジーは顔につけている白い仮面に手を触れた。仮面といっても、隠しているのは顔の上半分、両目の部分だけだ。興奮しているせいか、なんとなく落ち着かない。

アンナが大広間へ入っていくのが見えた。優雅なアンナはまるで滑るように歩いていく。当然のことながら、二人の英国軍兵士がさっと彼女のほうを振り向いた。将校らしい二人は、すぐに彼女のもとへ歩み寄り、お辞儀をした。アンナは頬を赤らめ、自分の名を告げていることだろう。

　ジョージーがリジーのほうを振り返った。アイマスクに手をやって横にずらし、眉を上げながらリジーのところへ戻ってきた。「いらっしゃい、リジー」そう言うと、にっこりと微笑んだ。「心配することなんかないわよ」

　リジーは躊躇《ちゅうちょ》したが、ふと気が変わった。私は今まで、この夜を待っていたようなものだわ。それなのに、こんなところでぼうっと突ったっているつもり？　ティレルはいつも大勢の美しい女性たちに追われている。伯爵の後継者だから当然のこと。今夜もきっと忙しくしているはずよ。アンナが言っていたように、女性を口説いていることだろう。彼が私に気づいたらどうしようなんて、一瞬とはいえ、愚かなことを考えたものね。

　二人の紳士がリジーの横を通り過ぎた。ひとりはマスケット銃兵の仮装を、もうひとりは色鮮やかな大陸風のしゃれ男の仮装をしている。ちらりとジョージーとリジーに目をやったものの、結局はアンナを囲む男性たちのグループに加わった。リジーの緊張はそれ以上ないほどにまで高まった。私はなんのためにこんなことをしているの？　やはり、どうしてもティレルに気がついてほしい！　リジーは背を伸ばして彼を探した。しかし、玄関ホールのどこにも彼の姿はなかった。

「リジー」ジョージーが警告するように言った。「もう引き返すことはできないわよ！」

　まるで彼女の心を読みとったかのように、ジョージーが言った。本当に引き返そうかと思っていたからだった。けれども、やはりティレルに会いたい。彼の姿をひと目見たいし、できるものならば昨日の汚名をすすぎたい。勇気を出すのよ。けれども膝はがくがくと震えていた。

ジョージーが意を決したようにリジーの手をつかみ、前へ引っ張った。彼女を連れて急ぎ足でホールを抜け、アンナの求婚者たちの一団の脇を通り過ぎた。しゃれ男がリジーのほうを振り返ったようだった。大広間は、巨大な柱が高い天井を支えている。天井からは荘厳なクリスタルのシャンデリアがいくつも下がっていた。床は大理石が敷かれ、百人はいるであろうゲストが皆舞踏室へ入っていく。

リジーとジョージーの横に、母が現れた。「しゃれ男に扮したあの方があなたに話しかけようとしていたのに、あなたったら気づかずに通り過ぎてしまったのよ、リジー」

リジーは目を瞬いた。本当にそんなことがあったのかしら？

ジョージーがリジーの手を握りしめた。「見て、アンナはもう男性に囲まれているわ。いい兆候よね、お母様？」

アンナのほうを振り返った母は、いきなり仮面を取って目を見開いた。「まあ！　あれはクリフ・ド・ウォーレンじゃなくて？」

リジーも振り向いた。二人の将校と合わせて四人の男性がアンナを囲んでいる。皆、口々に彼女に話しかけていた。しかし、そのグループのすぐ外側に、仮装をしていないひとりの男性が立っていた。退屈そうな表情と、楽しんでいるふうな表情を半々に浮かべている。決して楽なことではないだろう。黄褐色の筋の入った髪と、目の覚めるような青い瞳の様子から、伯爵家の末息子に違いなかった。かなりの放蕩者だと噂《うわさ》されていたが、リジーは噂をそのまま信じるつもりはなかった。冒険家とも聞いている。この一、二年、西インド諸島にいたらしい。ド・ウォーレン家のほかの人々と同じく、彼も非の打ちどころのないハンサムだった。やがて、彼はグループに背を向け、歩き去った。やっぱり退屈していたのね。

「まあ、なんて失礼なのかしら。許せないわ」母が腹を立てた様子で声をあげた。

「お母様、クリフ・ド・ウォーレンには、アンナお姉様は合わないわ」リジーは部屋をさっと見まわしながら、静かに言った。

母はさらに怒りのこもった表情をリジーに向けた。「どうして？」

リジーはため息をついた。「私たちとド・ウォーレン家では、住む世界が違うもの」リジーはそっと言った。

「彼は末っ子よ。上流階級のお嬢様と結婚なんてできるはずがないじゃない」

「彼だって、ド・ウォーレン家の息子よ。きっとド・ウォーレン家の財産を相続して、自分で選んだ女性と結婚すると思うわ」リジーは言った。

母はむっとしている。

「彼はろくでなしだと聞いている。そういう男に私のアンナをかかわらせるのはごめんだ」父が口を挟んだ。

「もし、彼がうちを訪ねてきたら……いいえ、きっと訪ねてくるわよ。アンナをじっと見てたもの。そうしたら、あなただってきっと喜ぶわ」母は断言した。

リジーはジョージーと目配せし、あれこれ言い合っている両親のそばを離れた。「彼、ハンサムね」リジーは笑みを浮かべた。

「でも、私たちとは不釣り合いだわ」ジョージーも笑いながら答えた。しかし、すぐに笑みが消えた。「ときどき、お母様のことが心配になるのよ、リジー。お母様はすごく重荷を感じていると思うの。結婚適齢期の娘が三人もいるのに、これといった財産もないでしょう。アンナだけでも結婚してくれれば、その重荷がずっと軽くなると思うわ」

「私たちを社交界に送りだす必要がなかったら、お母様は退屈でしかたなかったでしょうね」リジーはまじめな顔で言った。「そうしたら、今ごろ何をしていたのかしら？」

ジョージーは顔をしかめた。「いつか居間で、お母様が息ができないかのように真っ青になって椅子に座って、扇で顔をあおいでいらしたことがあったわ」

リジーはその場で立ち止まった。「お母様はご病気なの？」

「めまいと息切れがしただけだと言っていたわ。でも心配なの。もう少し、のんびりしてくれたらいいのに」

リジーは不安を覚えた。「私たちがお母様を休ませてあげましょうよ」

急にジョージーがリジーの手を取り、からかうように言った。「彼、お母様があなたに会わせたいって言っていた、伯爵の義理の息子のショーン・オニールじゃない？」

ジョージーの視線をたどったリジーはすぐに、背の高い黒髪の青年に気がついた。別の紳士と、ひどくまじめな顔で話をしている。騎士の仮装をしていた。「わざわざ近づいていって、自己紹介なんてしないわよ」

「あら、どうして？　彼、すてきじゃない。爵位もないし、ド・ウォーレンの兄弟に比べれば、ずっと私たちに近い存在だと思うわ」

ジョージーったら、なぜ私を焚《た》きつけようとするのかしら。リジーは顔をしかめた。「ティレルはどこにいるのかしら」リジーはもう一度人込みを見渡した。ティレルがいないことは、百も承知の上だった。彼の名前を口にしただけで、興奮と不安で心臓がうまく鼓動しなくなってしまう。「さあ、舞踏室へ入りましょうよ」リジーは言った。

ジョージーが急にリジーの手を引っ張って止めた。「私、あなたのことも心配なの」

リジーはその場に凍りついた。「ジョージーお姉様ったら」

「違うわよ。彼をびっくりさせて、昨日の町での失態を取り返すつもりでドレスアップしたのなら笑い話ですむわ。でも、もうそろそろ終わりにしたら？　ティレル・ド・ウォーレンだけが男性ではないのよ」

リジーは、自分をかばうように胸の前で腕を組んだ。「別に彼だけが男性だなんて思ってないわ。でも、この気持ちはどうしようもないの。それに、このあいだ言ったこと、私、本気よ。私は、一生独身を貫く運命にあるの」

「そんなことないわ。ひょっとして、自分に求婚してくれる人を探す勇気がないから、自分はティレルを愛していると思いこもうとしていない？」

リジーは息をのんだ。「違うわ。本当に、彼を愛しているのよ、ジョージー。今までずっとそうだったし、これからも気持ちは変わらない。ほかの人を探すつもりなんかないわ」

「でも、彼とは身分が違うのよ」

「だから、私はお父様とお母様の面倒を見ながら、独身を貫くつもりなの。さあ、舞踏室へ行きましょう」リジーは話題を変えようとして言った。

しかし、ジョージーは食いさがった。「リジー、あなたは彼への愛を盾にして逃げているだけよ。小説の世界に逃げこむようにね。でも、あなたは小説の世界にいるわけではないわ。現実に目を向けなくちゃだめ」

「ちゃんと現実に目を向けているわよ」リジーは体を震わせながら言った。「お姉様と同じくらいね」

「私は一カ月に十数冊も恋愛小説を読まないわ。一緒になれないような男性に恋なんてしないし」

「そうね。お姉様は政治に関する評論や記事ばかり読んでいるもの。お姉様だって、今日の舞踏会には出席しないって言っていたじゃない」リジーは反論した。

「私が来たくなかったのは、私にふさわしい人はここにはいないと思ったからよ」ジョージーも言い返した。リジーに負けないくらい顔を紅潮させている。「私だって、いつかはお母様の薦める人と結婚しなければならないと思っているわ。そうでなければ、ひとりでは生きていけないもの。そんなことないって思いたくなるときもあるけど、でも、そうはいかないことくらいわかってるわ。あなたも同じよ。いつかは結婚しなければいけないの。でも、その相手はティレル・ド・ウォーレンではないわ」

「お姉様にそんなふうに言われるなんて、思ってもいなかったわ」リジーは言った。ジョージーの気持ちを考えると申し訳ない気がする一方で、彼女の言葉に失望し、怒りさえ感じた。

ジョージーはすっかり冷静さを取り戻していた。「私たちの心配をするあまり、もしお母様が病気にでもなったら、私はミスター・ハロルドと結婚するかもしれない。あの方がいちばん私に興味を持ってくださっているもの。それに、私にはあまり多くを期待しないだろうから」

顔が青ざめたのが、リジーは自分でもわかった。「でも、あの方はもういい年よ。それに、太っているうえに、禿《は》げているし、何よりもワインを売る商人なのよ!」

「クリフ・ド・ウォーレンのような颯爽《さっそう》とした若者と結婚できるなんて思っていないもの」ジョージーは悲しげな笑みを浮かべた。

「お願い、よりによって、あんな……あんな人と結婚するなんて考えないで」リジーは泣きたくなった。「もっといい人を見つけましょうよ、今すぐに! ここには、すてきな若者がたくさんいるのよ」

ジョージーは目を見開いた。「でも、誰も私のことを振り向いてはくれないわ」

「そんなことないわ」リジーは顔を輝かせた。「今夜のお姉様はとてもエレガントだもの」

ジョージーは肩をすくめた。舞踏室は大広間に隣接していて、何箇所もある両開きの扉を通って直接入ることができる。中はゲストでごった返していて、二人は、ひとりのしゃれ男とその友人のマスケット銃兵にぶつかってしまった。男性たちが頭を下げた。「失礼ながら」しゃれ男が言った。リジーは彼がジョージーに話しかけているのだと思った。

「どうか、この曲を一緒に踊っていただけませんか?」

ジョージーに肘で脇をつつかれ、リジーは初めて自分が話しかけられていることに気づいた。リジーはがっかりした。ダンスなんて踊りたくないわ。ましてやこんなしゃれ男なんてごめんよ。仮面の奥から私の胸の谷間ばかり見てるんだもの。「ごめんなさい。この曲は先約があるんです」リジーは丁寧に答えた。

しゃれ男はそれ以上ごり押しすることなく、たっぷりと詫《わ》びて去っていった。

「リジーったら！」ジョージーは腹を立てているらしい。

「踊るつもりはないもの」リジーは頑固に言い放った。

「あなたは内気なんかじゃない」ジョージーがぴしゃりと言った。明らかに腹を立てている。「どうしようもない愚か者よ！」そう言って、すたすたと歩いていってしまった。

リジーはひとりで残されてしまった。すぐに男性の誘いを断ったことを後悔した。とはいっても、それはジョージーの反応を見たせいにすぎない。ため息をつきながら、リジーはダンスフロアのほうを振り返り、踊っている人々を見つめた。その中にティレル・ド・

ウォーレンがいないのを見て取ると、周辺を見渡した。舞踏室にいないのなら、外庭にいるのかもしれない。とても気持ちのいい夜だもの。

そのとき、誰かに見られていることに気づいた。

リジーは銃で撃たれたかのように体をこわばらせ、さっと振り返った。

ティレル・ド・ウォーレンがすぐ近くに立っていた。膝上まであるブーツ、ぴったり体に張りついた黒い半ズボン、黒いシャツ、黒い眼帯。かつらをかぶり、細く編んだ髪にさらにビーズが編みこまれ、そのビーズが顔のまわりにぶらさがっている。いかにも本物のような剣を差した腰に手をあて、じっとリジーを見つめているようだった。

リジーは息ができなくなった。どうか、そんな目で見つめないで。まるで獲物に飛びつかんとするライオンのような、余念のない目つきで見ないでほしい。ひょっとしたら私の後ろに誰かすてきな女性が立っているのかしら。振り向いたが、誰もいなかった。リジーは、ひとりでぽつんと立っているだけだ。

信じられない気持ちで、リジーは彼と向かい合った。ああ、神様、彼がこちらへやってくるわ!

リジーはすっかり気が動転していた。私ったら何を考えていたの？　彼は伯爵の後継者よ。貧乏なフィッツジェラルド家とは比べ物にならないくらいのお金持ちで、私より八歳も年上なんだから。ティレルは何がしたいのだろう。リジーの心臓は、胸から飛びださんばかりに激しく脈打っている。ああ、このままでは、また愚かなふるまいをしてしまうわ。

リジーはくるりと後ろを向き、舞踏室を飛びだした。急に怖くなったのだ。私は男性を誘惑するような女ではないし、高級娼婦でもない。空想にふけるのが大好きな十六歳のエリザベス・アン・フィッツジェラルドよ。ティレル・ド・ウォーレンを誘惑するなんてとんでもない話だわ。気がつくと、リジーはトランプやさいころゲームを楽しむ大人たちでいっぱいのゲーム室に入りこんでいた。足を止め、息を切らしながら壁にもたれた。これからどうすればいいのかしら。それにしても、彼は本当に私のところへ来ようとしていたの？　もしそうだとしたら、なぜ？

そのとき、ティレルがゲーム室に入ってきた。

それは、まさに寒くて暗い夜明けに差すひと筋の光のようだった。ティレルはすぐに、リジーの姿をとらえた。驚く彼女にかまわず、彼女を壁に押しつけるように立ちはだかった。

リジーはじっと見つめることしかできなかった。心臓が激しく鼓動している。

「僕から逃げられるとでも？」彼はささやき、にっこりと笑った。

リジーは身動きひとつできなくなっていた。それでもなんとか呼吸はできる。ただ、普通とは違う、浅くて速い呼吸だった。いいえ。リジーは首を振ろうとしたが、できなかった。いったい何が望みなの？　私を誰かと勘違いしているの？

ティレルはすぐ目の前にいる。リムリックのハイ・ストリートで出会ったときと同じくらい――いいえ、あのときよりもずっと近いところに。何か答えなければ。でも、なんて言えばいいの？　仮装したティレルを見るのは初めてだった。まるでコインが磁石に引きつけられるように、彼女の視線は、彼の膝上のブーツに吸い寄せられる。そしてブーツの上から、さらに彼の股間《こかん》へ。男らしくふくらんだものの正体を見誤ることはない。リジーは無理やり視線を引き離し、みだらにボタンを外したシャツへ目を走らせた。金にルビーが埋めこまれた十字架が、黒い胸毛に埋もれている。リジーは唾《つば》をのみこんだ。脚のあいだが湿り気を帯び、お腹《なか》の奥がうずき始めた。昼も夜も気づかないふりをしている欲望がリジーを襲った。

「僕から逃げる必要はありませんよ」ティレルの口調は、耐えられないほど優しいままだった。「海賊といっても、その正体はいろいろですから」

私は誘惑されているの？　ああ、神様、二度目のチャンスよ。でも、話すことなんかできない。普通に呼吸もできないのに。何か言わなければ！　海賊に関係のある、機知に富んだことを。「海賊は皆、大騒ぎを引き起こすうえに人殺しもすると聞いています」リジーはどうにかつぶやいた。「ですから、逃げようとするのはあたり前ですわ」

ティレルはにやりと笑い、海賊は絶対にしない礼儀正しいお辞儀をしてみせた。珊瑚《さんご》と金のビーズのついた髪の房が、顔のまわりや豊かな唇の上で揺れた。リジーはどうしようもなく、それを見つめた。彼のキスは、さぞかしおいしいことでしょうね。すると、ティレルが急に体を起こし、片目でリジーを見つめた。「では、僕はほかの海賊とは違うと誓ったら？　決して危害を加えるつもりはないと誓ったら？」

リジーははっと息をのんだ。「それなら、考え直してもいいわ」どうにか答えた。片頬に小さなえくぼができた。「それを聞いて安心しました。ところで、僕たちはすでに知り合っているはずだと思うのですが。違いますか、お嬢さん？」

リジーはティレルの魅力に、一瞬、心を奪われた。

「お嬢さん？　お会いしたことがありますよね？」ティレルが繰り返した。

リジーは、自分が道で彼に助けられた泥まみれの愚かな子供だなどと告白したくはなかった。「あなたが私のロビン・フッド様とおつき合いがあるとおっしゃるのならば」

ティレルは笑みを浮かべたまま、彼女をじっと見つめた。「シャーウッドの森のことならかなり詳しいですよ。もっとも、まだロビン・フッドには会ったことはありませんが」

気がつくと、リジーは笑みを返していた。「本当に会いたいとお思いになるのなら、いつかご紹介できるかもしれませんね」私ったら、彼を誘惑しようとしてる！

眼帯で覆われていないティレルの目がきらりと光った。「僕が紹介してほしいのは、ロビン・フッドではなく、君のほうだ」

リジーは男性にそんな目で見られたことがない。それでも、彼の言葉の意味を間違えるはずはなかった。「修道女のマリアンです」かすれ声でつぶやいた。「私は、修道女のマリアンです」

ティレルはとまどっているようだった。本名を聞きたいのだろう。それでも、さっと頭を下げてお辞儀をした。「ブラック・ジャック・ブロディです。どうぞ、思いのままに」

激しい海風にさらされ、波に揺られながら、船のデッキに立つ二人。彼の顎をこするように揺れる髪の房。彼女の腰を手で支えながら、彼女に覆いかぶさるように体を近づける彼。リジーは目を閉じ、彼のキスを待っていた……。

「お嬢さん？　どうか、ご命令を……この僕に」

リジーは現実に引き戻された。夢に見ていた王子様がすぐ目の前にいて、彼女をじっと見つめている。まるで彼女の夢想を見透かしていたかのように。彼女が求めているものを知っているかのように。

「本当に私の命令に従ってくださるの？」リジーは声を震わせながら、ささやいた。

ティレルはにやりと笑った。「さあ。でも、命令がなければ、それはわかりませんよ」

リジーは驚いたように彼を見つめた。やっぱり、私の考えていたことが読まれていたのかしら。それとも、男と女は、こうして誘惑し合うものなの？　自分の言葉がどう受けとられるのかなんて考えもせずに？

ティレルは両手を壁についてリジーの逃げ場を奪い、体を思い切り近づけた。「さあ、命令してください、お嬢さん。あなたの心の望むままに。そうすれば、この海賊が嘘をついているかどうか、わかるというものです」

キスをして――その言葉が舌先まで出かかった。ティレルにキスをしてもらいたい。

ティレルの顔に官能的な笑みがゆっくりと広がった。「どうかしましたか？」彼は優しくささやいた。

リジーは息をのんだ。

「どこから始めればいいのか、わからないのかな?」えくぼができ、隠れていないほうの目が光った。

私たちがいるのは、シャーウッドの森ではないわ。リジーはどうにか頭を働かせようとした。ここは、ド・ウォーレン家のゲーム室よ。ゲストもいっぱいいるというのに、あえて彼にキスをさせるつもり? そんなことができるの?

「レディには手助けが必要かもしれませんね」ティレルはふっと息を吐いた。「それでは、海賊がひとつ提案をしましょう」

ティレルがますます体を近づけてきた気がした。唇が今にも触れ合いそうだった。リジーの体が震えた。まるで薬をのまされたかのように頭がぼうっとする。まぶたがひどく重くなり、今にも目が閉じそうだ。彼の口が顎をこすった。お腹の奥が引き締まる。ティレルは唇で彼女の肌をなぞり、硬い太腿を彼女の柔らかな体に押しつけながら言った。

「深夜十二時に、西の庭で待っている。そこで、君の望みをすべて叶えよう」優しいけれども、低くて官能的な声だった。

そして次の瞬間、彼の唇がリジーの頬に押しつけられた。さらに悪いことに、彼のたくましくて硬い胸がリジーの胸にあたった。そして、彼は立ち去った。

体が震えて、動けなかった。目を開けたら、体を焼き尽くさんばかりに燃えあがった恐ろしい炎をなんとか静めようとしている自分の姿が、部屋じゅうの人々に見られているのではないか――そんな不安に駆られていた。壁にもたれたまま、冷静さを取り戻そうとした。燃えあがる欲望を振り払うようにして。

いったい何が起こったの？

ようやく呼吸が落ち着いてくると、背を伸ばし、自分の体に腕を巻きつけた。ティレル・ド・ウォーレンが、十二時に庭で私を待っているって言わなかった？　冗談だったの？　それとも、私をそそのかして、逢引《あいびき》の約束をさせたの？

リジーにはまったくわからなかった。

しばらくして、ゆっくりとゲーム室をあとにした。まるでワインを飲みすぎたような気分だった。でも、彼は庭で待っているって言ったわ。それに、彼の唇が私の肌に触れた。やっぱり行くべきかしら？

ティレルは、リジーが昨日リムリックで命を救った女性であることに気づいていたはず。それでも彼は、落胆したり、逃げだしたりしなかった。私はどうすればいいのだろう。

会いたい気持ちはあったが、怖かった。もし会いに行ったら、どうなるのかしら。彼は私にキスをしてくれる？　そう思っただけで、すぐにでも庭へ向かって走りださずにはいられなくなりそうだ。まだ十時なのに。でも、こうしてキスや逢引を想像して楽しむことが、すでに不謹慎でもあるわ。だって、彼の意思は決して高潔なものとは言えないもの。彼は、私に求愛したり、結婚の申し込みをしたりするつもりなどないはずだわ。キスをしたいだけよ。もっとも、それ以上のことは心配もしていなかった。ティレル・ド・ウォーレンはそんな下品な男性ではないからだ。

リジーは仮面に手をあてた。この仮面を取られていたら、彼女の素顔がわかり、きっとがっかりしていたことだろう。それは確かだ。そうよ、私はこの衣装を着ているからよく見えただけのこと。だからといって、本当の私が変わるわけではない。私はごく平凡な女。ひと切れのパイのようにどこにでもいる存在。仮面を取れば、彼にもわかるはずだ。夜は闇《やみ》にまぎれて素顔が見えないけれど、太陽のもとへ出れば簡単にわかることよ。

でも、今夜は違う。今夜は、私のことを美しいと思ってくれている。今夜は私のことをひとりの女として見てくれるのよ。

ああ、神様、今夜は彼の腕に抱かれたいのです。今日だけでかまいません。ティレル・ド・ウォーレンのことを何度夢に見たことか。でも、今夜のような出来事が起こるとは、夢にも思っていませんでした。

もし、誰かに見られたら、私の人生は終わってしまうだろう。でも、誰にも知らせる必要はないわ。アンナだって一度ならずキスの経験はあるけど、私とジョージー以外には、誰も知らないことだもの。

そのとき、リジーは心を決めた。これまでずっとティレルを愛してきたのよ。結婚できないのにキスをするなんて不謹慎だけれど、きっと一生の思い出になるわ。リジーはベンチに座りこみ、体を震わせた。十二時まで、あと二時間。きっとこの二時間は果てしなく長く感じることだろう。

「リジー!」

絶望的なアンナの声に、リジーははっとした。ベンチから立ちあがると、アンナが涙を浮かべてやってくるのが見えた。何かあったのかしら。「どうしたの? 何があったの?」

「あなたが見つかってよかった。ひどいのよ。ドレスにラム・パンチをかけられたの」アンナは涙をこらえながら言った。「お酒のにおいがして酔ってるみたいだから家に帰りなさいって、お母様に言われたの」アンナは涙を拭《ぬぐ》った。「でも、いいことを思いついたの。すばらしいアイデアよ。あなた、社交行事は好きじゃなかったわよね。お願い、リジー、ドレスを交換してくれない? 私はまだ帰りたくないの。楽しくてしかたがないのよ。気になる将校が何人かいるの。でも、あなたはもう家に帰りたいでしょ?」

リジーは驚きのあまり、ぽかんと口を開けてアンナを見つめた。アンナはリジーの手を握った。

「あなたは楽しくないでしょ? ここにいたくなんかないわよね? そもそも、あなたはまだ十六歳になったばかりよ、リジー。だから、私が残るべきだと思うの」アンナは断固とした口調で言った。

その夜の魔法が、一瞬にして解けていった。そうよ、残らなければいけないのはアンナだわ。アンナは結婚相手を探す必要があるけど、私は違う。それに、今までお姉様に頼まれて断ったことがある?

リジーは唇を噛み、目を閉じて自分の心と闘った。心の中で、だめよ、断りなさい、と叫ぶ自分がいた。それでも、リジーは自分に言い聞かせた。逢引なんてそんなもの、ティレルは夢の中の恋人にすぎない。たとえ会いに行ったところで、明日になれば、ひどく傷ついてしまうのがおちよ。

「リジー？　私は残らなければならないの。本当なの。私、ある将校のことが好きになってしまったのよ。でも、彼、明日にはコークへ発《た》ってしまうの」アンナは叫ぶように言った。

今夜は本当に魔法のような一夜だった。でも、それももうおしまいね。

「もちろん、私は帰りたいわ。どうせ壁の花ですもの。いつもと一緒よ」リジーは元気よく言った。「お姉様の言うとおり、私はパーティーもピクニックも苦手だから」

アンナはにっこりと笑い、リジーを抱きしめた。「まあ、ありがとう、リジー！　本当にありがとう！　きっと後悔はしないわよね」

だが、リジーはすでに後悔し始めていた。今夜のことは神様からの贈り物のようなもの、一生に一度あるかないかの出来事だということは、水晶玉を見なくてもわかること。泣きたい気分だった。でも、私は修道女マリアンのような美女ではないし、そんな美女にはなれるはずがない。仮面を取れば、ティレルにもわかることだ。

それにジョージーが言っていたように、ティレル・ド・ウォーレン家は、身分も豊かさも、私の家とは比べ物にならないのよ。

ティレルには、私のことは、このすばらしい夜の思い出にしてもらいましょう。覚えていてくれたらの話だけれど。

彼は今夜のことを覚えていてくれるのではないかしら。どういうわけか、リジーはそんな気がしていた。

3

人生最大の危機

リジーはベッドに横になったまま、起きあがれずにいた。カーテンの隙間《すきま》から、太陽が輝いていた。今日もいい天気になりそうだ。だが、あまりにすばらしかった昨夜のことを思うと、今日など普通で、むしろつまらない日に思える。リジーは天井を見あげて、昨夜のティレルとの驚くべき出会いを思い返した。隣では、アンナがぐっすりと眠っている。

新しい一日の光を浴びながら、リジーの心はひどく混乱し、そしてひどく後悔していた。やっぱり、先に帰ったりせず、ティレルとの逢引《あいびき》を楽しめばよかった。でも、アンナをがっかりさせることができたかしら？　ベッドに横たわったまま、リジーは壁に自分を押しつけるようにもたれかかってきたティレルの姿を思い起こした。海賊の仮装をした彼は、危険なほどに魅力的だった。リジーの体はぞくぞくと打ち震え、その瞬間、彼女を悩ます熱っぽい欲望を抑えることができなくなる気がした。

アンナが眠ったまま、ため息をついた。

リジーもため息をついた。装飾のひとつもない、漆喰《しっくい》を塗っただけの天井を見あげてはいたが、実際に見ているわけではなかった。昨夜はひと晩じゅう眠れなかった。何度も寝返りを打っては、彼のこと、彼の体のこと、そして、彼のキスはどんなだろうか、ということばかり考えていた。アンナは家族と一緒に深夜に帰ってきた。寝室を動きまわるアンナの足音をしばらく聞いたあと、ようやく舞踏会はどうだったか、彼女に尋ねた。

「まあまあだったわ」アンナはそう答えた。だが、口調がいつもと違っていた。

リジーはベッドの上で体を起こした。「アンナ、どうかしたの？　大丈夫？」

アンナは石油ランプをつけようとはせず、手に蝋燭《ろうそく》を一本持っているだけだった。ドレッサーの上の鏡をのぞきこんだまま、振り返ろうともしなかった。「どうもしないわ。どうしてそんなことを訊《き》くの？」アンナは蝋燭を置き、ドレスを脱ぎ始めた。

リジーはベッドに横になろうとはしなかった。ジョージー、アンナ、リジーの三姉妹は、とても仲がいい。絶対にどこか変よ。いつもと様子が違うわ。「楽しくなかったの？」

「いいえ、とても楽しかったわ。さっきからなあに？　変なこと訊くのね」

リジーは驚いてアンナに謝り、そこで会話は終わった。

今、リジーが考えているのはアンナのことではなく、ティレルがなぜ自分に興味を持ったか、ということだった。でも、たとえ彼に会いに行ったとしても、きっと仮面を取るように言われていたわ。私の素顔を見たら、彼はすぐに興味を失っていたはずよ。リジーは自分にそう言い聞かせた。聖パトリックの祝日に開かれた芝生パーティーで、美しい女性たちに囲まれたティレルを、これまで何度見てきたの？　評判はいろいろと聞いている。彼は決して放蕩者《ほうとう》ではない。それでも知性ある女性よりも美しい女性のほうが好きに決まっている。世のほぼすべての男性と同じように。そして、たとえ仮面を取ったリジーの顔にがっかりしなかったとしても、しょせん単なる逢引だわ。決して私に求婚してはくれない。ティレルほど身分の高い男性が、私のような身分の低い者と結婚するはずがない。だからといって、彼の愛人になるというのも考えられなかった。どのようなものか想像することはできるけど……。不意に、同じベッドに横たわる彼の姿が思い浮かんだ。リジーの脚を撫《な》でたあと、その手は腰から胸へと上がってくる。リジーは彼のほうを向いた。キスを求めて……。

しかし、そこに彼の姿はなく、唇は彼女の枕《まくら》をこすった。リジーはもう一度、背をベッドにつけて上を向いた。体が震えている。愛人になるなんて無理だわ。たとえ道徳に無関心であるとしても！　彼は根っからの紳士だもの。私のように幼くて、それなりの家庭で育っている淑女をもてあそぶような真似《まね》をするはずがないわ。舞踏会で熱いキスを交わすことしか、望みはなかったのに。

そのとき、眠っているはずのアンナがすすり泣くような声をあげた。

リジーは気になって体を起こした。「アンナ？　夢を見ているの？」

アンナはのたうつように体を動かし、ひとり言をつぶやいている。まるで誰かに話しかけているようだった。ド・ウォーレン家の舞踏会の翌日は、朝はベッドでゆっくりと過ごすのがフィッツジェラルド家の習慣だ。それでもリジーは手を伸ばし、アンナの腕を引っ張った。

「アンナ？　悪い夢でも見たの？」

アンナはぱっと目を開いた。しかし、一瞬、リジーのことが目に入っていないようだった。ひとつに縛った髪が、眠っていたせいで乱れているとはいえ、アンナはやはりきれいだった。

「アンナ、大丈夫？　夢を見ていただけよ」リジーは慰めるように言った。

アンナは目を瞬き、ようやくリジーの存在に気づいたのか、小さく微笑《ほほえ》んだ。「まあ、ありがとう、リジー。怖い夢を見ていたの」

リジーはベッドから起きあがった。「どんな夢だったの？」衣装だんすに向かいながら、髪の房をほどき始めた。

「覚えてないわ」アンナは上掛けを顎まで引っ張った。「ひと晩じゅう踊っていたの。疲れちゃったわ」アンナはそう言って目を閉じた。それ以上、話をしたくないのだろう。

リジーはあきらめ、寝室を出た。化粧室に行ったあと、ホールでジョージーに会った。ジョージーはすでにドレスに着替えていて、髪もきちんとまとめている。「おはよう」リジーはにっこりと笑いながら言った。

ジョージーも笑みを返した。淡いブルーの地味なドレス姿のジョージーは、装飾品らしきものはカメオのブローチさえつけていない。「あなたったら、話もしないうちに帰ってしまったのね」

ジョージーには、すべて話さなければ。「着替えてくるわ。階下《した》で待ってて」

リジーはこれ以上ないという速さで着替えをすませた。髪を結ぶ間もなく階段を駆けおりながら、昨夜の出来事を聞いたら、ジョージーがどんな反応をするかを想像した。リジーが息せき切って食堂に入ると、ジョージーはすでにテーブルに着き、お茶をすりながらトーストを食べていた。

「信じられない話があるの。私ったら、人生最大のチャンスを逃してしまったかもしれない」

ジョージーは美しい眉をひそめた。「すてきな男性に出会えたの？」

料理や洗濯もしてくれる召使いが、トーストを渡してくれた。リジーは彼女にありがとうと伝えると、椅子に腰を下ろした。リジーは心の中で躊躇《ちゅうちょ》しながら、皿を脇《わき》へ押しやり、尋ねた。「お姉様はどう？　すてきな男性に声をかけられた？」

ジョージーは自嘲《じちょう》するような笑みを浮かべた。「私が？　まさか。背が高いうえに、政治にかかわる話には黙っていられないのよ。カトリック問題や、穀物法に関する問題、十分の一税や連合王国のことを論じ合いたがる女性を男性が妻にしたいと思う？　答えはノーよ。私には運がないの」

リジーはとまどった。しかし、腕を伸ばし、ジョージーの手をつかんだ。「お姉様はとっても高潔で、誠実な女性だわ。どうか、ピーター・ハロルドのような人と結婚しようなんて思わないで」

ジョージーはリジーに向かって顔をしかめた。「さあ、どうかしら」

リジーは急に気が重くなった。

「でも、あなたはいいことがあったんでしょう？」

リジーは笑みを抑えることができず、ティレル・ド・ウォーレンとの出会いをほぼありのままにジョージーに語った。「それで、彼は十二時に庭で待ってるって言ってくれたの」

リジーは息もつかずにいっきに言った。

ジョージーは驚いた表情でリジーを見つめた。しばらくしてようやく言った。「彼、きっとあなたにひと目惚《ぼ》れしたのよ」

リジーは首を横に振った。「彼がひと目惚れしたのは、修道女マリアンよ。恥知らずにも、彼を誘惑した大胆な娘のほう」

「でも、それはあなたでしょう」ジョージーは言ったが、目を大きく見開き、懸命に冷静さを保とうとしている。

「さあ、どうかしら。わからない。私は男性に対してあんなふるまいをしたことないもの。むしろ驚いたの。自分が答えるのを他人の目で見ていた感じだった」

ジョージーは興味深げにリジーを見つめた。「でも、あなたは行かなかったわ。家に帰ってしまったんだもの。アンナと衣装を交換して」

リジーは唇を噛《か》んだ。「仮面を取った顔を見られて、がっかりされるのが怖かったの。

でも、もし会いに行っていたら、キスぐらいはされたかもしれない。正直に言うと、私、彼にキスしてほしいの」

「あなたは正しいことをしたわ」ジョージーはいつものきっぱりした口調で言った。「キスをされたからって何も始まらないわ。後ろめたい関係でもいいというのなら別だけど」

そんなことしないわよ――リジーはそう言いかけた。しかし、自分の大胆な夢を思いだし、何も言えなくなった。

「あなたは正しいことをしたの」ジョージーが繰り返した。笑みを浮かべたジョージーを見ながら、リジーは姉の言葉に疑問を持ち始めていた。「とにかく、うまくいったことは確かよ、リジー。彼にあなたのことをしっかりと印象づけられたじゃないの。おとといはあなたのことを愚かな娘だと思ったとしても、今はあなたのことを高く評価しているわ」

「ええ、確かに私に関心を持ってくれていたみたい」リジーは優しく言った。だが妙なことに、彼に関心を寄せられたという喜び以上に、後悔の気持ちを強く感じていた。

「アンナはどこ？」リジーが家に入るなり、母が厳しい口調で尋ねた。

あまりに生々しい空想にふけりそうになる自分の気をまぎらわすために、近くの田舎道をゆっくりと散歩してきたところだった。ついこのあいだまで、ティレルはリジーが好きなときに思いだしては、楽しい想像を巡らすだけの存在にすぎなかった。しかし今は、ことあるごとに彼のことが思いだされ、リジーを悩ませる。彼のイメージを脇へ押しやって、母と向かい合ったリジーは、慎重に尋ねた。「何かあったの、お母様？」

「そうなのよ」母は階段の下へ行った。「アンナ！　すぐに下りてきてちょうだい。リジーとあなたに話があるの」

リジーはただならぬ不安を感じた。

アンナは白いローン地のネグリジェ、白いキャップ、そしてローン地のローブを着て階段を下りてきた。「お母様、どうしたの？」そう言うと、心配そうにリジーを見やった。

「二人とも、こちらへ」そう言うと、母はすたすたと居間へ入っていった。

顔を見合わせながら、二人はおずおずと母のあとをついていった。ドアの近くで待っていた母は、二人が部屋に入るなりドアをぴしっと閉め、腰に手をあてた。

「リジー、海賊とたわむれていたというのは本当なの？」興奮しているのか、母の頬は紅潮している。

リジーは目を瞬いた。目の端に、アンナが顔を赤らめるのが見えた。嘘《うそ》はつけない。

「ええ、まあ」

母は目を見開いた。「ホリデイ夫人が、ゲーム室であなたを見かけたそうよ！　夫人の話では、見たこともないようなたわむれ方だったそうじゃないの！」

「お母様は、私に結婚相手を見つけてほしいとお思いだったのではないの？」リジーは慎重に尋ねた。

「ええ、そうよ！」母は声をあげ、リジーに歩み寄って彼女の手を握った。「よかったと思っているわ。でも、あなたときたら」アンナのほうを振り向いて言った。「あなたには、帰るように言ったはずよ。あんな恥ずかしい真似をして！　手に負えないような恥をさらしたも同然よ。あんなこと、私は許しません。絶対に許しませんからね。ワルツを踊っているところも見ましたよ。まったく、ロンドンの社交場でも、ワルツを踊るなんて許されないというのに。いいこと、あなたは母親の言うことに逆らったのよ。素直に舞踏会の会場を立ち去ろうとしなかったばかりか、妹を巻きこんで、彼女の結婚のチャンスをぶち壊しにしてしまうなんて！」母は、さっとリジーに向き直った。リジーは母の機嫌の悪さにショックを受けると同時に、不安を覚えた。「その方、どなただったの？」母が尋ねた。「昨夜《ゆうべ》の舞踏会で海賊の仮装をしていた男性は、少なくとも六人はいたわ。その方、どなただったの、リジー？」

リジーははっと息をのみ、素早く頭を巡らせた。もし本当のことを言えば、お母様は仲を取りもとうとするわ。でも、それではあまりに恥ずかしい。だったら、なんと言えばいいの？　リジーは助けを求めてアンナを見た。しかし、彼女は目をそらした。

落ち着かない気分で、リジーは答えた。「彼は仮面をしていたのよ。わからないわ」

「わからないですって？」母は声をあげた。「せっかく、あなたに興味を持ってくださる男性に出会えたというのに。ホリデイ夫人は、あんなに親密なカップルは見たことがないっておっしゃっていたわ。それなのに、相手の正体がわからないというの？」

リジーはたじろいだ。「わからないわ、お母様」

「アンナ！」母が怒りをこめて言った。「あなたには、いくらでもお相手がいるじゃないの。どうしてあんなことをしたの？　リジーにとって、せっかくのチャンスだったのに！」

アンナは唇を噛みしめた。「ごめんなさい」そう言うと、ようやくリジーを見やった。

「お母様の言うとおりだわ。私が帰って、あなたが残るべきだった」

「私が帰ったほうがいいと決めたのは、私自身よ」アンナの腕に手をかけ、リジーは微笑んだ。「本当に帰りたかったの。残ったお姉様が舞踏会を楽しんでくれてよかったと思ってるわ」

母はうんざりしたように、両手を頭の上に突きあげた。「いいこと、そういう大事なことは、母親である私が決めるべきことよ。リジーにとって、実にすばらしいチャンスだったのよ。お相手の正体をどうやって突き止めるつもり？」

リジーはふっと息を吐きだした。「お母様、あの方は私に求婚してくださったわけではないわ」

「あなたに夢中だったということは、すなわち求婚者ということよ。ええ、そうですとも。なんとしても真相を突き止めなければ。ああ、その方が、上流階級の裕福な家庭で育った英国軍兵だったらいいのに！　さっそく午後からホリデイ夫人のところへ行って、詳しい話を聞いてくるわ。大丈夫よ、私がその方の正体を突き止めてあげる」

「お母様、やめて」リジーは言った。

「どうして？　そうはいかないわよ」母はきっぱりと言いきった。

リジーには、母を納得させられるような答えが思いつかなかった。

母には、骨をくわえたテリア犬のように頑固なところがある。リジーがどれほど止めようとしても、彼女の求婚者の正体を突き止めたい一心で、母はホリデイ夫人のところへ行ってしまった。

はりきって二輪馬車に乗って出かける母を、リジーは見送った。隣には、ジョージーが立っていた。「相手がティレル・ド・ウォーレンだと知られたら、私はどうすればいいの？」リジーは小声でつぶやいた。

ジョージーはきっぱりと答えた。「そのときはそのときよ。堂々と立ち向かえばいいじゃない？　黒い衣装を着た海賊はほかにもいたかもしれないし」そう言うと、リジーの手をしっかりと握った。

「もう、だめだわ」リジーはつぶやいた。お母様が本当のことを知ったら、アデア家に出向くことになる。修道女マリアンとしてではなく、フィッツジェラルド家の三女として。

すると、ジョージーが言った。「リジー、アンナの様子がおかしいと思わない？」

リジーが振り向くと、ジョージーは椅子に腰をかけようとしているところだった。二人がいるのは居間だ。ジョージーは父の靴下を直していた。新しい靴下を買うこともままならないからだった。リジーは読書に集中しようとした。けれども、母が出かけてしまった今、とても落ち着いて座ってなどいられなかった。「きっと舞踏会で疲れているのよ。お昼寝なんかしたことがないのに、今も休んでいるもの」

「確かに、ひと晩じゅう踊っていたわ」ジョージーが言った。「それにしても、家族みんなが困った事態に陥っているみたいね」

リジーも同感だった。普段はじっと座っていられるはずのリジーが、気がつくとつい窓際へと歩み寄っていた。まるで、そこに立っていれば、母が戻ってくるかのように。

「あまり心配しすぎないほうがいいわよ」ジョージーは言い、針と糸を取りあげた。

リジーはそれには答えず、ソファーに戻って本を読もうとした。

三時間後、喜びに顔を輝かせながら、母が家の中に飛びこんできた。「リジー！」玄関ホールを急ぎ足で歩きながら、母が呼んだ。「ジョージーナ！　アンナ！　あなた！　みんな、すぐに来てちょうだい。ニュースがあるの。奇跡のようなニュースよ！」

リジーの心は沈んだ。どうかお母様のニュースが、私とは無関係でありますように。父が書斎から顔を出したとき、リジーとジョージーは台所から出てきたところだった。二人はえんどうの皮をむいていたのだ。フィッツジェラルド家は召使いをひとり雇うのが精いっぱいだった。召使いのベティひとりでは、すべての家事をこなすことはできない。アンナは階段をゆっくりと下りてきた。

「大丈夫？」リジーはアンナに小声で尋ねた。

「大丈夫よ」アンナはにっこりと笑いながら言った。「疲れていただけだから」

「みんな、聞いてちょうだい！」母が、ぱん、と両手を合わせた。「リジーの海賊の正体がわかったの！」

リジーは身をすくめた。

「リジー！　その方は、貴族だったの。ああ、神は私たちに祝福をお与えになったのよ。だって、ティレル・ド・ウォーレンだったんですもの！」

リジーは気を失いそうになった。「まさか」彼女はつぶやいた。

「いいえ、本当よ」再び手を合わせて母は言った。「あなたは、ティレル・ド・ウォーレンに気に入られたのよ！」

リジーは助けを求めるかのようにジョージーを見やった。何も言葉が出てこない。

ジョージーが前に出た。「お母様、何かの間違いに決まってるわ。ティレル卿《きょう》のお好みが美女であることは、誰でも知っていることよ。舞踏会には、海賊に扮《ふん》した人が大勢いたわ。ホリデイ夫人のおっしゃっていることを鵜《う》呑《の》みにしないほうがいいと思うの」

「ばかばかしい！」母はぴしゃりと言った。「明日の正午に、アデア伯爵夫人を訪問するわよ」

「そんなのいやよ」リジーは声をあげた。

「反対しても無駄よ」母は警告するような視線を向けた。「リジーだけじゃないわ。みんなも同じ」

「だめだってば」リジーはつぶやいた。恐怖で息がつまりそうだった。これほどの悪夢はないわ！　お母様は、娘たちをアデア伯爵家へ連れていって、伯爵一家を困らせようとしているのよ。それでなくても恥ずかしさで死にたいくらいなのに。ティレルが現れたら、もっとまずいわ。そのうえ、私のことがわからなかったらどうすればいいの？　こんなに太っていて、眼鏡までかけている姿を見られるうえに、彼がなんの興味も持ってくれなかったらどうすればいいの？

お母様はきっと、とんでもない恥さらしなことをしてくれるわ。いつもそうだもの。私をどうにかして売りこもうとするわ。もちろん結婚をほのめかして。リジーはすぐにでも丸くなって死んでしまいたい気分だった。

「明日の正午よ」母が言った。「もう決めたの」

「お母様、だめよ、行けないわ」リジーは必死に頼んだ。

「大丈夫よ。心配しないで」母はリジーに歩み寄り、肩を軽く叩《たた》いた。そうすれば、リジーが落ち着くかのように。「伯爵夫人のご厚意に感謝の気持ちをお伝えしないといけないでしょう？」

リジーはもぞもぞとつぶやきながら、ジョージーに助けを求めた。

ジョージーが意を決したように足を踏みだした。「お母様」落ち着いた口調で話し始めた。「これまで伯爵夫人に会いに行ったことなんかないじゃない。いつも、きちんとしたお礼状を書いてきたのよ。今回もその慣習にならうべきだと思うわ」

「新しい慣習を始めればいいのよ」母が言った。

「お母様、ジョージーお姉様の言うとおりよ。それに、伯爵夫人もお疲れかもしれないわ」リジーは懸命に母を思いとどまらせようとした。けれども、その程度のことで母が考えを改めるはずがないことはわかっていた。

「お疲れなら、また翌日にでも出直せばいいことよ」母はリジーに向かって笑いかけた。

ジョージーは首を横に振った。「お母様。お母様の望みはわかっているのよ。リジーをティレル・ド・ウォーレンと結婚させるつもりなんでしょう？　でもそれは不可能よ。ド・ウォーレン家とうちでは身分が違いすぎるもの。たとえティレルがリジーに興味を持ったとしても、リジーが誰かまでは知らないのよ。ド・ウォーレン家の息子がフィッツジェラルド家の娘と結婚なんかするはずがないわ」

「私、失礼してもいいかしら？」アンナが口を挟んだ。

「妹の幸せを喜んではくれないの？」母が尋ねた。

アンナは首を横に振った。「うれしいわ。とってもうれしい。でも、少し気分が悪いの。

だから私は行けないわ」そう言うと、部屋へ戻っていいと言われる前に、アンナはくるりと後ろを向き、二階へ上がってしまった。

アンナの妙な態度に驚いた母は、言葉も出なかった。

すっかり気が動転していたリジーには、アンナの態度を気遣う余裕はなかった。「お母様、お願いだからやめてください。何かの間違いです。ティレル・ド・ウォーレンが私に言い寄ったりするはずがないわ。もしそうだったなら、私にはわかるはずだもの。どうか、私を連れていくのだけはやめて」

「夕食の準備をしないと」リジーの言葉など聞こえなかったかのように、母は言った。階段をのぼろうとして、ふと立ち止まった。「そうそう、リジー、グリーンの小枝模様のドレスを着て、グリーンの絹の襟つきマントを羽織るのよ。あなたはグリーンがいちばん似合うから」母は微笑んだ。「それに、アンナの具合が悪いのは、かえって都合がよかったかもしれないわね。伯爵夫人を訪問するのに、アンナを連れていく必要はないんだもの」

リジーは唖然《あぜん》としたまま、階段をのぼっていく母を見つめた。「リジー」ジョージーが階段を見つめたままのリジーの脇にジョージーが寄り添い、肩に腕をまわした。「リジー」ジョージーがささやいた。「こうなったら、逃げ道はなさそうね」

「どうすればいいの？　お母様のせいで、私たちとんでもないことになるのよ。それに、もしティレルが現れたら……」リジーは頬が紅潮するのを感じた。それ以上、言葉を続けられない。

「仮病でも使う？」

「病気になっても、お母様は許してはくれないわよ」

「奇跡を期待するしかないわね」ジョージーは言った。

「そんな……」リジーはつぶやいた。奇跡なんて信用していない。どうすればいいの。

しかし、次の日、リジーは奇跡を信じるようになった。というのも、伯爵夫人が不在だったばかりでなく、伯爵家の全員が、前日にすでに屋敷をあとにしていたからだった。今ごろは、ロンドンへ向かう途中だろうという。いつ戻ってくるかもわからないらしい。リジーは自分の幸運に驚きつつ、伯爵家の人々が戻ってくる前に母の興味が別のことに向けられることを願うしかなかった。

雨の降る寒い十一月のある日のことだった。居間の掃除をしようとしていたリジーのもとに、ダブリンの本屋に注文してあった本が届いた。箒《ほうき》を手に持ったまま、包み紙を破り、にやにやしながら本の題名を見つめた。『分別と多感』とある。リジーは家事のことなどすっかり忘れてソファーに座りこみ、すぐに読み始めた。

小説の世界に浸ったまま、どれほどそこに座っていたのだろう。数章ほど読み進めたころ、馬車の音が聞こえ、リジーは不意に現実に引き戻された。本を閉じ、窓際へ向かったリジーは、思わずたじろいだ。ピーター・ハロルドの大きな体が馬車から降りてくるのが見えたのだ。

驚いたことに、その月は毎週欠かさずに彼はジョージーのもとを訪れていた。ジョージーはすっかりあきらめたのか、彼の前ではほとんど話すことなく、硬い笑みを浮かべたまま、彼のいつ終わるとも知れない長話にじっと聞き入っていた。リジーは台所へ行った。

「ジョージー、ミスター・ハロルドが来たわ」

鶏の羽根をむしりとっていたジョージーは、手を止め、ゆっくりと顔を上げた。

あきらめ顔のジョージーを見て、リジーは心を痛めた。「私が追い返してあげるわ。お姉様はダブリンの急進派と恋に落ちているんだって言ってあげる」

ジョージーはエプロンを外しながら、流し台へ近づいた。「彼は私にとって唯一の求婚者なのよ、リジー。それに、お母様が何度も息が苦しいと訴えているのをあなたも聞いているでしょう？」

「ドクター・ライアンが、お母様の体調は万全だっておっしゃっていたわ」リジーは反論した。「お母様のあの言葉は、お姉様を自分の意思に従わせるための手段のような気がするのよ」

ジョージーは流し台を離れた。「それは私も考えたわ。でも、だからなんだというの？私たち、アンナは今ごろにはとっくに婚約しているものと思っていたわ。でも、実際にはそうはいかなかった。五人が食べていかなければならないし、それはあまりにも両親にとっては重荷なのよ。誰かがなんとかしなければならないの。そう思わない？」

ミスター・ハロルドが玄関をノックする音が聞こえ、リジーは顔をしかめた。「アンナは夏までには結婚するわ。求婚者が多すぎて、ひとりに狙《ねら》いを定めるのが大変なだけよ」

「アンナは気まぐれだから」沈んだ口調でジョージーは言った。そして、躊躇しながら言い足した。「ミスター・ハロルドは、年間五百ポンドの利益を上げているんですって。そう教えてくださったの」

リジーは目を見開いた。まあ、すごい額だわ。「でも、ワインを売っているのよ」リジーは言った。「それにプロテスタントでもないわ。非国教徒派よ」

ジョージーが台所を出た。「そうかもしれない。でも、少なくとも彼の政治観は攻撃的ではないわ」

リジーはジョージーのあとを追った。「彼に政治観なんてないわよ！」ジョージーがハロルドを政治の話に引きこもうとしていたところを、リジーは見たことがある。しかしハロルドは、商売のためなら戦争も悪くない、と言っただけだった。主戦論者だというわけではない。戦争が起こるとワインが値上がりするからだ。

ジョージーはリジーの言葉に耳を貸さず、作り笑顔を浮かべて玄関のドアを開けた。リジーはうつむいたまま、家の奥へ引き返した。けれども、これが姉の運命なのだとあきらめるつもりはなかった。

ひんやりした十一月が過ぎ、いよいよ凍るような寒さの冬がやってきたころ、驚くべき運命のいたずらによってフィッツジェラルド家に吉報がもたらされた。十二月初旬のある日、ハンサムで若い英国軍兵士が、アンナに会うためにフィッツジェラルド家に現れたのだ。トーマス・モアリー中尉は、コーク郊外に駐留する連隊に属しているということだったが、どうやらハロウィーンの舞踏会でアンナに出会い、それ以来彼女に手紙を書き送っていたらしい。アンナがときおりうっとりと笑みを浮かべていたのは、そのせいだったのだ。一週間の休暇を取ったトーマスは、その間ずっとリムリックに滞在し、毎日欠かさずアンナのもとを訪れた。母はすぐさま彼にあれこれ質問し、彼が伝統ある良家の出身で、年八百ポンドの恩給をもらっていることを知った。それだけの恩給があれば、アンナは立派に暮らしていくことができる。そしてもちろん、トーマスがアンナに真剣に求婚していることは疑いようがなかった。アンナが無事結婚し、ジョージーの負担が軽くなりますようにと、リジーは願った。トーマスが連隊に戻るときには、アンナは大泣きし、一週間家の中をうろうろし続けた。

そして、クリスマス・イブに、トーマス・モアリーは戻ってきた。

「アンナお姉様！」窓際に立っていたリジーは、背の高いブロンドの将校が馬を降りるのを見て叫んだ。「早く来て！　モアリー中尉よ！」

二人は居間にいた。縫い物をしていたアンナは体をこわばらせた。それから縫い物のことなどどこかへ飛んでいってしまったかのように、立ちあがった。「本当なの、リジー？　本当にトーマスなの？」

リジーはうなずいた。アンナの気持ちを思うとわくわくせずにはいられなかった。

アンナは喜びの声をあげると、飛ぶように二階へ上がり、ドレスに着替えて髪の房ひとつひとつを丁寧に整えた。その夜、モアリー中尉はアンナにプロポーズした。

家族に二人の婚約が告げられると、お祝いにシャンパンのボトルが開けられた。アンナとトーマスは手をつなぎ、喜びに顔を赤らめた。家族全員が心からの笑みを浮かべた。

「末永く、幸せでいてほしい」父がグラスを持ちあげて言った。「そして安らかな家庭を築いてくれたまえ」父はリジーに目配せした。

リジーは待ちきれずにアンナのもとへ駆け寄り、彼女を抱きしめた。「アンナお姉様、よかったわね」気がつくと、リジーは喜びのあまり泣いていた。「でも、お姉様が結婚したら、きっと寂しくて泣いてしまうわ」

アンナも泣きだした。「私も、あなたがいなくて寂しくなるわ。もちろん、ジョージーお姉様のことも。お父様、お母様にも会いたくなると思う。トーマスの家はダービーシャーにあるの。一年に一度は遊びに来てちょうだい」アンナはトーマスを振り返った。「いいでしょう?」

「君がいいと思えば、僕はかまわないさ」トーマスは優しく答えた。彼がアンナに夢中なことも、その言葉が本心であることも、リジーにははっきりとわかった。婚約者から決して目を離そうとしなかったからだ。

「まあ、今日はなんてすばらしい日なのかしら」母はリネンのハンカチで涙を拭《ふ》きながら言った。「ああ、ジョージーナ・メイ、次はあなたの番ね」

ジョージーは体をこわばらせた。リジーは彼女を見つめた。その朝、ミスター・ハロルドがジョージーにクリスマスの贈り物を届けに来た。結婚の意思の表れであることは間違いなかった。美しいレースでできたベールだったからだ。ジョージーはどうにか笑みを浮かべたものの、作り笑いにすぎないことはリジーの目には明らかだった。

翌朝、毎週アンナに手紙を書くことを約束して、モアリー中尉は帰っていった。そして、年が明けてほどなくして、ある噂話《うわさばなし》がフィッツジェラルド家に届けられた。

アデア伯爵が、自分の長男と、イングランドの政治力のある家の女相続人を婚約させる交渉を進めているという噂だった。話がまとまれば、アデア一族にとってはとても有利な縁組となる。

その日の午後、ジョージーはリジーにそっとその話を伝えた。空気が湿っていて、空が灰色の、霧雨の降る冬らしい日だった。「大丈夫?」ジョージーが心配して言った。

リジーはめまいがした。迷いはないはずだった。あの舞踏会の夜のようにティレル・ド・ウォーレンに会う機会など二度とないことはよくわかっている。それでも、まるで銃で撃たれたかのように胸が痛んだ。「大丈夫よ」リジーはやっとのことで答えた。

「リジー、彼のことは忘れなくてはだめよ。あなたには縁のない人なの」

「わかってるわ」リジーは言った。でも、どうすれば忘れられるというの? 毎晩夢に出てくるのに。日中でも、ふと彼のことが思いだされ、体の奥に火をつけられてしまうというのに。「彼には幸せになってほしいの」リジーはつぶやいた。それだけは本心だった。

アンナの結婚式の日取りが九月の初旬に決まると、母はさっそく準備に取りかかった。結婚式はダービーシャーで行われることになった。アンナは心からトーマスを愛していて、これ以上ないほど幸せそうだった。しかし一月が終わりに近づいた、ある日の夜更けに、リジーは驚いてベッドに起きあがった。アンナが自分の隣で泣いていたからだった。

「アンナお姉様?」リジーはアンナに向かって腕を伸ばした。「どうしたの? 怖い夢でも見たの？」

アンナはベッドから下り、小さな火が燃えている暖炉に駆け寄った。しばらくしてアンナは話し始めたが、ひどく呼吸が乱れていることにリジーは気づいた。「ええ」涙にむせびながら言った。「夢を見たの。恐ろしい夢だった。起こしてごめんなさいね、リジー」

リジーはアンナが何かを隠しているような妙な予感を覚えたものの、そのときは、それ以上は訊かないでおいた。数日後、明るいけれどひどく寒い二月の朝に、コートを羽織りうつむいたアンナが外を歩いているのを見つけた。彼女の姿勢が妙なことに気づいて不安になり、リジーは急いでショールをかけて外へ出た。体が震えるような寒さだった。「アンナお姉様？　何をしているの？　こんなに寒いのに。風邪をひいてしまうわよ」

アンナは何も答えず、歩みを速めて歩き去ろうとした。

いよいよ心配になったリジーは、アンナのあとを追った。彼女の手をつかみ、尋ねた。「聞こえなかった？」そう言って彼女を自分のほうに向かせた瞬間、リジーは唖然とした。アンナは泣いていたのだ。「まあ、どうしたの？」リジーはアンナを抱きしめた。

アンナはリジーに抱かれたまま、抵抗しなかった。話すこともできないようだった。

「お姉様？」リジーは後ろへ下がった。「何があったの？　トーマスがどうかしたの？」

アンナは首を横に振った。「違うわ。彼は元気よ」アンナはぼそぼそとつぶやいた。

リジーは呆然《ぼうぜん》としていた。トーマスが元気なら、いったいどうして？　アンナは結婚式を前にして幸せの絶頂にいるはずなのに。「お願い、話して。昨夜も泣いていたでしょう。

あれは悪夢のせいじゃないと思うの」

アンナは体を震わせていた。しかし、風邪をひいたからではないとリジーは確信していた。アンナの頬を、さらに涙が伝う。「どうしたらいいのか、わからないの。私はもうおしまいよ」アンナは小さな声で言った。そして、顔に手を押しあて、再び胸が張り裂けんばかりに泣き始めた。

リジーは不安な思いでアンナの肩を抱いた。「さあ、とにかく家の中へ入りましょう。居間で話せばいいわ。そして——」

「だめよ！」アンナは声をあげた。見開いた目に恐怖の色が浮かんでいる。「話すことは何もないの、リジー。私の人生は終わったも同然なのよ！」アンナは体を折り曲げ、激しく泣きじゃくった。

リジーはこれほど不安を感じたことはなかった。アンナの肩に腕をまわし、家の裏にあるあずまやへ彼女を導き、中に入った。泣きじゃくる姉をベンチに座らせ、自分も横に腰を下ろすと、彼女の両手を握った。「どこか、具合が悪いの？」リジーは心を落ち着かせ、静かに尋ねた。

アンナが顔を上げて、リジーを見つめた。「お腹《なか》に赤ちゃんがいるの」

リジーは、何かの聞き間違いだと思った。「なんですって？」

「お腹に赤ちゃんがいるのよ」アンナは繰り返し、再びわっと泣き始めた。

リジーはこれ以上ないというほど激しいショックを受けた。泣き続けるアンナの手を握り、どうにかして頭を働かせようとした。「人生が終わったなんて大げさね。お姉様はトーマスを愛しているんだもの。当然の結果じゃない。予定日はいつなの?」そうは言ったものの、結婚式を挙げる前に、アンナがトーマスにすべてを捧《ささ》げたことが、リジーには信じられなかった。

アンナはうつむいたまま答えた。「七月なの」

結婚式は九月五日に行われる予定だった。

「ああ、どうすればいいの?」アンナは声をあげた。

リジーは改めて、ことの重大さに気づいた。赤ん坊は結婚式の前に生まれてしまう。アンナの評判は傷つき、社交界からつまはじきにされることだろう。リジーはごくりと唾《つば》をのみこんだ。二人が直面する危機の大きさに圧倒され、何も考えられない。だがそのとき、ある解決策を思いついた。「結婚式を早めたらどう? 五月がいいんじゃないかしら。もちろん、結婚式が終わりしだい、あなたはどこか遠くへ行って出産すればいいわ。事実を知っているのは、あなたとトーマス、それに、私だけよ」リジーはにっこりと笑った。しかし、アンナは驚いた顔をし、妹を見つめているだけだ。そのとき、リジーの中に再び不安が広がり、ゆっくりと言った。「トーマスに話していないの?」

アンナの表情は変わらなかった。口を開けて何かを言おうとしたが、言葉にならない。

アンナは目を閉じ、つぶやいた。「彼の子供じゃないの」

リジーの心臓が口から飛びでそうになった。驚きのあまり、声も出ない。

アンナは涙にむせびながら、顔を背けた。「私の人生は終わってしまったわ、リジー。私は何もかもを失ってしまう。トーマスもよ。ああ、神様!」

リジーは何も考えることができなかった。それでも、そこに腰かけ、アンナのために苦しい思いをしながら、頭だけは必死に働かせた。どうしてそんなことになったの? アンナはトーマスを愛しているわ。そんなアンナがどうして彼以外の男性と? 「父親は誰なの?」気がつくと、リジーはそう尋ねていた。

アンナは首を横に振るだけで、リジーのほうを見ようとしない。

リジーは懸命に平静を保とうとした。誰でも過ちを犯すものよ。いつか、アンナもどうしてこんな過ちを犯したのか話してくれるわ。父親が誰かなんてどうでもいいわよ。私の問題じゃないんだもの。それでも、昨年の秋に、アンナをもてあそんだ男のことを考えずにはいられない。リジーには想像もつかなかった。アンナを崇拝していた男性はあまりに多い。

今、大切なのは、この恐ろしい危機をどう乗り越えるかよ。どうしたらアンナを守ることができる? リジーは唇をなめた。「少し、考える時間が必要だわ」

「リジー、私は恐ろしい過ちを犯してしまったのよ」アンナは、リジーに向き直って言った。「トーマスに求愛される前の出来事だったの。あなたには理解してもらえないかもしれない。キスの経験がないから。一度キスをしたら、止められなくなってしまったのよ……本当にごめんなさい!」

リジーはうなずいた。それでも、まだ訊くべき質問は残っていた。「相手はこのことを知っているの？」

アンナは首を横に振った。「いいえ。何も知らないわ」

「アンナ、トーマスとの婚約を解消して、その人と結婚することはできないの？」

「彼が、私のような女と結婚するはずがないわ！」アンナは答えた。その口ぶりに、リジーは少なからず驚いた。どうやら赤ん坊の父親は、かなり身分の高い人間らしい。「リジー、疑っているかもしれないけど、私はトーマスを心から愛しているの。これまでにも好きになった人はいたけど、こんなふうに思ったことはないのよ」

リジーは美しい姉をじっと見つめた。「疑うはずがないわ。お姉様、あんなに幸せそうだったじゃない」リジーは本心からそう答えた。アンナにだって愛する男性と幸せになる権利はある。たった一度の過ちで、人生を台無しにさせるわけにはいかない。リジーは深々と息を吸いこみ、アンナを見つめた。そして、その場で心を決めた。

「どうしたの？」アンナは目を見開いて、ささやいた。「そんなに怖い顔をして」

リジーは胸を張って立ちあがった。まるで戦場へ出向くような気分だった。「私が、いい解決策を考えてあげる。誓うわ。だから心配しないで。アンナお姉様はトーマスと結婚するのよ。そして、その赤ちゃんのことは、誰にも知られないようにしてあげる」

4

大切な親類

その手紙は次の週に届いた。消印を見たとたんに母はすっかり有頂天になり、手紙を読み聞かせるために家族を居間へ呼んだ。

「エレノアお義姉《ねえ》様から手紙が来るなんて、何年ぶりかしら」母が言った。興奮と不安で頬を紅潮させている。エレノア・ド・バリーはとても裕福だったが、変わり者で有名だった。ずけずけとものを言い、相手を思いやるタイプでもない。ただ、噂《うわさ》では十万ポンド相当の財産を持っていると言われ、まだ相続人を指定していないらしい。そういった金銭的、社会的理由から、母は大切な親類であるエレノアをとても大事にしていた。「うちへ遊びに来てくださるのかしら。それとも私たちをダブリンかグレン・バリーに呼んでくださるのかもしれないわよ」

「お母様、少し落ち着いたらどう？」ジョージーが硬い口調で言った。

「心配しないで、大丈夫だから。今日はすごく気分がいいの！　あなた！」母は声をあげてくるの。「居間へ来てちょうだい。エレノアお義姉様から手紙が来たのよ。最後にお会いしてからもう一年半以上になるわよね！」母は自分の後ろからついてくる三人の娘たちに向かってにっこりと笑った。

リジーも小さな笑みを浮かべ、ソファーに腰を下ろした。膝の上で慎重に両手を重ね、同じくらい慎重にアンナのほうを見ないようにした。アンナの頬も赤らんでいた。罪の意識からだろう。

美しい字で書かれたエレノアの手紙は、実は偽物だった。

三人の姉妹のうち、ジョージーだけはこのことを知らなかった。道義をわきまえていて曲がったことの嫌いなジョージーには、まだアンナのことを話していない。リジーはダブリンで話そうと思っていた。ジョージーが今回の作戦に反対するのを心配してのことだ。

「きっと呼びだしの手紙よ」ジョージーは言った。ジョージーがわざと気にしないようにしていることに、リジーは気づいていた。抑えこんだような口調のわりに、目だけは輝いている。「親戚《しんせき》が顔を合わすぐらいのことで、大騒ぎしすぎじゃないかしら」ジョージーはリジーをちらりと見やった。リジーもかすかに笑みを返した。ジョージーはダブリンが大好きだ。おばのエレノアに最後に会ったのは、彼女が不意にレイヴン・ホールに現れ、まるまる三週間滞在したときだった。メリオン・スクエアにあるエレノアの優雅なタウンハウスに招待されたのは、それよりもずっと以前のことだ。

母は手紙を扇代わりにしてあおぎ始めた。「お父様はまだ？　ダブリンに行きたいわ」

アンナがそっとリジーに笑いかけた。二人はさっと目を合わせた。

リジーはすぐに顔をそらした。「エレノアおば様は、ウィックロウのグレン・バリーに招待してくださるのよ」リジーは静かに言ったが、心臓は早鐘を打っていた。

「ええ、でもそれは、七月や八月の場合でしょう。今回はきっとダブリンにいらっしゃいと言ってくれていると思うの。だから、うれしいのよ。きっと街には裕福な貴族が少しはいるはずよ。できればロンドンのお金持ちと思っていたけど、そんなことは気にしないわ」母は手紙でぱたぱたと顔をあおいだ。「あなた！」

ちょうどそのとき、父が居間に入ってきた。杖《つえ》をついている。いつも以上に左の膝が痛むらしい。「大声を出さなくても、ちゃんと聞こえている。姉さんから招待状が来たって？」

「ええ、そう願ってるの」母は言い、さっそく手紙を読み始めた。

リジーはアンナのほうだけは見ないようにした。

「日付が五日も前だわ。アイルランドもイングランドのようにもっと郵便制度を整えてほしいものね」

「お母様、早く読んでちょうだい」ジョージーが催促した。

「〝親愛なるジェラルドとリディアへ。お元気でお過ごしのこととお察し申しあげます。今日はあなた方にお願いがあり、こうして筆を取りました。このところ、体の調子が思わしくありません。私の体調がよくなるまで、あなた方の三人の娘たちをこちらへよこしてくれませんか。主治医の話では、数カ月はかかるとのこと。ジョージーナ・メイ、アナベル・ルイーズ、エリザベス・アンの三人が来週中に来てくれるのを、メリオン・スクエアで待っています。かしこ。エレノア・フィッツジェラルド・ド・バリー〟」

信じられないという思いからか、母の眉がどんどんつりあがっていった。リジーはなんとか息を吸おうとした。このままでは、手紙が偽物だとお母様にばれてしまうかもしれない。

「招待されたのは、この子たちだけなのね」母はがっかりしたように言った。

「それにしても、体のどこがどう悪いのかが書いてないな」父が考えこむように言った。

ジョージーが立ちあがった。「数カ月は私たちに世話をしてほしいってこと？」

リジーも立ちあがった。「そうよ、お母様。もし、おば様が本当にご病気なら、すぐに行ってさしあげないと。はしけに乗って、グランド・カナルを通っていくわ。そうすれば数日で着くはずだから」

父が母に歩み寄り、肩を軽く叩《たた》いた。「三人にとってはいいことじゃないか。我々が招待されたとしてもせいぜい数週間のことだ。どうせそれ以上長くはいられない。エレノア姉さんの具合がよくないのなら、この子たちはしばらくのあいだ、ゆっくり滞在できる」

母は父を見あげた。顔に赤みが戻ってきた。「そうね、あなたのおっしゃるとおりだわ。大変なようだけど、ありがたいお話よね。こんな田舎にいるより、ダブリンのほうがずっと出会いのチャンスが多いんだもの」

するると、突然アンナが泣き始めた。リジーはたじろぎながら彼女を見つめた。「でも、トーマスはどうなるの？　ダブリンは遠すぎるわ。会いに来てもらえなくなってしまう！」頬を真っ赤にしてアンナは言った。

母が困った表情を浮かべた。

リジーは言った。「お姉様、離れているからこそ、深まる愛もあるんじゃない？」

「そうよ、そのとおりよ」母が立ちあがりながら言った。「それにアンナ、あなたはもう結婚が決まったのだから、今度は姉妹たちの結婚がまとまるよう協力してあげてちょうだい。都会へ行けば、パーティーだとか、舞踏会だとか、ここにいるよりはずっとすてきな男性に巡り合う機会が多いはずだもの」

アンナはいかにも残念そうだった。「もちろん、お姉様にも、リジーにも、すてきな結婚相手を見つけてほしいと思っているわ」うつむいたまま、アンナはつぶやいた。頬がますます紅潮している。近ごろ、アンナはふっくらとしてきた。だが、家族は誰も、彼女が太ってきたことに気づいていないようだった。

「お母様、私は行けないわ」ジョージーがいきなり言った。「遠すぎるもの。私はお母様についていてあげないと」

リジーは唖然《あぜん》とした。ジョージーお姉様ったら、何を考えているのかしら？

母はジョージーに向き直り、眉をひそめた。「ミスター・ハロルドはまだ正式にプロポーズをしてくださってなかったわね。プロポーズをする意思があるところは見せてくださっているけれど。そうね。あなたの言うとおりよ。ジョージーは行かせられないわ。数カ月も留守にするなんて、とんでもない！　あなたはここに残って、プロポーズを待つべきよ」

「お母様！　ダブリンへ行けば、ジョージーお姉様にももっとすばらしい結婚相手が見つかるかもしれないのよ」リジーは驚いて言った。ジョージーをできるだけピーター・ハロルドから引き離す――それも今回の作戦の目的のひとつだったのだ。

母は眉をつりあげた。「ミスター・ハロルドはすばらしい方よ。貴族ではないし、ワイン商人で、非国教徒でもあるかもしれないけど、裕福だし、それにジョージーのことを真剣に考えてくれた初めての求婚者よ。そうね、考えれば考えるほど、ジョージーは残るべきだと思う。ダブリンにはあなたが行きなさい。アンナにはつき添いとして同行してもらうわ。三人の中で結婚相手が決まっていないのはあなただけだもの。このチャンスを逃す手はないわ！」

ジョージーは、すっかりあきらめたようだった。「私は行かないけど、旅の計画を立てるのを手伝うわ」

リジーはどうすることもできず、アンナを見つめた。アンナもリジーを見返すと、あらかじめ作った筋書きのとおりに話し始めた。「トーマスに、しばらく留守にする旨の手紙を書くわ。もちろん、その理由も」アンナも泣きながら立ちあがった。「リジー、すぐに出発するのなら、さっそく荷造りしないと」アンナはすでに居間を出ようとしていた。

「いちばん上等のドレスを持っていくのよ」母が言った。

リジーはアンナと共有の寝室に入った。二人以外は皆、一階にいる。ドアを閉め、声をできるだけ低くしてささやいた。「今のところ、お母様は、私たちがメリオン・スクエアに招かれたのだと信じているわね」

アンナは目を見開き、息を殺してうなずいた。「お母様ったら、すっかりあなたの企《たくら》みにだまされてしまったみたい。それにジョージーも」アンナは唇を噛《か》んだ。「でも、お母様は、ジョージーが行くのは許してくれそうにないわね」

リジーはうなずいた。人をだますのはいやだ。特にジョージーをだましたくはない。しかし、レイヴン・ホールを離れる前にアンナのことを話すのは、あまりにも危険だった。

アンナはリジーをじっと見つめた。「ああ、リジー、どれほどあなたに感謝していることか」アンナはためらった。「でも、ジョージーのことはどうするの？　あの憎むべきピーター・ハロルドは、きっとお姉様にプロポーズするわ。ここに残ることになったら、結婚しなければいけなくなってしまう！」

リジーも同感だった。「ジョージーお姉様には、ミスター・ハロルドの求婚を断るよう、説得してみるわ。アンナお姉様が九月に結婚することは決まっているんだから、ジョージーお姉様が慌ててあんな不釣り合いな人と結婚する必要はないはずよ」

アンナは衣装だんすの引き出しを開けようとしていた。「あなたには、とても恩を返しきれないわ」

「恩返しだなんて、やめてちょうだい」リジーは答えた。大変なのは、これからなのよ。

アンナは黙ったまま、衣装だんすから下着を取りだしている。

リジーはベッドの端に腰かけ、両手をひねった。正直言えば、二人がメリオン・スクエアの家に入れてもらえるかどうか、自信はなかった。エレノアおば様は、冷ややかでよそよそしく、ひと筋縄ではいかない人だ。とても親切だとは言えない。リジーは決して楽観はしていなかった。私たち二人がいきなりおば様の家の玄関に現れたりしたら、機嫌を損ねて、その場で追い返される可能性もある。

それでも、とにかく説得して、置いてもらわなければならない。

リジーの気持ちを読みとったかのように、アンナは言った。「たとえすぐにエレノアおば様に追い返されなかったとしても、私の妊娠がわかったとたんに、追いだされてしまうんじゃないかしら」アンナが不意に言った。両目に涙を浮かべている。

「よほど心の冷たい魔女でもない限り、そんなことはしないわよ」リジーは本心で答えた。「おば様が、お金のない私たちを道へ放《ほう》りだすような人だと思う？　そんなことはないわ。きっといやでも置いてくださるわよ、アンナお姉様。そうでなければ、今、ダブリンへ行こうなんて思わないわ」

アンナがしゃくりあげながら言った。「エレノアおば様が優しくしてくださったことなんて一度だってないわ。私が覚えている限り」

「私たちは家族じゃないの」リジーはうんざりしながら言った。「ジョージーお姉様ならこう言うんじゃないかしら。一歩ずつ前へ進みましょうって。せっかくお母様が手紙の内容を承諾してくださったのよ。とにかく荷造りをしましょう。まずは、メリオン・スクエアへ行かないと。大丈夫、置いてもらえるわよ。お姉様のことを知ってエレノアおば様がなんと言うかは、そのときがきたときに心配すればいいわ」

「少なくとも、予定どおりに進んでいるのよね」アンナはかすれ声で言った。「三月の半ばには、ダブリンに着いているのよね」

「そうよ」リジーは答えた。二人は厳しい表情で顔を見合わせた。

アンナの目に涙が浮かんだ。

リジーは姉の肩に腕をまわした。「四カ月かけて、赤ちゃんを引きとってくれるすばらしい家族を見つけるわ」

アンナは涙を拭《ぬぐ》いながらうなずいた。

リジーは躊躇《ちゅうちょ》しつつ言った。「お姉様がトーマスに真実を話さない限り、そして、彼がお姉様のしたことを受け入れることができない限り、ほかに方法はないのよ」

「彼には絶対に話せないわ」アンナはささやくように言った。「こんな女を花嫁にしてくれる人なんかいないわ」

アンナが自分以外の男性の子供を身ごもっていると知れば、トーマスはアンナとの婚約を破棄するに決まっている。「私たちは、正しいことをしているの。私たちができる唯一のことを」リジーはつぶやいた。

「この子はちゃんとした家庭に引きとってもらうって約束して」アンナが言った。

「約束するわ」

アンナはじっとリジーを見つめ、それから涙を拭って衣装だんすに向かった。「あなたの荷物もまとめておくわね、リジー」

「そんなこと、いいのよ、お姉様。疲れたでしょ？　息を切らしているじゃない」

「かまわないわ。あなたがしてくれたことを思えば、これくらい当然のことよ」

「そんなことないわ」リジーは言った。

そのとき、ドアをノックする音がした。リジーとアンナは身を硬くした。リジーはふっと息を吐くと、明るく言った。「どうぞ」

ジョージーが眉間《みけん》に皺《しわ》を寄せて入ってきた。「どうしてドアが閉まっていたの？　何をこそこそと話していたのよ？」

リジーはわざと驚いたふりをした。「あら、こそこそ話したりなんてしていないわよ」

ジョージーは腕を組み、顔をしかめた。「ここのところ、あなたたち様子がおかしいわよ。何か企んでいるんじゃない？　私に何か隠してない？」

「何も企んでなんかいないわ」リジーは断固とした口調で言った。「ジョージーお姉様、私たちと一緒に行きたいと思っているんでしょう？　ピーター・ハロルドにプロポーズされる前に、彼から逃げだしたいって思っているくせに！　それに、お姉様はダブリンが大好きじゃないの」

ジョージーはふっくらした唇を引き結び、悲しげな表情を浮かべた。「私はお母様の体が心配なの。私があなたたちと一緒に行ってしまったら、誰もお母様の面倒を見たり、お母様がちゃんと休んで、食べるものを食べているかを見たりしてあげられる人間がいなくなってしまうわ。数カ月もお母様を放ってはおけないだけよ」

ジョージーお姉様はもう心を決めてしまったようね——リジーは思った。家族の中で、ジョージーほど頑固な者はいなかった。「でも、もしミスター・ハロルドにプロポーズされたらどうするの？」

ジョージーは腕を組んだ。「あの方は、もう何カ月も通ってきているのに、まだプロポーズしてこないのよ。ひょっとしたら、結婚を考え直しているんじゃないかしら」

「それでは答えになっていないわ」リジーはジョージーにつめ寄った。

ジョージーは顔を赤らめた。「私になんと言わせたいの？　彼を拒否するとでも？　もしプロポーズされたら、私は自分の将来について慎重に考えなければならないわ。もう二度と、求婚されることはないかもしれないのよ。だからこそ、一生懸命彼を好きになろうとしているの」

リジーとアンナはうんざりしたように目を合わせた。

「私なら大丈夫よ」ジョージーは二人に向かって優しく言った。「それに、お母様の言うとおりよ。リジーにとっては、結婚相手を見つける絶好のチャンスだわ」ジョージーは笑おうとしたが、無理だった。「さてと、私も荷造りを手伝うわ」

リジーはジョージーの肘をつかんだ。「でも、お姉様には結婚なんてしてほしくないの」

ジョージーは眉を上げた。「まだ恋に落ちたことがないから、そんなことを言うのよ」

リジーは顔を背けた。ティレル・ド・ウォーレンの煙ったような瞳を思いだしたのだ。仮面舞踏会で壁に手をついて覆いかぶさるようにリジーに迫ったときの、彼の瞳を。

「まさか、まだティレル・ド・ウォーレンのことを夢に見ているなんて言わないでしょうね？」ジョージーが言った。ジョージーは、リジーの気持ちを本人以上に理解していた。

リジーはとまどった。ティレルのことを夢に見ない日は一日もなかった。特にこの四カ月間は。「あたり前でしょ」リジーはそう答えた。

「リジー、私はお母様と一緒にいるときにサー・ジェイムズから聞いたのだけど、ド・ウォーレン家の人々はウィックロウの屋敷へ向かったそうよ」ジョージーが言った。「ティレルがアイルランド財務局の役人になったんですって。すごく重要な地位みたい」

リジーは激しく動揺していた。ティレルがダブリンに？　しかも、政府の役人として？　ああ、無理だわ。アンナのことが、これほどの重荷となってのしかかっているときに、とてもティレルのことまで考えられない。「ジョージー、ばかなことを言わないで。昨年の十月から、彼のことなんてこれっぽっちも考えていないわ。私は、もっと大切な問題を抱えているの」目の端で、アンナが青ざめるのが見えた。自分がどうしてここまで落ち着いていられるのか、リジーは自分でもわからなかった。

「大切な問題って？」ジョージーが訝《いぶか》しげに尋ねた。

リジーは硬い笑みを浮かべた。「たとえば、ジョージーお姉様を死よりも恐ろしい運命から救うこととか。さてと、手伝ってくださる？　するべきことは山ほどあるのに、それをする時間はうんと限られているんだもの」

ダブリンのグランド・カナル・ドックはリフィー川の南にある。メリオン・スクエアはそこから数ブロックしか離れておらず、とても便利な場所にあった。四日後、リジーとアンナははしけでの旅を終え、船着き場に降りたった。大切な荷物は手にしっかりと握り、はしけの船員が二人のトランクや旅行鞄《かばん》を横に積みあげていく様子を見守った。二人は不安げに視線を交わした。アンナの顔は異様なほどに青白い。私も同じようなものだと思うけど。

「おば様はきっと、家に入れてくれないわよ。こんなふうにいきなり訪れたりしたら」唇をほとんど動かすことなく、アンナがつぶやいた。

「入れてくれるわ。私たちは血のつながった親戚なのよ」リジーはそう言ったものの、徒競走でもしたかのように、心臓は早鐘を打っていた。あとは、貸し馬車を呼べばあっという間にエレノアおば様の家に着くわ。気がつくと、リジーは震えていた。

「私、おば様に嫌われているもの」アンナはつぶやいた。「そんなこと、初めからわかっていたのに」

リジーはアンナに驚きの目を向けた。「そんなことないわよ。さあ、そんなに悲観的にならないで。まだこれからでしょう」アンナの手を取りながら、リジーは言った。

「お金なら少しはあるわ。いざというときに部屋を借りるぐらいなら」

「そんなことにはならないわ」リジーは余計なことを考えないよう、断固として言いきった。エレノアおば様は確かに、私たちの訪問を喜ばないだろう。でも、その先のことは想像もつかなかった。ただひとつ言えるのは、なんとしても置いてもらえるよう説得することだけだ。「あそこに貸し馬車があるわ！　ここで待ってて」リジーは言い、埠頭《ふとう》を駆けだした。

貸し馬車の御者は喜びいさんで料金を取るのも忘れ、陽気にトランクを馬車に積みこんだ。リジーとアンナはほどなく、ダブリンの高級住宅街、メリオン・スクエアに到着した。馬車がエレノアの家の前に停《と》まった。二人は手をつないだ。エレノアの自宅は、公園の北側に面する、石灰岩でできた立派な邸宅だった。幅広い入り口の両側をコリント式の柱が飾り、その上に神殿のような切妻型の装飾物がのっている。四階建てで、公園を見おろすことのできるテラスやバルコニーがいくつもついていた。公園の芝生は短く刈られ、花壇には花が咲き誇り、小石の敷きつめられた迷路のような散歩道もある。しかし、そういった光景は、いっさいリジーの目に入らなかった。不安と恐怖に震えながら、リジーは屋敷を見あげた。

「お嬢さん方、荷物は降ろしておきましたよ」御者が歩道の上から声をかけた。

気がつくと、馬車のドアが開いていた。リジーは御者の手を借りて馬車を降りた。アンナがあとから続き、あらかじめ交渉してあった料金を手渡した。馬車が行ってしまうと、二人は途方に暮れたように顔を見合わせた。

リジーは唇を噛んだ。「さあ、いよいよだわ。アンナ、笑って。何事もないかのように。ダブリンの観光に来たついでに、大好きなおば様の家に寄っただけ、というようにね」

しかし、アンナが小声でささやいた言葉は、まさにリジーが心の中で思っていたことだった。「でも、中にも入れてもらえなかったらどうするの？」

「大丈夫、入れてくださるわ」リジーは元気よく答えた。「だめ、とは言わせないもの」

「あなたって、すごく勇気があるのね」アンナは今にも泣きだしそうだった。

リジーはアンナを励ますように彼女の手を取った。けれどもリジー自身、アンナに負けないほど不安に駆られていた。「まるで処刑台へ連れられていくフランス人みたいな顔をしてるわよ」リジーは言った。「大丈夫。心配しないで」

アンナは泣きそうな顔でうなずいた。

歩道にトランクを置き去りにしたまま、二人は高い階段をのぼっていった。力強くて立派な等身大のライオンの像の前を通り過ぎ、屋根つきのポーチを横切って、玄関に着いた。お仕着せを着た門番が立っている。門番は二人に向かってうなずき、彫刻を施したオーク材のドアを開けてくれた。リジーは、まだアンナの手を握ったままであることに気づいた。不安な気持ちの表れだわ――そう思い、玄関ホールに足を踏み入れると、アンナの手を放した。その玄関ホールは円形で、床に白と黒の大理石が敷かれ、天井にはゴールドとクリスタルの大きなシャンデリアが下がっている。正面には螺旋《らせん》階段があった。現れた執事に、リジーは名刺を手渡した。「ごきげんよう、ルクレール」リジーは小さく微笑《ほほえ》んで言った。「おば様に、私たちが来たことを伝えてください」そうして話しているあいだにも、近くの客間から甲高いおばの声と男性の温かな笑い声が聞こえてきた。

「承知いたしました、お嬢様」執事は答え、お辞儀をして立ち去った。

「お客様がいらしているみたい」アンナは不安そうにささやいた。

「ということは、きっとおば様も体裁を気にするはずよ」そう答えたものの、エレノアが体裁など気にする人ではないことはよくわかっていた。裕福なエレノアは、なんでも自分の好きなことを言い、好きなようにすることができる。遺産を相続させる跡継ぎがいないこともまるで気にしていない。そんなエレノアの自由奔放なふるまいを、社交界の人々は大いに楽しんでいた。

そのとき、急にエレノアが声をあげた。「つまりね……え、なんですって？　私の姪《めい》たちがここに？　姪が来たですって？　いったいどの姪っ子かしら、ルクレール？」

リジーとアンナは不安そうに見つめ合った。

「親戚など招いてはいませんよ。すぐに追い返しなさい。今すぐによ！」

リジーは驚きのあまり息をのんだ。おば様は私たちに会ってもくださらないの？　しかし、すぐに、こつこつというヒールの音が聞こえた。そして玄関ホールにあるアーチ型の出入り口のひとつから、エレノアが現れた。腹を立て、信じられないという表情を浮かべている。リジーの心は沈んだ。それでもすぐに気を取り直し、どうにか笑みを浮かべた。よく見ると、エレノアは、背が高くて濃いブロンドの紳士と一緒だった。

二人は一緒に入ってきた。「いったいどういうことかしら？」

リジーは勇敢にも前へ出てお辞儀をした。「ごきげんよう、エレノアおば様。春が来たので、旅行をしているんです。体が震えている。母から、ぜひおば様に会いに行くよう仰せつかりました。お元気でいらっしゃいますか？」

「は？　春が来たから旅行ですって？　いったいなんの冗談かしら」エレノアはぴしゃりと言い放った。怒りで顔が赤らんでいるが、驚いているのは確かだ。エレノアは小柄でほっそりしていて、鉄灰色の髪をきれいにカールさせ、美しいブルーの瞳をしている。夫のド・バリー卿《きょう》は十年前に亡くなっているが、それ以来、喪服を脱いだことはなかった。

リジーが答える間もなく、エレノアと一緒に現れた紳士が前に出て、エレノアの腕をしっかりとつかんで自分の脇《わき》へ挟んだ。年は二十代で、とてもハンサムなうえに、目をきらきら輝かせている。濃紺の上着に、黄褐色のズボンという地味な服装でなければ、よほどの放蕩者《ほうとう》ではないかと思ったことだろう。「愛《いと》しのエレノアおば様」愉快そうに彼が言った。「それが、わざわざおば様を訪ねてくださったご親戚に対するご挨拶《あいさつ》ですか？」

エレノアは彼をじろりと睨《にら》みつけた。「あなたの意見など訊《き》いていませんよ、ローリー。まあ、あなたのことですから訊かれなくても口を挟むでしょうけど」

ローリーはにやりと笑った。頬にえくぼができた。「このレディたちは、さぞかし遠いところからいらっしゃったのでしょう?」ローリーはリジーとアンナを見やった。彼の視線は、今にも倒れるか、泣きだしそうなアンナの上でしばらく止まったあと、次にリジーを注意深く見つめた。彼の視線はやけに厳しく、探るようでもある。しかし、口調は軽やかだった。「おば様はお優しい人だということは、僕はよくわかっていますよ」ローリーはたしなめるように言い足した。

リジーには、ローリーとエレノアの関係がよくわからなかった。

しかし、エレノアはため息をついた。「ええ、この二人はかなり遠いところから来たのよ。リムリックに住んでいるの」まるで不快な言葉を口にするかのように、エレノアは言った。そして二人を睨みつけた。「宝探しにでも来たつもり? 私はあなた方など招待していませんよ!」

リジーは硬い口調で答えた。「私たちのことならおかまいなく、エレノアおば様。ただ、見ればおわかりいただけるように、アンナお姉様に旅の疲れが出てしまったんです」

エレノアはわざとらしく咳払《せきばら》いした。

ローリーはちらりとリジーを見てから、もう一度アンナに目を向けた。目の表情から気持ちまで読みとることはできなかったが、すぐにおばのほうを振り向き、優しくささやいた。「それで、これほど美しいお嬢さん方を僕に紹介してはいただけないのですか?」

エレノアは鼻を鳴らし、アンナを睨んだ。「美しいお嬢さん? まあ、確かに前は美しかったわねえ。でも、今はどうかなんて誰にもわかるものですか。ローリー、この二人は私の弟ジェラルド・フィッツジェラルドの娘、エリザベスとアナベルですよ」エレノアはリジーとアンナに向き直った。「この放蕩者は私の甥《おい》っ子でね、彼の亡くなった母上は、ド・バリー卿の姉にあたるんですよ」

ローリーは深々と頭を下げて、大げさにお辞儀をしてみせた。「ローリー・マクベインと申します。どうぞお見知りおきを」実に慇懃《いんぎん》な挨拶だった。

「真に受けないほうがいいわ。とんでもない放蕩者だから」エレノアはぴしゃりと言った。しかし服装は地味でも、さぞかし女性にもてるのだろうと、リジーはすでに判断していた。

不意にアンナが小さな悲鳴をあげ、リジーの手をつかんだ。同時に体がふらつき、脚がくずおれた。ローリー・マクベインがさっと前に飛びだし、アンナが床に倒れる寸前に彼女を抱きあげた。一瞬にして真顔になったローリーは口早に言った。「大変だ。すぐ休ませないと」ローリーはアンナを抱いたまま、さっさと家の奥へ入っていく。

リジーは不安に駆られながら、ローリーを追った。すぐにエレノアも続く。「アンナは体が弱いんです」リジーはローリーの背中に向かって説明した。本当に病気だったらどうしよう。家族をだまして家を出てきたことは、アンナにとって相当負担になっているはずだ。「アンナのような体の弱い者には、つらい旅だったものですから」

ローリーはアンナをやや広めの豪華な居間に連れて入り、ソファーに寝かせた。「ルクレール、塩を持ってきてくれ！」

リジーはローリーの横に膝をつき、アンナの手を取った。ローリーがリジーを見あげた。

「彼女はよく気を失うのですか？」

ローリーの視線を受け止めたまま、リジーはとまどった。ローリーの瞳はアイルランドの春を思わせるような緑色だった。「ええ、ときどき」さらに嘘《うそ》を上塗りすることになった。

リジーはローリーを注意深く見つめた。訝しげにローリーは目を細めた。彼は賢くて抜け目がなさそうだ。私たちがここへ来た理由を疑われるのではないかしら。

「ここ数日、具合が悪くて」リジーは早口で答えた。本当の理由などわかるはずはないわ。妊娠中期に入ったアンナはややお腹《なか》が出てきていた。しかし着ているのはハイウエストのドレスだ。ドレスはどれも内緒でサイズを大きくしてあるため、大きくなりつつあるお腹をどうにか隠すことができている。しかし、もう一、二カ月もしたら、妊娠がはっきりわかるようになる。リジーはアンナの手を握り、彼女が気がついてくれることを願った。

ローリーは探るようにアンナを見つめて、言った。「エレノアおば様、おば様の主治医を呼んでさしあげたらどうです？」

「いいえ！」リジーは思わず声をあげたが、すぐにローリーに向かって笑いかけた。「少し風邪気味なだけです。本当に大丈夫ですから」

ローリーは再び訝しげな表情を浮かべた。リジーは不安に駆られながら様子を見守った。

そのときルクレールがやってきて、ローリーに塩を手渡した。

「ありがとう」ローリーは言い、直接アンナの鼻に塩をあてた。

アンナはすぐに咳《せ》きこみ、ぱっと目を開いた。

ローリーはもう一度鼻の前で塩を揺らした。アンナはもう一度咳きこみ、今度はしっかりと目を開けた。ローリーはゆっくりと立ちあがった。リジーはすぐにローリーと場所を交代し、アンナの隣に腰を下ろした。手を握ったまま、彼女の目をのぞきこむ。「気を失っただけよ」リジーは優しく言った。

「ごめんなさい」アンナはどうにか答えた。

「気にしないで」リジーはアンナの額を撫《な》でた。そのときになってようやくおばの存在に気づいた。

エレノアはローリーの横に立っていた。いかにも不快な表情を浮かべている。「それで？　もう危機は脱したのかしら？」

アンナは起きあがろうとした。「すみませんでした、エレノアおば様」アンナは息を切らしながら言った。「どうぞ、お許しください」ようやく顔色が戻ってきた。

「お姉様のせいじゃないわ」リジーはそっと言った。ローリーが必要以上にアンナを見ている。どうか、彼女の美しさに惹《ひ》かれているだけで、私たちの秘密を暴こうとしているわけではありませんように。

リジーはゆっくりと立ちあがり、エレノアに向き直った。「こんな形でお邪魔をしてしまい、申し訳ありませんでした」リジーは精いっぱい品位を持って言った。勇気を出すのは大変だったが、ほかに選択肢はない。「母がぜひうかがうようにと言っておりましたので。おば様にはご迷惑かとは存じておりましたが、母の命令に逆らうわけにもいきません。ただ、ごらんのように、アンナお姉様の具合があまりよくないのです。どうか、ここへ置いていただけないでしょうか。しばらくのあいだでかまいません」

エレノアの瞳が冷ややかに光った。「そんなことだと思ったわ！　春だからってダブリンへ旅行に来る人なんていやしませんよ。この街を訪れる人なんて誰もいないんですから。どうせ、あなたたちの母親の策略に決まっているわ。私にはわかります」

ローリーは先ほどと同じようにエレノアの腕をしっかりと取った。「おば様、姪御さんたちには休息が必要です。彼女の具合が悪いのは事実じゃないですか。病人を追い返すようなおば様ではないはずです」

「リディア・フィッツジェラルドときたら、三人の娘のうちの二人を私に押しつけてよこすなんて！」エレノアは怒ったように声をあげた。

「そんなに困ったことでしょうか？」ローリーがそっと尋ねた。にっこりとエレノアに向かって笑いかけている。「家にこんなに美しい女性が二人もいるなんて、すばらしいことではありませんか」

「あなたにとっては、でしょう？」エレノアは鼻を鳴らした。「どちらかのことが気に入ったのかしら？　エリザベスはまだ婚約していないはずよ」

リジーははっと身を硬くした。顔が赤らむのがわかる。アンナが不意に立ちあがろうとした。ローリーはさっと彼女に近づき、手を貸した。「エレノアおば様?」

「起きないほうがいい」ローリーがたしなめるように言った。

「私なら大丈夫です」アンナはローリーに向かって微笑み、それからエレノアに不安げな視線を向けた。「私たちに、おば様のお手伝いをさせてください。私はピアノを弾いたり、歌を歌ったりすることができます。リジーは本の読み聞かせが大好きですし、料理も達者です。リジーほど上手にパイを焼ける料理人はいません。お邪魔になるようなことはいたしません。本当です。きっとお役に立つはずです。おば様にも、私たちがいることを喜んでいただけると思います。お願いです。どうか、ここに置いてください!」

「私はパイを焼くのが得意なんです」リジーはにっこり笑った。「きっとおば様にも喜んでいただけるはずですわ。ここへ置いていただければ」

「私のお供は、この放蕩者で十分ですよ」エレノアは辛辣《しんらつ》に言った。「少しも私を放っておいてくれやしないんだから」

ローリーは優しく言った。「女性のお供がいてもいいじゃないですか。僕も予定が長引いているし、しばらくは来たくても来られなくなりますよ。数日後には、ウィックロウへ出発しなければいけないんですから」

彼が言っているのは、ウィックロウ郡のことで、まさかペールにあるアデア伯爵のお屋敷のことではないわよね――リジーは心の中で思った。

エレノアはローリーに向き直った。「この娘たちをここへ置いておくと得になると思っているのはあなたのほうでしょう、ハンサムな放蕩者さん。変な真似《まね》をしてごらんなさい、とんでもない目に遭うわよ！」

ローリーはむっとしたふりをして、眉を上げた。「僕のことならご心配なく、おば様。僕がもうすぐロンドンへ発《た》たなければいけないことをお忘れですか？　夏の半ばまで戻ってこられないんですよ。おば様はどうなさるおつもりですか？　僕は、おば様をひとりにして、寂しい思いをさせたくないのです」ローリーは言い、にやりと笑った。「それに、正直言うと、ここへ来て美しい淑女に会えるなんて、こんなうれしいことはありませんよ」ローリーはエレノアから視線を外した。ローリーにウインクされ、リジーは驚いた。

エレノアがぼやいた。「あなたなど、しょっちゅう出かけてしまうではありませんか。私はいつもどおりのことをするまでです。ウィックロウのグレン・バリーにでも行ってくるわ」それでも、エレノアがローリーの魅力の虜《とりこ》になっているのは間違いない。

ローリーはアンナのそばを離れ、エレノアの両手を取った。「どうか、彼女たちを置いてあげてください」

優しく説得するとはこういうものだというのを、まざまざと見せつけられた気がした。エレノアの厳しい表情が崩れ、穏やかな顔になった。「まあ、様子を見させてもらいましょうか」エレノアはリジーとアンナを睨みつけた。「今夜のところは、泊めてあげましょう」そう言うと、くるりと踵《きびす》を返し、すたすたと部屋を出ていった。

ローリーは広い胸の前で腕を組み、リジーとアンナに向き直った。彼の目は笑っていなかった。リジーは不安を覚え、硬い口調で言った。「お口添えをいただき、感謝します」

心に抱いた憶測を隠すかのように、ローリーは眉を下げ、お辞儀をした。「お姉様の具合が早くよくなられることを祈っています」そう言うと、後ろを振り返ることなく部屋を出ていった。

安堵《あんど》感で膝の力が抜け、リジーはソファーに座りこんだ。すぐ隣ではアンナがこぼれ落ちる涙を拭っている。「ああ、神様」アンナがつぶやいた。「あの人は魔女だわ。恐ろしい魔女よ！　想像以上に恐ろしい人だったわ！」

リジーはアンナの手を取った。「気を失ったことが幸いしたようなものね」リジーはとまどったものの、言い足した。「それに、ミスター・マクベインには借りができちゃったわ」

アンナは息を吸った。「ええ、確かにそのようね」

5

驚愕《きょうがく》の事実

翌日、リジーは居間で、閉じたままの本を膝にのせ、アンナと一緒にソファーに腰かけていた。アンナは刺繡《ししゅう》の道具を手にしているが、リジーが一語も読み進んでいないのと同様に、まだひと針も縫っていなかった。昨日は、二人はおとなしくそれぞれの部屋に引きとった。エレノアも二人に一緒に夕食をとるようには言わなかった。朝は十一時までエレノアが部屋を出ないことを知っているため、次の運命の顔合わせに慎重に備えつつ、午前を過ごした。そしていよいよ十一時がやってきた。

リジーは頭痛がし始め、こめかみをこすった。外は暖かな春の日差しが差し、いかにも気持ちよさそうだ。こんな日を心から楽しめたらいいのに。居間の窓から見える空は矢車菊のように青く澄んでいて、公園でさえずる鳥の鳴き声も聞こえた。しかし、アンナと二人、いつ屋敷を追いだされるかわからない状態では、どれほど外が気持ちよさそうでも、何かを楽しむ気持ちにはなれない。

そのとき、エレノアの足音が聞こえた。足早に近づいてくる。リジーは不安げにアンナと目を合わせた。アンナは刺繍針を動かし始め、リジーも本に没頭しているふりをした。じっとしているのに耐えられず、リジーはドアをちらりと見やった。ドアを開けたのは、小柄なフランス人執事のルクレールだった。エレノアはルクレールの後ろから現れた。いつものように黒いドレスを着ている。糊《のり》の利いた黒いサテン地のドレスで、袖《そで》と袖カバーは黒のレースになっている。身につけているダイヤのネックレスは昨日とは違うもので、大きなルビーのペンダントがあしらわれている。小柄でほっそりしたエレノアだが、まさに女王の風格を備えていた。

リジーはさっと立ちあがった。慌ててつまずきながら、お辞儀をする。アンナもお辞儀をしながら立ちあがった。「ごきげんよう」

「機嫌がいいかですって？　さあ、どうかしら。客を招いた覚えはありませんからねえ」部屋の中央へ足を踏み入れながらエレノアは言い、まっすぐにアンナのもとへ向かった。「まだ具合はよくないの？」

アンナはもう一度お辞儀をした。「まだ咳《せき》が……」アンナは嘘《うそ》を言い、口を手で隠して小さく咳をした。「でも、ずいぶん気分はよくなりました。昨日のご親切には心から感謝しています」アンナはエレノアに向かってにっこりと微笑《ほほえ》んだ。

リジーは息をのんだ。

エレノアは冷ややかに見返した。「それは、ローリーのことかしら。ローリーのことが好きになったの？」

アンナは目を大きく見開いた。「まさか！　彼はとてもご立派な紳士に見えますし――」

エレノアはアンナの言葉を遮った。「ローリーは、若い女には何かと親切なのよ。それだけは忘れないでちょうだい。相変わらず、あなたはきれいね。少し太ったみたいだけど。ローリーは恋愛より政治のほうが好きみたいだけど、それでも暇があれば美人を追いかけているわ。この家ではおかしな問題を起こさないでちょうだい。妙な気を起こしたら承知しないわよ」

アンナはエレノアに敬意を表して視線を落としながら、お辞儀をした。「エレノアおば様、私は婚約中の身です。お母様からのお手紙をお受けとりになっているのでは？」

「もちろん、聞いていますよ。でも、まだ結婚は先なのでしょう？」エレノアは、今度はリジーのほうを向いた。「あなたも、同じですからね」リジーが言葉を発するより早く、エレノアはアンナに向き直った。「どうしてそんなに太っているの？　前は、あんなに美しい体形をしていたのに」

アンナは口ごもった。「チョコレートが大好きになってしまって」

「恥知らずね」エレノアはにべもなく言った。「太っては、美しい容貌《ようぼう》が台無しじゃないの」

リジーは心臓をどきどきさせながら、あえてエレノアに近づいた。「エレノアおば様？　今日はとてもお天気がいいですわ。一緒にお庭を散歩しませんか？」

エレノアが振り返った。「無理に私の機嫌を取る必要はありません。あなたはいくつになったのです？」

リジーはおどおどしながらどうにか笑みを浮かべた。「十六歳ですわ、おば様。五月には十七歳になります。私は、おば様のご機嫌を取ろうとするような愚か者ではありません。あまりにお天気がいいので、散歩がしたくて、おば様もぜひ一緒にどうかと思っただけです。でも、こんなすばらしい日に家の中でじっと座っているほうがいいとおっしゃるなら」リジーは肩をすくめた。「私ひとりで行ってまいります」

「あなた、パイを焼くと言ってなかったかしら」エレノアは意地悪く言った。

リジーの心臓が早鐘を打った。「今朝、アップルパイを焼いておきました。今夜、ご予定がないようなら、夕食に食べませんか？」

エレノアはひるんだ様子を見せたものの、すぐに立ち直った。「なるほど、食費の代わりのつもりかしら。そういえば、レイヴン・ホールでとてもおいしいパイをいただいた覚えがあるわ。あれもあなたが作ったの？」

ということは、ここへ置いてもらえるということかしら。リジーは興奮のあまり息も継げなくなった。「ええ、そうです。明日はレモンタルトを焼こうと思っているんですよ。食料貯蔵室にスパニッシュ・レモンがたっぷりとありました。もしよろしければ、あれを使わせていただきたいのですが」

エレノアの目がきらりと光った。今にも笑みが浮かぶかに見えたとたん、自制心を取り戻したのか、顔を歪《ゆが》めた。「おいしいパイもいいけど、おいしいタルトのほうがいいわね。でも、料理人にレモンを使っていいか訊《き》いてからにしてちょうだい」

「それならご心配なく」リジーはにっこりと笑った。このときは、心からの笑みだった。「実は、おいしいお菓子の焼き方を教えてほしいと頼まれているんです。以前、レイヴン・ホールに来ていただいたときに、おば様はパイよりもタルトのほうがお好きとおっしゃっていましたよね」

エレノアはわざとらしく咳払いし、アンナに向き直った。「あなたはどうなの？　私に何か読んでいただけるかしら？　それともまだ具合が悪いの？」

「いいえ、大丈夫です」アンナは答えたが、かなり不安そうだ。「何をお読みしましょうか？　それとも散歩に行かれてからになさいますか？」

「先に散歩に行くわ」エレノアはこともなげに言った。「戻ったときに、よければ読んでちょうだい。ダブリン城の動きを知っておきたいの。ローリーは政府の政策についていろいろと書いているのよ。彼はね、絵も描《か》くの。彼の漫画はかなり愉快なのよ」

リジーは驚いた。「ジャーナリストなのですか？」

「急進的改革派よ」エレノアは鼻を鳴らした。「まったく、死んだも同然よ。少なくとも社会的にはね！　でも、ええ、そうよ。彼は平民のように生活費を自分で稼いでいるの。政府に関する記事を『ダブリン・タイムズ』に掲載して。それに、あの器用なスケッチでも、いくらかもらっているらしいわ」

どうやらエレノアは甥《おい》が雇われ人であることが許せないようだ。真の紳士は、自らの手を汚したり、評判を傷つけたりしてまで生活費を稼ぐものではないと思っているからだった。「あの方は、それほど急進的には見えなかったわ」リジーは誰にともなく言った。「でも、確かに女性には優しそうだった」

エレノアは、今度はリジーに興味を持ったようだった。「彼の政見は相当急進的よ、エリザベス。あれほどの急進的な政見を持ちながら上流社会でやっていけるのは、私の甥だからこそなの」

ローリー・マクベインはかなり運のいい人なのね。そう思ったが、黙って微笑んだ。

「まあ、急進派であろうとなかろうと、私のお気に入りの甥っ子であることは間違いないわ」エレノアは言い、警告するような視線をリジーとアンナに向けた。その意味は明らかだった――〝私の遺産を相続する者がいるとすれば、それはかわいいローリーに決まっているんだから〟

「エレノアおば様は喜んでくださると思う?」食堂に入りながら、アンナは不安そうに尋ねた。桜材の長いテーブルには、四人分のカトラリーが並べられ、クリスタル、シルバー、金箔《きんぱく》を着せた枝つき燭台《しょくだい》と、三つの豪華なフラワーアレンジメントが飾られている。実に美しくテーブルセッティングされていた。

その日の午後、リジーとエレノアはケイペル通りの商店へ出かけたが、アンナだけは屋敷に残った。赤ん坊が生まれるまで、外出しないようにすることにしたからだった。それでも屋敷を抜けだし、近くの市場へ行って、花をたっぷりと買ってきた。アレンジメントはリジーも手伝った。見たこともないほど美しいテーブルセッティングができあがった。

「ええ、きっと」リジーは穏やかに言った。しかし、どんなことをしてもエレノアを喜ばせることはできないような気がしていた。その日はずっと機嫌が悪かったからだ。それでも罵《ののし》られるよりは、皮肉を言われるほうがいいかもしれない。「あれこれ口やかましかったけど、おば様は今日はとても楽しそうだったわ。結局十軒以上のお店をまわって、チョコレートを二箱買っただけだけど」アンナが安心すると思って言った言葉だった。

だが、アンナが答えるより早く、背後でエレノアの声がした。「私はそんなに口やかましいのかしら」

リジーは真っ赤になった。振り向くとエレノアが戸口に立ち、あきれ果てた表情を浮かべている。背後ではローリー・マクベインが笑っていた。エレノアと目が合った瞬間、リジーは言った。「今のは、ほんの冗談で……」

「いいえ、本気でしたよ」エレノアは顔をしかめた。

ローリーがエレノアを食堂の中へ導いた。「これは美しい。見たことがないよ」ローリーはリジーに目配せしながら言った。「おば様、そうはお思いになりませんか?」

エレノアはわざとらしく咳払いしたが、目を細めてテーブルを見ている。

「それに、おば様はいつも口やかましいですよ。でも、そこがおば様らしいところですからね」ローリーは言い足し、アンナに向かって魅力的な笑顔を見せた。「少しはよくなりましたか？」

アンナも笑みを返した。「ええ、ありがとうございます。エレノアおば様、お花は気に入っていただけましたか？　思い切って買いに行ってきたんです。きっと喜んでいただけると思って」

エレノアは何も答えようとしない。

リジーは両手を揉《も》み合わせたままだ。「エレノアおば様？　本当にごめんなさい。悪気はなかったんです。私はただ――」

「本心に決まっています。いつからそんなにずけずけとものを言うようになったのかしら」エレノアは無遠慮に言った。「もとから大胆だったのは、あなた方のお姉さんのジョージーナじゃなかったかしら。辛辣《しんらつ》なことばかり言っていたわ。あなたはもっとおとなしかったはずなのに、私のことを口やかましいなどとよくも言ってくれましたね。そもそも、あなたこそ、午後からずっとしゃべりづめだったじゃありませんか」

リジーは顔を真っ赤にした。エレノアに自分たちのことを気に入ってもらおうと、楽しくおしゃべりすることだけを考えていたのだ。リジーは慎重に言った。「おば様は意地悪でおっしゃっているわけじゃないことは存じあげています。ただ、あまり厳しいことを言われると、気持ちが傷つくこともあるんです。私が言いたいのは、そういうことなんです。つまり、おば様は厳しすぎる傾向があるのでは、と」それでも、言いすぎたことは事実だ。

これまでエレノアを非難して、ただですんだ者は誰もいなかったのだから。

エレノアは驚いたようにぽかんと口を開けている。

ローリーはにやにやしながらエレノアを見つめた。リジーの言葉に同意してくれているらしい。「礼儀作法に気をつけるよう、前にも言いませんでしたか?」ローリーはエレノアをからかった。「ミス・フィッツジェラルドも僕の意見に賛成してくれているようですね」

エレノアはローリーを睨《にら》みつけた。「礼儀作法がなっていないのは、あなたですよ。こんなところへ来て、私の姪《めい》たちを誘惑しようとするなんて！　それから、私を訪ねてきたとは言わないでちょうだい。あなたのことは、ちゃんとわかっていますよ。ここへ来た目的もね」

ローリーは声をあげて大笑いした。「これはまいったな。僕の心をお見通しだとは！でも、正直に言うと、今日は彼女たちに会いに来たんです。というより、彼女たちがダブリンにいるあいだ、ちゃんと屋根のあるところで生活ができるかどうか確かめに来たと言ったほうがいいかな」

エレノアは顔をしかめた。

「それは、ご親切に」アンナはローリーの袖を触って言った。

「私たちを泊めてくださるようエレノアおば様を説得していただき、本当にありがとうございました。このご恩は、どうお返しすればいいのでしょう」

「僕たちは血はつながっていないけれど、親戚《しんせき》同士ですよ」ローリーはうやうやしくお辞儀をしながら言った。「当然のことです」

エレノアはローリーとアンナを、リジーと同じくらいじっと見つめていた。「アナベルは九月に結婚することになっているんですよ、ローリー」

ローリーは、まったく驚いた様子はなく、アンナに向かって微笑んだ。「ああ、そうなんですか。そういうことならば、心からお祝いを申しあげましょう」

「ありがとう」アンナはにっこりと微笑んだ。

リジーはとまどっていた。ローリー・マクベインは美しいアンナに惹《ひ》かれていたのではなかったの？

「トーマスは、ダービーシャーの出身なんです。トーマス・モアリーというの。ダービーシャーのモアリー一族をご存じですか、ミスター・マクベイン？」アンナは期待するように尋ねた。

ローリーの笑顔が消えた。「いいえ、残念ながら存じあげません。ということは、英国軍関係の方ですか？」

アンナは自慢げにうなずいた。「ええ、兵士です」

ローリーはアンナをじっと見つめた。「つまり、英国兵と結婚するのですね」

「彼は、すばらしい紳士なのよ」リジーが口早に言った。

「そう、イングランド人だ。我々のようなただのアイルランド人よりもはるかに優秀なけだものということになる」

「いい加減にしてちょうだい」エレノアが厳しい口調で言った。「アンナは結婚するのよ。とてもいいことじゃないの。お相手がイングランド人だってかまわないわ。貧しい私の弟は、生活するのがやっとなんだから」エレノアは満足げにアンナを見つめた。「ローリーのことは気にしないでちょうだい。イングランドと聞くだけで、すぐかっとなるの。あなたの結婚を、私はとてもうれしく思っているわ」

「ありがとうございます」アンナはそう答えたものの、ローリーの考え方に明らかにとまどっていた。

「僕は田舎者なんですよ」ローリーは頭を下げながら言った。「無作法なふるまいをしたことを、どうぞお許しください、ミス・フィッツジェラルド」ローリーは不意にリジーに向き直った。「君はどう？　君もイングランド人に求婚してほしいと思っているの？」

リジーは後ずさりした。「私は、結婚はしないと思います、ミスター・マクベイン」

ローリーは驚いたように眉を上げた。

「ローリーも夕食を食べていくそうよ」エレノアが言った。そして急に、アンナに向かって微笑んだ。疲れた様子のアンナは椅子に座っている。「そのお花、気に入ったわ」

アンナとリジーは驚いたように目を合わせた。

「それから、じっくり考えてようやく決心がついたわ。まあ、一、二週間なら、あなたたちをここへ置いてあげましょう」

リジーは、厨房《ちゅうぼう》でルバーブ・パイの仕上げに余念がなかった。彼女の隣には料理人が立っている。背が高いけれど、お腹《なか》も出ている白髪交じりのスコットランド人だ。リジーはたった今、彼に秘密のレシピを教えたところだった。ルバーブ・パイに限っては、フルーツ・フレーバーのリキュールを入れると味が格段によくなるのだ。料理人はなるほど、という表情を浮かべた。「奥様がお嬢様のデザートを気に入っていらっしゃるのももっともだ。レモンタルトにはウオッカを、アップルパイにはラム酒を、そして昨夜《ゆうべ》出したチョコレートスクエアにはバーボンを入れているんだからな」

リジーはにっこりと笑いたかったが、無理だった。メリオン・スクエアに滞在することをエレノアが認めてくれたあの運命の午後から、ほぼ二週間がたっている。アンナとリジーの生活には、ほぼ一定のパターンができていた。午前中は真珠の部屋で静かに読書をしながら過ごす。午後は、リジーは知り合いを訪問したり、買い物や散歩に行ったりするエレノアにつき添う。アンナはまだ風邪が完全には治っていないふりを続けて休養し、家の中でひとりで過ごした。だが、いつまでも調子が悪いふりばかりはしていられない。その間にも家から手紙が二通届いていた。どちらも母からのもので、二人の計画をまだ知られるわけにはいかず、リジーはエレノアに見つかる前に隠さなければならなかった。だが、このままでは、いずれメリオン・スクエアを出ていかなければならなくなる。

昨夜、リジーとアンナはエレノアに真実を打ち明けることを決めた。いつ本当のことがばれるかという、常に不安と背中合わせの状態には、これ以上耐えられない。そのうえ、アンナのお腹はますます大きくなりつつあり、妊娠に気づかれるのは時間の問題だった。

リジーは気が重くてしかたがなかった。手を止めて小麦粉まみれの木のカウンターに両手を置き、どうかエレノアおば様がまだ何も気づいていませんように、と祈った。エレノアは、アンナのことを訝《いぶか》しげに見るようになっていて、公園での散歩や買い物にはもう彼女を誘おうとはしなかった。

「リジー？　用意はいい？」

リジーが振り向くと、アンナが真っ青な顔で厨房の戸口に立っていた。耐えがたい緊張感に顔を歪めながら料理人に素早く笑みを見せると、エプロンを外しながらアンナのもとへ近づいた。「思い切って行くしかないわ」二人揃《そろ》って寄り添うように厨房を出ながら、リジーはそう答えた。

アンナは両手をお腹に置いていた。ドレスが体に張りつき、急速に突きでてきたお腹の輪郭があらわになっている。妊婦としか見えないアンナを見てリジーは声をあげ、アンナの手を払った。二人はうろたえながら顔を見合わせた。

アンナは首を振り、横を向いた。「これ以上隠してはおけないわ、リジー。ああ、どうしよう。おば様に追いだされてしまったら、どうすればいいの？」

リジーは唇を噛《か》んだ。「追いだしたりはしないわよ、きっと」アンナの気が休まることを祈って、リジーは言った。

腕を組んだまま、二人はゆっくりと屋敷の母屋へ続く廊下を進んだ。いよいよ客間に足を踏み入れようかというとき、リジーはアンナの体が震えていることに気づいた。アンナを元気づけようとしたその瞬間、大理石の床に響くヒールの足音が聞こえた。エレノアだった。

客間に飛びこんできたエレノアは、いきなり二人に向かって手紙を突きつけた。「どういうことか、説明してちょうだい！」

リジーとアンナは不安げに視線を交わした。リジーはおずおずと尋ねた。「どうかなさいましたか？」

「どうかなさいましたか、ですって？」エレノアは顔を紅潮させている。「今すぐ説明してちょうだい。何かあるとは思ったのよ。とてもいやな予感がしたの。あなたたち二人が招待もしないのに、いきなりうちへやってくるし、アンナは一日じゅう具合が悪そうだし、それにあなたたちの母親から手紙が来たわ。私の覚えのない招待に感謝し、私の健康を気遣う手紙が。まるで私が病気でもあるかのようにね！」

エレノアが腹を立てるのも無理はない。でも、なぜか、何かが違っていた。おばは激怒しているというよりもむしろ、心配しているようなのだ。「どうかお座りください、エレノアおば様。お話があるんです」リジーは静かに言った。

エレノアの頬の赤みが消えた。むしろ青い顔をしてリジーの言葉に従い、膝に両手をあてて椅子に腰かけた。

　アンナはエレノアの前に立ち、両手を揉み合わせた。「ごめんなさい、エレノアおば様」青い目を大きく見開き、うつむいている。「すべて、私のせいなんです」そう言うと、泣きだした。

「おば様の助けが必要だったんです」リジーは声を震わせながら言った。「どうしても、必要だったんです」

　エレノアはじっと二人を見つめている。顔をぴくりともさせず、厳しい表情を浮かべていた。

「おば様にはとても親切にしていただきました」アンナが泣きだすのを見て、リジーは言葉を選びながら話し始めた。

　エレノアが立ちあがってリジーの言葉を遮った。「私は親切な人間ではありません。アンナ、泣くのはおやめなさい。今は、泣くときではありません」

　アンナはエレノアの言葉に従い、顔を上げた。涙で汚れた顔は、苦悩に満ちている。

「あなたは妊娠しているのですね？」エレノアが言った。「それで、そんなに太っているのでしょう。それで、家を出てきたのですね」

　アンナは唇を噛んでうなずいた。今にも涙がこぼれそうだった。「こんなことになるなんて思ってもいなかったんです」

　リジーはアンナの手を取った。心臓が早鐘を打っている。「アンナお姉様は、とても立派な英国軍兵士と婚約しています」リジーは口早に言った。「結婚式は九月ですが、見てのとおり、七月には赤ちゃんが生まれてしまうのです。エレノアおば様、お願いです、赤ちゃんが生まれるまで私たちをここへ置いてください。赤ちゃんが無事生まれれば、アンナは家に帰ってモアリー中尉と結婚できます」

エレノアはアンナから目を離そうとせず、感情を抑えている口調で言った。「赤ん坊の父親は婚約者ではないのですね？」

アンナは泣きだした。「ええ」

「あなた方の両親は、このことをまったく知らないのですね？」

「知りません」アンナの代わりにリジーが答えた。「ここへ来て、誰にも会わずにひっそりと赤ちゃんを産むことを考えたのは、私なんです」

「この、お話にならないような企《たくら》みに私が加担すると思っているのですか？」エレノアはずばりと言った。

「おば様だけが頼りなのです！」リジーは声をあげた。「おば様は、アンナにとってただひとつの望みなのです。どうすることもできない私たちを追いだしたりはなさりませんよね？　誰も、そんな冷たいことができるはずがありませんわ」

エレノアはリジーを見つめた。「追いだすとは言ってませんよ。さあ、私の顔をごらんなさい、アンナ」エレノアはアンナに向かって言った。

アンナが顔を上げた。

「子供の父親は知っているのですか？」

アンナは黙って首を横に振った。

エレノアは、今度はリジーを見つめた。「父親は誰ですか？」

リジーは体をこわばらせた。「エレノアおば様、そんなことはどうでもいいではありませんか！　アンナお姉様はトーマスを愛しています。赤ちゃんは、引きとってくださる家庭を見つけますから」

「残念ながら、私はそうは思いません。おそらく父親は、私のような貴族なのでしょうね」エレノアはアンナの顎を持ちあげた。「それとも、あなたはどこかの農民と床をともにしたのですか？」

アンナは首を横に振った。涙がはらはらとこぼれ落ちた。

「アンナはトーマスを愛しているんです！」リジーが警告するように言った。「父親に知らせる必要などありません！　このことは、できるだけ秘密にすべきです。できるだけ、誰にも知られないように――」

「父親には知らせるべきです」エレノアは厳しい口調で言った。「父親が引きとってくれるかもしれないじゃありませんか。正統な子供と一緒に庶子を育てている貴族など、いくらでもいるのですから」

アンナは頭を振り始めた。「だめです！　知らせるわけにはいきません！」

「アンナお姉様がかわいそうです。おば様だっておわかりでしょう？　父親が子供の存在を知るということは、アンナお姉様が子供を産んだという事実が明るみに出てしまうということです。人々の噂《うわさ》や中傷の的になり、指を差されることになるじゃありませんか」

アンナは涙を拭《ぬぐ》った。「エレノアおば様、彼には話せないんです、決して。私はトーマスを愛しています。おば様も、私が秋に結婚することを願っていらっしゃるのでしょう？お願いです。父親に話せなどと言わないでください。何もかもがぶち壊しになってしまいます！」

エレノアはゆっくりとアンナに向き直った。アンナはエレノアの両手を握り、悲痛と哀願の色をたたえてエレノアを見つめていた。リジーは、ただ奇跡を願った。

エレノアはおもむろに口を開いた。「あなたの人生をぶち壊しにするつもりはありませんよ、アンナ。人間は誰しも過ちを犯すものです。ただ、残念なことに、ときにその代償が恐ろしく高くつくことがあるのです」

アンナは声をあげた。「でも、私はもうその代償を支払っています！」せりでたお腹を両手で覆う。「十分に苦しんできたんです」

「なんだか、恐ろしいほど自惚《うぬぼ》れ屋のあなたのことが好きになってきたわ、アンナ」

アンナは目を大きく見開き、体をこわばらせた。涙が止まり、希望の表情を浮かべている。

「自分のしたことを反省していますか？」エレノアは厳しい表情で尋ねた。「それとも、結婚してもすぐにトーマスに嫌気がさして、今回と同じような恥知らずな真似《まね》をするのかしら？」

アンナは驚きに息をのんだ。「トーマスに嫌気がさすなんて、絶対にありません、エレノアおば様！　私は間違ったことをしてしまいました。とても恥じていますし、どうしてそんなことをしてしまったのかもわかりません。ああ、もうこんなに苦しい思いをするのはうんざりです。あの人と会わなければよかった。赤ちゃんなんかできなければよかった。結婚して、ダービーシャーでトーマスと暮らしていたかった！」

「後悔しても、起きてしまったことがなくなるわけではありませんよ」エレノアが言った。「率直に言って、私はあなたの身を案じているのです」

　希望の持てる言葉だとリジーは感じた。「おば様にお手伝いいただければ、私たちはこの危機を乗り越えられます。おば様が手を貸してくだされば、アンナは誰にも知られることなく赤ちゃんを産み、トーマスと結婚するためにここを発《た》つことができます。赤ちゃんは、ちゃんとした家庭に引きとってもらうつもりです。きっといい引きとり先を見つけます。でも、それにはおば様のお力が必要なんです」

　エレノアはリジーを見つめた。「あなたはとても姉思いの妹ね、エリザベス。それにとても勇気がある」

　お世辞を言われて喜んでいる場合ではなかった。「手を貸していただけますか？　おば様も、アンナの縁談をぶち壊しになさるおつもりはないのでしょう？」

「赤ん坊が生まれるまで、あなた方を預かりましょう」エレノアは言った。「私もできる限り手を貸します。ただし、ひとつだけ条件があります」

「どんな条件でものみます」リジーは言った。これでもうあれこれ悩む必要がなくなるのね。信じられない気持ちだった。

エレノアはアンナの手を取った。「父親の名前だけは教えてちょうだい、アンナ。それが、赤ん坊が生まれるまであなたたちをここで預かるための条件です。もちろん、誰にも話しません。あなたが赤ちゃんを産んだことも、秘密にします」

アンナは目を見開いて、エレノアを見つめた。

リジーは反論しようとした。

すると、アンナがリジーを見つめ、うなだれた。頬が真っ赤に染まっていく。アンナは耳を澄ませないと聞こえないような小声でつぶやいた。

リジーは思わず身を乗りだした。

「ティレル・ド・ウォーレンなの」アンナは言った。

6

言語に絶する解決策

　きっと聞き違えたんだわ。

「アンナ？」

　エレノアが息をのむ音が部屋じゅうに響いた。「ティレル・ド・ウォーレンが父親ですって？」

　アンナは顔を上げ、許しを請うようにリジーを見つめた。「ごめんなさい」そう言うと、腕を抱えた。

　床が傾いた気がした。足元がぐらつく。ショックのあまり考えることさえできなかった。

「エリザベス？　ルクレール！　塩を持ってきて！」エレノアが声をあげた。

　リジーはその場に座りこんだ。

　その瞬間、リジーの脳がようやく機能し始めた。ティレル・ド・ウォーレンがアンナの赤ちゃんの父親？　まさか、ありえないわ！　何かの間違いよ。彼を愛しているのは私なのよ。アンナにはいくらでも求婚者がいたじゃない。大きな間違いに決まってる。

部屋の風景がようやく目に入ってきた。アンナはエレノアの後ろに立ち、青白い顔でリジーを見つめていた。


リジーは唇をなめた。声を失ったかのように、言葉が出ない。「アンナ?」何かの間違いに違いないわ。アンナがそんなことをするはずがないもの。

アンナの目に涙が浮かんでいる。「ごめんなさい!」

アンナの言葉に、それが残酷な事実であることを思い知らされた。アンナはティレルとベッドをともにし、お腹《なか》に子供まで宿したのだ。

言い表すことのできない痛みがリジーの胸を貫いた。ただ痛いだけではない。信じていた者に裏切られたという、まさに体を切り裂かれるような激しい痛みだった。リジーは頭がどうかしたかと思えるほどティレルに恋い焦がれていたというのに、アンナは彼とベッドをともにする仲だったとは。

リジーが胸に手をあてて声をあげるのを見て、アンナは顔を背けた。心の痛みは、リジーの体全体にまで広がった。痛みに心を引き裂かれるという本当の意味を知った瞬間だった。リジーは目を閉じた。けれども、アンナとティレルの生々しいイメージが脳裏をよぎる。

でも、まさか、そんなはずはないわ。ティレル・ド・ウォーレンは紳士よ。無邪気な若い女性をたぶらかすなんて。

「お医者様を呼ぶわ！」エレノアが驚き慌てて言った。「ルクレール！　すぐにドクター・フィッツロバートを呼んでちょうだい！」

お医者様など必要ありません、とリジーはエレノアに伝えようとした。どんな医者でも、彼女の傷ついた心を治すことはできないのだから。だが、口から出たのは、腹立ちと非難の気持ちが入りまじった言葉だった。「どうして？」リジーはアンナに向かって言った。突然、怒りがわいてきた。「お姉様には、いくらでも求婚者がいたじゃない！　どうしてあの人なの？」

アンナはお腹を守るように体の前で腕を組んだまま、唇を震わせて、首を横に振った。「わかってはもらえないと思う。リジー、あの日のことを私はすごく悔やんでいるの」

エレノアがゆっくりと立ちあがり、リジーとアンナを交互に見やった。「気分が悪いの」アンナが言った。「失礼して、休ませていただきます」そう言うと、踵《きびす》を返し、逃げるように部屋を出ようとした。

リジーは立ちあがった。「待って！　どうして逃げるの？　戻って！　ちゃんと説明して！」

アンナはリジーに背を向けたまま立ち止まった。緊張で肩が震えている。

リジーは怒りで体が震え、動けなかった。アンナはどんな男性からも慕われるわ。ティレルだけは別だなんて言えるかしら。リジーの目から涙がこぼれ落ちた。もちろん、ティレルだって、アンナを求めるに決まってるわよね。でも、それなら結婚を申しこむはずよ。

こんなふうにアンナを見捨てるはずがないわ。

「どういうことなの？」エレノアが静かに尋ねた。「私には話が見えないわ」

リジーは唇をほとんど動かすことなく、硬い口調で言った。「アンナと話をさせてください。二人だけで」

エレノアはためらいながらも、ルクレールと一緒に部屋を出て、後ろ手にドアを閉めた。

アンナが振り返った。「あなたには知られたくなかったの。どう言ったらいいのかしら。いつの間にか、そういうことになっていたのよ。リジー、そんな目で見ないで！」

リジーは首を横に振った。「私は小さいときからずっと、ばかみたいに彼に恋をしていたわ。それなのに、あなたたちは恋人同士だったの？」

「違うの！」アンナは言った。「そうじゃないのよ！　一度だけなのよ、リジー。あのハロウィーンの舞踏会の夜のことなの」

そう聞いたとたん、リジーの脳裏であの夜の出来事がまざまざとよみがえった。ティレルの官能的なまなざし。自分に向かってくる決然とした足取り。彼の体から発せられる信じがたいほどの欲望。〝深夜十二時に、西の庭で待っている〟

ドレスをラム酒で汚してしまったものの、まだ帰りたくないから衣装を換えてほしいと言っていたアンナ。〝あなたは楽しくないでしょ？　ここにいたくなんかないわよね？〟

でも、闇《やみ》にまぎれ、衣装も交換したとはいえ、ティレルがアンナと自分を見間違うとは思えない。それだけは間違いない。アンナの美しさと魅力にかなうはずはないのだから。

「でも、そんなこと、どうでもいいでしょう？　あなたは彼とは縁がなかったのよ。すべてすんでしまったことだもの。ね、リジー？」急に、アンナの口調が変わった。「今は、お母様の言うとおりに家に帰ればよかったって思ってるの。今、この瞬間がくるのが怖くてしかたなかったの。あなたには知られたくなかった。お願い、許してちょうだい。私は十分に苦しんだのよ！」アンナは椅子に座りこんだ。涙が頬を伝っている。

　アンナの気持ちなど、リジーはどうでもよかった。頭が破裂しそうなほど、こめかみが脈打っている。「何があったの？」

　アンナはためらっているようだった。

　リジーは拳《こぶし》を握り、息を吸おうとした。けれども部屋は暑く、空気もないように感じられた。「アンナ、話して。さあ！」

　アンナはリジーから視線をそらした。恥ずかしさで頬を紅潮させている。「外の空気を吸いたくなって庭へ出たの。ひと晩じゅう踊っていたから暑かったのよ。そしたら彼がいたの。彼が何者かは、すぐにわかったわ。そしたら、彼が私のところへまっすぐに歩いてきたのよ。すごくうれしかったわ。彼はひと言も発しなかった。私をいきなり抱きしめて、何も言わずにキスをしてきたの」アンナは顔を上げた。涙で目が光っている。「あんなふうにキスされたのは初めてのことだった。だからびっくりして。それで、思ったの。彼は密《ひそ》かに私に心を寄せてくれていたのかしらって。本当に、しばらくはそうだったのよ」アンナは膝に目を落とし、苦しげに言った。「でも突然、本物の修道女マリアンはどこだって訊《き》かれたの」

どういうわけか、リジーの中から怒りの気持ちが消えた。ティレルはやはり私を庭で待っていてくれたんだわ。アンナが私の衣装で現れたとき、彼はひと言も発さずに彼女のもとへ歩み寄った。もし庭へ行ったのが私だったら、彼は私を抱きしめてくれていたはず。でも、あの夜、伯爵邸を立ち去ったときに、これが自分の運命だと思ったのではなかったの？

「私、本物の修道女マリアンはもう帰ってしまったって彼に言ったの」アンナはリジーの目を避けたまま、つぶやいた。「リジー、私、彼の魅力に圧倒されて、何も考えられなくなってしまったの。あなたの顔さえ思い浮かばなかった。彼は私に心を寄せてくれているものだと思っていたの」

「彼は私を待っていたのだと、気づいたはずでしょう？」リジーはどうにか言った。

アンナは首を横に振った。「彼は、私を求めているんだと思ったの」小声でつぶやいた。

リジーは立ちあがった。アンナは、男の人に追いかけられることにも、心を寄せられることにも慣れている。そう思って当然だわ。そのうえ、ティレルの情熱的なキスに心を奪われてしまっていたのだろう。「彼は私に会うために庭へ行ったのよ。お姉様ではないわ」リジーは涙で目を濡《ぬ》らしながら、なんとかそう言った。「それで、愛し合ったのね」それだけの言葉を口にするだけで、耐えられないような痛みが体を突き抜け、その勢いで体がよろめいた。膝ががくがくと震え、リジーは再び腰を下ろした。

アンナは迷っているようだった。今すぐ妹のそばに行って、彼女を慰めてあげたい――まるでそう思っているかのように。「自分の愚かな行いをあれほど悔やんだことはないわ。これ以上ないくらい後悔しているの。ひと晩きりのことよ。それに、もうずっと前のことだわ。お願い、リジー、このことは忘れてちょうだい！」アンナはとうとうリジーに近づき、彼女の手を取ろうとした。

リジーは手をさっと振り払った。「忘れられるはずがないわ」不意に、月明かりの下でアンナとティレルが抱き合う姿が脳裏をよぎった。リジーは美しい姉の視線を避けるように、涙にむせびながら言った。「私にあれほど情熱的な視線を向けてくれたのは、ティレルだけだったのよ。ティレルだけは、私を女として見てくれたの」リジーは苦々しく言った。「でも、お姉様のことを気に入るのも無理はないでしょうね」

アンナは一瞬目を閉じた。「彼は私を求めたわけじゃないのよ、リジー。あなたが考えているようには」小声でつぶやいた。

リジーはどうにか立ちあがった。「言っていることがわからないわ。お姉様は彼の子供を宿しているのよ」

アンナは自分の足元を見おろした。「彼はアデア伯爵の後継者よ。裕福で、力があって、ハンサムだわ。たくさんの男性に求婚されたけど、彼のような人はひとりもいなかった。私があなたでないと気づいたとたん、彼はものすごく怒ったの。なのに、どうして私はあんなふるまいをしたのか、今でもわからない――どうして、そのまま立ち去ろうとする彼を引き止めてしまったのか、自分でもわからないの。ただ、彼にもう一度キスをしてほしかった。私を好きになってほしかったのよ。あなたのことは考えなかったわ、リジー。一度もよ。ティレル・ド・ウォーレンと一緒にいることしか考えられなかったの」

リジーはアンナを睨《にら》みつけた。二人が絡み合う姿がまだ脳裏から離れない。「彼はそのまま立ち去ろうとしたって言ったわよね……それを、お姉様が引き止めたの？」

アンナは急に顔を高く上げた。涙で瞳が光っている。「ええ、そうよ、リジー。彼は立ち去ろうとしたの。それなのに、私が彼に身を投げだしたのよ」

リジーは呆気《あっけ》に取られた。

「私は、あなたやジョージーお姉様ほど上品でもないし、分別も道徳心も持っていないの。あの夜、私は人生で最悪の選択をしたの。毎晩のように自分のしたことを後悔したわ。そして祈った。あなたには本当のことを知られませんようにって。私は不埒《ふらち》な女よ。それはわかってるの。でも、あなたとは姉妹よ。それは永遠に変わらないわ。いつかは私を許してくれるわよね？」

リジーは目を閉じた。アンナのことは大好きだし、その気持ちはこれからも変わらないだろう。それでも彼女に裏切られたという心の痛みが和らぐわけではない。それに、アンナの子供の父親がティレルであるという事実も変えることはできない。どうして彼はこんな裏切りを？　リジーはひどく憂鬱《ゆううつ》な気分だった。「紳士である彼が、清純な女性にそんなことをするなんて信じられないわ」

アンナは悲嘆に暮れた表情を浮かべ、せりだしたお腹を抱えながら椅子に腰を沈めた。

「あなたの言うとおりよ」アンナはつぶやいた。

リジーはまるで銃で撃たれたかのように体をこわばらせた。そのとたん、実家にいたときに耳にした、女性たちの悪意や嫉妬《しっと》に満ちた噂話《うわさばなし》を思いだした。〝ほら、あのみだらな娘、アンナ・フィッツジェラルドよ〟

「どういう意味なの？」リジーは信じられない気持ちで尋ねた。

アンナは涙にむせび始めた。「私は人として失格なの」つぶやくように答えた。

リジーはめまいがした。「アンナお姉様！」

アンナは唇を噛《か》んだ。恐ろしい沈黙が続いたあと、ようやくアンナはうなずいた。「彼が初めてではないのよ、リジー」

リジーは激しいショックを受けた。私はアンナのことをまったくわかっていなかったんだわ。子供のころの光景がリジーの脳裏をよぎった。どの思い出をひもといても、そこにアンナがいた。美しくて、すべての人に褒めそやされ、甘やかされ、愛されていたアンナ。母の前では悪いことをいっさいせず、叱《しか》られたことも罰を受けたこともないアンナ。もちろん、父が母とアンナのあいだに入ることはなかった。そのときリジーは、アンナがそれまでどれほど甘やかされてきたか、そして善悪をかえりみず自分自身を甘やかしてきたかということに気づいた。アンナは軽率だが、道徳観念がないわけではない。思慮に欠けたところはあるが、人として失格なわけでもない。

「これからもきっと後悔し続けると思う」アンナは言った。「でもね、リジー。私、男の人の腕に抱かれていると、何も考えられなくなってしまうの」

妙なことに、リジーはアンナがかわいそうになってきた。

「私が憎い？」アンナがつぶやいた。

「いいえ、憎いわけじゃない」リジーは本心からそう言った。「憎むことなんてできない。お姉様が言っていたように、私たちは姉妹ですもの。それは永遠に変わらないわ」

アンナはやっとのことで立ちあがり、勇気を振り絞ってリジーに歩み寄った。「私はあなたが大好きよ、リジー。あなたは絶望のどん底にあった私をどれほど救ってくれたことか。私は恐ろしい過ちを犯してしまったわ。でもティレルはあなたにとって夢でしかないのよ。絶対に結ばれることはないんだもの。だから、関係ないわよね？　お願い、もうこのことはお互いに忘れない？」

忘れられるものなら忘れたい。でも、どうしたら？　アンナを、そして大きくせりでたお腹を目にするたびに、アンナとティレルが分かち合った情熱的な夜を思わずにはいられないというのに。

でも、間もなくアンナは出産する。赤ちゃんには、いい引きとり先を探してあげなければならない。数カ月後には、二人とも、何事もなかったかのようにレイヴン・ホールに帰り、秋にはアンナはトーマスと結婚する。時がたてば、私の心にぽっかりと開いた傷も癒《い》え、忘れられるかもしれない。

アンナはリジーの両手を取った。「お願い」

アンナは血を分けた姉妹なのよ。物心がついたころからずっとあこがれ、愛してきた姉だわ。それに、はにかみながらも、いざとなると大胆なアンナの態度に何度となく感嘆して、アンナのようになりたいと願っていなかった？　リジーの目に涙が浮かんだ。心はずたずただったが、今、アンナを見捨てることはできない。リジーは硬い口調でどうにか答えた。「そうね、アンナお姉様。ティレルのことは、愚かな夢にすぎないわ。私は彼にはふさわしくない。そんなことはとうに知っていたもの。ハロウィーンの夜、お姉様とティレルに何があろうと、それは過去のことよ。もうどうでもいいわ」

アンナは安堵《あんど》の表情を浮かべた。「ありがとう、リジー。本当にありがとう」

アンナが妊娠していることを知ると、エレノアはすぐに二人を連れてペールの中心にある別荘へ向かった。グレン・バリーと呼ばれるその別荘は、人目を避けるには格好の場所だった。訪れる人もほとんどいなければ、パーティーに招待されることもほとんどないからだ。ひとつだけ問題があるとすれば、ローリーのことだった。ローリーはロンドンへ行く前に一度だけ、エレノアの家を訪れた。エレノアは、アンナは家に帰ったが、リジーがいるから彼にはもう来てもらう必要はないと、ローリーに言い放った。ローリーは一日滞在しただけだが、エレノアの無関心な態度にはとまどっているようだった。それでも、疑っている様子はなく、あくまでも陽気にふるまった。帰るときもエレノアに向かって手を振り、にやりと笑って、夏になったらまた来ますと言って立ち去った。

赤ん坊は七月半ばに生まれた。お産はほぼひと晩かかったが、リジーは決してアンナのそばを離れなかった。太陽がのぼり、カーテンの隙間《すきま》から朝日が部屋の中に差しこみ始めたころ、近所の助産師がアンナにもう一度いきむよう指示した。「さあ、しっかりといきんで。決して力を抜かないようにね。ほら頭が出てきた――」

「アンナ、頑張って!」目の前の光景に圧倒されながら、リジーは叫んだ。お産に立ち会うのは初めての経験だった。赤ちゃんの頭が見えた。リジーにとって、それはまさに奇跡だった。アンナは涙を流しながら、最後の力を振り絞った。リジーは冷たいおしぼりをアンナの額に置いた。「頑張って、アンナ。もう少しよ。もう少し頑張っていきんで!」

「もうだめ!」アンナが叫んだ。だが、その瞬間、赤ちゃんが生まれた。

リジーは呆然《ぼうぜん》としたまま、助産師が赤ちゃんを受け止めるのを見つめた。足も、腕も、手もすべて二本ずつ、ちゃんと揃《そろ》っている。

「やったわ、アンナ!」姉の額を撫《な》でながらリジーは言った。「すごくかわいい男の赤ちゃんよ! 男の子よ!」

「本当に? ああ、赤ちゃんはどこ?」アンナはあえぐように言った。目を開けていられないほど疲れているようだった。

助産師が言った。「立派な息子さんですよ。それに、とても元気そう」リジーは微笑《ほほえ》んだ。

アンナは弱々しく笑い、リジーに向かって手を伸ばした。

二人の手のひらが合わさったとたん、リジーはつい体をこわばらせた。アンナに子供の父親の名前を聞かされたあの日以来、彼女の裏切りをなんとか忘れようとリジーは懸命に努力してきた。それでも、小さなわだかまりは残っていた。それまでどおりの関係ではいられるはずがない——そんな気がしていた。アンナを見捨てるつもりはないし、嫌いになることもない。けれどもときどき、影の中にひとりで立ち、アンナを捜しまわる夢を見ることがあった。夢の中では、アンナはどうしても見つからなかった。それどころかあまりにも魅力的なティレルが現れ、リジーに向かって手を差しのべてくるのだ。

リジーはそんな思いを断ち切り、笑みを浮かべてアンナの手を握った。アンナも笑みを返し、ぐったりした様子で目を閉じた。そのとき、助産師が待っていたメイドに向き直っているのに、リジーは気づいた。「待って」リジーは思わず声をあげると、急いでベッドを離れ、メイドが持っていたブランケットを奪った。そしてアンナの子供をさっと腕に抱え、ブランケットでくるんだ。

赤ん坊が目を開いた。驚くほど青い瞳が、痛々しいほどまっすぐに、リジーを見つめた。これまで見たことがないほど美しい。こんな小さな人間を見たのは初めてだ。心臓がぴたりと止まったような気がした。ティレルの息子。助産師が、赤ちゃんに産湯を使わせたいと言っているのがぼんやりと聞こえた。リジーの胸の中で何かがはじけ、信じられないほど大きく広がった。そのとき赤ん坊がリジーに向かって笑いかけたように見えた。

赤ん坊を胸に抱き寄せた。同じ部屋にいる女性たちの存在を忘れ、リジーも笑みを返した。私はティレルの子供を抱いている――それだけは確かだ。新生児は皆、瞳が青いものだが、その赤ん坊の瞳は鮮やかなブルー、そう、ド・ウォーレン家の瞳の色だった。肌が浅黒く、髪が黒いところも父親とまったく同じだった。私はティレルの赤ちゃんを抱いているんだわ。

赤ん坊は目をそらすことなく、じっとリジーを見つめている。

赤ん坊を抱きながら、リジーはそれまで感じたことのないほどの愛情を感じた。「なんてかわいいのかしら、あなたって」リジーはつぶやいた。ティレルの子を抱いているという事実に胸がいっぱいだった。「大きくなったら、お父様そっくりになることでしょうね」

乳母が赤ん坊の顔を拭《ふ》いた。「まあ、なんてかわいらしい赤ちゃんでしょう」にっこりと笑いながら言った。「この瞳を見て！　いかにも賢そう」

「ええ」リジーはつぶやいた。彼女の心は、あふれんばかりの愛情で痛いほどふくれあがっていた。

この子はティレルの子。それに私自身の血と肉を受け継いだ甥《おい》でもあるんだわ。

エレノアが部屋に入ってきた。「どうやら終わったようですね」そう言って、アンナを見つめた。アンナは眠っているらしい。リジーの横で足を止め、二人はともに赤ん坊を見つめた。

「この子、ハンサムだと思いませんか？　完璧《かんぺき》よね？」リジーは言った。恐ろしいほどの独占欲がリジーの心の中で頭をもたげ始めていた。アンナの子供からいっときも目を離すことができない。

「父親にそっくりだわ」エレノアは静かに答えた。

リジーの心がねじれるように痛んだ。「それは、私たちが本当のことを知っているからよ」リジーは心とは正反対のことを言った。本当は、エレノアの言うとおりだと思っているのだ。

エレノアは黙ったままだった。

リジーはエレノアに背を向け、赤ちゃんを揺らしながら、しっかりと抱きかかえた。なんて名づけたらいいかしら？　自分の甥っ子に微笑みを向け、リジーは考えた。そう、この子は、私の甥なのよ。「名前をつけなくちゃ」リジーはつぶやいた。「アンナお姉様？　お姉様の赤ちゃんに名前をつけなくてはならないわ」

アンナがまぶたを瞬いた。「私の赤ちゃん」つぶやくように言った。

「名前をつける必要はありませんよ、エリザベス」エレノアは硬い口調で言った。「明日、修道女がその子を引きとりに来ます。きっといい里親を探してくれますよ」

リジーの心が耐えられないほどに痛んだ。

エレノアはリジーの肩に手を置いた。「あまり気持ちを入れないほうがいいわ」優しくそう言った。

リジーは突然、氷の入った浴槽に放《ほう》りこまれたような気がした。手に力が入ってしまったのだろう。赤ん坊が泣き始めた。リジーは部屋の中にいる人々に背を向け、赤ん坊をあやした。「泣かないで。いい子だから」赤ん坊を揺すりながら、そうつぶやいた。

むずかっていた赤ん坊が泣きやみ、リジーをじっと見つめた。

そんなことできないわ――リジーの心の中で激しい思いが渦巻いた。この子を里子に出すなんていやよ！

「リジー、その子を乳母に渡しなさい」エレノアが厳しく命令した。「それがいちばんです」

リジーはますます赤ん坊を抱きしめた。「もう少しだけ抱かせてください」そう答えるあいだにも、恐怖が押し寄せてきた。本当に、そんなことができるの？　このかわいいネッドを手放すことが？　ネッド？　決めたわ。この子の名前はネッドよ。ぴったりだわ。この子のおじい様である伯爵、エドワードの愛称でもあるネッドなら、すばらしい名前だもの。

「お預かりします」メイドが言い、腕を伸ばした。

「だめ！」リジーはさっと身をよじった。ネッドは驚いたのか、今にも泣きだしそうな表情を浮かべている。リジーが微笑むと、ネッドも笑い返したような気がした。

アンナが弱々しくつぶやいた。「赤ちゃん……見てもいい？」

リジーははっと身を硬くした。どういうわけか、アンナにはネッドを抱かせたくない。

瞬間的にぎゅっと目を閉じたリジーは、自分がびっしょりと汗をかいていることに気づいた。私はどうしたのかしら？　アンナの恐ろしい状況を解決するための計画をちゃんと立てたはずなのに。

ティレル・ド・ウォーレンの顔がリジーの脳裏をよぎった。彼の鋭いまなざしを思いだし、不安を覚えた。

リジーはさっと頭の中からティレルのイメージを振り払った。今は、彼のことは考えないようにしよう。彼の父親としての権利も。だって明日になれば、修道女が来て、ネッドを連れていってしまうのだから……。

「リジー？」アンナが呼んでいた。

リジーの目に涙があふれた。涙を抑えることはもうできなかった。

エレノアがリジーの肩にそっと触れた。「アンナに赤ちゃんを見せてあげなさい」エレノアは優しく言った。

リジーはどうにかうなずいた。

エレノアに導かれるように、リジーはアンナのベッドサイドへ近づいた。「とってもすてきでしょ？」リジーはぞんざいに言ったが、ネッドを母親の隣に置こうとはしなかった。

アンナは目を潤ませながらうなずいた。「この子――」言葉を切り、ひび割れた唇を濡らした。「この子、父親にそっくりだわ。ああ、なんてこと。大きくなったら彼に瓜《うり》二つになるんじゃないかしら」

リジーは口をきくことができず、意味もなく首を横に振った。

アンナはシーツをつかんだ。「何があっても、私の秘密を守るって約束してちょうだい、リジー」請うように言った。「ティレルに知られるわけにはいかないの」

それは間違っていると、リジーはふと思った。ティレルには、自分の子供のことを知る権利がある。彼はきっと息子を大切にする人だもの。それだけは自信があるわ。だが、リジーは言った。「彼には絶対に知られないようにする。約束するわ」

アンナは目を閉じた。けれども、呼吸は浅くて速い。アンナがつぶやいた。「ありがとう」

リジーは顔を背けた。

「エリザベス?」エレノアが肩に手を置いた。「赤ちゃんを乳母に渡してちょうだい。そろそろちゃんと世話をしないと」

今手放したら、私は二度とこの子を抱くことはできなくなってしまう。そう思ったとたん、リジーはネッドの頭を胸に抱き、エレノアに向き直った。「修道女に伝えてください。おいでいただく必要はない、と」リジーはきっぱりと言った。

エレノアは驚きに目をみはった。「どういうつもりなの?」エレノアは声をひそめ、警戒するように尋ねた。

「赤ちゃんには新しい母親ができたと伝えてください」

「リジー!　いけません!」エレノアが声をあげた。

「いやです。今日から私がネッドの母親になります」

第2部

1814年6月 ～ 1814年8月

7

耐えがたい状況

「マ……マ。マンマ……」

リジーはハミングしながらパイ皮の生地をこねていた。六月の美しい日で、暑くもなければ寒くもなく、空にはほとんど雲がない。リジーは夕飯にアップルパイを作ろうと決めていた。

ネッドの口から言葉が出てきた瞬間、リジーは体をこわばらせた。あと数週間でネッドの初めての誕生日がやってくる。ここのところネッドはさまざまな音を発していたが、意味のある言葉をしゃべったことはなかった。リジーはくるりと振り返り、ネッドに向き直った。ネッドは背の高い厨房《ちゅうぼう》の椅子にベルトで固定されて座っている。ハンサムなその顔は、口にしているブルーベリーの汁で汚れていた。「ネッド?」リジーは、今耳にした奇跡に驚いてささやき声になった。とうとうしゃべったのかしら?

「ンマ!」ネッドが叫ぶと、ブルーベリーがネッドの手から飛びだした。

ブルーベリーは床に散らばったが、リジーは気にとめなかった。歓声をあげて息子に近づき、抱きしめた。「ネッド。ああ、もう一度私を呼んでちょうだい。ママって言って」

「ママ！」促すまでもなかった。リジーに満面の笑みを向けているネッドは、自分がすごいことをやり遂げたのをはっきり理解しているらしい。

リジーの目から涙があふれた。愛情で胸がいっぱいになり、はち切れそうになる。「かわいいネッド。なんて賢い子なの。お父様にそっくりよ」ティレルのハンサムな浅黒い顔が心に浮かぶ。見たことはないけれど、きっと彼の幼いころにそっくりに違いないわ。

彼の息子の母親として、ティレルのことは常に頭の隅にある。

ネッドの笑顔が不意に消えた。とてもまじめな顔で、母親をじっと睨《にら》みつけ、ぽっちゃりした指で床を指した。「ママ！」ネッドが再び言った。「ママ！　お、お！」

リジーは信じられない思いで目をみはった。ネッドに父親はいない。それどころか、この家にいる男性はルクレールだけなのだから、ネッドが言おうとしているのは〝お父さん〟ではないはず。そのとき、ネッドが金切り声をあげた。指はまだ床を指している。ああ、わかった。ほっと胸を撫《な》でおろす。お父さんと言おうとしているわけじゃない。背の高い椅子から〝下ろしてくれ〟と言いたいんだわ。

「下ろして、でしょ？」優しく言い直しながら、ベルトを外してネッドを床に下ろした。

ネッドはすぐにぐらつきながら立ちあがった。しかし、よちよちと歩くと転んでしまい、今度は怒って泣きわめいた。

「おいで、ネッド。もう一度やってみましょう」リジーは優しく声をかけて、ネッドの手を取った。

癇癪《かんしゃく》の虫は現れたと同じくらいすぐに消え去った。リジーの手を支えにしながら、懸命に足を踏ん張っている。リジーは手を添えて、ネッドがぐらつきながら歩くのを支えた。ネッドはうれしそうに笑った。頑張ってやり遂げたことを喜んでいるのは間違いない。

「ネッドは傲慢《ごうまん》な男になるわよ」エレノアが厨房の入り口から言った。

「さっき、私のことをママって呼んだの」リジーは熱っぽく言った。「歩くのも、きっとすぐだわ」

ネッドが手を引っ張った。きっとエレノアのほうへ行きたいのだ。リジーはネッドに従って、エレノアのほうへ歩いていった。エレノアはすぐさまネッドを抱きあげた。「いい子ね」エレノアが愛情をこめて言った。

リジーは二人を眺めて微笑《ほほえ》んだ。ネッドを育てると決めてからというもの、私の人生は完璧《かんぺき》なものになった。ほぼ完璧な状態に。

完璧と言いきれないのは、不安感のせいだった。リジーは密《ひそ》かな恐怖をずっと抱いていた。いつかネッドの父親が私たちの生活にずかずか入ってきて、ネッドを渡すように言うのではないだろうか。ネッドを隠していたことに怒り狂って、私の腕から、そして人生から、ネッドをもぎとっていくのではないだろうか。

もちろん、ティレルが真実に気づくはずはない。リジーは自分に言い聞かせた。アンナとエレノアとともに秘密を誓ったのだから。アンナの妊娠がはっきりとわかる時期に残っていたのは、片手におさまるほどの召使いたちだけだった。残りの者には暇を出した。ルクレールなどの残っていた召使いたちと、乳母のロージーは信頼できる。エレノアとリジーは今日までずっと、グレン・バリーに客を呼ばないようにしていた。ネッドの存在を悟られないようにし、ローリーにも秘密にしていた。ローリーが来たときは、ネッドを三階の子供部屋から出さないようにした。

　自分の罪悪感については、こんなふうに考えた。ティレル・ド・ウォーレンに息子のことを知らせないのはよくないことだ。ティレルならすばらしい父親になれるだろう。でも、彼に伝えるわけにはいかない。少なくとも今はできない。まだネッドが子供のうちは。アンナには秘密を墓場まで持っていくと誓った。それでアンナは破滅しないですむし、私はネッドを自分の息子として手元に置いておける。

　でも、あの約束をしたときからどれだけ変化があったことか。ネッドは小さいながらも自分の権利を持ったひとりの人間だ。ひと目見ただけで、ネッドがド・ウォーレン家の血を引いていることはわかる。ネッドを愛しているからこそ、いつか父親についての真実を話し、相続権を主張すべきだと思う。だが、もしネッドがド・ウォーレン家の人間だということが公になったら、アンナの結婚は破綻《はたん》するだろう。ティレルはリジーがネッドの母親だとは決して信じないだろうし、ネッドを息子として認知してもらうためには、真実を話さなくてはならない。

十一カ月前、アンナとの約束はとても簡単なことのように思えた。だが今は、いつかきっとネッドを認知してもらおうと心に決めていた。アンナと交わした約束はいつか破ることになる。

でもそれはまだ先のこと。

罪悪感を覚えながらも、決着をつけるのはネッドが十八歳になってからと自分に言い聞かせていた。そのころにはきっと、アンナだってド・ウォーレン家におけるネッドの立場をはっきりさせたいと思うはずだ——。

そのとき、エレノアのきっぱりした口調に、リジーの物思いが遮られた。「話があるの。エリザベス」

とうとう、きた。でも家に帰る覚悟なんて全然できていない。そんな覚悟などいつまでたってもできない。レイヴン・ホールはアデアに近すぎる。「パイを焼くところなんです」

リジーは急いで言った。「でも、あと一時間くらいで終わりますから」

「パイはあとにしてちょうだい」エレノアは重々しく言った。「エリザベス。あなたを捜してあなたの部屋に入ったわ。そしたら、お母様からの手紙があった。まだ封を開けてもいないじゃないの。消印は一週間も前のものよ。そろそろこの常識外れな行為も終わりにすべきだわ」

リジーはひるんだ。エレノアの言うとおりだ。両親やジョージーに会いたかった。アンナはずいぶん前にグレン・バリーを去って、計画どおり九月にモアリー中尉と結婚した。

リジーはアンナと取り決めたとおり、アンナの結婚式に出なかった。アンナは夫とともにダービーシャーのモアリー家で暮らしている。トーマスは職を辞して、今や悠々自適の紳士だ。アンナの手紙から、アンナのとても幸せな様子がうかがえる。コッティンガムにはよくお客様が来るらしい。アンナはとても人気があり、トーマスは子供を欲しがっている。アンナの人生がすばらしいものになっているのなら、自分たちは正しいことをしたのだと思い、ティレルに子供を育てるチャンスも与えられずにいることも気にしないでいられる。

だが、リジーは家からの手紙を避けていた。ジョージーからは家に帰ってきてと、何度も言われている。ジョージーは最近ピーター・ハロルドと婚約した。手紙の行間から伝わってくる限り、ジョージーはかなり落ちこんでいるらしい。母は滞在が長すぎるのではないかとにおわせ始めた。母は寂しくて、リジーが長いあいだ家を留守にしていることに心を痛めているのだ。父でさえ手紙を送ってきて、やかましく家に帰ってくるように言い、病気のエレノアも一緒に連れてくればいいとまで言ってきた。先週また母とジョージーからの手紙を受けとった。それはまだ机の上に封を切らずに置いたままだ。ペールに残る言い訳も底をついたからだった。

「リディアは私にも手紙をよこしたわ。あなたのことをとても恋しがっているのよ、エリザベス。無理もないわ。一年を優に超えているのだから。だからそろそろ戻って、甘んじて報いを受けるころ合いじゃないかしら。もしあなたがまだこの芝居を続ける気なら、だけど」

リジーはエレノアから顔を背けた。急に恐怖がわきあがってきた。ティレルの顔がふと思い浮かぶ。エレノアがネッドを床に下ろす音が聞こえた。ちらりと見ると、ネッドは床に落ちていたブルーベリーをおもちゃにしていた。リジーは落ち着きを取り戻して、粉だらけの調理台の縁を指でなぞった。エレノアの言うとおりだ。でも、家に帰る覚悟はまだできていない。臆病者《おくびょう》。それ以外の何者でもない。

エレノアが後ろからリジーの肩に手を置いた。「いつまでもここにはいられませんよ。一緒に田舎にずっと引きこもったままなんて」

リジーは振り向き、唇を噛《か》んだ。失望を隠すことができない。「どうして？」

エレノアの表情が緩んだ。「リジー。これはあなたにとってどんな人生なの？　社会から完全に隔絶されて生きているのよ。パーティーも、ピクニックもなし。文化的な行事も何もないわ。もう誰からもお誘いはかからないでしょうね。ずっと訪問を断り続けているのだから。あなたとネッドのことは大好きよ。でも私は街が恋しいわ。劇場にオペラ、そして舞踏会。ローリーにも会いたい。ローリーにはいつまでも嘘《うそ》をつけないわ」

エレノアが大好きな甥《おい》っ子に嘘をつくつらさは、リジーにはよくわかっていた。リジーも不安でしかたがなかった。この一年でローリーとすっかり親しくなったリジーには、彼をだましているのが余計につらかった。「私の人生は嘘ばかりになってしまったわ」

「嘘どころじゃないわ。エリザベス。こんなお芝居を続ける必要なんかないのよ」

リジーはぎょっとして言った。「ネッドを愛しているんです。この子はあらゆる意味で私の息子です。お腹《なか》を痛めていないだけ。ネッドを手放せとおっしゃっているのだとしても、私は決して手放すつもりはありません」

「わかっています。ネッドは孤児で、あなたが養子として迎えたことにすればいいと思ったの。家に戻ったときに、ネッドは自分が産んだ父親のない息子だと言うよりいいのじゃないかしら。あなたにはまだ結婚するチャンスだってあるのだから」エレノアの口調は思いのほか優しかった。

だがリジーは気も狂わんばかりに首を横に振った。「家に戻ってネッドを養子にしたなんて言ったら、お母様は黙っていないわ。ネッドを手放すように言われるに決まっているもの」疑う余地はない。母はショックを受けるだろうし、それは無理もない話だ。

「確かにそうかもしれませんね、エリザベス。でも、もしかしたら今回だけはリディアを説き伏せられるかもしれないではありませんか」

「いやです。そんな可能性には賭《か》けられません、エレノアおば様。私は結婚したいとは思ってないんです。私の人生はネッドに捧《ささ》げます」リジーは叫んだ。

エレノアは肩を抱いた。「スキャンダルについて、真剣に考えたことがあるのかしら？」

「ええ」嘘だった。むしろ考えないようにしていたと言ったほうがいい。リジーは息を吸いこんだ。「スキャンダルなんて、こんなにすばらしい子の人生と将来に比べたらなんでもありません」ティレルの子供を手放す羽目になりかねないのよ。そんな危険を冒すことができる？　ネッドのためならどんなスキャンダルでも喜んで受け入れるわ。

「あなたはすばらしい母親よ。それは、この目で見てきたわ。あなたの言うとおりかもしれない。ネッドを失う危険は冒せないわね」

リジーはほっとして微笑んだ。「子供を腕に抱いて家に帰ったりしたら、お母様は卒倒するかもしれません、エレノアおば様。お父様はひどくがっかりするでしょうね」

「秘密を打ち明けるのは簡単じゃないわ。でも、そのときがきたのよ」エレノアが言った。おっしゃるとおりだわ。おば様はとても心が広くて、長いあいだ家に住まわせてくださった。こんなふうに田舎に押しこめておくのは不公平だ。おば様にだって豊かで社交的な生活を送る権利がある。子供のために社交的なつき合いを慎もうと決めたのは私なのに、おば様にも同じように我慢をさせてしまっている。

「エリザベス？　あなたが家に戻りたくない本当の理由は、ほかにあるのではない？」

リジーはぎくりとした。

エレノアの口調はひどく優しかった。「ティレル・ド・ウォーレンにあこがれていたそうね。アンナが教えてくれたわ」

リジーは息をのんだ。「アンナが？　まあ、どうしてそんなことができたの？」屈辱的な気分だった。

「若い女性がハンサムな年上の貴族に恋をするのは何も悪いことじゃないわ。女の子は誰だってすてきな王子様を夢見るものよ。でもなんて皮肉なんでしょう。ずっと遠くから片思いをしてきたあなたが、彼の子供を今こうやって育てているなんて」

「お願いがあります」リジーはきっぱりとエレノアの目を見て言った。「もうすでにいろんなことをしていただいているから、もうこれ以上お願いをする権利などないとは思うのですが」

エレノアは微笑んだ。「頼み事なんて、いくらしたってかまわないわ」

「レイヴン・ホールに一緒に来てくださいませんか？　怖いんです、エレノアおば様。お母様とお父様に話すのが怖いんです」リジーはためらいがちに言った。「おば様のおっしゃるとおりです。いつかティレル・ド・ウォーレンに会うんじゃないか、いつか真実を知られるんじゃないかと、怖くてしかたがないんです」

十日後、リジーはエレノアの美しい黒と金の馬車の窓から外をじっと見つめていた。緑が生い茂り、波のようにうねっているリムリックの丘陵を眺めていると、胸が高鳴った。三十分ほど前に町の外れを過ぎ、レイヴン・ホールまではあと一キロ半ほどだ。エレノアはリジーの隣に座り、ネッドと乳母のロージーは向かいの席にいる。ネッドは馬車に心地よく揺られてぐっすり眠っていた。田園地帯の景色は痛いほどなじみ深い。リジーは農地、石垣、咲き誇る薔薇《ばら》の藪《やぶ》をひとつひとつじっくりと見つめた。この一年間、家を恋しがるまいとしてきた。だが今は、恐ろしいホームシックにかかっている。

家に戻れるのがうれしかった。だが恐ろしくもあった。

エレノアがリジーの手を取った。「あと数分もすれば、門を通り抜けるわ。まあ、顔がシーツみたいに真っ白よ。勇気を出しなさい。もちろん大騒ぎになるでしょうけど、みんなネッドを好きになるわ。嫌いになんてなれないから」

リジーはどうにかうなずき、目を閉じて深々と息を吸いこんだ。朝の雨と、みずみずしい草とライラックとヒヤシンスの香りがどっと押し寄せる。お母様はきっと癇癪を起こすわ。そう思うとみじめな気分になった。

もう子供じゃないのよ——そう自分に言い聞かせる。十六歳で家を出たときは天真爛漫《らんまん》で、女性というよりまだまだ少女だった。五月で十八になった。今ではもう大人の女性だ。大人の女性であり、母親でもある。

「みんながいるわ」エレノアが声をあげた。「みんなが出迎えに出てきているわよ」

目を開けると、父、母、そしてジョージーが家の正面に立って、微笑んでいた。母は馬車が近づくと手を振り始めた。興奮している様子が見て取れる。ジョージーも微笑みながら手を振っていた。父は杖《つえ》に寄りかかっている。関節炎がひどいのだろう。だが父も笑みを浮かべていた。

「みんなに会えなくて寂しかった」リジーはつぶやいた。話さなければならない出来事のことは、不意に記憶から飛んでいた。いっとき希望だけを胸に秘め、体を前に乗りだして、微笑みながら手を振り返した。

エレノアがロージーに言った。「このまましばらく様子を見てから、ネッドを起こして馬車を降りてきてちょうだい」

ロージーは肉づきがよく、そばかすのある若い女性で、リジーより二つ、三つ年上だった。ロージーはうなずいた。「わかりました」

馬車が停《と》まった。従僕にドアを開けてもらうのさえ待てなかった。ドアを押し開けて、つまずきながら階段を下りると、家族が駆け寄ってきた。「お父様、お母様、ジョージー！」三人に囲まれて声をあげた。

まず母に引き寄せられて、長いあいだ抱きしめられた。「リジー。どうしてこんなにも長いあいだ家を離れていられたの？　まあ、見てごらんなさい。すっかり成長したわね。髪を切ったの？　少し痩《や》せたんじゃない？　それにそのドレスはなんてすてきなのかしら」母は話をしながら泣いていた。

「髪は切ったわ。ドレスはエレノアおば様が買ってくださったの。会いたかったわ、お母様」

「みんな、あなたに会いたがっていたのよ。アンナの結婚式にさえ顔を見せないんだもの」母は咎《とが》めるように言いながら、涙をこぼした。

答える前に、父に力強く抱きしめられた。「かわいい私の娘よ」父は声をあげた。「だが、ぽっちゃりした私の小さな娘はどこへ行ってしまったんだい？」

よちよち歩きの息子を追いかけて走りまわっていると、自然に体力を消耗するのだという説明はできなかった。「今でもぽっちゃりしてるわよ、お父様」

「体重が五キロは減ったんじゃないかね」父が手で頬に触れながら言った。「おかえり、リジー」

父に微笑みかける。それからジョージーのほうを向いた。

ジョージーも泣いており、涙に濡《ぬ》れた頬を叩《たた》いている。ジョージーは変わっていなかった。背が高くて凛々《りり》しく、濃いブロンドの髪が波打ちながら肩に落ちている。二人はしっかりと抱きしめ合った。

ジョージーはぶっきらぼうに言った。「ウィックロウでの生活は楽しかったみたいね」

「お姉様は全然変わらないわ。相変わらず、私の知っている女性の中でいちばん背が高いわよ」リジーはからかいの言葉を口にした。

二人は微笑み合った。「長く家を空けすぎよ、リジー。もう家に帰ってこないのではないかと思い始めていたわ」

リジーはなんと答えればよいかわからなかった。「帰ってこられてうれしいわ。お姉様の言うとおり、長すぎたわね」

ジョージーは笑みを浮かべ、リジーの向こうにいるエレノアをちらりと見た。「エレノアおば様は、全然具合が悪そうには見えないけど」ジョージーは疑いのまなざしでエレノアを見つめた。

リジーは身をこわばらせた。ネッドを息子だと紹介したら、いったいどうなるのかしら。

母はしっかりと話を聞いていた。耳を澄ましてひと言残らず聞いていたのだ。「ようこそおいでくださいました、エレノアお義姉《ねえ》様。驚くほど早いご回復ぶりですこと。相変わらずお美しくていらっしゃるし。それとも、リジーがとても気に入って、リジーなしではやっていけないと思ったのかしら」母はかなり気を悪くしていた。そして、それを隠そうともしない。実にとげとげしい口調だった。

「リジーは本当にすばらしい娘だわ、リディア」エレノアは冷静な受け答えをした。「おかげで見る見る間によくなりましたよ。こんにちは、ジェラルド」

「エレノア姉さん、いらっしゃい。リジーと一緒に帰ってきてくれて、とてもうれしいよ」父が心からそう言った。

そろそろ言わなくては――リジーはみじめな気分で思った。でもお母様が気絶したら、中へ運びこまなければならないわ。

「どうかしたの？　何かあったの？」ジョージーが低い声で素早く尋ねた。

答える代わりに、リジーはエレノアを見た。エレノアは励ますように笑みを浮かべた。

「お話があるの」リジーはどうにか言葉を押しだした。「居間へ行きましょう」

エレノアは手を伸ばして、リジーの手をぎゅっと握った。

母とジョージーはその様子を見ていた。「どんなお話？」母は驚いていた。

「いい話よ」リジーはできるだけ明るく言った。

「男性と出会ったのね？」母が叫んだ。「婚約したの？　ああ、お願い。だから、こんなに長いあいだ離れて暮らしていたんだと言ってちょうだい」

リジーは言った。「中へ入って、座りましょう」

エレノアは母の腕を取り、家のほうへ導いた。「さあ、行きましょう。居間で、シェリーでもいただこうかしら」

家の中へ連れていかれる母が、途中でちらりとリジーを見た。父とジョージーはあとからついてくる。「何がどうなってるの？　婚約じゃないとしたら、ほかにどんな話があるの？」母が言った。

エレノアが母をソファーに座らせているあいだ、リジーはドアのそばに立っていた。ジョージーは椅子に座り、父は炉床のそばに杖にもたれて立っている。リジーはめまいがして、気を失いそうだった。先にネッドを連れてくるべきか、それとも息子がいると告げるべきか迷った。みんなが期待をこめて、リジーを見つめていた。

リジーは心を決めた。ショックを避ける術《すべ》はない。玄関ホールに戻り、ロージーに馬車を降りて中へ入るように合図を送った。それから居間に戻った。

微笑もうとしたがうまくいかなかった。「そもそも、私がダブリンに出かけたのには、ある理由があるの。それと同じ理由で、私は一年以上も家を離れていたの」声がかすれていた。ひどく体が震えたので、ピアノの脇《わき》に近づいてもたれた。

母は当惑していた。

父が優しく言った。「なぜダブリンに行ったのかは知っているよ。エレノアおばさんに頼まれたからだろう。おまえはおばさんの看病をしてくれたんじゃないか」

リジーはちらっとエレノアを見た。エレノアは励ますようにリジーを見つめている。家族とは目を合わせないようにした。「いいえ。頼まれたのではないの。あの手紙は私が書いたのよ。エレノアおば様が私やアンナお姉様を呼んだわけではないの」

母が息をのんだ。

思わず母を見た。死人のように顔が青かった。ジョージーは信じられないというように目を見開いている。「いったい何を言おうとしているの、リジー？」ジョージーはきつい声で言った。ジョージーはもう裏切られた気分でいるのだろう。父だけが落ち着いていた。心からリジーを信頼してくれているからだ。

「リジーにはリジーなりの理由があったんだろう」父が言った。

母が叫んだ。「なぜ呼びだされたなんて話を作ったの？　エレノアお義姉様は病気ではなかったっていうの？」

ロージーが家に入る音が聞こえた。「エレノアおば様は元気に暮らしていらしたわ。でも私は、この町を出なくてはならなかったの。お母様、お父様、ごめんなさい」唇をなめた。「家を出たのは、ほかにどうすればいいのかわからなかったからなの」

「さっぱり意味がわからないわ」ジョージーが言った。リジーの顔を食い入るように見つめている。

リジーは玄関ホールに向かった。ロージーが立っていた。ネッドはロージーの腕に抱かれて、眠そうにあくびをしている。リジーはロージーの腕からネッドを受けとると、部屋に戻った。

居間の空気が凍りついた。

「この子はネッドというの」リジーはささやくように言った。「私のかわいい息子よ」

母は真っ青な顔で目を見開いた。父とジョージーは驚きのあまり、同じような表情を浮かべていた。家族全員が言葉を失っていた。

そのとき、母が気を失ってミントグリーンのソファーの腕の上に覆いかぶさるように体を倒した。この事態に備えていたエレノアは母をあおいだ。だが、ほかは誰も動かなかった。父とジョージーは母が気絶したことさえ気がついていないようだった。ジョージーが立ちあがって、疑いの混じったまなざしでリジーを見つめた。「なんてこと」ジョージーが言った。父も同じく、まったく信じられないという顔でリジーを見た。それから気を取り直して、さっとソファーに近づいた。エレノアは母の鼻の下に塩をあてがっている。母は咳《せき》をして、意識を取り戻した。そのそばに父がひざまずいた。

「子供を産むために、家を出なければならなかったの」リジーはささやき声で言いながら、ネッドをきつく抱きしめた。ネッドはすっかり目を覚まし、リジーの肩を押した。

「おんり」ネッドが言った。「おんり」ネッドが話す言葉は今や十数語にのぼる。

「静かに」リジーはネッドを見つめながら話しかけた。涙が頬を伝い落ちた。

ジョージーは口に手をあて、目を見開いている。「その子が息子ですって？」信じられないとばかりに尋ねた。

リジーはうなずいた。「私のようにネッドを愛してあげてほしいの」どうにかそう言った。ジョージーの目にも涙がにじんだ。涙をこらえながら、どさりと腰を下ろす。

「おんり」ネッドがむずかっている。「ネッド、おんり」

リジーはネッドを床に下ろした。ネッドはリジーの脚にしがみつき、支えにして立ちあがった。それからジョージーに笑いかけた。両頬にえくぼが浮かんだ。

ようやくジョージーがネッドに目を向けた。ネッドをまじまじと見て、すっかりわかったというように目を見開いた。ジョージーは気づいたに違いない。ネッドの正体に。父親がティレル・ド・ウォーレンだということに。

ジョージーは唖然《あぜん》とした表情でネッドからリジーへと視線を移した。ジョージーはわかったという顔をしている。間違いない。

リジーは怖くなった。

父は正気を取り戻した。杖なしで歩きだした。杖は炉辺のそばに放置されている。「誰だ？　リジー、この子の父親が誰か教えなさい」今や父は怒りで顔を赤くしていた。「誰がおまえにこんなことをしたんだ。冗談じゃない。責任を取らせるべきだ」

リジーはひるんだ。父が怒ったのを今まで見たことがなかったし、罵《ののし》るのを聞いたことなど、これまでの人生で一度もなかった。父ほど温和で優しい男性は知らなかったのだ。だが、今の父は殺人でも犯しそうな状態だった。リジーは首を振った。父ががっかりすることは想像がついた。けれども、ここまで怒るとは思ってもいなかった。

「父親が誰かわからない、なんて言うんじゃないぞ」父は怒鳴りながら、握った拳《こぶし》をリジーに向かって振りまわした。父の顔は今や紫色になっていた。

リジーは叫んだ。「お父様、お願い。発作を起こしちゃうわ。お願いだから座ってください」

だが父は動かない。

母はうめき声をあげている。

リジーは唇を噛んで、父から母へと視線を移した。そのとき、ジョージーの非難するような視線が目に入った。リジーのこめかみが脈を打つ。思っていたよりずっとひどいことになっている。今はジョージーお姉様に味方になってもらいたいのに。

「リジー」母がむせび泣きながら声をあげた。

リジーは母のもとに駆け寄った。エレノアの手を借りて、母はまっすぐ座り直した。

「お母様、ごめんなさい」リジーはささやきながら、膝をつき、母の手を握ろうとした。後ろでは、ネッドが床に転んで、怒って泣き叫んでいる。振り返ると、ジョージーがネッドを助け起こしていた。リジーは母のほうに向き直った。「本当にごめんなさい」

「ごめんなさいですって？　謝ってすむことじゃないわ。あなたの人生はめちゃくちゃになってしまったのよ。もう、おしまいだわ」母は泣き叫んだ。涙が頬を伝っている。

「でも、ネッドがいるわ」リジーが泣くのをこらえながら答えた。「あの子、ハンサムでしょう？　それにとても賢いのよ、お母様。お母様の孫なのよ」

「ハンサム？　賢い？　あなたの人生はもう終わってしまったのよ。私たちみんなの人生が台無しになってしまったわ。なんてことでしょう。ミスター・ハロルドはもうジョージーとは結婚してくださらないわ。このことを聞いた瞬間に婚約は破棄されてしまう。リジー、なんてことをしてくれたの？」

「ごめんなさい」リジーは再び言った。心臓が止まりそうだった。きっと母はネッドを愛してくれるわ、孫なんだもの。

「すぐにこの子の父親の名前を教えなさい」父はなんとか怒りを抑えて、そう言った。リジーは縮みあがった。膝に落とした視線を父のほうに向ける。「それは問題じゃないわ」リジーはむなしく言った。

「問題じゃない？　問題に決まっているじゃないの」母が金切り声をあげた。ネッドは床に座って、興味津々で母を見つめている。ジョージーがネッドの後ろに立ち、しっかり気を配ってくれていた。

「こんな重大な事態なんだぞ。その男に責任を取らせるのが当然だ」父は宣言するように言って、拳を握りしめた。

今すぐ、この件を終わらせなければ。「彼は結婚しているの」リジーはぶっきらぼうに言った。また嘘をつかねばならないことが、いやでしかたがない。

「結婚しているですって？」母は涙に暮れた。「ああ、どうしましょう。私たちは本当におしまいだわ。もう誰も家に入れてくれなくなるでしょうね。ああ、もうひとり子供を育てなければならないなんて。もうひとり養い口が増えるなんて」

リジーは気分が悪くなった。ふらついて後ろに下がり、床にしゃがみこんだ。ネッドが這《は》ってリジーのところへやってきた。膝の上にネッドを抱いて言い返した。「ネッドはお母様の孫よ。養い口じゃないわ」

母は手で顔を覆い、悲しそうにただむせび泣いている。

リジーは父を見た。父は母のそばに座り、敗北感に打ちのめされていた。リジーは震えながらエレノアを見やった。「帰ってこなければよかった」

エレノアは首を振って、優しく言った。「ほかに選択の余地はなかったわ。みんなには時間が必要なのよ」

母は両手を下ろして、泣くのをやめた。

「いったいどういうつもりなの?」母の声はきつかった。

リジーはなんと答えればいいのかわからなかった。ゆっくりと立ちあがった。「間違いを犯したの」

「そうね、たったひとつの間違いで家族のみんなに迷惑をかけることになったのよ。このスキャンダルを私たちは乗り越えられないでしょうね」母は苦々しげに言った。

頭の上の屋根さえ危うい気がしてきた。

「もういい」父がうんざりしたように言った。「もう十分だ。リジーの本意ではないとしても、私たちはみんな、ひどいショックを受けて苦しんでいる。今はいったんお開きにしよう。私は疲れたよ。横になりたい」父は杖を拾いあげて立ちあがった。二十歳も年を取ったかのように、足を引きずりながらドアに向かった。

母も立ちあがっていた。エレノアにぐったりともたれながら、リジーに責めるような視線を向け、父のあとから部屋を出た。「部屋に戻るわ。邪魔をしないでちょうだい」母はそう言って、また泣き始めた。今度はほとんど声をたてなかった。

リジーは目を閉じた。残っているのはジョージーとネッドだけだ。

首を横に振ったジョージーの目から、とうとう涙がこぼれた。そしてジョージーも居間を出ていった。

リジーは思った――帰ってこなければよかった。

8

驚くべき意志

リジーはかつてアンナと一緒に使っていた部屋のベッドに腰を下ろしていた。自分の部屋なのに、以前のようには居心地よくは感じられない。二つのお揃《そろ》いのベッドやピンクと白のプリント模様の壁、毎朝アンナと一緒に前に立って、お下げをほぐしていた古い鏡台などなじみのある家具に囲まれた部屋が、今は牢屋《ろうや》のように感じられる。自分で作った牢屋。両膝を胸に引き寄せて抱えこんだ。ネッドはリジーが注意深く見守るなか、床を這《は》って、新しい世界を探検している。リジーの胸が痛んだ。

どうしたらいいのかしら。レイヴン・ホールでは、自分もネッドも歓迎されていない。そう思うとつらかった。

ティレルのハンサムな顔が心に浮かんだ。彼のところに行けば助けてもらえるだろうか。そんな考えが不意に脳裏をよぎる。唇を固く噛《か》みすぎて血がにじみ、涙がこぼれた。家族はものすごく怒っている。怒っていると同時に幻滅もしていて、今はジョージーさえ敵のようだ。そうかといって、ティレルに頼るわけにもいかない。

グレン・バリーがあるわ。メリオン・スクエアのあの家が私を待ってくれている。

リジーは膝をさらに強く抱えこんだ。おば様のところには長くいすぎた。とっくにいやがられていたのかもしれない。私には資産も収入もない。ああ、家にいられないとしたら、浮浪者のように路上で生活しなければならないのだろうか。

ドアを軽くノックする音が聞こえた。

リジーは身をこわばらせた。「誰？」

「私よ」ジョージーがドアを開けながら言った。ジョージーは中に入ろうとはせず、顔をこわばらせて、悲しみと傷心と怒りの表情を浮かべていた。

リジーは泣きだした。

ジョージーは兵士のように身を硬くして立っていた。ジョージーの目にも涙があふれた。

「なぜ言ってくれなかったの？」

リジーは首を振った。話すことができないまま、涙を拭《ぬぐ》った。

「私たち仲よしだと思っていたのに。でも人生でいちばん重大な出来事を私には話さないで、アンナに話すなんて」ジョージーは部屋の敷居のところで泣いていた。

リジーははっと我に返った。今は自己憐憫《れんびん》に浸っている場合ではない。「ダブリンで話すつもりだったの」これは本当だ。「でも、お姉様は来てくれなかったもの。こんなこと手紙で言えないわ。わかるでしょう。お母様に見つかったらどうなるか」

ジョージーはドアを閉めて、部屋の中に入った。そしてネッドをちらりと見た。顔に浮かんでいた緊張が少しほぐれていた。「あなたやアンナと一緒にエレノアおば様のところへ行けばよかった。そうすれば手を貸してあげられたのに。あなたのこと、大好きなのよ。だからなんだってしてあげるわ」ジョージーは泣いていた。

リジーは床に足を下ろし、ジョージーのもとへ駆け寄って、姉を抱きしめた。「お姉様を傷つけるつもりはなかったの」リジーがそうささやくと、ジョージーの体から力が抜けた。

「わかってるわ」ジョージーは体を離しながらつぶやいた。「自分のことばかり考えてごめんなさいね、リジー。あなたが体験したことは、私には想像もできないわ」

「怖かったわ」リジーは言った。「エレノアおば様が家に入れてくれるかさえわからなかったんだもの。ましてや真実を知ったあとで家に置いてくれるかなんて。ジョージーお姉様、今はお姉様が必要なの。それは今までと変わらないわ。私、とても怖いの。お母様は決して許してくださらないだろうし、お父様はあんなに怒ってる。あんなお父様は見たことないわ。歓迎されてないのよ。もしお姉様を傷つけたのなら、ごめんなさい。でも私はそんなつもりはなかったの。お願い。今は私とネッドを助けて」

ジョージーはしゃくりあげながら、リジーの手を握った。「リジー、ここはあなたの家よ。誰もあなたを追いだしたりしないわ」二人はしっかりと目を見つめ合った。それからジョージーはネッドを見やった。「それにこの子はフィッツジェラルド家の子よ。そのうちに、二人の態度も変わるわ。時間が必要なだけ。ショックが大きすぎたのね」

リジーはうなずいた。ジョージーの言うとおりだったらいいのに。だが、あまり確信は持てなかった。疲れ果てて、ベッドの足元のほうに腰を下ろした。「どうしたらいいかしら？」

「嵐《あらし》が去るのを待ちましょう」ジョージーはそう言いながら、ネッドの前にひざまずいた。「こんにちは。ジョージーおばさんよ」

ネッドは、リジーが脱いだ靴の片方を見つけて、じっと眺めていた。しかし、ジョージーと目が合うと、にっこり微笑《ほほえ》んだ。「ネッド」そう言いながら、裁判官の小槌《こづち》のように靴を床に打ちつけた。「ネッド」

ジョージーは微笑んだ。「そうよ、あなたがネッド。私がジョージーおばさん」

ネッドは笑うのをやめて、真剣な面持ちでジョージーを見つめた。

「理解しようとしているのよ」リジーが説明した。

「ネッドの瞳はとてもすてきな青色をしてるわね」ジョージーはささやき声で言った。

「ジョージーおばさんよ」ジョージーは高らかに言った。

「ジー」ネッドは堂々と言った。「ジー」叫びながら靴を落とし、手を叩《たた》いた。

「賢いでしょ」リジーは得意な気分でささやいた。

「ほんと、賢いわ。それでも、まだショックからは立ち直れないけど」そう言いながら立ちあがり、間近でリジーを見つめた。

ジョージーの言っているショックとは、ネッドの父親のことなのではないかと思うと、気が気でなかった。「お姉様の言うとおり、嵐はいつか去るわよね――」

ジョージーはリジーの腕をつかみ、言葉を遮った。「リジー、ティレル・ド・ウォーレンが父親なの？」

リジーは不意にめまいがした。ネッドと家に戻ったときに真実を言い当てる者がいるとは思いもよらなかった。でも、ジョージーは正確に言い当ててしまった。数分ネッドを見ていただけで。ネッドがティレルに似ていることに、ジョージーはこんなに簡単に気づいてしまった。ということは、ほかの人にも見抜かれてしまうのではないかしら。

「やめて」リジーは震えながら叫んだ。

「私の目は節穴じゃないのよ。ネッドは全然あなたに似てないわ。それに私たちが知っている黒髪のアイルランド人はそういない。しかもあなたは今までずっとティレル・ド・ウォーレンが好きだったじゃない」

ジョージーが婚約したというミスター・ハロルドだって顔が浅黒くて、黒髪のアイルランド人じゃない。リジーは動揺しつつそう思ったが、そんなばかげたことは口にしなかった。「そんなにすぐわかってしまうものかしら？」

「私はすぐわかったわ。私みたいにあなたの過去を知っていればね。ネッドはとても浅黒いし、瞳はド・ウォーレン家特有の青色だもの」ジョージーが言った。

リジーはぺたりと座りこんだ。「ティレルが真実を知ったら、私からネッドを取りあげようとするわ。それだけはいや。ネッドは私の子よ」自分の嘘《うそ》は、とうとう取り返しのつかないところまで来てしまった。

ジョージーはリジーの肩に手を置いた。「ティレルは自分より身分の低い者とは決して結婚しないわ。勢いのあるホイッグ派のとても裕福なイングランド人女性と、もうじき婚約するという噂《うわさ》があるの。あなたの言うとおりよ。ティレルはネッドを取りあげようとするかもしれないわ」

リジーは顔を背けた。

ジョージーが腕に触れた。「仮面舞踏会の夜がそうだったの？　彼とは会えなかったと言ってたじゃない」

リジーは深く息を吸いこんだ。「ごめんなさい、ジョージー。そのことは話したくないの」ためらいがちに目を上げ、言い足す。「つらすぎるもの」もう嘘はつきたくなかった。

ジョージーはリジーを探るように見つめた。「本当にネッドをティレルに会わせないのね。ひとりで育てるつもり？」

そんなことをすれば、ネッドはド・ウォーレン家の生得権を失うことになる――はっきりとは口にしていないものの、ジョージーはそう言いたいのだろう。その事実は、家に戻ってアデアの近くにいる今、以前にも増してリジーの心から離れなくなった。リジーは唇をなめた。「成人に達するころには、真実を告げるわ」

それには、ジョージーも賛成してくれるらしい。「もしかしたら、ネッド以外に跡継ぎの男子はできないかもしれない。そうなったら、ネッドは簡単に認知してもらえるわ」

「またひと波瀾《はらん》も二波瀾もあるかもしれない。でも、逃げるわけにはいかないもの」

ジョージーはリジーに腕をまわした。「もちろんよ。私も喜んで手を貸すわ」

「ありがとう」リジーはささやき声で言った。冷静さを保ち、苦しい胸の痛みを心の中に抑えこむ。「ティレルは婚約するの？」

「そういう噂よ。リムリックじゅうに知れ渡っているわ。相手はハリントン子爵の娘だそうよ」

リジーは目を閉じた。政治にうとい自分でも、強い影響力を持つハリントン卿《きょう》のことは知っている。ハリントン卿はかつて枢密院に在籍していたことがあり、今でも上院の議長を務めている。とても裕福で、著名なイングランド人だ。噂が本当なら、この結婚はド・ウォーレン家にとって非常に有利なものになるだろう。

ジョージーは言った。「リジー、最初からわかっていたでしょう。彼はあなたの――」

「わかっているわ、ジョージー。ティレルが結婚してたくさんの子供に恵まれるなら、それはそれでいいの。幸せになってもらいたいわ」リジーはなんとかそう言った。

ジョージーは悲しげに微笑んだ。「もちろん、そうでしょうね」

数日たっても、家族はまだショックから立ち直ることができずにいた。母はずっと部屋にこもっている。あまりにも落ちこんでいて、階下に下りてこられないようだ。父は書斎で物思いに沈み、食事のときも不気味なほど静かだった。誰かが亡くなって、家族が喪に服しているようだった。エレノアがそう評したのだが、そんな言葉を聞いても、リジーの不安が和らいだり、陰鬱《いんうつ》な気分が晴れたりはしなかった。ジョージーは明るくふるまい、ネッドにも優しくしてくれていたが、それでもだめだった。エレノアでさえ、母を下の階に連れてくることはできなかった。父はそれを気にしてもいないようだった。

リジーはかなり神経質になっていた。この一年間、ネッドを家に連れて帰ったときのことをあまり考えないようにしてきた。そして、思い切って行く末を想像してみたときは、どうにかうまくおさまるだろうと自分に言い聞かせていた。今、両親は深く傷ついている。だが、これはまだほんの始まりにすぎないのだ。両親がこれほど衝撃を受けたのだから、知り合いはどんな反応を示すだろう。想像以上に恐ろしいスキャンダルとなって知れ渡っていくのではないだろうか。

最初にやってきたのは、レディ・オデルだった。家の前に美しい黒い馬車が現れたとき、リジーはエレノアとジョージー、ネッドとともに居間で過ごしていた。レディ・オデルは母と仲のよい友人で、いつもリジーには優しくしてくれた一方、アンナにはまったく関心がなかった。夫人の娘ヘレンが、かわいいにもかかわらず、アンナほど注目を集めていなかったせいかもしれない。レディ・オデルはそのことにいつも憤慨し、陰でアンナのことを〝みだら〟と呼ぶ女性のひとりだった。

リジーが窓からのぞくと、レディ・オデルが馬車から降りるところだった。ネッドは揺りかごで眠っており、エレノアはジョージーとジンラミーをして遊んでいたカードテーブルの前に座っていた。リジーは母の友人が近づいてくるのを見て、胃がひっくり返るような心地悪さを味わった。

ジョージーも窓際にやってきた。「レディ・オデルよ。どうする？」ジョージーは緊張した面持ちでリジーを見やった。

心地は悪かったが、ためらわなかった。「選択の余地はないわ。遅かれ早かれいつかは私のことは知られてしまうもの。早くすませてしまうのがいちばんいいかもしれない」

「ああ、リジー、あなたはさんざん大変な思いをしてきたのよ。これ以上つらい思いをさせたくはないわ」

リジーはどうにか肩をすくめた。「これは避けられないことだもの」

「そうね」ジョージーは安心させるようにリジーに微笑みかけた。「でも、もしかすると、それほどひどいことにはならないかもしれないわ。レディ・オデルは去年の秋のヘレンの結婚で有頂天になっているから。今までにないくらい機嫌がいいのよ」

リジーは目を背けた。マーガレット・オデルはさぞかし驚くに違いない。娘の結婚のことなど関係ないわ。そしてきっと非難の目を向けてくるでしょうね。レディ・オデルがレイヴン・ホールを出るころには、私は二度と社交的な集まりに呼ばれなくなる。でも、どれだけ厳しく非難されようと、ネッドにはそれだけの価値がある。ネッドの幸せが何よりも大切なのよ。私自身の幸せよりも。

召使いのベティに案内されて、ずんぐりした夫人が居間に姿を見せた。レディ・オデルはみんなに微笑みかけた。「エリザベス。ずいぶん久しぶりね。とてもお元気そう。それに、レディ・ド・バリー。あなたにまたお会いできてうれしいわ」夫人は部屋の中を颯爽《さっそう》と歩いた。

「ごきげんよう、レディ・オデル」エレノアは立ちあがって、微笑んだ。「尋ねるまでもないわね。とてもお元気そうだもの」

リジーの心臓は早鐘を打った。ジョージーと目を合わせる。リムリックではそれほど社交的ではないエレノアが、今は愛想よくしている理由ははっきりしている。

「あら、ありがとうございます。ご病気だったと聞いていたのだけど、すっかりよくなれたようですね」レディ・オデルは言った。揺りかごの中で眠っている赤ん坊に気づいて、少し困惑しているようだったが、注意をエレノアに戻した。

「エレノアと呼んでくださいな、私たちが知り合ってもう……何年になるかしら？　そうそう、おめでとう、マーガレット。ヘレンはとても有力な方と結婚したそうね」

マーガレット・オデルは微笑んだ。「相手は年に六百ポンドの年金がある人なの。ええ、おかげさまでとてもすばらしいご縁に恵まれたわ」レディ・オデルは再びネッドを見た。「なんてかわいらしい子。それともハンサムと言うべきかしら。男の子よね？」

リジーはエレノアとレディ・オデルの脇《わき》をすり抜けた。脚が震えている。「ええ、男の子です」ネッドを起こしたくはなかったので、手を伸ばして薄い上掛けをそっと触った。

それからネッドの柔らかい頬を一度だけ撫《な》でた。体を起こすと、マーガレット・オデルが大きく目を見開いて興味津々でリジーを見つめている。

「親戚《しんせき》のお子さん？」マーガレット・オデルが尋ねた。

リジーはどうにか目を合わせて言った。「私の子供です」

やがて次々と訪問者がやってくるようになった。近所の人たちが皆レイヴン・ホールにやってきては、リジーとネッドをぽかんと口を開けて眺めていく。玄関に馬車が到着するたびに、リジーは不安に駆られて卒倒しそうになった。今まで人にちやほやされたことはなかったが、いつも温かみと敬意を持って受け入れられていた。それが、急に人気者になってしまった。もっとも屈辱的な方法で。遠まわしに批判され、あてこすりも言われた。教区の人たちが皆、誰がネッドの父親なのか推測していた。ほとんどすべての人が口にするのは、あの〝内気なエリザベス・アン〟がこんなことになるなんて信じられない、という言葉だった。

その一方で、家族に恥をかかせるとしたら、きっと大胆なアンナのほうだと思っていた、と言われることもあった。そのたびにリジーはたじろいだ。

ある日、町で買い物をして午後を過ごそうとジョージーに誘われた。「一生隠れて暮らすことはできないし、最悪のときは過ぎたわ」ジョージーはハイ・ストリートをのんびり歩きながら言った。二人とも刺繍《ししゅう》入りの白のドレスを着て、絹のマントを羽織っていた。

ネッドはロージーが押す乳母車の中で眠っている。

「みんな売春婦でも見るような目つきで私を見ているわ」リジーはハンドバッグをぎゅっと握った。美しい朝だったが、風が吹いて雲が出てきた。午後の空は今にも雨が降りそうだ。だが、天気などどうでもよかった。ひっくり返ってしまった人生を、どうにかもとに戻したい。こんなに卑しいスキャンダルで注目の的になるなんて、もううんざり。「売春婦になった気分だわ」

「あなたは売春婦なんかじゃないわ」ジョージーは声を大きくした。「みんな、あなたのことを小さいころから知っているし、あなたがいい子だってこともわかっているわよ。あなたはだまされたに違いないと言う人もいたわ。恋に落ちたに違いないと。内気でかわいかったリジーがこんな目に遭っているのを見て、みんなも少なからずショックを受けているのよ」ジョージーは笑みを浮かべた。「でも、いずれもとどおりになる。スキャンダルは長くはもたないものよ」

はたして汚名をすすぐことができるのか、以前は友人だった知人たちをまた取り戻すことができるのか、リジーは不安でしかたがない。現に今でも、ハイ・ストリートに並ぶたくさんの店の前を通り過ぎるたび、店主にじっと見られている。通り過ぎたあとにひそひそとささやかれていることにも気づいていた。「私、この町にいてもいいのかしら、ジョージー？　出ていったほうがお父様とお母様のためになるかもしれないわ」とはいうものの、レイヴン・ホールを出たところで、エレノアがまた温かく迎えてくれるかどうかはわからない。

「くだらない。お母様はいつものことだけど、大げさすぎるのよ。お父様は悲しんでいるけど、もとのようになるわ。あなたはいつもお父様のお気に入りだったんですもの。リジー、時間がすべての傷を癒《いや》してくれるわ。乗り越えられるわよ」ジョージーはリジーの手をしっかりと固く握りしめて、きっぱりと言った。「約束するわ」

「少なくとも、お父様は口をきいてくれるけど」リジーは落胆しきって言った。お父様は昔のように、全幅の信頼を寄せて、私を愛してくれるかしら。

ジョージーが突然立ち止まった。

リジーは考えるのに夢中で道行く人に注意を払っていなかった。姉の視線の先を追って、たじろいだ。

ティレル・ド・ウォーレンが近づいてきていた。

まだ距離はあるが、背が高く、肩幅の広い体形は間違いようがない。一年と八カ月ぶりであろうと、ティレルならどこにいてもわかる。大股で、確固たる調子で歩いていた。その横にはもうひとり、紳士がいた。二人は会話に夢中になっていて、まだリジーたちに気づいていなかった。

リジーはすっかり混乱して、頭がくらくらした。「ロージー、ネッドとパン屋さんに入っていて、出てこないでちょうだい」取り乱し、声高に言った。とてつもなく恐ろしかった。ティレルは最近ダブリンによく出かけているから、二人が出会うことなどありはしないとずっと言い聞かせてきたのに。だがティレルはここにいる。同じ通りのすぐ先に。ロージーの顔が青ざめた。何も言わずにベビーカーに乗せたネッドとともにパン屋に入っていった。

理性的な思考力はどこかへ行ってしまった。ティレルのほうに背を向ける。通りを渡るか、ずっと向こうにあるバーにでも入ってくれればいいのに。だが、去ってくれることを祈りながらも、ティレルの浅黒いハンサムな顔立ちや、感情のたぎる瞳、強靭《きょうじん》で力のみなぎった体で心がいっぱいになり、目を閉じた。汗が噴きでてきた。だが、ティレルの男らしい映像はまだ残っている。ティレルの姿を見るのは本当に久しぶりだ。

「ああ、こっちにやってくるわ。私たちのほうに近づいてくるわよ」ジョージーは信じられないという調子で言った。

そのとき後ろから、とてもよく知っている声が聞こえた。「リジー？　リジーじゃないか？」

ローリー・マクベインだ。リジーは目がくらんだ。信じられない思いで、ローリーの親しみのある緑色の目を見たが、ローリーと一緒にいるティレルを見る勇気はなかった。

「君と会うとはね」ローリーはうれしそうに声を張りあげた。ローリーはちらりとジョージーのほうを見て、素早く品定めするような視線を向けたが、すぐにリジーのほうに目を戻した。ローリーは深くお辞儀をした。「忘れていたよ。君の実家はリムリックだったね。なぜか、君はまだエレノアおば様と一緒にグレン・バリーにいると思っていた」

返事をしなくては。頬を異常にほてらせながら、リジーはお辞儀をした。そして、ようやく斜め前にいるティレルのほうを見た。

ティレルは目を見開いて、驚きを目にたたえてこちらを見ていた。まるで、私が誰かわかっているかのよう。もちろんそんなはずはない。そうでしょう？　これほど男らしく、精力的なティレルは見たことがなかった。色が濃くて形のいい青いコートに極上の鹿革《しかがわ》のパンツを合わせ、丈が長く艶《つや》のある乗馬ブーツを履いている。リジーは殴られたように息もつけなかった。頭の中が混乱してきた。

「リジー？」ローリーが声をかけた。

リジーは呆然《ぼうぜん》自失の状態から抜けだした。めまいを覚えながらローリーのほうを向く。熱病のように熱いものが頬から喉へ、そして胸に広がり、アンナの裏切り行為を知ってから初めて、体全体に心が浮きたつような生気が満ちた。「ご、ごきげんよう」リジーはたどたどしく言った。何も思いつかない。「あ、あの……会えてうれしいわ、ローリー」

ローリーは心配そうに言った。「大丈夫かい？」

リジーはどうにかうなずき、もう一度勇気を出してティレルを見た。ティレルの表情は石に刻まれたように硬く、視線は険悪な色を帯びてきた。実のところ、怒っているように見えた。かなり怒っているように。

目を丸くしてローリーが言った。「どうも失礼した。リジー、彼は、ティレル・ド・ウォーレン。よき友人だ。ティレル、こちらはミス・エリザベス・フィッツジェラルド」

リジーは気を失わないように祈った。ローリーとティレルが友人ですって。私は運に見放されたのかしら。

「姉の、ミス・ジョージーナ・メイ・フィッツジェラルドです」どうにかささやいた。

おぼろげながらジョージーがお辞儀するのを感じていた。ジョージーも緊張していた。

ローリーは堂々とお辞儀を返し、ジョージーに彼特有の放蕩者《ほうとう》のような笑みを送った。「お会いできてうれしいです、ミス・フィッツジェラルド。昨年の夏、グレン・バリーでお近づきになれなかったのはとても残念です。あなたの妹さんたちと一緒に楽しく過ごさせていただきました。あのときはいろいろととても楽しかったのですが、残念です」

ジョージーの頬に少し赤みがさした。そんなジョージーは非常に魅力的だった。ローリーと同じくらいの背丈があるジョージーは、ローリーの目を直視して言った。「昨年の夏は両親の面倒を見ていましたから。リジーは……リジーはあなたのことを何も言っていませんでしたけど」自分が言ったことがとても失礼にあたると気づいて、ジョージーはさらに顔を赤らめた。

ローリーはつぶやいた。「僕の印象の深さといったら相当なものだな」ローリーはジョージーに微笑んだ。「ご両親の世話をされていたとは、ご立派でいらっしゃるんですね。ご両親がどちらもひどいご病気でないとよいのですが」

ジョージーは顔を背けた。「皆元気です。ありがとうございます」

ジョージーはいつになく狼狽《ろうばい》しているようだったが、そんなことを考える余裕はなかった。ティレルの視線はじっと動かない。息をしようとするのだが、どんどん難しくなるような気がする。

アンナの裏切りを知ってから、ティレルのことはネッドの父親として以外には考えないようにしてきた。ティレルのことを夢想しないように、特に恋人として想像したりしないようにしてきた。眠っているあいだに見る恥ずべき夢のことも、考えたり思いだしたりしないようにしてきた。

今、ティレルを見つめていると、すっかり圧倒されて、仮面舞踏会で魅惑的に体を寄せてきたティレルのことしか考えられなくなっていた。

ティレルが一歩前へ出て、お辞儀をした。

「前にお会いしていますよね？」ティレルの口調は柔らかかった。危険なくらいに。

リジーは激しく動揺した。どうして私だとわかったのかしら。その他大勢のひとりのはずなのに。できるだけ遠くに離れていなければいけないときなのに。

「残念ながら、思い違いをされていると思いますわ」リジーはようやく言った。

「そうかな。だが、僕は物覚えはいいほうでしてね。特にこのように美しい人と出会ったときは」ティレルは満足げに言いながら、遠慮のない視線を送ってきた。

リジーは言葉を失った。まだ私のことを魅力的だと思っているなんて。リジーはようやくものが言えるようになった。「真っ昼間に道端でするような話ではないのではありませんか？　そのようなお世辞は舞踏会でおっしゃってください」つい口が滑ってしまった。

ティレルは笑ったが、まだ上機嫌というわけではなかった。「お世辞をどこで言おうと、僕の勝手でしょう」きっぱりと言った。

リジーは息を吸いこんだ。「ひょっとして、目がお悪いのではありませんか?」

あたりがしんと静まり返った。それでもティレルはリジーから目をそらそうとしない。

「美は見る者の目に宿る、ということわざを聞いたことは?」

リジーは息をのんだ。私のことをきれいだと思っているの? 「そういうことわざもありますね。でもどちらでもよいことです。先を急いでいますので」リジーはお辞儀をして別れを告げようとした。だが機会を逃した。

ティレルがリジーの手をつかんだ。「なぜ、見知らぬ者同士のようなふりをするのです?」ティレルが強い調子で言った。

手をつかまれて、ここ一年半以上ものあいだなかったほど顔が赤くなった。「紹介されたことがあれば、覚えているはずですわ」

「つまり、僕のことは、もう忘れないということですか?」

リジーはさまざまな答えを考えながら、身をこわばらせた。

ティレルは笑みを浮かべた。「君の沈黙をイエスと取るよ。僕を手こずらせて、ゲームを楽しんでいるのかい?」

ティレルは私を誘惑しようとしている。仮面舞踏会の夜のように。あのときもなぜそんなことをするのかわからなかったけれど、今もやはりわからない。目をそらしてはだめ。

知り合いだということを認めてはいけない。「どなたかと間違えていらっしゃるのですわ」リジーはようやく言った。「私はそんな思わせぶりなゲームをする女ではありません」

「失礼ながら、そうは思えない」ティレルはなめらかに言った。「僕には、ゲームはゲームだとわかる」

「ではおひとりでされたらいかがですか?」リジーはきっぱりと言った。

「それなら誰が誰をだますのかな?」ティレルが強い口調で言った。「ひとりでゲームはできない」

リジーの心臓は激しく動悸《どうき》を打った。見る見る間に、彼のペースに乗せられていく。さらに悪いことに、この会話を私は楽しんでいる。「私を見くびらないでください」

ティレルは唐突に言った。「僕たちはシャイアの森で会った」

リジーはたじろいだ。どうしたらいいの?

「否定する気ではないだろう?」ティレルが言った。

リジーは呆然としていたが、同時に心の隅では有頂天になっていた。彼は、私が修道女マリアンに扮《ふん》していたことを知っていたのだ。仮面舞踏会から一年半以上たっているが、ティレルは舞踏会での強烈な出会いを覚えていただけでなく、変装していなくても私がわかるほどに記憶していてくれたのだ。心を抑圧していた重りが消え、ダムの門が開くように心が開け放たれた。数えきれないほどの生々しい夢想が心の中へとなだれこむ。不埒《ふらち》なイメージが次々と脳裏に浮かびあがった。そして、どの夢想の中でも、リジーはティレル・ド・ウォーレンの腕の中にいた。

「シャイアの森で会った、って?」ローリーが尋ねた。そのとき初めて、リジーはティレルと二人きりではないことを思いだした。リジーたちがいるのは、ハイ・ストリートの、コーンケーキとミートパイを売っている二軒の屋台のあいだだ。馬車と農民たちが、道の泥を混ぜ返しながら、道路を行き交っている。ローリーの視線は鋭かった。「シャーウッドの森という意味か?」ローリーが尋ねた。

ティレルが言った。「ハロウィーンの仮面舞踏会で会った。ミス・フィッツジェラルドは修道女マリアンに扮していた」

リジーは口を開いて否定しようとしたが、言葉が出てこなかった。今何を言ったところで、ティレルは決して信じないだろう。特に、私の正体を確信している今は。

ローリーは眉をつりあげて、二人の顔を交互に眺めた。「ああ、なるほど。それで合点がいった」ローリーは見当違いなところで納得して言った。

リジーは息を吸いこんだ。さまざまな意味で体が震える。それでも、決して自分のものにはできない男性への欲望に心を奪われていた。通りのどこかで見知らぬ人の赤ん坊の泣き声が聞こえ、心を痛めながらネッドのことを思いだした。私にとって、ティレルは実に恐ろしい存在だわ。今まで出会ったことのないほど恐ろしい相手。リジーは唇をなめた。もうここできっぱりと縁を断ち切るべきよ。「人違いです」

「しらばくれるつもりかい、ミス・フィッツジェラルド?　僕は、君を見間違えたりしない、絶対に。だがそうなると、ひとつ疑問がわく。なぜだ？」

リジーは唇を噛んだ。どうすればいいの？　ティレルをけむに巻こうとすればするほど、泥沼にはまっていく。

ジョージーが急いでリジーのかたわらに立ち、腕をリジーに巻きつけた。「リジーの言うとおり、思い違いをされているのではないでしょうか。この子は修道女マリアンには扮していません。未亡人の格好をして出かけたんです。この子は姉のアンナと似ているんです。修道女マリアンに扮したのはアンナのほうですから」ジョージーは言った。

リジーはもう少しで声をあげるところだった。ジョージーの手をつかんで警告をしようとしたが、なぜ修道女マリアンがアンナだったと言ってはいけないのか、ジョージーにはわからないだろう。だが、ティレルはジョージーを無視した。リジーから目をそらさずに言った。「そういうことなら、負けを認めよう。君の勝ちだ。申し訳なかった、ミス・フィッツジェラルド」

ティレルの言葉は、うわべだけのものにすぎない。彼はリジーが修道女マリアンの格好で舞踏会にいたことを知っている。どれだけ否定しても、聞く耳は持たないようだった。

「寛大ですこと」リジーはつぶやいた。

ティレルは警告するような視線をリジーに向けたあと、不意にローリーを振り返った。

「ミス・フィッツジェラルドとはどういう知り合いなんだ？」ティレルはぶっきらぼうにローリーに尋ねた。

「リジーのお父上が僕のおば、エレノア・フィッツジェラルド・ド・バリーの弟さんなんだ」ローリーは言った。「僕たちは血のつながらない親戚同士というわけさ。初めて会ったのは、一年以上前だ」

ティレルは胸の前で腕を組み、リジーのほうに鋭い視線を投げた。「ほう、ローリーの親戚なのか」ティレルは反射的に言った。「面白い」

リジーは口を開かなかった。いったいどういうつもりなのだろう。ティレルの口調が変わったのが気に食わなかった。助けを求めてジョージーを見た。

ジョージーは決然と言った。「お会いできて光栄ですわ。でも、そろそろ失礼させていただきます。約束に遅れていますの」

ローリーはジョージーのほうを見て、お辞儀をした。「それは申し訳ない。お引き止めしたことを許してください。こちらこそ、お会いできて光栄でした」ローリーは微笑んだ。

だがティレルはまだ別れるつもりはまったくないようだった。リジーを見て言った。

「君の家はどこだ?」

リジーの心臓は跳ねあがった。「なんですって?」

「フィッツジェラルド家はここらに五、六軒ある。君はどこに住んでいる? 君のお父上はどなたかな?」ティレルはまくしたてるように尋ねた。答えを知りたくてうずうずしているようだった。

リジーは目を瞬いた。頬が赤くなる。ティレルに知られないよう、住所を教えなくてすむ方法を考えなければ。自分と息子が見つかってしまう。そう思っているうちにローリーが話しだした。「彼女の家は、レイヴン・ホールだが」

リジーはローリーに泣きつくような視線を送り、ローリーを混乱させた。

「レイヴン・ホールなのか」ティレルはゆっくりと言った。素早く考えを巡らせているようだが、なぜなのかはわからない。ティレルは目を細めて言った。「ということは、君はジェラルド・フィッツジェラルドの娘なのか」それは質問ではなかった。

ティレルにのぞきこむように見つめられ、おずおずと答えた。「ええ」否定はできなかった。これで、名前も家族も、ネッドと一緒に住んでいる場所も知られてしまった。

ティレルは胸の前で腕を組んだまま、変に満足げな様子だった。

「お宅にうかがってもいいかい？」ローリーはリジーに尋ねた。ローリーはティレルとリジーの会話にまごついているようだった。

リジーはぎょっとした。事態はこれ以上ないくらい最悪な状態だ。ローリーのことはとても好きだけど、レイヴン・ホールに来てもらうわけにはいかない。

ジョージーが窮地を救うために前に進みでて、真剣な顔で言った。「申し訳ありませんが、母の具合がよくないんです。しばらく前から自分の部屋を出なくなってしまって。ですから、しばらくはご遠慮いただけないでしょうか」

ローリーは面食らっていたが、ティレルは面白そうな顔をしただけだった。「ならば、週末にでもうかがおう」ティレルはそう言ったものの、目を伏せていたので、瞳の表情が見えない。お辞儀をして言った。「では、ごきげんよう」

リジーは返事ができなかった。

ローリーもお辞儀をすると、振り返らずに二人は大股で行ってしまった。

リジーは信じられないというように大きく目を見開いてジョージーと顔を見合わせた。

「ティレルは本気で来るつもりなのかしら？」

最初、ジョージーはリジーの言葉が耳に入らなかったかのように、二人の後ろ姿をじっと見つめていた。しばらくして、やっと答えた。「そうね。ティレルは来るつもりよ。そして、思い違いでなければ、それを止める手立てはなさそう」ジョージーは苦々しげに言った。

9

衝撃的な提案

　リジーは家の中へ駆けこんだ。そのまま部屋に直行するつもりだった。その日の午後の出来事について、じっくりと考えなければ。体はまだ震えているうえ、不安のせいでひどく疲れていた。ティレルがここへ来たら、どうすればいいの？　しかし、客間を通り過ぎようとしたとたん、母の声がした。

「リジー！　どこへ行っていたの？」

　思わずよろめいた。母が部屋を出てきているとは思ってもいなかったからだった。リジーは方向を変え、客間の中へ入った。客間には母と、エレノアがいた。エレノアは本を開いて膝の上に置いていた。母がようやくベッドから起きだし、くよくよ考えるのをやめてくれたことには、ほっとせずにいられなかった。「お母様？　ご気分はいかが？」リジーは慎重に尋ねた。

　母は肩をすくめた。笑ってもいないし、いつものようにどこかで聞いてきた噂話《うわさばなし》やニユースを興奮した様子で語っているわけでもないことを除けば、体調はまずまずのようだ。頬紅をさしているせいだろうが、頬はほんのりと赤く、焦茶色のラインの入った美しいブロンズ色のドレスを身につけている。トパーズのアクセサリーが見事に映えていた。「だいぶよくなったわ。でも、そろそろ社交界に戻らないと。どこへ行っていたの？」

リジーは体をこわばらせた。「ジョージーと一緒に町へ散歩に行っていたの」

母はリジーをじっと見つめた。

母が言っているのは、身分の高い女性のことだ。「誰かに会った？」しばらくして、尋ねた。「いいえ」

「リジー、レディ・オデルとレディ・マリオットがいらしたとき、いったい何があったの？」そう言うが早いか、首を横に振った。「いいえ、結構よ。もうわかっているから」

リジーは母のもとに歩み寄り、両手を取った。「お母様。お母様を悲しませて、心痛む思いをさせてしまってごめんなさい。こんなことになるなんて、思ってもいなかったの。でも、私はネッドのことを心から愛しているのよ。お母様も、あの子を愛してくれると思ったの。お母様がお望みなら、私はレイヴン・ホールを出ます」家を出る――そう考えただけでわき起こった苦悩を抑えつつ、リジーは言った。だけど、ティレルに会ってしまったことを考えると、それがいちばんいい気がする。「私のせいで、お母様やお父様、それにジョージーを苦しませるのはいやなの」

母は悲しそうにリジーに向かって微笑《ほほえ》んだ。「あなたは姉妹の誰よりも優しくて、思いやりのある子だったわ」母は優しく言った。「あなたの体の中には、利己的で、不親切な骨は一本もないわ。どこへも行く必要はないのよ、リジー。レイヴン・ホールはあなたの家よ。お父様も私も、ショックから立ち直るのに時間が必要だったの。それだけのことよ」

リジーは床に膝をつき、母の膝に頭をのせた。母はリジーの髪を撫《な》でながらささやいた。「かわいそうなリジー！　私がいなくて、さぞかしつらい思いをしたことでしょう。本当にかわいそうなリジー。私たちが気づいてあげればよかった」

「私なら大丈夫よ」リジーはつぶやいた。家名を汚したことを、母は決して許してくれないのではないかと思っていたのだ。リジーはとりあえず安堵《あんど》した。

母はリジーに立ちあがるよう促した。「庭を散歩してくるわ。長い間、部屋の中に閉じこもっていたから。リジー、あなたが焼いたパイが食べたいわ」リジーに笑みを向けながら、母は客間を出ていった。

リジーは、静かに本を読んでいたエレノアと目を合わせた。「お母様に嫌われずにすんだみたい」

「そんなことを恐れていたの？　かわいそうに。リディアはいつも、あなたのことを大切に思っているんですよ」エレノアは本を閉じた。

リジーは客間の入り口に走り寄って、ドアを閉め、エレノアに向き直った。「とんでもないことになったの」リジーは険しい表情を浮かべた。

エレノアは訝《いぶか》しげに眉を上げた。

「リムリックの町でティレル・ド・ウォーレンとローリーに会ったの」

エレノアの眉がさらに上がった。「ローリーが来ているの？　ネッドと一緒にいるところを見られたの？」

リジーは首を横に振った。「エレノアおば様！　私がネッドを自分の息子だと言っていることがローリーの耳に入ったら、すぐに嘘《うそ》だとばれてしまうわ。ローリーと二人で会って、秘密を守るよう彼にお願いしなくては」

エレノアは立ちあがった。「ローリーはティレル・ド・ウォーレンや彼の兄弟と数年来の友人なの。だけど、アデアを訪れたのは一、二度しかないはずよ。あなたがこの土地でローリーと会うなんて思ってもいなかったわ」

リジーは嘆くように言った。「どうしてローリーとティレルが知り合いだと教えてくださらなかったのですか？」

「それほどたいしたことではないと思ったのよ」エレノアは真剣な面持ちで答えながら、リジーをじっと見つめた。「どうかしたの？　町で何があったの？　ティレルとようやく知り合うことができたのではないの？　ローリーが紹介してくれたのでしょう？」

リジーはエレノアに表情を見られないよう、背を向けて歩き始めた。「本当のことをお話しします、エレノアおば様。私、ハロウィーンの日に、仮面舞踏会でティレルに会ったんです」ティレルがリジーを覚えていたことや、彼の自分に対する怒りようを考えると、この問題が自分の手に負えないことに改めて気づいた。ここはやはり、エレノアの知恵と助言が必要だと、リジーは感じた。そして、今こそ正直に話すべきときであることも。

「エレノアおば様、私、彼に誘われたんです」

エレノアは目をみはった。

「外で会おうと言われました。でも、私は行きませんでした」ティレルに言い寄られたときの信じられない経験を思いだし、リジーはどうにか告げた。「自分のドレスを汚したアンナに、衣装と仮面を貸してしまったからです。私は家に帰りましたが、アンナはそのまま舞踏会に残りました。そして、ネッドが生まれたんです」

エレノアはぽかんと口を開けている。やがて、口を閉じると、リジーの手をつかんだ。

「あなたが自分の子として育てている子の父親であり、あなたがずっと好きだった人である彼が、あなたを誘惑したというの？」

リジーは、ティレルの煙った瞳や、彼が自分を壁に押しつけて動けないようにし、覆いかぶさってきたこと、そして庭で会おうという彼の言葉を思いだした。「ええ」

「そして、アンナはその夜、彼の子供を身ごもったというの？」

リジーはうなずいた。

「そして、今日、ティレル・ド・ウォーレンはあなたに気づいたの？」

「私に気づいただけじゃないんです。態度も妙でした。エレノアおば様、彼は怒っていました」リジーはどうしようもなく、エレノアを見つめた。「どうしてでしょう？」小声でつぶやく。「どうして彼は、私のことを怒っているのですか？　どうして彼は、私のことを美しいと言い張るのですか？　どうして彼は、あんな目で私を見るのですか？」

一瞬、エレノアは体をこわばらせたが、すぐにリジーの肩に手を置いた。「彼に話すべきよ。ネッドを手放す覚悟を決めて、ティレルに真実を話しなさい。ネッドは彼の息子だということを」

「いやです！」リジーは身をよじってエレノアから離れた。「そんなことをして、どんないいことがあるというのですか？　ティレルは私からネッドを奪っていってしまうわ！」

エレノアの言葉は、リジーにとって裏切り行為も同然だった。それまではいちばん信頼していたエレノアに、急に不安を覚えた。

「ティレルはネッドを奪ったりはしないと思うわ」エレノアは声をひそめ、優しく、穏やかな口調で言った。「正しいことをするんじゃないかしら」

しかし、リジーは聞く耳を持たなかった。「いやです！　絶対にだめ。おば様は約束してくださったではありませんか。私たちは、二人ともアンナに約束したはずです。死ぬまで絶対に秘密を明かさない、と。話すなんて絶対にだめ。約束してください。ネッドが彼の息子だと、彼には絶対話さないって！」

エレノアはじっとリジーを見つめている。

「エレノアおば様！」

「約束するわ」エレノアはゆっくりと言った。「でもね、リジー、このまますんなりいくと思ったら大間違いよ。どんなに取り繕っても、もう手に負えなくなってきているわ」

リジーは後ずさった。しかし、残念なことにエレノアの言葉が正しいことは、リジーにもわかっていた。


翌日の午後、リジー、ジョージー、ネッドの三人はリジーの寝室にいた。リジーもジョージーも、兵隊と馬のおもちゃで遊ぶネッドと一緒に、床に座っていた。ジョージーはおもちゃに合わせて厚紙で砦《とりで》を作っている。床はひどく散らかっていた。

「ネッド、兵隊さんを中に入れてごらんなさい。ほら」ジョージーが言った。

ネッドはジョージーに満面の笑みを向け、紙の砦に人形を投げつけた。

「そうじゃないでしょ」ジョージーはにっこりと笑った。「中に入れるの。ほら、兵隊さんはここでねんねするのよ」倒れた砦を起こしながら、ジョージーは言った。

「ジー」ネッドは誇らしげに言った。「ジー！」

リジーは二人の様子に笑みを浮かべた。しかし、心の中は悶々《もんもん》としていた。まだ、前日のリムリックでの出会いとエレノアの恐ろしい助言に対する不安を拭《ぬぐ》い去ることができない。リジーは立ちあがり、部屋の中をぶらぶらと歩いた。陰鬱《いんうつ》な気分は、薄ら寒くて靄《もや》の立ちこめた今日の天気そのものだった。そのとき二輪馬車が近づく音が聞こえた。誰かしら。私もネッドも、ご近所の好奇の目にさらされるのはもううんざりなのに。

ジョージーも同じことを考えたらしい。「今日はお客様の相手をする気分じゃないわ」

「ほんと」リジーは笑みを浮かべようとした。「私もよ」

ジョージーは脚を組んで床に座ったまま背中を伸ばし、じっとリジーを見つめた。「なんだか元気がないわね。リジー、私でよければ話を聞くわよ」

リジーはジョージーに背を向けて、窓に近づいた。

「それとも、彼の話をしましょうか？」

リジーは窓の下枠を握りしめた。気持ちのいい六月のそよ風を部屋の中に入れるために、窓は少しだけ開けてある。ティレルの話がしたくてたまらなかった。「どうすればいいのかわからないの」リジーは苦しげに言った。

ジョージーはアイボリーのドレスについた埃《ほこり》を払いながら立ちあがった。「リジー、彼はあなたに気があるのよ」

リジーはくるりと振り返った。「そんなはずがないわ！」

「どうして否定するの？　彼はネッドを授けてくれたのよ。それに、昨日の様子からしても、あなたに興味を失ったとは思えないわ」

リジーは、まさか、とばかりに首を横に振った。その一方で、心臓が胸の中で飛びあがらんばかりに脈を打っていた。リジーは今でもティレル・ド・ウォーレンのことが好きだったし、その気持ちは決して変わらないだろう。だが同時に、誰よりもティレルのことを恐れていた。

「どうして？　どうして彼が私に気があるなんて思うの？」

ジョージーは今にも笑いだしそうだった。「だって、考えてごらんなさいな。彼はこの家へ来るつもりよ。それにあなたから目を離そうとしなかった。彼の目つきときたら、正直言って、ときにはみだらと言えるほど熱かったわ。あなたに腹を立てているのは確かだけど、腹を立てるということは、少なくともあなたに興味があるということよ。あなた、彼に何かしたの?」

「私は、一八一二年のハロウィーンから、彼には一度も会っていないのよ!」リジーは声をあげた。「一年半以上も前のことだわ」

「ひょっとして、あなたに彼の子供がいることを知っているとか?」ジョージーが言った。

リジーはみじめな気持ちで窓のほうに向き直った。「そんなはずはないわ」リジーはふと、ネッドは本当はアンナの子で、自分の子ではない、とジョージーに告白しようかと考えた。ジョージーはリジーにとって、エレノアと同じくらい信頼できる大切な相談相手だ。それに、もう嘘はつきたくない。それでも、秘密は絶対に守ると、アンナと約束している。アンナは今は幸せな生活を送っている。最近来た手紙によれば、まもなく子供が生まれるらしい。アンナは心底からトーマスを愛している。

そのとき、眼下の中庭に停《と》まった一頭立ての馬車から、見慣れた太った人物が降りてくるのが見えた。リジーはうなり声をあげた。「ジョージー! ミスター・ハロルドが来たわ。きっと噂を聞きつけたんじゃないかしら」

ジョージーはどうにかうなずいた。頬をピンク色に染めている。「きっと婚約を解消してほしいって言いに来たのよ」ジョージーは無表情を装っていた。

「ああ、そうだといいんだけど」リジーはジョージーのもとに駆け寄り、姉を抱きしめた。ようやくジョージーを窮地から救うことができたんだわ。つらい思いをしてきたけど、悪いことばかりじゃなかったのね。

ジョージーの顔に笑みが浮かんだ。「私ね、今回のことでは、闘士にならなければって思っていたの」ささやくように言った。「でも、リジー、悪いことばかりじゃなかったわ。正直に言うと、ミスター・ハロルドと結婚するくらいなら、オールドミスになったほうがいいと思っていたの」

「そうだと思った」リジーはにっこりと笑いながら言った。「さあ、行きましょう。うれしそうな顔をしてはだめよ。それから、彼が婚約解消の話を持ちだしたら、涙の一滴や二滴は流さなくちゃ」

「そうね」ジョージーは真剣な表情を浮かべた。「ああ、どうしましょう。彼に婚約を破棄されたら、どうすればいいの？」そう言うと、にやりと笑った。「神様、感謝いたします！」ジョージーは駆けるように部屋を出ていった。

そろそろ昼寝の時間だとリジーは思った。驚いたことに、ネッドは眠たげな表情で、床を這《は》っていた蜘蛛《くも》をいじっている。ネッドを叱《しか》り、揺りかごに入れた。ネッドは文句を言うことなく笑みを浮かべ、上等のウールのブランケットをかけるリジーを見あげた。やがてネッドの、父親にそっくりな長くて太くて真っ黒なまつげが下がっていき、すぐに眠ってしまった。

ティレルのイメージがぼんやりと現れた。彼が部屋の中にいるような錯覚を覚えた。どうすればいいのか、わかったらいいのに。

くよくよ考えこまないようにしながら、リジーは窓のところへ戻った。ミスター・ハロルドが帰っていくのが見えるかもしれないと思ったのだ。しかし三十分たっても、ハロルドは姿を見せない。リジーはジョージーのことが心配になってきた。婚約の解消など、一、二分もあれば言い渡すことができるはずだ。母は出かけていて、彼を引き止めたり、ショックでヒステリーを起こしたりする心配はないはずだ。何をしているのだろう。

窓際でじっと待っていると、馬に乗った人物が二人、レイヴン・ホールに近づいてくるのが見えた。

とたんに、リジーは落ち着きを失った。あの二人は誰？　この家を訪れる人はたいてい馬車に乗ってくるのに。

均整の取れた美しい二頭の馬に乗って二人の乗り手はますます近づいてきた。リジーは窓を大きく開け放った。一頭は大きな黒馬で、もう一頭は顔に真っ白な星のある優雅な栗《くり》毛《げ》の馬だった。栗毛の馬には見覚えがある。ローリーの馬だ。

リジーは体をこわばらせ、ローリーの馬から、黒馬とその乗り手に視線を移した。体の大きなその乗り手の正体を見誤るはずはなかった。

訪れるのは週末、と言っていたはずよ。それなのに、さっそく翌日現れるなんて！　やっぱりまだ興味を持っているんだわ。

リジーの心臓が早鐘を打ち始めた。別のときならば、ティレル・ド・ウォーレンが自分の家へ来てくれるならどんなものでも差しだしただろう。しかし、今はだめ。彼の息子が私の寝室の揺りかごで眠っているときだけは！

二人はしなやかに馬を降り、玄関の階段に向かって歩いていき、やがてリジーの視界から消えた。

リジーは窓に体を押しつけた。どうして来たの？　何が目的なの？

〝深夜十二時に、西の庭で待っている〟

その言葉も、それを口にしたときの彼のまなざしも、リジーは鮮明に覚えていた。昨日、ハイ・ストリートで会ったときも、あのときとまったく同じ目つきで私を見ていた。

リジーの血が熱を帯びたが、不安で寒気がした。揺りかごに駆け寄り、ネッドの様子を確かめた。ネッドはぐっすりと眠っている。

ジョージーが部屋に駆けこんできた。「リジー！　彼が来たわ！　あのおどけ者と一緒に訪ねてきたのよ。階下《した》へ下りたほうがいいわ」目を大きく見開き、頬を紅潮させている。

リジーはショックのあまり、ローリーをおどけ者などと呼んだジョージーを咎《とが》めることもできなかった。「無理よ」リジーは言った。「具合が悪くて休んでいるって伝えて」だが、本当は何もかもかなぐり捨てて駆けだしていきたい気分だった。

ジョージーはリジーの手首をつかんだ。「断るわ。それなら、自分で具合が悪いって伝えていらっしゃい。あなた、このときをずっと待ち望んでいたんじゃないの？」

「でも、ネッドがいるわ」

「そう、ネッドがいるわ。それに、あなたにとって絶好のチャンスが訪れたのよ！　階下へ行きなさい、リジー！　何も彼のベッドに飛びこみなさいって言ってるわけじゃないわ。何が望みなのか、自分で確かめていらっしゃい！」ジョージーは声をあげた。

ティレルが来ている――その思いがすでにリジーを駆りたてていた。体じゅうが熱くなっていく。リジーは唇を濡《ぬ》らし、ジョージーの脇《わき》を通り抜けた。ジョージーもリジーのあとを追って部屋を出た。

ティレルはドアに背を向け、庭を眺めて立っていた。ローリーは落ち着かない様子で部屋を行ったり来たりし、ミスター・ハロルドは椅子に腰かけていた。太ったハロルドのお腹《なか》の肉がズボンのウエストからはみでている。リジーはハロルドがまだいたことを忘れていて、困惑した目をジョージーに向けた。ジョージーは頬を紅潮させたまま、リジーにうんざりした表情を向けた。その瞬間、彼が婚約の解消に来たわけではないことを悟った。

「やあ、リジー」ローリーは温かく微笑み、お辞儀をした。「一週間も待っていられなくてね。母上の具合がよくないことはわかっていたが、出入りが禁止される前にいちかばちか訪ねてみようということになったんだ」ローリーは背筋を伸ばして、リジーの隣に立つジョージーをちらりと見やった。

リジーはお辞儀をした。視線はすでにティレルに注がれている。ティレルが振り向き、二人の目が合ったとたん、リジーの心臓が飛びあがった。熱のこもった率直な視線をリジーに向けたあと、ティレルも軽く頭を下げた。ジョージーの言うとおりだった。彼はまだ私に興味を持っている。

信じられないわ。

リジーはすっかりネッドのことを忘れていた。

ピーター・ハロルドが重そうに椅子から立ちあがった。「なぜ、君たちのレイヴン・ホールへの出入りが禁止されるのかね?」ハロルドはジョージーに近づいて彼女の腕を取り、自分の脇に挟んだ。

それまでじっとジョージーを見つめていたローリーが目をそらした。ジョージーの頬は真っ赤だ。ハロルドが彼女の手を軽く叩《たた》いた。

「どうしてかね?」

「お母様の具合がよくなかったんです」ジョージーは淡々と答えた。「でも、お客様のレイヴン・ホールへの出入りを禁止したりはしません」

「もちろんそうだろうとも」ジョージーを慰めるかのようにハロルドが言った。

「ご婚約おめでとうございます」再びジョージーを見つめながら、ローリーは言った。

「結婚式はいつですか?」

ジョージーは頭を高く上げた。「まだ決まっていません」

「近々執り行うつもりです」ピーター・ハロルドは満面の笑みを浮かべた。「一刻も早く新妻を家に連れて帰りたいのでね」

ジョージーはどうにか婚約者のハロルドから体を離すことに成功した。ハロルドはローリーに歩み寄った。

「私は幸運な男だとお思いになりませんか？　彼女は私の息子たちの母親になるんですよ」

ローリーは首を傾けた。「ええ、とても運のいい方だ。改めて、心からお祝いさせていただきます」

リジーはふと、ティレルが自分をじっと見つめていることに気づいた。まるで鼠《ねずみ》に飛びかからんとする猫のようだわ。あるいは、ベッドへ連れこみたい売春婦を見るような目つきと言ったほうがいいかしら。それに、さっきからまだひと言も発していない。悲しそうなジョージー、妙にぎこちないローリー、そして熱い視線を向けてくるティレル。リジーはどうしていいかわからなくなった。

ローリーがリジーに向き直った。「母上の具合はいかがですか？」

「ずいぶんよくなりました」リジーはなんとか答えた。

そのとき、ティレルが歩みでた。「アデアに腕のいい医者がいる。彼にミセス・フィッツジェラルドを診させよう」

「ご心配なく。もう大丈夫――」リジーが言いかけた。

「庭を散歩しないか」ティレルがリジーの言葉を遮った。有無を言わせぬ口調だった。

私と二人きりで外を歩きたいんだわ。リジーが返答する間もなく、ティレルは彼女の腕を取り、自分の腕に置いた。

「アイルランドらしい薄霧の中を散歩するのも悪くはない」ティレルがつぶやいた。

リジーは声も出なかった。自分の柔らかな体が、ティレルの力強い手によってそのたくましい筋肉質の体へと引き寄せられたのだ。リジーがやっとのことでうなずくと、ティレルは彼女を部屋から連れだした。

二人は外へ出た。外は涼しく、リジーは半袖《はんそで》の綿のドレスしか着ていない。それでも、体は熱かった。ティレルは何か問いたげな目で、ちらりとリジーを見やり、家の裏手にある庭へと彼女を導いた。そこには、あずまやと池がある。

不意に、ティレルが手を伸ばしてきたような錯覚を覚えた。リジーを抱き、彼女の唇を奪って、熱いキスを交わす。リジーは彼の広い肩につかまり……。

ティレルが急に足を止めた。おかげでリジーの妄想は断ち切られたが、脈打つ鼓動はおさまらない。どうか、彼に気づかれる前に、自分のみだらな妄想を抑えられますように。

ティレルがリジーの正面に立ち、彼女の顔をじっと見つめた。リジーは無理やり話を始めた。「私の顔に何かついていますか？」

ティレルは口を歪《ゆが》めた。「僕が言いたいことはわかっているはずだ」

視線が熱い。彼の言葉を取り違えるはずはなかった。リジーが答えるよりも早く、ティレルはかすかな笑みを浮かべ、彼女を抱き寄せた。

リジーは驚いた。ティレルは彼女を自分の胸に押しつけ、唇を重ねた。降伏を求めるかのような、断固としたキスだった。リジーは彼に従うよりしかたがなかった。唇を開いてため息をついた瞬間、彼の舌が口の中に入りこんできた。キス以上のことをしてくれなければ、死んでしまうかもしれない——そんなふうに感じた。彼のキスや、彼の強さを見くびっていたことに、リジーはぼんやりと気づいた。

差しこまれるティレルの舌を自分の舌で受け止めようと、リジーは彼にしがみついた。リジーの体はティレルの体に包まれ、背中は木に押しつけられた。彼の太腿がリジーの脚のあいだに入りこむ。体と体がこすれ合い、熱が発せられた。リジーは欲望で頭がおかしくなりそうだった。意識を失いそうなほどの欲求に、思わず身もだえし、うなり声をあげた。

ティレルの下腹部がこわばり、リジーの下腹部に押しあてられた。

どうしていいかわからないまま、リジーも腰を押しつけた。螺旋《らせん》を描くように興奮が高まっていき、やがて欲望と欲求がひとつになった。少しでいいから、触れてほしい。脚のあいだを。ドレスの下を。そうすれば、きっとこの身を苛《さいな》むような肉体の痛みが和らぐはず。ティレルが荒々しい音をたて、唇を引き離した。リジーが目を開けた瞬間、二人の視線がぶつかった。

ティレルの瞳は欲望でくすんでいる。

「お願い」リジーはつぶやいた。

ティレルはリジーの顔を両手で挟み、もう一度キスをした。キスをしながら彼が言った。

「僕はこのときを一年半も待っていたんだ」

彼の言葉は、ほとんどリジーの耳に入らなかった。今にも欲望がはじけそうだった。

「あずまやへ行きませんか」息もたえだえに、つぶやく。

ティレルは驚きに身を硬くした。

リジーは自分の言葉に驚き、目を見開いた。

いくらか正気が戻った。私はティレル・ド・ウォーレンと家の裏庭で愛し合おうとしている。誰に見られてもおかしくない場所で。

しかも、ネッドが家の中にいるというのに。

リジーを抱き、彼女の背中を木に押しつけ、硬い太腿を彼女の柔らかな太腿のあいだに挟んだまま、ティレルはリジーの目を見つめた。「君を僕の愛人にする」ティレルが言った。

一瞬、何を言っているのかわからなかった。

「決して不自由な思いはさせない。財宝が望みなら、好きなだけ与えよう。どんな望みも叶《かな》えてやる、エリザベス」にべもない口調だった。

少しずつ、ティレルの言っていることがのみこめてきた。彼は私を愛人にしようとしている。ティレル・ド・ウォーレンが私に、愛人になってくれと言っているんだわ。これは現実なの？

ひょっとしたら、いつもの激しい妄想ではないのかしら。

不意にティレルが笑みを浮かべ、指先でリジーの唇に触れた。「いつかこうなると思っていた」荒々しく言った。

そのとき、子供の泣き声がした。

ネッドだわ。

魅惑的で、自信ありげなティレルの笑みを見つめながらも、リジーは不安を覚え始めた。これは夢ではないわ。私は彼の腕の中にいて、たった今、愛人にならないかと言われた。そして体も、心も、イエスと言えと要求している。なりたいわ、彼の愛人に。でも、私はネッドをこの世で何よりも愛しているのよ。彼がネッドを自分の子ではないかと疑ったらどうするの？　どこまで真実を隠しとおせる？　ジョージーはネッドをひと目見ただけで、父親を言い当てたのよ。

ティレルはズボンを引っ張りながら、背を向けた。リジーの目に涙があふれた。目をぎゅっと閉じ、まだ燃えるように熱い自分の頬に触れて、つぶやいた。「誤解なさっていらっしゃるのではないでしょうか」

ティレルはくるりと向き直った。「誤解だって？」

「あなたの提案を受け入れることはできません」リジーは言った。

ティレルは驚いた表情を浮かべ、リジーを見つめた。「誤解などしていない」

リジーは顎を上げ、怒りに満ちたティレルの視線を受け止めた。「愛人にはなれません」断固とした口調で言う。

「なぜだ？」ティレルの目がぎらりと光った。「君が処女ではないことは知っている。少し調べさせてもらったからね」

「調べた？」恐怖を感じたと同時に、欲望が消えた。

「そのとおりだ」ティレルはリジーにのしかかるように立ちはだかった。「君は未婚の母だそうじゃないか。町ではすっかり噂になっている。失うものは何もないはずだ。さっき言っただろう。欲しいものはなんでも与えてやる、と」ティレルの目が再び光った。「君の息子にも不自由はさせない。家族は生活にも困っているそうだな。それも僕がなんとかする。君は僕のベッドを温めてくれればいい」

リジーは近い将来へ思いを馳《は》せた。ネッドが自分の息子であることをティレルが知る日のことを。私が実の母親でないことがわかり、ティレルが飽きたら、私はたちまち捨てられ、追放されるだろう。もちろんネッドを連れていくことはできない。

リジーは首を横に振った。「できません」

ティレルは信じられない、とばかりに目を見開いた。「いったいどういうゲームなんだ？　ハロウィーンの夜には僕をもてあそび、あげくの果てに売春婦を送ってよこした。いったいなぜだ？　そして今度は財産などいらないという。僕が君を求めているのと同じくらい、君も僕を求めているはずなのに」

「ゲームではありません」リジーは答えた。

けれども、ティレルはリジーに向かってさらに身を乗りだした。「よく考えたほうがいい。僕の気が変わったら、君は何も得られなくなる」

一瞬、ティレルが自分を脅してネッドを奪おうとしているように感じた。リジーは首を横に振った。目に涙があふれる。

「僕は一週間ほどアデアに滞在するが、そのあとはダブリンへ戻らなければならない。それまでにはきちんとした返事が欲しい。僕のところへ来てくれることを願っている」ティレルは厳しい口調で言った。

リジーはもはや何も答えることができなかった。

ティレルがお辞儀をした。「失礼する」

ティレルが去っていくのを、リジーはじっと見つめた。体の奥から震えがきていた。運命は皮肉にも、再び人生に一度きりのチャンスをリジーに与えようとしている。そして今、人生の選択を迫っている。

衝撃的とも言えるティレルの提案を受け入れたいのはやまやまだった。しかし、ネッドを失う危険を冒すことはできない。つまるところ、選ぶべき道はひとつしかない。

両手で体を抱きしめ、リジーはゆっくりと家に向かって歩き始めた。

そのとき二階の寝室で、カーテンが動いた。去っていくティレルの後ろ姿を、エレノアもまた見ていた。

10

窮地に陥って

　夕食をとるために、家族全員が食堂の席に着いた。エレノアが立ちあがってワイングラスをつかみ、スプーンでグラスを軽く叩《たた》いた。全員の視線がエレノアに注がれた。「皆さんにお話があります」エレノアは言った。

　悲嘆に暮れていたリジーは、ティレルの衝撃的な提案のほかに何も考えることができなかった。ティレルのことはよく知っているつもりだったのに、あんなに横暴な人だとは思いもしなかった。それにしても、どうして私を愛人にしたいのだろう。どうしてもっときれいで、魅力的で、経験豊富な女性を選ばないのだろう。

　リジーはふさぎこんだ表情で、おばを見やった。エレノアが何を話すつもりなのかはわからないが、自分が作りだしたややこしい嘘《うそ》から少しは気をそらせるかもしれない。

「私はそろそろメリオン・スクエアに戻らなければなりません。片づけなければならない用事もありますから」エレノアは言った。

その瞬間、リジーはこの一年と数カ月というもの、どれほどエレノアに頼っていたかを改めて実感した。勝手なことを言えば、エレノアに帰ってほしくなかった。しかし、エレノアは自分の生活を犠牲にしてまで自分とネッドのためにいろいろと手を尽くしてくれた。そろそろ自分の面倒は自分で見るべきときだ。

するとエレノアがじっとリジーを見つめた。「エリザベス、ごめんなさいね。でも、もうどうしようもないところまで来てしまったの」エレノアは悲しそうに言った。

リジーははっと身を硬くした。どういう意味かしら？

「いつかきっと、私の身勝手に感謝してくれるときがくると思うわ。あるいはこないかもしれないけど。でも私は、ネッドにとっても、あの子の父親にとっても、そして願わくば、あなたにとっても、最良のことをしなければならないのよ」まるでリジーひとりに語りかけているかのようだった。

リジーは体を震わせ、立ちあがった。「おば様、やめてください。お願いですから！」

「ごめんなさいね、リジー。でも、私は自分の良心に従うべきだと思うの」エレノアは母と父に向き直った。「ネッドの父親は、ティレル・ド・ウォーレンなのよ」

母は呆気《あっけ》に取られ、父は真っ青になった。

「どうして？　約束が違うわ」ショックを通り越し、リジーはエレノアにつめ寄った。「言わないって約束してくださったのに！」

エレノアは悲しげな表情を浮かべた。「約束したのは、ティレルには、彼が父親であることを言わないということだったし、実際に言っていないわ。でも、いずれ真実は明らかになることぐらい、あなたもわかっていたじゃない」

「ごまかさないでください。それに、私はそんなこと言っていません。ひどいわ。おば様を絶対に許さない！」リジーは叫んだ。心の底から怒りがこみあげてきた。「絶対に許すものですか！」その瞬間、自分の人生がそれまでとはまったく違う方向に進み始めたことを悟り、恐ろしくなった。

ジョージーがリジーの手に自分の手を重ねた。「リジー、私も父親の正体を明かすべきだと思っていたわ」

ネッドの父親の正体を明かすべき？　そんなことをしたら、遅かれ早かれ、彼がネッドの父親だということが本人の耳に伝わってしまう。その日がきたら、最悪の悪夢が現実のものになってしまう――ネッドが連れられていってしまうのよ。「ジョージーお姉様までそんなことを？　あんまりだわ！」リジーはジョージーの手を振り払った。

母が立ちあがった。「まさか、本当のことではないのでしょう？　冗談よね？　そうだとしたら、恐ろしくて、あまりに残酷な冗談だわ」あえぎながら言った。

「冗談なんかじゃないのよ、リディア」エレノアが椅子に腰を下ろしながら答えた。リジーはエレノアの顔を見る気にもなれなかった。

母はぽかんとしてリジーを見つめている。

「だめよ、お母様。ティレルには言わないでください。お願いだから、わかって。ネッドが自分の子供だと知ったら、きっとあの子を連れていってしまう！」不安がリジーを襲った。このことは黙っていてくれるよう、両親を説得しなければ。ネッドと一緒にド・ウォーレン家に連れていかれようものなら、いったいどうなるのか想像もつかない。それに、ティレルは私たちが愛し合っていないことを知っている。彼の前に出ることになったら、私がネッドの母親でないという事実を明らかにしなければいけなくなるだろう。そうなれば、アンナの秘密が暴露され、彼女の人生はめちゃくちゃになってしまう。

ただ、もし私が勇気を出して、ネッドの母親だと主張すれば、ティレルは自分が父であることを否定するだろう。

母が父のほうを振り返った。私を見て、あざけりと不信で笑いだすことだろう。

父も立ちあがろうとしていた。驚きの表情を浮かべたままだ。

「あなたったら！　しっかりしてくださいな！」母は興奮したまま叫んだ。「伯爵も伯爵夫人もお屋敷にいらっしゃるはずよ。今日、ハリントン卿《きょう》がお嬢様と一緒に屋敷へおいでになって、明日の舞踏会で婚約が発表されると聞いていますもの。すぐにお屋敷へ行きましょう。さっそく、今夜にも！」

リジーは椅子に座りこんだ。これでもまだ、自分はネッドの母親だと言い張るつもり？　ティレルに向かってそう宣言するの？　アンナは幸せに暮らしているのではないの？　ネッドには、成年に達したときに伝えればいいのではないの？　ジョージーが肩をつかんでいることにふと気づき、リジーはほっとした。ネッドが自分のもとから連れられていくことなど今は想像もできない。

父が言った。「いや、アデアへは、明日の正午にうかがおう。心配ない。伯爵はちゃんと会ってくださるし、我々の娘に対して礼儀を尽くすよう、ご子息にも取り計らってくださるだろう」

どうしよう。どんどん悪い方向へ進んでいってしまうわ。リジーは立ちあがった。「まさか、お父様……」

「結婚に決まっている」父は厳しい口調で言った。「結婚してもらうに決まっているじゃないか。あの男はおまえをはらませたんだ。すぐに結婚してもらわねばならん」

自分がティレルの子の母親としてアデアに押しかけていくさまを想像しただけで愕然《がくぜん》となり、リジーは首を横に振った。なんとしても止めなければ。「ティレルが私との結婚に同意することはありません。彼は裕福なイングランドの女性と婚約すると、お母様が今おっしゃっていたではありませんか。ティレルに会ってどうなるというのです？　彼はネッドが自分の子だなんて、絶対に認めません」リジーは言った。それから硬い口調で言い足した。「否定するに決まっています」

「おまえだって、ケルト人の王の血を引いているんだぞ」父が熱のこもった口調で言った。さらに拳《こぶし》を振る。「おまえの祖先のジェラルド・フィッツジェラルドは、デズモンド伯爵だ。当時のアイルランドの南半分をおさめていたんだ」

「でも、そのせいで首を取られたのよ」ジョージーがつぶやいたが、聞いていたのはリジーだけだった。

「おまえの血は、ド・ウォーレン家の血よりも高貴なんだ」父が顔を赤くしながら声をあげた。「ド・ウォーレン家はアイルランド人でさえない。おまえとティレルが結婚すれば、ド・ウォーレン家に王家の血が混じるんだ」

父がこれほど興奮する姿をリジーは見たことがなかった。リジーは呆気に取られて父を見つめた。自分の言ったことを本気で信じているらしい。頭がどうかしてしまったのかしら？「ティレルは私と結婚しないわ」リジーは必死に言った。「お父様、話を聞いて！ティレルはネッドが自分の息子だとは認めないわ。今、彼に結婚を迫っても意味はないの。彼に話してもしかたがないのよ。ネッドは私たちが育てればいい。お願い、ド・ウォーレン家になど行かないで！」

「自分の子でないなどと言わせるものか！　いいか、私はおまえをティレルと結婚させてみせるぞ、リジー。フィッツジェラルドの名にかけてな」父は息巻いた。

ジョージーが静かに寝室に入ってきた。顔を上げなくてもリジーにはわかった。ぐっすり眠るネッドを腕に抱き、リジーはベッドに横になっていた。頬を涙が伝う。お父様もお母様も、なんてことを言うのだろう。ネッドの将来が危うくなったらどうすればいいの？それに、ティレルは？　ティレルのことが……怖い。

ティレルは、今は私を求めている。でも、私が彼の前に連れだされ、彼の子の母親だと主張すれば、きっと気持ちは変わるだろう。リジーはますますみじめな気持ちで目を閉じた。ティレルが否定すれば、お父様とお母様は彼を恥知らずの最悪な男だと思うことだろう。恥知らずは私のほうなのに。

ジョージーが近づき、ベッドの足元のほうに腰を下ろした。「話せる？」ジョージーはリジーの足首に手を置いて尋ねた。

リジーはすすり泣きを押し殺した。もはやおば様を信じることはできない。誰か頼れる人が無性に欲しいのに。「ええ」

「エレノアおば様は、あなたのことを大切に思っているのよ」手を伸ばし、リジーの髪を撫《な》でながら言った。「おば様は、おば様が正しいと思ったことをなさっただけ」

リジーはネッドを起こさないようそっと起きあがった。手の甲で頬の涙を拭《ぬぐ》いながら、ジョージーに向き直った。「言わないって約束したのよ。二度とおば様の話はしないで！それに、ティレルはどうせネッドの父親であることを否定するに決まってるんだから！」

ジョージーは困った表情を浮かべた。「どうして、そう言いきれるの？　彼は愚か者ではないわ。ネッドを見れば、自分にそっくりなことぐらいわかるわよ」

リジーは体を震わせた。ジョージーの言葉が間違いであることを願うしかない。「私が彼の子供を産んだなんて、彼は絶対に信じないわ」

「どうして？　リジー、彼はあなたと結婚するわよ。だって、あなたにぞっこんだもの」

ジョージーは楽しそうに声をあげた。

リジーはジョージーをじっと見つめた。何もかも話さなければならない。ジョージー以外に、助言を求められる人はいないのだから。「ジョージーお姉様、彼は私と結婚したいわけではないの。思慮深いお姉様がそんなことを言うなんて。本当のことを言うと、彼に愛人になるように言われたのよ」

ジョージーは呆気に取られた。

「だから、わかるでしょう。彼は、結婚はちゃんとした相手とするつもりなのよ」妙なことに、リジーの心は傷ついていた。「それが彼の務めだから」硬い口調で言い足した。実際、どれほど生々しい幻想を抱いていても、ティレルとの結婚を夢に見たことはなかった。

「なんて下劣な男なの！」ジョージーが声をあげた。立ちあがり、今度は怒りで頬を紅潮させている。「あなたを妊娠させて一年半以上も放《ほう》っておいたあげく、愛人にすれば喜んでベッドに飛びこんでくると思っているわけ？　しかも、その一方で美しいレディ・ブランシュと結婚するつもりだなんて！」

ジョージーの怒りように、リジーは驚いた。が、すぐにその理由を察知した。ジョージーも何かに悩んでいるんだわ。その瞬間、リジーは自分がいかに自分勝手だったかに気づいた。素足のまま立ちあがり、ジョージーのもとへ近づくと、彼女を抱きしめた。「ごめんなさい。ミスター・ハロルドと何かあったの？」

ジョージーは顎を上げたが、目には涙が光っていた。「彼は、私の家族がどれほど恥知らずでも、私を愛してくださるそうよ」苦々しく言った。「それに、そんな家族がいても、私を捨てたりはしないんですって。ああ、私、結婚式の夜に死んでしまおうかしら」ジョージーは言い、それから顔を真っ赤にした。「あなたのお友達のミスター・マクベインは、私がミスター・ハロルドに体をまさぐられるのを見て、さぞかし喜ぶことでしょうね」

リジーは驚いた。「ローリーは女性の不幸を喜ぶような人ではないわよ」

「それは違うわ。あの人、ミスター・ハロルドが私の腕をさすっているのを無礼にもじっと見ていたのよ。あなたがあんな伊達《だて》男と親しくしているのが、信じられないわ」

「まあ、ローリーは私にとても優しくしてくれたのよ！　それに楽しいし、頭のいい人だわ。『ダブリン・タイムズ』の漫画だって、ほとんど彼が描《か》いているのよ。どうしてローリーのことを伊達男だなんて言うの？　彼の上着の肘に気がつかなかった？　擦り切れているのよ」リジーは反論した。

「なるほど、貧乏な伊達男というわけね」ジョージーは肩をすくめた。「『ダブリン・タイムズ』に彼の漫画が載っているというのなら、間違いなく私も見ているわね」

「ええ、きっとたっぷりと見ているわよ」リジーは言った。ジョージーにも自分のようにローリーを好きになってほしかった。

ジョージーはあざけるように笑った。「それほど賢そうには見えないけど」

リジーはため息をつき、自分の体を抱いた。明日、ド・ウォーレン家へ行かなければならない——そのことが頭から離れない。ジョージーは考え違いをしている。ティレルは私と愛し合ったことがないのを知っている。だから、私もネッドも追いだされるに決まっているのよ。でも、私はそれを望んでいるんじゃないの？

「リジー？　いったいどうしたの？　不安に思っているのは、ティレルが結婚してくれないかもしれないということではないんじゃない？」

リジーは唇を噛《か》んだ。「お姉様はなんでもわかってしまうのね。実は、まだ隠していることがあるの。でも、それだけは絶対に明かさないって約束したの」

ジョージーはわけがわからないという表情で見つめた。「その約束のせいで、あなたが傷ついているなら、もう一度考え直すべきよ」

リジーは椅子に腰を下ろした。私は、アンナに約束をした瞬間から、ずっとひとりで苦しんできたのかもしれない。そのことにリジーはようやく気づいた。「ジョージー、私、ある大切な人に、その人の秘密を一生自分の胸におさめておくことを約束したの。でも、そのせいで、私はとんでもない窮地に陥ってしまったわ。こんなことになるなんて、思ってもいなかった。それどころか、いずれ約束を破らなければいけないときがくるということがようやくわかったの」

ジョージーは目を見開いた。「その大切な人って、ひょっとしてアンナのことじゃない？」ジョージーがついに言った。「いったいアンナと何を約束したの？」

リジーは顔を歪《ゆが》めた。

「アンナは、あの子が夢に見ていたものすべてを手に入れたわ。その秘密が明らかになったら、今のあなたのように、アンナも傷つくことになるの？」

「ええ、もし世間に知れたら、だけど」リジーは慎重に言葉を選んだ。

「話してくれない？　そうすれば何かしら助言ができると思うの。誰にも言わないって約束するわ」ジョージーは言った。

リジーはうなずいた。気は進まなかったが、このままではどうしようもないことはわかっている。「アンナがネッドの母親なの」

ジョージーはショックのあまり体を揺るがせた。「なんですって？」

リジーはうなずいた。「私はティレルと愛し合ったことなどないし、それは彼も知っているの。お母様とお父様がアデアへ行って、私が子供の母親だなどと言えば、私が嘘をついていることが彼にばれてしまうわ。ティレルがネッドの父親だなんて認めるはずがないと言っているのは、そのせいなの。それにローリーもいるわ。ローリーは、本当なら妊娠中だったはずの私に何度も会っているのよ。私に息子がいると聞いても、それが私の子ではないことはすぐにわかるわ。いつまでも、このとんでもない大芝居を続けることなどできない」リジーはいっきに言った。

ジョージーは息を吸いこんだ。「アンナったら、なんて自分勝手なの！」

リジーは息をのんだ。

「私がこんなことを言うべきではないかもしれない。でも、アンナはトーマスと幸せに暮らしているのに、あなたはどれほど苦しんでいることか。こんなのは不公平よ！　アンナはこれまで、人でも物でも、欲しいものをすべて手に入れてきたわ。一日だって苦しんだことなんかないじゃない。にっこり微笑《ほほえ》むだけで、相手の心までつかんでしまうんだもの。それなのに、自分の子供をこんなふうにあなたに押しつけるなんて！」

「ジョージーお姉様、私はネッドを自分の息子のように愛しているの。あの子を育てたいと言ったのは、私なのよ。アンナお姉様に頼まれたわけではないわ。エレノアおば様は、私にあきらめさせようとしたの。でも、私はあの子を腕に抱いた瞬間から、手放せなくなってしまったの」

「あなたがずっとティレルのことを思っていたことを知りながら、アンナは彼と愛し合ったのね」ジョージーが言った。

リジーは目を閉じた。アンナの裏切りを初めて知ったときの心の痛みがよみがえってくる。ジョージーが腹を立てているからか、その痛みはこれまで以上に鮮明だった。

「だいたいアンナは昔から道徳心に欠けていたのよ。これがその証拠だわ！」

リジーは首を横に振った。「アンナお姉様を責めるのはやめましょうよ。お姉様も自分の過ちを心から悔やんでいるの。それに、たった一度のことよ。私たちが衣装を交換したハロウィーンの夜だけだから」アンナにはティレル以外にも愛を交わした相手がいたが、それをジョージーに言うつもりはなかった。

ジョージーは鼻を鳴らし、リジーを信じられないという目で見つめた。「アンナにはいつもだらしないところがあったわ。私たちはずっとそんなアンナを守って、かばってきたのよ。あんなに一生懸命になるんじゃなかった」ジョージーは苦々しく言った。

「アンナは私たちの姉妹でしょう」リジーが言った。「私もいろいろ悩んだわ。でも、やっぱり姉妹を大切にしなくては」

「あなたは寛容すぎるわよ、リジー」ジョージーが顔をしかめた。「私があなただったら、そこまで寛容でいられる自信はないわ」

「私、どうすればいいの?」リジーは訴えた。明日は間違いなく恥をさらしに行くようなものだ。「お母様とお父様はアデアへ行って、伯爵ご夫妻に私がティレルの息子の母親だと言うつもりよ。止めることはできないわ。私は羞恥《しゅうち》の目にさらされることになるのよ。でも、アンナの幸せを壊すわけにもいかない。いったい、どうすればいいの?」リジーは繰り返した。

ジョージーは腰を下ろした。「難しい問題ね。あなたの言うとおりだわ。もちろん、アンナの秘密は守らなければいけないわ。だけど、お母様とお父様を止めることもできない。どうしようもないわね」ジョージーはリジーの目を見つめた。「かわいそうなリジー。ティレルはあなたのことを最悪の嘘つきだと思うでしょうね」

リジーはうなずいた。「それに、もうすでに私を見くだしているわ」

「あまりに不公平よ」ジョージーが言った。

「でも、ほかには解決策がないと思うの」

「アンナの幸せを壊すことを願わない限りはね」

二人は見つめ合った。ジョージーが立ちあがった。

「あなたはすばらしい子よ、リジー。いつか、ティレルにもそれがわかるわ」

そうかしら、とリジーは思った。


ひと晩じゅう眠れないまま朝を迎えたその日、リジーは両手を膝の上に置き、両親とともに豪華な客間のソファーに腰かけて、アデア伯爵夫妻が現れるのを待っていた。ネッドは隣の椅子に腰かけるロージーの膝の上にいる。屋敷に到着するやいなや、父は執事に名刺を手渡し、伯爵に話があると伝えた。

伯爵は、会う理由などない、と執事に言わせることもできたはずだ。しかし、アデア伯爵は寛大で、情け深く、実に高潔な紳士として知られている。父は伯爵とのつき合いはほとんどないが、母は、父が伯爵の義理の息子デヴリン・オニールと遠い縁戚《えんせき》関係にあると主張していた。どうやら父もデヴリン・オニールも、先祖をたどると、父の名の由来となった悪評高いデズモンド伯爵ジェラルド・フィッツジェラルドにたどりつくらしい。そういうつながりと、両家が隣人であるという事実から、伯爵夫妻は自分たちに会ってくれるのだろうと、リジーは確信していた。

足音が聞こえた。室内履きで歩く女性の足音だ。オーク材でできた両開きの大きなドアが開いたとたん、リジーは身を硬くした。執事が伯爵夫人と一緒に立っていた。

心臓がびくんと動いた。リジーはお辞儀をしながら立ちあがった。母も同じくお辞儀をし、父は軽く会釈した。伯爵夫人は一瞬立ち止まってから部屋に足を踏み入れ、美しい顔に上品な笑みを浮かべた。髪は濃いブロンドだが、肌は透きとおるように白い。胸元や両手の指にはブルートパーズが光り、イヤリングが瞳の色に映えている。

父が咳払《せきばら》いした。お父様は緊張しているのね。「奥様、伯爵様と直接お話をさせていただきたいのですが」

伯爵夫人は、ロージーとネッドを不思議そうに見やり、父に向かってうなずいた。「ミスター・フィッツジェラルド、ご機嫌いかが？　訪ねてきてくださって光栄ですわ。ぜひご希望にそいたいところなのですが、申し訳ないことに、主人は今、手が離せませんの。お客様が多いことはお聞きになっていらっしゃるとは思いますが」

「ええ、もちろん存じております」父は表情をこわばらせながら、硬い口調で言った。「ですが、どうしても伯爵様と話をさせていただく必要があるのです。残念ながら、今日はご挨拶《あいさつ》に来たわけではありません。実は、あるゆゆしき問題が明らかになったのです。伯爵ご一家にしか解決していただけない問題です」

伯爵夫人は眉を上げた。それほど驚いた様子はなかった。父が大げさに言っているのだと思ったのだろう。悪名高い祖先と同じように。あるいは何があろうと落ち着きを失わない冷静な女性なのかもしれない。伯爵夫人の上品な物腰と態度に、リジーは感銘を受けた。

「ゆゆしき問題ですか？　何をおっしゃっているのか、私には想像もつきません。大変申し訳ございませんが、今は伯爵に手間を取らせるわけにはいかないのです。また別の機会にしていただけませんか?」夫人は父に笑顔を向けた。

「それならば、残念ですが、少々ショッキングな知らせを奥様に聞いていただかねばなりません」

伯爵夫人は、やや困った表情を浮かべながらも笑みをたたえて答えた。「座ったほうがよろしいかしら?」

「ぜひ、そうなさってください」父は険しい表情で椅子に向かって手を伸べた。

伯爵夫人は真顔になって腰をかけ、リジーをちらりと見やった。リジーの顔が赤くなった。心臓が激しく鼓動している。リジーの緊張を察したかのように、夫人が優しく微笑んだ。「どうぞ、お話しください」

父はリジーに向き直った。「前へ出なさい、エリザベス」

とうとうこのときがきてしまった。リジーは体をこわばらせた。父の言葉に従い、父の横に立つ。いかにも興味深げな伯爵夫人の視線を受け止められず、リジーは視線をそらした。

「娘のエリザベス・アン・フィッツジェラルドです」父が言った。

リジーは指先で床に触れてバランスを取らなければならないほど深々とお辞儀をした。

「お顔をお上げになって、エリザベス」伯爵夫人が言った。ふと気づくと、夫人の指がリジーの肩に触れている。

リジーは体を起こし、伯爵夫人と顔を見合わせた。その瞬間、この女性が心底から慈悲深い人であることを知った。

「娘は一年と数カ月ものあいだ家を離れておりました」父がそっけなく言った。「この子がダブリンに住むおば、エレノアのところへ行っていた本当の理由を私たちは知らず、エレノアに呼ばれて出かけたものだと思っておりました。しかし、リジーはエレノアに呼ばれたわけではありませんでした。内緒で子供を産むためにダブリンへ行ったのです。リジーの子供――あなたの孫です」

伯爵夫人は目を見開いた。「なんですって?」

「ロージー、ネッドを連れてきなさい」父が声をあげた。父の顔はすでに赤くなっている。

リジーはくるりと振り向き、歩いてくるネッドの手を取った。ネッドを抱きあげる手が震える。リジーはネッドを抱く手に力をこめた。ネッドを置いて出ていくように言われたらどうしよう――そんな思いが脳裏をよぎった。

「奥様の義理の息子、ティレルがこの子の父親です」父は厳しい口調で言った。

リジーは目を閉じた。「申し訳ございません」伯爵夫人の気持ちを思い、つぶやいた。

「とても信じられません」伯爵夫人は言った。「ひと目見れば、あなたの娘さんが淑女でいらっしゃることはわかります。ティレルも放蕩者《ほうとう》などではありません。そんな恥知らずな真似《まね》をするはずがありません」

「娘と娘の子供に対し、息子さんにはそれ相応の責任を取っていただかねばなりません」

リジーはあえて伯爵夫人を見つめた。二人の視線がぶつかった。リジーはすぐに目をそらした。私は伯爵夫人に嘘をついている。リジーはひどく心を痛めた。

「その子を下へ下ろしてくれるかしら」伯爵夫人が言った。リジーはネッドを下ろし、床に立たせた。ネッ
優しいが、有無を言わせぬ口調だった。

ドはリジーを見あげて言った。「ママ、さんぽ？　さんぽ！」

「あとでね」リジーは小声でささやいた。

伯爵夫人は訝《いぶか》しげにネッドを見つめた。それから、硬い口調で言った。「ミス・フィッツジェラルド？」

リジーは伯爵夫人の視線を受け止めた。

「ティレルがこの子の父親だとおっしゃるのですか？」

リジーは息を吸った。否定すればいい。だが、妙なことに、それはできなかった。リジーはうなずいた。「はい、奥様」

伯爵夫人はネッドを見つめた。ネッドは夫人に向かってにこりと笑い、ねだるように言った。「さんぽ！　さんぽ！」椅子の肘掛けを拳で叩きながらもう一度にこりと笑った。

いかにも満足げだった。

伯爵夫人は息をのんだ。体が震えている。「主人を呼んでまいります」夫人が言った。

「お待ちください」母が涙を浮かべ、歩みでた。「ちょっとお話をしても？」

伯爵夫人はうなずいた。

母はドレスの袖《そで》からハンカチを取りだし、目を拭った。「リジーはとてもいい子なんで

す」とぎれとぎれにどうにか言葉を発した。「ダブリンのレディ・ド・バリーのところへ出かけたときは、まさか妊娠しているなんて思いもしませんでした。奥様、リジーは娘の中でいちばんおとなしいんです。パーティーでは、ずっと壁の花でした。間違っても、みだらなことをするはずがないんです！」

伯爵夫人がリジーを見やった。考えていることは想像がつく。結婚もせずに子供を産むなんて、きちんとした娘でも、いい娘でもあるはずがないわ――そう思っているのだろう。

母が言った。「そそのかされたとしか思えません」

リジーはつい声をあげた。「お母様、違うわ！」ティレルを悪者にするわけにはいかない。「すべて、私が悪いの！」

伯爵夫人は、母にも、リジーにも驚いたようだった。「ティレルのことは、自分のお腹《なか》を痛めて産んだ子と同じくらいよく知っています」夫人はそっけなく言った。「あの子は紳士です。女性をそそのかしたりなどするはずがありません。ましてや、こんなに無垢《むく》なお嬢さんを誘惑などしません」

「リジーがどれほど内気でおとなしいか、見ればおわかりになりますでしょう？」母が言った。顎が震えている。「この子は男たらしでも、あばずれでもないんです！　お宅の息子さんがそうしてしまったんですわ。リジーに淑女としての心得を忘れさせてしまったんです！　責任を取っていただかなければ困ります！」

「お母様、お願い、やめて」リジーは言った。

構ですわ！」

「奥様、どうぞ落ち着いて」伯爵夫人は静かな口調ながら、警告するように言った。

父でさえ、それを察したらしい。母の腕を取った。しかし、母は言った。「誰もがリジーの評判を知っています。私の末娘がどういう子なのか、どなたに訊《き》いていただいても結構ですわ！」

「伯爵を呼んでまいります」伯爵夫人が言った。

しかし、リジーはこれ以上騒動を大きくしたくはなかった。そのつもりはなかったものの、今こそ伯爵夫人と話をするべきという一心で、夫人のもとへ駆け寄った。「お願いです。お話をさせていただけませんか。ほんの少しでかまいません。私の話をお聞きいただければ、伯爵やティレルをお呼びになる必要はなくなると存じます」

伯爵夫人は虚をつかれたような表情を浮かべたが、優しくうなずいた。

「すべて、私が悪いのです」リジーは伯爵夫人から目をそらすことなく言った。「ティレルの責任ではありません。私は仮装をしていました。それに、彼のことをずっと好きだったんです。彼が私に言い寄ってきたのは本当です。でも、ほんの少しのことでした。誘惑したのは私です。彼は私の正体を知りませんでしたし、私のふるまいから、経験豊かな高級娼婦《しょうふ》と思ったのではないでしょうか」

「リジー！」父が怒り声で言った。

「リジーったら、なんてことを」母も驚いたように言った。

「つまり、私の息子が勘違いをしたというのですか？」伯爵夫人が尋ねた。

「はい、奥様。すべて私の責任です。伯爵様やご子息をわずらわせる必要はありません。どうかティレルを責めないでください。責めるなら私を責めてください。そして、どうか私の謝罪をお聞き入れくださり、子供を連れて家へ帰ることをお許しください。私は、今日、ここへ来るつもりはなかったのです」リジーは伯爵夫人の手を握った。「どうか家へ帰らせてください。ネッドを愛していますし、よき母であるつもりです。どうか伯爵様やティレルにはお知らせくださいませんよう！」

母は椅子に座りこみ、本当に泣き始めた。

伯爵夫人はリジーを驚きの目で見つめ、優しく彼女の顎を持ちあげた。「けれど、ティレルとの結婚を求めて、ここへいらしたのでしょう？」

「いいえ」リジーは小声で言った。「私はそこまで愚かではありません。ティレルが私と結婚しないことは承知しています。両親は結婚を求めていますが、私はそのつもりはございません」

「ティレルと結婚したいわけではないの？」

リジーは言葉につまった。心臓は今にも破裂しそうだ。「はい」

伯爵夫人は探るような視線を投げかけた。

リジーは赤面した。「どうかネッドを私から奪わないでください。お願いです。奥様はお優しい方と聞いています。実際そのとおりだとお見受けしています。私は本当にここへやってくるつもりはなかったのです。お願いです。このまま帰してください。子供を連れて家に帰らせてください」

伯爵夫人は手を下ろした。「もう少しここで待っていてください」

激しい不安がリジーを襲った。

「すぐに戻ってきます」伯爵夫人が言った。「やはり伯爵を呼んでまいります。それから息子も」

11

大きな屈辱

ティレル・ド・ウォーレンは石敷きのテラスに立ち、アデア邸の裏手に広がる芝生や庭をじっと眺めていた。薔薇《ばら》は義母のお気に入りの花で、敷地内のあちらこちらに、さまざまな色で咲き誇っている。しかし、ティレルの目に花の姿はまったく映っていなかった。弟のレックスが、酒を片手に鉄製のローンチェアに座っていることだけは、なんとなく意識していた。そのとき、女性の笑い声が響いた。

ティレルは声のほうを振り向いた。女性が三人、あずまやの反対側にある迷路園から現れた。そのうちのひとりは、彼の未来の花嫁だ。

ティレルはこの世に生まれでた瞬間からド・ウォーレン家の伝統の中で育ってきた。それは、一族の名誉、勇気、忠誠、義務を反映する、古来より引き継がれてきた誇り高き遺産だ。しかし、それだけではない。彼は次期アデア伯爵でもある。一族の威信や政治的地位、財力およびその地所に対する責任をひとりで背負っていくのが、後継者としてのティレルの務めだ。政略結婚は、昔から覚悟していた。自分は、財政面、政治面、社会面のいずれか、あるいはそのすべてにおいて、ド・ウォーレン家の力を高めることになる結婚をするのだ。自分の運命に疑問を持ったことは一度もなかった。

この結婚を自分は望んでいた。父や祖父のように、自らの義務を果たさなければならない。そのためには、一族の中の誰ひとりとして不自由な思いはさせられない。兄弟や妹、そして両親に対しても、富を分け与える立場に立たなければならないのだ。偉大かつ歴史あるアデアの名を未来にまで残せるか否かは、すべて自分の肩にかかっているのだから。

一族の保有地はかなり広範囲にわたっていたが、ド・ウォーレン家では近い将来に備え、イングランドの価値のある地所をつい最近売り払ったばかりだった。それでも、自分の子供や兄弟や妹の子供たちが一生不自由することなく生活するには十分とは言えない。ハリントン卿《きょう》は、十年前に爵位を授けられた子爵にすぎないが、製造業で財を成した、信じられないほどの財産家だ。その娘と結婚すれば、次の世代のド・ウォーレン家の子孫に対する確固たる財政基盤が保証されると同時に、英国における足場を固めることにもなる。

ティレルは、自分の妻となる女性が近づいてくるのをじっと見つめた。

「なんだ、彼女は歯を黒くしているわけではないんだな」レックスが言った。

ティレルが振り向くと、レックスはローンチェアから立ちあがろうとしていた。片脚しかないレックスにとって決して楽な動作ではない。レックスは、一八一三年の春の半島戦争中に、スペインで片脚を失っていた。その英雄的行為によって、ナイトの爵位とコーンウォールの地所を与えられ、退役後はそこでひっそりと暮らしていた。背はティレルよりも少し低いが、体はずっとたくましい。だが、容貌《ようぼう》はよく似ていた。どちらも色黒で、頬骨が高く、鼻はまっすぐで、顎が張っている。違うのは、レックスの目は焦茶色で、祖先であるスティーヴン・ド・ウォーレンを思わせるところだろう。今のレックスは、冷笑を浮かべるかのように顔を歪《ゆが》めていた。それとも、傷が痛むのか。切断された右脚のつけ根は相当痛むらしい。レックスは痛みとともに生きているようなものだ。

「あそこまで肖像画どおりとは予想外だったよ」ティレルはじっと彼女を見つめながら冷ややかに言った。往々にして、見合い用の肖像など、本人とは似ても似つかないことが多い。ティレルも彼女のことを、どうせ顔ににきびがあるか、太っているか、鼻が曲がっているかだろう、ぐらいに思っていた。ところが驚いたことに、小柄で、昔ながらの淑女であり、淡いブロンドの髪にブルーグリーンの瞳、そして磁器のような白い肌を持った、実に魅力的な女性だった。多くの男たちが、彼女を恐ろしいほどの美女だと思うことだろう。客観的に見れば、ティレルも同感だった。

「彼女は実に美人だ。肖像画以上の美しさだな」松葉杖《まつばづえ》をつきながら、レックスはティレルの横へやってきた。「だが、兄さんはちっともうれしそうじゃない。昨夜《ゆうべ》も様子が変だった。暖炉を睨《にら》みつけていたよね。何かまずいことでも起こったのかい？　僕はてっきり兄さんは満足していると思ったよ。彼女はベッドの中でも楽しませてくれそうだし、なんといっても、さぞかしハンサムな息子やかわいい娘を産んでくれるに違いないからね」

昨夜は、ブランデーを飲みすぎた。そう思ったとたん、憂鬱《ゆううつ》な理由を思いだした。あの娘はグレーの瞳に、縮れたブロンドの髪をしていたっけ。「うれしいに決まっている。なぜ僕が自分の結婚を喜ばないと思うんだ?」ティレルは冷静さを保ちながら答えた。「この日を待ち望んでいたんだぞ。レディ・ブランシュは美しいし、彼女の父上はハリントン卿だ。うれしいに決まっている」

レックスがティレルに好奇の目を向けた。とたんに、ティレルは自分が本当はほとんど感情らしい感情を抱いていないことに気づいた。ようやく結婚が現実のものになるという実感以外は。まるで喜びという感情が手をすり抜けていこうとしているかのようだった。

気になるのはむしろエリザベス・フィッツジェラルドという娘であり、自分でもそれを自覚していた。喜びも満足感も得られないのは、おそらくそのせいだろう。だが原因がなんであれ、自分の将来を危険にさらすわけにはいかない。たとえ、それが自分自身であったとしても、あるいは何を考えているのかわからないグレーの瞳の女性であったとしても。

ティレルは近づいてくる婚約者から顔を背けた。エリザベス・フィッツジェラルドはかわいらしくて、純粋で、そしてしとやかでいかにも上品そうなのに、どうやらまったく見かけ倒しのようだった。なぜ、その事実に向き合うことができないのだろう。彼女は非嫡出の、別の男の子供を連れて故郷へ戻ってきたのだ。

それなのに、なぜ今、僕を拒否するのだろう? 今さら失うものなど何もないじゃないか。彼女も僕を求めていることぐらい、これまでの経験から十分にわかることだ。僕を再び拒否することで、いったい何を得るというのだ？　それとも、これもゲームの一種なのか？　あのハロウィーンの夜に、僕をもてあそんだように。

「兄さんはちっともうれしそうじゃない。うれしそうに話してもいない。まったく興味がない、としか聞こえないよ」レックスの声に、思考が遮られた。

認めざるをえないだろう。未来の花嫁にはまったく興味を持てないが、ある堕落した女性のことは気になってしかたがない、と。

ティレルは弟を見やり、話題にはしにくいが、まだ安全なことを尋ねた。「脚が痛むのか？」弟が昼間から酒を飲んでいるのは、脚が痛むせいだ——そう思いたかった。だが、おそらく違うだろう。

「脚なら大丈夫だ。むしろ、兄さんのほうが心配だよ」レックスは答えた。しかし、言葉とは裏腹に、左手で右脚の切断したところを撫《な》でている。

それを見たティレルは自分自身を叱咤《しった》した。弟が片脚を失い、痛みと闘って生きながらも、誰のせいにすることもなく自らに罰を科そうとしているのに、自分は結婚するつもりのない小娘にうつつを抜かしているとは。「結婚がいやなわけじゃない」ティレルは躊躇《ちゅうちょ》した。「ある女性のことが気になってしかたがないんだ」口にしたとたんに後悔した。

「本当なのか？　それなら、むしろ考えるだけ考えて、最終的には気持ちを向けるべきところへ向けたほうがいい」レックスは驚いたようだ。二人は、友人とともに近づいてくるブランシュを見つめた。

ティレルの望みは、エリザベス・フィッツジェラルドを十分に味わうことだけだった。それを考えただけで、急に欲望に苛《さいな》まれ、落ち着かなくなった。同時に、レディ・ブランシュが何かを期待するように、笑みを浮かべて自分の目の前で待っていることに気づいた。二人の友人たちは、彼女の後ろに立っている。ティレルも笑みを返し、彼女のお辞儀に合わせて軽く会釈した。「このすばらしいアイルランド日和を楽しんでいただいているといいのですが」笑みを浮かべたまま、ティレルは言った。

「もちろんですわ。お天気はいいですし、こちらのお屋敷は実に美しいこと」

口先だけなのではないかと、ティレルは探るように彼女のブルーグリーンの瞳を見つめた。だが、そういうわけではないらしい。イングランド人は男女を問わず、アイルランドを見くだす人間が多く、ティレルもそれをよく承知していた。だが、ブランシュには、そのようなところはまったくない。彼女に会ったのは、昨夜が二度目だ。父親と一緒に屋敷に到着したのだが、それから二人で話す機会は一度もなかった。夕食のあいだ、じっと彼女の様子を見ていたが、彼女の上品な態度が乱れることはなかった。「どうもありがとう。我が家を褒めてくださり、光栄です。よろしければ、あとで、馬車に乗って近くをひとまわりしませんか？　このあたりをざっとお見せします」地所の中を馬車でまわることなど、考えてもいなかった。だが、未来の花嫁のためには義務を果たすつもりだった。そうすれば、結婚する前にお互いのことをもう少しわかり合えるようになるかもしれない。

「喜んでお供いたします」ブランシュはもう一度かすかな笑みを浮かべて言った。「私の親友を紹介させていただきますわ。レディ・ベス・ハークリフとレディ・フェリシア・グリーンです。お二人は今朝、こちらに到着しましたの」

女性たちがお辞儀をした。二人とも頬を赤らめ、ティレルと目を合わせないようにしている。ティレルも適当な挨拶《あいさつ》の言葉を口にして会釈した。それからブランシュの手を取って、自分の唇に近づけ、軽くキスをした。顔を上げると、ブランシュも自分を見ていた。しかし、突然のふるまいに慌てる様子はまったくない。間抜けのようににたにた笑う娘は好きではない。ブランシュの友人たちが、まさにその例だった。ティレルはブランシュの落ち着きに感心した。こんな女性でも、冷静さを失うことがあるのだろうか。「それでは、午後にお会いしましょう」ティレルは丁寧に言った。

「楽しみにしております」ブランシュは身についた優雅さでお辞儀をし、同じくお辞儀をした友人たちと一緒に歩き去った。

ティレルは三人が歩いていく様子をじっと見守った。ブランシュがややリラックスした様子がうかがえるもののしっかりした足取りで歩いていくのに対し、友人たちはすでに興奮した様子で何やらささやき合っている。ティレルの噂《うわさ》をしているに違いない。ブランシュがどう思っているかはわからない。彼女の足取りは決して変わらず、笑い声さえあげなかった。

エリザベスは、じっと僕を見つめていた。突然のキスに声も出ないようだった。恥ずかしそうに頬を染めていたが、あれは怒りのせいだったのか？　目に涙が浮かび、彼女は目を閉じた。そして言った。〝あなたの提案を受け入れることはできません〟と。

「ティレル兄さん？」レックスが腕を引っ張った。「そんなに気もそぞろな兄さんを、僕は見たことがないよ」ぶっきらぼうに言った。非難するような口ぶりだ。

「捕まえようとすると逃げられてしまう」遊ばれているようなものだ」ティレルは答えた。

レックスは一瞬考えこみ、それから慎重に言った。「こんなに重要なときにほかの女のことを考えているなんて、兄さんらしくない。男ならたいてい、ブランシュ・ハリントンを見た瞬間に、夢中になりそうなものだよ。そこまで気が散ってしまうほど女性を追いかけたことなんてあるかい？　心配だな。兄さんはもとから人の扱いに長《た》けているし、父上の跡を継ぐ以上、そうあるべきだ。自制心を失って、絶好の機会を逃し、ハリントン卿や自分の花嫁を侮辱するような人間ではないはずだ」

レックスの言うとおりだった。僕は父に負けず劣らず政略を第一に考える男ではないか。結婚するつもりのない女性のことを考えていては、エチケットに大きく反する。

「その女性は、よほど美しくて、よほど賢いのだろうね」レックスが言い足した。

「とても賢いよ。ぺてん師そのものと言ってもいい。見かけはいかにも純情そうだがね。だが、このゲームはこれっきりにしたいんだ」ティレルは自分の本心を打ち明けた。「始まりは一年半以上前だった。ところが、彼女はどこかのろくでなし野郎の子供を連れて、再びリムリックに現れた。そしてこの僕を拒否したんだ」

レックスはぽかんと口を開けた。「兄さん、彼女に惚《ほ》れてしまったのでは？」

ティレルは体をびくりとさせた。「そんなことはない！」

レックスは考えこんだ。「兄さんはド・ウォーレン家の人間だ。一度惚れてしまうと、心からとことんまで愛し抜くのが、ド・ウォーレン家の人間の性格だからな」

「それは一族の言い伝えにすぎん。僕は彼女に惚れてなどいない」ティレルは反論したが、内心では動揺していた。家族同様、彼もその言い伝えを事実として当然のように受け入れて育ってきたからだ。実際、父と義母、そして義兄弟のデヴリン・オニールと妻のヴァージニアがお互いに深く愛し合っている様子を見れば、信じるのは難しくない。「あの仮面舞踏会で彼女が姿を消したりしなければ、こんなことはとっくに終わっていたんだ」しかし、言葉を重ねれば重ねるほど、ティレルは疑問を持ち始めた。これまで欲しいと思った女性はいくらでもいた。だが、その気持ちは長く続くことはなく、欲望はすぐに消えてしまった。だがリジーへの欲望は、時がたてばたつほど激しく、熱くなっていく。

レックスは黙っている。

今度は、彼女も僕を拒否することはないだろう。僕はアデア伯爵の後継者だ。これまであらゆる階級のさまざまなタイプの女性たちが、恥も外聞もなく言い寄ってきた。大胆なものから、はにかんだものまで、さまざまな招待を毎日のように受けてきたのだ。女性を口説くのに苦労したことは一度もなかった。僕を拒否したのは、エリザベス・フィッツジェラルドだけだ。だが、あれはゲームではないのか？　彼女をものにしなければならない。彼女はゲームをしかけているだけだ。拒否することで僕を怒らせて判断力を失わせたり、理性的な行動ができないようにさせたりしているのだ。どうしてそんなことをする必要があるのかはわからない。彼女の体と引き換えに、それなりの財産を与える準備はあるのだ。ほかにいったい何を望んでいるのだろう。それに、自分の不幸な状況を考えれば、僕の保護が必要なことに気づきそうなものではないか。

レックスが肩をつかんだ。「いったい誰なんだ？　誰のせいで、兄さんはそんなに苦しんでいるんだ？」

「男の頭をおかしくさせんがために神がお創《つく》りになった体を持つ、グレーの目の雌ぎつねさ」ティレルはそっけなく言った。

レックスは慎重に答えた。「兄さん、それがいっときの気の迷いであることを願うよ。僕の知っている人かい？」

「おそらくな。彼女の家族は知っているはずだ。ミス・エリザベス・フィッツジェラルドだ。父親はジェラルド・フィッツジェラルド。たしかデヴリンの遠い親戚《しんせき》のはずだが」

「つまり、淑女を追いかけているということなのか？」レックスは、信じられないという口ぶりで尋ねた。

気が重くなった。「彼女は淑女とはほど遠い女だ。さっきも言っただろう。未婚の母であり、男の経験もある。それは事実だ」

「忘れたほうがいい。兄さんの将来と、この一族の将来を考えるべきだ」レックスは暗く、突き刺すような視線を送った。「ブランシュ・ハリントンは実に美しい女性だ。間違いなく楽しい結婚生活が送れる。今は、愛人など必要ないじゃないか」

　ティレルは首を振って頭の中をすっきりさせようとした。レックスの言うとおりだ。たった一点だけは。「心配するな。レディ・ブランシュを侮辱するつもりはない。だが、わけもなく拒否されたり、ばかにされたりするのもごめんだ」

「本当かい？　それならなぜ、彼女がここにいる？」

「なんのことだ？」ティレルが尋ねた。

「兄さんの心を占めている女性のことさ」レックスは意地悪く言った。

「なんだって？」ティレルは驚いて声をあげた。

「一家が到着したときに、僕はちょうど玄関ホールにいたんだ。あれは間違いなくフィッツジェラルド一家さ」

　エリザベスが、僕の提案を受け入れると言いに来たのだろうか。だが、家族と一緒だというなら、そうではあるまい。「人違いだ。彼女のはずがない」

「いや、彼らが到着したときに、僕は玄関ホールを通りかかったと言ったじゃないか。あれはジェラルド・フィッツジェラルドと彼の妻、そして娘だ。赤ん坊と乳母も一緒だった。そうそう、ミスター・フィッツジェラルドは父上と話がしたいと言っていたよ」

　その瞬間、彼女のゲームが当分終わりを見ないことをティレルは悟った。だが、今度はどんな仕掛けが待っているのか、彼には予想もつかなかった。

伯爵夫人は、夫であるアデア伯爵と一緒に客間へ戻ってきた。リジーは椅子の端に腰をかけ、夫人が自分とネッドを家に帰してくれることを願った。頬がほてり、不安のあまり気分が悪い。疑うような伯爵の厳しい視線にさらされたとたん、運命が決まった気がした。伯爵は怒っていた。静かな怒りだったが、その感情ははっきりと目に見ることができた。貫くような目で見られた瞬間、リジーは深々と頭を下げた。心臓はなす術《すべ》もなく脈打っている。どうかすぐに終わりますように。ネッドが自分の手から永遠に取りあげられたりしませんように。

「ミス・フィッツジェラルド」伯爵が彼女の肘をつかみ、立ちあがるのに手を貸しながら言った。

リジーはいやがおうでも伯爵の明るいブルーの瞳を見ざるをえなかった。ティレルと同じく、髪は黒くてカールしているが、顔色はずっと白い。とてもハンサムで、体じゅうから威厳がみなぎっている。伯爵夫人が客間のドアを閉めたのに気づいた。

不安は高まる一方だった。

「あなたが、私の息子の子供の母親だと？」伯爵が尋ねた。そっけない口調だった。イエスと言いなさい、という両親の視線を痛いほど感じた。今、ここで否定することはできない。ネッドと一緒にアデアの屋敷を立ち去れることをひたすら願った。「はい、伯爵様」どうにか、そう答えることができた。

伯爵の顔がこわばった。伯爵に上から下までゆっくりと見つめられている。軽蔑《けいべつ》するような視線ではない。それでも、リジーは顔を赤らめた。「私の息子があなたをたぶらかしたということかな？」伯爵は淡々と尋ねた。

リジーはその場で死んでしまいたい気持ちだった。「いいえ、違います」父に腕をつかまれたが、リジーは無視した。「すべて私の責任です。私が彼を誘惑したんです」

伯爵は、信じられないとばかりにため息をついた。「あなたがそんなふしだらな女性だとは思えない。だが、私の息子も女性に簡単に手を出すような男ではない」

リジーは唇をなめた。「私たちはともに仮装していました。彼は私の正体を知らなかったんです。すべて私の過ちです」

「ティレルをかばっているのかね？」

リジーは息をのんだ。まるで王座裁判所で審判を受けているような気分だった。でも、ティレルに罪を着せるつもりはない。「単なるたわむれが、行きすぎてしまったのです」

伯爵はネッドに向き直った。伯爵の頬が紅潮した。

伯爵の後ろに立っていた伯爵夫人がそっと言った。「ティレルの息子であることには間違いないようですわ」

伯爵は喉をつまらせた。「確かにそのとおりだ」

リジーは卒倒しそうになった。伯爵も、伯爵夫人も、まったく疑う様子はなかった。当然のことかもしれない。でも、ティレルが否定すれば、状況は変わるかもしれないわ。おそらく両親ともどもアデア邸を追いだされることになるだろうけれど。

伯爵夫人が夫の腕に手を置いた。気落ちしないよう、励ましているのだろう。

伯爵が言った。「あなたがそんなふしだらな女性だとは、私には思えない、ミス・フィッツジェラルド。ティレルと話をする前に、まず、どうしてこのようなことになったのか、事情を聞かせてもらいたい」

リジーは驚いた。どうしてそんなことを訊《き》こうとするのか、その理由を尋ねたい。けれども、リジーはあえて黙っていた。今さら自分がふしだらな女だと伯爵に信じてもらうことはできない。伯爵は顔をしかめてリジーを見つめている。リジーの言葉をまったく信じていないのだろう。ネッドがティレルの子供だということ以外は。

気がつくと、いつの間にか言葉が出ていた。「私は幼いころからずっと、ティレルに恋をしていました」そして言葉が出た瞬間、涙がこみあげ、手で口を覆った。

「それは本当です」母が足を踏みだして言った。「リジーは子供のころからずっとご子息のことを思っていました。家族は皆、愚かなことを、と笑い飛ばしていたんです。そうやって娘をからかっていれば、いつかそんな愚かなことを言わなくなると思っていました。でも、リジーがご子息を忘れることはありませんでした」

伯爵がリジーを見つめた。リジーは膝が震えるのを感じた。「だから、私の息子を罠《わな》にかけようと思ったのかね？」

「違います」リジーは驚いて叫んだ。

「だが、ここへ子供を連れてきたのは、結婚を迫るためでしょう。まだ腑《ふ》に落ちないことがある。確かに仮装はしていたかもしれないが、ティレルがそんな出来事を忘れるだろうか。私は息子のことはよくわかっているつもりだ。彼は自分の間違いを放《ほう》っておくような男ではない。自分がしたことについても、それ以外のことであっても」

リジーはどう答えればいいのかわからなくなった。「私は自分の正体を隠していました。そして、逃げだしたんです」

伯爵はようやく顔をそらし、ネッドを見つめた。ネッドは床の上で静かにおもちゃの兵隊で遊んでいる。しかし、視線を感じたのか手を止め、祖父である伯爵を見あげた。

伯爵夫人が咳払《せきばら》いした。「食堂にティレルと彼の母親の肖像画がありますわよね。この子は、その幼いころのティレルにそっくりですわ」

伯爵はネッドから顔をそらし、リジーとリジーの両親に向き直った。「あなた方のご令嬢にとっては、さぞかし不運な出来事とお察しします」伯爵はきっぱりと言った。

「あなたは公正な方だ」父も答えた。「そのようにおっしゃってくださると思っていました」

「何かを誤解していらっしゃるようだ。ご令嬢がなさったことは残念至極ですが、孫ができたことについては別です。たとえ非嫡出の子であったとしても」伯爵が言った。

リジーは激しい不安を覚えた。こんなことになるとは思っていなかった。リジーは慌てるあまりよろめきながら、ネッドのもとへ駆け寄った。ネッドはリジーに向かって満面の笑みを浮かべ、リジーに抱きあげられると、「ママ」と声をあげた。

「どういう意味ですか？」父がそっけなく尋ねた。

「息子は、ハリントン卿のご令嬢との婚約が決まっています。今回の縁談に支障をきたすわけにはいかないのです」

リジーは目をぎゅっと閉じた。ようやく、家に帰れるわ。心臓が激しく鼓動し、脚ががくがくと震えた。十分に息をすることができない。

「孫の面倒はこちらで見ます。実際、それしか方法はありません」伯爵が言った。

リジーは首を横に振った。「いやです」

伯爵はリジーに冷ややかな視線を投げかけた。「あなたにはたっぷりと手当を用意しよう。今回のことは実に申し訳ないと思っている。いずれ、息子には何がしかの責任を取らせましょう。たいして慰みにはならないだろうが、今できるのはそれだけだ。あなたに不自由な思いはさせない、ミス・フィッツジェラルド」

リジーは声をあげた。「この子と離れるのだけはいやです！」

伯爵は心底驚いた表情を浮かべ、リジーを見つめた。伯爵夫人が前に出てきた。リジーの願いに心を動かされたのだろう。できればそうであってほしい。

「奥様、お願いです。この子を置いていくことはできません！」

「リジー」母がリジーの手を引っ張って言った。「これがいちばんいい方法なのよ」

「リジーの人生が台無しにされたんだぞ」父が鼻を赤くして言った。

リジーは母の手を振り払った。「ネッドには私が必要なの」力の限り声をあげた。「ネッドを手放すのだけはいやよ。私がこの子を育てるの。育ててみせるわ！」

伯爵は呆気《あっけ》に取られたまま、リジーを見つめている。

その直後、リジーが黙りこんだとたん、大きなドアを通ってティレルが入ってきた。リジーはネッドを抱いたまま、体を硬くした。ティレルはすでにその濃紺の瞳でリジーを刺すように見つめていた。「僕をお捜しだと聞きましたが」丁寧な口調だった。自分の両親に対する言葉だったのだろうが、視線がリジーから外れたようには感じなかった。

鉄製のかごに閉じこめられた鳥が必死に羽ばたいているかのように、リジーの心臓は激しく高鳴っていた。ああ、今にも気を失ってしまいそう。でも、少なくとも彼はこの場に来てくれた。きっとネッドの父親であることを否定してくれるわ。そうすれば、私たちは逃げられるかもしれない！

「フィッツジェラルドご夫妻のことは知っているだろう」伯爵はにこりともせずに言った。「それからお嬢さんのミス・エリザベス・フィッツジェラルドのことも」

ティレルは会釈をせず、頭を軽く傾けた。彼の体から緊張感が発せられているのをリジーは感じた。蔑《さげす》むようなティレルの視線に、リジーは体をこわばらせた。アンナを守り、ネッドを自分の手元に置いておくためとはいえ、嘘《うそ》をついたことはひどく恥じていた。

「だが、おまえの息子にはまだ会っていないはずだ」伯爵が言った。

ティレルは体をびくりとさせた。彼の視線はリジーから彼女が抱いている子供へと素早く移動した。「僕の、なんだと？」

伯爵夫人がティレルの腕に手を置いた。「さぞかし驚いたことでしょう。私たちも皆、びっくりしているのです。当然のことよ」優しく言った。

ティレルは口をあんぐり開けたままネッドを見つめ、リジーに視線を引き戻した。

リジーは唇を噛《か》んだ。体が震えている。

「この子が僕の子だというのか？」ティレルは、信じられないとばかりに言った。

リジーは答えられなかった。

「ハロウィーンの夜にできた子だそうだ。そうだね、ミス・フィッツジェラルド？」

ティレルは体をこわばらせ、ちらりと父親を見てから再びリジーを見やった。ティレルは、私を軽蔑のまなざしで見ている。リジーは縮みあがった。ティレルの口調は冷ややかで、危険に満ちていた。「ハロウィーンの夜？」

こんなはずではなかったのに――そう思うのがやっとだった。

「ネッドは私の息子です」リジーはつぶやいたが、誰も耳を貸そうとはしなかった。

父が足を踏みだし、ティレルを指さした。怒りで顔を真っ赤に染めている。「娘が君を守るためにでっちあげたばかばかしい話などどうでもいい！　君のせいで、娘の人生は台無しになったんだ。父上は、君と娘を結婚させるつもりはないとおっしゃっている。いったいどういうつもりかね？　純真無垢《むく》な娘を虐げて、さっさと逃げだすとは！」

最後の好戦的な言葉を聞いたとたん、ティレルは体をこわばらせた。そしてまったく信じられないという気持ちの中に、なるほどそういうことか、とどこか納得したような妙な表情を浮かべた。ティレルはリジーに向き直った。「僕が君を妊娠させたというのか？」訝《いぶか》しげに繰り返した。

リジーは目を閉じた。涙がひと粒、こぼれ落ちた。きっとティレルは否定する——みじめな気持ちでリジーは思った。この先ずっと、私は彼に最悪の嘘つきだと思われる。でも、それが事実だもの。今はただ、ネッドがいつか生得権を得られることを祈るしかない。

「子供はここで、私たちが育てる」伯爵が唐突に遮った。「ミス・フィッツジェラルドのことは私が面倒を見よう。それ以外は今までどおりだ。ミス・フィッツジェラルドとの結婚は問題外だ」

「ミス・フィッツジェラルドとの結婚か」ティレルが繰り返した。

リジーが目を開けると、ティレルが自分を見つめていた。しかも、声をあげて笑っている。だが、まったく楽しそうな笑いではなかった。そこにあるのは怒りだけだった。

父が声をあげた。「笑い事ではありませんぞ！」

ティレルが手を上げると、父は黙りこんだ。「もう十分です」ティレルが言った。「ミス・フィッツジェラルドと二人で話をさせていただきたい」

リジーは息も止まらんばかりに驚いた。首を横に振り、後ずさった。ティレルと二人きりになることなど考えられない。絶対にいやよ。

「子供の母親と二人で話をさせてください」ティレルが言い直した。そしてリジーに向かって笑いかけた。目はまったく笑っていない、冷ややかで硬い笑みだった。

12

予想外の展開

驚き、そしてひどく腹を立てたまま、ティレルは彼女が落ち着きを失うさまを見て楽しむことにした。彼女は頬を紅潮させ、彼女が言うところの僕の息子を胸に抱いている。これでよくわかった。彼女は見かけはともかく、無垢《むく》な女性とはほど遠い人間なのだ。「母上」ティレルは緊張を感じているとは思えない冷静さで言った。「子供をお願いします」

リジーは頬を紅潮させたまま青ざめ、後ずさりした。「いやです」怯《おび》えた目でティレルを見つめ、声をあげた。

ここまで打算的な嘘《うそ》つきでなければ、今でも彼女を守りたいと思っていただろう。今でさえ、自分が想像していた女性と彼女があまりに違っていることが信じられないほどだ。ティレルの怒りは果てしなく、彼女に対する失望感にすっかり取って代わっていた。

子供が僕の子ではないことぐらい、わかっているはずじゃないか！　いったいどういうつもりなんだ？　これほど腹が立ったのは、生まれて初めてだ。

「お願いです」リジーがティレルの義母に向かってつぶやいている。「子供を連れていかないでください」

伯爵夫人の顔は同情にあふれていた。「あなたとティレルが静かに話し合えるよう、お預かりするだけですよ」伯爵夫人は小さく微笑《ほほえ》んで言った。「約束します」

リジーは泣いていた。ティレルはうんざりしながら、そんな彼女を見つめた。泣いている女性を見ると、ついかわいそうに思ってしまう。彼女も例外ではなかった。驚いたことに、彼女を腕に抱きしめ、涙が止まるまでキスをしたい衝動に駆られた。むろん愛を交わす気はない。ここまで罠《わな》にはめられたのだ。こんな女を自分の愛人にして、彼女の望むものをすべて与えようとまで考えてしまったとは。この女は、いったいどこまで壮大な計画を練っているのだろうか。

リジーは二度と会えなくなるかのように、しぶしぶ子供を手渡した。ティレルの中で、いくばくかの同情心がうずく。しかし、すぐに心を鬼にした。彼女に同情などする必要はない。決して。

ティレルは子供をじっくりと見つめた。すると新たな疑問が浮かんできた。子供の肌は自分と同じように浅黒い。これならば僕の息子だと見誤られてもしかたあるまい。もちろん、アイルランドには浅黒いアイルランド人の子供は何百人といる。だが、エリザベスの恋人も色黒だったというのは、単なる偶然だろうか？　子供の浅黒さは父親からきているのは確かだ。彼女は色白なのだから。

そしてもうひとつ、想像もしなかった考えが脳裏をよぎった。この子供は、本当に彼女の子供なのか?

いくらなんでも、見知らぬ他人の子供を自分の子だと偽ることはないはずだ。自分との結婚を望んでいるわけではないのだから、なおさらだ。ただ、子供を失うことを明らかに恐れている。子供は彼女の子に決まっている——彼女がよほどの大女優でない限りは。

ティレルはひどく苛立《いらだ》っていた。こんな大騒動に巻きこまれるのはごめんだ。それまでティレルは、絶対的な事実や規則、規定に沿って生きてきた。彼の世界は最初から決まっていた。彼は後継者であり、アデアに対する義務を果たすのが務めだ。何があろうと一族と伯爵の身分を守らねばならない。そんな自分の目の前に、突然この女性が現れた。もはや清らかでもしとやかでもなく、未婚の母として。そしてこの子供。本当に彼女の子なのかどうかはわからない。だが、恐ろしい計略があることは確かだ。

皆が部屋を出ていくと、ティレルは両開きのドアがきちんと閉じられたかどうかを確認しに行った。心臓が激しく鼓動し、今にもアドレナリンが噴きだしそうだ。リジーに面と向かって立ち、胸の前で腕を組んだ。困った様子の彼女を見るのは悪くない。当然の報いだ。いや、それ以上だ。残念なのは、腹が立ちすぎて何も楽しめないことだった。ティレルはできるだけ優しく言った。「僕をどこまでばかにするつもりだ?」

リジーはかぶりを振った。

「つまり、僕を愚か者とは思っていないということか?」再び怒りが爆発した。同時にますます不信感がつのる。

だが、これも単なる計略のひとつにすぎないのだろう。もはや我慢の限界だ。ティレルはリジーのもとに歩み寄り、彼女の小さな肩をつかんだ。ティレルの手につかまれたリジーは小さく、今にも壊れそうだった。

「無垢な乙女を演じるのはやめろ。君が純真でもなんでもないことは、僕たちがいちばんよく知っている。あの子供が僕の子でないということもだ。だが、あえてここへ来たということは、愚かしくも僕に結婚を無理強いするつもりなのだろう？」ここまで計算高い人間は初めてだ。そう思ったものの、彼女の目をのぞきこんだティレルは、彼女がひどく傷つき、ぼろぼろになっていることに気づいた。

リジーは震えていた。「私は愚かです。すみません」

「すみません、だと？」一瞬、肩をつかむ手に力がこもった。彼女が許しを請い、すべてを告白するまで、彼女を抱きしめて胸の中で押しつぶし、キスという罰を与えたい――そんな思いに一瞬駆られた。「こんなに大がかりでずうずうしい策略をしかけられたのは、生まれて初めてだ！」ティレルは手を離して後ろへ下がり、これなら安全だろうと思える距離を空けた。頭の中が混乱していた。自制心を失いそうだったからだ。

リジーは浅い息をしている。「私の愚かさは、あなたにはわからないでしょうね」

「ああ、わからないね」ティレルは冷たく言い放った。「本気であの子供を連れてきて、僕が父親であると皆に信じこませるつもりだったのか？　この僕までが、父親だと信じるとでも思ったのか？　一度もベッドをともにしたこともないのに？」

リジーは豊かな唇を嚙《か》みしめた。「いいえ」ほとんど聞きとれないような小声で答えた。

「いいえ？」

「私は、ネッドと一緒に両親の家で暮らしていくつもりでした。けれども、両親に父親の正体を明かすよう強く迫られたんです。本当のことは言えませんでした。もし、父親はあなただと――少なくとも私よりもずっと身分の高い方だと言えば、両親はあきらめてくれると思っていました。ところが、私の意思とは反対に、結婚を求めて、ここへ連れてこられてしまったのです。私がここへ来たのは、あなたが否定してくれると思ったからなのです」リジーは探るようにティレルの目を見つめた。不意に、その目にいくばくかの希望が灯《とも》ったように見えた。「ですから、あなたに無理やり結婚を迫るつもりなどまったくありません」

ティレルは依然としてリジーを疑っていた。「なぜ子供の父親の正体を明かそうとしない？　何を隠している？」

リジーは見た目にも明らかなほど、体をこわばらせた。「その方と結婚したくないからです」躊躇《ちゅうちょ》しながら、そう答えた。

ティレルは彼女をじっと見つめた。どうも納得がいかない。「本当の父親は誰なんだ？」必ず真実を聞きだしてやる。

リジーは首を横に振っただけで、話そうとしない。

安全な距離を空けることを忘れ、ティレルは彼女に歩み寄った。リジーは体をすくめた。これでは、まるで僕が悪者のようではないか。「聞かせてもらおう。父親は誰だ？」なす術《すべ》もなく首を振ったリジーの目から涙がこぼれ落ちた。

ティレルは自分に嫌気がさし、彼女に向かって身を乗りだした。「僕が怖くないのか？」リジーは泣きながら首を振った。「怖いわ。でも、私を傷つけるような方ではないと信じていますから」リジーは小声でつぶやいた。

ティレルは体をこわばらせた。危うく両手を彼女に向かって伸ばすところだった。この女の顔を見て、言葉を聞くだけで、つい決心が揺らいでしまうのはなぜなんだ。だが、今は考えまい。いずれ何もかもわかるだろう。ティレルはリジーから離れた。大きな怒りに駆られているにもかかわらず、抑えがたい欲望を抱えていることに気づいたからだった。

「結婚したくない男と、頻繁に寝るのか？」ティレルは冷ややかに尋ねた。

「間違いだったんです」

ティレルはリジーに向き直った。しかし、彼女はティレルの顔を見ることもできないらしい。

「月と星が輝くひと晩限りのことでした。おわかりいただけるのではありませんか？」リジーはつぶやいた。ほとんど聞きとれないほどの小声だった。リジーの頬が再び真っ赤に染まった。

満月の下で、美しい彼女が全裸で、顔のない恋人と情熱的に愛し合う姿がティレルの脳裏をよぎった。恋人は、彼女の柔らかで温かな体を心ゆくまで味わったのだろう。彼女の中に何度も自分自身を埋めて。情事はいつから始まり、いつ終わったのだろうか。下腹部がこれまでにないほど張りつめ、重くなった。

ティレルは唇をよじらせた。「ああ、わかるとも」彼女を傷つけたい。「そうやって、僕に面と向かって嘘をつき続けるつもりなのだろう。君は子供の父親の正体を隠したいわけじゃない。ああ、そうだ。君は、やはりそうやって僕と結婚しようとしているんだ」

リジーは頭を振った。「どうしてそのようなことをおっしゃるのですか？　私は結婚など望んではいません。あなたと結婚したいわけではないのです。息子と一緒に家に帰りたいだけです！」リジーは泣きだした。明らかに懇願しているらしい。

ティレルはリジーにのしかかるように体を近づけた。「本当のことを言え。僕の子供の母親であると主張する本当の理由を聞かせろ。結婚が目的でないと言うなら、目的は財産だな。そのとおりだと認めたらどうだ？」

リジーはただ、ティレルを見つめていた。あまりに傷つき、弱々しいその姿に、ティレルは無性に彼女を慰めたくなった。すると彼女がささやいた。「そのとおりです。私はあなたに結婚していただくよう仕向けたのです。ですが、見事に失敗してしまいました。フイッツジェラルド家はどうしようもない一家です」

ティレルが待ち望んでいた告白だった。しかし、何か腑《ふ》に落ちないうえに、失望感すら覚えた。彼女が真実を語っているようにさえ聞こえない。ティレルは、ジプシーの読心術師のように彼女の心が読めればいいのにと、じっとリジーを見つめた。

リジーのグレーの瞳も、探るようにティレルの目をのぞきこんでいる。緊張感が増していくのをティレルは感じた。

これまで、人の性格を見抜くのは得意なほうだと思っていた。男たちの野望や策略を読みとることは、彼にとってはお手のものだった。一方、自分自身はストレートな取り引きを好んだ。父の性格を譲り受けたのだろう。ティレルは今、とまどっていた。エリザベス・フィッツジェラルドが最も卑劣な野望を告白したというのに、その告白さえほかのすべての言葉と同じく嘘であることに気づいたからだった。

「私の両親があなたを恥知らずな人間だと思ってしまったことは、謝ります。でも、それはたいしたことではありません」リジーは優しく言った。「私は二度とあなたには近づきません。お約束します。ネッドと私はレイヴン・ホールへ帰ります。あなたはダブリンへ戻り、ハリントン卿《きょう》のご令嬢と結婚なさってください。この不愉快な出来事は、いずれ忘れられることでしょう」

どうして彼女は泣いているのだろう。彼女は子供と一緒に家へ帰ることだけを願っている。結婚しろと僕を脅すつもりがないのは確かだ。今度こそ、真実なのか?

ティレルは自分がただならぬ疑問を抱いていることに気づき、はっとした。リジーはそれに気づいたかのように前に進みでて、ティレルの手に自分の手を重ねた。「あなたが伯爵様に、自分はネッドの父親ではないと言ってくださり、私たちを家へ帰してくださるならば、私はなんでもいたします」

ティレルはリジーの申し出を聞き逃さなかった。彼女の手を無理やりつかむ。

「なんでも?」ティレルはつぶやいた。勝利は近い。

警戒する表情を浮かべ、リジーはティレルの手から逃れようとした。「つまり……その、たいていのことなら――」

ティレルは高笑いした。こんなに楽しいのは初めてだ。「僕の望みをなんでも叶《かな》えてくれるということではないのか、ミス・フィッツジェラルド?」

リジーは首を横に振った。逃げだそうとしている。だが、彼女の手を放すつもりはない。

ティレルは握る手に力をこめた。

リジーは後ずさりしようとした。「あなたはまもなく婚約を発表なさるではありませんか」彼女が言った。ティレルの言いたいことを理解しているようだ。

ティレルは彼女をゆっくりと押しやり、壁に追いこんだ。彼女の頭が自分の胸までしかないのは好都合だ。「確かにそのとおりだ。だが、僕と君にはなんの関係もない」

「何をするつもりですか?」リジーは両手でティレルの胸を押し返し、怯えながら尋ねた。

ティレルの心臓は激しく鼓動している。

「何をするつもりか、だって?」彼女と愛し合うこと、彼女の官能的な体の隅々まで味わうことを思い描いた。そして笑みを浮かべ、彼女の小さな拳《こぶし》を自分の大きな手で包みこみ、胸から離した。「君の息子は僕の子だと宣言する」

「なんですって?」

ティレルは両手をリジーの腰へ滑らせ、抱き寄せた。リジーははっと息をのんだ。「君たち二人の面倒を見よう。運のいい日だとは思わないか? 君は僕のベッドを温めるだけでいいんだ。その代わりに、君の息子には僕の姓を名乗らせる」ティレルは自分の体にあたっているリジーの柔らかな体を、あばらに押しつけられている豊満な胸を、苦しいほど意識していた。片方の手で、彼女の顔を上へ向かせる。もう一方の手はリジーをしっかりと押さえつけていた。このままこうしていたい。彼女の大きな目は、不安におののくと同時に、どこか夢見心地でもあった。何を怯えているのだろう。ティレルは優しく言った。「今夜から、もう何も恐れる必要はなくなる。心配いらない、エリザベス。昨日も言ったように、君に不自由はさせない。そして、君の息子にも」

リジーは、えっ、と小さな声をあげた。だが、反論しているわけではない。ティレルはその声の中に、興奮の息遣いを聞きとった。

欲望が爆発し、思考が停止した。彼女の顔を両手で挟み、ゆっくりと口を下げていく。彼女の唇に唇を重ね、さらに舌で撫《な》でるのが待ちきれない。一刻も早く、彼女の喉や胸を味わい、そして彼女の中にこの身をおさめたい。ズボンで締めつけられ、下腹部が窮屈になった。ティレルは彼女を押しやり、唇を重ねた。

リジーがあえいだ。しかし、悲嘆ではなく、喜びのあえぎだった。ティレルはリジーを腕に抱きしめ、舌を口の中へ滑りこませた。自制が利かなくなり、夜を待てるかどうか自信がなくなった。これほどまで女性を求めたことは一度もない。道理にかなわないことだった。しかし、もはやすべての道理が彼から失われていた。

するとリジーも体を押し返し、キスを返してきた。彼に負けないほど興奮している。

これでいいんだ。まともに考えられたのはそれだけだった。キスをすればするほど、欲望が危険なまでに高まっていく。これでいいんだ。ぼんやりした頭で、何度もそう思った。

「ティレル」父である伯爵が言った。

その声はどうにか彼の耳に入ってきた。エリザベスとは永遠にキスをしていたような気がする。それとも、ほんの一瞬のことだったのだろうか。ティレルは目を閉じ、彼女をしっかりと抱いていた。体はありえないほど燃えたぎっている。リジーの体も熱を帯びていた。理性を取り戻すんだ。このままではまずい。自分の考えていることがよく理解できないまま、ティレルはゆっくりと落ち着きを取り戻し、リジーを放した。

ティレルは振り向いた。

伯爵はドアからさほど遠くないところに立っていた。不満げな表情を浮かべている。

ティレルは伯爵に向き直った。背後にいるリジーの存在を痛いほど感じる。なぜか、彼女を隠したくなった。彼女にこれ以上恥をかかせたくない。ティレルは後ろを振り向き、リジーに小さく笑いかけた。「子供のところへ行くんだ。僕は伯爵と少し話があるから」

リジーは頬を紅潮させた。髪が少しだけ乱れ、唇はふっくらと腫《は》れている。それでも喜びに目を輝かせ、うなずいた。そしてティレルの脇《わき》をすり抜け、伯爵のほうを見ようともせず、部屋から駆けだしていった。

リジーが部屋から出ていった。ティレルは部屋を横切り、伯爵の脇を通り過ぎて、ドアを閉めた。そしてくるりと振り向いて言った。「子供だけでなく、彼女もここへ置くことにします。子供はもちろん、ミス・フィッツジェラルドの面倒も僕が見ます」

「ミス・フィッツジェラルドをそばに置いておくだと?」伯爵は疑うような目でティレルを見つめた。

「彼女を、彼女の……僕の子供から引き離すつもりはありません」ティレルは断固とした口調で言った。「これだけは譲らないつもりです。これが子供にとって最良の方法です。彼女の部屋は子供部屋の近くに用意します。ですが、彼女もアデアで面倒を見ます」

伯爵は黙ったまま、ただティレルを見つめた。

ティレルは首を傾けた。これまで伯爵に命令をしたことなど一度もない。だが、この瞬間、二人の立場が変わった。二人はともにそのことに気づいていた。いずれは、一家の主権を息子が握ることになる。そのときが、今、きたのだ。

リジーは案内された部屋の敷居で立ち止まった。ロージーはネッドを抱いて、彼女の後ろに立っている。暖炉に火をおこし、窓を開けるよう、伯爵夫人がメイドに命じた。緑色のサテンのカーテンはすでに開け放たれている。「気に入ってもらえるといいのだけれど」

伯爵夫人はにっこりと微笑んだ。

伯爵の裕福さは昔から知っている。アデアのパブリックルームのいくつかは実際に自分の目で見たことがある。どこもまばゆいばかりの美術品が飾られ、壁は漆喰《しっくい》塗り、家具はどれも金めっきが施されているか、布が張られていた。けれども、今目にしている広いスイートルームなど、想像もしていなかった。きっと何かの間違いよ。ネッドと一緒にアデアに残ることになったと、わずか五分前に両親に急いで説明したばかりのリジーだったが、まだ夢を見ているかのようにとまどっていた。

部屋を与えてもらえると知って想像したのは、小さなメイド用の部屋だった。運がよければ、レイヴン・ホールの自分の部屋に似た質素な部屋だろうと思っていた。ところが、そこは小さな家ならまるごとおさまってしまいそうなほど広い部屋だ。黄褐色の大理石の炉棚のある大きな暖炉が備えつけられ、その正面がくつろぎのスペースになっている。暖炉の上には何代か前のド・ウォーレンの肖像画がかかっていた。にっこりと微笑む貴族の姿からは、裕福で権力のある者だけが持つ気楽さと傲慢《ごうまん》さがあふれている。ソファーは漆喰塗りの壁と同じ柔らかなモスグリーンで、向かい側の肘掛け椅子は天井の星形に合わせたピンクとゴールドだ。床はオーク材で、手入れの行き届いた赤と金色の敷物が六枚敷かれている。ダイニング・エリアには光り輝くオーク材のテーブルが置かれ、リネンとクリスタル、それに清潔な花模様のテーブルセンターがセットされている。もちろん、柔らかななめし革が張られたダイニングチェアも四脚並べられていた。そして客間の突きあたりに目をやると、いくつもの窓越しに名高いアデアの庭園を見渡すことができた。

「ここがあなたの寝室よ」別の部屋へ続く開かれたドアに立って、伯爵夫人が言った。

伯爵夫人の指さす方向を振り返ったリジーの目に、金色の部屋が飛びこんできた。金色の大きな天蓋《てんがい》つきのベッドが部屋の中心に置かれている。

とまどいと信じられない気持ちで、リジーの体が震えた。ティレルは彼の愛人として私をアデアに置いてくれようとしている。てっきり物笑いにされ、追いだされると思っていたのに。ティレルにとんでもない嘘つきと思われ、嫌われたまま、ネッドと一緒に家へ帰ることになると思っていたのに。けれどもティレルは私を嫌ったりしなかった。そうよ。このベッドこそ、彼に嫌われていない証拠だわ。嫌っているどころか、ネッドが本当に自分の子だと言って私の嘘を認めてしまうほど、私を求めているのよ。ベッドから起きあがった自分を、戸口に立つティレルが情熱と希望をこめた瞳で見つめる様子が、リジーの脳裏をよぎった。

私は幻想的な夢を見ているだけなの？　頬をつねったら、目が覚めるのかしら。

もしこれが本当に夢なら、決して目を覚ましたくないわ。

ティレルは今夜、私のところへ来てくれるのかしら。

私は本当に彼の愛人になろうとしているの？

今までリジー・フィッツジェラルドは、内気で、地味で、どんなパーティーに行っても壁の花だった。ここにあるものをすべて私に与えてもいいと思えるほど、そしてネッドを自分の子供だと認めてもいいと思えるほど、彼は私を求めているの？

「大丈夫、ミス・フィッツジェラルド？」伯爵夫人が静かに尋ねた。

夫人の足音さえ、リジーの耳には入っていなかった。寝室に足を踏み入れたとたんに、ティレルの幻影が見えた。だが、今にも愛し合おうとしている彼の姿は、すぐに消えてしまった。代わりにリジーの目に映ったのは、自分の目の前に立ち、心配そうな表情を浮かべた上品で美しい年配の女性だった。

「本当にここは私の部屋なのですか？」気がつくと尋ねていた。

伯爵夫人はにっこりと微笑んだ。「もちろんよ。ここは客室のひとつなの。あなたをここへお連れするように、ティレルに言われたのよ」夫人は探るようにリジーを見つめた。

伯爵夫人の存在が急に気になり、リジーはとまどった。「皆さんのご親切に、感謝のしようがありません。いろいろとご迷惑をおかけし、申し訳ございませんでした」

「あなたこそ、さぞかしつらい思いをしたことでしょう。でも、迷惑をかけたくなかったというのなら、どうしてご両親にティレルがネッドの父親だなんて言ったの？」

「私じゃないんです」リジーは言った。エレノアに対する怒りはすでに消えていた。「おばのエレノアだけが事実を知っていたのですが、絶対に他言しないと約束してくれたのです。でも、おばが昨日、約束を破って話してしまったのです」

伯爵夫人はリジーの手を取った。「私たちは、残念ながら、まだお互いに知らないことばかりだわ。まあ、おいおいわかってくると思うけれど。ただ、あなたのおば様が話してくださったことに、私は感謝するわ。ネッドには生得権があるの。私たちはそれを彼に与える義務があるのよ。それに、実は孫がいたことがわかって、うれしくてしかたがないのよ」伯爵夫人は満面の笑みを浮かべた。

リジーも笑みを返した。「あの子はとても賢くて、ハンサムで、それに気品があるんです。本当に、お父様にそっくりで……」リジーははっと黙りこみ、頬を赤らめた。

伯爵夫人はリジーをじっと見てから言った。「もうひとつの寝室は、ネッドとロージーの部屋よ。ほかに何か必要なものはあるかしら？」

リジーは広い居間を見まわしてから、寝室をのぞきこんだ。興奮が高まり、鼓動が高鳴っていく。「大丈夫だと思います」

「よかったわ」伯爵夫人はおずおずと言った。「ネッドをお庭へ散歩に連れていってもいい？　ネッドと早く仲よしになりたいの。もうすっかり目も覚めたみたいだし」

リジーはロージーに抱かれているネッドを見やった。あくびをしているが、目は輝いていた。「もちろんですわ」

「長くならないように気をつけるわね」ロージーからネッドを受けとり、伯爵夫人が言った。「こんにちは、ネッド。おばあちゃんですよ。おばあちゃんって呼んでちょうだい」

ネッドは、退屈そうにもう一度あくびをして言った。「ネッド！」

リジーは笑みを嚙み殺した。「ロージー、レディ・ド・ウォーレンのお供をしてくれる？」

ロージーがうなずき、三人は部屋から出ていった。

ひとり残されたとたん、胸が高鳴り始めた。その一方で、ひどく怖くもある。

これまでティレルの腕に抱かれるところを何度夢に見たことだろう。それでも、その夢が、ほんの一部とはいえ、叶うなどとは思ってもいなかった。彼にキスをされ、うれしさと官能的な喜びに気を失いそうになってから、まだ三十分もたっていない。リジーは両手で焼けるように熱い頬を押さえた。ああ、また彼の腕に抱かれたい。自分がこんなに情熱的な女だったなんて。でも、神様、本当に愛人になんてなれるのでしょうか。どうして私が彼の愛人になることになってしまったのでしょうか。

リジーは勢いよく腰を下ろし、混乱している頭の中を整理しようとした。私はもう汚れた女だとみなされてしまっているけれど、正しいことと悪いことの区別はつく。肉欲的なことは悪いこと。ちゃんと結婚することは正しいこと。でも、世間の人々に、みだらな女だと思われている今、それは重大なことかしら。ティレルがネッドに彼の姓を名乗らせると言ってくれているときに、それは重大なことかしら。

リジーは息をのんだ。ある意味、彼は私を脅迫しているようなものだわ。でも、こうするのが、ネッドにとってはいちばんいい。私の家族は傷つくでしょうね。だけど、もう後戻りはできないわ。ティレルははっきりと自分の意思を口にしたんだもの。私がネッドを連れて家に帰ると言っても、彼は許してくれないだろう。

でも、本当は帰りたくない。もうすぐ、あと少しで、私はティレル・ド・ウォーレンの愛人になるのよ。

ただ、ひとつだけ不安なことがある。彼とベッドに入ったら、私が処女であることがばれてしまうかもしれない。ティレルほどの男なら高級娼婦《しょうふ》と処女の違いはわかるはずだ。そんなことは、リジーでも知っている。純潔であることを知られるわけにはいかない。

リジーの心臓が激しく高鳴った。脈が速すぎて、頭痛がしてきた。リジーは寝室をのぞきこみ、大きなベッドを見やって自分の体を抱きしめた。彼が来てくれるのが待ちきれないわ。今までこんなふうに体の奥が痛んだこともなければ、これほどむなしい思いをしたこともない。彼に自分がネッドの母親でないことを悟られないよう彼をだます計画を練るのに、どれくらい時間が必要かしら。

初体験には、痛みと出血を伴うという話を聞いたことがある。痛みは無視すればいいし、血は洗い流してしまえばいいわ。彼にワインを勧めて、初めてだということを悟られないようにすることはできないかしら。軽い眠り薬を入れるとか？　酔っ払って薬が効いてくれば、私が処女だなんて気づかないはずよ。

そうよ、ワインを頼めばいいんだわ。リジーは興奮した。そして薬草の鹿の子《か》草を加えるの。鹿の子草なら、どこの家の薬棚にも置いてあるわ。それに厨房《ちゅうぼう》にも。

頬と同じくらいほてった体を抱きしめたまま、リジーは天蓋つきのベッドを見やった。カーテンは金色のブロケードで、ベッドの下側にも柔らかで淡いブルーのブロケードが使われている。房のついた金色の大きな枕《まくら》が、ヘッドボードに沿って積まれていた。施されている刺繍《ししゅう》も実に美しい。ベッドカバーには、ベッドのカーテンと同じ金色のブロケードが使われている。いても立ってもいられず、リジーは寝室の中へ入っていき、カバーをめくった。予想していたとおり、シーツは絹だ。シーツを撫でると、体全体がぞくぞくした。

「月がのぼるのが待ちきれなくてね」ティレル・ド・ウォーレンの優しい声がした。「どうやら君も同じ気持ちらしい」

リジーははっと振り向いた。

ティレルが寝室の戸口の脇柱にもたれて立っていた。退屈そうな笑みを浮かべていたが、濃いブルーの瞳はみだらな光を発していた。

ティレルの欲望が伝わり、リジーは興奮の波に体を突き動かされそうになった。だめ、まだワインも鹿の子草も用意できていないわ。両方とも必要なのよ。彼をだますためには。

「こんなにすてきなお部屋を使わせていただけるなんて、思ってもいませんでした」ティレルから目を離さず、しぐさだけで部屋全体を示した。

「愛人にするからには、決して不自由な思いはさせないと言ったはずだ。では、僕の選んだ部屋を気に入ってもらえたと考えていいのかな?」

リジーはどうにかうなずいた。彼とは六メートル近くも離れているのに、熱気と存在感が強く感じられる。彼の力と意志に体全体をのみこまれ、支配されたかのようだった。

「それはよかった」ティレルは言い、長くゆっくりした足取りでリジーに歩み寄った。

体の隅々まで、期待に身をこわばらせる。まだ彼に触られてもいないのに、血管を炎が走っているかのように熱くなった。「伯爵夫人がすぐに戻っていらっしゃるわ」

ティレルは彼女の目の前で立ち止まり、彼女を抱いた。「ドアは閉まっている」

彼の硬い腿がリジーの柔らかな体に押しつけられた。伯爵夫人が戻ってくることも忘れ、リジーはひたすら彼のキスを待った。もはや、口をきくことも、動くこともできなくなり、心臓は胸から飛びだしそうな勢いで鼓動している。ティレルはゆっくりと笑みを浮かべ、彼女の顔を片方の手で触った。

「君はとても美しい」ティレルが荒々しく言った。

自分の器量が十人並みであることは知っているが、ティレルの言葉が本心だということもわかっていた。「そしてあなたは、これまで目にした男性の中でいちばんハンサムよ」

リジーも熱い口調で答えた。

ティレルは驚いた表情を浮かべ、それから目を輝かせて笑い声をあげた。「それなら、褒め言葉とお世辞を交換し合おうか？」優しい口調でそう言い、頬に沿って顎から口へと指を走らせ、唇の上で止めた。

軽く触られただけなのに、脚のあいだが火がついたように熱くなり、息もできない。

ティレルはそれに気づいているらしい。にっこりと微笑み、指を喉のほうへとさらに滑らせた。「はちどりの羽ばたきのように、ものすごい速さで脈を打っている」ティレルがそっと言った。そしてその硬い指先で、肌がむきだしになったドレスの胸元を優しく撫でた。

気がつくと、あえぎ声をあげていた。

ティレルの視線がさらに下がり、胸元のレースを見つめたかと思ったとたん、リジーの顔を見やった。興奮した様子で見つめるティレルが言った。「ドレスを脱いでほしい」ティレルの言葉の意味をどうにか理解し、同時にはっとした。それでも、妙なことに、怖いというよりもむしろわくわくしてきた。ティレルは笑みを浮かべ、胴着の端を引っ張りながらささやいた。「君を隅々まで堪能《たんのう》したい。かまわないだろう?」

ドレスが破れたが、ティレルはまったく気にしていない。破れた場所から、リジーの真っ白なスリップと乳房の先端の影があらわになった。

ティレルの手が一瞬止まった。ティレルはそっと拳を握った。彼の手から目を離すことができない。ティレルは拳でふっくらした乳房の横を二度撫で、先端の影へと移動させた。激しく息をのみ、ティレルは拳をスリップの中へ入れ、リジーの熱く硬くなった先端に直接触った。

リジーはあえぎ声を出さないよう、唇を噛んだ。だが、無駄だった。

ティレルは繰り返し先端をこすった。息が荒くなっていく。やがてリジーに上を向かせて自分の腕で支え、口で乳首をくわえた。

リジーは彼の肩をつかんだ。彼の髪のカールが手に触れる。ティレルはリジーの乳首を吸っては噛み、そしてなめた。痛いと同時に、この上ない喜びを感じ、気がつくと、自分で抑制ができないほど激しくあえいでいた。脚のあいだの敏感な場所がありえないほど腫れあがっている。「やめないで」

「やめるものか」ティレルはリジーを抱きあげ、素早くベッドに横たえた。

クライマックスに近づくなか、リジーは顔を歪《ゆが》めたティレルを見つめ、やがて我慢できなくなると彼の頭を手で挟んで上へ持ちあげ、自分の唇で彼の唇を探した。積極的なリジーに驚いたのか、ティレルは喉の奥からうめき声をもらした。リジーにはどうでもよかった。彼をめいっぱい味わいたい。唇だけでなく、体じゅうのあらゆるところを。ためらうようなティレルの態度に業を煮やし、リジーは彼を噛んで、もう一度キスをした。

「驚いた」ティレルは低い声でつぶやいた。リジーの唇から唇を引き離すと、太い腿を片方上げ、リジーのお腹《なか》の上にまたがった。なめし革のズボンに浮きあがる、硬く盛りあがった脚のあいだのふくらみが、リジーにもはっきりと見えた。ティレルは彼女のドレスを二つに破り、笑みを浮かべた。

リジーは驚きのあまり動けなくなった。

ティレルの瞳が妖《あや》しく光った。ゆっくりと頭を下げ、リジーの胸に顔を押しつけた。額から汗がこぼれた。顎がこわばり、こめかみは脈を打っているが、慌てることなくリジーを愛撫《あいぶ》する。「君を見ているとボッティチェリのヴィーナスを思いだす」ティレルがささやいた。「早く君の中に入りたい」

二人の視線がぶつかった。ティレルの顔をつかんだまま、リジーは懇願した。こんなに甘えるように懇願したことは、これまでになかったことだ。「早く、早くして、お願い。

手遅れにならないうちに」

ティレルは頭を下げて唇を重ね、舌を深々と差し入れた。

リジーは思わず背をそらした。リジーの女である場所が今にもはじけそうなほど熱を持ち、どこでもいいから彼の体に触れていたい気分だった。苦しさと欲望でリジーは泣いていた。ティレルがささやいた。「かわいそうに、愛《いと》しい人よ」そしてさっとスカートをめくった。

ティレルが何をしているのかよくわからないまま、涙にむせんだ。「お願い、早く」

敏感な場所に手のひらが押しつけられた。

リジーはぱっと目を開いた。ティレルと視線がぶつかった。

ティレルは驚いたようにリジーを見つめた。その表情はやがて満足感に満ちた獰猛《どうもう》なものに変わっていったが、リジーはもはや彼を見ていなかった。ティレルに女性である場所を開かれ、そして撫でられている。血が逆流し、コントロールが利かないほど渦を描いてのぼっていく。体の奥で何かがついにはじけた。どこか遠くへ吹き飛ばされたような感覚に襲われ、リジーは悲鳴をあげた。

ようやく地面に舞い戻ってきた気がしたとき、リジーははあはあとあえぎながら、自分のものではない、天蓋つきの大きなベッドに横たわっていた。ドレスは裂け、スカートは腰までめくれあがっている。ティレル・ド・ウォーレンは上着を脱ぎ、シャツのボタンを外しているところだった。意志と欲望で顔をこわばらせている。しかし、そうしているあいだも、リジーから決して目を離すことはなかった。

リジーは目を閉じることにした。なかなか呼吸を落ち着かせることができない。ティレルは片方の手で彼女の顔に触れた。リジーは目を開けた。彼はまだリジーにまたがっていた。もう一方の手はシャツの最後のボタンを外そうとしているところだった。

「君はいつもこうなのか？　それとも、僕が相手をしているときだけなのか？」そっけなく尋ねた。

リジーにはティレルの言葉の意味がわからなかった。しかし、ようやくめくるめく絶頂からどうにか落ち着きを取り戻し、自分の計画を思いだした。少なくともワインを用意しなければ。「なんですって？」

「聞こえたはずだ！」ティレルは言い、唇を重ねて舌を奥深くへと差しこんだ。長く、激しい口づけに再び欲望が刺激され、リジーはめまいがした。

ティレルはシャツの前をはだけ、四つん這《ば》いになってリジーの上にのしかかった。

「きっとこんなふうに愛を交わせると思っていた」ティレルは欲望で声をかすれさせながら言った。

彼の心がリジーには理解できなかった。今は、こんな状態ではとても無理よ。

ティレルが顔を近づけたが、今度はキスはしなかった。「君の体の隅々までキスをするぞ、エリザベス。ゆっくり時間をかけて、君のすべてをたっぷりと味わわせてもらう。だが、その代わりに君に望むことはごく簡単だ」危険な口調だった。「君の情熱のすべてを僕に向けてほしい。少しでも君の気持ちをほかの男に向けることは許さない——ネッドの父親であっても」

これから愛し合おうとしていて、こんなに恥ずかしい体勢でいるときに、彼を理解しようとするのはかなり困難だった。ティレルの太腿で大きく脚を開かされ、リジーは新たな欲望に体が脈打っていた。ただティレルだけを見つめ、彼が今言ったように自分を愛してくれようとしているのなら、いったい何度私は喜びに身を震わせられるのだろうか、と考えていた。「わかったわ」リジーはどうにか答えた。

ティレルの目が光った。「これで、ついに君は僕のものになった」心からうれしそうに言った。その瞬間のティレルは、まさにネッドにそっくりだった。リジーは冷水を浴びせられたように、はっとした。

起きなくては。

「まだ終わっていない」ティレルはリジーを放そうとしない。

「あなたのお母様が戻っていらっしゃるわ！　こんなところをお母様に見られてもいいのですか？　まだ、夜があるではありませんか」

ティレルは口を歪めた。リジーが動けないよう肩を押さえつけたのが、彼の返事だった。リジーの体は気持ちとは裏腹だった。興奮の波が体に押し寄せる。こんな無防備な体勢にあっては、ティレルの言いなりになるしかなかった。リジーの心を読みとったかのように、彼の目が鈍く光った。「どうやら、僕たちは相性がよさそうだ」ティレルがつぶやいた。

「君が欲しくてしかたがない」

リジーは気を失いそうになった。ふと、彼に愛されさえすれば、ほかのことはどうでもいいような気になった。

そのとき、客室のドアをノックする音がした。

リジーがノックの意味を理解するよりも早く、ティレルが反応した。ベッドから飛びおりるとほぼ同時に、シャツのボタンをとめ始めた。床に脱ぎ捨ててあった上着を羽織って、振り向くと、にこりともせずに言う。「ドレスを破ってしまった」

リジーはスカートを押しさげ、破れた胴着を合わせて手で押さえながら、ベッドの上に起きあがった。「伯爵夫人がネッドを連れてきてくださったのよ。どうしましょう？」

「君はやすんでいると伝えておく」ティレルは素早く答えた。「君の荷物を取りに行くよう、レイヴン・ホールへ召使いを送ってはあるが、ドレスが届くまでしばらくここで待っていてもらうよりしかたあるまい」

「何時間かかるかわからないわ」リジーはつぶやいた。「伯爵か伯爵夫人に階下《した》へ来るよう呼ばれたら、どうすればいいの？」

「君を起こさないように二人に伝えておく」ティレルの目の色も、表情も、口調も、すべていつもどおりに戻っている。だが、リジーを見る目には欲望が感じられた。

リジーはたった今起こった出来事を、彼がしてやると言ったことを思いだし、恥ずかしげに目をそらした。心臓が耐えられないほどの力でよじれた。体の中にぽっかりと穴が空いているような気分だった。痛いほどに彼を求めていた。

「君に新しいドレスを買おう」ティレルはそう言って口ごもった。

リジーは顔を上げた。

「どうかなさいましたか？」

「君を傷つけたかい？」ティレルが唐突に尋ねた。

リジーははっとした。「いいえ、あなたは……」リジーも口ごもり、頬を赤らめた。微笑みながら再び下を向き、ささやいた。「とてもうれしかったですわ、本当に」

ティレルは動こうともしなければ、何も言わない。リジーが顔を上げると、まるで彼女の秘密をひとつ残らず暴こうとするかのように、ティレルがじっと見つめていた。リジーは不安になった。

「何か？」

ティレルははっとした表情を浮かべた。「今夜、会いに来る」リジーに向かって軽くうなずき、寝室を出ると後ろ手にドアを閉めた。

胴着をつかんだまま、リジーは笑みを浮かべた。心の奥から喜びがわいてくる。ティレル・ド・ウォーレンが私の恋人になったなんて。リジーにとっては、信じられないほどうれしい現実だった。

13

第一印象

「ミス・フィッツジェラルド、こんなところにいてはまずいのではありませんか？」ロージーが言った。顔は青白く、そばかすが浮きでている。

厨房《ちゅうぼう》を見つけるのは容易ではなかった。屋敷の離れ全体を占めているうえ、かなり奥まった場所にあったからだった。リジー、ネッド、そしてロージーは、広い厨房の入り口で足を止めた。その広さに、リジーは驚きを隠せなかった。正面には通路が四本通っていて、厨房の料理人が手のこんだ料理の準備に忙しくしている。一方の壁には背の高いオーブンが二台と、やや小ぶりのオーブンが四台はめこまれていて、すぐ隣の壁にはこんろが四台置かれている。納屋や馬小屋、そしてその先に広がっていて羊や牛が草を食べている丘を見おろせる窓の下には、シンクが六個並んでいた。鍋《なべ》やフライパン、そしてあらゆる種類の薬草が天井からつりさげられている。鹿《か》の子草は簡単には見つからないかもしれない。

そのとき、賑《にぎ》やかだった厨房の中が、急に静かになった。料理人たちが、三人に気づいたらしい。皆一様にリジーたちのほうを見ている。

厨房のいちばん奥から、黒いドレスに白いエプロンをつけた女性が近づいてきた。リジーのドレスにさっと視線を走らせ、彼女が淑女であることに気づいたのだろう、お辞儀をした。「何かご用でいらっしゃいますか？」

リジーの荷物は一時間前に届けられた。今はピンクとグリーンの小枝模様のついた淡いアイボリーのドレスを着ている。リジーは家政婦とおぼしき中年の女性に向かって微笑《ほほえ》みかけた。「こんにちは。ミス・フィッツジェラルドと申します。この家でお世話になることになりました。実は、よく眠れないので、眠り薬を作ろうと思って来たのです」

「ええ、承っております。私はこの家の家政婦をしておりますミス・ハインドと申します。喜んで、お薬をご用意させていただきます、ミス・フィッツジェラルド。どうぞお任せください」

「本当ですか？　ああ、よかった」リジーは答えた。こんなに簡単に鹿の子草の薬が手に入るなんて。リジーは家政婦だけを見ていることはできなかった。厨房の料理人たちの仕事ぶりにすっかり魅了されていたからだ。ある調理台では、数人のメイドたちがサーモンをまるごとあぶる準備をしている。数えてみたところ、全部で二十四匹のサーモンが並んでいた。別の調理台では、牛肉の両端が縛られ、天板の上に置かれている。詰め物をした鶏も何十羽と並んでいた。年若い少年たちは野菜の下準備を、やや年齢の高い少年たちは、パイ皮の生地をこねていた。料理長の印である白い制服を着たずんぐりした男は、腰に手をあてて少年たちの後ろに立ち、仕事ぶりを見つめている。

「何がご入り用ですか？」ミス・ハインドが尋ねた。

リジーは白髪交じりの家政婦に注意を引き戻した。「鹿の子草を粉にしたものがあれば」リジーは言った。「それから、もしよければ部屋へ赤ワインを運んでいただけないかしら。少し飲めば、ぐっすり眠れると思うの」

「承知いたしました。お子様にも何かご入り用ですか？」

「果物をいただけるとうれしいわ。ネッドは果物が大好きなの。ご面倒でなければだけど」

「とんでもないですわ」

リジーはいても立ってもいられず、家政婦の脇《わき》をすり抜けて料理長の制服を着た男の横で足を止めた。「アップルパイを作っているの？」

「伯爵夫人は林檎《りんご》を使ったお料理が大好きなんでね」男が言った。

「アップルタルトを作ってさしあげたことはある？」

「もちろんだ」男はむっとした口調で答えた。

リジーはにやりと笑って言った。「私、お料理が大好きなの。レディ・ド・ウォーレンにタルトを作ってもいいかしら。とても優しくしていただいたから、お礼がしたいの」

リジーの提案に男は驚き、目を見開いて困った表情を浮かべた。「あんたはゲストじゃないか」男が言った。「淑女のするようなことじゃないと思うがね」

リジーは、伯爵夫人のためにこれまで作った中で最高においしいタルトを作る気になっていた。「私の願いはすべて叶《かな》えてくださることになっているのよ。それに、どうしてもアップルタルトが作りたいの」

今や厨房じゅうの目が二人に集中していた。ミス・ハインドも横へやってきて、慌てた表情を浮かべている。

どうしようもないとわかったのか、料理長は肩をすくめた。「ご自分が何をなさるつもりなのか、ちゃんとわかっていらっしゃることを願うだけだ」ようやくそう答えた。

「あら、わかっていますとも」リジーは言い返しながら、パン焼き用の調理台へ向かった。

「やらせてくれる？」ぽかんとリジーを見つめている、にきびだらけの少年に尋ねた。

少年は顔を真っ赤にしてうなずいた。

リジーは生地の塊に手を伸ばした。だめだわ。これは使えない。

「ジミーが生地を練りますから！」料理長が言った。

リジーは硬い笑みを返して数人の少年の横を通り過ぎ、小麦粉の袋に近づいた。「生地作りには自信があるの」肩越しに答えた。「生地は自分で作るわ。一から作りたいのよ」

背後で驚きの声があがったが、リジーは気にしなかった。ハミングをしながら調理台の上に小麦粉を広げ、作業を開始した。

　リジーは厨房と自分の部屋のある建物とをつなぐ廊下を歩いていた。ロージーは厨房に残り、ほかの使用人たちと食事をとっている。リジーはネッドの手を握り、ネッドの歩く速さに合わせてゆっくりと進んだ。

　ふと、不安を覚えた。たった今通り過ぎた客間には、ピアノ、ハープシコード、それにチェロが置いてあった。けれども、厨房へ向かうときには、金を着せた椅子が三列に並んで置かれた美しい藤色《ふじいろ》の部屋を通り過ぎた覚えはない。気づかなかっただけかしら。

「ママ？」小麦粉を鼻につけたネッドが言った。

　たしか角を曲がったのは一度だけだったわ。右へ行ったのよ。左ではなく。その道をたどっていけば、客室のほうへ戻れるはずなのに。

　リジーはネッドに笑いかけ、指先で粉を払った。「迷子になっちゃったみたい」優しく、楽しそうに言った。リジーのタルト作りをネッドも手伝ってくれた。ネッドは心から楽しそうだった。小麦粉まみれになったのはリジーも同じだ。ネッドのシャツにはチョコレートのしみもついている。料理長が昨夜の夕食の残り物のケーキをひと口分けてくれたのだ。

「迷うはずはないわよね」リジーはネッドに向かって言った。髪は乱れ、ドレスに粉がついたまま、ド・ウォーレン家の人々には会いたくない。「いらっしゃい、ネッド、行く手にどんな見知らぬ場所が待ち受けているかわからないけど、勇気を出して進むのよ」あまり悩まずに気軽に行きましょう――リジーはそう決意した。

　ネッドの手を取り、歩みだそうとしたとたん、ブーツを履いた男性の足が目に入った。

リジーは驚いて飛びあがり、顔を上げた。面影にどこか親しみのある人物が、濃い色の瞳で自分をのぞきこんでいる。リジーは息をのみ、後ずさりした。一瞬、ティレルかとも思ったが、すぐにティレルの弟のレックスだと気づいた。

レックスは松葉杖《まつばづえ》にもたれていた。右脚はないも同然で、ズボンは残っている根元のところで縫いあげられている。視線はきわめて厳しく、無作法と言えるほどあからさまだった。そのとき、彼の瞳が青色ではなく焦茶色であることに気づいた。それにティレルよりもうんと筋肉質だ。レックスはリジーをじっと見つめ、それからネッドに視線をやった。不自然なくらい、何も言葉を発さない。

リジーはにっこりと微笑んだ。しかし、笑みを返してもくれない。それどころか、リジーの頭から爪先まで、じっくりと見つめている。

失礼な人だと思う余裕もないほど、リジーはとまどっていた。蔑《さげす》みや、性的対象として見るような視線ではない。ただ、冷ややかで、彼女を見定めているような視線だった。リジーは一抹の不安を覚えた。

レックスがアデア邸にいたとは知らなかった。戦場での不運な負傷のことは聞いていたし、ナイト爵を授けられたことや、摂政から授けられたコーンウォールの地所に住んでいることも知っていた。

「ごきげんよう」レックスがようやく言った。「ミス・フィッツジェラルド、ですよね？」

リジーはどうにか平静さを取り戻し、お辞儀をした。「ええ、そうです。私、迷ってしまったみたいで」リジーは言った。しかし、再びレックスに食い入るように見つめられ、すっかり落ち着きを失った。きっと、あら探しをされているに違いない。「曲がる場所を間違ったのだと思います。厨房に行っていたものですから」リジーは説明しようとした。「見ればわかります。小麦粉まみれだ」

リジーは自分のみっともない姿を思いだし、恥ずかしくなった。「アップルタルトを焼いていたんです。お料理が大好きなので、伯爵夫人に喜んでいただきたくて」レックスが眉を上げた。「申し訳ございませんでした。それでは、失礼いたします」リジーは言い、くるりと振り返って逃げだそうとした。

レックスが腕を伸ばし、彼女の手首をつかんだ。だが、勢いでバランスを失ったらしく、よろけた。レックスが転んで怪我《けが》をしないよう、リジーはさっと彼の腰をつかんだ。しかし、彼はすぐにリジーから体を離した。

「大丈夫ですか?」心配そうにリジーは尋ねた。

「ああ」レックスは冷たく答えた。右腕の脇に松葉杖を挟み直し、それから軽く頭を下げた。「僕はティレルの弟だ。名は、サー・レックス・ド・ウォーレン・オブ・ランズエンド」

「存じあげております」リジーはなんとか言った。「聖パトリックの祝日の芝生パーティーで何度かお見かけしています。私はミス・エリザベス・フィッツジェラルドと申します。こちらは息子のネッドです」

レックスはネッドをじろじろと見やった。「僕の甥《おい》っ子というわけか」リジーはうなずいた。心臓が早鐘を打っている。「ええ」

レックスは冷ややかにネッドを見つめた。ネッドも同じようにレックスを見ている。やがてレックスが言った。「兄さんの子供のころにそっくりだ」

リジーはなんと答えていいかわからず、黙っていた。

レックスがリジーと同じ高さで彼女の目を見つめた。「西の離れまで僕が案内しよう」

「ご心配なく。きっとわかりますわ。でも、ありがとうございます」リジーは遠慮した。レックスは私を疑っている。それもしかたのないことだけど。

「西の離れへ案内する」レックスは繰り返した。

聞き覚えのある口調だった。では、この方もティレルと同じくらい横暴で口うるさいのかしら。きっとそうに違いないわ。ここは従うほかなさそうだ。リジーは首を傾け、できるだけ優雅に言った。「ありがとうございます」

レックスは左手で後ろを向くようリジーに指示し、彼女がやってきた廊下を進み始めた。リジーはネッドを抱いたほうが早いと判断し、小さな体を抱きあげた。するとネッドはすぐに言った。「おんり、ママ、おんり。ネッド、あるく」断固とした物言いだった。ネッドは抱かれるつもりはなく、あくまでも自分で歩きたいのだ。

「今はだめよ」リジーは小声で言った。「今は、ママが抱っこするの」

「ネッド、あるく」ネッドは王様のように尊大な態度で怒りを爆発させた。

リジーはレックスを見やった。レックスも二人を振り返っている。母と子のどちらが勝つか、勝負の行方を見守っているらしい。

リジーはためらわなかった。「あなたはいつか、立派な男性に成長するわ。でも、今は私があなたのママなの。ママの言うことを聞きなさい。お部屋の近くまで行ったら、下ろしてあげる。それまで我慢しなさい」

ネッドはリジーを睨《にら》みつけた。かなり腹を立てている。それからおじのほうを振り向き、同じように顔を歪《ゆが》めた。まるで、おじさんのせいだぞ、とでも言わんばかりだった。

レックスが口を歪めた。笑いたいのをこらえているようにも見える。「お先にどうぞ」

リジーはレックスの脇を通り過ぎた。レックスは松葉杖をつきながら、あとに続いた。


書斎へ呼ばれたティレルは、後ろ手にドアを閉めた。父はグレーの石灰岩の炉棚にもたれかかり、暖炉の前に立っていた。書斎は広く、壁のうち二面は大判の書籍がいっぱいにつまった本棚で占められている。ソファーは暖炉の前にひとつ、その反対側の壁にもひとつ置かれ、腰をかけてくつろげるようになっていた。ガラスのフレンチドアは、石板敷きのテラスや庭に向かって開け放たれている。伯爵は心配事があるのか、考えこんでいるようだった。

ティレルは伯爵に歩み寄った。呼ばれた理由はわかっている。その日の午後、自分がとった態度についてはすでに罪の意識を感じ、自分でも情けなく思っていた。ハリントン卿《きょう》やハリントン卿の娘との縁を切るわけにもいかない理由は自覚している。その日、自制できなかった欲望を思いだすにつけ、エリザベス・フィッツジェラルドを実家に帰らせるべきだと、頭では考えてきた。自分はレディ・ブランシュとまもなく結婚する身であるというだけでなく、レディ・ブランシュはこの屋敷に滞在中なのだ。父ほど尊敬する人物はなく、ハリントン卿やその娘にも敬意を払っている。それなのに、その日の自分の態度は、周囲の人々をすべて無視したばかりか、自分が育てられてきた伝統をも侮辱するようなものだった。今までは、自分は紳士のつもりでいた。名誉と忠誠心と高潔さと道徳心を兼ね備えた男だと。だが、自分のしたことは非道徳行為そのものではないか。

すべてエリザベス・フィッツジェラルドのせいだ。別に彼女を愛しているわけでもないというのに。彼女と一緒にベッドにいたあのときから数時間がたった今でさえ、彼女と早くひとつになりたいということ以外は何も考えられない。頭の中はとにかく彼女のことでいっぱいだった。これでは、まるでたわいない恋に苦しむにきび面の少年だ。

だが、僕は青くさい子供ではない。いったいなぜあんなことをしてしまったのか、まったくもって理解ができない。

いったい何を考えていたのだろう?

アデア伯爵がこちらを向いた。ティレルの夢想が断ち切られた。「ハリントン卿に、ミス・フィッツジェラルドのことを訊《き》かれた」

ティレルは体をこわばらせた。どこの家でも、アデア邸ほどの広さを誇っていたとしても、噂《うわさ》があっという間に広がることはよくわかっている。エリザベスの子供を自分の子と認めたとたん、森林の野火のごとく、屋敷じゅうを噂が駆け巡ったのは間違いない。どうせ召使いが盗み聞きをしていたか、乳母がメイドと噂話に花でも咲かせたのだろう。そんなことはどうでもいい。どうせ秘密を長く隠しておくことはできないのだ。「僕に庶子がいたからといって、お嬢様との結婚にはいっさい関係ないということをハリントン卿に伝えよと申されるおつもりですか？」自分の心の葛藤《かっとう》は、誰にも知られたくはない。たとえ父であっても。

「それはすでに私が伝えた」伯爵はティレルをじっと見つめた。「ハリントン卿はおまえを実に高く評価してくださっている。もっともなことだろう。そして、庶子のことはまったく心配していないと言ってくださった。いずれにしろ、男なら誰でも、庶子のひとりや二人はいるものだからな。だが、ミス・フィッツジェラルドをこの家に住まわせることになったと聞くと、いい顔をなさらなかった」

「子供を母親から離さないほうがいいという私の考えをお話ししてはいただけなかったのですか？」そんなくだらない言い訳がいつまで通用するだろうか。今回のような場合、貴族は母親から子供だけを取りあげる代わりに、保証金をたっぷりと与えるものだ。ネッドが本当に自分の子でも、母親がエリザベス・フィッツジェラルドでなくどこかの情婦だったなら、ティレルもそうしていたことだろう。

「話したとも。やはり不満そうだったよ。だが、しかたあるまい。エリザベスの存在が、ハリントン卿のご令嬢を侮辱する行為だと感じておられるのだ。私も同意見だからな」

ティレルは再び体をこわばらせた。午後の一件が脳裏をよぎる。あまりに鮮やかすぎて、彼女の唇や、豊満で柔らかな胸の感触さえありありと思いだされる。ティレルの中の紳士の部分では、父親の言うことも、将来の父親の言うこともっともだと思っていた。しかし一方で、エリザベス・フィッツジェラルドによって目覚めさせられた影のティレルも存在していた。彼女を追い返さず、この家に置いておくことを決めたのは、そんな影のティレルだ。なんて自分勝手なのだろう。妥協の道はないのだろうか。

ティレルほどの地位と身分にあれば、愛人がいないほうが珍しいと言ってもいい。ただ、アデア伯爵だけは例外だった。夫人に対する父の忠誠心には敬服しているが、自分自身の結婚生活においてはそのような忠誠心が存在しないことは、痛々しいほどに明らかだ。

「父上、僕はもう心を決めています。喜んでハリントン卿とお話ししましょう。僕がハリントン卿のご心配を払拭《ふっしょく》させてもらいます。僕は婚約者を侮辱するつもりはありません。自分の子供のためによかれと思うことをしようとしているだけです」

「ハリントン卿には、この状況はあくまでも一時的なものだと説明しておいた。ネッドが新しい生活に慣れたら、おまえがミス・フィッツジェラルドを実家へ帰すと伝えたよ」

「ありがとうございます」ティレルは答えた。そう言っておけば、ブランシュの父親もしばらくは納得するだろう。

「おまえは一人前の男だ、ティレル。大人になったばかりの青二才とは違う。自分のことは自分で決めることができるだろうし、自分の過ちの尻拭《しりぬぐ》いもできると思っている。これは過ちにすぎないことは、お互いにわかっているはずだ。ミス・フィッツジェラルドは、アデアにふさわしい女性ではない」

ティレルは身を硬くした。そうだろうか。「彼女はアデアとはなんの関係もありません」彼女のことは放《ほう》っておいてくれとばかりに、ティレルは答えた。「僕は自分の義務をおろそかにするつもりはありません」

「おまえが私やアデアを裏切るような人間でないことはわかっている」伯爵はいったん言葉を切り、再び続けた。「彼女に恋をしているのか？」

ティレルははっとした。「そんなことはありません」

伯爵が近づいてきた。しばらくしてから言った。「ティレル、なぜおまえがエチケットに反するようなことをしたのかが、私には解せんのだ」

伯爵が言っているのは、エリザベスをしばらくアデアに置いておこうとしていることでも、彼女を愛人として手元に置きたいと考えていることでもないだろう。父である伯爵に対し、ティレルは心から敬意を払っている。伯爵ほど尊敬する人間はほかにはいない。だが、生まれて初めて、ティレルはネッドが自分の子だと言って父に嘘《うそ》をついた。すべて、ベッドをともにしたいと思っている女性のためだ。これ以上嘘の上塗りをするつもりはないし、別の嘘を作りあげるつもりもない。そんなことはできない。

「どうか、僕に説明を求めないでください」ティレルは苦々しく答えた。「ミス・フィッツジェラルドのためになるような説明を僕ができるとは思いません。申し訳ありませんでした、父上。父上を失望させてしまったことは残念に思っています」

伯爵は眉を上げた。「妙だな。彼女は過ちの原因はすべて自分にあった、自分がおまえを誘惑したのだ、と言っているのだが」

ティレルは驚きのあまり言葉を失った。なぜ、エリザベスはそんなことを？

「彼女はなぜ、おまえを守ろうとするのだ？」伯爵は優しく尋ねた。

僕を守ろうとしているわけではない。きっと何か新たな策略を立てているに違いない。だが、いったいどんなつもりでそんなことをしているのか、ティレルには想像もつかなかった。「わかりません。ただ、悪いのはすべて僕です」

「やはり解せぬ。おまえのことはよくわかっているつもりだ。彼女が仮装していたかどうかはともかく、おまえがあんな無邪気な若い女性に手を出すとは思えないのだ」

ティレルは父から少しずつ離れた。「もう一度申しあげます。言い訳はいたしません」

しかし伯爵はついてきた。「それでは、仮におまえの言葉を信じるとしよう。舞踏会で仮面をつけた若い女性に会い、道理も自制心も失ったとしよう。ティレル、おまえはそれほど、うぶではあるまい。次の日にでも、彼女を捜して償いをしようとは思わなかったのか？　自分の過ちがどれほど重大なものだったか、気づかなかったはずはなかろう？」

彼女の処女を奪ってしまったことについて言っているのだろう。ティレルは憤慨して顔を赤くした。「いい加減にしてください。僕も人間です。過ちを犯さないとは言えません」

伯爵は首を横に振った。「彼女が、おまえのフランス人の愛人や、あのロシア人の未亡人のような美人ならばわかるのだ。だが、エリザベスは無口で、どちらかといえば地味で、それに若い女性にしてはぽっちゃりしている。誰が見ても、純情そうだ。とても男をたぶらかすような女性には見えぬ。それほど計算高い女性とは思えないのだ。それにもかかわらず、我を忘れるほど彼女に夢中になったのか？」

ティレルはすっかり気まずくなり、言葉につまった。こんな嘘はつきたくはない。「父上は、身を滅ぼしてもいいと思えるほど、女性に心を奪われたことはないのですか？」気がつくと、そう口にしていた。そして言った瞬間、それを後悔した。まさに感情の吐露だからであり、父の答えはわかりきっていたからだった。

「ああ、あるとも。おまえの義理の母、伯爵夫人にな。私は彼女に出会ってすぐ、恋に落ちた。おまえの母親が死に、彼女の夫が殺されるずっと前のことだ。ひと目惚《ぼ》れだったと言ってもいい」伯爵は苦々しい笑みを浮かべた。「しかし、当時の状況が、私に理性や自制心を失うことを許さなかった」

「ならば、父上は僕よりもよほど立派な方ということですね」ティレルは答え、くるりと後ろを向いて書斎を出ようとした。

だが伯爵に肩をつかまれ、引き止められた。「どうも気に食わんのだ、ティレル」

ティレルは振り向いて、父の視線を受け止め、肩をすくめた。「父上の心配は無用です」

「彼女とやり直そうと思っているのではないか？」伯爵がぶしつけに尋ねた。

ティレルの笑みが消えた。

伯爵は顎をこわばらせた。「答えはわかっている。あのときのおまえを見てしまったからな。私にはおまえの意思を変えることはできぬ。それは承知している。だが、おまえの愛人を私の屋敷に住まわすこともできない。今の状況では」

ティレルは、父に、ハリントン卿に、そして自分を待ち受ける将来にまで、罠《わな》にはめられたような気がした。「来週、彼女と子供をダブリンへ連れていきます。ご心配には及びません。父上の自宅で自分の欲望を満たすつもりはありませんので。これ以上用がなければ、失礼したいのですが。すませねばならない用事がありますので」ティレルは首を傾け、退室の許しを待った。

伯爵は険しい表情を浮かべた。「それでハリントン卿の耳に入らないとでも思うのか?」

ティレルの怒りが爆発した。「僕は自分の務めに疑問を差し挟んだこともなければ、今後もそのつもりはありません。僕を信頼していらっしゃるのなら、務めを果たさせていただきたい。約束どおり、レディ・ブランシュと結婚するつもりです。しかし、僕のプライベートは、あくまでも僕の問題です。ごきげんよう、父上」ティレルは父の返答を待たずに、すたすたと書斎を出た。

待っていてもしかたがなかっただろう。伯爵には、もはや言うべきことは見つからなかった。愕然《がくぜん》としたまま、伯爵は椅子に座りこんだ。

スイートルームの窓からは、屋敷の裏の芝生やリムリック郡のなだらかに起伏した丘を見渡すことができる。厨房でついた粉を払い落とし、きれいなドレスに着替えたリジーは、窓辺に立って、外の景色を眺めていた。夕暮れが迫りつつある。色あせた月が、遠くの山腹からのぼろうとしていた。あまりに多くの出来事が起こり、興奮に満ちた一日だったせいか、夜のことはすっかり忘れていた。しかし、ふと、厨房では豪華な料理が準備されていたことを思いだした。今夜はティレルの婚約を祝う舞踏会が開かれるのだ。

もちろん、リジーは招待されていない。

ティレルはもうすぐ婚約する。だけど、今夜、私のところに来るとも言ってくれた。

リジーは唇を噛《か》んだ。彼に会いたいのはやまやまだが、不意に、そんな逢引《あいびき》の計画を立てていることが恐ろしく思えた。でも、愛人というのはそういうものよ。誰か別の女性と結婚しようとしている恋人と逢引するのが愛人なのだもの。

でも、どう考えても間違っているわ。

それまでの高揚した気持ちが燃え尽きてしまったらしい。窓際で夜が近づくのを見つめながら、心が急に痛み始めた。愛人のいる貴族なんていくらでもいるのよ――そう自分に言い聞かせようとしたが、自分の良心がそれを完全には認めようとしなかった。それが私とどういう関係があるの？　今夜が過ぎれば、彼は別の女性のものになるのよ。どうしてそんなことに耐えられるの？

けれど、今、彼に背を向けることができると思う？

ハリントン卿は明日の朝には出発すると聞いている。レディ・ブランシュも父親と一緒にアデアを発《た》ち、おそらくロンドンへ戻るのだろう。だが、彼女が出発したからといって、婚約の事実が変わるわけではない。妄想の得意なリジーは、彼が婚約を数カ月、あるいは一年延期してくれたら、と願った。それまでの短い時間でいいから、彼と人生をともにできたら、自分は一生、感謝の気持ちを忘れることなく幸せに暮らせるだろう。

その一方で、リジーは愚かでもない。婚約が延期されるはずなどないことくらいわかっている。一日だって先延ばしにされることはないはずだ。こんなことはできない。今はだめ。こんな形では——そもそも、彼の婚約者が自分と同じ屋根の下にいるというときに。

楽しかった気持ちがすっかり萎《な》え、押しつぶされるような心の痛みに取って代わった。激しい痛みだった。どうしていいのか、まったくわからない。ティレルが婚約者に満足し、彼を幸せにできるのは彼女だけだと思ってくれることを願うしかない。

そのとき、ふと、彼の婚約者がどれほど美しいか、自分の目で見たくなった。彼女がすばらしい女性かどうか、優しくて、彼にふさわしい人かどうか、自分の目で判断したくなった。ブランシュ・ハリントンを探しに行くなど許されないことはわかっている。とんでもない問題が起こるかもしれない。それでも、今はそんなことは考えたくなかった。

リジーはアイボリーのスカートを持ちあげ、廊下と階段を急ぎ足で進んだ。こんなこと、危険すぎるわ——心の片隅で、そう言い続ける自分がいた。母屋に近づくにつれ、ゲストたちの笑い声や話し声、カットグラスがぶつかり合う音が聞こえてきた。リジーは息をひそめ、足を止めた。心臓が激しく鼓動する。ド・ウォーレン家の人に見つかったら、なんと言い訳をしよう？　ティレルに会ったら、なんと言えばいいの？

こんなに不安を感じているにもかかわらず、彼に会えるのではないかと思うだけで胸が高鳴った。リジーは自分自身を戒め、広い中央ホールのいちばん端のドアをすり抜けた。

そこは舞踏室だった。それぞれいちばん上等のドレスを身につけ、エメラルドやダイヤモンド、ほかにもさまざまな宝石で着飾った何十人という女性たち、そしてそれと同じくらいの人数の黒い燕尾《えんび》服、夜会用ズボン、そして真っ白なローン地のシャツを着た男性たちがいた。リジーは思わず顔を赤らめた。彼女が着ているのは、午後の散歩用のとても慎《つつ》ましいドレスだったからだ。さらに悪いことに、未婚で若くて無垢《むく》な女性が着るドレスでもある。どうしよう、すぐに誰かに気づかれてしまうのではないかしら。どうしたらティレルの婚約者を見つけられるのだろう？

リジーは、賑やかで楽しそうな人々をじっと見つめた。アイルランド人の領主や夫人の多くは、以前にもこの屋敷で会ったことがある人々ばかりだった。だが、それ以外のゲストはまったくわからない。

リジーは不意に、誰かに見られているような気がした。不安を感じ、視線の主を探しながらさっとゲストたちを見まわして、コリント式の柱の陰に隠れた。

「君が招待されていたとは知らなかった、ミス・フィッツジェラルド」背後で声がした。聞き覚えのある声だった。レックス・ド・ウォーレンだわ。リジーははっとして、しぶしぶ後ろを振り返った。頬を真っ赤にして、お辞儀をした。「ええ、招待されていないことは私も存じあげていますわ」顔を上げながら答えた。

松葉杖にもたれているとはいえ、夜会服を着て立つレックスは、びっくりするほどハンサムだった。あまりにティレルに似ているせいだろう。リジーの心臓はねじれるように痛んだ。興奮と苦悩とが激しく入りまじる。

「それなら何をしている?」レックスはにこりともせずに言った。

「レディ・ブランシュをひと目見たくて」リジーはわびしげにつぶやいた。「とてもおきれいだと聞いたので」

「ああ、美人だ」レックスはこともなげに答えた。そして左手で離れたところを指さした。

「あの月の輝きを思わせる淡いブロンドの髪に、ブルーグリーンの瞳の女性さ。ドレスの色も髪の色によく映えている」

リジーはレックスが指さした方角を振り向いた。探していた女性はすぐにわかった。そしてその瞬間、望みがないことを悟った。

ブランシュ・ハリントンはアンナと同じくらい美しい。けれども、そのふるまいは天と地ほども違った。目の前の女性は、子爵の娘というよりも、女王を思わせる風格が備わっているのだ。彼女が立っているのは、リジーからそれほど離れていないので、彼女の完璧《かんぺき》な容貌《ようぼう》や、ほっそりした繊細な立ち姿をはっきりと見ることができた。ブランシュと婚約間近のティレルが、私のような女を求めるとはいったいどういうことなのかしら。リジーは激しいショックを受けながら考えこんだ。あの女性は本当に優雅だわ。あの女性なら、確かにティレルにお似合いだと思う。

「好奇心は満たされたかい？」レックスが尋ねた。それほど厳しい口調ではなかった。

「まるで女王様のように気品がある方ですね」リジーはつぶやいた。

レックスは黙ったままだ。

リジーはなんとか気持ちを立て直そうとした。ブランシュは女性、男性を問わず、多くの崇拝者たちに囲まれている。そして、誰かが何かを言うたびに、優しく笑っていた。リジーはふと思った。ティレルはどこだろう、どうして婚約者の隣にいないのかしら。「そろそろ戻ります」リジーはそう言ったものの、ブランシュから目が離せない。「それにしても、どうしてティレルはあの方と一緒じゃないのかしら」

「兄さんが未来の花嫁のダンスの相手をしない理由は、わからないでもないがね」

彼の妙な口調に、リジーは振り返った。「私のせいではありませんわ、サー・レックス！」リジーは声をあげた。「あれほど美しい人に、太刀打ちできるはずがないもの」

レックスは眉を上げた。「そうかい？　十分できていると思うよ。でなければ、君はこの家の人間であるネッドと別れ、今ごろレイヴン・ホールにひとりで戻っているはずだ」

レックスは私がここにいることをよく思っていないんだわ。リジーは口を引き結んだ。

「私のことがお嫌いなのですね」

「僕は君を知らない。わかっているのは、兄さんが君にのぼせあがるのは勝手だが、時期が悪すぎるということだけだ。今はそんなことをしている場合じゃない。兄さんは、まずレディ・ブランシュのことを考えるべきなんだよ。アデアにとっては、レディ・ブランシュがいちばん大切な存在だから」

リジーは身をこわばらせた。「彼はのぼせあがってなどいません」声を落としたまま、リジーは言った。「それに、私は彼を追いかけたりもしていません。こういう関係を言いだしたのは、彼のほうです。私は息子のそばを離れることはできませんし、離れるつもりもありません」そう答えながら、リジーは気づいた。彼の愛人になれなくても、私はアデアを離れるわけにはいかない。ネッドと離れたくないから。でも、きっとティレルは喜ばないでしょうね。

レックスのまつげが下がった。兄と同じ、長くて濃いまつげだ。「それなら結構。君は部屋へ戻ったほうがいい、ミス・フィッツジェラルド。僕が君に気づいた以上、ほかの誰かに見つからないとは言えない。スキャンダルが広がっても誰も得はしない。君自身も」

リジーは腕を体に巻きつけてうなずいた。「子供のことを考えるべきね」そうつぶやいた。

「殊勝な心がけだ」レックスはそっけなく言い、お辞儀をして去っていった。

リジーは柱の陰に身をひそめた。体が震え、今にも涙があふれそうだった。レックスに、なんて自分勝手で虫のいいあばずれ女だと思われたに違いない。ひどくみじめだった。でも、レックスの言葉も一点は当たっている。ブランシュがリジーの存在と正体を知れば、とんでもない大事に発展する可能性があるということだ。伯爵夫妻がどれほど腹を立てるかを想像しただけで、リジーの体は震えた。ティレルもさぞかし怒るに違いない。気分が悪くなってきた。

だめ。早くここを立ち去らなければ。

リジーは柱の陰から顔を出した。どうしよう。いつの間にか、出口からずいぶん離れたところまで歩いてきてしまっていたんだわ。そのとき、心臓が止まりそうになった。レディ・ブランシュと二人の若くてきれいな女性たちが、ほかのゲストから離れ、リジーのすぐ近くに来ていた。三人だけでこっそりと話をするつもりなのかもしれない。

リジーは三人をじっと見つめた。しゃべっているのは友人らしい二人の女性たちで、ブランシュの手を引っ張ってさえいる。リジーの心臓が早鐘を打ち始めた。

盗み聞きなんてしてはだめよ——リジーは自分に言い聞かせた。けれども、意思とは裏腹に足が勝手に動きだし、リジーは別の柱の裏側へと移動した。ブランシュの真後ろだ。

「ブランシュ、ねえ、教えてちょうだいな。馬車での遠乗りはどうだったの？」

「楽しかったわよ、ベス」ブランシュは笑みを浮かべ、優しく答えた。

「楽しかった？　それだけ？」赤毛のベスが、信じられないとばかりに声をあげた。「彼、恐ろしいほどハンサムで、たくましいわよね。キスはされた？　白状なさい！」

リジーは目を閉じた。これは、無作法にもティレルの婚約者の姿を盗み見ようなどとした私に対し、神様がお与えになった罰だわ。ティレルが自分以外の女性を腕に抱くところを想像しただけで、リジーは泣きたくなった。

「私はそんなことしないもの」ブランシュは愉快そうに答えた。「いいえ、キスなんてされなかったわ。それは彼が完璧な紳士だからじゃないかしら。お父様がそうおっしゃっていたわ」

友人たちは顔を見合わせた。「よくもそんなに落ち着いていられるわね？」ブルネットの髪の友人が言った。「彼に会えてうれしくないの？　女性なら誰でも自分のものにしたいと思うような男性よ。そんな男性があなたのものになるのよ！」

「幸運だと思っているわ」ブランシュは心からそう答えた。「お父様にも感謝しているの。あんなに立派な夫を一生懸命見つけてくださったんですもの。さあ、戻りましょう。こんなにすてきな舞踏会に参加しようともせず、こんなところでおしゃべりしていたら、皆様に失礼よ」そう言うと、三人は腕を組んで人々の中へ戻っていった。

よかったわね、リジー――リジーは自分に向かって言った。ブランシュは優雅で美しく、それに優しい女性のようだ。彼女なら、よき妻、よき母、そしてよき伯爵夫人になれることだろう。まさにお似合いのカップルよ。

ブランシュを憎みたい。そう思ったが不可能だった。憎みたくなるようなところがひとつもないからだ。

そのとき、また視線を感じ、思いが遮られた。

リジーははっとしてまわりを見まわした。部屋の反対側、リジーが入ってきたのとは違う出入り口に、ティレルが立っていた。こちらを見ている。リジーの存在に気づいたに違いない。

どうしましょう。すぐに逃げだして、隠れなければ。しかし、すでに遅すぎた。ティレルが自分に向かって歩いてきた。

その表情は硬かった。

14

恐ろしい約束

リジーはためらわなかった。くるりと後ろを向き、舞踏室を出て廊下へ走りでた。あとひとつドアをくぐり抜ければ、客室のある離れに着く。リジーは離れに足を踏み入れた。その瞬間、ようやく逃げだせたと安堵《あんど》した。

が、そのとき、肩をつかまれた。ティレルだった。

「僕の見間違いではないだろう」ティレルはリジーに自分のほうを向かせ、訝《いぶか》しげに言った。

気がつくと、リジーは壁に押しつけられていた。「わけがあるのです」リジーは言った。

「僕の婚約祝いの舞踏会に、君が出席する理由があるだと?」ティレルの声は怒りに満ちている。「僕の家族を敬おうという気持ちは少しもないのか?」

「皆さんを侮辱するつもりはなかったんです」リジーは悲しい気持ちで答えた。

二人の視線がぶつかった。舞踏会など行かなければよかったと思いながら、リジーはティレルを見つめた。彼が婚約などしなければいいのに――今夜だけでなく、これからもずっと。私はなんて愚かなのかしら。

ティレルは顎をこわばらせた。「そんな目で僕を見ないでくれ。まるで僕が君を不当に扱っているように思えてならない」ティレルが言った。「レディ・ブランシュの何を探っていた？　否定しても無駄だ。君が柱の陰で彼女たちの話を聞いているのを見たんだ」

「否定はしません」リジーは息をつまらせた。「レディ・ブランシュのお姿を、自分の目で拝見させていただきたかったのです。とてもお美しい方だとお聞きしました。噂《うわさ》のとおりでした」

「泣いても無駄だぞ。君の涙や瞳に、二度と心を動かされるものか」

妙な言い方だったが、リジーにはその意味を考える余裕はなかった。なんとか気持ちを落ち着けようとしていた。「舞踏会にのこのこと顔を出してしまい、申し訳なかったと思っています。でも、どうか私にもお祝いをさせていただけないでしょうか。レディ・ブランシュはきっとすばらしい奥様になられると思います」リジーはつぶやいた。本心からの言葉だった。あざけりの気持ちはいっさいなかった。

沈黙が二人を包みこんだ。リジーはすぐにでも寝室へ飛びこみ、ネッドを抱きしめたい気分だった。するとティレルがリジーの顎をつかんで顔を上へ向け、視線を合わせた。

「いったいどういうゲームなんだ？」しかし、口調は穏やかで、探るようなまなざしを向けている。「普通の男なら、君の言葉は本心から出たものだと信じるかもしれない。だが、僕はだまされない。婚約の邪魔をするつもりか？　そんな企《たくら》みなど無駄だぞ」

ティレルの言葉はナイフのようにリジーの胸に突き刺さった。リジーは首を横に振った。

「あなたは私のことを誤解していらっしゃいます。私は何も企んではいません！」

ティレルはリジーの顎を放した。「誤解だと？」ティレルはリジーを睨《にら》みつけた。リジーは尻込みしないようにするのがやっとだった。「わざわざこの屋敷を、僕の家を訪れて、どこかのろくでなしの子供を僕の子だなどと言いに来たのは誰なんだ？」

ティレルはその大きな手をリジーの頬の真横の壁に押しつけ、封じこめた。彼を男として意識しないわけにはいかなかった。ましてや昼間には寝室のベッドの上であわやというところまで行っている。あの瞬間、彼はそれまでにないほど魅力的でハンサムだった。リジーは願った。彼の腕に抱かれたい。身を焦がすような炎ではなく、もっと優しく、愛情のこもった温《ぬく》もりに包まれたい。リジーは再び夢を見ていた。

だが、ティレルの目は怒りを超える何かに満ちていた。彼も自分の複雑な感情にとまどっているに違いない。「そのことについては、誤解だったと申しあげたはずです。あなたが腹を立てていらっしゃるのは、ほかに理由があるのではありませんか？」

「ほかにどんな理由があるというんだ？」

「わかりません。私は、あなたが今夜婚約なさったこと、そしてダブリンで要職に就いていらっしゃるということ以外、あなたについては知りません。ただ……」リジーは口ごもった。「何かにうろたえ、そして不満を抱いていらっしゃるような気がします」

リジーの言葉に、ティレルは目を見開いた。次に口を開いたティレルは明らかに腹を立てていたが、同時に怒りを抑えようともしていた。「余計なお世話だ」きっぱりと言った。「僕はうろたえてもいなければ、不満を抱いているわけでもない。なぜ僕がそのような気持ちを抱かねばならないんだ？」

リジーはティレルに手を置いた。「それならば、安心です」

ティレルはリジーの手を振り払った。「ミス・フィッツジェラルド、僕の婚約者に近づかないようにするのが君にとっての礼儀だろう。顔を合わせることを承知で近づくなど、彼女を辱めるようなものだ」ティレルは言葉を切り、再び続けた。「君とて、自分自身を辱めているようなものではないか。わかったか？」

リジーはうなずいたものの、急に腹が立ってきた。「ええ、わかりました。私はあなたに授けられた部屋であなたを待っていればいいのですね。あなたの命令がなければ、階下《した》へ下りてくることもできないのですね。私はあなたのベッドを温めるだけの存在で、それ以外にはなんの必要もないということですね」

ティレルの瞳がありえないほど鈍い光を放った。「まるで僕が、腐り果てたろくでなしのような言い方ではないか。とんでもない男たらしだな。あのハロウィーンの夜、僕をとことん誘惑しておきながら、霧のように消えてしまったのは誰だ？　誘うような言葉と目つきで僕を誘惑したのは誰だ？　ハイ・ストリートで会ったときや、君の実家でも似たようなことがなかったか？　僕は、いやがる処女に無理強いするようなことはしない。そういう目つきで見るのもやめてくれ。まるで僕が君を傷つけているみたいじゃないか！」

「これから、あなたに向かって微笑《ほほえ》んだり、誘うような視線を送ったりしないようにいたします」リジーはどうにか答えた。いったいティレルは何を言っているのだろう。誘うような視線って、いったいどんな視線なの？　私は彼を誘惑したことなんか一度もないわ！

「僕はユーモアの通じない男だ。僕をちゃかすような真似《まね》はするな」

「ちゃかしてなどいません。そんなこと、決してしません。私はあなたをお慕いしているのですから」

ティレルが驚いた表情を浮かべた。

リジーは軽く目を閉じた。こんなことを言ったら、彼はどうするかしら。「やっぱり、私には無理です」リジーはつぶやいた。

ティレルはリジーに体を近づけた。「なんだって？　よく聞こえなかった」

リジーの体が震えた。「こんなの、間違っています」小声でささやいた。

ティレルは体をまっすぐに起こした。

リジーはあえてティレルの目を見つめた。ティレルは、信じられないという顔をしている。「ごめんなさい。でも、あなたの愛人にはなれません」

ティレルは冷ややかな笑みを浮かべ、体を寄せてきた。「ほう」口調は優しい。「これはゲームなんだろう？　まあ、僕は別にかまわないが。お互いに同意のうえで決めたことじゃないか。君は僕の恋人なんだ」

「無理です」リジーは懇願するように言った。彼に私の気持ちを伝えたい。私は心から彼を愛しているし、今までずっとそうだったのだ、と。けれども、きっと信じてはくれないだろう。この気持ちまで蔑《さげす》まれたら？　彼は、気持ちだけでなく、私自身のことも物笑いにするかもしれない。

「いいだろう」ティレルが答えた。彼の冷ややかな口調にリジーは身をこわばらせた。「残念だが、そのほうが結果的にはいいのかもしれない。しょせん、この家の人間は誰も君を歓迎してはいないのだからな」

リジーは不安で胸がいっぱいになった。やはり、私はネッドと一緒にこの家を追いだされるんだわ。この上なくみじめだったが、ほかに選択する道はなかった。「ネッドと一緒に、明日の朝いちばんにここを出ます」

「僕の子は置いていってもらう。この家を出るなら、ひとりで出ていくがいい」

なんですって？　私を脅迫して、ティレルはあくまでも、ネッドを自分の子供として手元に置いておくつもりなの？

ティレルがリジーを腕の中に引き寄せた。瞳が陰っている。「出ていくなら、ひとりで行け。子供と離れたくなければ、僕の愛人としてここで暮らすんだ」

リジーはショックを受けた。「親切な方だと思っていたのに！　そんなに冷たくて残酷なことを言うなんて！　私からネッドを奪うつもりですか？」

「君がゲームを進めようとするから、しかたなくそうしているんだ」ティレルが言った。

「君の気まぐれでどちらへ転がされようと、僕はかまわない。利用するなり、ばかにするなり、好きにすればいい。今日はお互いに満足したはずじゃないか。それなのに、いきなり出ていくのか？　好きな男を捨てられないというわけではないのだろう？」

リジーは自分の耳を疑った。これが、あのティレルなの？　私はなんて愚かだったのかしら。私が思いを寄せていた男性は、空想の産物だった。幼いころ、彼に命を救われたというだけで、彼を王子様だと勝手に祭りあげていたんだわ。本当のティレル・ド・ウォーレンのことなどまったく知らなかったし、知りようもなかった。

ティレルが毒づいた。「君はとんでもない女性だ。そうやって苦しんでいるふりをして、僕が君をひどく傷つけているような気にさせるのだからな。本当は君のゲームのターゲットにすぎないというのに」

リジーはどうにか声を出した。「私は苦しんでなどいません」嘘《うそ》をついた。「わかりました。私の負けです。私の負け。あなたの意志や知性は、私のそれをはるかに上まわっています。いつ私のところへ来てくださるのですか？　いえ、待って。たしか、今夜会いたいと言ってくださいましたよね。あのベッドで、香水をつけ、ドレスを脱いで、あなたを待ちます。シェリーを飲みながら婚約者と語り合い、おやすみのキスを交わしたら、私のところへ来てくださるのですね？」

ティレルが手を上げ、リジーは黙りこんだ。二人は目を見合わせた。

「君は恐ろしい女性だ」ティレルが言った。その静かな口調にリジーは驚いた。「十人男がいれば、そのうちの九人には愛人がいる」

「でも、私はこれまで愛人になったことはありません」

ティレルの瞳が光った。「ただの恋人になったことはあっても、か」

「愛人と恋人は違います」リジーは答えた。

「ああ、そうだろう。これ以上、君と言い合うつもりはない、エリザベス。どうせ君に勝ち目はないんだ。君をものにするためなら、僕は手段を選ばない」

二人はじっと見つめ合った。ティレルの言葉を聞いてわきあがった欲望の激しさに、リジーは今にも気を失いそうになっていた。「なぜ？」そうつぶやいた。

ティレルはゆっくりと笑みを浮かべた。何か言うかと思ったが、彼は黙ったままリジーの顔を両手で挟んだ。笑みが消えた。リジーの目をじっとのぞきこんでいる。「わからない」

彼がキスをしようとしている……。リジーの道徳心は一瞬にして消え去った。ティレルが顔を近づけ、唇でリジーの唇に触れた。

今まで言い合っていたとは思えないほど、優しいキスだった。ティレルは繰り返し、唇と唇を軽く触れ合わせた。いつしか彼の残酷さや脅しの言葉は脳裏から消え去った。体が震え、膝の力が抜け、体の内側が空っぽになり、女性らしい部分が脈を打ち始めた。やがてティレルはうなり声をあげ、ついに彼女を引き寄せて硬い体を押しつけ、唇を重ねた。リジーの体に欲望の火がついた。ティレルは舌を深々と差しこんでくる。リジーも自分の舌で彼に応《こた》え、両手を彼の肩に這《は》わせた。激しい感情の渦に巻きこまれ、何も考えられなくなった。リジーは何度も彼にキスを返した。両手は燕尾服《えんび》とベストの下に入りこみ、シャツの上から彼の胸を撫《な》でていた。

心臓が激しく鼓動している。男らしく、力強い鼓動だった。

いきなりティレルが唇を離した。しかしリジーの上にかがみこみ、両手を壁についた。瞳がぎらぎら輝いている。彼がキスをやめた理由が、リジーにはわからなかった。リジーは彼が再びキスをしてくれることを、自分の胸や髪、顔に触れてくれることを、その腕で抱きあげて上階へと運んでもらい、ドレスを脱がせて始めかけたことを最後まで終わらせてくれることを願った。そのとき、かすかに人の笑い声と話し声が聞こえた。そうだった。廊下の先では、まだ舞踏会が開かれているのだった。

「二度と僕をからかおうなどと思うな」ティレルは厳しい口調で言った。彼の視線はリジーの顔の上をさまよい、最後に唇で止まった。「これで、僕たちの関係ははっきりした」

リジーは、ついさっきまで二人が言い争っていたこと――愛人にならないならネッドは渡さないというティレルの脅しを思いだした。恐怖を覚え、体が震えだす。心臓は依然として激しく鼓動していた。ティレルはリジーがノーと言うとは思っていない。その瞬間、彼と争う気を失った。

リジーの気持ちを察したのか、ティレルの表情が和らいだ。「君と争うつもりはないんだ、エリザベス。君を脅したいわけでもない。お願いだから、ゲームなどやめてくれ。僕は君を喜ばせてみせる。君にひどいことは二度と言わない。君と君の子供を大切にする。君も僕を必要としているのだから」探るように見つめながら、静かに言った。

彼にはわからないでしょうね。私がどれほど彼を必要としているかも、ネッドがどれほど父親を必要としているかも。「大切にしてくださると信じています」リジーはささやいた。「一度としてそれを疑ったことはありません」

「よかった」ティレルはリジーに笑いかけた。しかし、どこか訝しげでもあった。

リジーにはわかっていた。ティレルは毒づいてリジーを脅迫したとはいえ、本心は愛人になるという約束に彼女が同意するのを待っているのだ、と。「部屋へ戻ります」リジーは言った。「部屋であなたをお待ちしています」

ティレルの瞳に安堵の色が浮かんだ。「僕はゲストのところへ戻らなければならない」躊躇《ちゅうちょ》しながら続けた。「彼らは明日には出発することになっている。それからのほうが、お互いに気が楽なんじゃないだろうか」

「あなたがそうおっしゃるなら、それでかまいません」リジーは答えた。ティレルのことを誰よりも信頼したかった。

ティレルはじっとリジーを見つめたあと、かすかな笑みを浮かべた。「では、そうしよう。ダブリンへ行ってからでも遅くはないと思う。いろいろ考えたが、この家で僕たちの関係を始めるのはあまり好都合とは言えない」

リジーはうなずいた。体はうずいているが、心では安堵していた。

ティレルの顔がほころんだ。「ようやく僕を信用してくれたようだ」そう言ってお辞儀をした。「君に後悔はさせない。約束する。では、おやすみ」いきなりくるりと後ろを向くと、ティレルは母屋の廊下を歩いて去っていった。

リジーは彼の姿が見えなくなるまで、じっと後ろ姿を追った。これでよかったの？　別の女性と婚約しながら、本当に私のことも幸せにしてくれるのかしら？

リジーの警戒心が解けていく。彼はたった今、怖いくらいうれしい約束をしてくれた。その言葉を信じるのは決して難しいことではなかった。

リジーは屋敷からさほど離れていない庭の石のベンチに腰かけていた。リジーが座っている場所からは、円形の車寄せの中心にある石灰岩の噴水はわかるものの、屋敷の正面は見えない。時間はそろそろ正午になるころだ。リジーは夜明けまで眠ることができず、一、二時間しか休めなかった。ひどく疲れているにもかかわらず、ティレルのことと、彼の愛人になるという自分のいきなり訪れた未来について考えずにはいられなかったのだ。確かにハリントン卿《きょう》とブランシュがアデアを去れば、もっと気が楽になるかもしれない。

数台の大きな馬車が噴水の横を通り過ぎ、まっすぐに走る車道に入ったのを見て、リジーは体をこわばらせた。四頭立ての馬車が五台連なっているのを見つめ、リジーは無意識に体を震わせていた。最後尾の馬車がぼんやりと消えて見えなくなるまで、ずっと目で追い続けた。とうとう、緑色の草原、起伏する丘陵、そして青い空しか見えなくなった。

父娘《おやこ》が去っていった。

あの女性が帰っていった。

ようやく肩の荷を下ろすことができたような気がした。正しいことではないと知りつつ、ほっとせずにはいられなかった。

「ミス・フィッツジェラルド？」

伯爵夫人の声に、リジーははっとした。立ちあがり、慌ててお辞儀をする。「おはようございます、奥様」

伯爵夫人は優しく微笑み、かがんでネッドに挨拶《あいさつ》をした。ネッドは声をあげてよろよろと立ちあがった。「だっこ、だっこ！」

伯爵夫人は満面の笑みを浮かべ、ネッドを抱きあげた。ネッドは夫人の頬をぱちぱち叩《たた》いた。「ばあば、いいこ」

「あなたもいい子ね」ネッドを抱きしめ、伯爵夫人が言った。それからリジーに向かって笑いかけた。「本当に、かわいらしいこと」

伯爵夫人とネッドの様子を見ていると、リジーの不安もいくらか消え去った。これでよかったんだわ。ネッドはアデアの人間だもの。レディ・ド・ウォーレンはティレルの生母ではないけれど、彼のことを心から愛していらっしゃる。ネッドのことも、血を分けた孫のように思ってくださっている。ティレルの愛人になるのは間違っているけれど、ネッドをここへ連れてきたのは正解だった。

「リジー、これから町へ出かけるの。毎週水曜日は、屋敷で食べきれなかったものを持って、聖メアリー修道院の孤児たちに会いに行くことにしているのよ。何か欲しいものはある？」

リジーは驚いた。「奥様、おばと一緒に暮らすために実家を出るまで、私は毎週火曜日に修道院のシスターのお手伝いに行っていました」

伯爵夫人は目を見開いた。「まあ、私たちにはそんな共通点があったのね」

リジーは厚かましさにも気づかず、声をあげた。「ご一緒させていただけませんか？　私も慈善活動を続けたいのです。ああ、子供たちに会いたいわ。ベスはまだ付属の孤児院にいるのかしら？　スティーヴンは？　あの子もすっかり大きくなっているでしょうね」

伯爵夫人は考えこむようにリジーを見つめていた。「ベスは春に養子に迎えられたわ。スティーヴンの父親は、去年の冬に彼を認知したのよ」

「本当ですか？　ああ、よかった」リジーは言った。子供たちの近況を知り、リジーはわくわくした気持ちで伯爵夫人に笑いかけた。

「ぜひ一緒に来てちょうだい。ネッドはロージーに預けていきましょう」夫人が言った。

ティレルは栗毛《くりげ》の馬にまたがり、野原をギャロップで駆けさせていた。石壁に近づくとようやく歩調を緩めて角を曲がり、再びペースを上げてアデア邸へ駆け戻る。

馬屋の前で荒い息をする馬から降りた。馬丁頭のラルフがティレルの手から手綱を受けとり、彼に厳しい視線を向けた。

　ティレルは狩猟用の上着の袖《そで》で額を拭《ぬぐ》った。「熱が冷めるまで少し歩かせてやってくれ。それからたっぷりとブランマッシュを食べさせてくれ」そう言ったとたん、お気に入りの馬に激しい運動をさせてしまった自分に腹が立ってきた。

「はりねずみの穴に落ちてご主人様が脚を折らずにすんだのは幸いでしたね」ラルフはそっけなく言った。「もちろん、この名馬にとってもですが」

　ティレルは汗ばんだ雄馬の首を撫でた。いったい自分はどうしてしまったのだろう。苛《いら》立《だ》ちを馬に向けてしまうとは。彼は馬をぽんと叩いた。アラブ馬の血が半分混じった、持久力のあるその馬は、まだまだ大丈夫と言わんばかりにティレルに向かって鼻息を吹きかけた。「こいつは二、三日休ませよう」自分の問題を知りすぎているティレルが言った。

「わかりました、ご主人様」ラルフは答え、馬を連れて去っていった。

　ティレルはもう一度額の汗を拭った。エリザベス・フィッツジェラルドのことや自分が取った行動については、あまり深く考えないでおこうとした。だが、無理だった。ガーデンテラスとフレンチドアを通り、屋敷の裏手から家の中に入った。まっすぐに家族が使う居間に向かい、酒の置かれたワゴンに近づく。スコッチを注《つ》いでいると、レックスが松葉《まつば》杖《づえ》をつきながら入ってきた。「兄さんは自殺するつもりなのか？　それとも自分のいちばんの馬を殺そうとしているのかい？」

　ティレルはグラスのスコッチをいっきに飲み干した。喉が焼けるようだ。昨夜は、エリザベスを自分のそばへ置いておくために、彼女を脅してしまった。いったい自分はどんな人間になり果てたのだろう？「セイファーを殺す前に、自分の死を願うべきだったな」ティレルは言い、スコッチを注ぎ足した。最悪なのは、自分自身を抑えきれなかったことだ。抑えようとも思わなかった。一夜が明けても、気持ちは変わらなかった。むしろ予定を繰りあげてダブリンへ戻ろうかと考えていた。

「そろそろ昼だ」レックスが言った。「僕もつき合っていいかい？」

ティレルは返答するよりも早く別のグラスに酒を注ぎ、レックスに手渡した。このまま自分の行動を抑制できなければ、まさしく彼女の鎖に操られた人形も同然だ。

結婚のことは、どうするつもりだ？　このままでは、花嫁や父親との関係が危うくなるのは明らかじゃないか。

「ハリントン一家に乾杯」レックスの皮肉めいたつぶやきが、ティレルの思考を遮った。「そして、美しいレディ・ブランシュにも」

ティレルはかっとなった。グラスを軽く持ちあげて乾杯に応えると、再びいっきに飲み干した。レックスは自分の酒をすすりながら兄の様子を観察して言った。

「あらゆる意味ですばらしい結婚相手だと思うよ。まあ、兄さんもわかっているだろうが」

「ああ、わくわくしているよ」そう言ったとたん、いかにも憂鬱《ゆううつ》そうな口調になっていることに気づいた。

レックスは聞き逃さなかった。「本当かい？　とてもわくわくしているようには聞こえないけどな。むしろ、かなり苛ついているみたいだ」

ティレルはレックスに向き直った。「何も苛ついてなどいない」笑みを浮かべた。

レックスは酒をすすった。「気にすることはないよ。生まれてからずっと兄さんのことを見てきたからね。兄さんが不機嫌なときはすぐにわかる。まあ、不機嫌なこと自体が兄さんにしては珍しいことさ。ただし、ここ数日は別だ」

「気を使う必要などない。はっきり言ってくれ。おまえの態度は許せない、とな。なにしろ、愛人を婚約者と同じ屋根の下に置いているんだ」

「僕が口を出す必要などないさ。兄さんは自分のしていることをちゃんとわかっている」

ティレルは悪態をついた。

「もう少し慎重になったほうがいい」レックスが不意に言った。硬い口調でさらに続けた。「少なくとも、婚約者と一緒にいるときは楽しそうなふりをするべきじゃないか？」

「楽しいさ」言葉だけが独り歩きしている。

「ならば、一度や二度は彼女の手を握って、微笑みかけるべきじゃないのか？」

ティレルは暗い目で弟を見やった。「正直、昨夜《ゆうべ》はそれどころじゃなかったんだ」

「ハリントン卿は、兄さんの態度にかなり腹を立てていた。父さんが兄さんをかばっているのを聞いたよ。エレノアにさえ、兄さんは病気なのかと訊《き》かれたよ」エレノアというのは、彼らの妹のことだった。「兄さんはひどく憂鬱そうだった。兄さんらしくない」

「気になることがあったんだ」ティレルはついに言った。「兄さんの子孫、そして僕やクリフやエレノアの子孫の将来を守るよりも大事なことって、いったいなんなんだ？」

レックスの言うとおりだった。ブランシュとの結婚ほど重要なことはないし、少なくとも、そのようにふるまわなければならないときがきたのだ。でも、エリザベス・フィッツジェラルドをあきらめる気にもなれなかった。

「彼女、想像していた女性とずいぶん違っていたよ」レックスが真剣な口調で言った。

ブランシュのことを言っているわけではないだろう。ティレルはゆっくりとレックスの視線を受け止めた。刺すような視線だった。ティレルはリジーの柔らかで傷つきやすいグレーの瞳を思いだし、躊躇した。「ああ、僕が想像していた女性とも違っていた」気がつくと、そう答えていた。その瞬間、約二年前に馬車に轢《ひ》かれそうになっていた彼女を救ったときのことを思いだした。自分はあのとき反射的に動いていた。夢中で道に飛びだして危険な場所にいた彼女をつかみ、気づくとぬかるみに膝をついて、人生で出会った中で最も美しくて魅力的な女性を抱いていたのだ。馬に胸を蹴《け》られていたとしても、あれほどは驚かなかっただろう。

「何を笑っているんだ？　僕が言っているのは、兄さんの愛人のミス・フィッツジェラルドのことだ」

ティレルはゆっくりと意識を現在に引き戻し、震える手でグラスを置いた。「父上の屋敷で、しかも婚約者とその家族が滞在しているときに、愛人と関係を持つつもりはない」

レックスは冷笑を浮かべた。「自制しているとはさすが兄さんだ。でも僕はごまかされないよ。たとえ今はまだ愛人になっていなくても、いずれそうするつもりなんだろう？」

ティレルはため息をついた。「僕に情事の意味について講義するつもりか？」

「まさか。兄さんが聞く耳を持たないのはわかっているし、愛人を持とうとする男は兄さんだけじゃない。それに、遅かれ早かれ彼女のことは忘れるつもりなんだろう？」

「ああ、そう願ってるよ！」ティレルが声を荒らげた。「僕がまわりの迷惑も考えずに、勝手なことをしていると思っているのか？　僕は自分の結婚相手に不実な真似をするつもりはないぞ、レックス。妻は妻以上の存在だと思ってきた。友人であり恋人でもあると」

レックスは唖然《あぜん》としている。「ブランシュが友人や恋人になれない理由はないさ。だが、彼女との結婚を誓ったあとまでも、彼女に不実を働こうとしているように僕には思える」

「彼女をベッドに連れていこうとさえ思わないんだぞ。結婚したからといって、彼女に対して忠実でいられると思うか？」

レックスはティレルに近づき、肩に手をかけた。「兄さんが忠実であるかどうかなんて、どうでもいいことなんだ。妻だけに忠実を誓う男なんてめったにいないんだから。ただ、彼女を敬って、優しくし、慎重にすべきだと言っているんだ」

「そんなことはわかっている」ティレルは弟から離れながら言った。うんざりしながらソファーに腰かける。これまでずっと、いつか優しくて、上品で、美しい女性を妻にめとり、息子と娘をもうけて、楽しく居心地のいい家庭を築きあげるつもりだった。愛人を持とうなどと思ったことは一度もなかった。それなのに、正式に婚約の誓いを立てようとする前日になって、情事に心を動かされ、自分の行動を制御することさえできなくなるとは。

「彼女はとても感じのいい女性だった」レックスは言った。「正直なところ、兄さんが以前つき合っていたマリー・クレアのような派手な美人か、財産目的のあさましい女を想像していたんだ。だが、彼女には派手さもずるさもまったくなかった。僕が彼女に会ったとき、彼女は子供と一緒に厨房《ちゅうぼう》でタルトを作って部屋へ戻るところだったよ。ドレスは小麦粉とチョコレートで汚れ、フルーツジュースのしみらしきものまでついていた。ずうずうしいところなどまったくなかった。むしろとても恥ずかしがり屋で、僕のことを恐れていたくらいだ。彼女は男が愛人にするような女性とは明らかに違う」

ティレルは弟をじっと見つめていた。弟の最後の言葉は彼の耳に入っていなかった。厨房でタルトを作っていただと？「本当なのか？」厨房で料理をするリジーの姿が、何度もティレルの脳裏をよぎる。レックスの言葉が本当であってほしい。

レックスは笑みを浮かべた。「ああ、本当だ。確認もしてみた。厨房の使用人たちは皆、彼女の虜《とりこ》になっているよ。母上も彼女のことが気に入ったらしい」

あまり喜びすぎないよう、ティレルは自分に言い聞かせた。「おまえまで、彼女の崇拝者になったような口ぶりだ」

「ああ、そうかもしれない」

「彼女が僕に結婚を迫るためにここへ来たのは知っているだろう？」

レックスはため息をついた。「ああ、当然だ。皆、知っている。だが、それは彼女の両親のもくろみで、ミス・フィッツジェラルドにそのつもりはなかったと聞いた。彼女の母親が未婚の二人の娘を良家に嫁がせようと必死なのは、有名な話だからな」

リジーはそんな両親のもくろみの犠牲者にすぎなかったのだと、ティレルは信じたかった。だが、彼は人の性格を見抜くのを得意としている。ネッドの実の父親と結婚したくないという彼女の言い訳は嘘だ。それはわかっていた。「そんなことは、もうどうでもいい」

ティレルは硬い口調で言った。「問題は、彼女がここにいるということだ」

レックスは眉をつりあげた。「そうかい？　問題は、彼女の子供だろう？」

「当然だ」子供のことで嘘をついていることを悟られないよう、ティレルは弟から離れた。

しかし、レックスは彼のあとをついてきた。「兄さん、何か妙だよ！　兄さんの態度が妙なんだ。初めての子供を見せられた父親らしく、もう少し子供のことを気にかけてもいいんじゃないか？」

ティレルは弟のほうを向き、どうにか笑いかけた。「時間が必要なんだ。この状況に慣れるための時間が」

「嘘だ」レックスは言い、ティレルの腕に手を置いた。「いったいどうしたんだ？　なぜそんなに神経を尖《とが》らせたり、どうでもいいことに腹を立てたりするんだよ？　なぜ家族や婚約者への務めを果たそうとしない？　そもそも、なぜあんなに若くてしとやかで育ちのいい女性に近づいたりしたんだ？　それに、どうして彼女を愛人としてこんなところへ連れてきた？　彼女が子供の母親だということはわかる。だが、彼女はちゃんとした夫と家庭を持つに値する女性だ。兄さんもわかっているだろう。いったいどうしてしまったんだ？」

ティレルは急に腹が立ってきた。弟の言うことは、すべて当を得ている。「僕が、常識のかけらもなく、判断力も持たず、家族や自分の務めなどなんとも思わない、頭のいかれた男になってしまったということだ」ティレルはそう言い放った。「エリザベスこそ、ベッドに飛びこむ前に、自分の将来について考えるべきだったんだ」

レックスはさらに続けた。「兄さんが正気を取り戻して婚約者を大切にするのが、誰にとってもいちばんいいことなんだよ。ミス・フィッツジェラルドをかばうことはできないが、彼女のことは気に入っている。彼女は、兄さんが彼女にしてやれる以上の幸せを得るに値する女性なんだ」レックスは開いたままのドアに向かって怒ったように歩いていったが、戸口で立ち止まった。「僕たち家族だって一緒だ。兄さんがこの一族を率いる意志があるならば、だけどね」

ティレルは躊躇することなく、弟が通り抜けたばかりの戸口に向かってグラスを投げつけた。しかしすでにレックスの姿はなく、グラスはそのまま部屋の床の上に落下した。ティレルは両手で顔を覆った。

15

激しい感情の嵐《あらし》

メアリー・ド・ウォーレンは広い書斎へ足を踏み入れた。夫は地所の台帳を検分しているか、もしくは『ロンドン・タイムズ』を読んでいるだろう。エリザベス・フィッツジェラルドはいったいどういう女性なのかしら。メアリーはずっとそのことばかり考えていた。そしてその日の出来事や、初めて彼女に会ったときの印象も脳裏から拭《ぬぐ》い去ることができずにいた。

「やあ、おかえり」伯爵が立ったまま笑みを浮かべて言った。大きな机の後ろから歩みでて、妻を抱きしめ、キスをする。「早く戻ってきてくれないかと待っていたんだ」青い目を輝かせた。「夕食前に、少し休もうかと思ってね。一緒にどうかね?」

メアリーは最初の夫を心から愛していたが、その夫との結婚生活を送っているあいだでさえ、エドワード・ド・ウォーレンのことを信じられないほど意識していたものだった。ジェラルド・オニールがウェックスフォードで恐ろしい暴動に巻きこまれ、英国軍兵士に殺されたとき、エドワードは捕虜になっていた彼女を助けに来てくれた。それから数カ月後、二人は結婚し、エドワードはメアリーの二人の息子デヴリンとショーンを、自分の三人の息子とひとりの娘とともに育ててくれた。メアリーはジェラルドが殺される以前からエドワードに恋していたが、ときおり挨拶《あいさつ》や丁寧な言葉を交わすだけで、十分に満足していた。二人が結婚して十年をとうに超えた。それでも、エドワードからの誘いは、メアリーの中の女性らしさを呼び覚ましてくれた。二人は中年になって久しいが、年齢など彼らにはなんの関係もなかった。実際、メアリーがエドワードの腕の中で眠らない夜はめったにない。

「今日、ミス・フィッツジェラルドが私と一緒に孤児院に行ってくださったのよ、エドワード」メアリーはまじめな口調で言った。

エドワードの笑みが消えた。「それで?」

メアリーは黄色い大きな椅子に近づき、腰を下ろした。「とても優しかったわ」しばらく考えこんでから、そう答えた。

エドワードは彼女の横を通り過ぎ、大きな書棚の上に置かれた銀色のトレーに近づいた。いくつか並べられたデカンターからひとつを選び、シェリーとスコッチを注《つ》ぐ。妻のところへ戻って、真向かいに置かれた足置きに腰を下ろし、彼女にワイングラスを差しだした。

「君に好印象を与えるためにわざとそうしていたということはないのかね?」

「それはありません」メアリーは答えた。「実のところ、シスターたちは皆エリザベスのことをよく知っていました。エリザベスは妊娠して身を隠すまで、四年も子供たちの世話をしていたそうですわ。シスターは皆、彼女の姿を見て大喜びしていました。彼女が通っていたころから孤児院にいる二人の子供たちも同じでした。エリザベスは自分の子供と同じように、孤児たちに優しく接していました」

エドワードは酒を飲んだ。「実は、私も使いを送って彼女のことを調べさせた。これまでのところ、悪い評判はまったく耳に入ってきていない。実際、彼女の母親の言うとおりなんだよ。恥ずかしがり屋で、口数が少なく、文字どおり壁の花だったそうだ。彼女への求婚者の名前も誰ひとりとして出てこない。もちろん、それはまだ彼女が若すぎたからかもしれないがね。だが、彼女は誰からも好かれているうえ、貧しい人が自分の前を横切るのを見ただけで、自分が今着ている服を差しだそうとするのだそうだ」

「エドワード、あの子はとても心優しいお嬢さんよ。今のままでは、あまりに不当だわ」

エドワードが立ちあがった。「私にどうしろというのだ？　ティレルの婚約を破棄しろと？　レディ・ブランシュと結婚すれば、ティレルの息子は、ド・ウォーレン家の祖先に劣らぬ権力と財力を得られるのだぞ！」

メアリーは体を震わせながら立ちあがった。「でも、あなたは幸せでいらっしゃるわ。王宮の中で、枢密院の顧問官にあれこれささやいて、連合のほかの一族と政治ゲームをする必要はないんですもの。私たちは幸せに暮らしてきたし、そのことを私は毎日、神に感謝しています。私たち以上の政治的かつ社会的な地位を保証させる縁組など、本当にティレルに必要なのでしょうか？」

「メアリー、私たちの孫はどうなる？　時代は変わった。これからも変わり続けることだろう。今回の縁組によって、私たちの孫世代が十分に暮らしていけるだけの財産が保証されるのだぞ。君ならわかっておるはずだ」

「わかっています」メアリーは悲しそうにつぶやいた。

「君はティレルをあの娘と結婚させたいのか？」エドワードは厳しい表情を浮かべた。

「わかりません」メアリーは正直に答えた。「ただ、ティレルは放蕩《ほうとう》者ではありません。ティレルの話も、エリザベスの話も、私には信じられないのです。ティレルがあのような娘をベッドに連れていくでしょうか？　そんなはずはありませんし、エリザベスが彼をそそのかしたとも思えないのです」メアリーは涙を浮かべた。

エドワードはため息をついた。「最後の言葉は私も同感だ。あの娘は男たらしなどではない。だからこそ、私はとまどっておるのだ」

メアリーはエドワードに近づき、彼を抱きしめた。「本当にとまどっていらっしゃるのですか？　私は、今日の出来事で答えは明らかになったと思っています」

エドワードは顔をしかめた。「ティレルがあの娘に恋をしておると言うつもりなら、聞きたくはない」

「それ以外に、ティレルが自制心を失っていること、その一方で礼儀を尽くそうとしていることの理由を説明できますか？　エリザベスが初めてここへ現れた日に、その様子を私たちはともに目にしたではありませんか」

　エドワードはメアリーをじっと見つめた。「よかろう。正直言えば、私もまったく同じことを思っておった。メアリー、私は息子にできるだけのことをしてやりたいのだ。それ以上に、彼の息子たちのことが気がかりでしかたないのだ。ティレルの子はもちろん、レックスやクリフ、それにエレノアの子供たちも幸せにしてやりたい。彼らに生計の心配などさせたくはないのだ」

「生計の心配をしながら生きることが、それほど悪いことですか？　一代で財を成したデヴリンをごらんになってください。それにクリフだってバーバリー海岸でちょっとした財宝を手に入れたようではありませんか。私は、自分の子供たちを信頼しています。あの子たちは飢え死にするようなことはありませんわ」

「私たちは、ブレントウッドの地所を売ったばかりだぞ。イングランドで残っていた最後の地所を、だ」エドワードは言った。「今回の縁組が成立すれば、我が家は再びイングランドでの地位を再確立できるのだよ」エドワードはメアリーの手を取った。「ティレルには幸せになってほしい。子供たち全員に幸せになってほしいのだ。同時に、特権の得られる地位に就いていてほしい。バースから戻ってきたときのエレノアがどれほど悲しんでいたか、覚えていないのかね？　あの子ほど美しくて裕福でも、しょせん二流のアイルランド人としかみなされないのだよ。私の子供たちは、イングランド人に対等に扱われるような人間になってほしいのだ」

メアリーはしばらく黙っていたが、やがてつぶやくように言った。「アイルランド人であることの無力さは、この私がいやというほど存じあげております」それが、メアリーの最初の夫が殺され、彼女自身が捕虜となったときのことを指していることは、エドワードもわかっている。「でも、私は生き延びました。あのような横暴な行為や偏見の犠牲となりながらも、私たちは皆こうして生き抜いてきたではありませんか。それに、私たちの子供たちは、イングランド人に尊敬されようがされまいが、気になどしませんわ。私たちは、五人の息子をたくましい男性に、そしてひとりの娘をたくましくて美しい女性に育ててきたではありませんか」メアリーは笑みを浮かべて言った。

エドワードは答えなかった。

「あなた、ティレルは、必ず自分の義務を果たそうとすることでしょう。あなたもそれはわかっていらっしゃるはずです。けれど、ブランシュと結婚しながら、心ではミス・フィッツジェラルドのことを思っているとしたら、ティレルはあなたが願っているように幸せにはなれないのではないでしょうか」

エドワードはそれ以上、この話を続ける気にはなれなかったのだろう、珍しいほどそっけなく言った。「ならば、ティレルがミス・フィッツジェラルドに恋をしているのではないことを祈ろう」

メアリーはエドワードの厳しい口調にたじろいだが、あえて言葉を返すことはなかった。

車寄せに停《と》まっている実家の馬車を思いがけず目にし、リジーは不安を覚えた。両親やジョージーには会いたい。けれども、両親がどのような態度をとるか、リジーには想像がつかなかった。

「ミス・フィッツジェラルド」召使いが言った。「姉上のミス・ジョージーナ・フィッツジェラルドが、青の間の外のテラスでお待ちでございます」

リジーは小躍りせんばかりに喜んだ。廊下を駆けだしたものの、すぐにぴたりと足を止めて振り向いた。「青の間というのはどこ？」興奮した様子で尋ねた。

「最初の曲がり角を左に、それから右へ行ってください」召使いは顔を背け、笑みを押し隠した。

リジーは左へ右へと角を曲がり、びっくりするほど青色で統一された客間へ飛びこんだ。暖炉が二つ備えられ、金色と白色の星形の照明が天井からつりさげられている。走って横切ろうとしたとたん、人がいることに気づき、慌てて足を止めた。

ティレルが脚を組んでソファーに腰かけていた。鋭い視線でリジーを見つめている。

「どこへ行っていた？」

ティレルは信じられないほどハンサムだったが、髪は乱れ、目覚めたばかりのライオンのように不機嫌そうだった。「あの、奥様に誘われて、聖メアリー修道院へお供をしてまいりました」

ティレルはゆっくりと立ちあがった。上着は脱いでいて、繊細なレースで縁取られた美しいローン地のシャツに、白に近いドスキン地のズボン、それに黒い乗馬用ブーツというでたちだった。「本当に母上が君を誘ったのか？　それとも、母上に誘われるよう君が仕向けたのではないか？」

リジーは急に不安を覚えた。「怒っていらっしゃるようですね。昨夜《ゆうべ》は申し訳ございませんでした。レディ・ブランシュを密《ひそ》かに探るなど、するべきではありませんでした。でも、奥様に誘われるよう仕向けたわけではありません。奥様がご親切にも一緒に連れていってくださったのです。おかげで、とても楽しい午後を過ごさせていただきました」

「子供はどうした？」

リジーはたじろいだ。ティレルは自分の子を一度もネッドと呼んだことがない。「乳母に預けました」リジーはそっと答えた。

ティレルはリジーの上半身にさっと目を走らせた。「マントはどこだ？」

リジーはためらった。心臓が早鐘を打っている。「着るものに困っていたかわいそうな子にあげました」

ティレルはしばらくのあいだ、じっとリジーを見つめていた。

リジーの不安が高まっていく。「まさか、反対なさらないですよね？」

ティレルがリジーに向かって歩いてきた。リジーは体をこわばらせた。リジーに向かって身を乗りだし、声を低くして言った。「君は、僕の弟や厨房《ちゅうぼう》の使用人の心をつかみ、今度は母上まで味方にしてしまった。これがまた別の策略でないことを願っている」

「とんでもないです。誰かを味方につけようなんて考えてもいません」

ティレルは目をそらそうとしない。「今度はしとやかなふりか」

ティレルの機嫌が悪い理由が、リジーにはわからなかった。昨夜は舞踏会を楽しんだのではないの？　舞踏会のことを話題に持ちだしていいものかどうか、リジーは迷った。

「舞踏会は大成功だったそうですね」

ティレルがリジーに向けた視線からは感情が読みとれない。「ほう？　いったい誰からそんなことを？」

いったい何があったのだろう。「楽しい夜を過ごされたのではないのですか？」

ティレルの苛立《いらだ》ちが増していくのが、はっきりと見て取れた。「楽しいものか。昨夜は自分の義務を果たした。それだけのことだ。明日、ダブリンへ戻る」

出発は、少なくとも二、三日先だと思っていたのに。「何か緊急事態でも？」本当についていかなければならないのか知りたかったが、あえてそう尋ねた。

「いや。本当は、あと一週間は戻らないつもりだった。だが、とにかく明日ウィックロウに戻ることに決めたのだ。先回話したように、君も子供と一緒についてくるんだ」

リジーは息をのんだ。明日、私はとうとう彼の愛人になる。よくないことと知りつつ、リジーの体を興奮の波が通り抜けた。と同時に、怖くなった。

「すでに乳母には、君の荷物をまとめるよう言ってある」ティレルは言い、首を傾けた。「急なことで申し訳ない」そう言うと、すたすたと部屋を出ていった。

リジーは早鐘を打つ心臓を片方の手で押さえ、ティレルの後ろ姿を見つめた。ネッドと自分を連れていってくれると聞いてほっとしたものの、ティレルはひどく憂鬱《ゆううつ》そうだった。やはり、何かよくないことがあったに違いない。

テラスに出るドアの脇《わき》のカーテンの陰から、人影が現れた。レックス・ド・ウォーレンが、黒い両眉を上げてリジーを見つめていた。「あれほど愛想のない人間を見たのは初めてだ。少なくとも兄さんに関しては、だが」レックスは言った。

まあ、なんてこと。レックスがドアの陰に隠れ、ずっと二人の会話を盗み聞きしていたのだと知り、リジーは驚いた。レックスは松葉杖《まつばづえ》をつきながらリジーに近づいた。相変わらず厳しい視線だった。「君はよくやったと思う。あれほど不機嫌な兄さんを前にしたら、男だろうが、女だろうが、普通は背を向けて逃げだすところだ」

「逃げられるものなら、逃げていました」リジーはどうにか答えた。「でも、彼には苛立ちをぶつける相手が必要なような気がして」

レックスはリジーをじっと見つめた。「兄さんは自分の子を、ただ、子供としか呼ばなかった」

はっとしたリジーは、すぐさま不安をかき消した。「きっと口を滑らせたのよ」

「兄さんなら、跡取りができたことを喜びそうなものだが」

「喜んでいると思います」

「そうだろうか。君に息子を押しつけられたと思っているんじゃないのか？　でなければ、あんなに失礼な態度をとったり、不機嫌だったりする理由がつかない」

「荷物をまとめなければならないので」理由をつけて、リジーはその場を離れようとした。

しかし、レックスはわずかに体を横へずらし、リジーの行く手を阻んだ。「無理をして兄さんの無礼な態度に耐える必要はない。いやなら実家へ帰ればいいんだ」

「子供を残してはいけません！」リジーは声をあげた。

「兄さんのことはどうなんだ？　子供のために、つらくても我慢するというのか？」

リジーは躊躇《ちゅうちょ》したが、とうとうレックスの目を見て答えた。「ときには怖い思いをすることもあります。でも、彼は思いやりがあって、優しい心の持ち主です。彼が不機嫌なのは私のせいです。私が彼の人生をめちゃくちゃにしてしまったのですから。どんなふうに扱われても、彼を責めるつもりはありません。彼がこの状況を――私のことも、ネッドのことも――結婚式の前夜に求めてきたわけでもありませんし。折りが悪かっただけです。それについても申し訳ないと思っています。ティレルを困らせる結果になったことは、私もすごく悪かったと思っているんです」

レックスはじっとリジーを見つめた。しばらくしてうなずくと、笑みを見せた。「兄さんを一発殴って、どれほど腹が立っても、紳士らしくふるまうべきであることを思いださせようか？」

リジーもようやく笑みを浮かべた。最悪の事態は免れたようだ。「ぜひ、そうお願いしたいところですが、だからといって彼が聞く耳を持つとは思えませんわ」

「確かに、そうかもしれない」レックスの笑みが消えた。「あれほど悩み苦しんでいる様子の兄さんを、僕は見たことがないんだ」

「私にはよくわかりません」

「君にわかるとは思ってなかったさ。僕は兄さんのことをよく知っているからね。兄さんが君に本当の気持ちを打ち明けるとは思えない」

どういうことなの？「どんな気持ちですか？」

「兄さんは、自分の義務を怠りつつあるんだ、ミス・フィッツジェラルド。君もわかっているだろう。兄さんは自分の道徳心を裏切ろうともしている」

リジーの体が凍りついた。「私が初めての愛人というわけではないのでしょう？」

「ああ、そんなことはない。ただ、これまでは婚約はしていなかった。兄さんを愛しているのかい？」

心臓をつかまれたような気がした。なんと答えていいかわからず、ゆっくりとレックスを見た。

レックスは厳しい表情を浮かべた。「瞳にイエスと書いてあるよ、ミス・フィッツジェラルド」

リジーはあえて反論しないことにした。

「少し助言させてもらってもいいだろうか」

聞きたくない内容だということは、リジーにもわかった。「どうしてもとおっしゃるなら」

「兄さんも君も、情熱だけが先走りしているように見えるんだ。このままでは、決して互いのためにならないと思う」

リジーは椅子に座りこんだ。心の中では、レックスの言うとおりだとわかっている。

「ここは僕の家じゃない。だが、兄さんのことが心配なんだ。兄さんは君にふさわしいものを与えることができないんだ、ミス・フィッツジェラルド。決してね」

リジーはレックスの目を見つめた。「おっしゃっていることがわかりません」

「いい加減にしろ！　君は売春婦とは違う。誰かの愛人になるような女性じゃない。ティレル兄さんはレディ・ブランシュと結婚しなければならないんだ。どれほど情熱が先走ったとしても、家族の期待を裏切るようなことをするはずがないんだよ、ミス・フィッツジェラルド。兄さんから離れたほうがいい」レックスはにべもなく言った。「一刻も早く」

リジーは目を閉じ、嗚咽《おえつ》した。レックスの言うとおりだと思いながら。

レックスはそのまま部屋を出ていった。

そのとき、姉の柔らかな声が外のテラスから聞こえてきた。ジョージーのことをすっかり忘れていたわ！　リジーはずきずきと痛むこめかみを手でこすり、冷静さを取り戻そうとした。レックスがどう思おうと関係ないわ。ティレルは私を放してくれないんだもの。

リジーは立ちあがり、テラスへ出た。ジョージーは椅子に腰かけ、お茶を飲んでいた。

「リジー！」二人は抱き合った。「大丈夫なの？」ジョージーが尋ねた。

リジーはジョージーの手を握ったまま腰を下ろした。「なんだか感情の嵐に巻きこまれちゃったみたいなの」

「何があったの？」ジョージーは声を落として尋ねた。「ティレルは、あなたがネッドの母親でないことを知っているみたいよ。それなのに、自分の子供だと認めるなんて」

「いいえ、彼は私がネッドの母親だと思ってるわ。だけど、自分が父親だとは思っていないの」

ジョージーは呆然《ぼうぜん》として立っている。「それなら、どうしてネッドを自分の子供だって認めるの？」ようやくそう尋ねた。

「彼はゲームをしてるのよ、ジョージー。事実を隠す代わりに、ネッドと離れたくなければ、愛人になれって言われたの。実は、明日、ウィックロウへ出発するのよ」

「彼に脅されたの？」ジョージーは信じられないという口ぶりだった。

リジーはたじろいだ。「ええ」

「でも、婚約のことはどうなったの？　昨夜、正式に発表されたんでしょう？」

リジーは体をこわばらせた。「しかたないのよ。私はネッドと離れられないもの」

「まあ、リジーったら」ジョージーはリジーの手を握りながらつぶやいた。「彼のことをあなたがどれほど愛しているか、私は誰よりも知っているわ。だからこそ、彼があなたのことをあざわらって、私たちを追いだしてくれたらと願わずにはいられないのよ。きっとそうなると思っていたのに」

リジーはゆっくりと話し始めた。「私は物心ついたころから彼のことを知っているわ。でもそれは、遠くから見ていただけのこと。知っていると言っても、噂《うわさ》で耳にしたことにすぎないの。ジョージー、本当は私、彼のことを何も知らないような気がしているのよ。何ひとつとして」

「それは、あなたが彼を英雄として頭の中で作りあげてしまったからよ。美化しすぎてしまったのね。本当は彼もただの人間なのに」

「彼、ものすごく短気なの。それに横柄なのよ」リジーは体を震わせた。「私が思っていた半分の優しさもないわ。まるで本物の王子のように尊大だもの」

「今でも彼を愛しているの?」ジョージーが尋ねた。

リジーはうなずいた。「今まで以上かもしれないわ」

しばらく沈黙が続いた。「あなたも知っておいたほうがいいと思うから話すわ。昨日、ローリーがレイヴン・ホールへやってきたの。私がひとりで彼の相手をしなければならなかったのよ」ジョージーは半ば取り乱しながら言い足した。「とってもつらかったんだから。私が彼のことを嫌いなのは、あなたも知っているでしょう? そうそう、あなたのことも訊《き》かれたわ」ジョージーはすまなそうに両手を上げた。「ごめんなさい! 彼に無性に腹が立って、あなたがここにいることを話してしまったの」

リジーの心臓が、どくどくといやな脈を打ち始めた。「ネッドのことは話した?」

「いいえ」ジョージーはすっかり肩身が狭そうにしている。「あなたはゲストとして招かれたんだと言っておいたわ。訝《いぶか》しげだったけど。でも、あなたやネッド、それにティレルとの関係が彼の耳に入るのは時間の問題よ」

頭痛がし始めた。きっとローリーはここへやってきて、私に面会を求めるに違いない。いったい彼になんと言えばいいの？「お姉様のせいではないわ」リジーは言った。「彼はティレルの友人だし、遅かれ早かれ、私のことはわかるはずだもの」

「もし、ローリーが伯爵か伯爵夫人に事実を告げたら？ティレルのゲームも終わりになって、あなたはここを出なければならなくなるわ。嘘《うそ》をついたあなたが置いてもらえるはずがないもの。そしてネッドは取りあげられてしまうのよ」

「ローリーはいつまでリムリックにいるの？」リジーは尋ねた。ローリーに子供のことを訊かれる前に、自分から説明したほうがいい。

「あまり長くはいないと思うわ。ダブリンへ戻る途中だと聞いた気がするの。ひょっとしたら、もう出発してしまったかもしれないし」

「それならいいんだけど」リジーは裏庭の芝生から、その先の緩やかに起伏する丘までじっと眺めた。「黙っていてくれるよう、説得しなければ」

「彼、あなたに気があるのよ」ジョージーの口調が急にそっけなくなった。「最初から、彼には本当のことを話せばよかったんだわ」

リジーは立ちあがった。「お姉様、せっかく来ていただいたけど、私すごく疲れているの。嘘をつくって、思ったより体力を消耗するものみたい。少し休ませてもらうわ」

ジョージーも立ちあがった。「そうしてちょうだい。あなたの様子を確かめたかっただけなの。それにティレルがどうしてそんな態度をとったのかも。彼があなたを無理やり愛人にしようとしているなんて、今でも信じられない。もう、彼のことは尊敬できないわ」

リジーは反射的にティレルをかばった。「悪いのは私なの。だから、彼を悪く思わないでちょうだい。私のことをよく思ってくれないからといって、彼を責められる？」

「リジー、本当にこれでいいの？　彼は正式に別の女性と結婚を約束してしまったのよ」

リジーは目を閉じた。「わからないわ」リジーはしばらくしてつぶやいた。「ああ、ジョージーお姉様、私、大海原で行く先を見失った小舟になったような気分よ。潮流にただ流されるだけで、自分ではどうすることもできないの。それどころか、高潮に乗せられて運ばれているみたい」

ジョージーはリジーをぎゅっと抱きしめた。

リジーはすばらしい夢を見ていた。脇を下にして横たわり、予備の枕《まくら》を腕に抱いていた。ティレルがリジーの髪の房を持ちあげた。リジーは小さな笑みを浮かべた。この次はどうなるのか、彼女にはわかっていた。これは、私がいつも願っていたような夢だわ。彼がリジーの頬に触れた。繊細なタッチに、脚のあいだがたちまち熱を帯びた。脈が速まる。ティレルはリジーのうなじから、むきだしの肩、そして寝間着のネックラインまで優しく撫《な》でおろした。手はさらに彼女の脇から腰、そしてヒップへと進んでいく。リジーはため息をつき、ベッドの上でそわそわと体を動かした。欲望で肌の産毛が逆立つ。

彼が自分の名をささやいた気がした。「エリザベス」

ティレルだわ――ぼんやりと思った。ティレルが私と愛し合おうとしている！

ティレルはリジーのヒップのふくらみに沿って手を滑らせ、硬い山の上で手を止めた。リジーはついあえぎ声をもらした。自分の声が聞こえたかのように、彼の手が置かれた部分が激しく脈を打ちだした。

ティレルの手は、さらに下りていき、優しく太腿の裏側を撫でた。リジーの脚のあいだが激しく律動し始めた。

「目が覚めた？」彼がそう訊いた気がした。

けれども、リジーはまだ目覚める気にはなれなかった。今はいや。体がはじけそうな今だけは。彼の手は綿の寝間着の下にあった。直接肌に触れられたら、とても耐えられない。

リジーは体をよじった。

夢の中で、リジーは星のように粉々になって空を飛び、夜空を輝かせていた。

「頼むから、目を覚ましてくれ」ティレルがせかすように言った。

夢じゃないわ！　リジーは一瞬にして目を覚ました。

リジーは枕を抱き、ベッドにうつぶせになっていた。腰の横にティレルが座っている。

リジーは慌てて起きあがり、彼と向き合った。

ティレルは上着を脱いでいた。シャツのボタンは外され、前が開いている。彼の熱い瞳を見やり、それから筋肉質の胸へと視線を落とした。心臓が激しく鼓動し、息がつまりそうだった。

「ずっと起こそうとしていたんだぞ」ティレルが荒々しく言った。

リジーの体がますます熱くなった。太腿のあいだだけでなく、頬も紅潮している。ティレルの視線が、太腿の上のほうまでめくれあがったリジーの寝間着の裾《すそ》に向けられた。喜んでいるのか、失望しているのか、自分でもよくわからなかったが、彼の意図だけは読み違えようがない。

ティレルの手が、むきだしになったリジーの青白い腿を覆った。リジーは彼の手を見つめ、息をのんだ。拳《こぶし》が白くなった。

「君と愛し合いたい、エリザベス」ティレルが低い声で言った。彼の手はいつの間にかリジーの脚のあいだに来ていた。「これ以上、待ちきれない」

リジーはあっと声をあげ、枕にもたれこんだ。理性が自分に何かを伝えようとしていたが、もはや何も考えられなくなっていた。

気がつくとティレルはすでにシャツを脱ぎ捨てていた。ブーツが床にあたる音がした。「乱暴なことはしたくない」リジーの肩をベッドに押しつけ、ティレルは彼女に覆いかぶさった。「でも、これ以上自制が利かないんだ」そう言うと、リジーに笑いかけた。

リジーの心に愛がいっきになだれこんだ。リジーも笑みを返した。彼に何をされようと自分は平気だと伝えたかった。

ティレルの頬にえくぼができた。ティレルはリジーを放し、寝間着の胸元の紐《ひも》を引っ張った。寝間着の前が開いた。ティレルは襟ぐりを両側に開き、リジーの肩、胸そして腰までをあらわにした。

ネッドが眠ったまま声をあげた。

ネッド。私の計画……ワイン。

リジーは大砲の弾で撃たれたかのように起きあがり、寝間着をつかんで引きあげた。ティレルはズボンとブーツだけになって立っていた。彼の情熱の証《あかし》を目にし、激しい欲望が体を貫いた。

「子供なら心配ない。乳母が面倒を見てくれる。ここへ来る前に頼んでおいた」

「ワインを」リジーはあえぎながら言った。

ワインボトルとグラスが二個置いてある小さなベッドサイドテーブルに近づいて、ボトルを開ける。

「何をしている、エリザベス?」ティレルが穏やかに尋ねた。しかし、リジーを見る目はぎらぎら輝いている。「そんなに何を慌てているのだ? これからたっぷりと、誰にも負けないほど僕が君を喜ばせてやるというのに。約束する」

リジーは寝間着をつかんで胸を隠したまま立ちすくんでいた。体が激しく脈打っている。手を触れられたら最後かもしれない。興奮しているのと、処女であることがばれる恐怖心で、リジーは今にも気を失いそうだった。

「ワインはあとの楽しみに取っておこう」リジーの危なげな体の状態を知っているかのように、ティレルは優しく言った。

リジーは後ろを向き、ワインボトルをつかんでどうにか片方のグラスにワインを注いだ。手が震えている。

ティレルはリジーの手首をつかんだ。彼女を落ち着かせようとしているのだろう。真後ろに立っているせいで、彼の脈打つ下腹部が、リジーのヒップにあたっている。「怖いのかい？」ティレルは訝しげに尋ねた。

「いいえ」どうにか、そう答えたものの、ワインを注いだグラスを放そうとはしなかった。

「なんとなく落ち着かないだけ」リジーは低い声で答えた。

「心配することはない。君を傷つけたりはしない。それに、君は処女じゃないだろう」ティレルはリジーの耳に向かってささやいた。

膝の力が抜けていく。ティレルはリジーの体に腕をまわした。

「ワインを置くんだ、エリザベス」

リジーは寝間着とワイングラスの両方をつかんだまま、放そうとしなかった。どうにか彼の腕から逃れたものの、その瞬間に彼の上等のズボンにワインがかかってしまった。後ずさりしたとたんベッドにぶつかった。今だわ。リジーはあっと叫びながら、淡いブルーのシーツの上にグラスを飛ばした。

寝室がしんと静まり返った。

リジーは目を閉じ、助けを求めるかのようにティレルを振り返った。寝間着のことをすっかり忘れてしまい、気がつくと、床に滑り落ちていた。

ティレルがじっと見つめた。そして、ゆっくりと笑みを浮かべた。

リジーは不意に落ち着きを取り戻した。計画は成功したわ。ベッドの上に大きな赤いしみができていた。これで、何もかも忘れて、愛を交わそうとしている彼のことだけを考えられる。

慎み深く、すぐに寝間着を拾いあげるべきだったのだろう。しかし、リジーは動かなかった。豊満な胸と大きなヒップ、柔らかで官能的な太腿が誇らしく思えたのだ。ティレルがリジーのそんな体を賞賛するようにうっとりと見つめていたからだった。

ティレルは顎を何度も食いしばりながら、しばらくリジーを見つめていた。やがて急に後ろを向き、驚いたことにグラスにワインを注いだ。「ひどく怖がっているようだね。僕が大男だからかい？　ゆっくりするよ。君を傷つけたくはないんだ、エリザベス」リジーに向き直り、彼女にグラスを手渡した。「飲んでごらん。きっと落ち着くから」

やっぱり彼は優しい人なんだわ。リジーは首を横に振った。グラスを受けとりもしなければ、彼から目をそらすこともしなかった。ティレルの瞳が陰った。グラスを脇へ置き、彼女の手を取って、ぎゅっと抱き寄せた。ティレルの大きな体が彼女の体を包みこむ。ティレルは、リジーの肩を、腕を、そして胸を優しく撫でた。

「なんて美しいんだろう」

リジーはむきだしになったティレルの広い肩をつかんだ。色の濃い胸毛に軽く覆われ、硬い胸板と、つんと突きでた乳首を見つめる。「あなたこそ、すてきだわ」リジーは熱のこもった口調でつぶやいた。

ティレルが動きを止めた。「僕が欲しくないか？」荒々しく尋ねた。

リジーは魅惑的なティレルの体からどうにか視線を引き離し、うなずいた。「ずっと……ずっとあなたが欲しかったわ」

ティレルはうなり声をあげ、唇でリジーの唇をふさいだ。リジーはティレルの腕に抱かれ、ベッドに横たわった。ティレルがリジーの上に覆いかぶさった。彼の情熱のこもったキスに、リジーは身をこわばらせた。

ティレルはぐいと体を起こし、ズボンをつかんで押しさげた。

リジーは肘をついて起きあがった。欲望に取りつかれたような彼の顔を見たとたん、リジーの体の中にぽっかりと空洞ができた気がした。この空洞を埋められるのは、ティレルだけよ。リジーは声をあげないよう、血が出るほど強く唇を噛《か》み、ティレルを見つめた。ティレルはズボンを手にしてベッドの横に立ち、彼女を見おろしている。

彼ほどすばらしくて、男らしくて、力強い男性はいないわ。

リジーの思いを感じとったのか、ティレルがうっすらと笑みを浮かべた。もちろん、とでも言いたげに。

ティレルはズボンを脇へ放《ほう》り投げ、彼女の上に覆いかぶさると、すぐに太腿を開いた。

熱くて、大きな彼の欲望の証の先端を、彼女にあてがう。「君も準備万端だ」かすれた声でつぶやいた。

いよいよ夢に見ていた瞬間がきた。私が彼の一部になる瞬間が。

ティレルにもわかっていた。「神よ」そう言うと、顔を近づけた。

リジーは動かずにじっとしていた。

ティレルはそっと彼女にキスをした。

リジーは泣けてきた。愛されているわけでないことはわかっているわ。それでも、彼は彼なりの愛情を注いでくれている。私が単なる売春婦だったら、こんなふうにキスしてくれるはずがないもの。

ティレルが顔を上げた。二人の目が合った瞬間、彼の瞳に何かが見えた気がした。それが何かはわからない。ただ、驚くほど生々しい感情であることは確かだった。

次の瞬間、彼はリジーに腕を巻きつけ、彼女の体に押し入った。

初めてのときは痛む――そのことを、リジーはすっかり忘れていた。計画に入れることも忘れていた。驚きのあまり、リジーはつい声をあげた。ティレルはリジーの中に完全に入りこむ前に動きを止めた。

彼に知られるわけにはいかない！　リジーはじっとしたまま、痛みに耐えた。彼の情熱の証が半ば入りこんでいることを意識しつつも、どうやって彼にこのまま続けさせればいいのかわからなかった。

ティレルは顔を上げ、訝しげに彼女を見つめた。

わかってしまったんだわ。不安を感じ、リジーは目をそらした。「早く、お願い」まるでどうにかそうつぶやいた。「早く」

ティレルは動かなかった。返答さえなかった。やがて、静かに尋ねた。「痛いのか?」

演技をしなければ。リジーはあえて、ティレルの目を見つめた。「いいえ」嘘をつきながら、彼の肩を握る手にさらに力をこめた。痛さのあまり、目に涙が浮かぶ。ああ、こんなに痛いものだなんて思わなかったわ!

ティレルがリジーを見つめた。もし処女だとばれたら、私はもうおしまいだわ。するると、ティレルが頰を重ねてきた。「男とこうなったのは、きっと久しぶりなのだろう?」ティレルは優しく言った。「力を抜いて。気を楽にしていればいい。君の望むとおり、ゆっくりいこう」

信じられない気持ちでいたリジーだったが、ようやく安堵《あんど》してティレルにしがみついた。

「ええ、もうずいぶん長いこと――」

「黙って」ティレルはリジーの頰、目、耳にキスをし、優しく彼女の中に入った。

けれどもリジーは力を抜くことができない。ティレルは動きを止め、彼女の首筋に繰り返しキスをして、腕を撫でた。ティレルが先へ進もうとしないことに気づくと、リジーはため息をつき、彼のキスを楽しむことにした。ティレルは彼女の顔にキスをしながら、体のあいだに手を入れ、胸に触った。

「すまない」ティレルがそうつぶやいた気がした。そして、彼女の中にいっきに押し入った。

まるでナイフで刺されたような激痛が走った。リジーは思わず悲鳴をあげてしまった。だが、遅すぎた。ティレルはすっかり彼女の中に入りこんでいたからだ。それでも動きを止め、リジーに熱いキスをした。

「口を開けて、ダーリン」ティレルがつぶやいた。

リジーの心臓が飛びあがった。愛情のこもったその言葉が、リジーを興奮させた。ティレルの言葉に従い、リジーはこわばった唇を開いた。ティレルの舌がすぐに入りこんできた。ティレルはリジーにゆっくりと、だが情熱的なキスをした。リジーの心臓の鼓動が速まっていく。

リジーにキスをしながら、ティレルは二人のあいだに手を差し入れ、二人がひとつになっている場所のすぐ近くを撫でた。

リジーは彼を包みこんでいる部分が脈打ち始めるのを感じた。

そして急に、自分の中で喜びがはじけた。まだ痛みは残っていたが、もうどうでもよくなっていた。新たな欲望が現れたのを感じ、リジーはティレルにしがみつき、腰を動かした。体じゅうが燃えたち、背筋が震えた。

痛みはいつの間にか消え、激しい欲望が取って代わった。

「ああ、ティレル」リジーは声をあげ、彼のヒップに手を伸ばして自分自身に押しつけた。

ティレルは激しく息をのんだ。「だめだ。これ以上我慢できない」

リジーは気にしなかった。彼が私の奥まで入りこんでいる。ようやくひとつになれたんだわ。喜びの波がティレルからリジーへ、リジーからティレルへと伝わっていく。やがて快感のあまり目がくらみ、リジーは息をのんだ。「ティレル！」

ティレルはやや抑え気味ながらも何かにせかされるように、繰り返しリジーを突いた。リジーはティレルの名を呼び、涙にむせびながら絶頂を迎えた。絶頂の波にのまれながら、同じく絶頂に達したティレルのうなり声が聞こえた。

このときほど、彼を愛していると思ったことはなかった。リジーの体は喜びと温かみに包まれ、彼の熱い分身が自分の中ではじけるのを感じた。彼の子供が持てるなら自分はどんなものでも差しだすだろう。

気がつくと、ティレルがリジーに折り重なるようにどっしりと倒れこんでいた。まだこわばったままの状態で、リジーの中に入っている。リジーはようやく正気を取り戻した。

私たち、愛し合ったんだわ。

ティレルがリジーから離れようとした。

リジーは彼の体に腕をまわして抱きしめた。「このままでいて」

彼は体をこわばらせた。妙な口調で言う。「大丈夫なのか？」

リジーはにっこりと微笑《ほほえ》み、彼の頬にキスをした。「ええ、最高の気分よ」

ティレルは笑わなかった。「君を傷つけたんじゃないか？」

確かに、そうかもしれない。でも、かまわなかった。彼は再びリジーの中で硬く張りつめ、リジーは欲望と期待に脈打っていたからだった。「いいえ」

「そんなはずはないと思うが」ティレルは優しく言った。頭を上げ、リジーを見おろした。

リジーはにやりと笑いかけた。「ティレル、お願い」

ティレルの瞳が欲望で黒く光った。「よくも、僕の弱みにつけこんでくれたな」そう言って、リジーの中で体を動かした。たった二度だったが、リジーはすすり泣くような声をあげ、彼にしがみついた。ティレルの眉が下がった。「自制はしたくない」そう低い声でつぶやき、ゆっくりと、そして深々とリジーを突いた。

「それなら、しないで」リジーはあえぎながら言った。彼に快感の極みへ導かれるのが待ちきれない気分だった。

「ああ、今はそうするとも」ティレルはうめき声をもらしながら、リジーの奥深くへと入っていく。

「早く」リジーが懇願した。

ティレルは目を開け、笑みを浮かべた。「いつもそんなふうに先を急ごうとするのか?」

大胆に笑みを返しながらリジーは答えた。「急がせてはいけない?」

ティレルが動き始めた。リジーから決して目を離そうとしない。

リジーは目を閉じ、生涯の恋人にしがみついた。そして二人は同時に、至福の瞬間を迎えた。

16

ちょっとした陰謀

寝室に差しこむ太陽の光に気づき、リジーは目を覚ました。どれくらい寝すごしたのかしら。寝ぼけまなこで横向きになったとたん、体じゅうが痛んだ。特に太腿の筋肉が痛い。まるで兵士になって何キロも歩かされたような気分だ。そのとき、昨夜の光景が脳裏をよぎり、リジーはようやく目が覚めた。

私は、とうとうティレルの愛人になった。

ティレルは私と愛を交わしてくれた。それはかつてのリジーにとって、一生の夢でしかなかった。だが今は、うれしくもあると同時に恥ずかしいことでもあった。ブランシュのことを忘れられたらいいのに。だが、それは無理だった。

ブランシュは、私ほどティレルを愛してなどいない。だが、そうやって考えるほど、自分が愚かしく思える。

すべてティレルのせいだ。私がネッドをあきらめない限り、彼から逃げることはできないのだから。それでももう、私の秘密がばれることはない。私はもうティレルの愛人になったのだし、彼もネッドを奪おうとはしないだろう。ようやく、リジーは安堵《あんど》した。とたんに愛し合ったときのことが思いだされた。彼のキスはときには信じられないほど優しく、そしてまた別のときには、欲望に満ちた激しいものだった。きっと彼は、私にもいくらかの愛情を抱いてくれているんだわ。

そのとき、ようやく自分がひとりであることに気づいた。はっとして起きあがり、彼がいたはずの場所を見つめた。ひとり取り残されたことに落胆を覚えたとたん、誰かに見られていることに気づいた。

リジーは体をこわばらせ、ベッドの足元のほうに目をやった。ティレルがすっかり身支度をすませ、暖炉にほど近い椅子に腰かけている。脚を組み、じっとリジーを見ていた。決して目をそらすことなく、身動きもせずに、ただ見つめている。

リジーは不安を覚えた。ティレルは無表情で、まるで彼の蝋《ろう》人形が座っているかのようだった。いったいどういうことなの？　「おはよう」リジーはかすかな笑みを浮かべながら言った。ふと自分が何も身につけていないことに気づき、首までシーツを引きあげた。

ティレルの視線が揺らいだ。「おはよう。体を隠す必要などないし、しとやかにふるまう必要もない。君を見て楽しんでいるところなのだから」

リジーは喜びに頬を紅潮させた。彼に褒められたことはすごくうれしい。でも、本気で言ってくれたのかしら。不意に心が沈んだ。彼は笑っていない。だからといって、腹を立てている様子もないけど。どういうことかしら。私は彼を失望させてしまったの？「すっかり夜が明けてしまったのね」

「ああ」ティレルが答えた。

リジーはとまどった。「私、何かあなたを怒らせるようなことをしたかしら？」

ようやくティレルの口が動く気配を見せた。だが、まだ笑みにはなっていない。「いや、怒ってなどいない」ティレルは顔をこわばらせたまま、顎を引きつらせた。「気分はどうだい？」

リジーは驚いた。私のことを心配してくれているの？「とてもいい気分よ。その理由は、あなたにはわかるでしょ？」リジーは頬が赤く染まるのを感じ、うつむいて足の指を見つめた。私ったら、なんて大胆なの？

ティレルがゆっくりと立ちあがった。彼がベッドに近づいてくるのを、リジーはじっと見つめた。

「あなたは？　あまり気分がよくないの？」リジーは慎重に尋ねた。彼は楽しんでくれていなかったのかしら。

ティレルは顔をしかめた。「君のベッドで僕が楽しめたかどうかを訊《き》いているなら、答えは明白だと思うが」

よくわからないわ。

ティレルは表情を和らげ、リジーの頬に軽く触れた。「君ほど情熱的な女性は初めてだ。

君と僕は気が合うはずだと言っただろう?」

リジーは息をしようとした。「ということは?」

「つまり、僕も思い切り楽しんだということさ。十分すぎるくらいにね」ティレルは欲望のこもった目で見つめた。「君を傷つけたんじゃないか?」不意に尋ねた。

リジーははっとした。「いいえ、そんなはずはないじゃない」

「本当のことを聞かせてくれ」ティレルは躊躇《ちゅうちょ》しながらも、言葉を続けた。「昨夜《ゆうべ》も言ったと思うが、君は長いあいだ男と愛し合ったことがないはずだ。君の体は僕をすんなりと受け入れようとしなかった」

「昨夜はとてもすばらしい思いをさせてもらったわ。私は後悔などしていません!」最後の言葉は、本心ではなかった。ブランシュの存在が心の隅に引っかかっているからだ。

「僕はそうは思えない」ティレルは淡々とした口調で言った。

リジーは耳を疑った。「昨夜のことを後悔しているの?」

ティレルは険しい表情を浮かべた。「僕は自分を紳士であるだけでなく、思いやりのある人間だと自負してきた。だが、昨夜は君のことをほとんど思いやることができなかった。実のところ、きわめて自分勝手だった。どうか許してほしい、エリザベス。僕の謝罪を受け入れてくれるならば、だが」

リジーは唖然《あぜん》とした。「とんでもないことです。私なら大丈夫です。それにあなたは思いやり深いどころか、とても優しくしてくださったわ」

ティレルは気をつけの姿勢で立ったまま、微動だにしない。「君を傷つけるつもりはなかった。本当にそんなつもりはなかったんだ」

「避けては通れないことですもの」リジーはつぶやいた。自分が処女を失ったことを改めて思いだしたからだった。リジーは不意に恥ずかしさを覚えた。いけない。こんなこと、口に出すべきじゃなかったわ。

ティレルは顔をしかめ、横を向いた。

リジーはシーツで体を隠したまま、立ちあがった。「さっきお話ししたように、その、本当に久しぶりだったんです。でも、大丈夫よ。本当ですから。それに――」

ティレルがリジーに向き直った。「話してくれればよかったんだ」ティレルは優しく言った。優しすぎて、怖いくらいだった。「そうすれば、もっとゆっくり時間をかけて君を愛撫《あいぶ》できたのに」

リジーはなんと答えればいいのかわからなかった。

ティレルが咳払《せきばら》いした。「ウィックロウへは僕ひとりで行くことにする」

「ひとりで？」リジーは愕然《がくぜん》とした。

「君もわかったと思うが、僕は欲望だらけの男だ。少なくとも、君に関して言えば、だが。率直に言えば、自制心に欠けていて、自分自身を信用することができない。君には休息が必要だ。ここでゆっくりしていくといい。一、二週間したら使いの者をよこす。それから子供と一緒に来ればいい」

「いやです」リジーはきっぱりと言った。彼といつまで一緒にいられるかはわからない。でも、遅かれ早かれ、そんな時間はなくなってしまう。

「いやだと？　僕に異議を唱えるつもりか？」ティレルは訝《いぶか》った。

「ええ、そうよ」リジーは激しい口調で言った。「予定どおり、あなたについていきます」

意外にも、ティレルは笑みを浮かべた。「君はずいぶん大胆なんだな。ここへおいで」

「なんですって？」

ティレルがリジーを引き寄せた。「今夜は、来ない」リジーの目をのぞきこんでつぶやく。

すでに高ぶっていたリジーの心臓が、ありえないほど勢いよく脈打ち始めた。ティレルが興奮しているという避けられない事実に気づき、リジーはいつの間にか彼に笑みを向けていた。将来のことなど、何も心配する必要がないような気になっていたものの、そのこと自体、リジーの脳裏から消え去っていた。「でも、今すぐにベッドを必要としているみたいよ。本当に、来てくださらないの？」

ティレルの笑みが消えた。「君が欲しい」ティレルはずばりと言った。「だが、それは今までの比じゃない。僕の血は煮えたっている。激しく燃えているんだよ」

リジーは黙っていた。ティレルが言いたいことは理解できる。何も気にすることなく、私を求めたいと思っているに違いない。それができたらどんなにすばらしいか——そう考えただけで、リジーの気持ちは高揚した。リジーも興奮し、すでに体じゅうが熱を帯びていた。どうしたら彼をベッドへ誘えるのだろう。今、この場所で。

「僕の血は君を激しく求めている」ティレルは彼女を放し、後ずさりしながら言った。ティレルはすべてを理解しているかのように、じっとリジーを見つめた。

「うれしいわ」リジーは心をこめてそう答えた。「だから、お願い」ゆっくりと言った。

「今は無理だ」

リジーの頬が熱くなった。「それならば、次の機会に」

「そうだな、そうするか」ティレルはこわばった笑みを見せた。「君に先手を取られてしまった」そう言うと、腰をかがめてお辞儀をした。「午後遅くに出発する。ウィックロウまでは十二時間の長旅だ。夜は宿を取ることになる。では、そのときに」

まだ正午にもなっていないのに、その日は実にすばらしい天気だった。綿菓子のような雲が数個浮かんでいる程度で、空一面に、鮮やかな青空が広がっている。リジーは庭に大きなウールの毛布を敷き、その上にネッドと一緒に座っていた。リジーは膝を胸まで引き寄せて抱きしめ、おもちゃで遊ぶのに忙しいネッドを見つめた。なぜか笑みをこらえることができなかった。ティレルの言うとおりだったのかもしれない。彼は、自分の愛人になったら不満を感じさせるような真似《まね》はしないと言ってくれた。そして、今その瞬間のリジーは、少しも不満を感じていなかった。

「リジー！　リジー！」

ジョージーの声が聞こえ、リジーはうれしさのあまり慌てて振り返った。だが、すぐにはっとした。ジョージーが走っていたからだ。何か悪いことが起きたのかもしれない。リジーはストッキングもつけず、裸足《はだし》のままで立ちあがった。すぐにジョージーがやってきた。姉の青白い顔とピンク色の鼻をひと目見て、彼女が泣いていたことに気づいた。ジョージーが泣くなんて。

「お母様がどうかしたの？」

「いいえ……ううん、そうよ！」ジョージーが言った。「お母様ったら、私がピーターとの結婚を拒否するなら、私と親子の縁を切るって言うの！　ピーターときたら、昨夜お父様と話をして、結婚式の日取りを八月半ばにするって決めてしまったのよ」

リジーはジョージーの体に腕をまわした。ジョージーは震えていた。「なんと答えたの？」

「どうにか笑みを浮かべ続けていたわよ。あの鼻持ちならない男が帰るまではね。でも、やっぱりあの男とは結婚できないって気づいたの。私は今まで、大丈夫、結婚くらいできるわ、って自分をごまかしていたのよ。だから、お母様とお父様に、彼と結婚するぐらいなら、修道院に入ったほうがましだと言ったの。私は本気よ」

「お姉様はカトリック信者じゃないのに」

「お父様にもそう言われたわ。だから、じゃあ改宗しますって答えたの。そうしたら、お母様が急に具合が悪くなったかのように、胸の痛みを訴えて横になったのよ。私のようなわがままな娘を持ったことをひどく嘆きながらね」

「お母様は大丈夫なの？」リジーは心配しながら尋ねた。

ジョージーはうんざりするようにリジーを見つめた。「お母様は、私たちにも負けないくらい元気よ。心臓発作も、卒倒も、すべてお母様のお芝居なの。私たちを自分の意思に従わせるためのね。そのうえ、心臓発作だけでは足りないと見るやいなや、今度はあなたのことを引き合いに出してきたの。これ以上あなたが家族に恥をかかせる気なら、私はきっと死んでしまうわ、って。もちろんお父様はお母様の肩を持ったわ。あなたのことがあるまで、お父様はピーターのことでは、すごく同情的だったのよ。それが今は完全にお母様の味方。お父様もこれ以上フィッツジェラルド家に恥の上塗りをしたくないのね」

リジーは自分自身をひどく恥じた。考えてみれば、私は幸せだった。何不自由ない生活とまでは言えなくても、たっぷりと愛情を与えられていたんだもの。それなのに、そんな家族に恥をかかせてしまったなんて。「私のせいよ」

「違うわ。悪いのはアンナよ。アンナがだらしなかったせいで、私たちがこんなに苦しんでいるのに、あの子はハンサムな夫と幸せに結婚生活を送っているなんて」ジョージーは泣き崩れた。

リジーの胸の奥で、すっかり忘れられていた怒りが再びわき起こった。確かに、不公平だとは思う。でも……。「アンナは、自分のたった一度の過ちのせいで私たち二人が苦しむことになるなんて思ってもいなかったのよ」リジーはできるだけ静かに言った。自分を憐《あわ》れむことも、アンナを冷たく非難することもしたくはない。

「たった一度の過ちではないんじゃないかしら」ジョージーは苦々しく言った。

リジーは体をこわばらせた。「どういう意味？」恐る恐る尋ねる。ジョージーは、アンナがティレル以外の男性とも関係を持っていたことを知っているのかしら？

「ティレル・ド・ウォーレンがアンナにとって初めての相手だったとは思えないわ。リムリックの女性たちがアンナのことをみだらだとか自惚《うぬぼ》れ屋だとか呼んでいたのには、それなりの理由があると思うの。アンナほど男性とたわむれていた女性はいなかったもの」

アンナは自分の罪を認めてはいたけれど、あくまでも二人きりで話したことだ。本人がいないところで、こんなふうに悪口を言うべきではないわ。「アンナお姉様は軽率で、無頓着《むとんじやく》だったのよ。お姉様にはそんなつもりはなくても、ませた態度だと誤解を受けやすかったんじゃないかしら」

「あなたはそうやってすぐアンナをかばうのね。ティレルまで奪われたというのに」

リジーは視線をそらした。その話だけは、二度としたくない。

ジョージーはわかってくれたらしく、ため息をついた。「ごめんなさい。私ったら、すぐにかっとなってしまって。それに比べて、あなたはいつも慈悲深くて寛大だわ。私もあなたを見習わなくてはね、リジー」

雰囲気を明るくしたい一心で、リジーは言った。「私では、お姉様のお手本になんてなれないわ」ティレルに愛されているときのことを思いだした。肌がぞくぞくする。

ジョージーがじっとリジーを見ていた。

リジーは思わず顔を赤らめた。

ジョージーは、なるほどとばかりに目を見開いた。「そういうことね」しばらくして言った。

リジーは意思に反して、つい顔がほころんでしまった。「私たちのしていることはいけないことよ。それはわかっているの。お姉様が悩んでいるときに喜ぶのもどうかと思うの。でも、ジョージーお姉様、私、彼のことが大好きなの」

「驚いた」ジョージーは目も口もぽかんと開き、やがて言った。「幸せだと思うなら、その瞬間をじっくりと味わえばいいのよ。あなたは幸せになる資格があるんだもの」

リジーは膝を胸に引き寄せた。「お姉様にも幸せになってほしいわ。牢獄《ろうごく》のような結婚生活で、人生を無駄にしてほしくないの」

ジョージーは体を震わせた。「婚約の件では、お父様は頼りにならないわ。家族や私たちの評判のためにも我慢するつもりだったけど、やっぱりあの人には耐えられない。お母様が気持ちを変えてくれない以上、私は家を出るか、カトリックに宗旨替えするか、聖メアリー修道院のシスターになるかしかないの」

リジーはあることを思いつき、ジョージーの手を握った。「お姉様、もっと簡単な解決策があるわ」

ジョージーがリジーに顔を向けた。期待に満ちたその表情に、リジーの心は痛んだ。

「本当に？」

「ええ。私と一緒にウィックロウへ行くの。今日の午後には出発するのよ。レイヴン・ホールへ荷物を取りに行くことはないわ。召使いにお姉様の荷物を取りに行ってもらえばいいから。お父様とお母様、それにミスター・ハロルドにも手紙を書いて、結婚は延期しますって伝えるの。お姉様は好きなだけ私と一緒にいてくだされぱいいわ」リジーはにっこり微笑《ほほえ》んだ。

「でも……そんなこと、大丈夫なの？　ティレルに訊かなくてもいいの？」ジョージーは体を震わせながら、呆気《あっけ》に取られている。

リジーはほくそえんだ。「訊くわよ。でも、きっといいって言うわ。そんな気がするの」

リジーは仰向けになって、微笑みながら空を見あげていた。ジョージーは三匹の熊《くま》と体の大きな悪い狼《おおかみ》の物語をネッドに聞かせていた。ネッドは興味深そうな表情を浮かべて耳を傾けている。リジーもジョージーの話を聞いていたが、たいていはティレルのことを夢見ていた。ため息をつき、空を過ぎゆく雲を見あげ、笑みを浮かべた。一緒にウィックロウへ行けるのかと思うと、不思議で、同時にうれしくてたまらない。まるで夫婦のように、家族として新居へ引っ越すような気分だった。ただ、ブランシュのことは考えないようにしていた。

ジョージーが急に話をやめた。

「もっと！」ネッドがせかす。

振り向いたリジーの目に、ローリー・マクベインが芝生を横切る姿が映った。

リジーは体を起こした。心臓が激しく鼓動し始めた。ローリーは断固とした足取りで、すたすたと歩いてくる。やがて、彼のこわばった表情がリジーにもはっきり見えるところまで近づいた。

どうしよう。嘘《うそ》をついたことがティレルに知れたら、彼はどうするかしら？　ネッドが自分の子だと知って喜ぶ？　それとも、せっかく抱き始めた愛情が、再び疑いや不信、果ては憎しみへと変わってしまうのでは？　リジーは手を揉《も》み合わせながら立ちあがった。

ローリーに、私の世界をめちゃくちゃにされてしまう！

ジョージーも立ちあがった。「私が彼を追い払う。ネッドを連れて、家の中に戻って」

リジーはジョージーの手首をつかんだ。「無理よ。彼を止めることはできないわ」

しかし、ジョージーはリジーの手を振り払い、ローリーの前に立ちはだかった。「こんにちは、ミスター・マクベイン」瞳に不安が表れている。

ローリーはいやがおうでも立ち止まらざるをえなかった。軽く頭を下げた。「ミス・フィッツジェラルド、あなたの妹さんと話をさせてください」

「リジーは気分がよくないみたいで、部屋へ戻るところですの」

ローリーはジョージーを睨《にら》むように見つめた。「君も陰謀に加担しているのか？」

「いったいなんのことかしら」ジョージーは言った。「念のために言っておきますけど、どうか私の妹に近づかないでください」

「ジョージーお姉様」リジーは足を踏みだして話しかけた。

ジョージーはリジーの話を聞こうともしない。ローリーまでも、リジーのほうを見ようとしなかった。「僕たちの関係に、口を出さないでいただきたい」ローリーの穏やかだがどこか危険な口調に、リジーは体が震えた。

ジョージーが声をあげた。「あなたが、私の妹と関係があるなんて知らなかったわ」

二人は睨み合った。「彼女と僕の友情に関する問題だ。君が何を気にする必要がある？」

ジョージーが赤くなった。「あなたは妹の人生をかきまわそうとしているじゃありませんか」ジョージーは体を震わせた。「リジーには、あなたに追いまわされる必要などありません」

ローリーが言った。

ローリーはジョージーの頭から爪先まで眺めて言った。「君と言い争うつもりはない、ミス・フィッツジェラルド。君の気持ちはよくわかっています。僕の存在にさえ耐えられないのでしょう。僕は、あなたの婚約者ほど色男でも魅力的でもありませんからね。申し訳ない。だが、女性の中には、将来の財政的安定のためならば、特定の肉体的特徴を見ないふりをして、どんなことでも犠牲にできる人がいるものなのですね。ミス・フィッツジェラルド、どうぞ、ワイン商人とお幸せに」

リジーは声をあげた。「ローリー、そんな言い方、あんまりだわ」

ローリーはリジーの存在を忘れていたかのように、はっとした表情を浮かべた。ジョージーの顔から血の気が引いた。「将来のことを考えると、自らの道を選択できない女性もいるのよ、ミスター・マクベイン」体を震わせながら答えた。「これ以上、申しあげることはなさそうね。では、ごきげんよう」

しかし、ローリーは動こうとしなかった。「大変申し訳ない」ローリーは顔を歪《ゆが》めて言った。ジョージーに負けないくらい頬が紅潮している。「紳士にあるまじきことを言ってしまった」ローリーは躊躇しながら続けた。「君が財産目当てに結婚するような言い方をするつもりではなかったんだ」

ジョージーがひどく心を痛めていることにリジーは気づいた。しかし、ジョージーは顔を上げて言った。「おっしゃるとおり、紳士が口にすべきことではなかったわ」ジョージーは肩をすくめた。言いたいことは明らかだった。あなたはやっぱり気取り屋よ、紳士なんかではないわ。

ジョージーが顔を背けた。姉の目に涙が浮かんでいるのに気づき、リジーは驚いた。ジョージーが泣いているのをあまり見たことがなかった。どんなときも論理的で、実際的で、冷静なジョージーが泣くなんて。姉の自尊心を守るために、リジーは慌てて走りでた。

「ローリー」リジーが言った。

ジョージーを見つめていたローリーが、リジーを振り返った。目が合ったとたん、彼は顔をこわばらせた。リジーもローリーを見返した。不安に満ちた瞬間が果てしなく続く。

「僕たちは友達だと思っていた」ローリーが厳しい口調で言った。

「私たちは友達よ。あなたは私にとても優しくしてくれるもの」リジーは答えた。

ローリーはまずジョージーを、それからリジーが腕に抱きあげたネッドを見やった。そしてリジーだけを見つめて言った。「ティレルも僕の友達だ」

リジーは息をのみ、ローリーの袖《そで》に手を添えた。「どうするつもり?」

「わからない。だが、いったい君がどうするつもりなのか、僕に説明してくれ。それから、その理由も。僕が約二年間見てきたリジー・フィッツジェラルドが、こんな仮面芝居をするとは、僕には信じられない」

リジーはたじろいだ。「しかたがなかったのよ」

「君が子供など産んでいないことは、僕がよく知っている。もちろん、君もだ、リジー。君は、ティレルの良心につけこんで財産を奪おうとするような女性じゃない。ということは、結論はひとつだけだ。メリオン・スクエアに着いたとたん、失神したのはアンナだった。外出もせず、誰ともつき合おうとしなかった。その子はアンナの子供なんだろう?」

リジーは目を閉じた。心臓が早鐘を打っている。どうすればいいの? 「お願い。アンナは結婚して幸せに暮らしているの。だから、どうか黙っていて」

ローリーは目を見開いた。「それで、その子を君が産んだということにしているのか?」

リジーはうなずいた。

「ティレルはどうなんだ？　君がそうして自分を犠牲にしていることを、ティレルも知っているのか？　とてもそんなことは信じられないが」

どうか、ローリーとティレルがネッドのことを話題にしませんように。「ローリー、やめて！　ネッドはティレルの子供なの。私たちは互いに合意したの。約束したのよ。私たちはお互いに、ネッドにとっていちばんいい方法を取ろうって決めたのよ。それでもまだ納得していただけないかしら？」話しているうちに、リジーは自分自身が恥ずかしくなった。ティレルには、事実を知る権利がある。ありえないほど彼を愛してしまった今となっては、彼にこれ以上嘘をつき続けることができなくなっていた。「それに、私はここを離れられないの。ネッドのことを、自分の本当の子供のように愛してしまったから」

ローリーは、信じられないという目つきでリジーを見つめていた。しばらくしてようやく口を開いた。「君は僕に嘘をついた。僕たちは親戚《しんせき》同士じゃないか。そのうえ、心からなんでも話し合える、友人になれたと思っていたんだ。それなのに、君は僕に秘密を持とうとしていた」ローリーは首を横に振った。「おまけに君は……君は、彼の愛人になったそうじゃないか！」

リジーは驚いた。

「僕が何も知らないと思っているのか！　君のことを、僕はわかっていると思っていた。でも、そうじゃなかった。いや、君という人間がまったくわからない」そう言うと、挨拶《あいさつ》もせずにくるりと踵《きびす》を返し、怒ったように去っていった。

リジーは声をあげた。「ローリー、待って！」

しかし、ローリーは足を止めようとしなかった。テラスから家の中へ入ることもせず、家の脇《わき》へ足を向け、屋敷をまわってとうとう姿を消した。

ジョージーがいつの間にかリジーの横に立っていた。ネッドを抱いている。「彼は、あなたのことが好きなのね」ジョージーは静かに言った。「だからあんなに動揺しているのよ」

リジーは驚いて振り返った。「いいえ、そんなはずはないわ」

ジョージーはただ、リジーを見つめた。

17

ウィックロウの愛人

ネッドと手をつなぎ、姉のジョージーと一緒に家に向かって歩いてくるリジーを、ティレルはフレンチドア越しに、じっと見つめた。ティレルの心臓は激しく鼓動し、リジーから目を離すことができない。リジーが手を放すと、ネッドはよたよたとおぼつかない足で走り始めた。リジーが慌ててあとを追ってくる。ネッドは顔から芝生の上に倒れこんだ。ティレルは思わず身をこわばらせた。今すぐ子供のもとへ駆け寄ってやりたい。だがリジーがすぐに追いつき、ネッドが立ちあがるのに手を貸した。ネッドは再びリジーの手を振り払って走りだした。リジーは笑いながらネッドを追っている。

心臓がよじれるような妙な気分がした。

レックスがいつの間にか横に立っていた。「彼女、自分のあり金をすべて物乞《ものご》いの老女にやってしまったことがあるそうだ。実家はかなり生活に困っているとも聞いているのに」

ティレルは外を見つめ続けた。リジーは、よちよち歩きのネッドの後ろから、ジョージーと話をしつつ、先ほどよりのんびりした足取りで歩いていた。するとネッドが足を止めた。ふらつきながらもどうにか立ったまま、勝ち誇ったように声をあげた。「ママ！」

リジーが笑い、手を叩《たた》く音が聞こえた。ティレルは彼女から目を離すことなく、弟に向かって言った。「どこでそんな噂話《うわさばなし》を聞いてきた？」自分でも驚くほど軽い口調だった。

レックスが笑みを浮かべた。「母上さ。二人で孤児院へ行ったそうだ。ミス・フィッツジェラルドは、長いあいだ孤児院で慈善活動をしていたらしい」

ティレルはようやく弟に向き直った。「本当か」

「ああ、本当だ」レックスはつぶやいた。

リジーが慈善活動をしていたと聞けば、驚いてもおかしくはない。だが、ティレルは驚かなかった。彼女が聖メアリー修道院で奉仕をしていたことは以前から知っていた。しばらく前に、彼女についてありとあらゆることを調べあげたからだ。彼女の評判も知っていた。パーティーではずっと壁の花だったことも、本の虫と呼ばれるほど本が好きなことも、人々に一目置かれていたことも。もちろん、彼女がどこかの男の子供の母親として、この家にやってくるまでの話だ。実際、未婚の母になるなど、まったく彼女らしくないことだったが、ティレルは怒りのあまりそこまで考えられなくなっていた。どうにか考えることができたのは、また彼女の美しさにだまされたということだけだった。

しかし、だまされたわけではなかった。

どこかの男など存在しなかったのだ。

彼女は未婚の母などではなかった。この自分が彼女の初めての相手だったのだから。ティレルは内心、わくわくしていた。まさに勝利だった。

自分がまたリジーを見つめていることに気づいた。目を離すことができない。さっきから心臓が激しく脈打っている。欲望と、それよりもずっと大きな感情のせいだ。後者については、あえて明らかにしたくはない。リジーは芝生の上にひざまずき、子供と一緒に花を探している。あるいは虫かもしれない。彼女の笑い声が聞こえた。穏やかで、柔らかな笑い声だ。ティレルは普通に息をすることができずにいた。よかった。やはり、彼女は見かけどおりの女性だった。優しくて、慈悲深くて、思いやりのある女性だった。

彼女が処女であることはすぐにわかった。彼女と愛し合った瞬間にわかったのだ。彼がもっと立派な男なら、もっと気高い男だったなら、彼女の純潔を奪うようなことはしなかっただろう。だが、彼女が処女だという事実に、わずかに残っていた自制心さえいっきに吹き飛んだ。残ったのは、彼女を自分のものにしたいという激しい欲望だけだった。

ティレルの高揚感は限界を知らなかった。ネッドと一緒のリジーを見ているあいだも、彼の目に映っていたのは、自分の下でベッドに横たわる彼女の姿だった。彼女は、これまでに会った女性の中で誰よりも情熱的で、誰よりも魅力的だ。彼女が処女である証拠を隠すためにした愚かな作戦の数々、自分が部屋に入っていったときの彼女の落ち着かない態度、ベッドにワインをこぼしたときの様子を思いだし、ティレルは笑みを浮かべた。

いったいどんな女性が、自分の純潔を否定し、商売女のふりをして、他人の子を自分の子と偽り、自分の評判や将来を台無しにするだろうか。

考えられるもっともな答えはひとつしかない。エリザベスがネッドを愛しているのは、誰が見ても明らかだ。そして、彼女はあくまでもネッドの母親でありたいと願っている。まさに勇気と自己犠牲の行為そのものだ。

リジーが幸せそうに微笑《ほほえ》みながら、ネッドを腕に抱きあげた。ネッドはリジーに抱きついている。やがてリジーとジョージーは、別の入り口から家の中へ消えた。

ネッドは僕の子供なのか？

ティレルはテラスから、弟のほうへ向き直り、ゆっくりと考えながら部屋の中を歩いた。心臓が激しく鼓動する。僕はそれほど愚かではない。エリザベスがネッドの母親でないことが明らかになった以上、ネッドが自分の子供である可能性は高い。いずれにしろ、ネッドが誰よりも自分に似ていることは自覚している。

あの子供は、僕の息子だ。奇妙なことに、改めてティレルはそれを確信した。

エリザベスの子でない以上、彼女は誰でもネッドの父親にすることができる。自分をそこまで屈辱的で危険な立場に追いこむ必要もないはずだ。だが、彼女は一度も、ネッドの父親が僕でないとは言っていない。実際のところ、ネッドを自分の子供というより、僕の子供だと呼んでいるほうが多い。そうした彼女の言動と、何かにせきたてられるような自分自身の強い直感が、ネッドは自分の子供だと彼に確信させた。

信じられないほどすばらしい贈り物じゃないか。もちろん、実際に確認したわけではなく、あくまでも直感と推測にすぎないのだから、慎重を期するべきだ。だが、無理だった。これで、すべてが明らかになった。妊娠したのは、ハロウィーンの夜、修道女マリアンの衣装を着ていた女だ。エリザベスは僕と残酷なゲームを楽しもうとしていたわけではなかった。そんなのは彼女らしくない。見知らぬ男の子供を妊娠するのと同じくらいに。彼女たちが衣装を取り換えた理由は想像もつかない。あの晩、本当は何があったのかは、そのうちに訊《き》けばいい。今となっては、もはやどうでもいいことだ。

エリザベスのふりをした詐欺師は、妊娠したとわかったときに、なぜ僕のところへ来なかったのだろう。こともあろうにエリザベスに近づくとは。だが、それはその詐欺師とエリザベスがなんらかの関係にあるということだ。むしろ、エリザベスに僕のところへ来てほしかった。だが、どちらの女性も、ド・ウォーレンの名前と財産を望まなかった。その代わりにエリザベスは子供を引きとり、自分の子供だということにして育ててきたのだ。

自分が腹を痛めたわけではないが、彼女はすべてにおいて子供の母親も同然だ。それはまさに神の恵みであり、同時に奇跡でもある。彼女はやはり、計算高い詐欺師などではない。冷徹で、ずる賢い嘘《うそ》つきでも、第一級のぺてん師でもない。彼女はしとやかで、美しく、心優しい女性だ。男に言い寄られたことのない壁の花でもある。ちょっとした運命のいたずらで、こんな困った立場に追いこまれてしまっただけなのだ。

ティレルはリジーの勇気に感心し、彼女の限りない献身的行為に敬服した。

「ようやく、実の子だと信じられるようになったようだね、兄さん」レックスが言った。

ティレルは躊躇《ちゅうちょ》せず答えた。「誰も自分の血と肉を分けた子だと信じていないなどとは言わなかったぞ」

レックスは訝《いぶか》しげに兄を見つめた。「今日、ペールへ出発するそうじゃないか」

ティレルはレックスのほうを向いた。「ああ。訊きたいだろうから教えてやる。一緒に連れていく」

「一緒にというのは、つまりミス・フィッツジェラルドと兄さんの子供の両方という意味なんだろう？」

「そうだ。さて、そろそろ準備を始めるとするか」

ティレルが踵《きびす》を返すよりも早く、レックスが腕をつかんだ。「これだけは言わせてほしい。ミス・フィッツジェラルドはとても思いやりのある女性だ。愛人などという屈辱的な立場に置いておくべき人じゃない。兄さんもわかっているはずだ」

罪の意識がわき起こり、ティレルはレックスの手をさっと振り払うと、逃げるように廊下に出た。レックスの言うとおりだということはわかっている。エリザベスの純潔を奪う前なら、彼女のことを道徳心に欠けた堕落した女だと思っていたときなら、彼女を愛人にすることについて考え直そうとは思わなかっただろう。だが……。

いったい自分に何ができるというのだ？　僕はすでに彼女をだめにしてしまった。僕が跡継ぎでなければ、長男が別にいたならば、彼女と結婚することもできるだろう。それが彼女にふさわしい立場なのだから。頭痛がし始めた。まるで出口のない場所に閉じこめられた気分だった。僕はアデアの次期伯爵だ。どう行動すべきかに疑問を差し挟む余地はない。結婚相手はすでに決まっているし、それに対し異議を唱えるつもりもない――たとえ、心の隅に拒否したい気持ちがあったとしても。確かに、心のどこかにエリザベスを次の伯爵夫人として見ている自分がいることも事実だ。彼女なら、優雅で、慈悲深くて、誰からも愛される伯爵夫人になるだろう。ティレルは心からそう思っていた。

ティレルは壁にもたれた。胸も頭もずきずき痛む。そんなふうに考えることさえ、一種の背信行為だということはよくわかっていた。自分が取るべき道はすでに決まっている。ネッドは自分の子供だし、エリザベスは、実際に子供を産んだわけではないが、子供の母親であることに変わりはない。二人の面倒は僕が見る。妻と愛人を持つのは、決して理想的とは言えないが、たいていの男は疑問を差し挟むことはないだろう。昨夜のことがあった以上、ほかに道はないのだ。僕にはエリザベスが必要だし、怖いほどそれを痛感している。ネッドにも彼女は必要だ。僕の人生は、実に危険をはらんだものになってしまった。誤った道に足を進めてしまったという実感が容赦なくティレルを襲った。今はとにかく、慎重に、かつ思慮深くしていなければならない。エリザベスに対しては敬意を持ってふるまい、彼女を守る義務がある。だが、レディ・ブランシュに対してもそれは同じだ。では、将来はどうなのだ？　先のことを考えただけで、ティレルは体の奥が締めつけられるような気がした。結婚してしまえば、どちらの家族ともどうにかうまくやっていくことだろう。

ほかの男たちがしているように、自分だってうまくやれるはずだ。

ティレルは身をこわばらせた。リジー、ネッド、ジョージーの三人が、廊下の突きあたりに現れたからだ。リジーも彼の存在を感じとったのか、ふと肩越しに振り返った。ティレルに気づいたリジーは、じっとこちらを見つめている。

ティレルは彼女に近づき、三人の前で止まってお辞儀をした。心の動揺はすっかり消えた。「ピクニックは楽しかったかい?」ティレルは静かに尋ねた。だが、心臓は制御できないほど胸の中で激しく鼓動している。今考えられるのは、彼女を腕に抱き、ベッドに連れていくことだけだった。

リジーは顔を赤らめた。「ええ、とても楽しかったわ。ありがとうございます」

ティレルは、リジーの横に立ち、じっと自分を見つめているネッドに視線を送った。ネッドの感情がティレルにも伝わってきた。どこか怪しいけれど、守ってくれそうな人——そんなふうに自分を見ている。ティレルは思わずうれしくなったが、同時にある考えが浮かんだ。「馬の乗り方を教える必要があるな」

リジーは驚いた表情を浮かべた。「この子はまだ一歳よ」

ティレルはリジーの大きく見開いたグレーの瞳を見つめ、その瞳が絶頂に達する直前に欲望でくぐもったことを思いだして笑みを浮かべた。「僕がそれくらいのころには、すでに馬の背に乗っていた。もちろん父上と一緒にだ。君の許可が下りれば、ウィックロウへ着きしだい、同じことをしてやりたい」

リジーは訝しげだった。「もちろん、そうしてあげてください」

「当然、君も一緒だ」

リジーは恥ずかしげに微笑んだ。「私は結構です」

彼女に断られたことにティレルは驚き、がっかりした。「断るつもりか？」ティレルは尋ねた。もう少しで、愛し合った仲なのにと口にするところだった。

「そうではありません」リジーは言った。ふっと息を吐く姿が、前夜の情熱的なあえぎ声を思いださせた。「乗り方を知らないのです。馬に乗ろうものなら、間違いなく落馬するわ」

ティレルは声をあげて笑い、衝動的に彼女の手を取って自分の唇まで持ちあげ、キスをした。彼女の手のひらをつかみ、口で彼女の肌に触れたとたん、乗馬のことは脳裏からすっかり消え去った。いとも簡単に、そして瞬間的に、ティレルは興奮した。「僕が教える」そうつぶやいた。彼女に教えたいことはたっぷりとある。だが、そのどれもが乗馬とは関係のないことだ。「知りたいことはなんでも僕が教える。君がそうさせてくれるなら」

リジーは息も継げずにティレルを見つめた。頬をピンク色に染めている。「ぜひ教えてください」リジーは答え、頬をこすりそうなほどまつげを下げてうつむいた。

ティレルはこれまでに感じたことのないほど激しい欲望に襲われた。やっとのことで彼女の手を放し、お辞儀をした。「また、午後に」低い声でささやく。

リジーは何も答えなかった。

彼女の姉がいたことに気づき、ティレルはようやくジョージーにも軽く会釈した。それから手を伸ばし、ネッドの頬に触れた。ネッドに触れたのはこれが初めてのことだ。ティレルは衝撃を受けた。

この子供は僕の子、僕の息子だ。今、初めて心からそう思えた。

ネッドがティレルに笑いかけた。警戒心は完全に消えていた。

ティレルも笑みを返し、それから頬が赤くなるのを意識しつつ体を起こした。リジーが驚いたような表情でこちらを見つめていた。二人は改めて目を合わせた。ティレルの視界に映っているのは、自分の息子と妻の姿だった。

やがて踵を返して三人から離れたティレルは、改めて自分の考えていたことに気づき、恐ろしくなった。

ティレルは馬に乗り、馬車に並走してウィックロウまで行くことにしたらしい。均整の取れた黒馬に乗ったティレルとは、ほとんど言葉を交わすことはなかったが、リジーは気にならなかった。ネッドやロージーはもちろん、ジョージーも一緒にいる。そして何より、うれしくてしかたがなかった。その日の夜は道端の宿屋で過ごし、翌日は丸一日移動し続けた。馬車が錬鉄製の高い門をくぐり抜けたのは、その日の午後遅くのことだった。

リジーは窓から身を乗りだして外を見やった。ペールは城のような屋敷が多いことで知られている。どの屋敷も皆、百年以上前に建てられたものばかりだ。当時はアイルランド人貴族もイングランド人貴族もともに、社交と政治の中心だったダブリンからわずか数時間圏内のこの地域で暮らしていたという。馬車が、白い貝殻を砕いて敷きつめた長い並木道へと入った。前方に屋敷が見えたとたん、リジーは思わず息をのんだ。

道路から屋敷に向かって青々とした芝生と壮大な庭が続いている。屋敷はまばゆいほどに白く、四、五階分の高さがあり、どちらかといえば四角に近い。屋敷の正面、ちょうど車寄せの手前部分に、大きな人工池がある。屋敷の両側には母屋の中心部分の半分ほどの高さの離れが立っていた。池の中心には石灰岩の巨大な噴水が設置されている。そしてウィックロウ山脈の山並みときらめくような青空に囲まれたその景色は、この上ないほどすばらしいものだった。

「このお屋敷は、アデアよりもうんと立派だわ」ジョージーが畏敬《いけい》の念をこめて言った。「築五十年なんてものじゃないわ。今の伯爵のおじい様が建てたお屋敷だそうよ」

「お城みたい」リジーは唖然《あぜん》としてつぶやいた。ここが私たちの家？　これは現実なの？　伯爵夫妻ならともかく、身分の低い者がこんな場所で生活してもいいのかしら。

ジョージーはリジーに笑いかけた。「信じられる？　ここがあなたの家になるのよ！」

「私たちの家よ」リジーはジョージーに言い返した。馬車は池の周囲をまわり終えようとしていた。池の周辺は美しく刈りこまれた生け垣で囲われている。背が高く、均整が取れた見事な刈りこみようだった。車寄せは、屋敷の前に約百メートル近くにわたってまっすぐに伸びていた。屋敷の正面はローマの神殿を思わせる造りになっている。召使いたちが立ち並び、主人の息子、いずれ彼らの主人となる次期アデア伯爵の到着を待っていた。

リジーはベルベットでできた馬車のシートにもたれかかった。私は何をしているのかしら。私はティレルの妻じゃない。愛人なのよ。突然、そのことを痛感した。召使いたちにどう思われようと関係ないはずなのに、どういうわけか気になってしかたがない。アデアで、皆に親切にしてもらったことを思いだそうとした。でも、あのときはいつの間にか私の存在が知られていったのだ。今回はまったく状況が違う。

馬車が停《と》まった。リジーはジョージーを見つめた。「アデアでは、私はゲストとして屋敷に入ったの」リジーは言った。「なんだか不安だわ、ジョージーお姉様。私は、今は彼の愛人なのよ。それに本当のことを言うと、レディ・ブランシュが彼の婚約者であることや、彼女の存在そのものを忘れようと決めていたの。そうしなければ、幸せでいられないから」

「婚約者のことや先のことは考えないほうが、今のあなたにとってはいいんじゃないかしら」ジョージーも不安げに答えた。「考えてもしかたのないことだもの。リジー、今回も彼は、きっとゲストとしてあなたを紹介するわよ」断固とした口調でそう言い足した。

ティレルに愛人として紹介されるとは思っていないが、愛人であることに変わりはない。いずれ、その事実は召使い全員の知るところとなるはずだ――まだ知らなければの話だけれど。噂話は瞬く間に広がるものだということは、リジーは身をもって知っている。ティレルの到着が伝われば、訪問客が次々と訪れることだろう。婚約者など存在しないふりをするのはたやすいが、世間から隔絶された生活をするわけではない以上、いずれ現実と向き合わなければならない日がくる。この一日半というもの、夢のような世界に浸っていて、自分の人生がどうなるかなどまったく考えてもいなかった。それがここに来たとたん、急に不安を覚え、怖くなった。

それでも、ほかに取るべき道はない。暗い気持ちに沈んでいたリジーは、ふと気づいた。ティレルと愛を交わしてからたった二日で、自分を取り巻く世界がすっかり変わってしまった。こんなに彼を深く愛してしまったのよ。もう、後戻りはできないわ。

「みんなが待っているわ」ジョージーが手を軽く叩いて言った。「勇気を出して、リジー」リジーはどうにかジョージーに笑いかけ、従僕の助けを借りて馬車から降りたった。ティレルは執事とおぼしき紳士と握手をしている。後ろを向き、ネッドの手を取った。「ママ?」ネッドが尋ねた。いったいここはどこ、と興味深げだ。

「しばらくのあいだ、ここで暮らすのよ」リジーは優しく言ったが、心臓は早鐘を打っていた。

リジーの思いを読みとったかのように、ティレルが振り向いた。笑みを浮かべ、リジーのほうへ向かってきた。目を合わせた瞬間、とまどいの表情を浮かべたものの、さっとネッドを抱きあげた。「こっちへ」リジーに向かって言った。

まるで夢を見ているような気分だった。ネッドを抱くティレルの姿を見れば、誰も彼が父親であることを疑ったりはしないだろう。ティレルはネッドを抱いたまま、立ち並ぶ召使いたちの前に立った。

「戻ってこられて喜ばしい限りだ。庭の手入れはぬかりないようだし、家の中もきちんと整えてくれていることと察している。ありがとう」

リジーはずらりと並んだ召使いたちをじっくりと眺めた。五十人近くはいるだろうか。召使いたちは皆、うれしそうだ。おそらくティレルのことをとても好いていて、彼に褒められるのがうれしくてしかたないのだろう。

「ミス・エリザベス・フィッツジェラルドを紹介する」ネッドを抱いたまま、ティレルが言った。「ミス・フィッツジェラルドは、僕のゲストとして無期限でこの屋敷に滞在する。彼女の願いは僕の願いと思い、すべて応じてほしい」

かしこまりましたとつぶやく声が聞こえ、五十組の目が彼女のほうに向けられた。

リジーは〝無期限で〟という言葉の意味を深く考えすぎないよう自分に言い聞かせた。今の言葉は彼の本心だったの？　本当に願いはなんでも叶《かな》えてもらえるのかしら。

ジョージーはそう信じたらしい。目を見開いて、リジーの脇腹《わきばら》を突いてきたからだ。

「姉上のミス・ジョージーナ・フィッツジェラルドも同行してくださった」ティレルは召使いたちに笑いかけた。「それから僕の息子を紹介しよう。エドワード・フィッツジェラルド・ド・ウォーレンだ」

リジーは息をのんだ。ジョージーがリジーを支えるように腕をつかんだ。だが、召使いたちからは、驚きの声はいっさいあがらなかった。視線がネッドに向けられただけだ。これ以上、明確な宣言はないだろう。ティレルはついに、はっきりと、そして堂々と、ネッドが自分の息子であることを発表したのだから。そして、子供の母親がリジーであることも。つまり、リジーが彼の愛人であることを世の中に公言したのだ。そうやってリジーにとてつもない地位と権利を与えてくれたのだ。

「エリザベス？」ティレルがリジーのほうを振り向き、前に出るよう促した。リジーは再び自分に目が向けられるのを感じた。彼が次に何を言い、何をするのか、想像もつかない。なんとか前に足を踏みだした。ティレルは笑みを浮かべ、ネッドをリジーに渡した。「僕たちの息子にはどの部屋がいちばんふさわしいか、君が決めてくれ」ティレルは声を落として言った。「ただし、君の部屋は、西の離れにある僕の部屋だ。そこが主寝室だからね」しかしそれは命令ではなかった。ティレルはリジーに尋ねるような視線を向けている。

リジーはティレルを見つめた。目をそらすことができず、幸せの涙があふれてきた。こんなに恋しているのに、どうしていやと言えるの？　私はずっと、何よりもこのときを待ち望んでいたじゃない――婚約者のことなど知らないそぶりをして、将来のことを考えないようにしている限りは。

「喜んでそうさせていただきます」リジーは頼りなげに小声で答えた。

ティレルは彼女の頬に手を触れ、涙を拭《ふ》きとった。「僕は君を幸せにしたい。もし僕が君の涙の原因なら――」

リジーはティレルの手をつかみ、自分の頬にあてた。「あなたのおかげで私はとても幸せです」なんとかそう言った。

ティレルが笑みを浮かべた。「スマイス、ミス・フィッツジェラルドを母屋に案内してくれないか。姉上には東の離れを使っていただく。ミス・フィッツジェラルドと姉上が不自由しないよう、きちんと取り計らってくれ」

長身で動作のきびきびした執事が頭を下げた。「承知いたしております」

「ああ、そうだ」ティレルが思いついたように言った。「ミス・フィッツジェラルドはパンや菓子を作るのが大好きなんだ。彼女には自由に厨房《ちゅうぼう》へ出入りしてもらおうと思っている。必要な材料はすべて用意しておくよう、取り計らってくれ」

執事は驚いた表情を浮かべたものの、すぐに落ち着きを取り戻し、お辞儀をした。「承知いたしました」

リジーも驚いていた。私がデザートを作るのが好きなことを、どうしてティレルが知っているのかしら？

ティレルがリジーに笑いかけた。「僕のために何かおいしいものを作ってくれるのを今でも待っているんだぞ」小声でつぶやいた。「ちなみに、好物はチョコレートだ」

「言ってくだされればよかったのに」リジーはどうにか答えた。チョコレートを使ったお菓子が次々と脳裏をよぎる。そして、月夜の下で裸になってベッドに入り、ティレルにひと口ずつお菓子を食べさせているさまも。

ティレルがお辞儀をした。「エリザベス、僕はしばらく書斎にこもる。来週、財務局へ出勤する準備として見ておかなければならない書類が山のようにあるんだ」

リジーはうなずいた。「承知しました」リジーの心臓は激しく脈打っていた。

「家の中を好きなように見てまわればいい」ティレルは温かい目でリジーを見つめながら言った。頭を軽く下げると、家令についてくるよう命じながら歩き去った。

リジーはネッドを足元へ下ろしながら、明るい日光に目を瞬かせた。執事は召使いたちに持ち場へ戻るよう命じている。ジョージーがほっと息をついた。「ここがあなたの新しい家なのね、リジー」

リジーはジョージーに向き直った。「これって、現実なのよね？」

「彼がたった今、何をしたかわかる？　あなたをウィックロウの女主人にしたのよ」

夕食は遅く、一緒にテーブルに着いているのはジョージーだけだった。二人は、四十人は腰かけられそうなテーブルの両端に、真向かいに座っていた。天然のサーモン、あぶった鱈《たら》、直火《じかび》で焼いたほろほろ鳥に、摘みたての野菜を盛りつけたサラダ、豆、さやえんどう、それに焼いたポテトが添えられた豪勢な食事を終えたところだった。シャンパンに、赤ワイン、白ワインも用意され、デザートには召使いがルバーブ・パイを取り分けてくれた。リジーはティレルのことばかり考えていた。書斎にこもりきりで、仕事に没頭しているらしく、夕食も書斎に届けられたようだった。

パイはひと口かじるのが精いっぱいだった。やたらと広い部屋の中で、やたらと長いだけのテーブルに姉と二人だけで着いているのは、あまりに寒々しい。食事中、リジーは何度もその長いテーブルを見渡した。二人の食器以外にテーブルがセッティングされているわけではなく、リジーとジョージーのあいだには、生花がたっぷりと生けられている。クリスタルや金を着せた食器がずらりと並ぶさまを思い描くのはたやすいことだった。

「ダブリンがアイルランド政府の中心だったころは、ここで頻繁に食事会が開かれていたに違いないわ」ジョージーが小声で言った。二人はずっと小声で話していた。リジーの後方の壁際に立つ召使いに遠慮をしているわけではない。声をひそめても、部屋じゅうに反響するせいだった。「連合法が制定されてから、貴族は皆ロンドンへ行ってしまったけど」

「この部屋は、今でもアイルランド人の領主やその夫人たちで埋め尽くされているような気がするわ」リジーも小声で返した。「髪粉をつけたかつらをつけて、半ズボン《ブリーチ》とストッキングに燕尾《えんび》服の紳士、それに髪を高く結いあげて、サテンのイブニングドレスを着た淑女の姿が目に浮かぶの。そのころは、伯爵様はまだネッドぐらいの子供だったんでしょうね」ティレルはまだ仕事が終わらないのかしら。そう思っただけで、心臓がよじれる思いがした。彼の腕の中に戻るのが待ちきれなかった。

「さぞかし賑《にぎ》やかだったことでしょうね。きっと知的な会話が交わされて、政治談義に花が咲いていたのよ」ジョージーが言った。「そのころは、ダブリンは流行の中心でもあったのよ。この部屋でどんな議論が交わされたのかしら。連合の利点についてとか？　最初のジャコバン派の蜂起《ほうき》とフランスの崩壊？　植民地の喪失とボストン茶会事件のこと？

ねえ、リジー、そもそも私たちがここにいることが信じられる？」

リジーは首を横に振った。「私だって、今、頬をつねったら、目が覚めてすべて夢だったって思うような気がするもの」リジーはテーブル越しに手を伸ばしたが、とてもジョージーの手には届かなかった。「なんだか疲れたわ」本当は疲れてなどいなかった。リジーは顔を赤らめながら言った。「ティレルの様子を見て、部屋で休むわ。いいかしら？」

ジョージーはにやけた笑みを隠そうともしなかった。「あなたは本当に運がいいわねえ。正妻にはなれなくても、夢に見ていたものがすべて手に入ったのよ。それに、リジー、彼はあなたにぞっこんじゃない」

本当ならうれしいけど。リジーはテーブルの端を握った。「それは違うと思うわ」

ジョージーは口をつぐみ、しばらくしてから言った。「私はよかったと思ってるわ」

リジーはお仕着せの召使いのほうを振り返った。「バーナード、お願いがあるの」召使いの名前はテーブルに着いたときに覚えた。「私がさっき作ったチョコレートのクレームブリュレを持ってきてくれる？」

「かしこまりました」バーナードはお辞儀をして、急いで部屋を出ていった。

ジョージーがリジーを見ていた。

リジーは笑みを返した。「ティレルが私の作ったチョコレートが食べたいと言ってくれたのよ。彼が望むことはなんでもしたいの」

ジョージーがテーブルをまわってリジーに歩み寄り、頬にキスをした。「楽しい夜を」

「ゆっくり休んでちょうだい」リジーも優しく言った。ジョージーが部屋を出ていき、リジーは広い部屋でひとりきりになった。

でも、ひとりぼっちになった気はしないわ——ゆっくりとまわりを見まわしながら、リジーは思った。屋敷はそれほど古くはないが、さまざまな歴史の一端を目撃してきたことだろう。実際、どういうわけか空虚な感じはしなかった。ティレルの先祖の幽霊がここにいるのかもしれない。もしそうだとしても、怖くはなかった。これだけの広さの部屋なのに、やけに温かく、親しみさえ感じられたからだった。リジーは板張りの壁に飾られたさまざまな肖像画を見やりながら、立ちあがった。皆、ド・ウォーレン家の先祖なのだろう。

そのとき、そのうちの一枚が無性に気になり、リジーはそこへ近づいた。

とても古い肖像画だった。時代がかった衣装と平面的なその絵の画法からそう判断したのだ。だが、いかにも平面的に描かれたその肖像はティレルそっくりだった。

肖像画の主は、鎖かたびらをつけている。歴史のことはよくわからないけれど、六、七百年前の人ではないかしら。身を乗りだし、額縁の下にある小さな銘板の埃《ほこり》を拭きとった。ようやくそこに彫られた文字を読むことができた。《スティーヴン・ド・ウォーレン、一〇七〇～一一一七》

まあ、なんて古いものなのかしら。きっと、ド・ウォーレン家の始祖ね。

いつの間にかバーナードが戻ってきていた。クレームブリュレののった小さな銀色のトレーを持っている。「ありがとう」リジーは言い、トレーを受けとった。召使いは驚いた表情を浮かべている。「私がご主人様のところに持っていくわ」

「奥様、それは私が」

召使いにトレーを渡すつもりはない。「書斎への行き方を教えてちょうだい。探しているうちに迷子になりそうだから」屋敷の中をひとりで歩いたことのないリジーは、ティレルがどこにいるのか、想像もつかなかった。

ほどなくして、リジーはトレーを手に持ち、閉じられた大きなドアの前にひとり立っていた。心臓が早鐘を打っている。不道徳なことを考えている証拠だわ。情熱的な夜をたったひと晩過ごしただけで、ずいぶん恥知らずな女になってしまったみたい。でも、そもそも愛人であることが恥知らずなことなんじゃないかしら？　ティレルの腕に抱かれ、体をひとつに合わせることで、今のリジーの頭の中はいっぱいだった。

ノックをせずに入っていくほど大胆なことはできない。小さなトレーを巧みに操り、リジーは軽くドアを叩いた。ティレルの「入りたまえ」という声がはっきりと聞こえた。

部屋の中に滑りこんだ瞬間、思わず目を見開いた。書斎はほぼ煉瓦《れんが》色で統一され、食堂と変わらないくらい天井が高い。リジーの頭上、九メートル近くはありそうだ。そびえるように背の高いいくつもの本棚が、天井までの半分ほどの高さまで、二つの壁を覆っている。天井は炎のように真っ赤な色が塗られ、アイボリーとゴールドの模様が描かれていた。腰をかけられる場所が四箇所設けられ、どこも赤い色調の布が張られた豪華なソファーや椅子が置かれていた。小さめの家具は、皆ゴールドとベージュのアクセントカラーに揃《そろ》えられている。大きな暖炉がひとつあり、下には白い大理石のマントルピース、上には金箔《きんぱく》を着せた大きな鏡が設置されていた。炎が燃えたっているにもかかわらず、部屋の中は陰っていた。一瞬、机に向かっているティレルの姿に気づかなかったほどだ。

ティレルは部屋の真反対、リジーから十五、六メートルほど離れた場所にいた。肘の脇に置かれた石油ランプが唯一の明かりらしい。ティレルは書き物や計算に没頭していた。

これまで彼が政府の仕事にかかわっている様子を一度も見たことがなかったリジーは、改めて彼の地位の重要さに気づいた。まだ二十六歳だが、財務長官の補佐をしている。アイルランドでは最も有利で権威のある役職だ。その瞬間、リジーは彼がその役職に完全に身を捧《ささ》げていることを察し、それまで以上に彼に対する賞嘆を覚えた。彼の優しさも、私は身をもって知っている。その彼が今は、私のものだなんて。

ティレルが不意に目を上げた。

リジーは笑みを浮かべようとした。「おやつを持ってきました」リジーは思い切って彼に近づきながら、低い声で言った。「お仕事の邪魔をするつもりはありませんから」

ティレルはすでに目の前の書類への興味を失ってしまったようだった。微動だにせず、何も言わず、ただリジーを見つめている。

だが、言葉など必要なかった。彼が自分だけを見つめ、自分のことだけを考えてくれていることを感じたからだった。ひとりの女になったリジーには、それがよくわかった。

ティレルがゆっくりと立ちあがった。「君を邪魔などと思うはずがない、エリザベス」

ティレルの唇から出てきた自分の名前の響きに、リジーは興奮を覚えた。笑みを浮かべたいのに、笑うこともできない。二人のあいだには、激しい緊張感だけが満ちていた。リジーが二人を隔てている距離を縮めるあいだも、ティレルはまばたきもせずに彼女を見つめ続けた。

興奮のあまりリジーの体が震えた。ティレルの視線は、彼女の体をいとも簡単に熱する力があるらしい。リジーは机の前で足を止めた。「チョコレートのクレームブリュレよ」

ティレルは驚きに目を見開いた。「君が作ったのか？　いつ？」

「今日の午後よ。この屋敷の食料貯蔵室にはなんでもあるのね。あなたが望めば」自分の声に熱がこもりつつあるのを意識しながら、リジーは言った。「私はなんでもするわ」

ティレルは両手を机の上に置いた。指の関節が白くなっている。

「僕は世界一の幸せ者だ」ティレルはそうつぶやきながら、机の向こう側から出てきた。

リジーはトレーを机の上に置いた。「まだ味わってないでしょ」リジーは優しく言いながら、スプーンをなめらかなチョコレートクリームの中に差し入れた。

ティレルは立ち止まり、机に腰をもたせかけた。「いや、自分の幸運ぶりを思い知らされるほど、十分に味わわせてもらったよ」低く、柔らかな声で言った。

その言葉の意味を取り違えるはずはない。頬が紅潮し、スプーンを持つ手が止まった。

ティレルがリジーの手首をつかんだ。そのままスプーンを口に持っていく。リジーの心臓がよじれ、今にもねじ切れそうだった。すっかり興奮したリジーは、自分のご馳走《ちそう》で彼を喜ばせたくなった。スプーンの先端が彼の唇に触れたとたん、チョコレートクリームが消えた。ごくりとのみこむのを見て、頑丈そうな喉にキスをしたくなった。

　リジーはスプーンをつかんだまま待った。

「まだほかにも、僕の知らない特技が君にはあるのかい?」

　リジーは喜びに顔を赤らめた。「気に入っていただけた?」

「これまで食べた中で、最高にうまいクレームブリュレだった」ティレルは真顔で答えた。

　リジーはめまいを起こしそうなほどの喜びを感じた。「よかった」

　ティレルは机にもたれ、一瞬彼女を見つめると、横を向いてボールに指を差しこんだ。それから、もう一度リジーに向き直った。

　彼が何をするつもりなのか、なんとなく想像はできた。「まあ――」

　言葉が口から出るよりも早く、彼はリジーの口に指を差し入れ、唇でチョコレートクリームを拭《ぬぐ》った。ティレルが笑みを浮かべた。欲望に満ちたその表情を目にしたとたん、リジーの脚のあいだが熱を帯びた。彼も望んでいるんだわ。絶対に。

　ティレルがリジーの顎を持ちあげた。リジーが体をそっと寄せると、ティレルはもう一度笑みを浮かべ、彼女の口についたチョコレートをゆっくりとなめとった。

「ティレル」リジーはあえぎ、彼の腰をつかんだ。

　その瞬間、リジーは彼の腕に抱かれ、唇が重ねられた。激しく、深いキスだった。喜びに意識が朦朧《もうろう》とし、ティレルにしがみついた。欲望で震えるリジーを抱き、ティレルは彼女の背中からヒップへ、そして再び背中へと手を滑らせた。もはやいっときたりともティレルと離れていることに耐えられなくなり、シャツのボタンを探しだし、ぎゅっと引っ張った。ボタンは簡単に外れた。引きちぎれたものもあった。リジーは、むきだしになったティレルの硬い胸板に両手を滑らせた。胸を撫《な》でるリジーの指先に刺激され、ティレルも急いで彼女のドレスのボタンを外した。気がつくと、リジーは下着姿で立っていた。

ティレルは相変わらず机の端に腰かけ、リジーは彼の太腿のあいだにいた。ティレルは両脚でリジーを挟みこみ、彼女に向かっていたずらな笑みを浮かべた。「何か気に入らないことでも?」ティレルの目がリジーの胸に向けられた。薄手のスリップははっきりとその奥が透けて見える。

「私の着ているものを脱がせてくれないことかしら」気がつくと、そう答えていた。

ティレルは目を見開いた。「よくも言ったな」彼はそう言い返すと、コルセットを引っ張って床に落とし、スリップを引き裂いた。

ティレルが破れたスリップを脇へ放《ほう》るのを、リジーは目を瞬きながら見つめた。すると今度はペティコートのウエストバンドとズロースをつかまれた。

リジーが体を震わすのを、ティレルはじっと見つめている。

すでに緊張した面持ちのティレルだったが、その表情がますますこわばった。そして残った下着をいっきに引きおろした。

最初におへそが、そして金褐色のヘアがあらわになった。リジーは息をのんだ。ティレルは下着を足元まで押しさげ、体を起こしてつぶやいた。「これでもまだ、気に入らないと?」

リジーは言葉が出なくなっていた。無理もない。彼の手はすでに胸を愛撫《あいぶ》していた。はち切れそうな側面からずっしりした下部にかけて慈しむように撫でたあと、硬くなった先端をこする。リジーは目を閉じて唇を噛《か》み、声を出すまいとしたが、無駄だった。

「君は言葉にできないほどすてきだ」ティレルはささやいた。

リジーははっと目を開いた。ティレルが生まれたままの姿の自分をじっと見つめていた。その表情は欲望と驚きにあふれている。その瞬間、自分が最も魅力的な女性であることを、リジーははっきりと自覚した。

ティレルがかすかに笑みを浮かべた。「君を喜ばせたい」そうつぶやいた。「君を思い切り喜ばせたいんだ」

リジーは体をそらしてティレルにすり寄った。彼が体を曲げて胸を味わい始めると、リジーはささやいた。「どうか私を喜ばせて。衣服を脱いで」

ティレルはゆっくりと体を起こし、前の開いたシャツを脱ぎ捨てた。彼が動くたびに胸の筋肉も動き、胴や腕の筋肉が小さく波立つ。リジーは魔法をかけられたようにその様子に見入っていた。彼の鹿革《しかがわ》のズボンには想像の余地はなくなっていた。ウエスト部分の真下にははっきりと、硬くなった彼の先端が見えている。

「怖いかい?」ティレルが荒々しく尋ねた。

リジーはどうにか首を横に振り、手を伸ばした。

そっと触れただけだが、リジーの胸は高鳴った。だが、ティレルはうなり声をあげて彼女を自分の胸に引き寄せた。シルクのような生身の肌と肌との触れ合いが、リジーの感覚を完全に失わせた。リジーはうめき声をあげると、上を向いて口を開け、キスを求めた。ティレルの舌が深く差しこまれた。彼の情熱の証《あかし》がリジーのお腹《なか》で休みなく脈打っている。リジーは泣きたくなった。

ティレルにすべてを伝えたい――どれほど彼を愛しているか、十歳のときに命を救われた瞬間からどれほど彼のことを思ってきたか、を。自分の体や愛という贈り物以上のものを彼に贈りたい。ネッドの出生の秘密を明かし、ティレルに何よりもすばらしい贈り物を捧げたい――そう、彼の息子を。

しかし、リジーはティレルの腕の中にいた。ティレルは彼女の顔、喉、胸にキスの雨を降らせながら、彼女をソファーへ運ぼうとしていた。「君はまだ純粋なままだ」不意に、ティレルが言った。「だが、これまで僕が出会った中で最も官能的な女性でもある。君に愛を交わす方法を教えよう。君が望めばだが」

リジーをソファーに横たえ、ティレルは彼女の上に覆いかぶさるように立っていた。いつの間にか全裸になっている。リジーは今にも気を失いそうな感覚を覚えた。両手を広げ、言った。「どんなことでもすべて教えて。でも、早くしてくださったほうがいいと思うわ」

ティレルは荒々しい笑い声をあげながら、彼女にまたがった。リジーは喜びの声をあげ、筋肉がぴくぴくと震える彼の硬い背中に手を走らせた。ティレルはリジーの胸に顔を埋《うず》めてささやいた。「まずは忍耐からだな。愛の営みを焦っては、もったいない」

リジーはどうにか目を開けた。体は激しく脈打っていたが、ティレルの言葉を聞き逃しはしなかった。だが、乳房の下を唇でそっと触れられ、何も考えられなくなった。ティレルはさらに下へ向かい、リジーが耐えられなくなりそうなほど優しくお腹を愛撫し始めた。経験したことのない興奮を感じていると、今度は太腿のあいだに彼の息がかかった。はっと息をのむと、ティレルは彼女の敏感な部分にその愛《いと》おしい舌を走らせた。

繊細なダンスが始まった。ティレルの舌は、リジーの興奮してふくれあがった場所を羽根のように撫で、そっと押し、なめらかにさすり、そして洗う。

リジーの快感はついに頂点に達した。体の奥で何かがはじけ、ばらばらになってはるか彼方《かなた》へと吹き飛んでいく。

激しくあえぎ、体を震わせながらも、まだ苦しいほどに興奮していた。舌で彼女を慰め続けるティレルに、やめてと言うべきなのか、それとももっと続けてほしいと言うべきなのかもわからず、リジーは声をあげた。ティレルは動きを止めることなくつぶやいた。

「二度目はもっと気持ちいいんだ。本当だよ、スイートハート」

言い返そうとしたとたん、ティレルが舌を彼女の体の奥深くへと差し入れた。痛みと快感の瀬戸際をさまよい、不意に解き放たれた。

リジーは喜びにむせび泣いた。

気がつくと、ソファーに腰かけるティレルの腕に優しく抱かれていた。ティレルは彼女の腕や胸を撫でながら、髪や肩にキスをしていた。リジーは激しく息を吸いこんだ。たった今彼が与えてくれた喜びは、信じられないくらい強烈だった。頭はまだくらくらしている。そのときティレルの手がお腹を滑りおり、彼女の女性である場所を手のひらで覆った。

「もっと気持ちよくさせようか、エリザベス？」ティレルが欲望のこもった声で尋ねた。

感覚が戻ってきた。リジーは体をねじり、ティレルと目を合わせた。「耐えられるかしら」

ティレルは考えこんでいる様子だった。まだ欲望が満たされていないせいか、ひどく苦しげな表情を浮かべている。「あとどれくらいなら耐えられそうだい？」

リジーの体は恐ろしいほど燃えあがっていたが、ティレルの心が激しく葛藤《かっとう》していることにも気づき始めていた。軽く目を閉じると、腕を伸ばして彼の情熱の証をそっと手で撫でた。ティレルが体をこわばらせ、ごくりと唾《つば》をのみこむのを感じた。

リジーは顔を上げた。彼の気持ちを痛いほど実感し、彼を慰めてあげたくなった。ゆっくりと指で彼を包む。同じようにゆっくりとリジーは微笑んだ。

「危険なゲームを始めようとしているな」ティレルは所在なげに言った。

「いいえ」リジーはささやいた。体が震えるほど、新たな、より激しい欲望がわきあがってくる。「私は一度もゲームなどしていません」

ティレルは激しく息をのんだ。

リジーは自分が何をしているかほとんど考えることなく、彼の上にかがんだ。ある意味、彼にとっては苦痛なのかもしれないと、ぼんやり思った。彼の呼吸がますます速く、荒くなっていく。舌で彼に触れたリジーは、興奮に身を震わせた。ティレルも自分の下で震えている。リジーの手をぎゅっと握ってきた。その力はあまりに強く、リジーは彼の頭がどうかして、手を折られてしまうのではないかと思った。リジーはますます興奮した。

「自分が何をしているか、わかっているか？」ティレルは信じられない様子であえいだ。

「いいえ」リジーは答えた。妙なことに、本当によくわからなかった。リジーはティレルが自分にしてくれたように、彼を舌でなめた。

ティレルの息が荒くなっていく。

リジーはゆっくりと舌を上下させた。

ティレルがうなり声をあげた。その直後、リジーは仰向けにされていた。彼が片方の手でリジーの顔に触れた。「痛い思いをさせたら、必ず言ってくれ」ティレルが言った。彼のこめかみから垂れた汗が胸へと伝い、リジーの胸へ落ちてきた。リジーはティレルが必死に自分を抑えていたことに、そのとき初めて気づいた。

愛しい彼の顔を両手で挟み、微笑みかけた。「痛い思いなどするはずがないわ。あなたを心から愛していますから」

ティレルは驚きに目を見開いた。リジーは自分が何を言ったかに気づき、愕然《がくぜん》とした。しかし、その瞬間、ティレルはうなり声をあげ、彼女から目をそらすことなく彼女の体の中へ深々と入りこんだ。

恐ろしいけれど正直な告白のことは、脳裏から消え去った。彼の情熱の証は大きく、彼女を完全に満たした。熱く、激しく、そして、しっとりと。リジーは喜びにあえぎ、ティレルを包みこんだまま激しく体を震わせた。つのる快感をもはや抑えることはできない。ティレルにもわかったのだろう。満足げなうめき声をあげた。リジーの快感はさらに高まっていく。彼を包みこんだまま、彼をのみこみ、彼の一部となった。ティレルはリジーを見つめたまま動き続けた。より速く、激しく。ティレルを心から愛しているわ。リジーは彼の顔をつかみ、泣きながら、ついに頂点に達した。

「わかっている」ティレルがそう言った気がした。リジーをつかむ彼の手にますます力がこもった。「エリザベス、わかっているとも！」

18

道徳心と欲望のはざまで

リジーはむきだしの胸に上掛けをあてながら、ティレルとともに一夜を過ごしたベッドに起きあがった。どうやら寝過ごしてしまったらしい。昨夜の出来事が次から次へと脳裏をよぎる。熱く、狂わんばかりに激しく愛し合いもすれば、優しく、ゆっくりと愛し合いもした。彼はありとあらゆる方法で愛してくれた。思いだすだけで顔が赤くなるほどだが、何よりもうれしかったのは、愛を交わしていないときも、まるで彼女に恋をしているかのように抱きしめてくれたことだ。

ベッドから出ようとしてたじろいだ。何も身につけていなかったからだ。ドレスや下着を最後に目にしたのは、書斎の床の上だった。ティレルがリジーに布をかけて抱きあげ、二階へ運んでくれたのだ。リジーのドレスは、主寝室の先の彼女の寝室にある。自分が眠っていた豪華なベッドを見て、リジーは笑みを浮かべた。何も言わなくても、ティレルは彼女と一緒に夜を過ごしたいという気持ちをはっきりと態度に表してくれていた。リジーは願いどおり、彼の腕の中で眠りに落ちた。

リジーはうれしくてたまらなかった。まるで気球のように気分が浮かれている。今にも天井に向かって浮かびあがりそうだ。

ベッドのシーツを引っ張って立ちあがり、体に巻きつけた。それから窓に近づき、カーテンを開けた。思ったとおりだわ。ずいぶん寝過ごしてしまったこと。太陽があんなに高いところにあるということは、もうきっとお昼ね。リジーは思わず笑みを浮かべた。すごく悪い女、みだらな女になったみたい。なんてすてきなのかしら。

寝室のドアは、しっかりと閉まっていた。居間にティレルがいるのではないかと期待してドアを開けたが、誰もいない。おそらく家令を連れてウィックロウの視察に出かけたか、もしくは書斎で帳簿を見ているのだろう。ふと、ダイニングテーブルに目がいった。クリスタル、銀食器、金箔《きんぱく》を着せた磁器など、ひとり分の食器類が並べられている。蓋《ふた》がかぶせられた大皿や銀のティーポットからもれでてくる香りが、食事の準備ができていることをリジーに告げていた。

ティレルが朝食の用意をするよう召使いに言ってくれたのね。なんて思いやりのある人かしら。それに比べて私の強欲なことといったら。リジーの目に涙が浮かんだ。

今の私は、世界一幸せな女だわ。頬をつねってみたが、何も起こらなかった。

テーブルに近づき、蓋を外した。オムレツとパンケーキ、それにソーセージがのっている。中心には赤い薔薇《ばら》のブーケが置かれていた。赤い薔薇は恋人の花だ。それはまさに今のリジーとティレルの関係を表していた。

「腹が減ったかい？」ティレルが優しく尋ねた。

驚いたリジーが振り向くと、ティレルが寝室から出てくるところだった。濃紺の上着のボタンを閉めていて、どうやらたった今着替えをすませたところらしい。目覚めたときに彼が部屋にいたなんて、まったく気づかなかった。

ティレルはかすかに笑みを浮かべた。まなざしにはリジーに対する愛情があふれている。

彼の視線にとまどいつつ、リジーはどうにかうなずいた。「とっても」リジーは息をついた。ティレルは一緒に食事をとるつもりはないらしい。少しでも長く一緒にいたいのに。ティレルが居間に入ってきた。むきだしになったリジーの肩から、彼女が体に巻いているシーツへと視線が下りていく。不意に、瞳のきらめきを隠すかのように目を伏せた。ティレルがリジーの脇《わき》を通り過ぎたときに初めて、メイドがリジーの綿のアイレット模様の寝間着と部屋着を置いてくれていたことに気づいた。ティレルは部屋着を取り、彼女の横で足を止めた。「着せてあげようか」

体じゅうの末端神経がひどく敏感になった気がした。リジーがうなずくと、ティレルはシーツを引っ張って脱がせた。部屋着を肩にかけたところで彼の手が止まった。

リジーはゆっくりと袖《そで》に腕を通した。ティレルが単なる賞賛以上のまなざしで自分の裸体を見ていることを全身で感じとっていた。これほど官能的で、女性らしい気分を味わったことはない。部屋着の前を合わせ、ベルトを締めながら、ゆっくりとティレルに向き直る。

「信じられない」ようやくティレルは言った。「また君が欲しくなった」

リジーは自分がこれほど誰かのことを大切に思えるようになるとは思ってもいなかった。たとえそれがティレルであったとしても。驚いたことに、あっという間に欲望がわき起こってくる。「私も、あなたのことが欲しいわ」

「確かにそのようだ」ティレルは荒々しく言った。「だが、信じられない。昨夜《ゆうべ》は君がうんざりするほど愛したはずなのに」

リジーは顔を赤らめた。「ええ、愛してくださったわ。あなたこそ、もううんざりなさっているのでは？」あえて率直に尋ねた。

驚いたことに、ティレルも顔を赤くした。「昨夜ほど楽しい夜を過ごしたことはなかった。一睡もさせてもらえないのかと思った」

「それは私のせりふよ」

ティレルはえくぼを見せた。「繰り返し僕を誘惑したのは君のほうだぞ。僕のせいにしないでくれ」

リジーは両手を腰にあてて、懸命に笑みを押し隠した。「あなたは信じられないほど欲情していらしたわ。私はあなたに従ったまでよ」

ティレルのえくぼがさらに深まった。「愛《いと》しいエリザベス」ティレルがささやいた。彼の口調とその言葉にリジーの心臓が高鳴った。「君は僕が出会った中で最も官能的な女性だ。君は自分の魅力に気づいていないだろう？　君が身をくねらせる姿ほど、僕の男としての欲望を満足させてくれるものはない」

リジーは腰を一度ならず、二度、三度とくねらせた。「じゃあ、私がもだえたら？」

ティレルは腕を伸ばし、リジーを引き寄せた。「雌ぎつねめ！　自分の力を十分すぎるほど知っているじゃないか！」耳にキスをされ、リジーの体は興奮に打ち震えた。

リジーは彼の情熱の証《あかし》を撫《な》でた。「それはあなたがとても上手に、素早く教えてくれたからよ」リジーはささやいた。「ティレル」

ティレルはリジーのヒップをつかんだ。「今日はすることが山ほどあるんだ」彼女の耳に向かってつぶやく。

リジーは彼のシャツの下に手を滑りこませ、温かな肌と硬い胸の筋肉を撫でながら、彼の熱い瞳を見あげた。「ええ、本当に今日はすることがたっぷりあるわ」小声で言う。「でも、あなたは紳士でしょう？　悩める乙女を救ってくださらないの？」

ティレルは降伏したように喉を鳴らした。「高潔さには自信がある。困っている女性を見捨てるつもりはない」

リジーは笑おうとしたが、できなかった。ティレルが彼女の部屋着のベルトをほどき、生まれたままの姿にしてしまったからだった。彼女の胸はすでに彼の手の中にある。

「君の勝ちだ」ティレルは欲望に満ちた声で言った。「すっかり誘惑されてしまったよ」

三日後、リジーは屋敷の裏手にある外のテラスでジョージーとお茶を飲んでいた。ウィックロウ山脈の景色は実に美しく、いつまで見ていても飽きることがない。ジョージーも太陽の光や、暖かな一日、そしてアイルランドの田舎でのんびりと過ごす貴族気分を心から楽しんでいた。ティレルは夜明けにはダブリンへ向かって出発してしまった。来週の仕事の開始を前に、数多くの会議に出席するのだという。ネッドは子供部屋で眠っている。

「奥様、ちょっとよろしいでしょうか？」執事のスマイスが二人の背後から声をかけた。

ティーカップを持ちあげたばかりだったリジーは、笑みを浮かべて振り向いた。驚いたことに、執事と一緒に父がこちらへ向かってきているではないか。慌てたリジーはカップの縁からお茶をこぼしてしまった。どうにかカップを置いて立ちあがる。自分に会いに来てくれた父を、リジーは心から喜んで迎えた。レイヴン・ホールからここまでは、たっぷり一日半はかかるはずだ。「お父様！」

しかし、執事に向かって軽く会釈し感謝の気持ちを表した父は、笑ってはいなかった。「リジー」彼女の頬にキスをする。「ジョージー」立ちあがり、リジーと同じくらい驚いているジョージーにもキスをした。

とっさに、リジーは何か様子がおかしいことに気づいた。「ミスター・スマイス、お茶とサンドイッチのおかわりをいただける？　お願いね」執事が立ち去ると、リジーは父の両手をつかんだ。「何かあったの？　お母様は？」

父は体を引いて、リジーを見つめた。「おまえの母さんは、ひどく心を痛めているよ。

ひどい鬱になってしまった。おまえたち二人のせいで、母さんには夢も希望もなくなってしまったんだ」

リジーはジョージーを見やり、体をこわばらせた。ジョージーが言った。「お父様は、ピーター・ハロルドのことは、いつも私の意見に賛成してくれていたじゃない。今、私は心からほっとしているの。意思を変えるつもりはないわ」

父はいかめしい表情を浮かべた。「彼はコークに住む女性と婚約した。つまり、もうおまえを連れ戻すつもりはないということだ。それにしても、リジーと一緒にこんなところへやってくるとは。恥を知らぬのか?」

ジョージーはたじろぎ、もう一度リジーと視線を交わした。ようやく父が現れた理由が、リジーにもわかってきた。

両親がアデア邸から帰っていったとき、リジーはまだティレルの愛人ではなく、あくまでもド・ウォーレン家のゲストだった。私が愛人になりさがったという噂《うわさ》が、あっという間に広がったんだわ。そしてジョージーには三つの汚点がついてしまった。ひとつ目は未婚の母であるリジーの肩を持ったこと、二つ目は自身の婚約破棄、そして三つ目が恥知らずな妹とウィックロウで暮らしていること。

「ここは夏を過ごすにはとてもいいところなのよ」ジョージーが言った。心を痛めていることは、不自然な口調から明らかだった。

父が、黙りなさいとばかりに手を上げた。「くだらぬ言い訳など聞きたくない。そんなことが理由になるはずがなかろう。それに、母さんが悲しんでいる原因は、おまえのことではないのだ」父はリジーのほうを振り向き、絶望的なまなざしを向けた。「おまえと二人きりで話がしたい」

リジーは沈んだ気持ちでうなずいた。

ジョージーが口を挟んだ。「お父様、私はリジーからすべて事情を聞いているの。お願い、リジーのそばにいさせてちょうだい」

父が答えるより早く、リジーはジョージーの手を取った。「お父様と二人きりで話したほうがいいと思うの」

ジョージーはリジーのそばを離れたくはないようだった。

「私は大丈夫だから」リジーは言ったが、本心ではなかった。

ジョージーはしかたなくうなずき、目に涙を浮かべてテラスから立ち去った。ついに、リジーは父と二人きりになった。

「いったいどういうつもりなのだ？」父が荒々しく詰問した。「リジー、なぜこんなことを？」

父の言いたいことはわかっていた。夫でない男性となぜ公然と暮らせるのか、と訊《き》いているのだ。「彼を愛しているのよ、お父様」リジーは落ち着かない気持ちのまま答えた。

「おまえは愛人なんだぞ！　おまえがここで暮らしていることは、世間の誰もが知っているんだ！　どんな噂が立っているか、わかっているのか？」

「愛しているの」ほかにどう言えばいいかわからない。

「おまえは恥を知らないのか？」父は涙を浮かべながら言った。

リジーは黙っていた。答えは火を見るより明らかだ。しかし、そのときのリジーは恥ずかしい以上の気持ちに苛《さいな》まれていた。後悔の気持ちでいっぱいだった。ティレルへの愛をまっとうすることが両親を激しく傷つけることになるとは、夢にも思っていなかった。これほど苦しげな父の顔は見たことがない。

「恥知らずにもほどがあるぞ。神よ、私の愛する子供がこんな恥知らずに育つとは」

リジーは泣けてきた。お父様は、私をみだらな女としか見てくれていないの？「ごめんなさい」

「謝ればすむものではないぞ！　それに、後悔したところでもう手遅れだ。今、ティレルと別れたところで、すでに起きてしまったことは変わらない。誰もおまえの堕落を忘れはしないだろうし、ジョージーだって二度と求婚されることはないだろう。そして母さんも私も、社交界からつまはじきにされる。私たちは二度と世間に顔向けできない」

リジーは激しい罪の意識と心の痛みに苛まれた。ティレルの提案を受け入れたとき、私は何を考えていたのだろう。どうしてこんなに自分勝手で、軽率なことをしてしまったのだろう？

でも、ウィックロウへ来てから、私はすごく幸せだった。

「私のことなどどうでもいい」父は怒った口調で続けた。「舞踏会やピクニックなど、面白いとも思わなかった。だが、母さんは違う。友人を失ったんだ。もはやお茶会にも呼ばれなくなってしまった。母さんに何を楽しみに生きていけというのだ？」

「ああ、神様」リジーはつぶやいた。涙が頬を伝う。「お父様、私が浅はかだったわ。お母様が世間からのけ者にされるなんて、思いもしなかった。誰も傷つけるつもりなんてなかったの。私はただ、ティレルにネッドを息子だと認めてほしかっただけ」

父はリジーの手を取り、ひざまずいた。「おまえはどうなんだ？　おまえのティレルに対する気持ちはよくわかっているつもりだ。愛していなければ、おまえはこんなことをするはずがないことを、私は誰よりも知っている。ティレルには婚約者がいるんだ。秋には、別の女性と結婚するんだぞ。そのときがきたら、いったいどうするつもりなんだ？　このまま愛人でい続けるのか？　それで幸せなのか？」

リジーは父をじっと見つめた。心が激しく痛む。この一週間、将来のことや、彼の花嫁のことは考えないようにしてきた。愛と情熱に没頭し、ティレルと過ごすことだけしか。

「答えられないだろう。ティレルに捨てられたら、どうするつもりなんだ？　遅かれ早かれ、そのときはくるんだぞ」

リジーは顔を背けるしかなかった。

「男は、いつまでも過去の女を愛人にしておくことはない。ティレルと別れることになったら、いったいどうするんだ？」

「わからない」リジーは息をのんだ。いつか私はティレルにとって無用の存在になるんだわ。その思いはリジーの心をひどく傷つけた。「わからないわよ！」だが、本心ではわかっていた——きっと心を痛めて死んでいくに違いないと。

父が立ちあがった。リネンのハンカチで涙を拭《ぬぐ》う。

リジーはただ見つめるよりほかなかった。私は家族になんという残酷なことをしてしまったのだろう。どれほど家族の名前に傷をつけ、幸せを踏みにじってしまったのだろう。そして改めて、暗雲の立ちこめる恐ろしい未来が迫りつつあることに気づいた。

愚かだった。そんな恐ろしい未来を、見て見ぬふりができると思っていたなんて。

父がリジーに向き直った。「私はおまえを愛している」荒々しく言った。「だが、もはや選択の余地はない。私は母さんの面倒を見なければならん。それにジョージーのことも、できるだけのことはしてやらねば」

リジーは体を震わせた。「お父様、いやです」

「ジョージーは連れて帰る」父は青ざめた表情で宣言した。「だが、おまえとは今後いっさい、親子の縁を切る」

リジーは目を閉じた。信じられない気持ちとショックとが、恐ろしい苦悩に取って代わった。「いやです」リジーはつぶやいた。「お父様！」

「ほかにどうしようもないのだよ。残された家族の名誉を守るためだ」父は言葉をつまらせた。そして両手で顔を覆い、涙を流した。

お父様の言うとおりだと、リジーは思った。リジーの頬にも、涙が惜しげもなく伝っていた。私が正式に勘当されれば、社交界も家族を許し、いつか再び受け入れてくれることだろう。リジーは目を開けた。けれども、涙で視界がかすみ、何も見えない。

「すまない」父が重々しく言った。「だが、もうおまえを娘とは思わないことにする」

「わかったわ」リジーは嗚咽《おえつ》した。

父は頬を涙で濡《ぬ》らしたまま、後ろを向いた。そして、その場に立ち尽くした。ジョージーが父の後ろのテラスに立っていた。

ジョージーも泣いていた。しかし頭をまっすぐ上げた。「私はリジーのそばにいるわ」

ひどく重苦しい雰囲気での夕食となった。

父はすぐに帰っていった。レイヴン・ホールへは帰らないと宣言したジョージーのことも勘当したのかどうかはわからない。

ティレルは七時前に戻ってきた。彼が食事に加わったとき、ジョージーとリジーはともに黙りこんだまま、すでに長いダイニングテーブルに着いていた。リジーはティレルの顔を見るのが怖かった。何があったのか、彼には知られたくなかったのだ。だが、それは彼女の自尊心だけの問題ではなかった。悲しみに打ちひしがれていたうえ、ティレルとの関係を、自分が選んだとんでもない道を、ひどく恥じていたからだった。

ティレルはリジーとジョージーに声をかけ、テーブルの上席である二人のあいだに腰かけた。リジーはどうにか笑みを取り繕ったものの、召使いが夕食を出し始めたのを幸いに、すぐに目をそらした。ジョージーは青白い顔をしていたが、ひどく思い悩んでいることは、リジーにはわかっていた。ティレルが自分を見ていた。彼はジョージーのほうもちらりと見やり、とまどい、心配するような表情を見せた。

小ぶりなローストポテトと緑色の豆を添えた子羊のあばら肉が出された。リジーは食欲がなかった。ワイングラスに手を伸ばしたものの、手が震えているのに気づき、すぐに引っこめた。ティレルを見やった。目を細め、訝《いぶか》しげに彼女を見ている。リジーはわざと大きな笑みを浮かべ、ナイフとフォークを手にした。

「いったい何があったんだ？」重苦しい沈黙を破って、ティレルが尋ねた。

リジーはナイフとフォークを置いた。「偏頭痛がするの」

いきなりジョージーが立ちあがった。「リジーは休ませたほうがいいと思います。どうか失礼させてください」ジョージーは、急いでテーブルをまわってリジーが立ちあがるのを手伝いながら、ティレルに明るく笑いかけた。

ティレルに見つめられ、リジーはジョージーをつかの間、制止した。どうにかティレルを見つめ、つぶやくように言う。「少し気分が悪いだけよ。姉についてもらって、少し休ませていただけないでしょうか」

じっとリジーの顔を見つめながら、ティレルはうなずいた。「もちろんだ。医者を呼んだほうがいいかい？」

リジーはそれ以上答えることができず、ただ肩をすくめた。ジョージーに連れられ、部屋を出た。主寝室に到着するまで、二人は黙ったままだった。「ワインをもらいましょうか?」ジョージーが言った。

リジーは暖炉の前のソファーに座りこんだ。「お姉様、私はいったい何をしてきたのかしら?」

ジョージーは隣に腰かけた。「さあ。でもあなたはとても幸せそうだったじゃない」

「お母様はお友達を失ってしまったのよ。誰も訪れてくれなければ、招待もしてもらえないのよ。お母様は、きっと死んでしまうわ」

「そんなの作り話よ」ジョージーは断固とした口調で言った。「心が傷ついたくらいで、人間は死なないわ」

リジーはジョージーを見つめた。「どうすればいいの?」苦しみながら尋ねた。「私は家族の名前を汚してしまった。家族を汚してしまったも同然だわ。なんて自分勝手なのかしら。なんて不届きなことをしてしまったのかしら。なんて卑劣なのかしら」

ジョージーは小声で言った。「リジー、ティレルと別れようなんて考えちゃだめよ」

リジーは泣きだした。こんなに愛しているのに、どうして彼と別れられるの?　けれど、このままここにとどまって、家族にもっと恥をかかせるつもり?　レディ・ブランシュとの結婚のことは?　秋に結婚するという噂は、アデアの屋敷を出発する前にすでに耳にしている。それに、ネッドは?　ネッドには父親が必要だわ。

何ひとつとして、正しいとは言えなかった。リジーが一緒にいるべきではない男性に対する心からの愛を除いては。

でも、それだって間違っているわ。ほかの女性のものになる人を欲しがるなんて。

ティレルが部屋に入ってきた。「ミス・フィッツジェラルド、エリザベスと二人きりで話をさせてほしい」ジョージーに向かって言った。口調は丁寧だが、命令に等しい。

しかし、ジョージーは立ちあがり、肩を怒らせて真正面にティレルを見据えた。「妹は具合が悪いんです。明日まで待っていただけませんか？」

「断る」ティレルはにべもなく言った。

ジョージーも動こうとしない。

リジーは指先で涙を拭い、上を見あげた。「ジョージー、大丈夫よ」

ジョージーはとまどった様子を見せた。「リジー、何かあったら呼んでちょうだい」

「わかったわ」リジーはかろうじて笑みを浮かべて答えた。

ジョージーはティレルに警戒するようなまなざしを向け、部屋を出ていった。もちろん、ティレルはまるで気にする様子はない。

彼はリジーに向き直り、彼女を見おろした。「まるで誰かが死んでしまったような顔をしている」

リジーは首を横に振った。

「父上がいらっしゃったそうじゃないか」ティレルが言った。「何か言われたのかい？」

ティレルが父の訪問を知っていたことに、リジーは驚いた。

「エリザベス、何かあったのなら、話してくれ。訪問者はひとりだけだったと、スマイスから聞いている。いったい何を言われたんだ？」

リジーは膝に目を落とした。「私にとって大切な父親なの」小声で言う。

ティレルは何も言わずに待っていた。

「父が知ってしまったの。私があなたの愛人になったことを。両親はひどく恥じているわ。社交界からつまはじきにされているんですって。ひどく心を痛めているの。私は恥知らずなのよ、ティレル。それにものすごく自分勝手なの！」

ティレルはリジーの手を取りながら、彼女の前にひざまずいた。「それは違う。僕が君を無理やり巻きこんだんだ。非難されるべきは、僕のほうだ」

「私がみんなの人生を台無しにしたの」リジーは泣くのを我慢しながらつぶやいた。彼の胸にもたれたい、私を腕の中に引き寄せてほしい。そう思う一方で、今すぐ彼に背を向けて逃げだしたいという気持ちもある。まだそれができる今のうちに――もし、できるのなら、だけど。

ティレルが彼女の頬を両手で包んだ。「僕がなんとかする。機会があるごとに、アデアの屋敷に君の家族を招待しよう。君を守るように、君の家族も僕が守る。ダーリン、どうか泣かないでくれ」

「本当に？　本当にそんなことができるの？」ようやく、ささやかだけれど、希望の光が見えた気がした。

ティレルはリジーに優しくキスをした。「もちろんだとも、エリザベス。君の苦痛を取り除くためなら、僕は全力を尽くす。君の家族が上流社交界に受け入れてもらえるよう、僕が取り計らう。だが、君は僕のそばにいてほしい」彼の瞳が危険な色を放った。

リジーは何も感じられなかった。私が彼と別れようとしていたことを、ティレルは感じとっていたんだわ。両親が社交界に戻れるよう彼が手を貸してくれるなら、それほどすばらしいことはない。でも、だからといって、すべてが丸くおさまるわけでもなかった。

私たちの未来の問題が残っている。もはや将来のことを忘れたふりをすることはできない。そして、ティレルの未来には、どういう形であれ、私は存在しないことも。

「エリザベス」リジーの心を読みとったかのように、ティレルが言った。「僕を見てくれ」

リジーはティレルの手をつかみ、言われたとおり彼の顔を見つめた。「私はとても幸せでした」つぶやくように言った。

「わかっている」ティレルは小さな笑みを浮かべて答えた。「僕は君を幸せにしたい。どうか、幸せにさせてほしい」瞳を陰らせながら言った。「君をベッドへ連れていく」

愛を交わすことなど、リジーは考えてもいなかった。そんなことは、なんの解決にもならない。「本当にお父様とお母様を上流社交界に紹介してくださるの？　そんなことが本当にできるの？」ティレルの慈悲にすがるべきではないと知りつつ、リジーは尋ねた。

しかし、ティレルはすぐには返事をせず、むさぼるようにリジーにキスをした。リジーは彼のために口を開け、彼にされるままになった。ようやくティレルが体を離したころには、彼しか消すことができない炎に体じゅうが包まれていた。「僕は、言ったことは必ず実行する男だ。だから君に約束する。両親のことは、もう心配しなくていい」そう言うと今度は手をリジーの身ごろの中に滑りこませ、彼女の胸を撫でながら、再び彼女にキスをした。

リジーの心の中で、欲望と道徳心がせめぎ合っていた。社交界に受け入れてもらえたら、お父様は私を許してくださるかしら。お母様は幸せになれるかしら。もうしばらくのあいだ、私がティレルの愛人としてウィックロウにとどまっていたとしても……。

「エリザベス！」ティレルに名前を呼ばれ、リジーは我に返った。欲望に燃えたった体を彼にゆだねているだけで、彼自身に気持ちが向いていないことを、ティレルは敏感に感じとったらしい。ティレルは彼女の顔を手で支え、熱く激しいまなざしを向けた。「僕から離れていかないでくれ。これからもずっとだ。二人でこの危機を乗りきろう」

とてもティレルに逆らうことなどできない。リジー自身、ティレルから離れることができないのだからなおさらだった。リジーは降伏した。「どこへも行きません」涙をキスで拭われ、背中のボタンを外されながら、リジーはつぶやいた。

しかし、リジーの頭の中では、言葉にならない言葉がこだましていた。〝今はまだ〟

ティレルが唇を離し、リジーの瞳をのぞきこんだ。まるでリジーの恐ろしい思いが聞こえたかのように。

リジーは笑みを浮かべようとしたが、できなかった。

ティレルはリジーを抱きあげ、寝室へ運んだ。ベッドに横たえられたリジーは、今度こそティレルを受け入れた。二人の口が溶け合い、衣服が消え、彼の大きな体がリジーの中に力強く入りこんだ。

まるで時計が最後の時を刻み始めたかのようだった。そしてそのことに、二人はともに気づいていた。

太陽がのぼろうとしていることに、ティレルは気づいた。薔薇色の光が、薄暗い寝室の中に忍びこんできている。ティレルは暖炉の前に置かれたソファーに、頭の後ろで手を組んで座っていた。足元には空のグラスが置かれ、身につけているのは半ズボンだけだ。数時間前、優しい笑みを浮かべて眠りについたリジーを残してベッドを出たときに激しく燃えていた暖炉の炎は、今やすっかり勢いが衰え、ときおり火の粉が飛ぶだけになっていた。ずきずきと脈打つこめかみを指でこすった。痛みはさらに増す一方だ。

〝ミス・フィッツジェラルドはとても思いやりのある女性だ。愛人などという屈辱的な立場に置いておくべき人じゃない。兄さんもわかっているはずだ〟

レックスの言葉がひと晩じゅうティレルの頭から離れなかった。しかし、レックスの言葉が正しいということは、すでに先週、アデア邸でわかっていたことだ。エリザベスは幸せな家庭を持つべき女性だ。情夫ではなく、夫を持ち、恥ではなく、幸福を享受するに足る女性だ。彼女を知れば知るほど、彼女がどれほど思いやりにあふれた誠実な女性であるかを知れば知るほど、自分のしたことをいやというほど意識せざるをえなかった。

〝両親はひどく恥じているわ……私は恥知らずなのよ、ティレル。それにものすごく自分勝手なの！　私がみんなの人生を台無しにしたの〟

エリザベスが自分勝手なものか！　ティレルは声をあげて笑った。しかしその笑い声は苦々しく、目頭が熱くなるのを感じた。何、暖炉の煙のせいだ――そう自分に言い聞かせる。自分勝手なのは、この僕だ。彼女を脅迫して自分の愛人にし、彼女が処女だとわかっても、紳士らしく背を向けるどころか純潔を奪った。彼女の人生を台無しにしてしまったのは、この僕じゃないか。人間ではなく獣のようにふるまい、彼女の幸せや将来などいっさい考えもせず、彼女の幸福を奪ってしまったのだ。

今になって行いを改めようとしたところで、すでに手遅れだ。だが、自分で思っているほどの半分も高潔さがあれば、まだやり直すことはできる。夫や肩書き、地所、そして彼女が必要とする正当な権利をすべて彼女に与えればいい。それだけの話だ。

〝痛い思いなどするはずがありません。あなたを心から愛していますから〟

ティレルは両手で自分の顔を覆った。つい口に出た言葉を信じるほど自分は愚かではないと思うものの、心のどこかでは、彼女の言葉を信じたかった。彼女は実に純真で、繊細だ。たとえ本人が気づいていなくても、二人で過ごす時間を重ねれば重ねるほど、ますます彼女は傷ついていく。だが、どうして彼女を手放せる？

どうしたら彼女をそばに置いておくことができるのだろう？

彼女には、僕のベッドよりももっとふさわしい場所があるはずだ。恥知らずな思いをさせていいはずがない。ド・ウォーレンの姓を名乗るにふさわしい品格も備えているが、僕はすでに別の女性と結婚を誓ってしまった。父の後継者である以上、それだけは変えられないのだ。数カ月後には、ブランシュ・ハリントンと結婚し、一族の未来を安定させなければならない。僕の務めは一族の恩恵となりこそすれ、決して負担になるものではないのだ——ティレルは改めて自分に言い聞かせた。これまでずっとこの結婚を望んでいたし、それを疑問に思うことも、窮屈だと感じることもなかった。不意に、荒涼とし、かすみがかった道が思い浮かんだ。上空はどんよりと曇っている。これこそ、エリザベスのいない未来なのかもしれない。警戒し、反論するかのように、ティレルの心は縮んだ。

なんてことだ。自分は、た。しかし、もう罪の意識に苛まれている。僕の欲望と自分勝手な悪行の代償を、すでにエリザベスが払おうとしているのだ。ブランシュがどう思うか、どう感じているかは、あえて考えないようにした。どちらの女性にも、お互いのことで心を痛めるような思いをさせるべきではない。どちらの女性にも、そのような人生を送らせてはいけない。

ティレルは体を震わせた。こんなつもりではなかった。エリザベスを守り、彼女を幸せにしたかっただけだ。彼女を傷つけ、みじめで恥ずかしい思いをさせるつもりなどまったくなかった。物事には正しいことと間違ったことがある。僕はその違いを見極められるよう育てられてきた。エリザベスには、僕が彼女にしてやれる以上の幸せを謳歌《おうか》させてやらなければならない。今こそ、高潔にふるまうべきときではないのか。彼女を自由にしなければならない。

ティレルはよろめきながら立ちあがった。体が震える。

だが、できない。彼女を手放すことなど。

夏が終わろうとしていた。ウィックロウへ来てから三週間がたったころ、リジーは、ジョージーとしばしば過ごす、それほど広すぎることなく居心地のいい居間で、ルイ十四世時代の小さな机に向かっていた。手には羽根ペンを持っている。両親に手紙を書こうとしているのだ。両親はアデア邸での夕食会に二度招待され、最近では、ティレルの義兄弟であり英国海軍のオニール艦長がアメリカ人の妻と娘とともに暮らしているアスキートンの屋敷にも招かれたらしい。お母様の古い友人たちが、またお母様を自分たちの家へ進んで招待してくださるようになる日も近いのではないかしら、とリジーは思った。

それにお父様も、それほど腹を立てたり、失望したりはしていないかもしれない。

リジーは両親に自分のことを許してもらい、たとえ世間的には許されないことであっても、ティレルと過ごす人生を選んだ理由を理解してほしかった。あのときは明確に物事を考えられなかったこと、二度と愛する人を傷つけるような真似《まね》はしないことを伝えたかった。これがティレルと一緒にいられるたった一度のチャンスであり、永遠に続くものではないことを説明したかった。だが、これまでのところ、書くことができたのは、〝愛しいお父様とお母様へ〟という言葉だけだった。
しばらくして、リジーはようやく続きを書き始めた。

この夏は、雨が少なく、太陽のまぶしい、長く暖かい日が続き、とても快適に過ごしています。私も、そしてネッドもジョージーも元気にやっています。私たちは、大半をここウィッククロウで過ごし、夕方になると、たいてい裏庭の芝生で、ピクニックスタイルで夕食をとっています。買い物をするためにダブリンに行くこともあります。ネッドは乗馬を習っていて、とても気に入っているようです。父親がネッドに、四本の脚に白い靴下をはき、額に星のついたウェルシュマウンテンポニーを買ってくださいました。面白いことに、ネッドはポニーにウィックと名づけたんですよ。

皆、お父様、お母様に会いたがっています。どうぞお元気で。

あなた方の娘、リジーより

両親に手紙を書くことは気にならないが、許しを請うことが怖かった。自分がなぜこの道を選んだのかは説明できそうにないし、手紙ではなおさら無理だった。きっと最悪のときは過ぎ去ったわ。アデアやアスキートンのお屋敷に招待され、新たに社交界での暮らしが始まったことで、リジーがフィッツジェラルド家の名前を汚したことを両親はもう許してくれているかもしれない。どうかすぐに返事が来ますように。

リジーは立ちあがって、伸びをした。今は日曜日の午後で、ティレルはダブリンへは行っていないものの、最近庭に植えた花や木を庭師と見てまわるのに忙しくしている。今日は、一緒にピクニックに行きたいと言ってくれていた。しかも、ネッドも連れていかず、二人きりで行きたいという。乗馬も教えてくれるつもりらしい。リジーは笑みを浮かべ、ティレルの姿が見られるかしらと思いながら、屋敷の正面を見渡せる大きな窓に歩み寄った。そこからは、車寄せの一部、池、そして中央にそびえる石灰岩の噴水を見渡すことができる。そのとき、驚いたことに、一台の馬車が近づいてきた。

この数週間、何人もの来訪者が屋敷を訪れた。夕食会も何度も開かれた。ティレルが社会的責任の重い立場にあるにもかかわらず、ゲストたちが皆リジーを見ても顔色ひとつ変えなかったのには驚いた。しかもリジーはハウスゲストだと紹介されているのに、彼女がネッドの母親であり、公然とティレルと暮らしていることは誰もが知っていた。それでいてリジーが見くだされるようなこともなかったし、むしろ彼女のもてなしのお返しとして、隣人から招待されることもあった。ティレルは招待を受けるよう、リジーに勧めた。

「リムリックでは私は一家の面汚しなのに、ここでは私の立場など誰も気にしないのね」

ある晩、ティレルの腕の中でリジーは言った。

「ウィックロウを訪ねてきたり、食事をしていったりする者のほとんどが、愛人や恋人を囲っている。僕たちのような関係は決して珍しくないんだよ」

上流社会では不貞が横行しているという話は、噂には聞いたことがある。だが、リジーはそれまで信じていなかった。「でも、私はあなたと暮らしているのよ。あなたの家で」

「そして、僕の庇護《ひご》のもとにある」ティレルはリジーの頬を撫でながら、じっと見つめた。「ロビーソン卿《きょう》には庶子が三人いる。三人とも、正妻の二人の娘と一緒に、同じ屋根の下で暮らしているんだ。ああ、確かに、愛人まで住まわせているわけではない。愛人には、愛人の家があるからね」

リジーはレディ・ロビーソンのもとを訪れたことがあった。ぽっちゃりしていて、かわいらしくて陽気な、好感の持てる女性だった。「そういえば、レディ・ロビーソンもまったく気にするそぶりはなかったわ」リジーは不思議に思いながら、そうつぶやいた。

「彼女は彼女で、自分の情夫がいるんだ。周知の事実だよ」

リジーは思わずティレルを見つめた。ティレルもリジーを見つめ返した。

「道徳的には正しいことではないかもしれない。でも、それがこの時代の現実なんだ」

リジーはティレルを見ながら考えた。私と同じように、ティレルもそういう不貞を道徳的に間違ったことだと思っているのではないだろうか。彼と暮らし始めてわかったことだが、彼は不義や密通を快く思っていない。だから、自分自身が自らの道徳規範を犯して満足しているはずがないのだ。「そして、私たちもみんなと同じなのね」

ティレルは顔を背けた。「ああ」

リジーはそのあとの言葉をのみこんだ。〝だからって、それが正しいことにはならないわ〟リジーは急に悲しみと不安を覚え、ティレルに体をすり寄せた。先のことを避け、考えないようにするのは難しいことではなかったのに、今はどうしても頭から離れない。

急にティレルが彼女の顔を両手で挟んだ。「このウィックロウで、君は幸せだった？」

リジーは黙りこんだ。心臓はどうしようもないほど早鐘を打っている。彼を愛していること、何があろうとこれからもずっと愛し続けることを彼に伝えたい。リジーは彼のことだけを考えながらうなずいた。「ええ、あなたのおかげでとても幸せだったわ、ティレル」

ティレルは微笑《ほほえ》み、彼女を愛撫《あいぶ》し、やがて彼女の中に入った。しかし、彼の瞳が陰っていることをリジーは見逃さなかった。

彼の瞳が陰っていたのは、そのときが初めてではなく、同時に最後でもなかった。ティレルが何か悩んでいることは、恋人の直感でわかった。リジーは二人の将来を心配していたが、彼の心配はもっと別のことだろう。きっと重要なことを考えているのだと、リジーは自分に言い聞かせた。

だが現実は、別の訪問者という形で再びリジーの邪魔をしようとしていた。ティレルと二人きりで過ごす午後をとても楽しみにしていたのに。馬車が池と噴水の横を通っていく。四頭立ての実に立派な馬車だ。いやな予感がし始めた。

単に友人の様子を見に来るだけの、ありふれた訪問ではない。さらにいやなことに、ほぼ同じ色の鹿毛《かげ》の馬で引かれたその馬車には、恐ろしいほど見覚えがある。お仕着せを着た従僕が馬車のドアを開けた瞬間、リジーは気づいた。

ハリントン卿がアデアを出発したときに乗りこんだ馬車にそっくりだ。

ありえないことだ。ハリントン卿がウィックロウを訪れることなど考えられない。今ごろは、ロンドンか湖水地方の夏の別荘にいるはずだ。きっとハリントン卿の使者だろう。

だが、ただの使者があんな馬車を使うことはないし、リジーもそれはわかっている。そのとき、ほっそりした紳士が馬車から降りてくるのが見えた。その自信に満ちたふるまいを見誤るはずはない。リジーは、あっと声をあげ、カーテンの後ろへ姿を隠した。見られてはいけないと、とっさに判断したのだ。

ハリントン卿がやってきたなんて。

気持ちがあっという間に沈んだ。心の中で、毎日刻々と時を刻んでいた大きな時計が、突然動きを止めてしまった。

本当に時計があるかのように、リジーは時計の音を求めた。できることならその時計を振って、かたかたと音を鳴らして、ぜんまいを巻き直したい。そんなことはできるはずもなく、リジーは恐怖感を覚えながらバルコニーのドアを開け、外へ走りでた。石造りの手すりで足を止め、手すりをつかんで身を乗りだした。

ティレルは庭師と一緒に池のこちら側に立っていた。車寄せから数歩しか離れていない場所で、馬車を見つめている。遠すぎて、彼の表情まではわからない。

ハリントン卿もティレルに気づいた。手を振り、ティレルのほうへ向かって歩き始めた。ティレルも、手を上げ返している。

息をすることもできず、ハリントン卿がティレルに向かってすたすたと歩いていくのを、リジーはじっと見つめた。ティレルもハリントン卿のほうへ向かい始めた。ほどなくして、二人は握手をした。ハリントン卿はティレルの肩をぽんと叩《たた》いた。家族に対するような愛情を示すしぐさだった。

リジーは息をつまらせた。声がもれないよう、両手で口を覆う。どうすればいいの？「リジー！」ジョージーの取り乱した声に、はっと振り向いた。ジョージーは居間の敷居に立っていた。「ハリントン卿が来たわ」

リジーはどうにかうなずいた。「知ってるわ」

「どうするの？　あなたはこれからどうするつもり？」これほど動転した口ぶりのジョージーは見たことがない。

できるものなら、ここから逃げだして、どこかに隠れたい。「わからない」

「ただ立っていてもしかたがないでしょう？」

リジーの頭がようやく動き始めた。ティレルがなんと言おうと、召使いや隣人たちに敬意を払ってもらっていようと、関係ない。私はこの家の女主人ではないのだ。私はティレルの愛人で、それ以上の何者でもない。そして、彼の義理の父になる人物がすぐそこに来ている。

リジーは家の中に戻った。ジョージーも一緒だった。二人は大急ぎで東の離れへと逃げこんだが、急にジョージーがリジーの手首をつかんで足を止めた。「あなたの部屋は西の離れよ」

リジーはジョージーを見つめた。気力を失ってしまった気がする。「ジョージー、主寝室へは戻れないわ」

ジョージーはうなずいた。「そのとおりね。私と一緒にいたほうがいいと思う。ああ、ハリントン卿ったら、来るなら来ると、先に連絡をしてくれればいいのに！」

「私には、そうしなかった理由がわかる気がするわ」リジーは冷ややかに言った。「ハリントン卿が連絡をしてこなかったのは、ロンドンで噂を耳にしたからよ。ティレルと私がこんなふうに公然と暮らしている現場を押さえたかったのよ」リジーは急に泣きたくなった。「ハリントン卿がここへやってきた理由はひとつしかないわ。ひとつしかないのよ」

リジーが考えるのを避けていた未来が、いよいよ現実になろうとしていた。

19

究極の犠牲

ジョージーの部屋は、子供部屋の真向かいにあった。ジョージーとともに彼女の部屋に駆けこんだリジーは、くるりと姉を振り返った。「なぜ黙ってるの？　お姉様が考えていることくらい、私には察しがつくのよ」

ジョージーは息を吸いこんだ。「なんてばつが悪いことかと思っているのよ」

リジーは言った。「私はなんて恥知らずなことかと思っているわ」

ジョージーはリジーに歩み寄り、彼女を励まそうと、これ以上ないくらい冷静に語った。

「あなたたちは、お互いに愛し合っているわ。だから、ちっとも恥知らずなことなんかじゃない。何が恥知らずかといったら、ティレルが目を覚まして、婚約を破棄し、あなたを祭壇の前に連れていこうとしないことよ」

リジーは体を震わせながら、唇を噛《か》んだ。真夜中に彼の腕に抱かれているときは、彼も自分のことを愛してくれているのだと自信が持てる。だが昼間になるとわからなくなる。

「伯爵家の長男は、田舎の貧しい紳士階級の娘と結婚なんかしないわ」

「そんなことないわ！」ジョージーは声を荒らげた。「恋愛結婚だってできるわよ。そうしたければ、そうできるだけの財産があるんだから」

本当かしら？　リジーはとまどいながら、目前に差し迫った問題へ話題を変えた。「私はどうすればいいの？　お姉様の部屋で、ハリントン卿《きょう》が帰るまで隠れているの？　今夜は食堂で食事もできないわ。ネッドも子供部屋に閉じこめておくの？」

ジョージーはリジーの腕に手を置いた。「機会を見つけて、ティレルとお話しなさい。きっと彼がどうすべきか指示してくれるわよ」

どうすべきかなど、リジーにはわかっている。そんなことはずっとわかっていたのだ。リジーは自分の体を抱きしめた。「お姉様には黙っていたけど、あの方をこっそり盗み見たことがあるの——レディ・ブランシュを」

「何をしたですって？」

「婚約祝いの舞踏会に忍びこんだの」

ジョージーは驚いた顔でリジーを見つめた。「それで？」しばらくしてから尋ねた。

リジーは息を吸いこんだ。「ものすごく美しい人だった。どこも悪いところを見つけられないの。優雅で、上品で、性格もすごくよさそうだった」

「彼女が醜くて、太っていて、意地悪だといいのになんて願ったら、やっぱり失礼よね」

「彼にお似合いの女性だったわ」リジーはみじめな気持ちで言った。「今はそうでなくても、きっといつかティレルのことが好きになるわ。それに彼だって、あんなに美しくて自分にふさわしいイングランド人の妻を持てるんだもの、うれしくないはずがない。きっと彼女のことを愛し始めるようになるわよ」

〝恋愛結婚だってできるわよ。そうしたければ、そうできるだけの財産があるんだから〟そんなことは言ってほしくなかった。どちらにしても、お姉様は間違っている。ティレルにふさわしいのは、裕福な貴族出身の妻だわ。ブランシュはいつか、立派な伯爵夫人になるでしょうね。すごく美しいし、ティレルは遅かれ早かれ、彼女に恋をするに決まっている。

「彼には幸せになってもらいたいの。ブランシュと結婚して、幸せでない理由なんかないわ」

ジョージーがリジーの手をつかんだ。「あなたはどうなの？　子供のころからティレルに恋をしてきたじゃないの。あなたが愛人になりたいと言ったわけじゃない。彼にどうしてもと言われて、なったのよ。ここへ来てから、あなたはずっと幸せだったし、あなたは幸せな生活を送るに値する人間よ。でも、これからどうなるのか、私には先が見えているわ。リジー、もう見えてしまっているのよ」

「なんの話だ？」開いたドアの向こうからティレルが尋ねた。

リジーははっとして振り向いた。いつからそこに立っていたのだろう。ドアをあんなに開け放しておくんじゃなかった。すでに危ないくらいに傾きつつある自分の世界が、今まさに崩れ落ちていくのを感じた。ティレルはひどく厳しい表情を浮かべている。だが、それはリジーも同じだった。ジョージーの言うとおりよ。私は何をしなければいけないか、自分でわかっている。

「申し訳ないが」ティレルはリジーだけを見つめていた。「君に話がある、エリザベス」

ジョージーはティレルに向かってうなずき、部屋から出ていった。

リジーは、ティレルの視線を避けるように顔を背け、腕を体に巻きつけた。

「ハリントン卿が、なんの知らせもなくおいでになった」硬い口調で言った。

「知っています。窓から見えました」リジーはどうにか顔を上げた。ティレルの表情はこわばっている。

ティレルはリジーに歩み寄り、彼女の手を体から引き離してぎゅっと握った。「すまない」

リジーはどうしようもなく、ただ首を横に振った。「私たちのことをお聞きになったに違いないわ。使者をよこしもせず、こんなふうにいきなり現れるなんて、それ以外に理由が考えられないもの」

「ハリントン卿は、モンタギュー卿と一緒に南部で週末を過ごされたついでに寄ってみたとおっしゃっている」ティレルはリジーの手を放そうとしない。

「その言葉を信じているの？」

「いや」

泣いちゃだめと、リジーは自分に言い聞かせた。泣いたところで、なんの解決にもならないわ。「きっと、結婚式の相談があるのよ」自分のとげとげしい言葉に、怖くなった。ティレルは顔を歪《ゆが》めたが、何も言おうとしない。

ティレルの硬い表情から察するに、図星なのだろう。「やっぱり、結婚式の相談にいらしたのね？」感情をむきだしにした声でリジーは言った。

ティレルは顔を背けた。「それほど驚くようなことではないはずだ。僕が婚約しているのは、お互いに知っているのだから……こうなる前から」

こめかみがずきずきと痛みだした。まともに考えることができない。「私をどうなさるおつもりですか？　荷物をまとめて、真夜中に、皆が眠っているあいだにこの家を出ていったほうがいいでしょうか？」言いすぎたと気づいたときには、すでに手遅れだった。

ティレルの手に力がこもった。「いい加減にしないか。ハリントン卿が来たからといって、何も変わることはないんだ、エリザベス。何も変わらないんだよ」

「いいえ、何もかもが変わってしまうわ」リジーはため息混じりにつぶやいた。

ティレルがリジーを引き寄せ、彼女の唇をむさぼるように抱きしめた。ティレルに繰り返しキスをされ、リジーはとうとう泣きだした。人生が終わろうとしているときに、体が反応するはずがない。ティレルはキスをやめ、彼女を抱きしめた。「泣くな。泣いたって何も変わらないんだ、エリザベス。僕は今でも、君を毎晩抱いていたいと思っている」ティレルに顎を持ちあげられ、視線がぶつかった。「君の荷物を、この部屋の隣の部屋に移しておく。何、ほんの数日のことだ」口調は硬かったが、思いやりがこもっている。リジーを憐《あわ》れに思っているのだろう。

だが、彼の憐れみなど欲しくはなかった。ティレルを押しやろうとしたが、放してくれない。両手を彼の胸に押しつけたまま、リジーはあきらめた。ティレルもそのつらい思いを示すかのように、胸を上下させてあえいでいた。リジーは深く息を吸いこんだ。ようやく気持ちが落ち着いてきた。「こうしているあいだも、あの方はロンドンで結婚の準備をしているのでしょうね」リジーは声をからしながら言った。今こそ、現実に目を向けなければ。

ティレルはしばらくリジーを見つめたあと、ようやく口を開いた。「おそらく」

リジーは唇をなめ、一瞬、目を閉じた。「結婚式はアデアで？」

「ロンドンだ」ティレルの口調は硬い。表情からは気持ちを読みとることができなかった。躊躇《ちゅうちょ》したあと、続けた。「君には、きちんと知る権利がある。だから正直に話そう。結婚式は九月十五日にセントポール教会で挙げることになっている」

「そう」リジーはようやく取り戻した自尊心に必死でしがみついていた。頼れるのはそれしかないかのように。まるで自分を外側から見ているような、劇場の舞台で行われているドラマを見ているかのような気がする。自分の気持ちは考えないようにした。でも、どれくらいもつだろう。運がよければ、一生こうしていられるかもしれないけれど。「もう一カ月しかないじゃありませんか。ロンドンへはいつ出発するのですか？」

ティレルの口調は堅苦しいが、瞳には警戒心を浮かべていた。まるで恐るべき敵を前にしているような、あるいは獲物を追いつめているような、そんな表情だった。「二週間後だ」

あと二週間でアイルランドから出ていってしまう。二週間後には私のもとからいなくなってしまう。舞台が崩れ落ちた。リジーが見ていた俳優たちは、霧となって消えてしまった。残ったのは、自分自身とティレル、そして彼女の深い悲しみだけだった。

リジーはずっと、自分で作りだした夢の世界で暮らしていた。ウィックロウへ来てからは、先のことは考えないように、彼がいつか結婚する女性のことは考えないようにしてきた。それは父が訪れたあの恐ろしい日のあとでも変わらなかった。屋敷の使用人たちは皆、彼女を愛人ではなく妻として扱ってくれ、そしてティレルもそのように彼女を扱ってくれたおかげで、彼のことや、二人で過ごした時間、二人で作りあげた思い出を夢に見て過ごすことができた。夜は夜で、狂おしいほど情熱的に過ごしてきた。父が現れ、頭の中の時計が時を刻み始めたときからずっとだった。それとも、両親に引きずられるように、ネッドと一緒にアデア邸を訪れてからだろうか。でも、そんなことはもう、どうでもよかった。ハリントン卿が現れたときに時計は止まってしまったのだ。そして、このわずかな思い出を胸に、これからの人生を生きていかねばならない。

ついに、終わったんだわ。

悲しみと喪失感とが大きな重荷となって、リジーの上にのしかかってきた。

ティレルはぴくりともせず、ゆっくりと慎重に言った。「二週間ロンドンで過ごしたら、ウィックロウへ戻ってくる。いずれにしろ、ダブリンでの職務は続けなければならない」

これほど心が痛むとは思ってもいなかった。ティレルの話は聞いていたが、なんとなく聞こえる程度にすぎなかった。それに、ネッドはどうなるの？

ティレルはリジーに話しかけていた。唇を濡《ぬ》らし、最大限に彼女を気遣いながら続けた。「考えたんだが、ダブリンに君の家を買おう。君の好きな家でいい。どれだけ大きくてもかまわない。君はその家でネッドや姉上と暮らすんだ。僕は毎日顔を出す」

リジーは胸に手をあてた。しかし痛みは増すばかりだった。ティレルを見あげた。私がずっと愛してきた人。そんな権利などどこにもないのに。私のところへ毎日顔を出す――そして夜になると、妻が待つ自宅へ帰るのね。

「僕は君を放さない」ティレルが警告するように言った。

リジーは無理やり視線をそらした。何か言おうとすれば、悲しみが体や心、魂の中から、潮が満ちるようにあふれだす。悲しんでいることが彼にわかってしまう。

急にティレルがリジーの前にひざまずき、彼女の両手を握った。「頼む。泣かないでくれ」ティレルは途方に暮れていた。「君を大切に思っているんだ。わかっているだろう？」

リジーはうなずくことさえできなかった。

ティレルは笑みを浮かべようとしたのか、顔を引きつらせた。「僕にどうしろというんだ？　ブランシュとの結婚は僕の務めだ。伯爵、そしてアデアの務めでもあるんだ」ティレルは口早に言った。「僕はこれまで務めを怠ったことは一度もなかった。この世に生を受けた日からずっと、ド・ウォーレンの名と一族と伯爵の身分を背負うべく育てられてきた。僕はアデアそのものだ。次の世代のことを考えねばならないのだ」

「私はあなたに務めを放棄していただきたいとは思っていません。そんなこと、考えたこともありません」

ティレルはリジーを立たせ、切羽つまったように唇を触れ合わせた。あるいは、むさぼるようにと言ったほうがいいかもしれない。「何も変わらないんだよ」

いいえ、何もかもが変わってしまったわ。リジーはティレルから顔を背け、美しい山並みが見える窓の外をのぞいた。けれども、どこを見ても絶望感しか感じられない。さまざまなものを分かち合ってきた今ほど、ティレルのもとを離れるのがつらいときはないだろう。できるものなら、このままくずおれ、声をあげて思い切り泣きたい。でも、ティレルの前ではできない。私が彼と別れるつもりであることを知ったら、決して放してくれなくなってしまう。

心を決めたとたん、急に力がわいてきた。胸を張り、顔を背けたままリジーは言った。

「私もあなたのことを大切に思っています、ティレル」

ティレルは驚いたように黙っている。

リジーはゆっくりと、慎重に彼のほうに向き直った。「私をひとりにしてください」

ティレルは警戒するような表情を浮かべた。「その言い方は気に入らないな」

「それなら謝ります」リジーは笑みを浮かべようとしたが、できなかった。私の人生がかかっているというのに。でも、私の人生がなんだというの？　大事なのはティレルの人生とネッドの未来よ。

ティレルが急に足を踏みだしてリジーに近づき、彼女の頬を両手で挟んだ。「ダーリン！　本当に何も変わらないんだ。君に家を買う。この家と同じくらい大きな家だ。そこで毎日君と暮らして、もっと子供を作ろう」

もう子供は持てないわ。少なくとも私の子供は。「だめよ」リジーは目をぎゅっと閉じて言った。それでも、涙はこぼれた。

ティレルはリジーをぎゅっと抱きしめた。「君をどこへも行かせない」ティレルは命令するように言った。

リジーは答えなかった。

最終的な自分の意思に気づいたのは、自分の部屋でひとりきりになったときだった。ネッドはド・ウォーレン家の人間だ。そしてネッドは血を分けた父親のもの。ティレルのもとを離れるということは、ネッドからも離れるということだ。ネッドを心から愛しているリジーには、ティレルから彼の息子を引き離すことができないように、ネッドの生得権や父親の存在を否定することはできなかった。幸いなことに、ティレルはネッドのことをかわいがってくれていて、ネッドを自分の息子だと信じているかのように接してくれている。この家を出ていく前に、ティレルには真実を打ち明けなければならない。だが勇気を奮い起こすことができず、リジーは手紙にしたためることにした。

涙がかれるまで、リジーは泣き続けた。リジーの気持ちを察してか、ジョージーはリジーを慰め、気持ちを変えさせようともした。ジョージーにも、今は話さないでおくつもりだった。力がほとんど残っていない分、自分の意志にすがるしかない。今こそ自分の将来に立ち向かい、正しいことをすべきときだ。

ベッドを出たのは、残されたわずかな時間をネッドと過ごしたいからだった。ネッドに悲しい顔を見せてつらい思いをさせたくなかったので、丁寧に顔を洗った。子供部屋につながる廊下に出ようとしたとたん、寝室のドアをせわしくノックする音がした。「奥様、ミス・フィッツジェラルド！」ロージーの怯《おび》えたような声だった。

リジーははっと身構えた。ネッドに何かあったに違いない。ドアに駆け寄り、尋ねた。

「ネッドがどうかしたの？」

「ネッドは大丈夫です。でも、どうすればいいかわからなくて。旦那《だんな》様がいらっしゃったんです、子供部屋に。ネッドと一緒に、子供部屋にいるんです！」

ロージーが慌てている理由がわからない。今はティレルとは会いたくないのに。

「子爵様がいらしたんです」ロージーが言った。

リジーは寝室から飛びだした。ハリントン卿が子供部屋へ？　激しい不安に襲われた。ドアが開いたままの子供部屋の前まで来て、足を止めた。ロージーはすぐ後ろからついてきていた。いったい、どんなことになっているのだろう。

ハリントン卿は、鉄灰色の髪をした中背のスリムな紳士だった。品があってハンサムで、娘はまさに彼の血を引いていた。ハリントン卿はネッドと一緒にソファーに座っていた。ネッドはぬいぐるみを抱いたまま、警戒するようなよそよそしい目でハリントン卿を見つめている。

すぐに部屋に飛びこんで、ハリントン卿に子供から離れるよう言いたいところだったが、リジーは不安のあまり息をのみこみ、ただ見つめた。

やがてネッドがハリントン卿にぬいぐるみを差しだした。ハリントン卿はそれを神妙な面持ちで受けとった。「ありがとう」

ハリントン卿はリジーに気づいたらしい。さっと立ちあがり、頭を軽く傾けた。「ミス・フィッツジェラルドですな？」

リジーはお辞儀をしただけで、注意深く自分を見ているハリントン卿を見つめた。重苦しい沈黙が流れた。

「ママ！」ネッドがうれしそうに声をあげた。ソファーから転がるように下りると、リジーのもとへ駆け寄り、彼女の足元で転んだ。リジーは膝をついてネッドを抱きしめた。しかしネッドは抵抗し、リジーを押し返そうとしている。「ネッド、たっち！」そう言うと、リジーのスカートをつかんでさっと立ちあがり、誇らしげにリジーを見あげた。

リジーはネッドの頭を撫《な》でて褒めると、ゆっくりと体を起こしてハリントン卿を見あげた。「子爵様、なぜこのようなところへ？」

「あなたと話がしたいと思ってね」ハリントン卿は有無を言わさぬ口調で言った。

ハリントン卿と話すことなどなかったが、どういうつもりなのか確かめる必要はある。

「私でよろしければ」

ハリントン卿はまだじっとリジーを見つめていた。「この子はお父さんにそっくりだ。あなたにとってもご自慢の息子さんでしょうな」ハリントン卿は当然のように言った。

「ええ」リジーは無意識に答えた。

ハリントン卿がリジーの目をのぞきこんだ。「正直に言うと、少々、期待外れでしたよ」

どこか無礼な言葉に、リジーはどう答えていいかわからなかった。

「もっと年齢のいった女性を想像していたのでね。経験豊富な女性とでも言うべきかな。今、おいくつかね？」

「十八歳になったばかりです」リジーはどうにか答えた。

「ご実家は？」

「レイヴン・ホールのフィッツジェラルドです。貧しい田舎の紳士階級ですわ。何世紀も前の先祖は、南アイルランド全体をおさめていた王だったそうですが」

ハリントン卿が眉をつりあげた。「なるほど、まあ、実のところはよくわからないが。ところで、私の娘の婚約の前日に、ティレルもそうだが、ずいぶん派手なことをなさったと聞いているがね」

「申し訳ございません」リジーは心から謝った。「本当に申し訳ございませんでした」

ハリントン卿は驚きの表情を浮かべた。

「私は生まれてからずっと彼を愛してきました。子供のころ、彼に命を救われてからずっとです。私がここにいるのは、私の心が知性を支配してしまったせいと言う以外、弁解のしようがありません」

ハリントン卿は身じろぎひとつしない。「ティレルもあなたに気があるのかね？」

リジーはとまどった。「わかりません。そういうふうに思うときもあります。そう願っているだけかもしれません。よくわかりません」

ハリントン卿はリジーを見つめてから口を開いた。「座りなさい、ミス・フィッツジェラルド。あなたに話しておきたいことがある」

リジーは思わず身構えた。いったいどういうつもりなのだろう。それでも椅子に腰かけ、両手を重ねて膝に置いた。

ハリントン卿は座らなかった。子供部屋の窓に近づき、外を眺めている。緑濃い木々に覆われた山並みが、夏の青い空を縁取っていた。「私はブランシュには好きな人と結婚してもらえばいいと思っていた。あの子も、そんな私の気持ちをずっと知っていたはずだ」

ハリントン卿は振り向いて、驚いた表情を浮かべているリジーに向き直った。「実際、数年前に、彼女に自分の花婿を選ぶよう言ったこともある」

リジーは目を見開いた。いったい、なんの話？

「我が家にはこれ以上の財産は必要ない。私には有力者の知り合いも多く、娘は相当な遺産を相続することになっている。爵位はたいしたことはないが、広大な保有地を持っているから、私はこれ以上地所を増やすつもりもない」

「なぜ、そんなことを私に？」リジーは尋ねた。

ハリントン卿は黙って聞きなさいとばかりに手を上げた。「ブランシュは今、十九歳だ。娘が喜びに顔を輝かせて、自分の決めた結婚相手を教えてくれる日を、私はもう何年も前から待っていた」

婚約祝いの舞踏会でのブランシュの言葉を聞き違えたのかしら。やっぱり、彼女はティレルに恋をしているの？

しかし、次の言葉でリジーの疑問は解けた。「だが、結局その日はこなかった。今でもそれが残念でしかたがない」

そのときのハリントン卿は、娘の幸せだけを願う父親そのものだった。

不意にハリントン卿が足置きを引き寄せ、座りこんだ。ひどく苦しんでいるような、それでいてどこかあきらめているような表情を浮かべていた。「娘は、普通の女性とは違うんだよ、ミス・フィッツジェラルド。だが、それはあの子のせいじゃない」

リジーにはわけがわからなかった。

「彼女が十三年間、一度も泣いたことがないのを知っているかね？　娘が泣かないのは、悲しいことがないからというわけじゃない。あの子は、癇癪《かんしゃく》を起こすことも、冷静さを失うことも、喜びに小躍りすることもないんだよ。何があっても、誰に対しても。娘は何かに思い悩むことができないように、何かを心から楽しむこともできないんだ」

「まさか」リジーは驚いて小声で言った。

「あの子が六歳のときだった。残忍にも母親が暴徒に殺されるのを見てしまったんだよ。私もその場にいた。だが、暴徒に阻まれ、二人を助けだすことができなかった。ブランシュは母親を守ろうとしたが、手遅れだった。妻はもう死んでいたんだ。ブランシュは暴徒のひとりに放《ほう》り投げられ、意識を失った。目覚めたのは、何時間もあとのことだ。だが、そのとき、彼女は母親のことも、母親が殺されたことも覚えていなかった」

リジーは愕然《がくぜん》としていた。「なんとお気の毒な」

「記憶を失っていたのはむしろ幸いだったかもしれない。ただ、その日から娘は、笑い方も泣き方も忘れてしまった」ハリントン卿は立ちあがった。「あなたは私の想像とはまったく違っていた。もっと派手な商売女だと思っていた。ここまでプライベートな話をしたのには、わけがある」

ハリントン卿の次の言葉は、なんとなく想像できた。

ハリントン卿はまっすぐにリジーを見据えた。「私がティレルを娘の結婚相手に選んだのは、彼なら娘を任せられると思ったからだ。ティレルはすばらしい男だ。高潔で、思いやりがあり、そして何よりも家庭というものをよく知っている。娘に与えたいすべてを持った男なのだよ、ミス・フィッツジェラルド。もちろん、いつか娘が彼を愛してくれるようになるといいと思ってもいる――たとえ、そうする努力が必要だったとしても」

リジーは涙が落ちるのを感じた。リジーの同情を引きだすことがハリントン卿の目的だったとしたら、まさに大成功だと言えた。

「彼はきっと娘を大切にしてくれるだろう。どれだけ時間がかかろうと、娘が彼に愛を見いだしてくれることを私は毎日祈っているんだ。ミス・フィッツジェラルド、私の娘はあれほどつらい目に遭ったのだ。彼女こそ、愛される資格があると思わないかね？」

リジーはみじめな気持ちでうなずいた。「ええ」リジーはブランシュの苦悩を思いながら答えた。「ええ、あると思います」

「ママ？」ネッドが心配そうに尋ねた。リジーの苦しみを察したのだろう。

リジーはネッドの手を握った。「大丈夫よ」リジーはつぶやいた。人生最大の嘘《うそ》だった。

ハリントン卿はリジーの言葉を待っている。

リジーはゆっくりと立ちあがった。「私のことならご心配なく」リジーはおぼつかない口調で言った。「ティレルとは別れるつもりです。私は商売女ではありませんし、この屋敷で公然と彼と――結婚間近の彼と暮らすなど、とんでもないことだと思っています。これで決心がつきました。お嬢様の邪魔はいたしません、ハリントン卿」

ハリントン卿は敬意のこもった目でリジーを見つめた。「ありがとう」

リジーは新たな心の痛みを感じ、目を閉じた。そしてもう一度目を開けると、どうにか言った。「ひとつだけお願いがあります」

ハリントン卿は身を硬くした。「遠慮なく言いたまえ」

「こんなことは、お考えにもならなかったでしょうが」リジーは苦々しく言った。「ネッドには父親が必要です。名誉ある紳士として約束してください。お嬢様がネッドにとって、優しくて思いやりのある母親になり、決して彼に不自由をさせないということを」

「もちろんだ」ハリントン卿は静かに言った。

リジーは頬を伝う涙を拭《ふ》きとった。

ハリントン卿は深々と頭を下げ、後ろを振り返ることなく立ち去った。

流す涙も残ってはいなかった。

リジーは天井を仰ぎ、壁を伝う曙光《しょこう》を見つめていた。悲しみのあまり、何も感じられない。息をするのさえつらい。ついこのあいだまで、リジーの心臓は、あふれるような喜びと希望と愛に鼓動していた。それが今は、希望を失い、冷ややかに、鈍い脈を打っているだけだった。何をもってしても、心の痛みを和らげることはできそうになかった。

ティレルはその朝、いつものようにダブリンへ出かけていく予定だった。ティレルが屋敷を出たら出発しようと思っていたリジーには、好都合だ。

前日の言い争いのあと、ティレルとは一度も顔を合わせていない。昨夜は、彼はハリントン卿と一緒に食事をしているし、礼儀をわきまえた彼が、そのあとにリジーのベッドへもぐりこんでくるはずがなかった。あと一時間もすれば、彼はダブリンへ出発するだろう。

午前の半ばには、リジーも屋敷をあとにしているに違いない。

リジーはおばのエレノアが住むグレン・バリーへ行くことにしていた。ティレルには二度と会わないつもりだった。彼に会うことがあったとしても、そのときには彼はもう結婚しているだろう。そうに決まっているわ。ブランシュには痛ましい過去がある。私は正しいことをしようとしているのよ。ティレルを愛するのは間違っているけれど、遠くからでも愛さずにはいられない。でも、またネッドに会える日はくるのかしら？

それだけは、今は考えられなかった。ネッドは父親のもの。ネッドのいない未来をあえて考えてしまったら、気が変わってネッドを連れていってしまうかもしれない。

そのとき、ティレルが寝室の外にある居間に入ってきた。リジーは驚き、失望感に押しつぶされそうになると同時に、愚かなことに一縷《いちる》の希望を抱いた。居間を横切るティレルの決然とした足音が聞こえる。寝室のドアに近づいてくるのがわかり、リジーは安堵《あんど》した。最後にひと目、彼に会うことができる。

ドアの軋《きし》む音がした。ティレルがドアを開けたのだ。リジーは目を閉じ、眠っているふりをした。彼に顔を見られ、目をのぞきこまれたら、そして話しかけられようものなら、私の計画が見破られてしまう。

ティレルがこちらへ向かって歩いてきた。

リジーは息をするのも忘れ、身をひそめた。

ティレルがベッドの上に腰かけたのか、リジーの脇《わき》が沈んだ。ティレルは彼女の肩を撫で、彼女の顔にかかっている髪を払った。

彼の腕に飛びこみ、彼を抱きしめたい。でも、できなかった。

ティレルはため息をついて立ちあがり、部屋を出ていこうとした。

「ティレル！」リジーはたまらず起きあがり、ティレルに駆け寄った。

ティレルが振り向くと、リジーは彼の腕に飛びこみ、彼に抱きしめられたのと同じくらい、力いっぱい抱きしめ返した。彼の胸に顔を埋《うず》め、彼の感触、抱擁の強さ、この上ない安心感を懸命に記憶しようとした。彼は知るよしもないが、これが別れの挨拶《あいさつ》になるのだから。

「眠っていると思った。君を起こすつもりはなかったんだ。エリザベス、悲しい思いをさせてすまない」ティレルは彼女の太く編まれた長い髪の房を撫でた。

リジーは何も言えなかった。言えるのは〝愛しているわ〟という言葉だけだろうが、それを口にするつもりはない。

ティレルは低い声で言った。「エリザベス、つらいのは僕も同じだよ」

顔を上げると、ティレルの瞳は絶望と後悔に満ちていた。

「なんとかこの危機を乗りきろう」

彼が自分と同じくらい二人の関係に苦しんでいることに、リジーは気づいた。手を伸ばし、彼の顔に触れた。「どうか、自分を責めないで」リジーはささやいた。

「僕は君を幸せにしたかった。だが、結局君をずっと泣かせてきた」

「私は幸せだったわ、ティレル――」

「二つの家族、二つの人生を持つ男はたくさんいる」ティレルは厳しい口調で言った。「僕はずっとそのことを考えてきた。だが、僕がこうして話しているあいだも、君は僕に疑いのまなざしを向けている。僕は信頼してもらえないのか?」

心の片隅には、このままここにとどまろうとする裏切り者の自分がいた。もう誰も信用できないからだった。だが、それでは何も変わらない。リジーは目を閉じた。「私はいつでもあなたを信頼しているわ」

ティレルはリジーの顔を両手で挟み、むさぼるように熱いキスをした。リジーの体はすぐに反応し、ティレルに押しつけた体が震えた。しかし、たとえ短いあいだでも、彼をベッドに連れていったら、決心が鈍るに決まっている。リジーは体を震わせながら、唇を離した。

ティレルは彼女の両手をつかみ、ベッドをちらりと振り返った。彼女を腕に抱えてベッドに連れていこうとしているに違いない。

「だめ」両手で彼の胸を押さえながら、リジーはささやいた。「だめよ、ティレル、あなたは出かけないと」リジーは体を離した。「どうぞ、ご無事で行ってらして」

ハリントンは玄関ホールのすぐ左側にある、音楽室の窓辺に立っていた。エリザベス・フィッツジェラルドと彼女の姉が車寄せに立っているのが見える。ちょうど二人のトランクが馬車に積みこまれようとしていた。ハリントンは険しい表情を浮かべていた。

ハリントンが愛人と聞いて想像していたのは、商売女の姿だった。育ちがよく、情け深くて感じのよい若い女性では決してなかった。彼女が心からティレルを愛していることは、いやがおうでも気づかされた。しかし、恋人のことはあきらめてもらわなければ。彼女を苦しませたのは申し訳ないと思っていた。ティレルが彼女に夢中になる理由もわかる。こうなれば、彼が彼女を深く愛しすぎていないことを願うしかない。

しかし、たとえそうだとしても、関係ないことだ。

私は娘に、生きる機会を与えてやらねばならない。自分が死ぬ前に成し遂げておくべきことがあるとすれば、心から喜んだり悲しんだりできる娘の姿を見ることだ。

ひとり娘のことを思うたびに、ハリントンの胸は痛んだ。

ブランシュは美しい娘に成長してくれた。社交界では申し分のない淑女として賞賛されている。世間から見れば、確かにそうなのだろう。真実を知っているのは、私と、今はミス・フィッツジェラルドだけだ。目には見えないが、ブランシュは感情を持てないという恐ろしい心の傷を負っている。

フィッツジェラルド姉妹が馬車に乗りこんだ。ミス・フィッツジェラルドの涙を目にしてしまったことを後悔し、ハリントンはため息をついた。彼女の実家は生活に困っていると聞いた。あとのことは、ティレルが寛大に処理してくれることを願うしかない。一度、彼女の家族の暮らしぶりを調べてみよう。ティレルが彼女に相応の償いをしていなかったら、私がなんとかするしかない。

　窓から離れようとしたとき、気になる光景が目に入った。もう一度振り返ると、リジーが窓から身を乗りだし、執事に封筒を手渡していた。ティレルに手紙を書いたに違いない。まずい。彼の手に渡る前になんとかしなければ。人の性格を見抜くのが得意なティレルは、ミス・フィッツジェラルドの手紙から何かを読みとるに違いない。そうなった場合、ティレルは彼女のあとを追っていきかねない。それだけは認められないぞ――たとえミス・フィッツジェラルドを傷つけてしまったことを私がどれほど後悔していたとしても。

　ハリントンは音楽室を出た。玄関のドアは開いていて、馬車がようやく出発するのが見えた。執事が手紙を手に家の中へ入り、大きなドアをしっかりと閉めた。

「スマイス」ハリントンは手を差しだしながら近づいた。「それは私が預かろう」

　スマイスはハリントンに対する敬意を表しながらも、一瞬、はっとした表情を浮かべた。

「閣下、この手紙はご主人様宛《あて》のものでございます」

「私が彼に渡しておく」ハリントンは冷ややかに言い、有無を言わせぬ表情でスマイスを見つめた。執事は頬を紅潮させ、さっと封筒を手渡した。封筒にはきちんと封がされている。「ご苦労だった」ハリントンは言った。

　スマイスはお辞儀をし、急ぎ足で立ち去った。

　ハリントンは書斎へ行き、机の引き出しに入っていたペーパーナイフを取りだした。

愛《いと》しいティレルへ

やはりこれ以上、このような関係を続けていくことはできません。あまりにつらすぎるからです。ずっと昔、まだ子供だったころ、私はあなたに恋をしました。それ以来ずっと、私はあなたを愛してきました。そしてこれからも、年を取って死ぬまで、愛し続けることでしょう。こうして書いているあいだも、あなたのことが愛おしく、悲しみはとどまるところを知りません。ですが、あなたの結婚の邪魔をしたくはないのです。あなたの未来が、喜びと幸せに満ちていることを願っています。どうかレディ・ブランシュとお幸せに。

ネッドは私の子供ではなく、あなたの子供です。ネッドを産んだのは、ハロウィーンの夜に私の衣装を身につけた別の女性だったのです。このような恐ろしい嘘をついていた私をどうか許してください。でも、ネッドが生まれた日から、私は本当の母親のようにあの子を愛してきました。どうか、ネッドを愛してやってください。たっぷりと愛情を注いでやってください。私のためにも。

永遠の愛をこめて、エリザベスより

ハリントンは良心の呵責《かしやく》に苛《さいな》まれた。ミス・フィッツジェラルドは心からティレルを愛している。自分を犠牲にして、愛する人がブランシュと幸せになることを願うとは、なんという高潔な女性なのだろう。それでも、彼女に同情するわけにはいかない。

私はとんでもないことをしようとしている。ハリントンは封筒と手紙を手に持ち、部屋を横切った。暖炉の火格子の奥には、まだ小さな炎が燃えている。ハリントンは手紙と封筒を火の中に落とした。炎に焼き尽くされるそれらを見つめながら、ミス・フィッツジェラルドがいつの日か自分を許してくれることを願った。

ティレルは不安に駆られながら廊下を早足で進んだ。ハリントン卿が隣人を訪問するために出かけたことは聞いていたが、たとえ彼が屋敷にいたとしてもかまわなかっただろう。朝のリジーの妙な態度が気になり、その日は一日じゅう落ち着かなかった。いやな予感がしてならなかった。

階段をのぼって二階へ向かいながら、自分の気が重いのは間近に迫った結婚式のせいだと自分に言い聞かせた。何かにとらえられたような不安にティレルは疲れ果て、ブランシュとの結婚に疑念を抱き始めていた。それでもやはり、いつかはそんな疑念も消え、結婚に乗り気になるときがくるに違いない、いずれはもとの自分を取り戻せるはずだ――そう信じようとしていた。ただ、この二カ月が自分の人生で最も楽しかったということだけは、否定できない。

そして、自分が心からエリザベス・フィッツジェラルドを愛しているということも。

胸に拍動を響かせながら、子供部屋のドアを開けた。苦しむリジーの姿は見たくない。ハリントン卿が来て以来、リジーはずっと苦しんでいる様子だった。なんとかして彼女の不安を和らげてやらなければ。その日の朝も、彼女に心配しないよう言ったものの、それが役に立たなかったことだけは承知していた。

乳母のロージーは縫い物をし、ネッドは床の上でおもちゃの兵隊で遊んでいた。リジーの姿はない。ティレルは父親としての強い誇りを持って息子を見つめ、笑みを浮かべた。ネッドは兵隊を放り投げ、ティレルに向かって満面の笑みを向けた。「ネッド！　ネッド、かった！」ネッドが得意そうに言った。

ティレルは声をあげて笑い、ネッドを抱きあげた。「誰かがおまえに謙遜《けんそん》ということを教えてやる必要がありそうだな、ネッド。あんまり傲慢《ごうまん》だと、人に嫌われるぞ」

ネッドはティレルに向かって勝ち誇ったような表情を浮かべた。「ネッド、かった！」

ティレルはもう一度笑い、ネッドの豊かな黒髪をくしゃくしゃにしながら頭を撫でた。

「パパ、おんり」ネッドが言った。「パパ！」

ティレルは身をこわばらせた。息をすることもできない。

「パパ！」ネッドがティレルの胸を押した。

ティレルは体を滑らせるようにネッドを床へ下ろした。「ロージー！」乳母の名を愛称で呼んでいるのにも気づかず、ティレルは言った。「ネッドがパパと呼んでくれたぞ！」

しかし、ロージーはにこりともしなかった。青い顔をして、まるで泣いていたかのように鼻を赤らめている。「ええ、ご主人様」ロージーは声をからしながら答えた。

ティレルははっとした。すでに喜びの気持ちは消えていた。いったい何があったんだ？

まさか。

「エリザベスはどこだ?」

ロージーは唇を濡らした。「存じません」

ティレルは宙を見つめ、それから廊下を横切ってリジーの部屋のドアを開けた。ベッドはきちんと整えられ、衣装だんすの扉が開いていた。中は空っぽだった。

思わず目を疑った。

「ご主人様」ロージーがネッドを腕に抱き、ドアのところに立っていた。

ティレルには、ロージーの声がほとんど聞こえていなかった。鏡台に近づき、引き出しを開けてみた。やはり空っぽだった。

ようやく事態がのみこめてきた。

エリザベスは、ここから出ていったのだ。

くるりと後ろを振り返った。鼓動が速く、痛いほどに激しくなった。「いつ出ていった?」

「今朝です」

目を細めても、彼女の姿はない。その代わりに、その日の朝の、瞳に苦悩を浮かべた彼女の姿が脳裏をよぎった。エリザベスは僕を置いて出ていったというのか?

ティレルの心の中で、痛みと悲しみに突き刺された獣が頭をもたげ、激しく鳴きわめいた。耳を聾《ろう》せんばかりのその吠《ほ》え声は、深い悲しみに満ちていた。木が折れ、粉々になり、ガラスの割れる音がした。獣の咆哮《ほうこう》は、部屋ばかりでなく、廊下、そして屋敷じゅうに響き渡った。いったいこれはどんな獣なのだろう?

獣は声がかれるまでわめき続けた。

やがて静寂が訪れた。

ティレルはひとりで、リジーの部屋の中心にじっと立っていた。衣装だんすの側面が割れ、ドアは外れてばらばらになっていた。窓ガラスと鏡台の鏡が壊れ、粉々になったガラスが床に散らばっている。ティレルは手から血を滴らせて立ちすくみ、自分の世界の残骸《ざんがい》をただ見つめた。

第3部

1814年12月 ～ 1815年1月

20

ありえない魅力

ジョージーは鼻歌を歌いながら、クリスマスの飾りつけに最後の仕上げを施していた。リジーは少し離れたところから、うれしそうに炉棚の装飾をいじる姉を見ていた。炉棚は金銀の薄い布とたくさんのもみの木の枝で飾りつけられている。きれいね。リジーは冷ややかに思った。でも、私はお祭り気分にはなれない。どうしたって無理よ。

ジョージーとリジーがロンドンのウエストエンドに来たのは秋のことだった。ジョージーが、ベルグレーブ・スクエアにあるエレノアの屋敷にいることはほとんどない。書店に博物館や美術館、『ロンドン・タイムズ』紙で宣伝されたあらゆる公開討論会に出かけて毎日を過ごしていた。リジーは姉が街にすっかり溶けこんでくれたことがうれしかった。ジョージーはまさしく知的な社会活動の旋風となって、都会暮らしを楽しんでいる。

しかし、リジーにとって、それは容易なことではなかった。

あの恐ろしい夏の日にウィックロウを出てすぐ、リジーとジョージーはまっすぐグレン・バリーへ向かった。ありがたいことに、エレノアは姉妹をひと目見ただけで、両手を広げて迎え入れてくれた。リジーは自分の置かれた苦境を説明し、どうか許してほしいと懇願した。〝私はあなたが大好きよ、エリザベス〟エレノアは優しく言ってくれた。〝あなたの気持ちはよく理解できるし、今になってみると、私のくだした判断が正しかったのかどうかもわからないわ〟

彼らがロンドンに移ったのは、ティレルが花嫁とともにウィックロウに戻ってくる直前だった。ティレルが十月に戻ってくると知ったエレノアが、ロンドンの自宅に住まいを移すことに決めたのだった。住むところが変われば、リジーの気分も変わるかもしれないし、そうでなくてもこんなに近い距離にいるのはつらすぎるだろうと考えたのだ。グレン・バリーからウィックロウまでは、二時間しかかからない。リジーは反対しなかった。ティレルやネッドの近くで暮らすことは、自分の悲しみを長引かせるだけだと知っていたからだ。

ティレルの結婚式が延期になったと知ったのは、リジーたちがロンドンに来てから数週間がたったときだった。どうやら、ブランシュの具合がよくなかったらしい。だが、結婚式は五月に行われるということだった。

リジーはあまり考えないようにした。もし考えたら、延期になったのは自分のことが関係していると考え始めるかもしれない。私がティレルとネッドのもとを去ってから四カ月は過ぎている。もし彼に、私に対するなんらかの関心や愛情が残っているなら、きっとこれまでに何か連絡があったはずだ。だが何もない。私が手紙を残してきたことから考えて、その意味は明白だった。ティレルはまったく気にかけていないということなのだ。どんなに頑張っても、リジーの悲しみはとてつもなく大きくて重いマントのように、脱ぎ捨てることができない。毎日が灰色で、眠れぬ夜が続く。でも、後悔はしていなかった。初めて彼を見た瞬間から、最後に彼の腕に抱きしめられたときまで、ティレルとの思い出はすべて大切に心にしまってある。ただ、思い出がこれほどつらいものでなければいいのに。

時がどんな傷も癒《いや》してくれるだろう。そう信じてはいても、リジーの心の傷を癒してくれるのに十分なほど、時間はまだたっていない。それにティレルのもとにネッドを残してきた傷の痛みもまだ癒《い》えていなかった。ティレルよりも、幼いネッドがずっと恋しく思えることもある。けれども、自分は正しいことをしたとリジーは確信していた。ティレルとネッドのそばを離れることは人生で最もつらい行為だったが、ネッドはティレルとともにいるべきだし、ティレルはもうすぐ花嫁になる女性とともにいるべきなのだ。

リジーは彼らのことを考えまいと心に決めて毎日を送っていた。おばについてお茶会に出かけたり、ジョージーと買い物に行ったり、セントアン病院で病に苦しむ患者たちの世話をしたり、手近にある仕事ならどんなことにも専念したが、結局それも無駄だった。不意に、ティレルやネッドとの思い出が襲ってきて、それらと一緒に、悲しみが再びわきあがってくる。公園でのそぞろ歩きの最中にも、言葉が、感触が、まなざしがよみがえってきた。

少なくともネッドは元気らしい。ネッドが父と祖父に溺愛《できあい》されていることも、靴が小さくなって履けなくなったことも、伯爵夫人からの手紙で知っている。話せる言葉の数も増えたらしい。リジーは伯爵夫人の手紙を読んで涙を流した。そして思い切って返事を書き、知らせてくれたことに感謝を述べ、時間のあるときにもっと知らせてほしいと懇願した。

子供は記憶が短いから、自分が姿を消したことでネッドがどんなに悲しい思いをしたにせよ、今はもうすっかり乗り越えているのだろう。ティレルも幸せにしているだろうか？

彼は婚約者や息子と一緒にウィックロウにいるはずだ。少なくともリジーはそう思っていた。ティレルがブランシュと一緒にいる姿を、自分にしてくれたように彼女に微笑《ほほえ》みかけている姿を想像しようとしたが、それはあまりにもつらいことだった。どうか彼が満ち足りていますようにと祈り、それ以上、彼のことを考えるのはやめた。

ジョージーがリジーの腕に手を置いて声をかけた。「リジーったら！　やっと元気になったと思ったのに、また気持ちだけがどこかへ飛んでいってしまっているのね。そんな、悲しそうな顔をして。彼のことを考えてはだめよ！」

リジーはジョージーに微笑んだ。近ごろでは、どんなに心の傷が痛んでいても笑顔だけは浮かべられる。「悲しんだりしていないわ」それは嘘《うそ》だったたし、それが嘘だということは、ともにわかっていた。「クリスマスは、私の大好きな季節だもの。お父様とお母様は、いよいよ今夜到着するわね。二人に会うのが楽しみだわ」

ジョージーは探るような目でリジーを見た。「二人に会えるのは楽しみだけど、気がかりでもあるの。ウィックロウのあの恐ろしい日以来、お父様と会っていないのよ」

リジーは顔を背けた。ただでさえ父と顔を合わせるのが怖くて、本当はそれを口に出したくなかったのだ。

リジーは定期的に両親と手紙をやりとりしていたが、父から勘当すると申し渡されたあの恐ろしい日のことには、父も母も一度も触れなかった。それどころか、今、母はとても人気があるらしく、毎晩のようにレイヴン・ホールには来客があるらしい。伯爵夫人も、アデアにいるときには決まって、母を屋敷へ招待してくれていた。父の手紙は穏やかな内容だった。あの日のことをみんながすっかり忘れていますように、とリジーは祈った。

リジーはアンナとも手紙のやりとりをしていた。アンナの手紙はいつも同じで、ダービーシャーの社交界と結婚生活の幸せそうな話でいっぱいだった。もちろんアンナは過去のことにはいっさい触れなかったし、リジーも触れてほしくなかった。アンナが幸せで愛に満ちているのはうれしいことだ。しかも、春には赤ん坊が生まれるという。それでも、手紙の返事を出すのは、いつもリジーにはつらいことだった。

だって、何を書けばいいというの？　手紙で私自身の生活のこまごましたことをアンナに伝えるわけにはいかない。アンナはティレルと私の関係を耳にしただろうか。もちろん、今となっては問題ではない、終わったことなのだから。そこで、リジーはグレン・バリーの公園を散歩してどんなに楽しい時間を過ごしたか、ロンドンへの引っ越しがどんなに慌ただしかったかを書いた。さらに、ジョージーがどれほど都会での生活に興奮しているかを語り、アンナが喜びそうなエピソードを二、三つけ加えた。

　けれども、アンナは行間を読みとっていた。彼女から最近来た手紙はあまりにも肉親の情にあふれていて心の慰めにはならなかった。

〈でも、あなたはどうなの、リジー？　ちっとも自分のことを書いてくれないのね！　あなたには幸せでいてほしいし、いつもあなたのことを心配しているのよ。あなたもジョージーと同じくらい都会が気に入っていると言ってちょうだい〉アンナはさらに続けて、次の夏にはレイヴン・ホールかグレン・バリーに帰る代わりに、ダービーシャーに来ないかとリジーを誘った。〈ここが気に入ると思うわ。イングランドでいちばん美しい場所ですもの！　それに我が家には訪問者が多いから決して退屈しないし、トーマスにはとてもハンサムな独身の友人が多いのよ。ぜひ来ると言ってちょうだい、リジー。あなたにとても会いたいの〉

　リジーはまだ返事を出していなかった。いずれアンナを訪ねたいとは思っているが、心の傷がまだ癒えずに痛み続けているので、とてもそんなことは考えられない。ましてアンナがトーマスの友人と自分を結びつけようとしているらしいとあっては、なおさらだ。リジーには、はっきり現実が見えていた。私の世間での評判は地に落ちたから、もう結婚はできないだろう。だが、それでよかったと思う。たとえ世間が許してくれるとしても、私はきっとこれからもティレルを愛し続ける。ほかの人を愛せるはずがない。

　エレノアが居間に入ってきた。考え事から解放され、リジーはほっとした。「私たちのクリスマスの飾りつけはどう？　気に入っていただけたかしら？　でも正直に言うと、ほとんどジョージーがひとりでやったの」

「ずいぶん華やかになったわね」エレノアは微笑んだ。例によって、堂々と黒い衣装に身を包み、公爵夫人よりも多くのダイヤモンドをつけている。いちばん困っていたときに、エレノアが温かく自分を迎え入れ、悪意を持たないでいてくれたことを、リジーは決して忘れないだろう。

「あなたたちの両親が到着したわ。二人の馬車が乗りつけるのが見えたの」エレノアは姉妹に微笑みかけた。それからリジーに向かって尋ねた。「厨房《ちゆうぼう》にラム・レーズン・ケーキがあったけど、あれを焼いたのはあなたなの？」

リジーはうなずいた。「昨日の夜に」そして正直に打ち明けた。「お父様の大好物なの」

エレノアが指で彼女の頬にそっと触った。「それは何時ごろ？　真夜中？　午前二時？」

リジーは目をそらした。彼女は夜を憎むようになっていた。あの真っ暗な時間になると、孤独と、思い出と、ティレルとネッドへの恋しさに襲われる。たとえ思い切って眠っても、驚くほど鮮やかな夢を見た。ティレルに抱かれている夢のときもあれば、ティレルと一緒にいて、抱きしめられたり、からかわれたりしている夢のときもある。ネッドが一緒にいることも多く、三人は家族になっている。そんな夢から目覚めるのはつらかった。自分が愛されることもなくただひとりでロンドンにいる――そのことをはっきり理解する瞬間、胸に刺さったナイフをぐいっとまわされるような痛みを感じた。

「あなたは痩《や》せすぎね」エレノアが優しくたしなめる。「ひと晩じゅう家の中を歩きまわっても、なんの役にも立たないわよ」

リジーは自分が少し痩せたことには気づいていた。ドレスの幅をつめてもらわなければならなかったからだ。でも、豊かな胸を見れば自分が決して幽霊のように痩せ細っていないことはわかる。リジーはおばに笑みを見せた。「心配しすぎよ。そんなに叱《しか》らないで」

しかし、エレノアは声をひそめ、リジーに一通の手紙を手渡した。「これがついさっき届いたの」咎《とが》めるような口調だった。

手紙の消印を見て、リジーの心臓が跳ねあがった。アイルランドからの手紙だわ。さっとひっくり返してみると、伯爵夫人の印章がついている。

「リジー、この手紙のやりとりはよくないと思うわ」エレノアは言った。

リジーはおばを見あげて言った。「ネッドの様子が知りたいの」

「ネッドなら大丈夫よ。問題ないわ。伯爵夫人に、もう手紙を送ってこないよう、あなたからはっきり言うべきよ」

「ネッドに会いたいわ」リジーはただそう答えただけだった。伯爵夫人との手紙のやりとりだけは、口出しされたくない。

「忘れなさい」エレノアはきっぱりと言った。「あなたがこれからの人生を前向きに生きていくには、それしか道はないのよ」

リジーはおばににっこり笑いかけた。「私は前向きに生きているわ、エレノアおば様。

都会に引っ越してきてから、うちで夕食会を開いたり、セントアン病院で奉仕活動をしたりしているもの」リジーは言った。彼女は数週間前からセントアン病院で、夜昼なく病気の女性や子供たちの世話をして働いていた。「実際、忙しくてたまらないのよ」

エレノアはため息をついた。

玄関のドアベルが鳴ったので、リジーは素早くおばから視線をそらした。居間の入り口へ行き、玄関に応対に行くルクレールを目で追った。そこに立っていたのは、颯爽《さっそう》とした姿のローリー・マクベインだった。

てっきり両親だと思っていたのでリジーは驚いた。ローリーは明らかにクリスマスの贈り物が入っている袋を持っている。

リジーは笑みを浮かべた。ローリーにはずっと好感を持っていた。ハンサムであることはもちろん、とてもウィットに富んでいて魅力的だ。彼と顔を合わせるのは夏以来だ。リジーのついた嘘に、ローリーがひどく腹を立てたときが最後だった。でも、あれからいろいろなことが変わってしまった。ローリーに会えてこんなにうれしいことはない。ローリーが自分を許してくれて、みんなが過去を水に流すことができるよう願いながら、進みでた。「ローリー！　会えてうれしいわ。メリー・クリスマス」リジーは小さな声で言った。

ローリーは袋を下ろして軽くお辞儀をした。「やあ、リジー」背筋を伸ばしてじっとこちらを見ているが、微笑んではいない。「久しぶりだね。メリー・クリスマス」だが、彼の瞳は何かを語りかけていた。

ローリーも私と同じく言い争ったことを後悔しているんだわ。リジーは心からほっとしてにっこり微笑んだ。「来てくれてありがとう」

ローリーも笑顔を返した。「大好きな親戚《しんせき》を訪ねないはずがないだろう?」

「まあ、相変わらず女性に優しいのね!」そう言ってローリーの両手をつかむと、リジーは声をあげて笑った。その笑い声に自分でも驚いた。アイルランドを離れてから初めて、心から笑えたからだった。

だが、ローリーはもうこちらを見ていなかった。彼の視線はすでにリジーの後ろのあるところに向けられていた。「それはつまり、僕のことを恋しく思っていてくれたということかな。それならうれしいんだけどね」ローリーは小さな声で言った。

リジーはローリーの手をつかんだまま後ろをちらりと見やった。ジョージーとエレノアが居間の入り口に立っていた。エレノアは甥《おい》の姿を見てうれしそうに顔を輝かせている。リジーは体の向きを変えて、ローリーを引っ張っていきながら、ジョージーが見るからに緊張していることに気がついた。「ゆっくり食事をしていってちょうだい」リジーは言った。

ローリーは笑った。「様子を見てから決めよう。こんにちは、おば様。おば様にも熱烈な歓迎をしてほしいな、リジーのように」そう言って、彼はジョージーを見つめた。

ジョージーを見やったリジーは、姉がいつになく輝いて見えることに気がついた。緑色がかった明るい青色の地味なドレスを着たジョージーは、白いエプロンを腰のところで結んでいる。ただ、頬には汚れがついているし、鼻の頭は金色に光っていた。髪は下ろしてあった。昼過ぎに、居間の飾りつけをするために自分で梯子《はしご》を引っ張ってきたときに、その長いブロンドの髪が崩れてしまい、そのままにしてあったのだ。その濃い蜂蜜《はちみつ》色の髪がジョージーの顔のまわりと肩のあたりに柔らかな波のように流れ落ちていた。確かに髪や衣服は乱れ放題だったが、ジョージーは実に美しかった。紅潮した頬が、いっそう美しさを引きたてているのだろう。

エレノアは甥が長いあいだ姿を見せなかったことに文句をつけた。「ずいぶんご無沙汰《ぶさた》だったこと。私のことなんか忘れてしまったのかと思っていたわ」口調は厳しいが、笑みを浮かべている。

ローリーは頭を下げた。「おば様、心からお詫《わ》びいたします」それから体を起こし、少し顔を赤らめながら、ジョージーに軽く会釈した。「ミス・フィッツジェラルド」

ジョージーは目をそらしながら、膝を曲げ左足を後ろに引いて体をかがめて挨拶《あいさつ》した。

「ミスター・マクベイン」

ローリーはさっと目をそらして、リジーとエレノアに微笑みかけた。「お邪魔でなければ、夕食までゆっくりさせてもらおうかな」

「お邪魔だなんてとんでもないわ、そうよね、エレノアおば様?」リジーは言った。

エレノアはちらりとリジーを見た。「まったくずうずうしいこと」そう言って、ローリーの頬にキスをした。「このところ、この家には少し活気が必要だったのよ。私たちを見つけるのにずいぶん時間がかかったのね」

ローリーはエレノアににっと笑いかけた。「とても忙しかったんですよ、おば様。いろいろと事情がありましてね」

「それがどういう事情なのかは怖くて訊《き》けないわ。仕事関係の用事なの？」

「もちろんですよ」ローリーは笑いながら、リジーに片目をつぶってみせた。リジーはローリーが大胆にも、情熱的な情事のことを言っているような気がした。

エレノアはローリーと腕を組んで、居間へ戻っていった。「あの子たちは両親を待っているのよ。楽しい夕べになるでしょう。あなたも泊まっていくわね」決して問うような口調ではない。

ローリーはくすくす笑いながらささやいた。「僕もおば様に会いたかったんですよ」

ローリーの背後で、ジョージーが困惑した顔でリジーを見た。おばとローリーが居間に消えると、すたすたと近寄ってきた。「どうして彼を夕食に誘ったりしたの？」押し殺した声で責める。ひどく狼狽《ろうばい》しているようだ。「私、ひどい格好をしているのに！」

リジーはまた微笑んだ。「食事の前にドレスを着替えればいいじゃない。ローリーが一緒だときっと楽しいわ。ここに来てからあまり楽しいゲストなんていなかったでしょ。エレノアおば様のご友人はお年寄りで退屈な人ばかりだもの！　それになんといっても、ローリーは私たちの親戚で、私の友人でもあるのよ」

ジョージーはリジーの手をつかんだ。「この前彼と会ったときのことを忘れたの？　私たちにひどく腹を立てていたじゃない！」

「今は私たちのどちらにも腹を立てていないのは明白よ」

ジョージーは両腕で胸を抱えこんだ。「彼はとんでもない放蕩者《ほうとう》よ！　女たらしだとわかっているのに、楽しく過ごせるはずがないわ！」

リジーは面白がっていた。「ローリーのことを知りもしないくせに。彼は絶対に女たらしじゃないわ。女性よりも政治のほうにずっと関心があるの。ほら、あなたたち二人にはとても共通点が多いのよ――」

「共通点なんかないわ！」ジョージーはますます顔を赤くしながら、むきになって言った。

「何ひとつないわ。絶対に！」

「あら。やけに否定するのね。ジョージーお姉様、少しは素直になったら？　ローリーはハンサムだし、魅力的だし、それに結婚相手にはもってこいの独身男性よ」念のためにリジーはひと言つけ加えた。

今度はどうやらジョージーは本当に頭にきたようだ。「彼の容貌《ようぼう》なんてどうでもいいの！　面白半分に口説くことを魅力的だとも思わないわ。それに最後のひと言はどういう意味なの？　私は独身生活が気に入っているの！」

リジーは固いもので頭を殴られたような気がした。姉がこんなに狼狽しているのを見るのは初めてだ。夏にはローリーがジョージーに惹《ひ》かれていることに感づいていたけれど、今の姉の取り乱し方を見ると、ジョージーのほうもローリーのことを憎からず思っているとしか思えない。「少なくともローリーがハンサムであることは認めてもいいんじゃない？」

　ジョージーは顔を歪《ゆが》めた。そんなことを認める気はさらさらないらしい。

　リジーは不意に思った。ジョージーはローリーのような男性が怖いのではないかしら。なんといっても、政治に対する関心の高さや、端麗な容姿や、家柄を考えれば、ローリーはジョージーにぴったりの相手だ。それに彼がいつかエレノアの財産を相続すれば、申し分のない結婚相手になることは間違いない。

「少なくとも私は、ローリーが来てくれてうれしいわ。それに彼がまた来てくれるといいと思うわ。エレノアおば様のお年寄りのご友人にはもう飽き飽きですもの」

　ジョージーの顔から怒りの表情が消えて、ため息がもれた。「ごめんなさい。どうして癇癪《かんしやく》を起こしたのか自分でもわからないわ。ドレスを着替えてきたほうがいいわね――もちろん、お母様とお父様のためよ」

　そう言って、ジョージーはちらりと居間に目をやった。居間では、ローリーが林檎《りんご》酒を片手に、何かのほら話をしてエレノアを楽しませている。リジーも二人のほうを見やった。ローリー・マクベインは本当にすてきだわ――輝く緑の目も、中央がくぼんだ顎も、人を引きつける笑顔も。

　深呼吸をして、ジョージーは、今度は穏やかに話しだした。「実を言うと、ローリーが来てくれてよかったと思っているの。今夜、久しぶりにあなたの笑顔が見られたから」

リジーは注意深く姉の顔を見つめた。「彼がウィットに富んでいるからよ」

「違うわ」ジョージーはリジーの手をしっかりと握り、その目をまっすぐに見て言った。「あなたは彼のことが大好きだし、彼もあなたのことが大好きだからよ。リジー、誰にだってわかるわ。だから彼はここに来たのよ、間違いないわ」

楽しい夜が過ごせてよかった、とリジーは思った。夕食はとても和やかな雰囲気で進んだ。母は皆の注目を浴びるなか、アイルランドの上流社会でのわくわくする経験を詳しく語って聞かせた。母は今では伯爵夫人とすっかり親しくなって、少なくとも週に一度はアデアに出かけているらしい。伯爵夫人のように、美しいばかりか親切で愛想のよい淑女には出会ったことがないとも言った。「それに伯爵が伯爵夫人を大切にされることといったら」母は三杯目のワインがまわってきたのか、息を切らした。それから父を見て言う。「あなたも伯爵を見習うべきね」

父が優しい笑顔をリジーに向けたので、リジーはどきりとした。「ああ、そうさせてもらうよ、母さん」父が母に向かって言った。

お母様はネッドに会ったかしら。もちろん、ネッドはティレルと一緒にウィッククロウにいるはずよ。でも、ひょっとしたら二人がアデアを訪れたときに、お母様もそこに居合わせたことはなかったのかしら？　リジーは自分の顔から笑みが消えたのに気づき、ワインに手を伸ばした。

エレノアは食卓の上座で、母のおしゃべりを楽しんでいたように見えたが、ずいぶんたってからようやく言った。「本当に楽しそうでよかったわ、リディア」

「あら、もちろん娘たちがいないのは寂しいですわ」母は慌てて言った。「レイヴン・ホールは昔とはすっかり変わってしまったもの。言うまでもありませんが、何もリジーとジョージーがここであなたと暮らしていることにけちをつけているのではありませんからね、エレノアお義姉様《ねえさま》。アンナは順調だし、トーマスはアンナに首ったけだし。赤ん坊が生まれるのが待ちきれませんよ」

「アンナがここにいないのは残念ね」エレノアが言った。

「ああ、一日も早くかわいい娘に会いたいわ」母は思わず声をあげた。

父がローリーに向かって話しかけた。「『ダブリン・タイムズ』にすばらしい風刺漫画が出ていたね」

「ローリーの風刺漫画はびっくりするほど独創的なのよ」リジーが言った。

ローリーがリジーに笑顔で応《こた》えた。穏やかに父に尋ねる。「どの風刺漫画でしょう?」

「国会をサーカスとして描《か》いていた漫画だよ、炎の棍棒《こんぼう》投げやら、剣をのむ男やら、ありとあらゆる道化であふれ返っていたね。議長には、蹄《ひづめ》と角と尻尾《しっぽ》までついていた」

ローリーは愉快そうに喉を鳴らして笑ったが、ジョージーは息をのんだ。

ローリーはちらりとジョージーに目をやった。それから、父ににこやかに話しかけた。

「あの議長は、我々アイルランド人をそそのかして政治的魂を売り渡させる悪魔を象徴しているんですよ」

エレノアはため息をついた。「あなたの急進的な考え方はまったく変わってないのね」

「急進的な考え方?」ジョージーは声をつまらせた。頬が真っ赤になっている。

リジーにはこの会話の行きつく先がはっきりと見えた。そこで、咳払《せきばら》いをして言った。

「居間でデザートにしましょうか?」

だが、ローリーはまるで面白がっているようにエレノアににっこり笑いかけた。「本当は、摂政の風刺画を描こうと思ったんだ。だから、いくぶん思慮分別を働かせたことを喜んでくださいよ、おば様」

エレノアが返事をする間もなく、ジョージーが口を挟んだ。「私たちアイルランド人は政治的魂を売り渡したりしないわ!」ジョージーは愕然《がくぜん》としていた。

ローリーは笑顔のまま、食卓の向かい側からジョージーに向き合った。「失礼ながら、それには賛成しかねるな、ミス・フィッツジェラルド。だが、女性と討論したくはない」

リジーは顔をしかめた。姉の激しい考え方は、よく知っている。とんでもない討論になるかもしれないわ。

ジョージーはにこりともしなかった。「どうしてですか?」食卓に身を乗りだし、マナーのことなどすっかり忘れて問いかけた。「女性には知性がないとでも? それとも、女性の意見はたいした問題ではないと? あるいは、私の意見がたいした問題ではないのかしら、ミスター・マクベイン?」

ローリーは驚いたようだった。「女性にだって知性はありますよ、ミス・フィッツジェラルド」素早く切って返す。「あるに決まっています。ただ、そのような印象を与えたとしたら大変失礼しました。確かに、あなたの意見も軽視すべきではないと思っています」そう答えてから、明らかにローリーは自分がジョージーの罠《わな》にはまったことに気づいたようだ。今度は彼の顔が赤くなり始めた。

ジョージーがにっこりと彼に笑いかけた。「それをうかがって、ほっとしました」それから小さな声で言った。「私に言わせれば、あなたの風刺漫画は反政府的扇動行為です」リジーは面白がっていいものかどうかわからず、唇を噛《か》んだ。ローリーは目を丸くしているし、ジョージーは得意満面の顔つきだ。それどころか、とても甘い声で、おばに微笑みかけた。「居間であのラム・レーズン・ケーキとブランデーをいただきませんか?」

しかし、ローリーはジョージーのほうへ身を乗りだした。もう笑顔は消えている。「あなたは僕を、よりによって夕食の席で、反政府的扇動行為を行っていると非難するつもりですか?」

「ええ、そうよ。あなたは同国人の名誉を、連合王国の重要事項について私たちのために話し合っている人々の名誉を、軽んじたのよ。それは名誉毀損《きそん》であり、反政府的扇動行為というものです!」

ローリーはしばらく口がきけなかった。リジーは彼の顔に呆気《あっけ》に取られてぽかんとした表情が浮かぶのを初めて見た。

「でも、私と討論したいとお思いなら、どうぞご自分の主張を弁護なさってください。もっとも、女性に負けるのが怖くないならの話ですけど」ジョージーはさりげない口調でぽつりと言い添えた。

リジーは笑いで息がつまりそうになって、片手で口元を押さえて隠した。

父と母は驚いて顔を見合わせた。「ジョージーナ！　居間に移りますよ」母が言った。

ジョージーはやけに気取って見えるしぐさで、さりげなく肩をすくめると立ちあがった。

ローリーもさっと立ちあがったが、リジーにはそれが紳士の本能的に示す行為だとは思えなかった。「なんとしても僕を討論に引きこむ気のようですね！」そう誰にともなく言った。

ジョージーにも立ち止まるだけの良識はあった。「あなたとの討論など怖くはありません」静かに答えた。「反論したければ、どうぞ」

ローリーは信じられないといった様子で、口をあんぐり開け、ジョージーを見つめた。

「さもなければ敗北をお認めになることね」ジョージーはこぼれるような笑みを浮かべた。

挑発に乗るまいとするローリーの努力もそこまでだった。「ミス・フィッツジェラルド、僕の知る限り、女性と真剣に討論しようと考えるような紳士はひとりもいませんよ。なんとしても討論したいようだが、僕はあなたに調子を合わせるつもりは毛頭ない！」

ジョージーは苛立《いらだ》たしげに目をぐるりとまわした。「私に調子を合わせる、ですって？　それだけはご遠慮願いたいところですわ、ミスター・マクベイン」

ローリーは首を横に振り、食卓に身を乗りだした。「あまりにウィットに富みすぎているのも問題ですよ」ローリーはそっけなく答えた。二人の視線がぶつかり合う。リジーと同じく母も、息をのんで二人を見守っていた。しかし、父が立ちあがった。「ブランデーをいただこう。ちなみに私も、紳士たるもの女性と討論すべきでないと思う」

差し迫った危機が去って、リジーはほっとした。ジョージーの体に片腕をしっかりまわす。「居間にケーキを運びましょう」そう言ったものの、リジーはこのとき興味をそそられていた。信じられない。いつだってしっかりと自分を抑えてきたあのジョージーが、とても動揺しているし、ローリーは好奇心まるだしでジョージーを見つめている。彼があんなふうに女性を見るのを初めて見たわ。

ジョージーはうなずいて小声でつぶやいた。「失礼します」そう言って、急に食堂から出ていった。リジーがローリーを振り返ると、彼は不機嫌そうにそばめた目の端でジョージーをじっと見つめていた。その瞬間、リジーはそのときすでに狩りが始まったことを悟った。ローリーを見ていたリジーは、ふとティレルのことを思いだした。

「どうか姉を許してあげて」リジーは言った。「姉は昔から政治に強い関心があって、思ったことをどんどん口にする性分なの。本気であなたを名誉毀損だと非難するつもりではなかったと思うわ。アイルランドのこととなると、姉はあなたに負けず劣らず熱くなるのよ」

ローリーは幅広のタイ《クラヴァット》を引っ張って緩めながら、リジーに向き直った。ようやく笑顔になる。「謝ることはない。僕の風刺漫画に腹を立てたのは、何も君のお姉さんが初めてというわけではないからね。いつかは彼女を説得してこちら側につけることができるさ」

リジーは思わず笑ってしまった。「それは無理だと思うわ。ジョージーほど……」言いかけて口をつぐんだ。ジョージーがいかに頑固で自説を曲げない人間か、危うくローリーに話してしまうところだった。

「ジョージーほど、なんだい？」

「ジョージーほど利口な人はいないもの」リジーはにっこり微笑みながら愛想よく答えた。でも、今は私が利口でなければいけないのよ。

ローリーはリジーが何を考えているか想像もしていないだろう。彼の視線は、すでに居間へと向けられていた。

ようやく皆は居間へ移った。ローリーと父はコニャックを飲みながら競馬の話を始めた。母はジョージーとエレノアと一緒にソファーに陣取り、ジョージーがずけずけと思ったことを言い、政治に関する自分の意見にこだわったことを叱っている。ジョージーはまったく口を開こうとせず、明らかに自己弁護には興味がなさそうだった。リジーは気にしていなかった。ここ何カ月かで最も楽しい夜を過ごすことができたからだ。ティレルの面影が一瞬心によみがえったが、このときばかりは悲しい気持ちに浸るつもりはなかった。無理にティレルの面影を押しやり、父とローリーのところへ行った。二人ににっこりと微笑みかける。

「お父様、一服なさりたいんじゃない？　テラスを使ってもエレノアおば様は気になさらないと思うわ」

父はリジーに優しく微笑んだ。「リジー、おまえは相変わらずこまやかな心遣いができる子だね。私は大丈夫だよ」

リジーは次にローリーに向き直った。「葉巻を吸いたくない？」

「吸いたいけど、外は凍えるような寒さだ」微笑みかけたローリーの緑色の目は輝いていた。今はすっかりくつろいで長い脚を組み、いつものごとなく面白がっているような表情を浮かべている。彼の視線が三人の女性が腰かけているソファーのほうへ移っていった。

「ジョージーナ、親戚をあんなふうに罠にかけるなんて、差しでがましいことですよ」母が叱っている。

ジョージーがぼそぼそと曖昧《あいまい》な返事をした。

リジーは姉を見つめるローリーをまじまじと観察した。体はゆったりと構えているが、目は違っている。暗くて真剣そのものだ。リジーに見つめられていることに気づいたのか、ローリーは視線をこちらに戻すと、にっこりと笑いかけた。「彼女に助け船を出したほうがいいかな？」

リジーは微笑み返した。「ほかの人ならともかく、ジョージーがその気になれば、自分の弁護ぐらいできるってことは、あなたにはわかるでしょう？」

ローリーは笑った。「ああ、そのとおりだ」

「それなら、娯楽室で葉巻を吸いたくない？　娯楽室を喫煙室に変えておいたから」

「僕なら大丈夫だ」ローリーはそう言って、長身をさらに伸ばすかのように立ちあがった。

彼の視線がさりげなく居間へ向けられた。これでいったい何度目になるだろう。それから顔を近づけて言った。「ところで君はどうなの、リジー？　本当のところ、具合はどうなんだい？」ローリーは探るような目つきになった。

リジーは体を硬くした。「前よりもずっと元気になったわ」そう答えて、それが本当であることに自分で驚いた。「あなたが訪ねてきてくれたおかげで気分も晴れたし」

ローリーはリジーの頬に軽くさっと触れた。「僕が家に入ったとき、君はとても悲しそうだった。その理由はちゃんとわかっている」

リジーは唇をなめた。緊張が高まり、心の奥にひそんでいて不意に襲いかかろうと待ち受けている悲しみを感じた。「つらかったわ。とってもつらかった」

ローリーは言いよどんだ。「正直に話してもいいかな？」

リジーは彼が何を言いだすか不安だった。

「僕は君が自分の妹と同じくらい好きだ。もっとも、僕には妹はいないけどね。だから、君がウィックロウを去って本当によかったと思っている」

リジーは目を背けた。「それしか道がなかったの」おずおずと答えた。

「すまない。この話題はまだ君にはつらすぎるようだ。気づかなかった」ローリーはリジーの手を握った。

リジーは思い切って正直な気持ちを口にした。「私はまだティレルを愛しているの」

ローリーは顔をしかめた。「彼は君の一途《いちず》な思いを受ける値打ちなんかない！　君をあんなふうに扱っておいて。彼の行為は恥ずべきものだ」

それ以上、聞きたくはない。リジーは話題を変えた。「ロンドンには長くいるつもり？」

「ああ。ロンドンにいて政治論争を見張っていなければ風刺漫画は描けないからね」

「じゃあ、ここへもたびたび訪ねてきてね。お願いよ、ローリー。面白いお客様がいないの。エレノアおば様のお友達は年寄りで、白髪頭で、耳が遠い人ばかりだもの」

ローリーは笑った。「それならいやがられるほど押しかけるとするか」

「ええ」リジーが答えて、二人は顔を見合わせて微笑み合った。

そのとき、ローリーの視線が動いた。リジーが肩越しに振り返ってみると、ジョージーがいつの間にか部屋のいちばん奥へ退いて窓際に立っていた。しかし、外を見ているのではなく、リジーとローリーの様子を、息をのむように見つめていたのだ。

ローリーは軽く頭を下げ、ちょっと失礼、と言って離れていった。ジョージーのところへ行くつもりに違いない。だが、利口なローリーらしく、エレノアや母としばらく話をしてから、ジョージーに近づいていった。

「リジーや？」

リジーの前に父が立っていた。「お母様はとても幸せそうね」リジーは少し不安な気持ちで言った。父とこうして二人きりで向かい合うのは、ウィックロウでのあの恐ろしい日以来初めてだった。

「母さんはとても幸せにしているよ。すっかり悪評が高くなってしまったが、いろいろなところへ引っ張りだこだ」

リジーは唇を噛んだ。お母様の悪評が高くなったのは私のせいだわ。「本当にごめんなさい、お父様」リジーは思わず声をあげた。「私を許してくれる?」

父はリジーの両手を自分の両手に包みこんだ。「ああ、もちろんだ。おまえのことはとっくに許している。だが、おまえのほうこそ私を許してくれるかね? ああ、リジー、おまえは私のかわいい娘だ。目に入れても痛くない娘だ。それなのに、私はどうしてあの日あんなことを言ってしまったのか、いまだにわからない」

「お父様、私が許すことなど何もないわ」そう言うと、涙がこみあげてきた。「私がお父様をどんなにひどく失望させたか、それはよくわかっているの。あのときはちゃんと物事を考えることができなかった。間違った選択をしてしまったのよ。お父様とお母様にこれほどの苦痛と不幸をもたらすなんて、思ってもいなかったの」

「それは私たちもわかっている。おまえを心から愛しているよ」父はそう言って、リジーを引き寄せた。「この話は二度と口にしないことにしよう、リジー」

「それで、ロンドンはいかがですか?」ローリーは静かに尋ねた。いつものローリーらしくもなく、ほかに何も言うことがなかった。小学生のように不安だった。クラヴァットを引っ張って緩めようとしたが、とっくに緩めてあった。ジョージーはローリーがこれまで会ったことがないほどの美人だ。だが、彼女は彼の魅力にも、ウィットにも関心がないらしい。それに今では、彼女がどれほど聡明《そうめい》であるか思い知らされている。自分とジョージーの政治に関する考え方は異なっていて、乗り越えなければならない大きな溝があった。しかし、それでも彼女が政治に深い考えを持っていることには感服していた。

ジョージーはテラスのドアのところに立って星を見あげながら、ローリーを横目でちらりと見た。彼の見慣れているあだっぽい女性たちと比べると、彼女は恐ろしくよそよそしく思える。「ロンドンはすばらしいところですね」ジョージーが答えた。でも微笑んではいない。ローリーは彼女が怯《おび》えているのではないかと思ったが、確信は持てなかった。

彼女の古典的な横顔には前から気づいていた。前世は、金髪のエジプトの王妃だったかもしれない。財産も社会的地位もない家庭で育っていても、彼女のふるまいはいつでも堂々としている。場を明るくしようにも、このときばかりは彼の魅力もウィットも役に立たなかった。「なぜこの街にそれほど惹かれるのですか？」

ジョージーは胸の下で腕を組んだ。背が高くすらりとした彼女の控えめな胸が、その動作で押しあげられた。彼女のドレスは地味で、興味をそそられるようなものではないのに、どういうわけか気になった。「いっときも退屈することがありませんから」ジョージーはようやくローリーの顔を見て言った。

ローリーはぼうっと見つめ返した。一瞬してからはっと我に返ったが、ジョージーが自分との討論のことを言っているのかもしれないことに、すぐには気がつかなかった。ジョージーはおそらく長い脚をしているのだろうと考えて、そのせいで明らかに紳士らしからぬイメージが頭に広がっていったからだ。「僕のような反政府感情の扇動をする間抜けがいるせいですか？」

ジョージーは顔を赤らめた。「なんてひどいことを言ってしまったのかしら。ごめんなさい。つい興奮してしまいました、ミスター・マクベイン。反政府的扇動行為は大罪だし、いくらナポレオンが逃走中とはいえ、戦争が終わったわけではありません。反政府的扇動的な意見を持っているだけで、今でも絞首刑になるかもしれないんですよ」

「心配してくれているのですか？」考えるより先に、言葉が口をついて出ていた。ああ、なんとさりげなく聞こえることか。

ジョージーは夜空を見つめた。「あなたの死を願ってなどいません」

「それを聞いてほっとしました」ローリーの心臓の鼓動が速くなっている。

ジョージーが初めて笑みを浮かべた。しかし、すぐにそれを隠してしまった。

やっと彼女を笑わせることができた！　こんなことで喜ぶとは、本当に小学生になったような気分だ。「では、あなたはロンドンのどんなところに魅力を感じるのですか？」ローリーはてっきり、若い淑女の例にもれず、ジョージーがこう答えるものと思いこんでいた――舞踏会や晩餐会《ばんさん》が好きだし、街にはすてきな若い淑女や紳士が大勢いるし、何もかもがすばらしいんですもの、と。

「ロンドンのいちばんよいところですか?」彼女の声には熱心さがにじんでいた。

ローリーはうなずいた。本当に知りたくてたまらなかった。

「書店です」そう答えて、ジョージーは両頬を真っ赤に染めた。

「書店ですか」ローリーは鸚鵡《おうむ》返しに言った。おかしなことに、彼は天にものぼるような気持ちになっていた。こんなに聡明で自分の意見をはっきり持った女性なら、流行より書物のほうが好きなことくらい、舞踏会よりも書店のほうが好きなことくらい、当然わかっていたはずなのに。

「ええ、書店が大好きなんです」ジョージーは顎をつんと上げた。「驚いた? これでわかっていただけたでしょう? 私はとても野暮ったい女なの。政治に確固たる意見を持っていますし、晩餐会は大嫌いです。それにプラトンやソクラテスの著書を読むのがいちばんの娯楽だと思っています」

ローリーはじっと見つめていた。彼女は今までにキスされたことはあるのだろうか。もちろん、前に婚約していたあのつまらない男にキスされたことはあるだろう。彼女がなぜあんな男と婚約していたのか、ローリーはいまだに理解できずにいた。「あなたの言葉が皆、僕への挑戦の言葉のように感じられるのはなぜでしょう?」

「ジョージーは目を大きく見開いた。「挑戦なんてしていません」驚いたように言う。「そんな目で私を見ていたなんて、さぞかし驚いたのでしょうね?」

それが彼女の狙《ねら》いだとローリーは確信した。思わず微笑みをもらした。「ええ、本当に驚きました。哲学と政治を好む若い淑女とは……実に驚くべき人だ」

ジョージーは真っ赤になって、ぷいと顔を背けるとそのまま立ち去ろうとした。「今度は私を笑い物にするの？　あなたが質問したから正直に答えただけなのに。ほかの大勢の淑女方と違ってなまめかしい女性でなくてごめんなさい。ああ、そうね、リジーがいるわ！　まさか、リジーのことを忘れてしまったわけではないでしょう？」

ローリーは一歩つめ寄った。どういうわけか、腹が立っていた。こんなに頭にくる女性に出会ったのは初めてだった。背後から捕まえて、こちらに振り返らせる。「それはどういう意味ですか？」詰問しながら、いつもの冷静さを取り戻さなければ、自分が非常に卑《ひ》怯《きょう》なふるまいをしてしまいそうだと感じた。そのとき、横目でちらりと見て、自分たちが宿り木の下に立っていることに気づいた。

ローリーの怒りは消えた。この上ない喜びを感じて、思わず頬がほころぶ。

だが、ジョージーの目がきらりと光ったので彼ははっとした。彼女の目は濡《ぬ》れていた。「あなたの魅力は私には通じないということよ」ジョージーが声をあげた。「そんなふうに誘惑しようとしても無駄よ！　さあ、その手を離してください！」

ローリーは彼女の言葉を聞いていなかった。その代わり、彼は彼女のきらきら輝いているトパーズのような目と、引き結ばれた唇と、小ぶりだが興味をそそられる胸を見ていた。そして、欲望に屈した。その瞬間、ローリーは動いた。彼女は僕のことがそれほど好きではないかもしれない。けれど、僕は彼女が欲しいし、ずっと前から欲しいと思っていた。僕は女性が僕を欲しいと思っているときがわかる。ジョージーの目にそれが見えている。それが感じられる。

彼女を腕の中に引き寄せ、しっかり自分の胸に抱きしめた。ジョージーがあらがって声をあげたので、ローリーは思わず腕に力をこめた。彼女に口をきく機会を与えるつもりはない。彼女は、ローリーのしようとしていることに驚きの表情を浮かべた。

ローリーは彼女の唇を自分の唇でふさいだ。

その瞬間、ローリーは何かに圧倒された――まずショックに圧倒され、続いてあることに気がついて圧倒されたのだ。これまでこんな女性には一度も会ったことがない。

ジョージーは両手で彼の胸を押して、なんとか彼を押しのけようとした。ローリーはそれにも気づいていなかった。途方もないことに気がついた驚きに圧倒されながら、彼女の口に夢中でキスをしていると、ついに彼女が屈して唇を開いた。ローリーはその中に入った。最初は用心深く、それから激しい欲求に突き動かされて。彼女は美しくて、才気煥発《かんぱつ》で、いまいましいくらい頑固だ。彼女はまさに、僕にぴったりの女性だ。

ジョージーの緊張がしだいに解けてきた。彼女が降参したことを知って、心の底からの勝利感を味わいながら、さらに深くキスをした。彼女も負けない情熱でキスを返し始めた。

このままでは自分のベッドよりずっと重要な場所へと行きついてしまう。ローリーは身を引き、彼女を放した。

ジョージーは大きな目で彼をじっと見つめた。

ローリーはなんとか落ち着きを取り戻し、頭をすっきりさせて、次にどうするべきかを考えた。なんとか笑顔になる。「しかたなかったんだ」そう言って、何げないふうを装って宿り木を見あげる。早鐘のような心臓のことは気にするな。

問題の宿り木のリースに目をやりながら、ジョージーは口元に手をやった。彼女が腹を立てて唇を拭《ぬぐ》ったのか、それとも、うやうやしく唇に触れたのかはわからない。彼女は顔を真っ赤にして後ずさりした。「こ、こんなこと」口ごもりながら言う。「こんなことは……心外ですわ……ミスター・マクベイン」

ローリーには珍しいことに、なんと言っていいかわからなかった。そこでお辞儀をした。「そろそろおいとましたほうがよさそうだ。楽しい夕べをどうもありがとう」できるだけ丁寧に挨拶をした。キスのせいでまだ足元がふらついている。「次に会うのを楽しみにしています」

21

率直な会話

メアリー・ド・ウォーレンはこの祝日を完璧《かんぺき》なものにしたかった。平安と愛と喜びのひとときに。祝日はアデアで過ごすのが一族の伝統だったが、ティレルが婚約したため、一同はロンドンのハーモン・ハウスに集まっていた。家族専用の応接間の大きな椅子に腰かけた彼女の足元では、一歳五カ月になる孫のネッドと、二、三カ月前に一歳になったばかりの孫娘のエリーゼが一緒になって楽しそうに遊んでいる。その光景を見ると、メアリーの心は温かさで満たされた。それでもやはりティレルが気がかりなことに変わりはない。

部屋の反対側に目をやったメアリーの心は不安でいっぱいになった。ティレルは暖炉の前に立っている。そのそばには、コーンウォールから休暇のためにやってきたレックスと、エドワードと、メアリーの長男であるデヴリン・オニールがいた。四人は戦争について話し合っていた。話題といえば、ほとんどそればかりだ。もっとも、この家ではいつものことながら、発言する者の数だけ意見がある。白熱した論議が繰り広げられているにもかかわらず、ティレルはほとんど上の空だった。暖炉で揺れる炎をじっと見つめている。にこりともせず、彼の心が議論からもこの集いからも遠く離れたところにあるのは、誰の目にも明らかだった。

メアリーはティレルをずっと見つめていた。彼女は実の子のようにティレルのことを愛している。しかし、近ごろティレルの機嫌が悪いわけを詮索《せんさく》する勇気はなかったし、エドワードも詮索しようとはしなかった。このごろティレルが笑顔をめったに見せないのはなぜか、彼が財務局での責務に没頭しているのはなぜか、その理由はおそらくメアリーが考えているとおりだろう。ティレルの心は傷ついているのだ。自分がその傷を癒《いや》すことのできる人物であったらどんなにいいか、とメアリーは思った。

私はなんと幸運なのだろう。一度ならず二度も恋愛結婚をして、エドワードをこの世でいちばん愛している。自分と同じ階級のほかの貴婦人と違って、義務の名のもとに跡継ぎが一族のために自分を犠牲にしなければならないとは思わない。そんな自己犠牲がどういう結果をもたらすか、目のあたりにしてきたのだから。

不意にデヴリンが話の輪を抜けた。長身なうえ、よく日焼けして人目を引くデヴリンは、にこやかに微笑《ほほえ》みながら女性たちのほうへ歩み寄ると、妻と視線を絡ませ合った。ヴァージニアの隣にはブランシュが座っている。ブランシュは休暇を一緒に過ごすため、ド・ウォーレン家に加わっていた。まだ十六歳の妹のエレノアは、メアリーからさほど離れていないソファーに腰を下ろしていた。デヴリンとヴァージニアが愛する者同士のまなざしを交わしているのを見て、メアリーはとてもうれしくなった。かつては、殺された父の復《ふく》讐《しゅう》しか頭になかったデヴリンだったが、ヴァージニアのおかげで、今は幸せに暮らしている。

「母上、何をそんなに考えこんでいるのですか?」デヴリンが笑顔で話しかけた。

メアリーはティレルに目をやった。「疲れただけよ」ささやくような声で答える。

デヴリンは母の視線をたどった。「なぜティレルはあんなに沈みこんでいるのですか?」

メアリーは席を立って、デヴリンとともに女性たちから離れた。「だいたい察しはついているけれど、デヴリン、あなたから彼に訊《き》いてみてくれないかしら? ヴァージニアと結婚する前、ティレルは本当によくあなたの力になってくれたわ。今度はあなたが彼の力になってあげられるかもしれない」

デヴリンは黄褐色の眉をつりあげて、ブランシュをちらりと見た。ブランシュは義理の姉妹になる女性たちとおしゃべりをしている。「わかりかけてきたような気がしますよ」

デヴリンはゆっくりと言った。「母上の言うとおり、ティレルは兄弟以上の存在だ。すばらしい友でもある。喜んで相談に乗りますよ」デヴリンが踵《きびす》を返して行こうとした。

メアリーはその腕をとらえた。「ショーンは帰ってくるかしら?」下の息子のことだ。

デヴリンは安心させるようににっこり微笑んだ。「六月にアスキートンを出ていってから便りがないんだ。でも、まだイングランドの中部地方にいると思う。どんな探検をしているか知らないが、そのうちに連絡があるよ」

メアリーはうなずきながら、ショーンが帰ってくることを願った。ショーンは六月に突然、行き先も目的も告げずに、先祖代々暮らしてきた家を出ていってしまったのだ。彼にしては奇妙なことだった。それほど心配しているわけではなかったが、消息が知れないのは寂しい。もちろんクリフも家にはいないが、彼にはもともと冒険家の気質がある。

メアリーが見ていると、デヴリンはヴァージニアに手を貸して立たせ、その頬にさっとキスをした。それから、おまえはまだ子供だというようにエレノアの顎の下を撫《な》でたあと、ブランシュに注意を向けた。「このどうしようもなく扱いにくいド・ウォーレン一家と過ごす初めてのクリスマスを、楽しんでいらっしゃいますか？」

「ええ、とても」ブランシュは微笑みながら答えた。「私はひとりっ子ですから、こんなに温かくて明るい家族の集いに参加できて幸せです」ブランシュは答えた。

メアリーはデヴリンがそのままティレルの婚約者と談笑するのを眺めていた。ブランシュと知り合って数カ月になるが、いつ見ても彼女のふるまいは模範的と言うしかなかった。声を荒らげたこともなければ、癇癪《かんしゃく》を起こしたこともなく、鷹揚《おうよう》でよく気がつく。メアリーはブランシュが心の底から好きだった。嫌いになるところが全然ないと言ってもいい。だが、ティレルはブランシュに無関心だった。一方で、ブランシュはそのことに気づいてもいないらしい。

二人が恋に落ちるか、せめてお互いに好意を持ってくれないかと、どんなに祈ったことだろう。でも、そんなことは起こりそうにない――しばらくのあいだは。

伯爵がメアリーの椅子のそばで立ち止まった。「愛《いと》しい人、君の心配事をなくすにはどうしたらいいのかな？」伯爵はそっと話しかけた。

メアリーは顔を上げ、手を伸ばして伯爵の手を取った。彼がそばに来ただけでメアリーは心がなごんだ。

「エドワード、ティレルは今晩一度でも笑ったかしら？」

エドワードがメアリーの手を取った。その顔から笑みは消えていた。「ティレルが何をくよくよ考えこんでいるにせよ、そのうちに忘れるだろう」

そうかしら。部屋の反対側にいるティレルに目をやると、彼は関心も嫉妬《しっと》もまったく感じていない様子で、デヴリンとブランシュをじっと見ていた。彼とデヴリンは義理の兄弟だが、ド・ウォーレン家の男たちは独占欲と嫉妬心が強いことで有名だ。「ティレルはミス・フィッツジェラルドが恋しいのではないかしら」メアリーは用心深く言った。

エドワードの目の色が暗くなった。癇癪を起こしかけている印だ。「君の言うとおりだろう。しかし、彼は一人前の男であり後継者だ。必ず乗り越えられる」

メアリーは、いつでも恐れることなく夫に意見した。優しい声で言う。「ティレルがブランシュを好きになってくれればいいと思っていたし、あなたもそう考えていたと思う。でも、ティレルはミス・フィッツジェラルドを深く愛している気がするの」

「この縁組はすばらしいものだ。ティレルもそれはわかっておる！」エドワードは思わず声をあげた。「結婚に愛情など必要ではない。しかし、ティレルが考えこむのをやめることができれば、ブランシュのことが好きになるはずだ。あいつには時間が必要なんだ」

メアリーはエドワードのことをよくわかっていた。彼はティレルの性格が変わってしまったことで自分を責め、自分自身に腹を立てているのだ。「それは違うわ、エドワード」穏やかな声で言う。「時間は何も変えられないのよ」

エドワードは何かいたずらをしでかした男の子のように顔を赤くした。「私にどうしろというのだ？　君だって、この縁組が私にとってどういう意味を持つか知っているではないか。ブランシュはティレルにふさわしい女性だ。ミス・フィッツジェラルドほど情熱的ではないかもしれないが、立派な伯爵夫人になるだろう。私たちは今ではゆっくり夜も眠れるし、孫の将来を心配しなくてもいいんだぞ」エドワードは非難するような険しい口調で、そう言い添えた。

「あなたは手遅れになる前に何をすべきかご存じのはず。きっと、ティレルにとって正しいことをなさるわよね。だって、あなたはティレルのことをとても愛していて、私たちのように、彼にも平安で幸福な人生を送ってほしいと願っているんですもの」

エドワードは当惑していた。「今度ばかりは息子のことを考える前に、一族の将来のことを考えねばならんのだ！」

メアリーは爪先立ちになって、エドワードの肩につかまった。「あなたは私の知っている中でいちばん賢い人よ。だからきっとすべての目的を達成する方法を見つけられるわ。きっと見つけるわよ」

エドワードは笑顔になってメアリーの腰を両手でつかんだ。「私はいつまでも君の操り人形だ」

「本当に？」からかうメアリーにエドワードはキスをした。

拍車の音がして、外の廊下をすたすた歩く足音が響いた。

メアリーは振り返った。残る二人の息子が、やっとクリスマスに家族に会うために帰ってくる気になったのかしら。一瞬、彼女は戸口に立っている見知らぬ男が誰かわからなかった。背の高い、褐色の肌の男で、頭には赤いスカーフを巻いている。スカーフの下の髪は日焼けのせいで筋が入っていた。ベルトに大きな短剣を差し、腰には二丁のピストル、太腿の横には宝石で飾られた剣を下げている。たっぷりふくらんだ袖《そで》のついた、清潔だが色のあせたシャツを着て、その上に金の紐《ひも》で装飾した刺繍《ししゅう》入りの色鮮やかな胴着を羽織っていた。ブーツについている長くて危なそうな金の拍車もまた東方風だった。そのときようやく、メアリーはその男が誰かわかった。

「クリフか？」エドワードが驚愕《きょうがく》のあまりささやくような声で言った。妻と同じくらい呆然《ぼうぜん》としている。

ティレルかレックスか、兄弟のひとりが笑いだし、次の瞬間には、皆がクリフと固く抱き合っていた。

楽しい晩餐《ばんさん》も終わり、男性たちはブランデーと葉巻を楽しみ、女性たちは応接間に戻って噂話《うわさばなし》や談笑に興じていた。ティレルはひとり外のテラスに立っていた。とても寒くてじめじめした夜だ。天候もはっきりせず、雨になったり、みぞれになったりしたのち、とうとう雪が降り始めた。ティレルはアイルランド産のウイスキーを飲んでいた。寒さは感じない。心が長いあいだ冷えきったままなので、凍《い》てつくような気温はむしろ大歓迎だった。

グレーの瞳が彼の目をとらえる。か弱くて、妙に咎《とが》めるような、苦悩に満ちたグレーの瞳が。

ティレルは思わず悪態をついた。自分の心に侵入してくる面影に腹が立つ。あのみじめな恋愛を忘れることはできるのだろうか？　それとも、いつまでも僕の頭から離れないのだろうか？

僕はエリザベス・ウイスキーを飲み干すと、グラスを手すりに叩《たた》きつけて割った。ウイスキー・フィッツジェラルドを全身全霊で愛していた。だから彼女の裏切りを決して許せない。最初の傷は癒《い》えたものの、その傷跡は今もうずき、ひりひりと痛んで、僕を悩まし続けている。最近になって、怒りが逃げ道になることを学んだ。悲しみよりも怒りのほうが耐えやすい。もう悲しみはない。その代わり、心の中で怒り狂っていた。

手の血を振り払いながら、自分に、リジーに、世の中に愛想が尽きる思いでいた。

彼女のことを二度と考えないためにはどうすればいいのだろう、とティレルは自問した。彼女の顔を、名前を、存在を忘れるためには？

〝僕は君を放さない……何も変わらないんだよ〟

〝いいえ、何もかもが変わってしまうわ〟

ええい、いまいましい。どこにも行かないでくれと懇願したのに、彼女は耳も貸さず出ていったばかりでなく、憎らしいことに、ひと言も残さずに出ていってしまった。

僕はなんて愚か者なんだ。彼女が愛していると言った言葉を、すべて時の勢いで口にしたことを、うっかり信じてしまったとは。

「ご気分でも悪いのですか？」背後から婚約者のブランシュが心配そうに声をかけてきた。

一瞬にして、ティレルは落ち着き払った表情を取り戻し、すべての感情を遠くへ押しやった。それから振り返って、かすかに頭を下げる。「大丈夫です、ご心配なく。僕の家族と過ごす初めてのクリスマスを楽しんでいただいていますか？」

ブランシュが前に進みでた。その足取りはとても優雅で、まるで宙を漂っているかのようだ。かすかに微笑みを浮かべている。「ええ、もちろんですわ。本当に楽しいご家族ですね」

ティレルはそのとき、彼女がひとりっ子であることを思いだした。「こんな祝日はきっとあなたには勝手が違うでしょうね、家の中にこんなに多くの乱暴者がいるんですから」

ブランシュはただ眉を上げただけだった。「あなたのご兄弟はどなたも紳士ですわ、ティレル。妹さんは親切だし、義理のお姉さんも優しいお方です。何も不満はありません」

ティレルは自分がまもなくブランシュと結婚することが信じられなかった。彼女の顔を見ている今でさえ、それがどうしても理解できない。ブランシュは客観的に見ても美しいし、今のところこちらの希望に従順に従ってくれている。気立てはとてもいい。友人にも家族にも隣人たちにも好かれている。本当にどんな感情もわいてこないのは僕だけだ。

これまでブランシュほど落ち着きのある女性に会ったことはなかった。態度はいつも変わらない。どんな危機に直面しても彼女は悩むことがないのではないか。そんなことは気にするな、とティレルは心の中で思った。むしろほっとするというものだ。

欲望でぼうっとしたグレーの瞳が、狂おしい束縛されない叫び声とともに、ティレルの脳裏によみがえった。

残念なことに、どんなにリジーを蔑《さげす》んでも、ティレルの肉体は反応した。

ああ、よかった、ブランシュはエリザベスとはまったく違う。ティレルは腹立たしい思いで考えた。ブランシュはあまり笑わないし、笑うときは静かな低い声で笑う。ブランシュの目が喜びに輝いたり、涙をためたりするのを一度も見たことがない。だいたい、喜びのあまりにしろ、当惑のあまりにしろ、彼女が泣きわめくのを見たためしがない。あくまで義務からブランシュに二度キスしたときも、僕の求愛を喜んでいるのかどうかわからなかった。実際、ティレルにとって婚約者はいまだに見知らぬ他人のままだった。

「怪我《けが》をされたのですか？」ティレルの手に気がついて、ブランシュが尋ねた。

ティレルはちらりと下を見た。「いや別に」

「包帯を取りにやらせましょうか？　感染症にかかったら大変ですわ」

「こんなかすり傷で感染症にはかかりませんよ」ティレルは答えた。ブランシュには傷の手当てをしてほしくなかった。「でも、お気遣いには感謝します」

「私はいつでもあなたの健康と幸福を気にかけてまいります」

ティレルはブランシュから顔を背けた。頭では、彼女が自分にとって申し分のない結婚相手であることはわかっている。きっと、彼女は決して自分の義務を逃れたり、僕に背いたりはしないだろう。そして、明らかに僕に何ひとつ期待していない。

ブランシュはエリザベスと違う――まるで夜と昼が違うように。

どうしてまだエリザベスのことを考えなければならないんだ？

「今夜はどこか、悲しそうですわ。そうでないといいのですが」

ティレルはたじろいだが、なんとか踏ん張ってじっと立っていた。まったく、なんということだ。僕は悲しんでいる、悲しむ理由など何もないのに。「風邪をひくといけません。家の中に入ったほうがいいでしょう」

ブランシュはティレルと目を合わせて、ためらいがちに言った。「実を言うと、外に出てきたのは、どうしてもお話ししたいことがあったからなのです」

「なんでしょう？」こんな時間に彼女が何を話し合いたいのか見当もつかない。

「最近、父の体の具合がよくありませんの」

ティレルは知らなかった。「ご病気ですか？」

「わかりません」ブランシュはそう答えたが、ティレルは彼女が心配しているのがわかった。「父は疲労を訴えています。父の年齢ならそれはあたり前のことかもしれませんが、ご存じのとおり父は頑丈な人ですから」

不意にブランシュが自分に何を言ってほしいのか察しがついた。「家に帰りたいということですか?」ティレルは言ったが、それは質問ではなかった。そう言いながら、心からほっとしていた。

ブランシュは顔を赤らめた。まるでいたくない場所にいるところを見つけられでもしたかのようだ。「休暇をここで一緒に過ごす予定だったのは存じています。あなたのお母様が私の滞在のためにわざわざ手間をかけて準備してくださったのに」

「大丈夫です。お父様の具合がよくないなら、家に戻って世話をしてさしあげるべきです。母上はきっと理解してくれますよ」ティレルはブランシュににっこり微笑んだ。その微笑みは心からのものだった。再びそんなふうに笑えるのはいい気分だった。「四輪馬車を呼びましょう」ティレルは言った。

ブランシュは顔を真っ赤にしてティレルの視線を避けた。「馬車はもう呼びました。あなたならきっとわかってくださると思っていましたから。どうしても父のそばについていたいんです。ですが、まだご家族におやすみの挨拶《あいさつ》をしなくてはいけません。もう少ししてからおいとましますわ」

「出発の準備ができたら教えてください。玄関までお送りします」ティレルは言った。ブランシュは膝を曲げてお辞儀をし、ティレルは彼女が家に戻っていくのを見送った。けれども、ほっとしたのも束《つか》の間だった。ブランシュがたった今通っていった戸口に、義理の兄弟が立っていた。デヴリンはブランデーグラスを二つ手に持って、体をこわばらせるティレルに向かってきた。

「死にたいのか、こんな夜に戸外にいるなんて」デヴリンが穏やかな声で話しかけてきた。エリザベスとデヴリンは遠縁だと聞いている。あの淡いグレーの目はフィッツジェラルド一族の血筋だろうか。「凍え死にするつもりだろうが、そうはさせないぞ。さあ、これを飲め」ティレルにグラスを差しだす。

ティレルはそれを受けとった。

デヴリンは手すりに残っている割れたグラスの破片を見やった。ティレルは酒を飲みながら、デヴリンが余計な詮索をしないように願い、先手を打った。「あんなに美しくて幸せそうなヴァージニアを見るのは初めてだ。母親になったことが、彼女のためになったんだろう。結婚が、君のためになったように」

デヴリンは笑った。「ヴァージニアのお腹《なか》には二人目がいるんだ」ティレルが聞いたこともないような優しい声だった。

「それは驚いた！　おめでとう」リジーが去ってから初めて、ティレルはかすかに喜びを感じた。デヴリンとヴァージニアの気持ちを思うと、心からうれしかった。

「僕のほうこそ、まだ君たちの婚約におめでとうを言っていなかった」デヴリンはそう言って、じっと注意深くこちらを見つめている。

ティレルは笑顔を消して軽く頭を下げた。「君たちが帰ってきてから顔を合わせることがなかったからね。どうもありがとう」

デヴリンのグレーの目は刺すように鋭くなった。「君の花嫁になる人は実に美人だ」しばらくしてからそう言った。

「ああ、そうだな」ティレルは顔を背けた。

「そのわりには関心がなさそうだ。まったく興味がないって顔をしているぞ」

「やめてくれ！」ティレルは怒って振り向いた。

デヴリンはすっかり面食らっている。「何を怒っている？」

ティレルは努めて平静を取り戻しながら、極限状態にある自分の心をさらけだしていなければいいが、と思った。

「君とはずいぶん長いつき合いだが、その間に君が癇癪を起こすのを見たのは二回か三回しかない」デヴリンは静かな口調で言った。「君は僕の知る中で最も温厚な性格の持ち主のひとりだ。君を怒らせるのは不可能に近いことじゃないのか、ティレル？」

「口出ししないでくれ」ティレルはそっけなく言った。

デヴリンの眉が驚いたように上がった。「何に口出しするなと言うんだ？　今日ここに着いたとき、君がどうも苛々《いらいら》している様子なので変だと思ったんだ。いったい何が問題なんだ？」

ティレルは苦々しげに笑った。「なんの問題があるというんだ？　僕は、きれいで、上品で、しとやかな女性と結婚する。もっとはっきり言えば、莫大《ばくだい》な財産を持つ女性と結婚するんだ。あのレディ・ブランシュは申し分ない女性だ」

「あのレディ・ブランシュ」デヴリンはゆっくりと繰り返した。

ティレルは手すりをつかんで夜の闇《やみ》の奥を見つめた。

デヴリンが彼の横に並んで立った。しばらくしてからまた口を開き、落ち着いていて慎重な口ぶりで言った。「君は僕にとってずっと偉大な兄弟だった。君の父と僕の母が結婚したとき、君はショーンと僕を受け入れるのを拒んだっておかしくなかった。でも君は僕たち兄弟をただ歓迎してくれただけでなく、誠実に歓迎してくれた。あれは母たちが結婚してまもなくのころだったな。当時は伯爵と母のことでひどい噂話がいろいろとささやかれていた。皆、母が僕たちの実の父を裏切っていたと思いたがっていた。僕は無礼なことを言った農民を殴りつけて、青あざを作り、鼻をへし折ってやろうとした。相手は年齢も体の大きさも僕の倍はある男だったが、君はためらわずに喧嘩《けんか》に加わってくれた。あの日、君は僕の本当の兄弟になったんだ」

ティレルはその出来事を思いだした。デヴリンも自分も十一歳で、デヴリンのうちに自分と同じような無鉄砲な行動力、いや、勇気があるのをそのとき初めて知ったのだった。ティレルは思わず微笑みをもらした。「父上はかんかんだった。お仕置きとして二人とも鞭《むち》で打たれたよな」

「僕の父だったら拳骨《げんこつ》で殴られていただろう」デヴリンは皮肉を交えずにそう言った。微笑んでもいた。「鞭でよかった」

ティレルは声をあげて笑った。

デヴリンがその肩をつかんだ。「言ってくれ。何が問題なんだ?」

デヴリン・オニールほど、敵の怒りを和らげる方法をよく知る人間はいない。それに、どんなにティレルが怒りとみじめさを自分の胸のうちにおさめておくつもりでも、心を許して秘密を打ち明けられる相手が欲しいという気持ちはやはりどこかにある。

「伯爵がいつか君に有利な結婚話を見つけてくることは、君だってかねてからわかっていたことだ」デヴリンは言った。「僕の大好きな義理の兄弟なら嬉々《きき》として義務を果たすだろう。僕が昔から知っている義理の兄弟なら、ブランシュのような貴婦人と、彼女がうちの一族にもたらすすべてのものが気に入るはずだ」

ティレルは腹立たしげな顔をした。「彼女は感じのいい人だ」そして厳しい調子で言う。

「僕は満足している」

「君の言うことを信じるべきだろうか?」デヴリンは少しのあいだ、ティレルの顔をまじまじと見つめた。「問題は女か?」

ティレルは不快そうな声をあげた。

デヴリンの眉が上がった。「ヴァージニアが現れて、僕の人生を、僕自身をひっくり返してしまうまでは、決してこんな質問をすることはなかっただろう。でも、男をこれほど不機嫌で不愉快な気分にさせることができるのは女しかいない」

ティレルは自嘲《じちょう》混じりに笑った。「わかった。すべて打ち明けるよ。僕は利口な詐欺師に引っかかったんだ。愚かにも彼女に心からの愛情を抱いてしまった。そして、いまいましいことに、はっきりと拒絶されて、自分の愛情が報われることはないとわかっているのに、今でも彼女のことが忘れられない」

デヴリンは心の底から驚いたようだった。「僕の知っている人物なのか――そのう、問題の女性は？」

「いや、君は知らない。ただ、偶然だろうが、君と彼女には共通の祖先がいる」

デヴリンは興味を持ったようだった。「いったい誰なんだい？」

「エリザベス・アン・フィッツジェラルドだよ」ティレルは答えた。


ブランシュが立ち止まると、三人の召使いが彼女の寝室の中央にトランクを置いた。ずっと前に、彼女は子供部屋を出て、ハリントン・ホールの東の離れにある豪奢《ごうしゃ》で大きなひと続きの部屋に移っていた。父の部屋は西の離れで、ちょうど中庭を挟んだ向かい側にある。ブランシュは、淡いピンクと白の布を張り巡らした壁と、そこにかかっているたくさんの絵画、白と金色の掛け布と寝具で整えられたベッド、揃《そろ》いの家具を見まわすと、心底ほっとして笑顔になった。

家に帰ってきて本当によかった。留守にしたのはたった三日なのに、とても長期間だったような気がする。まるで牢獄《ろうごく》にいるようだった。

「ブランシュ！」

父の驚いた声を耳にして、ゆっくりと振り返ると、父が隣の応接間からこちらを見つめていた。父を誰よりもよく知っているブランシュは、自分の姿を見て父が当惑していると同時に、驚いているのがわかった。「ただいま、お父様」

「いったいこれはどうしたことだ？」父が尋ねた。召使いたちにうなずいて、下がるよう伝えると、皆は了解して部屋を出ていった。

ブランシュは父の前で立ち止まった。「ティレルには、お父様の体の具合がよくないので、家に帰らなければならないと説明しました」心もとなげに答えた。

「私は元気だぞ！　私の体調がよくないなどとどうして考えたのか、さっぱりわからん。こんなに体の調子がいいのは生まれて初めてだというのに！」ハリントンは強い口調で言った。「ブランシュ、これはいったいどうしたことだ？　ハーモン・ハウスでの滞在は楽しくなかったのか？」

父があまりに激昂《げっこう》するのでブランシュは当惑した。「お父様？　このところあまりご気分がすぐれないのはわかっていますわ。それに、私がいなくて寂しかったでしょう？　ここはとても大きな屋敷ですもの。ここにひとりでいたいと思う人などいませんわ」

ハリントンは探るように娘を見つめた。「もちろん、おまえがいなくて寂しかったとも。だが、ブランシュ、おまえは私の健康についてでたらめな話をでっちあげた。その理由は、私もおまえもわかっている」彼は態度を和らげた。「おまえは私の命だ、ブランシュ。しかし、おまえは婚約者であるティレルとともにいるべきなんだ。何かあったのか？　ティレルは申し分ない紳士だと思うが」

　ブランシュは目をつむった。父の体の具合がよくないのははっきりしていたし、それと同じくらい、父は自分が世話をしなければならないこともはっきりしている。そのとき、ブランシュは明確に理解した。私は結婚できない。私の居場所はお父様の家なのだ。これまでどおり、お父様のかたわらで世話をしていたい。お父様の望むとおりにしようと努力してきたけれど、私はティレルとも誰とも結婚したくない。

「ブランシュ？」

　ブランシュはなんとか父に笑顔を見せた。「ティレルはとても優しい人です、お父様がおっしゃったとおりでした。立派だし、品があるし、本当に申し分のない夫になるでしょう」

　ハリントンはまじまじとブランシュの顔を見つめた。「それなら、どうしておまえはここにいるんだ？」

「お父様が恋しかったの」ブランシュは正直に答えた。何も変わらなかった。お父様は今でも私の人生のたったひとつの支えなのだ。

　どうして自分はほかの女性のようになれないのかしら。ほかの女性たちなら、ティレル・ド・ウォーレンを夫とし、彼と熱いキスを交わすと考えただけで胸がどきどきするだろう。それなのに私は自分の胸に触れて、心臓がゆっくりと規則正しく鼓動しているのを感じて、やっと心臓がまだそこにあるのがわかるというありさまだ。

「いまだにティレルに愛情がわかないのか？」

ブランシュは父と向き合った。「お父様、私は彼に何も感じません。私の心は相変わらずできそこないのままです。本当にごめんなさい。私も恋に落ちることができたらどれだけいいかと思っています。努力もしてきました。でもやはり、不愉快な真実と向き合うしかないのです。私は誰にも恋をすることはありません……そういう情熱的な行動ができないんです」

「それはまだわからない」しばらくしてハリントンが言った。彼の脳裏に強烈で恐ろしく、あまりに何度も思い返してきた記憶が再びよみがえった。普段は胸の奥深くにしまっているのだが、ときおり彼の力でもそれを抑えこんでいられなくなることがあった。

大事な愛娘《まなむすめ》がいきりたった暴徒に囲まれている。通りに面した窓はすべて慌ただしく板でふさがれ、玄関扉はすべてかんぬきや横木をかけて施錠されていた。ハリントン家の四輪馬車は暴徒の群れのまっただ中にあり、馬は手綱から放され、馬車は横倒しになりかけている。妻と娘は少し前に馬車から引きずりだされて、離れ離れになっていた。ブランシュは恐怖のあまり母を求めて叫び続けている。その淡いブロンドの髪がわずかに垣間見えるだけだ。

ロンドンの家から田舎に帰ろうとしていたその日、自分は馬に乗っていくことにした。選挙の日に家族を移動させたのは浅はかだった。選挙を口実にして暴徒たちが行く手にあるものをなんでもかんでも手あたりしだいに襲うこと、とりわけ裕福な者を襲撃することはあらかじめわかっていたのだ。今や自分と馬は、血に飢えた農民どもに無理やり馬車から遠く引き離されていた。農民の大半が槍《やり》や松明《たいまつ》を手にしている。いくつかの商店からすでに火の手が上がっていた。板でふさがれていない窓は次々に壊されていく。

「ブランシュ！」自分は叫びながら、怯《おび》えた馬に拍車をかけて暴徒の群れをかき分けていこうとした。「マーガレット！」

ブランシュの血も凍るような叫び声が響いた。するとそのとき、どういうわけか、暴徒の群れのあいだから、ブランシュが自分をとらえている男にあらがっている姿が見えた。その近くで、別の男が殴られて血だらけになったマーガレットの体を持ちあげた。暴徒たちはどうっと満足の声をあげ、妻の姿は視界から消えた。何時間もあとになって自分が妻を見つけたときには、妻は殴打されたうえに刃物で刺されてすでに事切れていた。

ママ！

ハリントンは大きく息を吸いこんだ。目に涙があふれてくる。自分は娘の将来を手に入れるために今まで同様、必死で闘うつもりだ。なんとしても娘にほかの女性並みの人生を送らせたい。だが、頭のどこかではだめかもしれないという気もしていた。ブランシュのハートはひどく傷つき、心臓《ハート》が鼓動することはできても、心《ハート》は感じることができない。

それもわかっていた。

「お父様？」ブランシュがささやくような声で呼びかけて、背後からハリントンの肩をつかんだ。

ハリントンは振り返った。「まだ時間はある。結婚式は五月だ。それまでに、ティレルを愛せるようになるかもしれない」

それは絶対にない、とブランシュは思った。「お父様を喜ばせたいと心から思っています」ブランシュは言った。「でも、それができるかどうかはわかりません」

「だめだ」ハリントンは厳しい口調で言って、ブランシュと向き合った。「おまえの将来に備えるためには、おまえの幸せを確実なものにするためには、私はどんなことでもしてきた。これは話し合いではない！　すぐにハーモン・ハウスに戻れ」

ブランシュは当惑していた。「私はお父様と一緒に休暇を過ごしたいのです」

いつものようにハリントンは怒りだした。「おまえは婚約者とともにおらねばならん。それとも、ティレルが愛人とよりを戻してもいいのか？」

ブランシュは驚いて息をのんだ。「ティレルに愛人がいるのですか？」驚いたが、それと同じくらい強く興味をかきたてられた。

ハリントンは顔を紅潮させた。「今年の夏、彼はミス・エリザベス・フィッツジェラルドと深い仲だった。それどころか、一緒にウィックロウで暮らしていたんだ。エリザベスが彼の子の母親だ」

ブランシュは信じられない思いだった。「私には今まで黙っていらしたの？」

「私はウィックロウでミス・エリザベスと対面して、彼女の行いが間違っていることをはっきりとわからせてやった。そして確実に二人が別れるように手を打った」ハリントンは言った。「彼女に邪魔をされたくなかったんだ」

ブランシュはショックから立ち直り始めていた。「きっと真剣な関係だったに違いないわ。その女性が彼の子供を産んで一緒に暮らしていたなら――」

「そんなことはどうでもいい」ハリントンは言い張った。「驚いたことに、ミス・エリザベスは育ちのよい若い淑女で、自分の罪をとても後悔していた。だが、二人の関係を確実に終わらせるため、私は彼女がティレルに置いていった別れの手紙を処分せねばならなかった。彼女は間違いなく彼を愛しておった」暗い声でそうつけ加えた。

「彼女の手紙を処分したんですか？　お父様！」ブランシュの興味はますます高まっていった――恋愛関係だったのかしら？

「おまえのためにしたことだ。ティレルに彼女を追いかけまわしてほしくなかった」

お父様がそこまでしたということは、ティレルがミス・フィッツジェラルドを愛していたということではないか？　冷静なティレルが女性に情熱を傾けている姿を想像するのは、容易ではなかった。「手紙を処分するべきではなかったのではないかしら、お父様」

「あれは恋文だった。だから、ティレルに見せたくなかったんだ」ハリントンは険しい顔になった。「私がおまえにこうしてすべてを打ち明けるには理由がある。ミス・フィッツジェラルドはベルグレーブ・スクエアのおばの家に身を寄せている。ティレルも今、ロンドンにいる。それが気がかりでたまらんのだ。ティレルには、おまえにべったりくっついて世話をしていてもらいたいと思っている。ある日公園でミス・フィッツジェラルドとひよっこり顔を合わせるようなことになっては困るんだ！　だから、おまえにハーモン・ハウスに戻れと言っているんだよ」

戻ることはできない。きっぱりと首を横に振った。「お父様、私はお父様のそばを離れたくありません。どうか無理に行かせないでください」

ハリントンは長いあいだ睨《にら》んでいたが、やがてがっくりと首を垂れた。「そんなふうにおまえに懇願されたら、私がだめだと言えないのはわかっているだろう」

ブランシュはほっとした。「ありがとうございます」

「だが、ティレルのことをあきらめてはいかん」急いでハリントンは言い足した。「それがおまえの未来なのだ、ブランシュ！　私はいつまでも生きているわけではないぞ」

ブランシュは生唾《なまつば》をのみこんで、神が自分から父を連れ去る日のことを考えないようにした。そんなことは考える気にもならない。

「明日、私たちと晩餐を一緒にしないかとティレルを誘ってみよう」ハリントンは話しながら、腕をブランシュにまわした。「どうだね？」

「すてきだわ」ブランシュはそう低い声で答えたが、父の話は耳に入っていなかった。今はティレルの愛人のことで頭がいっぱいだった。どうやらミス・フィッツジェラルドは馬車で少し行ったところにいるらしい。

22

驚きの訪問

　リジーはひとりで応接間にいた。小説を読もうとしても、集中できない。クリスマスの翌日のことで、姉とおばも家にいるのに、おかしなほど心細くて取り残されたような気分だった。ティレルとネッドのことが頭から離れない。二人はどんなクリスマスを過ごしたのだろう。目の前でページの文字が躍り、ぼやけて見える。あきらめて小説をぱたんと閉じたちょうどそのとき、ルクレールが入ってきた。花束を抱えている。「ミス・フィッツジェラルド?」にっこり笑った。「これがただ今届きました」

「まあ、きれい」花を贈ってくれるような人物には心あたりがなかった。それでも、気晴らしにはなる。その日がとても暗くて陰鬱《いんうつ》な日だったことも、リジーの憂鬱な気分の原因だった。「花瓶に入れて向こうのテーブルに置きましょう」

　ルクレールが出ていってから、リジーは小さなカードを封筒から取りだし、その花束が自分宛《あて》のものでないことに気づいた。それはジョージーに贈られたもので、ローリーのいかにも彼らしい見事な筆遣いでメッセージがしたためてあった。

手遅れだった——リジーはすでにカードを読んでしまっていた。〝最愛なるミス・フィッツジェラルド、この花を気に入ってくださることを祈って。この花は、僕が負けを認めたささやかな印であり、あなたを崇拝する気持ちの大きな印です。あなたに忠実なローリー・T・マクベインより〟

リジーはわくわくしてきた。ローリーはジョージーに求愛するつもりだわ。リジーはなんとしても二人の仲を取りもとうと心に誓った。ジョージーが経済的な安定のために結婚すべきだなんてことは忘れなさい。だって、あの二人はお似合いなんですもの。

ルクレールが応接間の入り口へ戻ってきた。妙な顔つきをしている。「ミス・フィッツジェラルド？　お客様です」名刺ののっている銀のトレーをリジーに差しだした。

リジーはカードを手に取って、ショックのあまり凍りついた。

ブランシュ・ハリントンが訪ねてきた。ブランシュ・ハリントンが今、玄関ホールにいる。

ルクレールは何もかも知っているらしい。「留守だと申しあげましょうか、ミス・フィッツジェラルド？」その声は思いやりにあふれていた。

リジーは彼と向き合った。頭がくらくらしている。いったいなんの用だろう。どういうことかしら。「いいえ」あえぐような声で答えた。「いいえ。ちょっと時間をちょうだい、ルクレール。それから彼女をお通しして、お茶を持ってきてちょうだい」

ルクレールはまじめな顔でうなずくと、一礼して去っていった。

リジーは自分が床に根が生えたように突ったっていることに気づくと、部屋にただひとつしかない鏡へ走り寄った。青白い頬をつねり、ほつれた巻き毛を、結いあげた髪に撫《な》でつける。薄緑色のドレスの身ごろの皺《しわ》を伸ばし、エレノアが自分と姉に都会にふさわしいドレスを注文するよう強く勧めてくれたことに感謝した。もう貧乏な田舎の鼠《ねずみ》じゃない。どこから見ても、おしゃれで垢抜《あかぬ》けた女性だわ。でも、できれば、今つけている翡翠《ひすい》のイヤリングよりエメラルドのイヤリングのほうがよかった。リジーは落ち着くためというより勇気を出すために深呼吸をして、最後にもう一度頬をつねった。それから、笑顔でドアのほうを向いた。

そのときタイミングよく、ルクレールがブランシュを伴って現れた。「レディ・ハリントンがおいでです」改まった口調で来客を告げる。

リジーは唾《つば》をのみこみ、膝を曲げてお辞儀をした。ブランシュは自分よりもはるかに階級が高い。ブランシュも軽くお辞儀をした。それから二人の女性はじっと見つめ合った。

ブランシュは、夏の初めにリジーが盗み見た婚約発表の舞踏会のときとまったく変わっていなかった。淡いブロンドで、とても白い肌をしている。シンプルだがはっと息をのむほど美しいパステルブルーのドレスと、それに合わせたサファイアの装身具を見て、リジーは自分がどうしようもない田舎者に思えてきた。リジーが観察しているのと同じように、ブランシュもこちらを観察していた。

観察し合っているあいだに、いったいどれだけの時間が過ぎたかわからなくなり、リジーは慌てて前に歩みでた。「どうぞお入りください。お訪ねいただくとは思いませんでした」ゆっくりしゃべって深呼吸をしなければ、とリジーは思った。深呼吸をしたが、落ち着くことはできなかった。「お目にかかったことはないと思いますが」

「ええ、正式に紹介されたことはありません。その点に関しては私が悪いのです」ブランシュが答えた。

ブランシュの言葉に二重の意味は微塵《みじん》も感じられない。彼女には悪意はなく、それどころかその目には深い同情が表れているような気がする。「悪いなんて、とんでもないです」リジーは言って、ブランシュに前に来るよう手招きした。彼女の婚約者と自分との過去の恋愛関係がわかっているだけに、思わず頬が赤らむ。ブランシュが椅子に座り、リジーも彼女と向かい合うように別の椅子に腰を下ろした。ともにスカートを整えて沈黙を埋める。リジーが顔を上げると、ブランシュも自分を見つめていた。

ブランシュの用件が何か、なぜ訪ねてきたのか、リジーには見当がつかなかった。しかし、おそらくリジーとティレルの関係を知ってしまったに違いない。

「あなたがネッドの母親だとつい最近知りました」ブランシュが静かな声で言った。リジーが恐れていたとおりだった。ブランシュの頬がピンク色に染まる。「お目にかかるべきだと思ったんです。いずれお目にかかることになるでしょうから、それなら今でもいいんじゃないかと思いましたの」

ブランシュの目にも声にも非難は感じられない。それでもリジーの心臓はどきりとした。私をいくらか軽蔑《けいべつ》したことは確かだわ。「そうですね」リジーはなんとか返事をした。ほかに何を言えばいいの？　リジーはわざと明るく微笑《ほほえ》んだ。「ティレル――いえ、ド・ウォーレン卿《きょう》とのご婚約、おめでとうございます」

ブランシュは目をそらした。リジーは妙だと思った。

「私はとても幸運です」ブランシュがささやくような声で言った。

気まずい沈黙が訪れた。ブランシュの話し方にはいかなる感情も情熱も感じられなかった。ティレルと結婚することをどうして素直に喜ばないのかしら。リジーはまだ何を言うべきかわからなかった。「お二人のご結婚は、すばらしい縁組だと思います」さらに続けて言った。「結婚式は五月だそうですね」

「ええ」ブランシュはそう言ってリジーと目を合わせた。「あなたは心の広い方ね」

リジーの心臓が驚くべき速さで早鐘を打ちだした。「そんなことはありません」

ブランシュは言いよどんだ。「ティレルとどのように知り合ったのかお尋ねしてもかまわないかしら？」

いったいこれはどういうこと？　ブランシュの用件はなんなの？　私はいったいどう答えたらいいの？

「もちろん、詮索《せんさく》するつもりはありませんから、私の質問がお気にさわったなら――」

「いいえ、かまいません！」リジーは唇を噛《か》んだ。何が目的かはわからないものの、ブランシュは優しく、気遣ってさえいるようだ。妬《ねた》んでいるようには見えない。「私はアデアからほんの数キロしか離れていないところで育ちました。ティレルのことは幼いころから知っていました。もちろん、彼が私のことを知っていたわけではありません」リジーは頬を赤らめた。「子供のころ、溺《おぼ》れそうになっているのをティレルに助けてもらったんです」そう言うと、突然リジーの目が潤み始めた。今もあの日のことはまるで昨日のことのように覚えている。

〝王子様なの？〟

〝いや、違うよ、お嬢ちゃん〟

リジーは唇をなめた。唇がひどく乾いていた。「私の階級の淑女は、そういうことを決して忘れません。それ以来ずっと感謝しています」

「とてもロマンチックね」ブランシュが言った。

リジーは当惑してさっと椅子から立ちあがった。「ちっともロマンチックではありません！」そう叫んだものの、なんだか自分がばかみたいに思えてきた。なにしろ、ティレルとロマンチックな関係になったことは否定のしようがないのだから。

ブランシュも立ちあがった。「ごめんなさい。でも、それってロマンス小説に出てくるみたいなお話だわ」今度はにっこり微笑んだ。「幼い少女がそういった英雄的な行いに深く感謝することは理解できるし、その感謝の気持ちが高まっていくことも理解できます。だから、あなたはネッドを産んだのね。よくわかりました」

自分とティレルの過去のことで、ブランシュにいやな思いをさせるわけにはいかない。

「ご婚約なさったこと、本当におめでとうございます。私もとてもうれしく思っています」どぎまぎしながら言った。「ティレルが結婚するのはわかっていましたし、私は彼があなたのような立派な貴婦人と結婚することを、とても喜んでいるんです。彼は幸福な人生を送るに値する人物ですし、あなたと一緒ならきっとすばらしい人生が送れますから」

ブランシュは、今度は思いつめた表情になった。「あなたはとても正直に話してくださったわ」しばらくしてから言った。「私も正直な気持ちをお話しさせていただいてもいいかしら？」

リジーは両手を揉《も》み合わせた。「私があなたに指図することなどできません――」

「よかったわ」ブランシュは遮るように言った。大丈夫よ、と言うようににっこりと微笑む。「あなたのことは父から聞きました、ミス・フィッツジェラルド。どうしても自分であなたに会いに来たかったんです。あなたは立派な女性だと思います。もっと年上で世慣れた人、もっとずっと擦れた人かと思っていましたわ」

リジーはなんと言えばいいのかわからなかった。困りきって肩をすくめた。

「きっとティレルのことを深く愛していたのね」ブランシュは言った。

リジーは顔を背けた。「ええ。でも、もう終わったことです。今では、心からお二人の結婚を支持しています。本当に心から」リジーは強調した。

ブランシュは初めて心の乱れを見せ、両腕で自分の体を抱きしめた。「そう言ってくださるなんて、あなたは本当に心の広い方だわ。それにとても勇敢なのね。だって、あなたはまだティレルを愛している気がするから」

リジーは息をつまらせた。涙がこぼれそうになる。否定しなくてはいけないのに、もう口をきくことができない。

「ご存じだと思いますが、この結婚は恋愛結婚ではなく、見合い結婚です」

ゆっくりとリジーはブランシュに向き直った。驚いたことに、ブランシュの青い目には涙があふれ、口元がわなわなと震えている。「大丈夫ですか？　さあ、どうぞお座りください」リジーは急いでそばへ行き、ブランシュの腕を取った。

「いいえ、大丈夫ではありません」ブランシュはささやき、腰を下ろすことを拒んだ。「だって、ミス・フィッツジェラルド、私、ティレルとも誰とも結婚したくないことに気づいてしまったんですもの」

リジーは驚きのあまり唖然《あぜん》とした。期待がいっきにわきあがって胸が張り裂けそうになる。だがすぐに、期待してはいけないと思い直した。期待するべきことは何もないからだ。ブランシュの言葉で、ティレルがリジーのことをなんとも思っていないという事実が変わるわけではない。「どうしてそんなことを私に？」

ブランシュはためらった。「昨夜《ゆうべ》、父が驚くべき告白をしてくれました。父はあなたとティレルを引き離すためにわざと邪魔をしたんです」やっとそう言った。

リジーは身をこわばらせた。ウィックロウでハリントン卿と対決したあの恐ろしい日のことは決して忘れない。だが、ハリントン卿は無理やり私を出ていかせたわけではなかった。「私がウィックロウを離れたのは、それが道徳的に正しいことだったからです」

ブランシュはリジーににっこりと微笑みかけた。「あなたはとても善良な女性だと思いますわ、ミス・フィッツジェラルド。なぜティレルがあなたを好きになったのかわかる気がします。これでおいとましなければなりません。父の具合がよくないので、父がちゃんと休んでいるか見ていないと」

リジーはひどく混乱していた。どうしても訊《き》かずにはいられない。「なぜですか？　なぜ訪ねていらしたんですか？」

ブランシュはリジーと目を合わせた。「どうしても自分の目で事情を確かめておきたかったからです」そう答えた。

「彼はどこにいるの？」ジョージーは尋ねた。胸がどきどきしている。ローリーが訪ねてきたなんて信じられない。私は三日前の出来事を忘れようと一生懸命努力してきた。二人が交わしたキスのことを考えまいと――ローリーのことを絶対に考えまいとしてきたのだ。

私は結婚したくてたまらないような、社交界にデビューしたばかりの愚かで恥ずかしがりの小娘ではないのよ。分別があり、頭もよく、ちょっと気取り屋の垢抜けないアイルランド女性で、独身生活を心から楽しんでいる。それに、ローリー・マクベインは結婚相手には向いていない――お金がまったくないのだから。もっとも、そんなことはどうでもいいことだ。それに私はリジーとは違う。私は恋の深みにはまったりしないわ。胸が張り裂けるほどの悲しみを味わうことにしかならない道ならぬ恋のために、自分の評判と全人生を捨ててしまうほど、どっぷりと恋の深みにはまったりしないんだから。

「書斎でお待ちです」ルクレールが答えた。「居間にエリザベス様のお客様が来ていらっしゃるので、お邪魔になるかと思いまして」

ジョージーはなんと答えていいかわからなかった。その代わり、ローリーの気絶させるようなキスと、自分の体に押しつけられた体の感触をずっと思い起こしていた。ルクレールについて階段を下りながら、普通に息をしようとしたが、どうしてもできない。ローリーがキスなんかしなければよかったのに。訪ねてこなければよかったのに。いったい彼は私になんの用があるのだろう？

ひょっとしたら謝罪したいのかもしれない。ふと、そんな考えが頭に浮かんだ。

ジョージーはほっと安心した。みだらなふるまいに対するお詫《わ》びなら喜んで受け入れるわ。彼はリジーの仲のよい友人だから、二人のあいだにわだかまりを残さないために、そうしようと考えたに違いない。

ローリーは書斎の中を歩きまわっていた。残念なことに、彼は相変わらず小粋《こいき》でとてもハンサムだ。おかげでジョージーの心臓の鼓動はいっそう速まった。同じく残念なことに、彼はとても頭がいい。そしてジョージーは、男性でも女性でも、ウィットと博識に富んだ人を、ほかのどんな特質に優れた人よりも高く評価していた。ルクレールが出ていっても、ジョージーはその場に立ったまま、じっとローリーを見つめた。

ローリーが振り返ってこちらに向き直り、頬を赤らめた。「ご機嫌いかがですか？」一礼する。

ジョージーは頭を下げて白々しい嘘《うそ》をついた。「おかげさまで元気ですわ」にっこり微笑みながら、本当は全然元気でないことがばれませんようにと心の中で祈った。肌がぞくぞくして、太腿のあいだが熱を帯びてきた。

ローリーが探るような目をした。「花は届きましたか？」

ジョージーは目をぱちくりさせた。「花？」

「あなたに花を贈ったんですよ、ジョージーナ。もうとっくに届いていると思ったんだが」

「私に花を贈った？」ジョージーはばかみたいに繰り返して言った。

ローリーの驚くばかりの緑色の目が輝いた。「ええ、薔薇《ばら》を。そう、赤い薔薇です」じっとこちらを見つめている。

ジョージーは身動きができなかった。「でも……どうして？」これは夢かしら？　それとも何かの策略なの？　私は単なる野暮ったい女だし、それは彼だってわかっているはずだ。私に花を贈る理由など断じてないわ。

「紳士が淑女に花を贈るのはどうしてだと思いますか？」ローリーがぽつりと尋ねた。

ジョージーは後ずさった。「わかりません」小さな声で答えた。体がぶるぶる震え始める。まさかそんなわけないわ……まさか彼が私に求愛するためにここに来たなんて、そんなことありえないわ！

ローリーの目の輝きは信じられないくらい優しかった。「わからないかい？」面白がっているような口ぶりで言う。

出ていかなくちゃ、とジョージーは思った――いえ、逃げるのよ！　ジョージーは狼狽《ろうばい》のあまり踵《きびす》を返してドアのほうに行こうとしたが、ローリーに後ろから腕をつかまれた。そしていきなりくるりと振り向かされたかと思うと、気がつけば彼の腕の中にいた。その瞬間、ジョージーの心が理性を圧倒した。自分はどうしようもなく恋をしている。いったん思い切ってそれを認めてしまうと、自分が初めてローリーに会ったときから彼をすばらしいと思い、彼を欲しいと思っていたことがわかった。

しかし、それからよい結果が生まれるはずがない。ローリーは私には向いていない。私はあまりにも変わり者すぎる。それも最初からわかっていたことだった。

「ジョージーナ、僕が贈った薔薇の花は、君に対する愛情と崇拝の証《あかし》だ」ローリーはジョージーの顔をじっと見つめながらささやいた。

きっと冗談よ。彼の腕から体を引き離すと、背中が壁にあたった。「ローリー、お願い！」震えている手を上げた。「私が男性に愛情と憧憬《しょうけい》を感じさせるような女性でないことは、あなたもわかっているでしょう？」

ローリーは目をぱちくりさせた。

「私はてっきり、あなたが先夜のことを謝罪しにいらしたと思ったの」ジョージーは叫んだ。あの晩のことを口にしただけで頬がほてるのがわかる。

「謝罪しに？」ローリーが驚いて繰り返した。

ジョージーはうなずいた。「ええ、私にあんな失礼な真似《まね》をしたことを謝罪するために」

「失礼な真似？」

「あなたの謝罪は確かに受け入れました」ジョージーは大慌てで言った。「あなたはリジーの親しい友人だし、エレノアおば様のお気に入りの甥《おい》でもあるわ。だから、これからも顔を合わせることがあると思うの。だけど、もう二度と口をきかないほうがいいわ」

ローリーは首を横に振って彼女の手を取った。「僕はキスしたことを謝るつもりはない、ジョージーナ・メイ」うなるような声で言う。

彼はまたキスをしようとしているわ。ローリーの腕に抱きしめられて身を硬くしながら、ジョージーはなんとかキスを避けなければと思った。しかし、それ以上にキスを受け入れたいという強い思いもあった。ローリーは彼女にはおかまいなく、素早く唇を重ねた。

ジョージーは降参した。彼の口は硬くて妥協を許さなかった。キスをされたことで、欲望がジョージーの太腿のつけ根あたりで爆発した。彼女は彼にしがみつき、唇を開いてもっと彼を深く受け入れようとした。彼があえぎながら体を離した。その目は熱くて厳しい。

ジョージーは口がきけなかった。唇がうずいている――いや、体全体がうずいていた。口に手をやった。「どうして？」なんとか声は出たが、息ができない。あんなびっくりするようなキスをしたあとでは、息ができなくて当然だ。「どうしてこんな真似をするの？」彼はわざとふざけているに違いないわ。

ローリーが彼女の腕をつかんだ。「僕たちが惹《ひ》かれ合っている事実を君が認めようとしないからだよ！　初めて会った瞬間から、君をありのままに見ないよう必死で努力してきた――だが、君は僕がこれまで出会った中で最もすばらしい女性だ」

不安と同時に希望を感じつつ、ジョージーは叫んだ。「本気で言っているわけじゃないでしょう？　どうか本気でないならお世辞は言わないで！」

「僕は君が思っているような女たらしじゃない」ローリーが言った。「いつになったら僕を信じてくれるんだい？」

ジョージーはじっと見つめていた。混乱した頭を整理するのにずいぶん時間がかかった。

「私、怖いの」

ローリーが優しい声で言った。「なぜ？　こんなに女性を好きになったのは初めてなんだ。こんなに女性を欲しいと思ったことも」

ジョージーはがくりと膝がくずおれるのを感じた。再び、苦しいくらいの欲望がうずく。

ローリーが両手で彼女を抱きしめた。

「怖がらないで」彼がささやく。「僕を」

ジョージーは分別を働かせて、彼の胸を両手で押していた。だが、ローリーがほぼ全身をジョージーの体に押しつけているので、なんの役にも立たなかった。彼を信じても、彼を信用してもいいのかしら？

「この三日間、君のことばかり考えていた」ローリーはそう言って、彼女と目を合わせた。真剣なまなざしだ。「君と僕のことばかり考えていたんだ」

ジョージーは身動きをやめた。心臓だけが爆発するような激しさで高鳴っている。「理解できないわ」

「僕は貧しい男だ、ジョージーナ」ローリーはささやくような声で言った。「それに、いろいろな点から見て、紳士でさえない」

ジョージーは信じられないという顔で首を振った。「私は経済状態で人の品格を判断したりはしないわ」

「君はもっとずっといい暮らしができるし――するべきでもある」ローリーは強い口調で言った。

もしこの人が真実を述べているとしたら？「もっといい暮らしがしたいなんて、思ってないわ」ジョージーは我知らずささやいていた。そう、それが真実だわ。もうこれ以上避けて通れない真実なのよ。

ローリーが彼女の片手を取り、口元に持っていって強くキスをした。それから燃えるような目で彼女の顔を見た。欲望がうずき、意識が遠ざかった。「僕は貧乏だ」ローリーがささやく。「生活のために働いている。エレノアおば様からいくらか遺産を相続するかもしれないし、しないかもしれない。こんな状況では、僕にはこんなことをする資格はない」

「どんなことをする資格？」ジョージーは叫んだが、心に秘めていた途方もない夢が現実になろうとしているのがわかった。

ローリーがかがみこんで、自分の唇で彼女の唇に軽く触れた。欲望と愛情の渦に巻きこまれ、今にも死んでしまいそうだ。「ジョージーナ、僕は君を妻に迎えたい。でも、君に断るだけの良識があっても、それはしかたないと思っている」

ジョージーは息をのんだ。

ローリーは彼女に唇を重ねた。

ブランシュが帰ったあとも、リジーはついさっき起きたことが理解できずに、玄関ホールに立ち尽くしていた。結婚したくないというブランシュの告白には仰天した。だからといって、ブランシュとティレルが結婚しないという結論に結びつくわけではないのはわかっている。ただひとつだけはっきりしたのは、ブランシュが礼儀正しく、親切で、気品のある女性だということだ。リジーは首を振り、両腕で胸を抱いた。自分にはこの出会いがどういう意味を持つのか決してわからないだろうと思い直した。いくらか落ち着きを取り戻し始めたせいか、ティレルとネッドが元気にしているか、ブランシュに尋ねればよかったと後悔した。

書斎の前を通りかかったとき、中で何やら物音が聞こえた。リジーはたいして気にもとめず、召使いが片づけでもしているのだろうと思った。ドアが閉まっているのは少し奇妙だが、深く考えなかった。ところがそのとき、人の声がした。

たった今耳にした男性の声を聞き違えるわけがない――ローリーの声だ。突然、リジーは数日前の晩にローリーがジョージーをとても熱心に見つめていたことを思いだした。ぴんときたリジーは迷わず行動した。ドアを開ける。ローリーと姉が二人だけで部屋に閉じこもっていてはいけないという思いからだった。

ジョージーはソファーで、ローリーの腕に抱かれ、熱烈なキスを受けていた。

それを見てリジーは怖くなった。自分自身の人生が目の前をよぎる――ティレルへの愛、二人の短くも激しい道ならぬ恋、転落と破滅、深い苦悩と悲嘆。

その瞬間、リジーは思った。ジョージーには自分のようにつらい思いをさせてはいけない。なんとしても姉を守らなくては。ドアは開いていたが、リジーは大きな音をたててノックした。

ローリーはさっと立ちあがってこちらを向いた。その顔が真っ赤になった。

リジーは訝《いぶか》るような目をジョージーに向けた。ジョージーは身を起こしたが、頭がぼうっとして目をぱちくりすることしかできない様子だった。

リジーは怒りがこみあげてきた。なんとかそれを抑えこもうとする。「お邪魔しちゃったみたいね」軽い調子で言った。だが、そこで匙《さじ》を投げた。「何をしているの、ジョージーお姉様？」リジーは大きな声で言った。「気は確かなの？」

ジョージーは首を振った。目を大きく見開いて、どうやら口がきけないらしい。

リジーはローリーに向き直った。「あなたの目的が何かは知らないけれど」切り口上で言う。「私の姉を堕落させるのは許さないわ。この家に堕落した女はひとりで十分よ」

ローリーは顔を真っ赤にしたまま、リジーに静かに言った。「僕はたった今、君の姉さんに結婚してくれと頼んでいたところなんだよ」

ジョージーも立ちあがった。相変わらず呆然《ぼうぜん》としながらも笑みを浮かべた。やっとリジーにも事情がのみこめた。リジーの顔に笑みが広がる。ただもう飛び跳ねて大喜びで叫びだしたい気分だ。「お姉様？」

ジョージーはローリーしか眼中にないようだった。「ええ」ささやくような声で答えると、見る見る目に涙があふれてきた。「そう、そうなの」

リジーはうれしくて飛びあがった。「あなたたち結婚するのね！」

ローリーはジョージーに駆け寄り、その両手を取った。「それは承諾するということかい？」ローリーが叫ぶ。

ジョージーは唇をなめた。「ええ。あなたが本気でそう言っているなら」

「もちろん、本気だとも。女性に結婚を申しこんだのは今が初めてなんだぞ」ローリーは喉をごくりと鳴らして、ジョージーを引き寄せた。「こんな気持ちになったのは生まれて初めてだよ、ジョージーナ」

ジョージーはうなずいた。どうやら口をきくことができないらしい。その頬を涙が流れ落ちている。

ローリーがポケットに手を入れて、リジーの見ている前で美しいダイヤモンドの指輪を取りだした。一カラットくらいあるだろうか。ローリーはどうやってそんなものを買うことができたのだろう。

ジョージーはそれを見て息をのんだ。

「僕の母のものなんだ」ローリーがかすれた声で言った。ジョージーの左手を取り、指輪をその指にはめる。

またもやジョージーの目に涙があふれた。ローリーに見られたくないのだろう、彼女は乱暴に目をしばたたかせた。だが、ローリーは手を伸ばしてその涙を拭《ふ》いた。

「君を僕のものにするために、どれほど手こずったかわかるかい？」おぼつかない口調で言う。

「それはひとえにあなたが魅力的すぎるせいよ」ジョージーがささやいた。

リジーが前に進みでた。「すてきだわ！　この日がくるのをずっと祈っていたのよ。そうだわ、すぐにエレノアおば様に伝えなくちゃ。それに、お父様とお母様にも手紙を書かなくちゃいけないわね！　ああ、二人がアンナのところへ出発する前だったらよかったのに！」

ローリーは急に真顔になった。「まだミスター・フィッツジェラルドに話していない」ジョージーの父と話し合うことを考えて、心配そうに言った。

「お父様は反対しないわ」ジョージーは笑顔で言った。「説得しなくちゃいけないのは、お母様よ。でもご機嫌を取るのは簡単よ」

お父様はジョージーのために喜んで祝福するだろうし、お母様だってローリーの説得力にかかったら簡単にまいってしまうわ、とリジーは思った。いや、それどころか、ローリーはエレノアおば様のお気に入りだから、お母様は遺産が入ることを期待するかもしれない。リジーは結婚式と将来のことを考え始めた。「結婚式はいつにするつもりなの？　それに、どこで？」

ジョージーとローリーは今では手をつなぎ合っていた。「地元で、アイルランドで結婚式を挙げたいわ」ジョージーがそう言ってローリーと顔を見合わせた。「あなたもそれでいいでしょう？」

レイヴン・ホールは狭いけれど、グレン・バリーなら結婚式を挙げられるかもしれないわ」

「僕は君が喜ぶことならなんだってやるよ」ローリーは真剣に言った。

ジョージーは頬を赤く染めた。それから、リジーを見た。「考えなくてはいけないことや決めなくてはいけないことが山ほどあるわ！　ああ、なんてことなの！　私は結婚するのよ！」

ティレルは、息子と二人で昼食をとった子供部屋から出てきた。ネッドはすでに彼にとって人生を照らす光となっていた。唯一の喜びであり、大きな誇りでもある。しかし、ネッドと一緒に過ごすあいだも、リジーのことは頭から離れなかった。階下へ下りていくあいだも、ティレルははたして自分があの夏のことを忘れられる日はくるのだろうかと考えていた。本当の家族のふりをして、愚かにも未来に待ち受けているものをすっかり忘れ、皆で過ごしたウィックロウでのあの夏のことを。

エリザベス・フィッツジェラルドの姿が脳裏によみがえる。ネッドと一緒に芝生の上にいるリジー、ベッドで自分の腕の中にいるリジー、夕食の食卓を囲んで自分と一緒に笑っているリジー。思いだしたくない思い出ばかりじゃないか。ティレルは苛立《いらだ》ちと怒りを覚えた。いったいこんなことがいつまで続くのだろう?

執事が広い螺旋《らせん》階段の下で待ち受けていた。「閣下、お客様でございます」

執事から渡された名刺を見ただけで、客の正体はわかった。使い古されて角が折れた名刺だ。そんな名刺の持ち主はローリー・マクベインしかいない。友人が訪ねてきてくれたのはうれしかったが、緊張もした。かつて、ローリーとエリザベスは仲がよかった。あの夏以来ローリーとは会っていなかったが、彼は今もエリザベスの友人だろうか。彼女の近況を知っているのだろうか。ティレルはそんなことを考える弱気な自分がいやでたまらなくなった。「どこにいる?」

「緑の間でございます」

「すまないが、ワインを持ってきてくれ。ブルゴーニュがいい」ティレルはそう言うと、くるりと背を向けて歩きだした。壁が濃いエメラルド色で、天井が淡い金色の部屋へ入っていく。ローリーは白い大理石でできたマントルピースにもたれるように立っていた。暖炉の熱気も気にせず、考え事にふけっているようだ。

ローリーが体をまっすぐにしてこちらに向き直った。「なぜ僕を睨《にら》むんだ、ティレル？」どうやら面白がっているらしい。「僕の顔を見てうれしくないのか？　少しも僕が恋しくなかったのか？　僕ほど急進的な友人はほかにいないだろう？　僕という存在がなければ、きっと君は保守的な政治思想のせいで死にかけているんじゃないか？」

ティレルは思わず笑ってしまった。ローリーがどれほどウィットに富み、愉快な人間だったかを忘れていた。「睨んだりしていないさ、ローリー。光のいたずらだ。それに、確かに君は僕の知る中で最も手に負えない反逆児だが、君が思っているほど、僕は反動主義者に囲まれているわけでもないぞ」

ローリーはにやりと笑ってティレルをしげしげと見つめた。「こんなところで暇をつぶしていると、いやでも保守的な考え方の連中に囲まれることになるさ。元気だったか？」

「ああ」ティレルは嘘をついた。「君はどうだ？」

笑みを浮かべたローリーの口元がさらににっと広がった。「絶好調だ」ティレルが眉を上げたが、ローリーはさらに続けた。「だが、それはあくまで僕個人に関してのことだ。我々二国間の財政を合併しようという噂《うわさ》には非常に腹が立っている」そう言って、まるで目前に迫ったアイルランドと英国の財務局の合併を行う張本人を見るかのような目で、ティレルを睨みつけた。

「討論がしたいのなら、どこかよそへ行ってくれ」ティレルは笑った。「合併の利点について議論したくない」

ローリーはやけににやついて、板石の床に目を落としている。「討論がしたくなったら、婚約者が相手になってくれるさ」顔を上げてにっこり笑う。「今度、結婚することになったんだ、ティレル」

ティレルは驚いて彼の肩をつかんだ。禁欲生活を送っているとは言いがたいが、ローリーは放蕩者《ほうとう》というわけでもない。彼の情熱は政治に向いており、女性に向いていないだけだ。貧乏なので愛人を囲うことはできないし、ティレルの知る限り彼の女性関係はいっときのものでしかなく、たいていひと晩限りで終わっていた。「それはきっとひと目惚《ぼ》れだな」ティレルは心底から愉快そうに言った。友人の幸せを自分のことのように喜んでいた。

「おめでとう」

ローリーは顔じゅうくしゃくしゃにして笑った。「実を言うと、もうめろめろなんだ。今になって、恋に落ちるということがどういうことかわかりかけてきたよ」そう言って、こめかみをこする。「このごろよく眠れなくてね」

召使いがワインを持って現れた。「絶好のタイミングだ」ティレルはそう言って、ローリーと一緒にグラスをひとつずつ受けとった。二人はグラスを軽く合わせて乾杯した。

「それで、誰なんだ？　君をそれほど虜《とりこ》にした、貞淑で、きっと聡明《そうめい》に違いない、その女性は？」

ローリーの笑顔がさっと消えた。言いよどんでいる。「ジョージーナ・メイ・フィッツジェラルドだ」

もしそのときワインを飲んでいる最中だったら、ティレルはむせ返っていただろう。凍りついたまま、返事をすることができなかった。ローリーを凝視していたが、その目に映っていたのはローリーの顔ではなく、彼が最後に見た、姉と一緒にウィックロウの庭でお茶を飲んでいるリジーの姿だった。これはいったい全体どういうことだ?

「ティレル」ローリーは自分のグラスを脇《わき》に置いて、彼の袖《そで》に触れた。「僕の婚約者は、リジーの姉上だ。今度の夏に結婚式を挙げようと考えている」

ティレルの頭が働き始めた。自分の親友がエリザベスの姉と結婚する。ローリーはエリザベスの姉に求愛していた。彼女たちはロンドンにいるのだろうか? なぜかエリザベスはジョージーナと同じところにいるような気がする。もしそうだとすれば、ローリーはエリザベスのことを何もかも知っているに違いない。

今度ばかりは、さすがのティレルも、どうしたものかわからなかった。

傷ついた思いがあり、怒りがあり、質問したいことがあまりにもたくさんあった。しかし、その質問はどれも尋ねるべきでないことばかりだった。

心の動揺を隠すため、ティレルは言った。「彼女のことはあまりよく知らないが、なぜ君が彼女を好きになったのかわかる気がするよ」心臓が早鐘を打っているのがわかる。不安と興奮、困惑と恐れ——さまざまな感情が入りまじっていた。

「あんなに才気にあふれた女性に会ったのは初めてだよ！」ローリーは言った。「おまけに、どんなに優雅で美しいか、君は気づいていたかい？」

　ジョージーナはロンドンにいるのか？　エリザベスも一緒なのか？　ティレルは横を向いて、ワインを飲みながら、確かめるべきかどうか迷っていた。もしエリザベスがロンドンにいるとわかったら、自分はどうするつもりだ？　時間稼ぎのために、ティレルはローリーの結婚に気持ちを集中させようとした。「彼女は背が高かったな」ティレルは言った。リジーのことが頭から離れない。「僕の友人の中で名刺を再使用するような人間は君しかいない」やっと自分を抑えて、ティレルはゆっくりと振り返った。「ローリー、どうやって彼女と二人で食べていくんだ？　彼女も君と同じくらい貧乏だろう」確かにそれは深刻な問題だ。ローリーの親友としてその問題を持ちだすのは彼の責任だろう。

　ローリーは鼻を鳴らした。「なんとかやりくりしていくさ。風刺漫画はあまり金にならないから、もっと実入りのいい仕事を探す」

　ローリーが政治風刺にどれだけ情熱を傾《か》けているか知っているだけに、ティレルは驚いた。「あのウィットに富んだ風刺漫画を描くのをやめるつもりなのか？」

「すっかりやめてしまうわけではないが、定期的に『ダブリン・タイムズ』に描くのはやめることになるだろう。いいかい、ティレル、彼女に結婚を申しこむ前に、長いことじっくり考えてみた。僕はばかではない。どう考えたって、僕は女相続人に惚れるべきだったんだ。でも、そうはしなかった」ローリーの目が暗くなった。「それに彼女だって、もっといい暮らしをすることもできるんだ！　でも、彼女は僕の暮らし向きなど気にしていない。彼女は結婚するつもりも、恋に落ちるつもりもないと言っていたんだ」不意に笑みを浮かべた。「でも、僕を愛してくれている」まるで何かに驚いたかのように言う。「愛していると言ってくれたんだ」

まさに、愛に溺れた男だな。結婚祝いはうんとはずんでやるか。だが、それでローリーたちの問題が片づくわけではない。しばらくのあいだなんとか生活していけるだけのことだろう。「僕がいい勤め口を見つけてやる」ティレルは言った。「ちょっと考えさせてくれ」

ローリーははっとなった。「そんなつもりで来たわけじゃないんだ。だが、感謝するよ。君は理想的な友人だと誰かに言われたことはないか？　ありがとう、ティレル」

「どうということはない」ティレルは答えた。「君たち二人の手助けができればうれしいんだ」ティレルの頭の中はグレーの瞳のことでいっぱいになった。もうこれ以上避けて通ることはできない。ワインを飲みながら、ゆっくりと部屋の反対側へ歩いていった。

彼女に再会したらどうするつもりなのか？

「ティレル」ローリーはティレルのそばまで来て立ち止まると、改まった口調で言った。「君にも結婚式に出席してもらいたいのはやまやまなんだが、夏にあんなことがあったことを考えると、それが最良の策とは思えないんだ」

ティレルはくるりと振り返った。「ジョージーナはロンドンにいるのか？」

ローリーが緊張したのは一目瞭然《りょうぜん》だった。「ああ。エレノアおばのベルグレーブ・スクエアにある屋敷に身を寄せている」

ティレルの胸が高鳴った。ベルグレーブ・スクエアは馬車で行けばすぐのところではないか。彼は腕を組み、努めてさりげなく尋ねた。「エリザベスもそこにいるのか？」

ローリーは言いよどんだ。それだけで十分な答えになっていた。

ティレルはローリーのそばを離れた。熱く激しいアドレナリンが血液中にあふれだすのは無視できなかった。獲物の気配を感じたハンターにでもなったような気分だ。エリザベスはわずか二十分しか離れていないところにいる。

ローリーが尋ねた。「息子はどうしている？　さぞ大きくなったことだろう？」明らかに話題を変えようとしている。

ティレルは部屋の反対側から彼に向き直った。「彼女はどうしている？」

ローリーの目が光った。「やめたほうがいい」彼は警告した。

「何をやめたほうがいいというんだ？」ティレルは笑顔を作ったが、不愉快な気分だった。

「彼女がどうしているか知りたいんだ。簡単な質問だ。僕には知る権利がある」

「君に権利などない。あるものか！」ローリーは声をあげた。「君が持っているのは、婚約者に対する権利だけだ」さらにむきになってつけ加えた。「君は彼女の心を傷つけた。いったい彼女がどんな思いでいると思っているんだ？」

ティレルは不意に危険な怒りに襲われるのを感じた。「悪いが、君の意見には賛成しかねる。彼女が僕を捨てたんだ。僕が彼女の心を傷つけたわけではない」

ローリーは怒った顔で近づいてきた。「彼女は僕の親戚《しんせき》であり友人でもある。僕は君たちの関係に反対だった。恥ずべき関係だ。リジーはそんな立場に甘んじるべき女性じゃない。立派な夫と家庭を手に入れて然《しか》るべきなんだ――恥と破滅ではなく」

ティレルは動けなかった。「僕のもとに来たとき、彼女はすでに堕落した身だった」そう言ったものの、それが偽りであることは自分が知っていた。ローリーの言うとおりだ。エリザベスは不道徳な情事にはふさわしくない女性だった。

「僕がここに来たのはリジーのことを話し合うためではない。それも、よりによって君と！　どうか彼女のことはそっとしておいてくれ」ローリーは警告した。

「どうして僕が彼女をそっとしておかないと思うんだ？」

「リジーのことをあれこれ質問しておきながら、君がリジーをまた追いまわす気ではないかと僕が思う理由がわからないというのか？」ローリーは信じられないという顔をした。

ティレルの心と頭は、今や協力し合ってめまぐるしく働いていた。しかし、彼はただ静かにこう言っただけだった。「よりを戻すつもりはない」

「それなら何をするつもりなんだ、ティレル？」ローリーが詰問した。

その瞬間、ついにティレルは自分が何をすべきかを悟った。

23

驚くべき展開

ジョージーとローリーの正式な婚約発表の場として、エレノアはこぢんまりした夕食会を開いた。父からは二人の結婚を認める手紙が届けられ、母からはジョージーの婚約をとても喜んでいるという旨の短いメッセージが同封されていた。ローリーはエレノアのお気に入りの甥《おい》っ子だという点についても、そのわずかなメッセージの中にそれとなく盛りこまれていた。文字どおり、雲の上を歩いているかのように浮かれているジョージーを見て、リジーは心から満足していた。二人は春を待って式を挙げるらしい。

夕食会の開宴には、まだ少し時間があった。ゲストの顔ぶれはさまざまだ。リジーは、自分と同年代の紳士がいることに気づいた。上流家庭の末息子なのだろう。エレノアがこの機会を利用して自分にお見合いをさせようとしているのかもしれない。だが、ジョージーの婚約を心から喜んでいたリジーは、もしそうだとしても、くよくよ考えこまないことにした。「ミス・フィッツジェラルドでいらっしゃいますか？」自分とほぼ同じ年齢に見えるブロンドの紳士が、リジーに向かってにっこりと微笑《ほほえ》んだ。「ずうずうしいお願いだとは思うのですが、今週末にでも競馬にご一緒していただけないでしょうか？」

リジーは、チャールズ・デーヴィッドソンに向かって笑いかけた。返事ははっきりと伝えなくちゃだめよ。私はどんな紳士とも、どこへも出かけるつもりはないわ。それに、私のことは世間でも周知の事実なのに、わざわざ誘ってくる意図がわからない。たとえ真剣に求愛してくれているとしても、興味はないわ。「お招きいただいて光栄ですわ。でも、申し訳ありませんが、お断りさせていただきます。あいにく今週は、セントアン病院のほうがいろいろと忙しいので」

チャールズはがっかりした表情を浮かべ、お辞儀をした。「それは残念でなりません」

丁寧に言った。

ドアベルの音がした。「失礼させていただけますか？　お客様がいらっしゃったようなので」リジーは笑みを浮かべて、その場を離れた。しかしホールに出る前に、ローリーに引き止められた。

「チャールズはいいやつだよ、リジー。話もせずに肘鉄を食らわすつもりかい？」

リジーはローリーの真剣なまなざしを受け止めた。「それじゃあ、あなたが彼を招待したのね？」そう言って、首を横に振った。「ローリー、お願い、私は興味ないの」

ローリーは探るようにリジーをのぞきこんだ。「ひと言言わせてもらえるかな？」

リジーは結構よとばかりに手を上げた。過去を忘れて先へ進んだほうがいい、などと彼の口から聞きたくはない。しかし、返事をするより早く、誰かの視線を感じた。ローリーの脇《わき》からホールをのぞきこんだリジーの目に飛びこんできたのは、ティレル・ド・ウォーレンの姿だった。

リジーは驚きのあまり声をあげた。

なんて久しぶりなのかしら。

ティレルは二人から少し離れたところで、目を輝かせながらじっとリジーを見つめていた。リジーは彼から目を離すことができなかった。いったい彼はそこで何をしているの？　なんの用なの？

ティレルの姿を見ただけで、あれからずいぶん時間がたっているというのに、リジーの古傷がまた口を開けた。まるで昨日、彼のもとを去ったかのように心が痛む。そしてまるで昨日のことのように、彼の腕に抱かれたいという気持ちでいっぱいになった。そのとき、花束が目に入った。

リジーは彼が手に持っている豪華な花束を見つめ、身をこわばらせた。

〝私、ティレルとも誰とも結婚したくない〟

妙なことに、ブランシュの衝撃的な告白がリジーの脳裏をよぎった。

でも、ブランシュが結婚を望んでいないからといって、何かが変わるわけではないわ――リジーは自分に強く言い聞かせた。ブランシュは父親の命令に従うはずだ。ティレルがアデアへの務めを果たそうとするように。でも、それなら、なぜ彼はここへ？

「リジー？　大丈夫かい？　ここにいればいい」ローリーがそっけなく言った。「ここは僕に任せてくれ」

ローリーの言葉はほとんど耳に入っていなかった。ティレルは暗い瞳で一心にリジーを見つめていた。世間の常識や過去の苦い経験を忘れてはいけないと思いつつ、希望の光が差しこみ始めた。

「なんの用だ？」ローリーが信じられないとばかりに詰問した。明らかに愕然《がくぜん》としている。

ローリーなどどうでもいい。リジーはホールの入り口に立ちすくみ、まるで幽霊を見たかのように呆然《ぼうぜん》としている。永遠とも思える日々を経て彼女の姿を目にしたとたん、それまで何層にも積もっていたティレルの怒りはすべて消え去った。彼女は実に美しい。恐ろしいほど美しい。彼女を抱きしめて、彼女を守り、そして彼女と愛を交わしたい――望みはそれだけだった。どうして二人が離れていたのか、その理由さえ思いだせなかった。二人が離れる理由など、何も思いつかなかった。彼女のところへ行き、許しを請いたい。自分を捨てたのは彼女のほうだ、自分が犠牲になったのだなどという思いは、もはや頭の片隅にも残っていなかった。

ローリーは激怒していた。「今すぐ帰ってくれ、ティレル。君がここにいるだけで、彼女や、この家の人間全員を苦しめることになるんだ。それとも忘れたのか？　君には、れっきとした婚約者がいることを」辛辣《しんらつ》な口調だった。

ティレルはたじろいだ。僕はブランシュと婚約している。こんなところへ来るべきではない。だが、かまうものか。彼女と話をするまでは帰れないんだ。ようやくティレルはローリーに視線を向けた。「彼女に言い寄っていた、あのブロンドの男は誰だ?」

「僕の友人だ。お互いに気に入るんじゃないかと思ってね」ローリーは言い返した。

心の中で嫉妬《しっと》心がめらめらと燃えあがるのをティレルは感じた。だが、今の自分にはそんな権利はない。ティレルはあきらめた。もし自分がアデアの運命を意のままに操れる立場にあるのなら、彼女の人生にほかの男が入りこむ余地など与えないだろう。だが、現実はどうなんだ? その現実のせいで、エリザベスはどうなってしまったのだ? 僕たちはいったいどうなってしまったというのだ?

「ブランシュのところへ帰れ」ローリーは再び言った。

婚約者の青白い面影が脳裏をよぎった。その瞬間、二人の結婚生活は決してうまくいかないことに気づいた。不意に、自分がしなければならないことを思い、怖くなった。そして、それには疑問を差し挟む余地がないことを確信した。

ティレルはリジーのグレーの瞳をもう一度見つめた。大きな瞳は、ひどく傷ついていた。彼女の口を通さなくても、彼女が訊《き》きたがっていることは伝わってくる。〝どうして?〟たった一語のその言葉がホールにこだました。その答えを知っていたら、僕はとんでもない男だ。

「なんてことだ、ティレル、君はまだ彼女に気があるようだな。いいか、未来の義兄として言っておく。二度と彼女を傷つけるような真似《まね》をしないでくれ。それから、彼女が別の男性と本当に幸せな未来を見つける機会を邪魔することも許さない」

ティレルは聞いていなかった。いつの間にか、ショックで青い顔をしたジョージーが、リジーの横に立ち、彼女の肩に腕をまわしていた。だが、リジーはそれにも気づいていないようだった。「彼女はほかの男のものになどならない」ティレルは言い、ローリーを睨《にら》みつけた。

「なんだと?」ローリーは唖然《あぜん》としている。

「彼女に花を渡さなければ」ティレルはリジーだけを見つめながら言った。「彼女と話がしたい。話がすんだら帰る」

「おい、ティレル!」ローリーが叫んだ。

しかし、すでに手遅れだった。ティレルはリジーに向かって歩き始めていた。


リジーは動くことも、息をすることもできなかった。自分の後ろの居間で交わされている声もすでに耳に入っておらず、自分の横に姉が立っていることさえ気づかなかった。ティレルが、歩いてくる。ひたすら私だけを見つめて。

ティレルはリジーの前で立ち止まり、お辞儀をした。彼がどれほど魅惑的か、リジーはすっかり忘れていた。彼の活力、力強さ、決意が感じられる。そして彼の熱も、男らしさも。彼そのものを感じとることができた。完全に圧倒され、お辞儀を返すことも忘れていた。「ティ……ようこそ、いらっしゃいました」どうにかそれだけは言えた。

　彼の暗い瞳がゆっくりとリジーの顔をのぞきこんだ。まるで、その姿形を隅々まで呼び起こすかのように。あるいは、隅々まで記憶するかのように。彼はじっと黙ったままだ。胸のあいだを汗が滴り、お腹《なか》を伝っていくのがわかる。彼の視線はリジーの唇へと移動し、さらに下がって、ふくらんだ胸へとやってきた。その瞬間、ティレルにしか取り除けない、痛いほど激しい欲望がリジーを包みこんだ。

　何も変わらなかった。彼に両手をつかまれ、体と体を激しくぶつけ合う感触がよみがえってきた。彼が体の中に入りこみ、二人の体がつなぎ合わさったような感覚まで覚えた。とたんにリジーは激しく彼を求めた。体だけではない。こんなにもティレルを恋しいと思ったのは初めてのことだった。

「エリザベス」ティレルが硬い口調で言った。それからジョージーに向かって言った。「ミス・フィッツジェラルド。ご婚約おめでとうございます」

　リジーは今にも癇癪《かんしやく》を起こしそうなジョージーをじっと見つめた。しかし、彼女はお礼の言葉を述べただけで、合図をするようにリジーを見つめた。

　リジーははっと息をのんだ。「二人だけにしてくれる？」

　ジョージーは二人を交互に見やってから、うなずいた。明らかに困った表情を浮かべたものの、その場を立ち去った。

　ティレルは花束をリジーに差しだした。「君がロンドンにいると聞いた」

リジーは深紅の薔薇《ばら》の花束を見て目を瞬いた。どうして私に花束を？　いったいどういう意味があるの？　どうにか受けとったものの、頬がほてっている。「ありがとう」リジーは花束を胸に抱いた。

「元気そうだね、エリザベス」ティレルは真顔で言い、彼女のロイヤルブルーのイブニングドレスにさっと目を走らせてから、再び目を見つめた。

リジーはあえて彼の探るような視線を受け止めた。いいえ、少しも元気なんかではないわ。彼とネッドを置いて家を出てからずっと、具合は悪いままだ。でも、そんなことを言うつもりはない。「あなたもお元気そう」声を震わせながら、リジーは言った。しかし、彼の瞳には、これまで見たことのない影が差していた。何かあったのかしら。彼は何かにひどく悩み、あるいは傷ついているみたいだ。

ティレルはあざけるような笑みを浮かべた。「ああ、十分元気だ」

リジーは思い切って言った。「突然現れるんだもの。驚いたわ」

「ああ、そうだろうと思った」ティレルは、自分がいきなり訪れた理由を言おうとしない。

リジーは体を震わせ息を吸った。「どうして？　どうして来たの？」

ティレルはいかめしい笑みを浮かべた。「今朝ローリーに会うまで、君がロンドンにいるとは知らなかったんだ」それがすべてを物語っているかのように、ティレルは言った。

だが、それではまったく説明になっていない。リジーは唇を濡《ぬ》らした。「そう」

「僕たちは昔からの友人だろう？」ティレルはリジーを見つめながら言った。

「友人」リジーは繰り返した。二人の以前の関係を考えると、とてもぴんとこない言葉だし、ティレルもそれは承知しているはずだ。それとも、今の彼は、私のことをそう思っているのかしら——昔からの友人、と。リジーは頰が熱くなるのを感じた。「ええ、もちろん、私たちは今でも友人よ」できるだけ冷静に言った。「あなたはいつまでも私の友人だわ、ティレル」

ティレルは、言葉とは裏腹のリジーの表情を探るように見つめた。「ということは、これからもずっと、僕に忠実でいてくれるということかい?」

まあ、いったいどういう意味なの? リジーの不安がつのっていく。「ええ。友人はお互いに忠実なものですもの。それが友情でしょう?」遠まわしで、嫌味な言い方。こんなふうに話すのはいやなのに。「私がいつも正直な人間であることは、あなたはよくご存じでしょう? あなたはずっと私の友人よ」いつの間にか、口調に熱がこもっていた。リジーの本心から出た言葉だった。

ティレルはリジーをしばらく見つめたあと、いきなり言った。「君は変わった」荒々しい声で言う。「以前よりもずっと美しく、魅力的になったうえ、成熟した女性だけに備わっている自信と落ち着きを身につけている」

歯に衣《きぬ》を着せないお世辞を耳にして、リジーは驚いた。いけないと思いながらも、ついうれしくなってしまう。彼の褒め言葉など気にしたくはないのに。「人はどんどん変わっていくものよ、ティレル。それを成長と言うんじゃないかしら」リジーは言いよどんだ。

「あなただって、変わったわ」

ティレルはリジーと見つめ合い、たじろいだ。しばらくして優しく言った。「人生は驚きの連続なんだよ、エリザベス。そのどれもが楽しいことばかりとは限らないが」

どういう意味かしら。訊きたいけど、怖い。「ご家族はお元気？」リジーはネッドのことを考えていた。

「ああ、とても元気にやっている」

リジーは唇を噛《か》んだ。ネッドのことを訊きたいが、そのことを持ちだすべきではないこともよくわかっている。訊いてしまったら最後、再び悲しみに襲われるのに決まっているのだから。恐ろしいほど気まずい雰囲気が流れた。リジーはブランシュと、延期になったという彼の結婚式について考えた。「レディ・ブランシュは？」

ティレルは目をそらした。「彼女も元気だ」次に彼の口から出てきた言葉に、リジーは衝撃を受けた。「相変わらず他人行儀なままだが」

リジーは凍りついた。先日ブランシュがいきなり現れたと思ったら、今日はティレルがやってきた。リジーの胸の中に、一縷《いちる》の望みがわいた。リジーは自分に言い聞かせた――彼は同じ階級で、財産のある女性と結婚しなければならないのよ。それに比べたら、私は貧乏で、彼の結婚相手になるはずがないじゃない。

リジーは目を閉じた。夏からずっと、それは彼女の密《ひそ》かな夢となっていた。漆黒の闇夜《やみよ》の中でしか見ることのできない夢。どれほど理性がはねつけても、リジーの心は、彼の妻になりたいと訴える。はねつけられても当然だ。もし万が一、彼とブランシュのあいだに溝があったとしても、何も変わらないのだから。

「エリザベス」ティレルが優しく言った。

リジーは顔を上げた。

「長居して嫌われるのは本望ではないし、君の夕食のゲストも待っている」

リジーはうなずいたものの、心の中では動揺が始まっていた。彼は帰ろうとしている！　どうしたら彼を冷静に送りだせるというの？　この数カ月は、彼がいなくてもなんとかやってきた。しかし、こうして彼が現れたことで、ひとつの事実が明白になってしまった。二度と彼のいない生活には耐えられないという事実が。彼の友人であることに甘んずるべきだとしたら、そうするべきよ。あまりに危険なことだと知りつつ、リジーは腕を伸ばし、彼の腕に手を置いた。「ティレル」

ティレルははっとたじろぎ、リジーを見つめた。瞳に熱がこもり始めた。

リジーにはわかった。彼は欲望の嵐《あらし》に襲われている。まだ私とベッドに入りたいと思ってくれているんだわ。私たちはお互いに、二人のあいだでわき起こる欲望と闘わなければならないらしい。リジーは息を吸った。「今日は、来てくださってうれしかったわ。できればこれからも……私たち、友人でいられるかしら？　その……いわゆる親友になれればいいと思って。よければ、これからもときどき遊びに来てください。もちろん、ご都合のいいときでかまいませんから」

「ありがとう」ほっとしたようにティレルは答えた。「エリザベス……僕もぜひまた訪ねてきたいと思っている」

リジーの心臓がよじれ、早鐘を打ち始めた。まるで以前に戻ったようだった。ウィックロウで分かち合ったロマンスと情熱の日々に。ティレルは相変わらずありえないほど魅力的で、恐ろしいほどハンサムで、力強いと同時に安心感を与えてくれる。彼の腕に飛びこみたいという衝動を、リジーは必死で抑えていた。彼の大きくて硬い胸に頭をもたせかけることができれば、ほかに何も望むことはないのに。

リジーはティレルを玄関まで送った。ティレルが足を止めた。「エリザベス、ネッドのことは訊かないのかい？」リジーをじっと見つめながら、ティレルは言った。

リジーは雷に打たれたかのようにひるみ、急いで顔を背けた。自分の苦悩の深さや動転ぶりを彼に知られたくはなかった。声が出ないので、ネッドのことを訊かない理由を説明することもできなかった。

「ネッドもとても元気だ」ティレルは優しく言った。「あいつは実に頭がいいんだ。まあ、傲慢《ごうまん》すぎるところもあるが。それにすごく明るい。かわいくてしかたがないよ」

リジーはうなずき、ようやく彼を見あげた。瞳に涙がたまっていた。

「ネッドのことでは、今も寂しい思いをしているんだね」

「あの子に……会いたい」

ティレルは黙りこんだ。

リジーは涙を拭《ふ》いて、どうにか落ち着きを取り戻し、痛々しい笑みを浮かべて彼を見つめた。「今日は、本当にありがとうございました」よそよそしさを取り戻して、リジーは言った。

「エリザベス」

リジーは体をこわばらせ、彼を見つめた。

「ネッドに会いに来ればいい」僕が喜んで手配しよう」

希望の火が燃えあがり、リジーを包みこんだ。だが、すぐに冷静さを取り戻した。「それはやめてください」リジーは言った。ネッドに会えば、耐えられないほど傷つくのは目に見えている。また母親の気持ちを取り戻し、二度とネッドから離れられなくなってしまう。「それだけは、できません」

ティレルはしばらくしてから答えた。「気が変わったら、言ってくれたまえ。君を迎える準備をしておく」

リジーはぐいっと顔を上げた。「気が変わることはありません。おやすみなさいませ」

リジーはお辞儀をした。

ティレルはお辞儀をしようとはしなかった。その代わりに、リジーを不安にさせるような訝《いぶか》しげな目で、じっと彼女を見つめた。

夜が明けるころ、リジーは覚悟を決めた。

机の前に座り、ペンで短い手紙を書くと封をし、きっかり八時にハーモン・ハウスへ届けてもらった。

ド・ウォーレン卿《きょう》殿
寛大なるあなた様のお申し出について、もう一度考え直してみました。もし、今でもお気持ちがおありでしたら、ぜひご子息に会わせていただきたいと存じます。私は、今日は自宅におります。ご返答をお待ちしております。
エリザベス・アン・フィッツジェラルド

ティレルの返事は、八時半には届いた。

ミス・フィッツジェラルド殿
貴殿の申し出を待ちかねておりました。どうぞ、都合のよいときにいつでもお訪ねください。日時を指定していただければ、そのように手配いたします。返答をお待ちしています。
ティレル・ド・ウォーレン

興奮に身を震わせながら、リジーは九時までには返事を書き終え、従僕に届けさせた。

親愛なるド・ウォーレン卿
厚かましいことをお許しいただけるなら、今日にでもネッドにお会いしたく存じます。いつでも、そちら様の都合のいい時間にうかがわせていただきます。

エリザベス・アン・フィッツジェラルド

ティレルはまだ自宅にいるらしい。一時間もしないうちに返事が届けられたからだ。

親愛なるエリザベス
厚かましいはずがないではないか。四時でどうだろう？

ティレル

午後には、ネッドに会えるのね。リジーは信じられない気持ちだった。ティレルの返事を読んでいるうちに、彼の笑みと彼女への優しいまなざしが感じられる気がした。それについては深く考えないようにしながら、リジーは了承の返事を書いた。喜びの涙で文字がにじんでしまったが、リジーは気にせず返事を送った。

親愛なるティレル卿

お申し出のとおり、四時にうかがいます。よろしくお願いいたします。

エリザベス

返事が来るとは思っていなかったので、十一時十五分前に手紙を受けとったときは心底驚いた。

エリザベス
君の訪問を楽しみに待っている。

ティレル

午後四時きっかりにリジーがハーモン・ハウスに到着すると、手紙の文面どおり、ティレルは彼女を待っていた。リジーは、彼が家にいるとは思っていなかった。使用人に、彼女がネッドを訪ねてくるという旨を指示しておくこともできたはずだったからだ。しかし、ティレルは自らリジーを出迎えてくれた。私が彼にいてほしいと思ったように、彼も私と一緒にいたいと思ってくれたのかしら。そう願わずにはいられなかった。ティレルの背後に立つ門番は、あくまでも冷静を装っていたものの、どこかばつが悪そうだった。「エリザベス」ティレルはお辞儀をし、彼女に先に玄関ホールに入るよう促した。ズボンに黒い上着、ブロンズ色のベストに幅広のタイ《クラヴァット》という、かしこまったいでたちだ。

リジーも入念にドレスを選んできた。パステルグリーンの長袖《ながそで》で、ハイネックのドレスだ。高級で優雅な織物でできているので、女王のように気高く見えるはずだった。この一年のあいだには、高級な衣装のほかにも宝石をいくつか身につけるようになったリジーだったが、その日はダイヤをはめこんだ小さな翡翠《ひすい》のイヤリングと、お揃《そろ》いの金のブローチをつけていた。少し前なら、とても所有することなどできなかった高級品だ。ティレルがなめるように自分を見ていたことから、彼にも認めてもらえたのだと安堵《あんど》した。

「ごきげんよう、閣下」リジーはささやくように言った。ティレルの視線はまさしく男性が女性を見る視線そのものだった。私をベッドに連れていきたいって思っているのね。だが、そんなことはありえない。リジーが望む二人の新しい関係に、欲望の入る隙間《すきま》はないのだから。リジーはティレルの脇をすり抜け、広々とした玄関ホールを見渡した。ネッドに早く会いたい。興奮で体が震えた。

門番が玄関のドアを閉めると、ティレルはリジーの腕を取った。「ネッドは青の間にいる」リジーの気持ちを推し量ったように、ティレルは言った。

二人の視線が合った。リジーは小さな紙袋を下げていて、中にはきちんと包装された箱が入っていた。「おみやげを持ってきたの」リジーは小声で言った。

ティレルは温かい目でリジーに笑いかけた。「別に驚きはしないよ」彼女を案内しながら、ティレルは言った。

ハーモン・ハウスを訪れたのは初めてだったが、優雅な内装にはほとんど目がいかなかった。心臓が激しく鼓動し始めた。するとネッドの子供らしい声と、興奮した犬の鳴き声が聞こえてきた。

「ネッドには、おばさんが来るって言ってあるんだ」ティレルは言った。

リジーは驚きのあまり足を止め、ティレルに向き直った。「今、なんと？」一瞬、ティレルがアンナの秘密を知ってしまったのかと思った。

ティレルは困惑した目でリジーを見つめた。「君のことは、親戚《しんせき》のひとりとして引き合わせたほうがいいと思ったんだが」

気がつくと、激しく鼓動する心臓を手で押さえていた。「ええ、そうよね」

ティレルはリジーの腕を取り、別の廊下へ導いた。何か考えこんでいる様子だった。

落ち着かない気分でリジーは言った。「あなたのお母様が、ご親切に、ときどきネッドの様子を手紙で知らせてくださるの」

ティレルは驚いたものの、特に不服はなさそうだった。「わかる気がする」ティレルは歩きながら言った。「母上は君のことを気に入っていたからな。二人ともうまくやっている」ティレルはリジーを横目で見ながら言った。「母上とネッドのことだ。ネッドは母上が大好きだし、母上はネッドを猫かわいがりしているよ」

「よかったわ。本当に」水色に統一された居間の敷居で立ち止まり、リジーは言った。そのとき、ネッドの姿が目に入った。

リジーは泣きださないよう、どうにか耐えた。ネッドは自分の二倍ほども大きな毛むくじゃらの犬の横に立ち、お座りをするよう命令している。犬ははあはあ息をしながら、ただネッドを見つめているだけだ。ロージーはソファーに腰かけ、編み物をしていた。

リジーは必死に涙をこらえた。ティレルに見つめられているのを感じたが、彼のほうを向くことはできなかった。リジーの人生のすべてとも言えるネッドが、わずか数メートル先のところにいるのだ。ネッドはリジーの記憶よりもずっと身長が伸びていた。膝までのズボンと小さな上着を身につけているせいか、赤ちゃんというよりも、むしろ子供らしくなっている。ハンサムなところはそのままだ。ネッドが毛むくじゃらの犬をようやく座らせたころ、リジーの頬には涙が伝っていた。

「よしよし、いい子、ウルフ」ネッドは腰に手をあてて言った。そして肩越しに振り返って、父親の姿に気づき、満面の笑みを浮かべた。「パパ！」

父親のもとへ駆け寄ったネッドを彼がさっと抱きあげるあいだ、リジーはじっと立っていた。ネッドも、ティレルも笑っている。ティレルはしばし、ネッドをぎゅっと抱きしめた。「お客様がいらっしゃったぞ」ティレルは息子に向かって静かに言った。「覚えているかい？　今朝、エリザベスおばさんが来るって言っただろう？」

二人を見ていたリジーは、自分のしたことは正しかったのだと改めて気づいた。ネッドが一心に父親の話を聞く様子を見ていれば、二人の絆《きずな》がどれほど強いかは明らかだ。ネッドはますます父親に似てきたようだった。ティレルをしばらく見つめたあと、まるで何かを決意するかのように、その黒い瞳をリジーに向けた。興味深げだけれども、冷静で断固としたネッドの瞳に見つめられ、リジーの涙はいよいよ止まらなくなった。

ティレルはネッドを床に下ろした。「おばちゃん、泣いてるの？」ネッドはリジーをじっと見つめたまま尋ねた。

ティレルは息子の頭に手を置いた。「おまえに会えたのを喜んでいるんだ。一歳のときに会ったきりだから」

ネッドは目をそらそうとしない。リジーは涙を流しながら笑みを浮かべた。「こんにちは、ネッド」小声でささやいた。心が激しく痛んだ。ネッドに駆け寄り、彼を抱きしめそうになる気持ちを必死で抑えた。ネッドを怖がらせたくはないからだった。もちろん、ネッドがそれくらいのことで怖がってしまうとも思えなかったけれど。

ネッドは笑みを返してこなかった。眉をひそめ、リジーをじっと見つめている。きっとどこか見覚えがあって、誰だったか思いだそうとしているに違いない。

「あなたがまだ赤ちゃんのときに会ったことがあるのよ」リジーは言った。手を伸ばし、彼の柔らかな頬に触る。ネッドは動かなかった。「贈り物を持ってきたの。見たい？」

ネッドはうなずいた。「泣いちゃだめ」

「ええ、頑張るわ。でもお父様がおっしゃったとおりなの。あなたに会えたのがうれしくてしかたないのよ」

ネッドはリジーの手を取った。

リジーは体を震わせ、笑いながらネッドの小さな手をつかんだ。顔を上げると、ティレルがじっと自分を見つめていた。ティレルがかすかに微笑んだ瞬間、耐えられなくなった。床に座りこんでネッドを見つめる。涙があふれて止まらない。「ぎゅってしてもいい？」

ネッドはとまどうことなく、うん、とうなずいた。

リジーはネッドを腕に抱いた。やりすぎるべきではないことはわかっていたが、ネッドはすぐに自分の腕をリジーの肩にまわし、抱き返してきた。リジーは苦しい胸のつかえをぐっとのみこみ、ネッドを抱きしめて、人生最大の至福の瞬間を楽しんだ。それから、さっと立ちあがった。「はい、これよ」リジーはほとんど話すこともできず、ネッドに包みのひとつを渡した。

ネッドはすぐに包み紙を破って開けた。中から出てきたのはびっくり箱だ。見たことがあるらしく、すぐに蓋《ふた》を叩《たた》いた。色鮮やかなピエロが飛びだしてきた。ネッドはうれしそうに笑い声をあげ、ピエロをもう一度箱の中へ押し戻すと、床の上に座りこみ、またぽんと蓋を叩いた。ウルフは興奮した様子でずっと尻尾《しっぽ》を振っている。

リジーはようやく涙を拭きとった。彼女からさほど遠くない場所でネッドが遊んでいて、彼女の後ろでは、ティレルがネッドと彼女の様子をじっと見ている。不思議な光景だと、リジーは思った。そして、立ちあがっていたロージーに目をやった。「ロージー」

ロージーは泣いていた。「奥様」

リジーはロージーのもとに駆け寄り、二人は抱き合った。

「元気だった？」リジーは泣きながら、ロージーを放した。

ロージーも涙を拭《ぬぐ》った。「ええ、とっても。旦那《だんな》様はとてもよくしてくださっているんですよ。でも、ずっと奥様にお会いしたいと思っていました。私も、ネッドも」

リジーはうなずくことしかできなかった。ネッドが長いあいだ私を捜そうとしていたのでなければいいのだけど。「ネッドはすっかり大きくなって。うれしいわ。ありがとう、ロージー。ネッドと一緒にいてくれて、本当にありがとう。感謝してもしきれないわ」

ロージーはリジーに向かって笑いかけた。

視線を感じ、リジーはティレルのほうを振り向いた。考えこむように、一心にリジーを見つめている。何を考えているのかしら——そう思っただけで、リジーの心臓がよじれた。

「ネッドはすごく背が高くなったわね！」

「はい、雑草のように、ぐんぐん伸びているんですよ」

「本当にありがとう、ロージー」リジーは心からそう言った。

ネッドはまだびっくり箱で遊んでいる。犬まで、ネッドと同じくらいピエロに夢中になっていた。「贈り物をありがとう」ティレルが言った。

「そうだわ、もうひとつあるの」ティレルの視線に落ち着きを失い、リジーは口早に言った。部屋の入り口へ戻り、袋から小さな包みを取りだした。足を止め、深く息を吸って、ウィックロウで昼も夜もネッドと一緒に家族のように過ごした日々を思いだした。五カ月もの空白の期間があるとは思えない。でも、同時に、その五カ月がまるで一生分のようにも感じられる。

「エリザベス？」ティレルがいつの間にか真後ろに来ていた。リジーは驚いてよろめいた。ティレルが肘を軽くつかんで支えてくれたおかげで、どうにか転ばずにすんだ。ティレルの熱い視線を感じる。きっともう一度キスを交わせば、あっという間に以前の二人に戻ってしまうだろう。リジーは体を引き、彼に包みを渡した。

「僕にくれるのかい？」

「いいえ、ネッドのよ」そう言いかけたリジーは、ティレルの目が光っているのに気づいた。まあ、私をからかったのね。リジーは頬を赤らめて、後ろへ一歩下がった。できるだけ彼とは距離を置いたほうがいい。

ティレルは真顔で包みを開け始めた。まるで彼女の思いを察したかのようだった。しかし、リジーの感情については、ティレルは驚くほど敏感だ。ティレルは絵本の表紙を手で撫《な》でた。「夜寝る前に、ネッドに読んで聞かせるのが楽しみだ」

薄暗がりのなか、スモーキングジャケットを着て、ネッドと一緒にソファーに腰かけて本を読んでいるティレルの姿が思い浮かび、リジーの心が痛んだ。

「しばらく、ここでネッドと遊んでいってもいいかしら？」

ティレルはリジーをじっと見つめた。「また僕たちに会いに来ると約束するならね」

リジーの心臓が跳ねあがった。僕たち？　そんな条件、不公平よ。それに、いったいどういう意味なの？

「また来てくれるだろう」ティレルは静かに言ったが、決して尋ねる口調ではなかった。

リジーは降参した。「ええ、ぜひ、また遊びに来るわ」

ティレルは笑みを浮かべた。「金曜日の午後はどうだい?」

「結構よ」リジーの心が浮きたった。二日後には、またハーモン・ハウスを訪れて、ネッドに会えるのね――そして、ティレルにも。その瞬間、リジーはここを訪れる本当の目的がすり替わってしまうような気がした。

ティレルがリジーをじっと見つめていた。まるで獲物を狙《ねら》うハンターのように。きっと動くべきときを待っているんだわ。わからないのは、彼がどういうつもりなのか、ということ。以前の関係を取り戻そうとしているのは確かだと思うけど。

その気にさえなれば、簡単なことだ。でも、私は今日、ハーモン・ハウスを訪れるのは実は危険だということはよくわかっていたはずだ。

「ワインでも飲まないか?」ティレルが静かに尋ねた。

リジーはとまどったが答えた。「ええ、いただくわ」

24

運命の転換

婚約者がやってきたと伝えられ、ブランシュは驚いた。先日、父と夕食をともにしたときに会ったばかりだったからだ。ティレルの訪問の目的を訝《いぶか》りながら、執事に礼を言い、彼が待っている居間へ入った。ティレルは炉床で躍る炎を見つめて立っていたが、ブランシュの足音を聞いて振り向いた。

二人は挨拶《あいさつ》を交わした。ティレルはやけに深刻な表情を浮かべている。「折り入って相談がある」ティレルは言った。「座ってもらえるだろうか」

ブランシュは不安を感じながらうなずいた。彼女は濃い金色のクッションがいくつも置かれた、やはり金色の大きなソファーに腰をかけた。ティレルは真向かいの椅子に座った。

「ご家族の皆様はお変わりありませんか？」誰かが病気にでもなったのかしらと思いながら、ブランシュは尋ねた。

ティレルはうかがうようにブランシュをじっと見つめた。ブランシュも同じように彼を見つめる。彼の考えや、ここへ来た理由をその表情から読みとることはできなかった。

「おかげさまで、皆、元気です。ありがとう。お父上のお加減はいかがですか？　先日はとてもお元気そうだったが。まだ、あまりよくなってはおられないのですか？」

ブランシュは口ごもった。「父は……ええ、まだときおり疲れを感じることがあるようですわ」不意に、ブランシュは心配になった。「ハーモン・ハウスに戻らなければならないでしょうか。できれば、私はここで父についていてあげたいのです」

「いや、僕はあなたを連れ戻しに来たわけではない」ティレルは落ち着かない様子で目をそらした。

ブランシュの脳裏に、彼の元愛人のエリザベス・フィッツジェラルドの姿がよぎった。ブランシュは最近、よくリジーのことを考えていた。彼女はとても感じがよく、礼儀正しくて、育ちのいい女性だった。愛人と聞いて、派手な高級娼婦《しようふ》を想像していたのに、実際のミス・フィッツジェラルドは実に知的で、思いやりのある女性だった。彼女の率直さも、親愛の情を感じさせるものだった。私が彼女に会いに行ったことを、ティレルが知ったのだろうか？

「ブランシュ、言いにくいことだが、言わなければならないことがある。あなたを苦しませるつもりはないが、結果的に、そうせざるをえないかもしれない」

ブランシュはクッションの房を指でいじった。「ミス・フィッツジェラルドのことですか？」

ティレルは驚いた。「ということは、彼女のことを知っているのですか？」

ブランシュはうなずき、じっとティレルの様子をうかがった。相変わらず顔の表情は読めない。「父から、あなたの……過去の関係を聞きました」ブランシュはティレルを安心させるように笑みを浮かべた。「大丈夫ですわ、ティレル。私は傷ついてもいませんし、心配もしていません」

「では、誰にも悪意を抱いてはいないと？」

「私はそういう性格なのです」ブランシュは正直に答えた。誰かを憎んだり、冷たい態度をとったりできるほど感情を持つことができたらどんなにいいかと願いながら。「腹が立つということがないのです」

ティレルは立ちあがった。「だが、今度ばかりはそうはいかないと思う。ブランシュ、あなたはすばらしい女性だ。立派な伯爵夫人になれるだろうし、僕の妻としても申し分ない。このことについては、ずいぶんと考えた。あなたを傷つけたくはないが、それを避ける道もない。僕は、あなたとは結婚できない」

ブランシュはほっと安堵《あんど》し、気がつくと自分も立ちあがろうとしていた。「結婚できない、とおっしゃった？」どうにかそう答えた。自分と同じく、彼も婚約を解消したいと考えていたことに驚いていた。

ティレルは申し訳なさそうにうなずいた。「本当に申し訳ない。これはあなたのせいではない。あなたと出会う前から、僕は心に思う女性がいた。たとえ財産を失ったとしても、僕はその女性を妻にしたい。あなたの父上の後ろ盾がなくなる以上、アデアの未来を守るためにかなりの節約を余儀なくされることは、もとより承知のうえです」

「ミス・フィッツジェラルドを心から愛していらっしゃるのですね」ブランシュは感心するように言った。自分との婚約を解消すれば、彼が後継者としての資格を取りあげられる可能性があることを、ブランシュは知っている。「義務よりも、愛をお選びになったのですね」

「ええ」ティレルは厳しい顔で言った。「見え透いた行動だとお笑いになりますか？」

「とんでもない」ブランシュは言った。そんなふうに誰かを愛せたら、どういう気持ちになるのかしら。「実は、先日、ミス・フィッツジェラルドにお会いしました。とても思いやりのある、慈悲深い女性ですわ。派手な美しい女性を想像していましたが、むしろ地味な方でした。あなた方の関係は真の愛によるもので、決して下劣な欲望に駆られたものではないことがすぐにわかりました。ティレル、あの方は、あなたを心から愛していらっしゃいますわ」

そのとき初めて、ティレルの瞳に彼の感情が映った。「彼女がそう言ったのですか？」

「おっしゃらなくてもわかります」ブランシュは父のしたことについて考えた。今こそ、ティレルに打ち明けるべきだろう。「ティレル、私の父は、あなたとミス・フィッツジェラルドとの関係をわざと邪魔したの。彼女に屋敷を出ていくよう言ったのは、父なのよ。そのうえ父は、ミス・フィッツジェラルドが屋敷を出る前にあなた宛《あて》に書いた恋文を燃やしてしまったの。手紙を読んだらあなたが何をするか、怖くなったんですって」

ティレルは怒りと驚きで、しばらくブランシュをじっと凝視していた。「教えてくれてありがとう」ティレルはようやく言った。それからティレルは口調を和らげた。「それで、あなたはどうなんです、ブランシュ？」

「私なら大丈夫です」

ティレルは考えこむように、ブランシュを見つめた。「普通の女性なら、今ごろヒステリーを起こしているところだ。あなたが癇癪《かんしゃく》を起こすような女性でないことは知っているが、それにしても、本当に平気なのですか？」

「あなたが別の女性と結婚したいとお思いになろうと、私が一生ハリントン・ホールで過ごすことになろうと、私はまったく平気ですわ。むしろ、ほっとしているのです」

ティレルは驚いた表情を浮かべた。「僕にはあなたの気持ちがまったく理解できない」

ブランシュはティレルの気持ちを考え、不意に言った。「あなたを侮辱しているわけではないのです、ティレル。あなたがおっしゃったように、今回のことは私のせいではありませんし、私がほっとしているというのも、あなたのなさったこととはまったく関係のないことなのです」

「思いを寄せている男性がいらっしゃるのですね」

安堵感が消え、絶望に取って代わった。ブランシュは後ろを向いた。「いいえ、残念ですが」

ティレルがブランシュの背後に近づき、大きな手を彼女の腕に置いた。ティレルに会ってだいぶたつが、ティレルは一度も彼女の体に親密に触れたこともなければ、部屋から連れだしてくれたこともない。二度ほどキスをされたものの、ブランシュは体が凍りつき、まったく動けなくなってしまった。今も彼に触られるのがいやで、ブランシュは腕を引き、彼に向き直った。ティレルがじっとブランシュを見つめた。

「あなたは僕に対し、とても寛大に接してくれた。もし機会があれば、なんらかの形で恩返しをさせてもらいたい。僕が婚約の破棄を申しでても平気だというあなたが、どうしてそんなに憂鬱《ゆううつ》な表情をなさっているのですか？」

ブランシュは顔を背けた。悲しげな笑みが浮かぶ。「私は人を愛することのできない人間なのです、ティレル。お気づきじゃなかったかしら？」

「人を愛せない人間がいるとは思えない」

ブランシュの目に涙が浮かんだ。「うれしいという感情はあります。でも、大喜びすることはありません。悲しいという感情もあります。でも、悲しみに打ちひしがれるということがないのです。私の心はどこかおかしいんです。心臓《ハート》は鼓動を打っていますが、心《ハート》は感情らしい感情を持てないのです」

ティレルは唖然《あぜん》とした。「いつかあなたにふさわしい男性が現れて、あなたを目覚めさせてくれるのではないでしょうか」

「私は幼いときからずっと感情を持たない人間でした」ブランシュは言い、目を閉じた。

暴れまわる人々。頭の奥深く、濃い影の中にぼんやりと世にも恐ろしげな光景が浮かびあがった。だが、すぐにもとの場所へと押しやる。頭の中の怪物が失われた記憶の奥底へ消え去るのを見計らい、ブランシュは目を開けてティレルを見つめた。「愛するということはどういうことなのですか？　恋をするというのは、どんな気持ちになるものなのですか？」

「不思議な感情です」ティレルはゆっくりと、ふさわしい言葉を探しながら言った。「不思議で、驚きに満ちていて、喜びにもあふれている。男と女を深く結びつけるものと言ったらいいでしょうか。大いなる愛と献身の源であり、達成感を味わわせてくれるものです」

ブランシュは笑みを浮かべた。「どうぞ、お二人でお幸せになってくださいね」

「ブランシュ、ありがとう。心から感謝します。助けが必要なときは、遠慮なく僕を呼んでほしい。どんなことでもかまわない。あなたには借りがあるのだから」

ブランシュはうなずいた。「それはご親切に」

「まず僕の父に話をします。それから、あなたの父上に話そう」

「私の父のことは心配なさらないでください。最初はひどく腹を立てると思いますが、私がいやがることを無理に進めるような父ではありませんから。よろしければ、私からまず父に話します」

「いや、心配は無用です。これは僕がするべき務めだし、僕が話します」

ブランシュはうなずいた。彼女は理解したのだ。

ティレルは父に面会を申しでていた。伯爵は書斎の机に向かい、一心に『ロンドン・タイムズ』を読んでいた。その横に『ダブリン・タイムズ』が並べてある。ティレルは一瞬ためらったあと、書斎に足を踏み入れた。

ブランシュが婚約解消にすんなりと同意してくれたことには今でも驚いているが、もはや彼女のことはまったく心配していない。むしろ、今までの経緯を考えると、自分と結婚してくれるようエリザベスを説得できるかどうかのほうが不安だ。だが、もうすでに決めたことであり、意志を曲げるつもりはない。どれほど時間がかかろうと、彼女に求婚する。ただその前には、大きな問題が横たわっていた。父に勘当され、後継者としての資格を取りあげられるかもしれない。

アデアはティレルにとってのすべてだった。だが、今となっては、エリザベスはそれ以上の存在だ。エリザベスを手に入れるためなら、後継者としての資格をあきらめるだけの覚悟がある。ブランシュが言ったように、僕は愛を選んだ。その一方で、闘う覚悟も決めていた。エリザベスが欲しい。だが、アデアは失いたくない。両方を手に入れるためなら、父親とも闘う覚悟だった。今日、勝利を勝ちとれるとは思っていない。おそらく数カ月はかかるだろう。伯爵を説得するために、伯爵夫人や兄弟全員の協力を仰がなければならないかもしれない。

妙なことに、罪悪感はまったくなかった。

自分の気持ちに従うと決めた瞬間から、ティレルの心は安心感と決意で満たされた。実際、これほどの決意を持ったことは今までになかった。父との闘いは苦しいものになるだろう。しかし、人生の最大の闘いこそ、最も困難で、最も危険のひそむものではないのか？

説得が成功しても、将来のことは検討しなければならない。だが、ティレルはすでに一族の財力についてじっくり考えてみた。実行は容易ではないかもしれないとはいえ、複数の経済計画の用意はある。

「ティレルか？」

父の声に、ティレルは振り返った。部屋を横切るように、二人の視線がぶつかった。まるで今まさに起ころうとしている闘いを察したかのように、伯爵はゆっくりと立ちあがった。「私に会いたがっていると聞いたが」伯爵が言った。

「はい」ティレルは机に歩み寄った。「父上は、アデア伯爵として、長年にわたってどのように地所を管理してきたのですか？」静かに尋ねた。ティレルが何年ものあいだ、一度尋ねてみたいと思っていた質問だった。

伯爵は別段驚いた様子はなかった。「私が今のおまえの年齢だったころは、世の中は今とはまったく違っていた。機械などなく、商いもそれほど盛んではなかった。だが、私はアイルランドに注目した。問題は、英国との対立だった。当時は実に大きな問題だった。

私は英国の進出を食い止めながら、自分の賃借人たちを守り、彼らの少ない権利を保護する決意をした」

「でも、それは大変な重荷だったのでは？」アイルランドの歴史については、ティレルは熟知している。

「確かに、それほどの責任を果たすには、あまりに自分が小さく、無意味な存在であるように感じたこともある。おまえと違って、私には兄弟はなかったし、唯一の姉はイングランド人と結婚していたからな。だが、そんなときに、おまえの義母と出会い、結婚した。メアリーの愛があったおかげで、アデアという重荷を背負うことができたのだ」

ティレルはじっと父を見つめた。「僕はミス・フィッツジェラルドを心から愛しています。彼女の愛と力が、アデアという偉大なる荷物を背負う僕の支えになってくれることを願っています」

伯爵がティレルを見つめた。しばらくして、ようやく口を開いた。「この時がいつかくるはずだと、メアリーに言われたことがある」

「父上を失望させるときがくるなど、僕は夢にも思っていませんでした」ティレルは熱をこめて言った。「父上のことは心から尊敬しています。ですが、僕にもアデアを守り、妻としてのエリザベスと二人で、アデアの未来を固めていくことはできるはずです」

伯爵は顔を曇らせ、腰を下ろした。「夏の終わりから今までの数カ月間、あの女性が去ってからというもの、あれほど暗く沈んだおまえの姿を見たことがなかった」

ティレルは机に身を寄せた。「話さなければならないことがあります」

伯爵は顔を上げた。

「エリザベスはネッドの本当の母親ではありません」

伯爵は驚きの表情を浮かべた。「なんだと?」

「エリザベスは、ネッドを自分が産んだ子だということにし、自らの名や評判、そして人生を犠牲にしてまで、彼に住む家を与えようとしたのです。そして、彼女がウィックロウを去ったのも、すべてを犠牲にしてでも、ネッドのためになることをしたいという思いから取った行動なのです。そのために、彼女はどれほど傷ついたことか。彼女ほど他人を思いやる心にあふれ、そして勇気のある女性を僕は知りません」

伯爵はゆっくりと立ちあがった。「いったいどういうことなのだ、ティレル? だが、おまえの言いたいことは、なんとなくわかりかけてきた。もっとも、彼女の勇気と慈悲深さについては、今さら驚くに値しない。なぜかわかるか? 彼女の善行ぶりは周知の事実だからだ」

「彼女は立派な伯爵夫人になるでしょう」ティレルは熱く語った。「父上には、それが否定できますか?」

「いや、できぬ」伯爵はじっと息子を見つめた。「彼女のためにすべてを捨てる覚悟はできているようだな」

「伯爵の地位を巡って、父上と争うような真似《まね》はしたくありません。ですが、もう心を決めました。父上の署名ひとつで、すべてを変えることはできます。それでも、父上がそんな早まったことをするとは思いません。母上や兄弟たち、それにデヴリンやショーンが皆父上に味方をすれば、僕はかなわないでしょう。家族をすべて自分の味方に引き入れるつもりはありませんが、次期伯爵にふさわしいのは、自分だと思っています。そのように育てられたからです。ブランシュの財産がなくても、僕たちはやっていけます。そのための第一歩として、まずウィックロウを売却するつもりです。なんの役にも立たない地所を保有していても、多大な浪費にしかなりませんから」

伯爵の瞳が潤んだ。「おまえと争えるはずがないではないか、ティレル。おまえは私の自慢であり、喜びでもあるんだ。私にはわかっている。おまえが、永遠のすばらしい愛、私がメアリーと分かち合っているような愛を見つけたのだということを。おまえがどれほど悩み、決断したかということを。それに財産の件は別にしても、ミス・フィッツジェラルドは、レディ・ブランシュよりもはるかに未来の伯爵夫人にふさわしい女性だ」

ティレルは驚いた。「父上！　今、なんと？　エリザベスとの結婚を認めるとおっしゃったのですか？」

伯爵はうなずいた。「おまえの母もきっと喜ぶだろう。それに率直に言って、この数カ月、あれほど元気がなく、ユーモアにも欠けたおまえを見ているのは、実につらかったのだ」

ティレルは衝撃を受け、椅子に腰を下ろした。

「いつかこうなるときがくることはわかっていた。ただ、それを認めたくはなかったのだ。私も年を取って、すっかり頑固になってしまった」伯爵は笑みを浮かべながら言い足した。

ティレルは首を横に振った。「頑固ですって？　父上ほど心の広い人間を僕は知りません。ありがとうございます、父上。心から感謝します」ティレルは立ちあがり、父親に歩み寄って抱きしめた。

「幸せになってくれ、ティレル。それから、すぐにハリントン卿《きょう》に話をしよう」

ティレルは言葉につまった。父親と話をするまでは、言い争いになるか、少なくとも反論されると思っていたからだ。しかし、それどころか父は、彼がくだした人生で最も重要な決定に、諸手《もろて》を挙げて賛成してくれたのだ。「父上を後悔させるような真似はしません」ティレルはそう誓った。

リジーはベッドに横たわっていた。深夜なのに、眠ることができない。ハーモン・ハウスでの出来事が何百回と脳裏をよぎる。ネッドの笑顔、ティレルの表情、二人が交わした視線。心が激しく痛むのは、二人で過ごした日々が思いだされてしかたないからだった。ただの友達同士なら、互いの腕に抱かれたいとは思わないだろう。ティレルとの友情など、どう考えても無理な気がした。リジーの心はそれ以上のものを求めているのだから。それでも、決心していた。決して友情以上のものを求めることはなく、すばらしい友情を作りあげていくための努力をしよう、と。

そのためにはまず、ティレルのせいでわき起こる恐ろしいほどの性的緊張を抑えつけなければならない。リジーは息を吸いこみ、天井を見つめた。真の友達は、忠実で、正直で、互いに思いやることができるものよ。だが、そういう意味では、どれほど努力しても先は見えていた。リジーはティレルに嘘《うそ》をついているのだから。自分がネッドの母親だという嘘を。

リジーは横向きになった。自分がついてきた嘘のことは、考えるのもいやだった。アンナには、彼女の秘密は死ぬまで誰にも明かさないと約束したけれど、今となってはそれがティレルとの関係を阻む最大の原因になっている気がする。嘘がばれたところで、彼の人生にはたいした影響はないだろうが、彼が私をどう思うかには、間違いなく響いてくるだろう。私が嘘をついていたと知れば、彼はひどく気分を害するに違いない。

リジーはベッドから飛び起きた。結論はたったひとつ。本当に友達になりたいのなら、真実を告げるしかない。

翌朝七時半に、リジーはハーモン・ハウスを訪れた。玄関で彼女を出迎えた執事のシーグラムは驚いていただろうが、そんなことはおくびにも出さなかった。「ご主人様は、書斎で朝食をとっておいでです。あなた様がいらしたことを、お伝えにまいります」

リジーはできるだけ明るく微笑《ほほえ》んだ。「私が書斎へ行きます」

ティレルは上着を脱いで、机に向かっていた。リジーを見るとすぐに立ちあがり、部屋を横切ってきた。「エリザベスじゃないか！」

リジーはお辞儀をした。「おはようございます。こんな朝早い時間にごめんなさい。でも――」

ティレルは彼女の手を取った。「何かあったのかい？」心配そうにリジーを見つめる。

「何もないわ。ただ、あなたに話さなければならないことがあって。よそのお宅を訪問するような時間ではないことはわかっているけれど、昨夜《ゆうべ》は眠れなかったものだから」

ティレルは彼女の手をつかんだまま、横目で見つめた。温かな手に力がこめられ、リジーの心臓が飛び跳ねた。けれども、あまりに疲れていたリジーは手を振り払うことができなかったし、振り払いたくもなかった。

「お茶を持ってきてくれないか、シーグラム？」ティレルが言った。

リジーはティレルの手を引っ張った。「二人だけで話がしたいの」

ティレルは執事が出るのを待って、ドアをぴしゃりと閉じた。それから落ち着かない様子で行きつ戻りつしているリジーに向き直った。リジーは気が重く、憂鬱な気分だった。

「そんなに言いにくいことなのか？」

リジーは首を振った。「それはあなたしだいだと思うわ」

ティレルは目を見開いた。「まさか、もう二度と僕に会う気はないとでも？」

リジーは驚いた。「いいえ！　そんなはずはないじゃない！　言ったはずよ、私はあなたと友達でいたいと」

ティレルは顔を近づけた。「それを言いに来たのか?」

リジーは震えながらうなずいた。「言わなければならないことがあるの」どうやって話を進めるべきか、リジーはじっくりと考えていた。

ティレルはとまどった様子だが、聞いてくれる気になったようだ。「いいだろう。座ったらどうだ?」

「いいえ、結構よ」リジーは両手をひねった。「私にはもうひとり姉がいるの。もう結婚しているけれど、アンナというの。アンナは昔からずっと向こう見ずで、本当に向こう見ずで、恐ろしいほどの美人だったわ」リジーは笑みを浮かべようとしたが無理だった。「あなたも知っているはずよ。知っていなくちゃおかしいわ。だって、アデアでの仮面舞踏会に何度も出席しているんですもの」

ティレルはすっかり困惑していた。「君の姉上がどうかしたのか?」

リジーは息を吸いこんだ。「アンナには悪意はないの。ただ、自惚《うぬぼ》れ屋なのよ。子供のころから、すごく甘やかされて育ったから。お母様も、お父様も、アンナを甘やかしすぎたんでしょうね。だから、大人になってからも、物事をよく考えずに自分の欲求を満たしてきたのね」

ティレルはリジーを睨《にら》みつけた。「いったいなんのことだ、エリザベス?」

リジーは唇を噛《か》んだ。涙で視界がぼやける。「ウィックロウを出るときにあなたに宛《あ》てて書いた手紙に、私はネッドの本当の母親じゃないと書いたわよね。ネッドが生まれて一年もたってからレイヴン・ホールに戻り、この子は自分の子だと言ったのには、理由があるの」

ティレルは完全に面食らった様子だったが、しばらくすると合点がいったような表情を浮かべた。「エリザベス、僕はその手紙は受けとっていない。だが、ひょっとしてネッドはハロウィーンの夜に君の衣装を着た女性が産んだ子供なのではないかと、実はしばらく前から思っていた」

リジーは体を激しく震わせながらうなずいた。「その女性が、アンナなの」

ティレルは、リジーが見たこともないほど青ざめた。

リジーは腕を体に巻きつけた。「あの夜、私はあなたに会いに行くつもりだったのよ。でもアンナが衣装を汚してしまって、お母様に家へ帰るよう言われていたの。私はアンナに頼まれて、愚かにも衣装を貸してしまった」

ティレルは、まったく信じられないという表情を浮かべている。

あの日のことは、彼にとっては驚きなのだろう。今は、この私にも驚いているのかしら。

「お願い、わかって。私は、絶対にこの秘密を隠しとおすと、アンナに約束したの。間違ったことだとはわかっていたわ。あなたには真実を知る権利があるということも。でも、ネッドをこの世に産み落としたあの日、アンナは私に懇願したの。私たちは、ネッドをいい家庭に預けるつもりだった。でも、あの子を腕に抱いたとたん、私はたちまち彼の虜《とりこ》になり、誰にも渡したくなくなってしまったの。私は彼を自分の子として育てる決意をした。そしてそれ以来、あなたもご存じのように、私はあの子を自分の子のように愛してきたの」

ティレルは激しく息を吸った。「エリザベス！　あの女性が君の姉上だなんて、僕は思いもよらなかった。僕は君を待っていたんだ。彼女が現れたときは、ひどく腹が立ってしかたがなかった。なんということだ！」ティレルは頭をすっきりさせるかのように、髪に指を差し入れた。「まったく見知らぬ女性が現れたと気がついて、僕はすぐにその場を立ち去るつもりだった。彼女は実に大胆だったよ。僕を喜ばせ、満足させると言って迫ってきたんだ。僕は怒りに任せ、その誘いに乗ってしまった」

「知っているわ。アンナに聞いたから」リジーは泣いていた。「アンナにとって、あなたが初めてじゃなかったということも」

「もちろんだ！」ティレルは声をあげた。頬を紅潮させている。「それにしても、なんという不埒《ふらち》な！　だが、これでわかったぞ。君が誰をかばっているのか、ずっと不思議だったんだ」

リジーはついに腰を下ろした。けれども、ティレルから視線を外そうとはしなかった。肩にのしかかっていた重い荷物をようやく下ろすことができた気がして、心からほっとしていた。「どうか私に腹を立てないで。でも、お願い、誰にも言わないでほしいの。アンナは結婚して幸せに暮らしているし、子供も生まれるのよ。彼女の名誉を守らなくてはいけないの」

ティレルの表情もようやく緩んだ。「ああ、もちろんだ。君はアンナやネッド、それに愛する人を守るためなら、どんなことでもするつもりなんだね」

リジーはなんと答えればいいかわからなかった。「それが愛なのではないかしら」

「それは自己犠牲というものだ。偉大なる勇気でもある」そう言うと、ティレルは苦々しい笑みを浮かべた。「君がネッドを自分の子だと言い張り、ネッドのために、自分の名声や人生まで犠牲にしようとしていた理由を、僕が考えなかったとでも思うのか？」

「犠牲だなんて思っていませんから」ティレルが自分に腹を立てていないことに、リジーはようやく気づき始めた。

「わかっている。初めて愛し合った夜、君がどれほどネッドを愛しているかに気づいた」そう言うと、ティレルはリジーの隣に腰かけ、両手で彼女の手を包んだ。

リジーは顔を赤らめた。処女であることを必死になって隠そうとしたことは話したくなかった。「意味がよくわからないわ」

ティレルの表情が和らいだ。「エリザベス、君は僕のことをさぞかし愚かな男だと思っているだろう」

「とんでもないわ！」気がつくと、ティレルが力強く自分の手を握っていた。決して放さないとばかりに。

「初めて愛を交わしたとき、君は処女だった。それで、君がネッドの生みの母じゃないこと、それなのに実の子のように彼を愛していること、誰かをかばっていることを知った。

だが、それが姉上だったとは、想像もしなかった」

リジーは心から驚いてティレルを見つめた。「でも、何も言ってくださらなかったわ」

「いつか君から話してくれると信じていた」ティレルはゆっくりと言い、腕を伸ばした。「君にはまだ、礼も言っていない。ひとりぼっちだったネッドを、自分の子として心から愛し、面倒を見てくれたというのに。孤児院へ預けることだってできたのに、君はしなかった。僕の子供のために、君は自分の評判や人生まで犠牲にしてくれたんだ。エリザベス、君がそういう女性だということは、二人で過ごした最初の夜からずっとわかっていた。一度だって忘れたことはない。これからも決して」

リジーは動くことも、息をすることもできなかった。ティレルの感謝の言葉に心を動かされていた。しかし、感謝は感謝だ。愛ではない。

「僕は君に深く感嘆している。君ほどすばらしい女性はいない」ティレルはリジーの肩に手を置いて、荒々しい声で言った。

思わず、ぞくりとした。ティレルの褒め言葉を耳にするたび、リジーは落ち着かなくなる。今はそれほどではないが、それでも肌の下には火がくすぶるような感覚があった。彼に寄りかかるのは簡単なことだろう。だが、そうしてしまえば、そのまま彼のベッドに直行することになる。

リジーは彼の腕から抜けだし、立ちあがった。「お褒めの言葉をありがとうございます。でも、私は自分が正しいと思ったことをしただけですから」

ティレルも立ちあがった。二人の視線が絡み合う。「ネッドは君のことが大好きだ」

リジーの頭は、まるで催眠術をかけられたかのようにぼんやりしていた。気がつくと両手を彼の胸にあてがってはいたものの、彼の腕の中にいる。

「ネッドは君が大好きだ」ティレルは荒々しく繰り返した。「僕と同じように」

ティレルは両手でリジーの顔を挟み、燃えるような目で彼女をのぞきこんだ。欲望がわき起こり、リジーの意識が遠ざかった。

「これからはずっと、僕たちとともに人生を歩んでほしい、エリザベス。愛している」

心臓が胸から飛びだしそうなほど激しく鼓動した。ティレルは今、愛していると言ってくれた。私も彼を愛しているわ。でも二度と、道徳に背いた関係には戻りたくない。「やめてください」リジーはつぶやいた。

しかし、手遅れだった。リジーの声など聞こえなかったかのように、ティレルは彼女にキスをした。

懐かしい感触だった。

リジーには、目の前の力強い男性のことしか考えられなくなった。愛と、彼の体から発散される激しい欲望しか感じられなくなった。彼女に深く、力強いキスをしながら、ティレルは彼女を胸に引き寄せた。リジーもすぐにキスを返しながら、彼にしがみつく。

ティレルとひとつになりたい。彼の性急さと情熱で、私を喜ばせてほしい。でも、また以前の関係に戻ることはできない。あまりにつらすぎるから。

ティレルはうなり声をあげ、リジーを放した。「君には誰よりも幸せになる権利がある。それは、心の中ではずっとわかっていたんだ、エリザベス」

キスのせいで、まだ体が震えていた。すると、いきなりティレルが自分の前にひざまずいた。「何をしているの?」リジーは当惑して尋ねた。

「僕の妻になってほしい」ティレルは真剣な口ぶりで言った。真顔のままリジーを見つめ、今度は指輪を取りだした。周囲をダイヤモンドであしらった大きなルビーの指輪を、リジーは唖然として見つめた。

「これは、僕の母のものだ。誰もまだはめたことがない」ティレルは言った。「結婚してくれるかい、エリザベス?」

「ティレル? 何をしているの? あなたはブランシュと婚約しているじゃない!」

「婚約は解消した」

膝を震わせながらも、リジーはどうにか立っていた。「ブランシュとの婚約を解消したの?」

「それだけじゃない。父も君との結婚を認めてくれた」ティレルは喜びと不安の入りまじった笑みを浮かべた。「君を傷つけたことはわかっている。だが、聖書と、祖先の墓に誓う。二度と君を傷つけることはしない。君を敬愛し、慈しみ、愛し、守っていく。結婚してくれるかい?」

ティレルが、私に結婚を申しこんでいる。ブランシュとの婚約を破棄し、伯爵様も私と

れるの？

の結婚を認めてくださっているなんて！

リジーは動くことも話すこともできなかった。私のいちばんの望みが叶《かな》おうとしているのね。心も体も激しく脈打ち始めた。希望の花が咲こうとしている。本当に、彼の妻にな

リジーは嗚咽《おえつ》をもらした。

「それは、イエス、ということかい？」ティレルが柔らかな笑みを浮かべて尋ねた。

リジーも床にひざまずき、ティレルに腕をまわして、力いっぱい抱きしめた。「ええ！もちろん、イエスよ！」

ティレルはリジーに熱いキスをし、彼女の手をつかんだ。涙で視界がぼやけたまま、彼が家族から受け継いだ指輪を指にはめるのを見つめる。

「これは夢じゃないわよね？」リジーはルビーの指輪を眺めながら、つぶやいた。「目が覚めたら、ひとり寂しくベッドの中にいた、なんてことになったらどうすればいいのかしら」

ティレルはにやりと笑った。「夢なんかであるものか。なんなら確かめる方法がある。僕のベッドで目覚めればいいんだ」

ティレルの声は欲望に満ち、視線には熱がこもっている。リジーの体の中に、炎が燃えたった。

ティレルは、ゆっくりと、誘うように微笑みかけた。「もうひとり、息子が欲しいんだ」

　リジーは息をのんだ。その言葉ほど、気持ちが動かされる言葉はないだろう。今すぐに、彼に入ってきてほしい。「ぜひ、あなたに息子をもうひとりプレゼントさせて」リジーはどうにか答えた。

　ティレルがリジーをじっと見つめ、二人は熱い視線を絡ませた。しばらくしてティレルが彼女を抱き寄せ、背中やヒップを優しく撫《な》でた。ティレルがささやく。「今朝は忍耐力がすっかりなくなっているらしい」

「わかってるわ」リジーは彼のハンサムな顔に手を伸ばしながら言った。「ティレル」ねだるようにつぶやいた。

　それは、以前ティレルが何度も耳にし、これからもはっきりそれとわかるリジーの懇願の言葉だった。ティレルの瞳が燃え、体と体を密着させた。彼の情熱の証《あかし》はすでに興奮し、硬くなっている。リジーは触れ合わせていた唇を、夢中になって開いた。ソファーに運ばれたときには、彼の手はすでにスカートの中にあった。

　私はもうすぐ彼の恋人以上の存在になれる。最愛の妻になるのよ。女性らしい部分に彼の手が触れたとたん、興奮はいっきに頂点に達し、リジーはあえいだ。もうだめ。破裂しそう。リジーの瞳から涙があふれる。「もう待てないわ」リジーは唇を重ねたまま、嗚咽した。

「僕もだ」ティレルもあえぎながらズボンに手を伸ばした。リジーはティレルの目をのぞきこんだ。まるで空の彼方《かなた》へ飛ばされ、まばゆいばかりの星に目がくらんでいるかのようだった。ティレルは大きくて硬い情熱の証をリジーに押しつけ、笑みを浮かべた。「愛している、エリザベス」瞳にいたずらな光が浮かんだ。「愛している、妻よ」

リジーはもはや自分を抑えることができなくなった。見る見る間に歓喜の頂点に達したリジーは、たちまち愛と熱のかけらとなって砕け散った。ティレルも彼女に追いつくべく、すぐさま彼女の中に分け入った。その直後、ティレルのうめき声が空気を引き裂いた。

リジーはシャツの上から彼の背中を撫でた。やがてティレルは体を起こして脇《わき》へ寄り、彼女を腕の中に抱いて顔を見合わせた。ソファーは二人が並ぶには幅が狭すぎる。二人は一緒に声をあげて笑った。

「情けない恋人で申し訳ない」ティレルはにやにやしながら言った。「もっとも、君が淡白になったのなら別だが」

頬が裂けそうなほど顔が緩むのを感じつつ、リジーは言った。「しばらく会わないうちに、何かが変わってしまったのね」だが、リジーは笑わずにはいられなかった。彼はまだ興奮していたし、二人の愛の営みが淡白だろうと濃密だろうと、リジーにはどうでもよかった。

ティレルが急に真顔になった。リジーに覆いかぶさり、こめかみに二度キスをした。

「君が望めば、すぐにでも埋め合わせをするよ」

「そのようね。言われなくてもわかるわ」リジーは顔を上げ、お返しとして彼の唇に優しくキスをした。

　ティレルは彼女の髪に手を差し入れた。「幸せかい、エリザベス？　僕の望みは君の幸せだけだ。君には誰よりも幸せになってほしい」

「とっても幸せよ、ティレル」彼は何か話したいことがあるのではないかしら。「あなたはどう？　幸せ？」

「ああ、幸せなんてものじゃないさ、エリザベス」ティレルは小さな笑みを浮かべた。「君は僕が覚えていないと思っているだろうが、そんなことはないんだ」

　リジーはとまどった。「なんのこと？」

「僕が君を助けたときのことだ。君は、海賊ごっこよりも本を読むほうが好きな、ぽっちゃりした少女だった」

　リジーははっとした。脈が速くなる。「私が川に落ちたときのことを覚えているの？」

　ティレルはもう一度彼女に短いキスをした。「忘れるものか。それに、川ではなく、湖だ。川に落ちたのなら、僕とて君を助けることはできなかったと思う。川の流れは速すぎて危険だからね」

　リジーは驚いた。そんな昔のことを彼が覚えていたの？

「僕は兄弟たちと馬に乗って競走をしていた。新しい馬を手に入れたばかりで、見せびらかしたかったんだ。とんでもない暴れ者の集団だったんじゃないかと思う」ティレルはにやりとしながら言い足した。「暑かったし、埃《ほこり》まみれだったから、湖のほとりで休憩するついでに泳ぐことにしたんだ。ちょうど近くではピクニックが行われていた。そのとき僕の目に最初に飛びこんできたのは、夢中になって自分の半分くらいはある大きな本を読んでいた、あのかわいらしい少女だった」

リジーはあえて息を止め、夢なのではないかと頬をつねった。「男の子に本を取りあげられてしまったの」

「ああ、君の本を取りあげたあのいたずら坊主を君が追いかけるのを見て、そいつを殴ってやりたくなったよ。ところが、そいつが湖に本を放《ほう》り投げた。すると君は本を拾おうと湖に向かっていき、顔から真っ逆さまに落ちた」

「どうして、そんなことを覚えているの？」リジーは小声でつぶやいた。

ティレルは肩をすくめた。「忘れるものか。僕は湖に飛びこんで君を抱きあげた。君は僕の目をまっすぐに見あげて訊《き》いたんだ、王子様なのかって」

〝王子様なの？〟

〝いや、違うよ、お嬢ちゃん。王子様じゃない〟

リジーはティレルに抱きついた。「私はあの日、あなたに恋をしたの。まだほんの十歳で、あなたはずっと年上だったけど、私にとってあなたは王子様だったのよ。私の王子様だった」

ティレルはリジーの頬から髪を払った。「僕だって、あの日のことを忘れたことはない、エリザベス。いつものように本を手にした君を町で見かけたり、聖パトリックの祝日に開かれる芝生パーティーで見かけたりするたびに、また乱暴者が現れたら、僕が君を守りたいっていう衝動に駆られたものだ」

「私を……私のことを知っていたの？」リジーは驚いて尋ねた。

ティレルは真顔になった。「ハイ・ストリートで君に向かっていく馬車を見たときほど恐ろしい思いをしたことはない。いや、もう一度だけあった。ウィックロウでハリントン卿が現れたときだ。あのとき、とうとう君が離れていってしまうと気づいた」

「馬車に轢《ひ》かれそうになっているのが、私だと気づいたの？」

「ああ、そうだ。そして君を歩道へ引きあげたとき、あの湖で溺《おぼ》れかけた子供はもう存在しないとわかった。自分の腕の中にいたのは、恐ろしいほど魅力的な女性だった」

リジーは勇気を出して尋ねた。「それは、どういう意味？」

「僕は君が子供から大人の女性になるのをずっと見守ってきた。湖での出来事があったあの日から、君を守ると誓ったんだ。そして、ハイ・ストリートで君に恋をした。それ以来、ずっと君を愛してきた」

私の成長を見守ってくれていた……何年も愛してくれていた……。リジーは驚いたまま、ティレルの腕の中にもぐりこんだ。私たちは何年間も愛し合ってきたのね。ハロウィーンの夜に、彼と会っていたらどうなっていたのかしら――そう考えずにはいられなかった。でも、それは神のおぼしめしではなかったんだわ。神様は、私たちにネッドを授けるべくして、授けてくださったんだもの。

「泣いているのか？」ティレルがささやいた。

「幸せすぎて、泣けるの」リジーは答えた。

「君をうれし泣きさせられたとは、こんなにうれしいことはないぞ！　ところで、結婚式はいつ挙げたい？」

リジーは目を見開いた。「今日がいいわ」

ティレルは笑った。「今日以外だったら？」

「できるだけ早く」リジーは今までになく真摯《しんし》な気持ちで、ティレルの手を取ろうとした。

ティレルがその手をつかみ、リジーと同じくらい真剣な面持ちで自分の唇にあてた。

「君とアデアで式を挙げたい、エリザベス」

「ええ、それがいいわ！　いつ出発する？　いつ故郷に帰れるの？」

「君さえよければ、僕は今日でもかまわないよ」ティレルは笑みを浮かべて言った。

リジーは思いだしていた――湖で溺れかけた自分をハンサムな若い王子様が救ってくれたあの日のこと、初めての舞踏会と、自分を誘惑した危険で謎《なぞ》めいた海賊のこと、そして神様の贈り物であるネッドが生まれ、初めて自分の腕で抱きあげたときのことを。それから、憂鬱な気分で、両親とともにアデア邸に向かったこと、嘘つきのあばずれと非難される覚悟でティレルを待っていたこと、ウィックロウで家族のように一緒に過ごしたすばらしい日々のことを。でも、もう離れ離れになる心配はないんだわ。リジーはさらに、先祖代々受け継がれた屋敷の大広間で開かれる結婚式を想像した。いつか、あの豪華な屋敷の部屋やホールに、子供たちの姿が見られる日がくるのね。そしてそのアデアで私たちも、ド・ウォーレン家の何世代もの先祖たち——名誉と義務と家族のために生き、愛し、死んでいった男たちや女たちと同じ道をたどっていくんだわ。

「今日がいいわ」リジーはささやいた。「だって待ちきれないんだもの」

エピローグ

三週間後、リジーとティレルはアデア邸の大広間で結婚式を挙げた。家族が出席しただけの、こぢんまりした式だったが、喜びにあふれ、感動的な祝いの席となった。

その日、おばのエレノアが遺書の内容を明らかにした。ジョージーとアンナにはささやかではあるが年金の一部を、そしてローリーにはベルグレーブ・スクエアの屋敷を譲るという。そして残りの莫大《ばくだい》な財産は、リジーに譲ることがわかり、リジーはたちまちその地方でも指折りの遺産相続人となった。

ジョージーとローリーはその年の八月にレイヴン・ホールで結婚した。だが、その式は二人が思い描いていたようなこぢんまりしたものではなく、二百人ものゲストが集まる華やかなものとなった。リジーは姉の、ティレルはローリーのつき添い役をそれぞれ務めた。

しかし、何よりも大きな出来事は、リジーとティレルの子供の誕生だ。一八一六年が明けてすぐ、二人は女の子を授かった。だが、喜びはそれだけにはとどまらなかった。その後も次々と四人の子が誕生し、ネッドも合わせて六人もの子供たちに恵まれたのだから。

訳者あとがき

北米の人気ベストセラー作家ブレンダ・ジョイスの初邦訳作品をお届けします。本書『仮面舞踏会はあさき夢』は、十九世紀初頭のアイルランドを舞台に、アイルランド南部では最大の所領を持つ貴族、アデア伯爵家の五人の息子たちのロマンスを描いたシリーズ〈ド・ウォーレン一族の系譜〉のうちの一冊になります。

本作のヒーロー、ティレルはアデア伯爵の長男で、伯爵の後継者となる人物。レックスとクリフという実の弟、エレノアという実の妹のほか、父の再婚相手の連れ子、デヴリン、ショーンの六人きょうだいの長子として、一族とアデアの所領を守るべく育てられてきました。責任感が強く、務めをまっとうしなければならないという思いから、イングランドの裕福な女相続人との結婚は自らの義務だと考えていました。一方、ヒロインのリジーことエリザベス・アン・フィッツジェラルドは、アデアの近くで紳士階級の両親、二人の姉とともに、つましく暮らしています。十歳のときに湖に落ち、あわやというところをアデア伯爵の後継者、ティレル・ド・ウォーレンに助けられてひと目惚《ぼ》れし、それ以来ずっと、叶《かな》わぬ恋とは知りつつも気持ちを寄せてきました。やがて十六歳になり、社交界デビユーを飾るときがやってきます。ところがアデア邸での仮面舞踏会に出席する前日、町に出たリジーは暴走する馬車に轢《ひ》かれそうになりました。すんでのところで彼女の命を救ってくれたのは、なんと、六年前にも助けられたティレル・ド・ウォーレンでした。

いよいよ舞踏会当日、修道女マリアンに扮《ふん》したリジーの前に、海賊に扮したティレルが現れ、深夜十二時に庭で会う約束をします。とまどいつつも、リジーは喜びに胸を躍らせました。とんでもない未来が待ち受けているとも知らずに……。

日本では初紹介となるブレンダ・ジョイスは、これまでに長編・中編合わせて四十冊以上ものロマンス小説を刊行してきたベストセラー作家です。デビュー作でいきなりベスト・ウエスタン・ロマンス賞を受賞するなど、数々の受賞歴があり、著書は十数カ国で翻訳出版されているという実力派です。ニューヨーク生まれのブレンダですが、現在は、アリゾナ州の牧場で、ひとり息子と数頭のアラブ馬とともに暮らしています。ロマンス小説を書くことはもちろん、愛馬と各種の競技会に参加することも大きな生き甲斐《がい》なのだとか。

風光明媚《めいび》なアイルランドを舞台に繰り広げられるド・ウォーレン一族の物語ですが、その中心となるアデア邸の〝アデア〟という名称は、リムリック郊外に実在する村の名前を借りたものだそうです。一九七六年に〝かわいい村コンテスト〟で優勝したというアデア村は、藁葺《わらぶ》き屋根のコテージやパブ、アンティークショップなどが並び、今でも十九世紀の雰囲気が残っています。アイルランドのガイドブックやインターネットなどでも紹介されていますので、そんな町の様子を思い浮かべながら本書を読んでいただければ、ド・ウォーレン一族やリジーがすごく身近な存在に感じていただけるのではないでしょうか。

さて、〈ド・ウォーレン一族の系譜〉はまだ始まったばかりです。第二弾となる次作では、ティレルの妹のエレノアと、彼の義弟で本作内では行方知れずになっているショーンが登場します。エレノアは、二歳のときに、当時八歳だったショーンに初めて出会い、それ以来ずっと彼を義兄として、親友として慕ってきました。しかし、あるとき、ショーンが旅に出てしまいます。その後なんの音沙汰《おとさた》もないまま四年が過ぎ、エレノアは彼が戻ってこないものとあきらめ、結婚しようとしていました。義父であるアデア伯爵や義兄のティレルのもとに、ショーンが殺人犯のお尋ね者として指名手配されているという噂《うわさ》が伝わってきたのは、ちょうどそのころのことでした。結婚式を目前に控えたある日、ショーンが身を隠す場所を求め、突然エレノアの住む屋敷に現れます。日焼けしてたくましくなったショーンは、一瞬、彼とはわからないほど様子が変わっていました。ショーンが帰ってこられなかった理由を知ったエレノアは、彼のために一大決心をします。彼女は、はたしてどんな行動に出るのでしょうか。他人に心を開くことができなくなってしまったショーンと、そんな彼を愛さずにはいられないエレノアの、スリルと冒険に満ちあふれた情熱的なラブストーリーを、どうぞお楽しみに。

立石ゆかり

二〇〇八年十一月

＊本書は、2008年11月にMIRA文庫より刊行された
『仮面舞踏会はあさき夢』の新装版です。

mira

ド・ウォーレン一族《いちぞく》の系譜《けいふ》

仮面舞踏会《かめんぶとうかい》はあさき夢《ゆめ》

2023年5月15日発行　第1刷

著　者　ブレンダ・ジョイス

訳　者　立石《たていし》ゆかり

発行人　鈴木幸辰

発行所　株式会社ハーパーコリンズ・ジャパン
東京都千代田区大手町1-5-1
03-6269-2883（営業）
0570-008091（読者サービス係）

印刷・製本　中央精版印刷株式会社

定価はカバーに表示してあります。
造本には十分注意しておりますが、乱丁（ページ順序の間違い）・落丁（本文の一部抜け落ち）がありました場合は、お取り替えいたします。ご面倒ですが、購入された書店名を明記の上、小社読者サービス係宛ご送付ください。送料小社負担にてお取り替えいたします。ただし、古書店で購入されたものはお取り替えできません。

この書籍の本文は環境対応型の植物油インクを使用して印刷しています。

VEGETABLE OIL INK

ISBN978-4-596-77363-0